源氏物語の方法

〈もののまぎれ〉の極北

三谷邦明

Mitani Kuniaki

翰林書房

源氏物語の方法――〈もののまぎれ〉の極北 ◎ 目次

はしがき

源氏物語が、全篇を通じて深層で奏でているのは、絶望と虚無の旋律である。その絶望と虚無は、エクリチュール（書くこと）という文学の根源に関わる問題ばかりでなく、生・死・往生・異郷などの民俗・宗教・信仰、あるいは貴種のみが権勢・権力を誇る血統貴族社会という社会的・歴史的体制、また、摂関体制・王朝国家という歴史的文化・社会制度、さらには諦念を裏に秘めている宿世という思想・認識等など、源氏物語が言説の対象とした、あらゆる分野と領域に現象している。本書が標的としたのは、その源氏物語が凝視し、追求した、絶望と虚無の行方であり、その彼方である。「華麗な王朝世界の絵巻」として、源氏物語は、表層的というより、現在の情報諸産業が生み出した印象として、一般的に表面的・表層的には理解されてきているのだが、その幻影を拭いさって、テクストを素直に愉楽に満ちたものとして読んでいくと、読むに従って味わい感じられるのは、読みの快楽の果てにある、その絶望と虚無という感情と思惟である。しかも、その深層の絶望や虚無は、〈なにが物語られているのか〉という主題・内容ばかりでなく、〈どのように物語られているのか〉という言説（物語形式）の上にも、鮮やかに現れているのである。

源氏物語は、「密通の文学」である。源氏物語が一貫して追求した主題は、〈もののまぎれ〉なのである。この

〈密通〉という出来事は、脇筋にも現象しているのだが、主筋を形成している藤壺事件・女三宮事件・浮舟事件として三部に渡って何度も反復されている。というより、この主題は、反復の強迫観念としてこの作品に憑依し、源氏物語を終焉に追い詰めている。最初は、『源氏物語躾糸』（ちくま学芸文庫では『入門　源氏物語』と改題）などで述べたごとく、当時の大きな物語であった貴種流離譚の、末尾である「めでたしめでたし」という栄華という話素を、絶対的で至高のものにしようとする、伝統的な物語文学の特性の一つである話型（貴種流離譚・流され王・本格昔話・教養小説などとも言われている）に対する、内部的な要請から、藤壺事件＝「一部の大事」（全篇で一番大切な事の意味）という禁忌違反の物語が招かれたのであろうが、その究明を探求する過程から、〈王権〉を批判するに留まらず、源氏物語は、第二部では、高貴な血筋を重視する〈貴族社会〉批判としての女三宮事件へと展開し、さらには、第三部に至り、上流貴族社会から〈疎外〉され、貴顕たちからは蔑視・差別された浮舟という〈存在〉にまで眼差しは及び、終末部分では、その差別的な存在に、〈不可能と不在〉という課題を衝きつけるようになるのである。密通という主題的出来事は、反復を重ねることで、極北に至り、エクリチュールにおける〈主体の不在〉と、〈死の意識（体験）不可能性〉を超えた、彼方の世界を、一瞬ではあるが垣間見させることになるのである。

しかも、反復強迫観念として源氏物語を駆り立てたこの〈もののまぎれ〉という主題的内容は、同時に、言説の方法の展開にも、物語叙述が進展するに従い、変容して表出されている。第一部で追求したwhyという〈主題〉追求の方法は、王権の根拠である天皇制に対して、光源氏という賜姓源氏が准太上天皇に即位することで、天皇への禁忌違犯＝大逆へと踏み込んだのだが、第二部では、主人公という自己中心主義から離陸して、自己と他者が弁証的に関係しつつ、中心人物同士が〈対話〉する方法が採択されたのである。過去を背負った、複数・多数の他者によって形成される自分である、中心人物間の熾烈な対話が、物語の方法となったのである。さらに、この方法は

第三部にも継承されているのだが、既に第二部に萌芽が見られるが、他者によって形成されている自己は、内部から地の文・会話・内話・意識・無意識・身体などに〈分裂〉し、かろうじて固有名という一枚の皮膚で自己を保持するに至り、さらには終末部に至ると、その分裂した自己は、自己を形成していた他者をありのままに諒承し、浮舟が鬼たちと認識している老尼たち他者と共棲する、〈鬼の共同体〉という負の世界が、瞬間的ではあるが覗き見されることになるのである。しかも、この負の共同体は、このテクストの極限の主題の中核である、死の認識不可能性と、エクリチュールにおける主体の不在と、さらにはその彼方にある超越と、密接に関連しながら、自動記述的な手習という自己さえもが消滅した、言説の上に凝縮されることになるのである。

反復は表出されているが、〈なにが描かれているか〉という問題ばかりでなく、〈どのように描かれているか〉という点でも、差異が追求され、差延化され、源氏物語というテクストは、虚無と絶望の彼方の極北へと歩んで行くのである。

本書が目指したものは、源氏物語を対象として、〈言説分析〉や〈他者分析〉あるいは〈深層分析〉等々の文学研究の諸方法・視点を動員して、その詩学＝諸創作方法＝文学の諸方法の一般理論のさまざまなあり方を、明晰化していくことなのだが、と共に、『物語文学の方法Ｉ・II』『物語文学の言説』『源氏物語の言説』などの一連の論文集でも、常に追求してきたことではあるが、〈文学とはなにか〉〈物語文学とはなにか〉という問いかけに答えることでもあった。この解答のない永続的に問いかけて行かなければならない、文学の批評と研究の根源的な営みに、本書では、文学の中核の一つとして、〈狂気〉という解答を与えてみた。

文学が言説の上に鮮やかに刻み込んでいる狂気を、源氏物語というテクストの分析を通じて、数え上げてみたのである。例えば、言説区分の一つである内話文（心中思惟の詞・心内語・内言などとも言う）を取り上げてみても、この言説は、文学のみに現象し、テクストの上では、読者のみしか聞き取れない約束になっている。確かに普段でも、電車や駅などで内話を呟いているらしい人物に、時々出会うことがあるのだが、人々はその人物が狂っていると思い、避けて座席に着いたり、手摺を握っているようである。つまり、日常では決して発話されてはならない内話文という狂気の言葉は、物語文学や小説等のテクストの上では、顕然と言説化されているのである。

もちろん、草子地というメタフィクションについては、言うまでもないことだろう。「こんなこと言うなんて、俺って馬鹿だなぁ」などと、日常生活でも草子地に類似して、自己言及的に自己を対象化・メタ化して発話する時が無いわけではないが、それは時たまなことなのである。そうした発話を、「いづれの御時にか……」と冒頭から草子地で記すのが、源氏物語なのであり、作品の中で頻繁に執拗にそれを繰り返す営みを示すのが、文学なのである。つまり、文学は、狂気の言説なのである。既に、『源氏物語の言説』で分析したように、自由直接言説や自由間接言説については言うまでもない。そうした言説を認識出来るのは、書かれた作品のみで、反省的に対象化するという認識行為は、それが頻繁であると、日常世界では、狂気に連続していると判断されるのである。

本書では、特に、第三部を扱った際には、エクリチュールに拘ってみた。それはテクスト自体が要請したことでもあるが、個人的に、物語〈文学〉と〈書くこと〉に、研究の出発点から拘ってきたからでもある。

竹取物語以降の物語文学を、口承文芸との関係として把握するか、書くこととして捉えるかという選択が、私が研究を始めた時に出会った、最初に解決が求められた難問であった。実証主義・文献学・歴史社会学派・物語音読論・民俗学的方法等々の当時の風潮に逆らって、私の選んだのは、〈書くこと〉というだれもいない方向だった。構築しない非体系性を志向しつつ、この問題に私を賭けてみたのである。この隘路の選択は、一種の大きな賭けでもあったのだが、批評や研究が、同時に読みと思考の快楽であり、時代状況に対する反抗・抵抗でなければならないと考えていた当時の私が、選択できる唯一の道程でもあった。その出発点に、もう一度回帰してみようと思ったのである。あの挫折した六〇年安保闘争に参加して到達した地平を、原風景の原野として、もう一度俯瞰して、源氏物語という高原の野草を詳細に観察しながら独りで歩いてみたいと、本書では思ったのである。現在の諸状況に対する不満と抵抗が、本書を書く原点にならなければならないと考えたわけである。

源氏物語は、物語文学の典型化と極端化から始発している。第一部で光源氏という主人公や藤壺事件が選ばれたのは、そのためなのである。だが、第三部に至ると、その典型化・極端化に反抗し、大きな物語に逆らいながら、テクストは偶発的で具体的な固有性を求めることになる。ありのままに事象を表象することに、源氏物語は賭けたのである。だが、物語文学という虚構の言葉の芸術にとって、ありのままの言説という叙述がありうるのだろうか。

言葉は、事象の不在の上に成立する。「花」という言葉には、意味概念はあるが、具体的な葉と花と実をつけた、梅・桜・薔薇・竜胆などの事象は不在なのである。その言葉のあり方を究極化するならば、言葉という事象も不在化しなくてはならない。源氏物語の終末は、この不在を凝視することなのである。言葉の不在を言葉で表出するという、ありえない、不可能な営為に取り組んだのである。この源氏物語の終焉の儀式と作業を、無体裁にしか表現できていないのだが、できるだけ鋭く見つめ、解明化に真摯に取り組んだという営為・努力だけは、本書で認めてほしいと思っている。

〈もののまぎれ〉を、単なる反復ではなく、反復の強迫観念だと先に書いた。と言うのは、源氏物語を一貫する密通という主題は、出来事そのものではなく、密通という出来事の深層に、潜在する無意識的なものを宿していたからである。その潜在・強迫する意識できない衝動や情念は、多様で多層的で、一義的に規定することなど不可能である。それを、あえて言うとすれば、意識における〈不在〉で、自己には見えない意識不可能な他者、つまり無意識だと言えるだろう。

藤壺事件の原点は、エディプスコンプレックスで、母の面影を追い求める光源氏の無意識にあるのだが、その母は、源氏三歳の時に亡くなっており、記憶にも留まっていなかった、忘却さえ不可能な、不在の母なのである。その不在の場を埋めるために藤壺が登場するのだが、この形代《かたしろ》にも、代補である限り、光源氏は、不在の母を見出すことは出来ないだろう。形代には、「形代→形代→形代……」のごとく、永久に形代を求めていくという衝動が、内部に含まれているのである。それゆえ、桐壺更衣・藤壺・紫の上・女三宮等と、光源氏の欲望が「紫のゆかり」として永続的に継続するのである。光源氏の性情の中心である、〈色好み〉の背後には、そうした不在の母という、永続的に希求しつづける情念があるのである。

柏木の女三宮憧憬も、彼女が皇女で魅力的であった側面も柏木にはあるのだろうが、政権の重鎮であった准太上〈天皇〉である光源氏という他者に対して、その模倣を求道しながら、自己が藤原氏の出自で、皇族という血が欠如し、〈不在〉であったことに関わっていると言えるだろう。父系的で、出自という血の論理に支えられている貴族社会では、皇族の男子でない限り、権力の核となる天皇になることを許さないのである。不在であることが、柏木に〈もののまぎれ〉という衝動を生んだのである。

浮舟の場合も、彼女が死に憑依されたのは、薫と匂宮との情愛に引き裂かれた苦悩からではないだろう。召人の子であり、自己も薫の召人的存在として、また、匂宮と密通している愛人でもあるという、上流貴族社会から排除・差別された身分的存在であることが、彼女を無意識として死に導いて行くのである。貴顕でありながら貴顕が〈不在〉であることが、死を見つめることになるのである。自己であることや、あるいは、選択して隠れて変身して他者になることは、苦痛とは言えないのだが、自己でありながら自己でないという、背反する実存のあり方は、許すことができない苦悶を与える。嘔吐すべき実存なのだ。浮舟が、死を希求するのはそのためで、存在しながら不在であるという矛盾したあり方が、浮舟物語の中心となり、物語を導いているのである。

ところで、〈もののまぎれ〉の反復を分析する際に忘却してはならないのは、確認・再認識というあり方であろう。藤壺事件という〈もののまぎれ〉が、後に反復されなければ、源氏物語の中の重要な事件であり、無視できない出来事として評価されたのであろうが、偶発的な主題の一つに留まっていたはずである。だが、女三宮事件や浮舟事件として、〈もののまぎれ〉が反復・強調されることによって、この事件は、安藤為章が『紫家七論』で述べているように、単なる〈もののまぎれ〉ではなく、「一部の大事」(物語全編で第一番に重要な出来事)に成長したのである。事後性の果す意味については、別にこの問題に関しては、〈時間の循環〉などという術語として分析したことが何度もあるのだが、この問題でも、後の出来事が前の事件を規定し、藤壺事件を源氏物語の中核的な主題に生成していったのである。

事後性の認識は、言語の線条性に逆らっているようだが、実は「日本語」という言語に対する鋭い観察と認識から生れている。「私は源氏物語を読む」「私は源氏物語を読まない」という対照的な言説は、後の言葉が規定しているのであって、「私」「源氏物語」にも指示対象はあるのだが、「読む」「読まない」という事後的な言葉によって、「私」の性格や教養などが判明するし、「源氏物語」も、活字や写本かなどとコンテクストの中でそのあり方が決まってくるのである。源氏物語は、この言語のあり方＝「日本語」における、言語の事後性と鋭く対置しながら作品が書かれているのである。

紫式部日記には、次のような記事が掲載されている。

こころみに、物語をとりて見れども、見しやうにもおぼえずあさましく、あはれなりし語らひしあたりも、

〈われをいかに《おもなく心浅きもの》と思ひおとすらむ〉と、おしはかるに、それさへいとはづかしくて、えおとづれやらず（大系本。四七四）

解釈すると、難解性が増す個所なのだが、宮仕え以後の状況を表出した場面で、文中の「物語」は、一度読んだことのある、一般的な物語文学のテクストとして理解するべきでなく、源氏物語だと解釈すべきだろう。自己の書いたものでありながら、「見しやうにもおぼえず」と記しているように、エクリチュールされたものは、作家という表現主体から、遊離し浮遊しているのである。作品は、作家の意図を離れ、そのテクストに依拠している限り、読者に、あらゆる解釈が許されており、作家の所有から離陸しているのである。

また、宮仕えに出仕したからといって、以前手にした物語を再読する必然はなく、宮仕えで友人と疎遠になるわけでもなく、とするならば、源氏物語を執筆しながら、テクストから追放されたように思え、友人が、作品の作者と実存する自己紫式部を、錯綜して同一人物だと誤解するがゆえに、「はづかしくて、えおとづれやらず」という孤塁の状況に、彼女は追い詰められていたのである。なお、他の日記の場面を読むと、他人たちの、紫式部は、源氏物語から帰結して「色好み」だという、評判・認識に困惑しているのである。

現実に存在していながら、エクリチュールには不在である自己を、紫式部は、この場面で言説化していたのである。既に、紫式部は、先取り的（宮仕え直後のことらしいので「先取り」と記しておく）に、浮舟の、手習に象徴される行方・極北を、明晰に日記に表出していたのである。仲の良い友達からも、敢えて絶縁しなくてはならないのが、源氏物語というエクリチュール永続の作業だったのである。つまり、女房仲間や友人たちとも交流できない、〈書くこと〉の彼方に凝視できるのは、負の共同体しかなかったのである。しかも、紫式部は、集などによれば、姉・夫などの死を体験しているのである。死を凝視する日々を送った経験が、死の彼方を思考させたのである。死とエクリチュールの根源を凝視した時、浮舟の死という終焉の彼方が見えたのであろう。その書くことで到達した、絶望と虚無が、努力を重ねたつもりではあるが、本書で、研究として洗練されて叙述できているかどうかが不安である。

第一部　藤壺事件——情念という中心

第一章　光源氏における無意識の始点

――桐壺巻における〈父・母〉像の形成あるいは藤壺事件の出発点――

〈一　桐壺巻「桐壺更衣死去」場面の多面的方法〉

物語文学という〈書かれたテクスト〉においては、テクストを話題の対象とする時には、線状的な、あるいは飛び飛びの読み、または斜め読みや、さらにはテクストに記述されているたった一つの言葉をうっかり忘れることは、認可・了承されていない。特に、批評や研究・教育においては、言説の一つ一つが関連性を持ち、その因果性・機能性・関係性を、さまざまに前後に響かせて、論を形成することが要求され、その言説の一つでも忘失して関係性を追求・論じると、批判・非難・誹謗の村象となるのである。源氏物語のような長編で大部なものでさえ、その五十四帖の言説のすべてが、完璧に記憶されているという、苛酷な前提で、批評や研究の作業が行なわれているという、絶対に遂行することが不可能な幻想の上に、学的なものは成立・構築されているのである。学とは、ある種の幻影であり、狂気なのである。

にもかかわらず、一方では、研究者や批評家の隠された部分では、忘失や誤記憶・誤解釈・誤読などがあるだろうという、暗黙裡の認識・了承があり、それが次の新たな批評や研究を喚起する原動力の大きな動機の一つになっているのである。つまり、方法や理論・視点と共に、〈記憶〉と〈忘却〉という、この対照的な二項・両価が、批評と研究の永続を保証する、支点となっているのである。本稿は、極めて方法的な戦略意識を持っていると共に、この忘却・忘失現象が、よく知られている源氏物語桐壺巻においても、イデオロギーを背後に置いて、無意図的に起こっているのではないかという、批判の上に成立しているものであって、提起したい課題は、物語の〈読み手〉は、「読者」ばかりではなく、登場人物でもあり、それが物語文学の機動力となっているのではないかということなのである。

つまり、物語文学の読み手は、「読者」という、古代後期の読み手ばかりでなく、作家の想定をはるかに超越した、十世紀も隔たった現在の私たちも含んでいるという、幅の広い抽象概念ばかりではなく、登場人物というテクストの中に刻まれている人物が、聞き手・読み手でもあることを明晰化するのが、本稿の主要な標的なのである。既に『源氏物語の言説』に掲載した諸論文などで執拗に追求したように、源氏物語では、語り手は、女房たちのように実体化されて表現されていた。それと共に、読み手も、読者としてテクストの中に言説化されているばかりでなく、登場人物としてテクストの中を生きている様相を抽出したいという欲求で、本稿は書かれているのである。そしてそれは、源氏物語を読むという、極めて政治的なイデオロギーとも無縁ではないのである。

安藤為章が江戸初期（元禄一六〔一六九四〕年九月）に『紫家七論』の中で明晰に言説化して以来、「一部の大事」（源氏物語の「全篇・全体・全巻で最も重要なこと」の意）[1]と言われて来た、藤壺事件の始発は、源氏物語のどこに書かれているのであろうか。桐壺巻の後半部分で、藤壺の件を桐壺帝に奏上し、藤壺入内に成就した典侍に、「いとよう似たまへり」と聞いたことから、光源氏の藤壺憧憬が始発したことは明確なのだが、だが、どうして、この一人の典侍の発話を聞き、父桐壺の后であり妻である、しかも、母桐壺更衣と瓜二つな疑類的な一人の年上の女性に、彼の情念の全てが焦点的に注がれるようになったのであろうか。

フロイドの理論を援用して、男根期の終わり頃の幼児に、一般的に起こるエディプス・コンプレックス現象として理解することも可能なのだが、その去勢不安からその願望は抑圧され、しかも、その性的衝動は同性の親との同一視から解消し、潜在期が訪れるのもまた一般なのである。つまり、一般性に解消できない、固着せざるをえない固有的具体性が、光源氏の幼児期に、記述・言説化されていなければならないのである。

その回答は、私の論文[2]も含めて、「その皇子《みこ》三つになりたまふ年」に、母更衣が死去したという出来事に求めるのが、これまでの一般であった。しかし、これも一般性であって、母親が三歳で死去したからといって、エディプス・コンプレックスに固着する必然はないのである。物語は歴史・社会状況に伏在している一般性を描出しないと、読者の共感を獲得できない傾向があるのは当然ではあるものの、固有を表現しないと、『源氏物語』という題名をもつ、唯一の特性あるテクストにならないのであって、読者はその固有で具体的な時空を、桐壺巻の言説の中に求めなくてはならないのである。

〈母の死〉という、源氏物語の他の巻々や登場人物でもしばしば表出されている主題の一つと共に、そうした一般性に解消できない、光源氏の固有の出来事が表現されている言説として、浮上してくるのは、既に何度も論じられたことがある、教科書などでもしばしば採用されている、一般的によく知られている、次の場面である。若干長文になるが、新たな視点からの確認のために、再引用することにする。知り尽くしている人は、飛ばし読みのできる引用文だと思ってほしい。

その年の夏、御息所《みやすどころ》、はかなき心地《ここち》にわづらひて、〈まかでなん〉としたまふを、暇《いとま》さらにゆるさせたまはず。年ごろ、常のあつしさになりたまへれば、御目馴《な》れて、「なほしばしこころみよ」とのみのたまはするに、日々《ひび》に重《おも》りたまひて、ただ五六日《いつかむいか》のほどに、いと弱うなれば、母君泣く泣く奏して、まかでさせたてまつりたまふ。かかるをりにも、〈あるまじき恥《はぢ》もこそ〉と、心づかひして、皇子をば止《とど》めたてまつりて、忍びてぞ出でたまふ。

限りあれば、さのみもえ止めさせたまはず、御覧じだに送らぬおぼつかなさを、言ふ方なく思ほさる。いとにほひやかに、うつくしげなる人の、いたう面痩《おもや》せて、〈いとあはれ〉とものを思ひしみながら、言《こと》に出でても聞こえやらず、あるかなきかに消え入りつつ、ものしたまふを、御覧ずるに、来《き》し方行く末思《すゑおぼ》しめされず、よろづのことを、泣く泣く契《ちぎ》りのたまはすれど、御答《いら》へもえ聞こえたまはず。まみなどもいとたゆげにて、いとどなよなよと、われかの気色《けしき》にて臥《ふ》したれば、〈いかさまに〉と思しめしまどはる。輦車《てぐるま》の宣旨《せんじ》などのたまはせても、また入らせたまひて、さらにえゆるさせたまはず。「『限りあらむ道にも、後《おく》れ先立《だ》たじ』と、契らせたまひけるを。さりともうち棄《す》てては、え行きやらじ」とのたまはするを、女も〈いといみじ〉と見たてまつりて、

「かぎりとて別るる道の悲しきにいかまほしきは命なりけり

いとかく思ひたまへしかば……」と息も絶えつつ、聞こえまほしげなることはありげなれど……、いと苦しげにたゆげなれば、〈かくながら、ともかくもならむを御覧じはてむ……〉と思しめすに、「今日はじむべき祈禱《いのり》ども、さるべき人々うけたまはれる、今宵《こよひ》より」と、聞こえ急がせば、わりなく思ほしながら、まかでさせたまふ。（1―九七～八）

この長文の引用に対して、分析したい個所は多い。例えば、傍線を付した多用されている接尾語の「げ」は、付されていない語は、客体的で実体的なものを表出しているのに対して、「げ」は外部からの主観的な眼差しで捉えていることを表出しており、ここでは桐壺帝の眼で、桐壺更衣のさまざまな病床にある様相を、見ていることが分

かることなどを、「きよら」という「ら」という状態を表わす接尾語を伴う言葉と、「きよげ」との対比などを交えて、論じることもできるだろう。つまり、「げ」の用いられている個所は、桐壺帝の外部の視線から叙述されていることを、ここでは表出しているのである。

この他にも、「限りあれば」という表現が、後の場面に記されている「限りあれば、例《れい》の作法《さほふ》にをさめたてまつるを……」と照応していることや、引用した帝自身の内話文においても、なぜ〈ともかくもならむを御覧じはてむ……〉とあるごとく、敬語が使用されているのかなどを、語り手論と交叉させて論じ論証することや、あるいは後にも若干言及するように、引用場面冒頭で「御息所」と記されながら、和歌が詠まれる直前に、なぜ更衣が「女」と書かれているのかなど、考察しなければならないことは多数あるのだが、この論文の主題群に拘って行くと、文中にある「聞こえまほしげなることはありげなれど……」とある、更衣が帝に伝えたかった、にもかかわらず場面で明記されていない言説が、気になってくるのである。テクストが沈黙していることを開くことも、言説分析の課題の一つなのである。

この言い淀んだ、しかも、示唆しながら、発話することを躊躇してしまった桐壺更衣の言葉は、「かかるをりにも、〈あるまじき恥《はぢ》もこそ〉と、心つかひして、皇子をば止《とど》めたてまつりて、忍びてぞ出でたまふ」とか、「言《こと》に出でても聞こえやらず」とか、「御答《いら》へもえ聞こえたまはず」という表現と無関係ではないはずである。

三歳の子供を宮中に留め置いて、自分だけが退出したという文章は、その子に「恥」をかかせたくないという母親の配慮なのだが、なぜ数えで三歳の皇子に、名誉を喪失させることを忌避したのであろうか。この場面は、それ以前に叙述されていた、「御局は桐壺なり。……」から始まる、更衣に対する憎悪のために、「まさなきこともあり」とか「こなたかなた、心を合はせて、はしたなめわづらはせたまふ時も多かり」といったさまざまな嫌がらせや妨害・いじめと関連があるだろう。こうした軽蔑・侮辱をうけた桐壺更衣は、妃の一人でありながら、典侍、掌侍、命婦のような「上宮仕へ」の女官のように扱われることになるのだが、そうした侮辱されることで軽視される身分的差別を、三歳の皇子に与えたくなかったということは、明らかに生んだ子が皇太子に即位してほしいという、欲求・希求を更衣が保持していたことを意味しているのだろう。光源氏を天皇に在位させたいという密かな欲望が、桐壺更衣には、胸臆の底に潜在的にあったのである。

しかし、「言《こと》に出でても聞こえやらず」とあるように、更衣は、桐壺帝に直截にそれを、病床にありながら、奏上することは出来なかったのであろう。弘徽殿女御などの他のキサキたちを憚る必要もあり、皇子のミウチなどの権勢のない「後見」を配慮して、更衣は、それほど無恥・無慮・無分別ではいられなかったのである。

また、帝が「よろづのことを、泣く泣く契《ちぎ》りのたまはすれど」とあるように、更衣の胸臆を推察して、皇子についても皇位継承させることを、忘我状態で涕涙しながら仮に口走り、約束したとしても、「御答《いら》へもえ聞こえたまはず」とあるように、更衣は、帝の放心した発言として、それを言質にすることは避けたのである。「来《き》し方行く末思《すゑおぼ》しめされず」とあるように、桐壺天皇は放念状態にあり、現在の状況などはまったく判別できないのだが、更衣は病患中でもありながら、意外に冷静で、周囲の諸状況を配慮に入れながら、発話・沈黙・行動していたのである。

この場面には、言説的には表面的には記されていないのだが、当然自分に仕える女房ばかりではなく、天皇付きの内侍所の女官などもいて、その黒子《くろこ》である〈他者〉を更衣は意識していたのである。彼女たちを通じて、桐壺更衣の死去の有様は、後宮・内裏ばかりでなく、貴族社会や京域中に拡がることは、更衣は病者でありながら、明瞭に認識できたのである。彼女には、この場面の記述には書かれてはいない、多数の他者がおり、その他者を意識することなしに、それを配慮しないと、妃として実存できなかったのである。この帝と桐壺更衣との死別の場面には、女房をはじめとする、黒子として多数の他者がいたという事実は、彼女の死処である里邸の出来事をも含めて、源氏物語の読解では決して忘失してはいけないことなのである。

この桐壺帝と桐壺更衣の対面場面は、言述の表面では互いに相手を庇っているように読めるのだが、無数の他者に囲繞《いにょう》されており、裏側では、誕生した三歳の子をめぐる熾烈な皇位継承をめぐる対話が、特に更衣の心裏にはあるのであって、単純に表層的に理解してはならない問題が、横断しているのである。

それ故、この場面の「限りあれば……」という鍵語は、この問題に関わっているのであろう。限りがあるからこそ、更衣は身分を憚って言い淀んでいるのである。それ故、帝と更衣は対等であるはずもなく、「限り」＝死穢という言葉も、天皇と妃という身分階層によって、その意味性の価値には差異性があったのである。だからこそ、「母君泣く泣く奏して、まかでさせたまふ」という、母北の方の努力で、更衣がようやく退出できたという言説が挿入されているのであって、更衣に対する一切の非難・批判・妨害は容認されず、それは三歳の皇位継承権のある光源氏にまで及んで行くのである。だからこそ、更衣を、死穢なども配慮して、母北の方は内裏に留めることができなかったのである。

弘徽殿女御は、この場面以前に書かれていたように、「この皇子生まれたまひて後《のち》は、いと心ことに思ほしおきてたれば、〈坊《ぼう》にも、ようせずはこの皇子のゐたまふべきなめり〉と、一の皇子の女御は思《おぼ》し疑へり」という心理状況にあり、桐壺更衣は、そうした周囲の風評を配慮しなくてはならないのだが、忘我状態にある桐壺帝は、「限り」がありながら、「限り」の自覚がなく、周囲にいる女房・女官なども眼に入っていず、勝手な約束を口走っていたのであろう。それに対して、母北の方や病患にある桐壺更衣は、他者に対して万全の守り・防護を、死の直前まで意識していなければならなかったのである。この死を賭けた守護があったからこそ、光源氏の生涯、つまり源氏物語というテクストは、存在することが出来たのである。

そうした内裏での、桐壺帝、桐壺更衣、母北の方、弘徽殿女御などのキサキたち、女房・女官・蔵人等の侍女・従者たち、上流貴族の人々、内裏の人々、京域の住人などの、この場面の背後に蠢いている、熾烈なさまざまで多様な意識・思想・思惑・イデオロギーなどの鬩ぎ合いを理解した上で、

女も〈いといみじ〉と見たてまつりて、

「かぎりとて別るる道の悲しきにいかまほしきは命なりけり

いとかく思ひたまへしかば……」と息も絶えつつ、

という場面を読むと、この桐壺更衣の贈答歌は、単純に帝のみに対して詠まれた、離別の和歌と解読してすますわけには行かない。

これが寿命の限りだと思って、生死の別れ道に立って、悲しく感じるのは、私の行きたい道は、生き続ける命の方面の道だったのです、とでも直訳できる、この類歌もある、「いか」に「行く」と「生く」の意が懸けられた、和歌言説を核に叙述されている場面の読者は、この和歌を軸とした悲哀劇を、〈歌物語〉・〈歌ガタリ〉として受容した、京域全体まで拡がる世間として、解釈しなければならないのである。哀切な死別・惜別の歌物語として、都の人々の語り種として、愛好され、流布されていたさまざまな情景を想起することが、この場面を読むことなのである。

しかも、そうした空間的な拡がりばかりでなく、この歌ガタリは、時間的にも、解読する必要があるだろう。この「その年の夏……」から始まるこの場面は、見聞した更衣付きの女房から、後には光源氏に伝えられ、さらには、

この源氏物語の主たる語り手である「紫のゆかり」にまで伝承され、源氏物語が書かれたと考えなくてはならないのである。と言うより、そうした空間的・時間的な拡がりを意識して、更衣はこの和歌を詠んでいると理解すべきなのである。つまり、この死別の出来事は、京域ばかりでなく、後には、光源氏という子供に伝えられることを認識して、敢えて、更衣は、自己の死を歌物語として生成していたのである。更衣が、敢えてこの和歌を死に際に詠んだ根拠は、そこにあるのである。

「いかまほしきは命なりけり」という下句は、赤子の光源氏を保護していたいという母性から発せられた切実な願望で、一生帝と添い遂げたいという希望を表明した範囲に留まるものではない内容を、表出しているのだろう。生きて光源氏を生涯保護し続けたいという母性本能・願望が、和歌の背後に込められているのである。つまり、この和歌を贈った直接の相手は、桐壺帝ばかりではなく、光源氏その人なのである。そっと、他者には理解できないように、子供の光源氏の耳元に、自分の愛惜の思いを小声で囁いていたのである。

この和歌を成人してから知った光源氏は、自分を保護し続けたいという切々とした母親の、母性と慈愛を本能的に理解し、死後も背後で自分を守護している霊を感じたのであろう。彼は、更衣の霊魂によって、常に守られていると信じたのである。その感性が、光源氏の生涯の歩みを、物語的に規定しているのである。

既に論じたことがあるのだが、このように、物語文学に記入されている和歌言説は、諸歌集に掲載されている歌と異なり、場面のさまざまな言説との関係性を問題化しなければならないのであって、しかも、その場合、どのような射程距離を置くかによって、和歌言説の意味性は変容するのである(3)。文脈という射程の距離を、帝との対面場面に限らずに、成人した光源氏まで延ばさなくてはならないのである。特に、長篇のテクストでは、この〈射程距離〉という概念は読みという行為にとっては重要で、どの個所と響かせるかによって、対象としている和歌言説は意味性に変容が起こるのである。この和歌も、子である光源氏に対する贈歌と解釈する時には、桐壺更衣の生への執着・執念・拘泥が、より切実にひしひしと伝わってくるはずである。

なお、「かぎりとて……」という和歌言説の前後を、歌物語でもあると解釈する根拠の一つとしては、「女」という表記も挙げることができるだろう。この表記については、既に清水好子の『源氏の女君』等で論じられており、異なった視点であるが、私も『物語文学の方法Ⅰ』や『物語文学の言説』などに掲載した諸論文で、屏風絵物語などを動員した伊勢物語論で考証しているのだが、「男・女」という表現は、業平などのように登場人物の固有名が判明していながら、歌物語独自の表記として使用されているのであって、この前後が歌物語として流布されたことを強調するために、敢えてこの場面で採用されているのであろう。

〈二　「一部の大事」からの眼差し〉

この和歌言説を中軸とする歌ガタリの「読者」には、その読者の中に登場人物である光源氏も含まれるという、奇妙な読者論・受容論を展開する、私たち二十一世紀の読者も包含していると言えよう。しかも、その読者は、この和歌言説の享受者として、光源氏を措定するだけではなく、この場面全体の解読者・解釈者として、光源氏の深層的な心理を位置付ける必要があると言えるだろう。

ところで、既に気付いている人がいるだろうが、源氏物語は、〈草子地〉という言説から始発している。

いづれの御時にか、女御《にようご》更衣《かうい》あまたさぶらひたまひける中《なか》に、いとやむごとなき際《きは》にはあらぬが、すぐれて時めきたまふありけり。

という源氏物語の冒頭文で、「か」という係助詞を用いて、疑問を提示しているのは誰であろうか。「語り手」で、この文は草子地なのである。しかも、誰に疑問を投げかけているかという問題を提起するならば、「読者」と答えずにはいられないのであって、源氏物語では、出発点から読者は言説の上に刻まれているのである。なお、冒頭文の「か」という係結びは、「ありけり」という文末と呼応していず、「いづれの御時にか」という疑問文の後には、伊勢集との前後関係は現在のところ判明しないものの、「ありけむ」といった文章が省略されていることは言うまでもないことであろう。

ともかく、源氏物語では、「語り手」と「聞き手＝読者」は、既に実体的に冒頭の言説の上から、表出されているのである。その読者の中に、光源氏などの登場人物も含まれていることに、これからの批評と研究は留意しなくてはならないのである。ところで、その光源氏という登場人物を読者の一人として措定した時、引用した「その年の夏……」という場面で読み取られてくるのは、何であろうか。

この場面で強調されているのは、「暇《いとま》さらにゆるさせたまはず」とか、「御目馴《な》れて、『なほしばしこころみよ』とのみのたまはするに」とか、「さらにえゆるさせたまはず」などとあるごとく、桐壺更衣が病患にありながら、帝が内裏からの退出を認可しなかったために、彼女の症状が悪化して、遂に死去に至るという過程なのである。つまり、桐壺帝の愛惜が、更衣を惨殺したのであって、「愛＝死」という桐壺巻冒頭部分の主題の一つが、この場面の背後に横たわっているのである。[4] 源氏物語の冒頭文で「すぐれて時めきたまふありけり」という言説が強調していた、禁忌違犯を厭わない帝の寵愛振りが、更衣を死に追い遣ったのが、この情景なのである。

この場面を見聞した女房から、歌物語として聞いた読者光源氏は、どのような感想をそのテクストを聞き知って抱いたのであろうか。言うまでもなく、自分に愛を注ぎ、慈しみと、その情愛で、死後までも背後霊のように守護している母を、愛によるものであろうと、致死・惨殺したのは、父桐壺帝であるという観念であろう。母に対する絶大な憧憬と、父に対する激しい憎悪の、無意識的な衝動の始点が、この場面を聞き知った光源氏に生成したのである。

この憧憬と憎悪のエディプス・コンプレックスが、典侍の一人から、藤壺が母桐壺更衣に「いとよう似たまへり」と聞いたことによって、母に類似した藤壺への性愛的欲望へと昇華し、父親桐壺帝に対する殺人願望という義母との密通に至る、光源氏の無意識を形成して行ったことは、言うまでもないだろう。彼のエディプス・コンプレックス形成は、源氏物語という物語の中で、具体的な固有性を帯びて表出されていたのである。(5) つまり、藤壺事件の始点は、この桐壺更衣の死去場面に撒かれていたのである。埋葬は蘇生でもあり、その両価的価値の存在が、光源氏にとって藤壺という女性なのであることが、鮮明にこの場面に刻印されていたのである。

ところで、この高等学校の教材にも採用されている場面の読みで、登場人物の光源氏が読者でもあることに、なぜ従来は気付いていなかったのであろうか。そこには近代の源氏物語研究が抱いたイデオロギーと、密接な関係がありそうである。

既に執筆直後から源氏物語の読者たちには薄々分かっており、(1参照) 時代状況も加わり、寛容に容認していたのであろうが、天皇家が万世一系ではなく、「一部の大事」＝藤壺事件＝「もののまぎれ」によって乱れていることを、源氏物語が抽出していることは、遥か彼方の江戸時代の元禄期に書かれた、安藤為章の『紫家七論』において言説化されていたのである。それ故、国の基幹である天皇家の万世一系と、国書の中軸である源氏物語の「一部の大事」との矛盾に、国学者たちは苦悩・苦悶したのであろうことは、江戸時代の最後期に発市された、萩原広道の『源氏物語評釈』(未完成) の「序」などを読んでも、切実に伝わってくるのである。

ところで、明治政府と明治憲法は、権力と権威を示すために、天皇の万世一系にたいして、前近代を超越して強引に強調する。犯すことのできない近代の「法」として、天皇家が一系であることを提示したのである。一毛も、万世一系を混乱させる痕跡があってはならない時代が、〈近代〉という時代に至って訪れたのである。山口剛などの反骨精神によって、「もののまぎれ」という用語は一部の人々には使用されたものの、「一部の大事」＝藤壺事件という言葉は、源氏物語の批評と研究では禁句となり、抹殺され、隠蔽され、忘却されることとなったのである。万世一系を磐石とするために、虚構として執筆されたものでありながら、「一部の大事」は、源氏物語には、一字も記述されていない出来事として扱われてきたのである。

天皇制を国体とした、「国民国家」を基本とする近代という歴史・時代・社会が、源氏物語「一部の大事」を、テクストの言説の上や批評と研究から抹殺・鏖殺してしまったのである。少なくとも正編に影を及ぼしているのにもかかわらず、「一部の大事」など書かれていないテクストとして扱われることになったのである。

それが、奇妙なことに戦時中に復活・再生したのである。さまざまな理由があるのだろうが、教科書史では評価の高い小学校の「サクラ読本」の一九三八年（昭和一三）に、源氏物語若紫・末摘花巻の現代語訳（六年生用）が採用されると同時に、国文学者橘純一によって、削除要求のキャンペーンが『国語解釈』誌上で展開され、そこで「一部の大事」が奇妙にも再生したのである。

既に、彼の論文や戦時中の源氏物語研究・批評については、小林正明・安藤徹・有働裕・小嶋菜温子などの指摘・言及があるのだが[(6)]、橘はその論文で、源氏物語について「平安朝の貴族文化を衰亡に導いた文化毒素の拡散する艶治の妖気」が漂っているという凄まじい意見を掲載し、その「小学校国語読本巻十一『源氏物語』の削除を要求する」（『国語解釈』二九号）に続いて、昭和十三年七月三〇号では「小学校国語読本巻十一『源氏物語』排除特輯」を編集し、教科書の全文と、橘による三本の論文、さらに読者による「反響録」を載せたのである。

その中の「小学校国語読本巻十一『源氏物語』について文部省の自省を懇請する」という論文では、「源氏物語の情的葛藤中、最も重要な枢軸をなす藤壺中宮対源氏の君の関係、これより起こった第三帝（桐壺の巻に出で給ふ帝を第一帝として数へ申す）御即位の事、源氏の君が太上天皇に准ぜられるの事、これらは大不敬の構想である。源氏の君の須磨引退の原因となった第二帝の寵姫朧月夜内侍との関係も亦然り」と書いており、「大不敬」という激烈な修飾語を除けば、この指摘は「一部の大事」そのものを再言しているにすぎないと言えよう。安藤為章『紫家七論』が、「一部の大事」は、世間を遠回しに諭すために記述されたという、「一部の大事」諷喩説であったのに対して、橘は「一部の大事」不敬説を大声で怒号しているのに過ぎず、指摘内容には変化がないのである。

この橘純一による源氏物語削除要求は、当然のこと、「時局」柄、注目された側面もあったのだが、日本文学研究・教育界からは、一部では蓮田善明たちの反論・批評・批判はあったものの、「一部の大事」に言及されることはなく、「危険思想」「余弊思想」「災厄思想」などとして、遠避けられ、忌避され、陰口を囁かれたようである。つまり、「一部の大事」という、源氏物語が日本の「近代」に対して保有していた〈叛く力〉は、一度は逆説的に再生したものの、直視されることなく、葬られたのである。それ故、源氏物語の内容・形式については、触れてはならないものとして排除され、源氏物語に対しては、戦時中には、〈もののあはれ〉論や、成立・書誌などの諸研究が、細々と良心的（?）に続けられたのである。

多分、昭和十八年に彼の『日本神話の研究』の発禁処分がなく、敗戦後も「民主主義」に橘純一が転向せずに、この主張を一貫して展開し、敗戦後に論戦が起きたならば、源氏物語の批評や研究・教育は活性化したのではないかという、幻の研究史などを想像してしまうこともあるのだが、この「一部の大事」を無視・忘却・隠蔽する傾向は、戦後も継続したことは事実である。

意図的なものなど皆無だと信じているのだが、戦後の源氏物語研究を彩ったのは、戦前における唯一といってよい真摯な研究であった、成立構想論が前景化されたことである。成立構想という発想は、源氏物語を全篇として把握する視点を拒否して、解体・断片化し、紫式部という作家主体を問題化することに標的があり、「一部の大事」という全篇の中核的な主題は軽視されることになる。戦争前とは異なった意味で、批評・研究史の流れの上で、「一部の大事」は無視され忘却されてしまったのである。

もちろん、西郷信綱の〈王権〉論や、私の『源氏物語躾糸』（後にちくま学芸文庫『入門　源氏物語』と改題）や、あるいは傍流ではあったが橡川一朗『近代思想と源氏物語　大いなる否定』等々、私の狭い読者体験から言っても、藤壺事件が対象化されなかったのではないのだが、私の源氏物語に対する最初の論文である「澪標巻における栄華と罪の意識─八十嶋祭と住吉物語の影響を通じて─」[7]が、当時の時代・研究状況を配慮して執筆したためか、違った側面では注目されながら、藤壺事件を扱っているにも関わらず、その面からの批判・評価が皆無であったように、「一部の大事」からの眼差しを、源氏物語の研究や批評は喪失し忘却してしまっていたのである。

それには、戦後の時代状況・体制・制度・秩序の変遷や、天皇制が象徴天皇へと変容したこと、あるいは研究史の必然的な流れなどが加わっているのだろうが、何よりも源氏物語や日本文学の研究が〈戦争責任〉を真摯に問わず、源氏物語の批評と研究が、戦前のまま戦後もそれを無意図的に継承してしまったという、反省意識、批判精神の欠落に求めなくてはならないだろう。それなりの反逆の心情はあったのだが、そうした状況を許容した、私自身の姿勢も問わなくてはならないのだが、戦争中の研究史も考証されつつある時代に至っている今、保持しなければならないのは、源氏物語に対する「一部の大事」からの眼差しなのである。

この論を書き、「その年の夏……」という場面を扱い、「かぎりとて……」の和歌前後が歌物語であることを、明断化したいという欲求が生じたのは、その眼を喪失してしまった批評や研究に、イデオロギー的に警鐘を鳴らしたいからに他ならない。(8) 源氏物語の批評と研究は、再び「一部の大事」からの眼差しを復活し、それを基盤に研究を遂行しなければならない状況にあるのではないだろうか。『紫家七論』が為章によって書かれてしまった後の、現代という時代においては、源氏物語は、反逆の精神を保持せずに、読破できないテクストの代表作の一つなのである。

注

(1) 「一部の大事」については、二〇〇三年五月一七日の物語研究会の五月例会で、「非カノン化された源氏物語──『一部の大事』をめぐる言説あるいは源氏物語の〈叛く力〉──」という題で口頭発表をしている。その報告は、二〇〇二年一一月に横浜市立大学国際文化学部の英文学専攻が開催した、「カノン」をテーマとした国際シンポジュウムの報告を増補・訂正したもので『正典の再構築』(彩流社刊)として活字化されている。なお、「大事」は「秘事」の意味でもあることは言うまでもないことである。

(2) 本書第一節第二章等も参照してほしい。

(3) 「誤読と隠蔽の構図──夕顔巻における光源氏あるいは文脈という射程距離と重層的意味決定──」(『源氏物語の言説』所収)参照。そこでは、「つまり物語文学中の歌であるため、登場人物である歌人たちの意図を、物語の文脈から読み取る必要が生じてくるのである」など、物語文学における和歌言説の解釈の特性について詳細に論じたつもりである。

(4) 愛＝死というこの場面の主題については、『入門源氏物語』(ちくま学芸文庫)などを参照してほしい。

(5) 光源氏のエディプス・コンプレックスについては、注(2)の論文などを参照してほしい。

(6) 小林正明「わだつみの『源氏物語』──戦時下の受難」(『〈みやび〉異説──『源氏物語』という文化』所収)・『批

評集成源氏物語』・安藤徹「源氏帝国主義の功罪」（『〈平安文学〉というイデオロギー』所収）・有働裕『「源氏物語」と戦争』・小嶋菜温子「『むらさき』を読む」（『〈転向〉の明暗』所収）などを参照してほしい。

（7）『平安朝文学研究』一九六五年五月刊（『物語文学の方法II』所収）

（8）多くの論は、例えば、源氏物語若菜巻冒頭の、女三宮降嫁を承諾する光源氏の無意識の欲望に、藤壺の翳があることを忘れているように、第二部でも「一部の大事」が、中核的な意義を保持していることを、読み取れていない。それは「一部の大事」からの眼差しを隠蔽・忘失しているからに他ならない。そのことについては「若菜上巻冒頭場面の光源氏の欲望―望蜀、あるいは光源氏における藤壺という幻影―」（本書第二部第二章）などを参照してほしい。

第二章　光源氏という〈情念〉

——権力と所有あるいは源氏物語のめざしたもの——

〈一　父桐壺と義母藤壺または背離する情念〉

源氏物語を規定する言葉に、〈もののあはれ〉とか〈色好み〉などという、さまざまな認識・言説がある。源氏物語を一義的に捉える表現など決してないのであるが、源氏物語というテクストを一語で一義的に規定したいという、批評や研究者などの読者の欲望は、どのような状況でも発生するものらしく、私自身を反省的に回顧してみても、五十四帖の長篇であるにもかかわらず、そうした最終的な一義的意味決定をしたいという欲望がなかったとは言えないだろう。本稿で扱う〈情念（passion）〉という課題も、そうした側面から読み取られてしまう傾向があるが、ここで扱う〈情念〉という問題群は、後の論の叙述展開から理解されるように、フロイドの無意識と同様に、重層的に意味付けられているのである。(1)しかも、この光源氏という情念は、物語文学という〈文学〉のみが許されている、特権に属しているものなのである。

源氏物語は、情念から始発する。桐壺巻の冒頭文に記されている「すぐれて時めきたまふありけり」という表現は、「后妃《キサキ》は家柄に応じて寵愛（sex）しなくてはならない」という、天皇が保守しなければならない帝王学の禁忌を、桐壺更衣への情念から、桐壺帝が違犯していることを意味している。(2)この禁忌違犯は、情念は狂気だというプラトンの『ソクラテスの弁明』やストア主義者などによれば、狂気と同義だと理解されるのだが、それを批判的に継承したデカルトは、『情念論』で、情念とは、意志の働きなしで、換言すれば、魂の能動性を欠いたままで、動物精気により身体の側から、魂の内部に起こされる思考を意味していると言っている。まさに、情念は、身体的なものと精神的なものとの〈境界〉に位置付けられる、具体的な営為を意味する作用なのである。しかも、この行為は、帝王学を桐壺帝が違犯しているように、〈常識〉という、明確に境界線を引けない、歴史や社会・文化・思想・信仰などといった、さまざまな解釈共同体が要求する、規範を犯すことなのであり、時代や社会によって変容するものなのである。

この時代的社会的に変容する〈常識〉からの逸脱という行為を、一義的に意味付けることは困難である。帝王学という〈常識〉は、もちろん、都から遠ざかった大衆が、同時代的に共有していたものではない。寛平遺誡のような以前の天皇たちの諫めや定め、上流貴族たちが天皇に抱いたさまざまな負を含めたイデオロギー、都市民の話題や噂、そして語り手たちの物語上の文学的で虚構的な設定、そうした種々の認識の鬩《せめぎ》あいと、そして現代の批評家や研究者たち〈読者〉が、古代後期の資料などの表象から想像し、創りだした、幻影的で観念的な構築物だと言えよう。

ところで、この源氏物語上の桐壺帝の禁忌違犯という設定は、桐壺更衣が精神的・肉体的に魅惑や蠱惑を振り撒いた女性であったことはもちろんであるが、左右大臣の年齢的若さ、貴族社会の力関係、あるいは、天皇親政がある程度可能な状況だったこと、さらには早死した更衣の父大納言への帝の同情など、さまざまな政治的・社会的・文化的背景も加わり、種々に想定・理解されるのだが(3)、しかし、逆に言えば、桐壺には、天皇であるために、「上達部上人なども、あいなく目を側めつつ、いとまばゆき人の御おぼえなり」という「側目」（長恨歌伝）という反応しか喚び起こせない、細《ささ》やかな禁忌違犯しか許されていなかったと言えよう。王朝国家という古代後期の天皇という権力者には、すべてが可能でありそうだが、帝王学という軛《くびき》から逃れることができず、断片的なものしか遺っていない寛平遺誡などからも覗けるように、すべての日常的行為が規定・監視され、不可能として、閉じられていたのである。采女制度があり、地方出身の女性を寵愛することが、彼女の所属する氏族やその土地・財産などを擬似的に支配・所有することでもあった〈色好み〉の時代は遠くに隔たっており、一人の女性を愛することは、宮廷の秩序を僅かばかり攪乱することになっても、それ以上の逸脱価値はなかったのである。

情念は、他者の欲望を模倣して、それ以上に自己の欲望の欠落を埋めようとする衝動的な行為なのだが、治天下の頂点にある者として、つまり、〈常識〉的には、すべての欲望を充足できるように見える天皇には、他者の情欲を参照しながら、自己の欲望の欠如を見いだすことが閉じられていたのである。仮に、欠落を見いだすとすれば、桐壺巻の冒頭部分に引用されている長恨歌のように、反乱が起こるか、さもなくば何かを契機に天皇制が廃絶・瓦解するか、自分が死ぬより外に、物語を生成し、欠如を充塡する方法や手段はなかったのである。つまり、天皇には、聖代とか聖断という、大きな物語を後世の人々が観念的に創りだすのを死後に期待する以外に、物語文学を生み出す力が欠落していたのである。朱雀のような皇太子も同様で、せいぜい天皇に即位するという、だれもが当然だと思う、興味を持たない物語が遺されているだけで、皇位や皇位継承権を持つ者の、それが悲哀なのである。彼らは、心的なものと、身体的なものとの〈境界〉に立つことが許されていなかったのである。彼らには、物語の主人公になる資格が欠落しているのである。蟬丸たちのように、聖痕のある、皇家統《わかんどほり》でありながら、皇位継承権を喪失した者だけが、物語を紡ぎだす権利を保有できる根拠が、その〈境界〉という位相にあったのである。物語（文学）とは、境界に立つ者のみに許された特権なのである。

源氏物語が「源氏」「光源氏」という題名で流布し、光源氏が主人公となる理由は、その境界を背負っているからである。「天皇になる資格のない皇子の物語」、あるいは、「天皇になる資格を喪失した者が、天皇になった物語」という、賜姓源氏を指示する題名自体が、境界としての物語を背負っているのである。しかも、光源氏は、さらに、高麗人の観相によって「国の親となりて、帝王の上《かみ》なき位《くらい》にのぼるべき相《さう》おはします人の、そなたにて見れば、乱れ憂ふることやあらむ、おほやけのかためとなりて、天《あめ》の下《した》を補弼《たす》くる方《かた》にて見れば、またその相違《さうたが》ふべし」という、謎に満ちた境界線上の運命が身体的相貌として予言されるのであって、物語を突き動かす情念の力を充分に身体に蓄え、物語文学の主人公である資格が、始めから備わっていたのである。

この「国の親」と「おほやけのかため」という矛盾した両義的な謎辞を解決したのが、光源氏にとっては二度目の体験であり、一夜胎みを伴った、藤壺事件であったことは言うまでもないことである。[4] この密通事件は、光源氏にとって、藤壺が、桐壺更衣の面影を宿す実母であり、庶母（継母・義母・擬慈母）であり、父の后妃《きさき》であり、父の妻（人妻）である点で、さまざまな境界に立つ女性との、肉体的な関係だと言えるだろう。と同時に、この関係が、父の模倣であり、父の代行であることも忘失してはならないだろう。秩序という大文字の父親を模倣するという、その代行行為によってのみ、光源氏は辛うじて、自己であるという境界性・同一性を保つことができたのである。

ところで、その模倣という反復行為は、正身が抱えていた意義とは異なった意味を、境界に生成させることになる。桐壺が藤壺を寵愛するのは、死去した桐壺更衣などの事情を勘案すると、天皇として当然で、しかも、皇位継承者が更に誕生してほしいという、貴族社会の人々の媚びも含めた願望もあり、一種の義務とさえ言えるのであるが、その父親の行為を擬態することは、近親相姦・大逆・密通などの罪悪を一身に引き受けることになるのである。「准《なぞら》える」という行為は、このように、義務から罪悪へと意味変更する、逆転した行いなのである。「准」という実存を与えられた光源氏は、誕生から背離する境界という悪の位相に立ち、呪われた存在であったのである。情念とは、狂気であり、悪であり、呪われたものなのである。光源氏は、日常的な人間と異なり、そうした負の世界を一身に担って登場した、文学特有の人物なのである。

〈二　死への誘惑と密会としての隠蔽〉

その不吉な欲望を実現した藤壺事件は、若紫巻で、

藤壺の宮、なやみたまふことありて、まかでたまへり。上のおぼつかながり嘆ききこえたまふ御気色もいといとほしう見たてまつりながら、〈かかるをりだに〉と、心もあくがれまどひて、いづくにもいづくにも参うでたまはず、内裏《うち》にても里《さと》にても、昼はつれづれとながめ暮らして、暮るれば、王命婦《わうみやうぶ》を責《せ》め歩《ある》きたまふ。いかがたばかりけむ、いとわりなくて見たてまつるほどさへ、現《うつつ》とはおぼえぬぞわびしきや。宮もあさましかりしを思し出づるだに、世とともの御もの思ひなるを、〈さてだにやみなむ〉と、深う思したるに、いとうくて、いみじき御気色なるものから、なつかしうらうたげに、さりとてうちとけず、心深う恥づかしげなる御もてなしなどの、なほ人に似させたまはぬを、〈などかなのめなることだにうちまじりたまはざりけむ〉と、つらうさへぞ思さるる。

何ごとをかは聞こえつくしたまはむ。くらぶの山に宿《やどり》も取らまほしげなれど、あやにくなる短夜《みじかよ》にて、あさましうなかなかなり。

見てもまたあふよまれなる夢の中《うち》にやがてまぎるるわが身ともがな

とむせかへりたまふさまも、さすがにいみじければ、

世がたりに人や伝へんたぐひなくうき身を醒めぬ夢になしても

思し乱れたるさまも、いとことはりにかたじけなし。命婦の君ぞ、御直衣《なほし》などは、かき集めもて来たる。

（1―三〇五～六）

と描かれている。長文の引用文の中で、〈　〉は内話文で、傍線部分は、語り手と登場人物の二つの声が読者に聞こえる、自由間接言説である。

自分の「瘧病《わらはやみ》」（若紫巻頭語）と同様に、藤壺が「なやみ」＝「病気。心痛（心身症）か」に罹り、里邸に下ったことを知った光源氏は、まず父桐壺のことを、その内面から推察・配慮する。なによりも、藤壺事件が、父親を始原としていることを示唆しているのである。この場合〈父〉とは、秩序・掟であるとも言ってよいだろう。なお、本稿では、藤壺事件や源氏物語正篇に、この父という掟が、暗い影を落としていることについては、何度か言及することになるだろう。

フロイドのエディプス・コンプレックス論には、いろいろな歴史的変遷や種々の解釈があり、安易に纏めると批判される面もあるのだが、三歳から八歳の男根期に形成されるもので、この時期を比較的克明・詳細に描写している、桐壺巻の記事が気になる。「その皇子《みこ》三つになりたまふ年」には袴着があり、なによりも母桐壺更衣の死が描かれている。エディプス・コンプレックスの形成期に、〈母の死〉という、決定的な出来事が設定されているのである。源氏物語では、この出来事が、正篇を費やした光源氏の生涯に、見えない、語られていない陰影を与えていることを、常に読み取る必要があるのである。「七つになりたまへば」には、読書始《ふみはじ》めが、あるいは「そのころ」に、高麗人の観相として光源氏の謎に満ちた境界の運命が予知されている。

エディプス・コンプレックスの形成期における、無意識的な父親殺しと母親との近親相姦の願望が、母親の死を契機に、対象を喪失した衝動は、重層した情念を光源氏に与えることとなる。その輻輳している情念の中で、重要な役割を果たすのは、父という秩序に対するものと、母の形代である藤壺に対する深層的な態度である。父桐壺に関することを最初に分析すると、去勢不安からの父の禁止の内在化と、そのエディプス・コンプレックスの後継者である超自我は、強烈に生成したと理解できるだろう。服従による公的な文化社会への参入と、欲望の動きを調整する掟の持ち主である父親への、境界線を越えた同一化は、父が天皇でもあるため、彼の内部で押さえることができないほど肥大化したことは、想定するまでもないことである。光源氏は父桐壺でもあるという、狂気の言説である自己＝他者という、隠された同一化への欲情が、突如として噴出する様相は、後に何度か見ることになるだろう。彼は、自己＝他者という叛秩序という爆薬を内部に抱えており、それがいつ爆発するか分からない、危険人物であり反逆者なのである。

潜在している同性の親に対する殺人願望という無意識と共に、異性の親に対する性的欲望は、実母の死去によって歪曲化される。その死によって引き伸ばされた欲望は、桐壺巻の巻末近くの、「いとよう似たまへり」という典侍の言葉を聞いて、藤壺が他の后妃《きさき》に比べて若く、桐壺更衣の死去した年齢と同世代らしいことも加わり、光源氏の内部で、類似が同一へと転化される。藤壺は、死去した実母桐壺更衣そのものなのである。しかも、潜在していた無意識的な母親への願望が、顕在化し、意図的な藤壺への性的欲望として結晶するのである。

桐壺巻では、その欲望を、

いづれの御方も〈我人に劣らむ〉と思いたるやはある。とりどりにいとめでたけれど、うち大人びたまへるに、いと若ううつくしげにて、せちに隠れたまへど、おのづから漏り見たてまつる。母御息所も、影だにおぼえたまはぬを、「いとよう似たまへり」と典侍の聞こえけるを、若き御心地に〈いとあはれ〉と思ひきこえたまひ

て、常に参らまほしく、〈なづさひ見たてまつらばや〉とおぼえたまふ。(1―一一九〜二〇)

と描写している。場面中の「なづさひ」について、『岩波古語辞典　補訂版』は、「ナヅミ(泥)と同根」と解説し、「①水にひたる。漂う」と「②(水にひたるように)相手に馴れまつはる」の二つの意味を挙げているが、ここでは、藤壺の胎内で羊水に浮かんでいる嬰児としての光源氏を想起すべきであろう。その母胎回帰の胎児の夢が膨らみ、母(義母)との性的願望にまで至ることは言うまでもないことだろう。光源氏にとって、藤壺は、生んでくれた母と父の後妻との区分はなく、同一の女性なのである。だが、この性的所有・母胎回帰という光源氏のイデアの渇望は、実際は、あくまでも物質・身体を光源氏の外部に置くことであることも、読者は忘却してはならないだろう。そうでないと観念論に陥り、光源氏の錯誤・幻覚を解明できないのである。あくまでも藤壺自体は、光源氏の外部に実存する、固有の身体を持った個的な存在なのである。なお、その彼女の物語上の自立については、後に言及することになるだろう。

引用した若紫巻の場面を読むと、〈などかなのめなることだにうちまじりたまはざりけむ〉とあり、光源氏は藤壺を完全無欠な女性と認識しているのだが、しかし、その前には、「わびしきや」という語り手の声と共に光源氏の反語的感想が響く自由間接言説が記述されており、藤壺は、「あさましかりし」とか「世とともの御もの思ひなる」とあるように、それ以前の意図しない逢瀬に、さまざまに苦悶・懊悩しているのであって、明らかにこの内話文は光源氏の誤読であるのだが、その錯誤の上に、彼は、藤壺を、〈なのめなることだにうちまじりたまはざりけむ〉という認識が示唆しているように、女性そのものを一身に象徴していると思っているのである。換言すると、「斜《なの》め」＝「平凡なこと」を日常的に背負って生活せざるをえない実存であるさまざまな女性たちの、良質さだけを代行し、日常性を消去した、女性そのものを象徴しているのが藤壺なのであって、彼女を所有することは、全ての女性と関係することになると錯誤しているのである。藤壺と性的に関係することは、「全世界」の女性を所有することだという、情念が生成しているのである。

情念は、世界を所有したいという、錯覚の上に誕生する。吝嗇家にせよ、コレクターにせよ、好色家にせよ、愛書家にせよ、対象を所有することは、世界を獲得したと錯覚されるのである。しかも、コレクターには限度がない場合もあるのだが、光源氏は、藤壺一人を所有するだけで、世界のすべてを掌握しているという、錯覚・幻想に浸ることができるのである。藤壺事件は、その光源氏の境界線上にある情念から発生したのである。

恍惚とした世界の所有感が、彼の詠んでいる「夢の中にやがてまぎるるわが身ともがな」という和歌に、狂暴な願望として表出されている。逢瀬は「夢」であり、その夢に溶解し、その恍惚とした時間を持続することだけが、光源氏が願う唯一の希求なのである。日常的には、罪過であり、恥辱であり、排除され、追放されるものであっても、この夢のような密会の瞬間は、光源氏にとって失ってはならない掛替えのない時空であり、世界のすべてが溶融されているのである。

と同時に、この夢のような恍惚の瞬間は、「死」でもある。夢に紛れてしまうことは、日常的現実の死滅を意味している。かぐや姫の昇天が、死を示唆しているように、光源氏は、世界所有の性的陶酔の中に、自己の死を凝視していたのである。和歌中の「やがて」が即座にの意であることは言うまでもないことだが、「夢の中にやがてまぎるるわが身ともがな」という句を読むと、光源氏は、藤壺に最終的には心中・情死を提案していたと解釈できるだろう。贈答歌による死を賭けた情死への誘惑の提唱があり、彼が、「とむせかへりたまふさまも、さすがにいみじければ」とあるように、死に憑依されているような悲惨な状況なので、藤壺はついに同情して

世がたりに人や伝へんたぐひなくうき身を醒めぬ夢になしても

という返歌を詠んだのである。仮に心中したとしても、そのためにかえって「世がたり」になってしまうでしょうと、返歌の規範的文法に従って、切り返したのである。「世がたり」は、世間の語り種《ぐさ》の意であるが、藤壺は、二人の心中を回避することで、「世がたり」になることを〈隠蔽〉したのである。

秘事・密会として隠蔽することで、情死を忌避したのである。ここに、後に詳述するように、〈隠すこと〉という核となる主題が、源氏物語に誕生したのである。なお、この光源氏の贈歌を、和歌的修辞として、「夢の中に即座に消えてしまいたい心境です」と表層的に儀礼的挨拶として解釈すべきだという批判・批評が生まれるかもしれないが、藤壺の返歌や前後の文脈、あるいは贈答歌の規範文法、場面の重要さなどを配慮する限り、光源氏は死に誘惑されてこの和歌を詠んだと理解すべきであろう。

この贈答歌を、「死をめぐる光源氏と藤壺との和歌による対話」として読む説は、従来の批評や研究では、主張・評釈されて来なかったようだが、藤壺事件という、源氏物語の「一部の大事」の解読として、この解釈は、さまざまな波紋を拡げることができるのではないだろうか。その波紋の一つは、既に示唆的に述べてきたことではあるが、源氏物語には、性＝死という言説があることである。栄華＝罪過という言説が、源氏物語第一部を紡ぎ出す中軸的な認識であることは、既に『入門源氏物語』等の一連の諸論文で記述したことだが、夕顔巻の夕顔死去事件・柏木密通事件なども含めて、源氏物語は、この性＝死という主題群の一つを意図的に表出していたのである。

と同時に、この事件は、冷泉という天皇に即位する人物の、一夜胎みの場面でもある。つまり、誕生＝死という言説も、この贈答歌から読み取れてくるのである。直接的には語られてはいないが、桐壺更衣を犠牲にすることによって、光源氏という希有な栄華を遂げた人物が誕生してくる、桐壺巻などを配慮すれば、この誕生＝死という言説も、源氏物語を横断していると言えるだろう。もちろん、薫の誕生が柏木を犠牲にしていることは言うまでもないことである。こうして、この贈答歌を〈死をめぐる光源氏と藤壺との対話〉として読むと、さまざまな両義的言説が、行き交い、渦巻き、波紋を拡げている様相が理解されてくるのではないだろうか。

その場合、この〈情念〉を扱っている論文の展開から言えば、情死を主張する光源氏の贈歌は、源氏物語をこの時点で終焉させてしまう役割を持っていると言えるだろう。二人がこの歌のように情死してしまえば、この物語は「心中物」として流布するだけで、その後の展開が阻害されてしまうのである。藤壺の答歌のように、密通を隠蔽し、世間の噂や話題として流布されないことが、物語文学として自立できる唯一の方法なのである。光源氏の死の提案を惻隠し、二人の関係を密会として隠してしまうという、藤壺の深謀だけが、物語文学として源氏物語を、文学的に屹立させせることができるのである。

藤壺に対してあまりにも権謀術数として理解しすぎると、非難されるかもしれないが、この臨機応変があったからこそ、このテクストは、物語を紡ぎだすことができたのである。別に言えば、この場面で情念という〈境界〉に立つことができたのは、藤壺なのであって、この瞬間、光源氏は、物語文学の動力であった、その情念を彼女に奪い取られているのである。強姦とも言える強引な性的関係を、二人だけの秘密として、〈密会〉として隠蔽化することによって、それまでは外部からしか語られていなかった藤壺は、物語の中軸となる女主人公の位置を、この一首の和歌を通じて、確立していったのである。

キルケゴールの『死に至る病』は、第一部「死に至る病とは絶望のことである」と、第二部「絶望は罪である」とからなるが、不謹慎だと言う非難を覚悟して、この原罪を扱った書の背後にある「神」を、掟としての「父」に置換すれば、光源氏の絶望と罪障と、情死への誘惑は、鮮やかに明晰化できると言えるだろう。光源氏を死に誘ったものは、父という掟に対する絶望と罪の意識だったのである。場面の冒頭に記されていた、「上」=父桐壺に対する内的配慮があったからこそ、光源氏は、〈死に至る病〉に憑依されたのである。その掟に対して、藤壺は、「世間」を配慮して、事件を隠蔽して、密会化することを求めたのである。

〈三　出家から少女へあるいは罪の選択〉

若紫巻では、この場面の遥か以前に、奇妙な言説が記述されていた。

僧都、世の常なき御物語、後の世のことなど聞こえ知らせたまふ。〈わが罪のほど恐ろしう、あぢきなきことに心をしめて、生けるかぎりこれを思ひなやむべきなめり、まして後の世のいみじかるべき、思しつづけて、かうやうなる住まひもせまほしうおぼえたまふものから、昼の面影心にかかりて恋しければ……(1)―二八六)

幼い紫上と尼君を垣間見した後、光源氏が、北山の僧都から紫上の素性を聞く場面の冒頭に記されている文であるが、僧都から、この世が無常であるという説話物語を聞いて、光源氏は、罪業に苦悶し、「あぢきなきこと」に心を奪われ、生涯それに苦悩しなければならず、なおさら後世ではどれほどの悪報を被るか分からないと、出家さえ決意しようと思っていたのである。なお、場面中で、山形の鈎括弧が閉じられていないのは、内話文が地の文に流れているからで、それについては、「源氏物語の〈語り〉と〈言説〉―〈垣間見〉の文学史あるいは混沌を増殖する言説分析の可能性―」[5]の「内話文」に関する解説で、分析・説明している。

「あぢきなし」については、『岩波古語辞典　補訂版』は、

アヅキナシの転。漢文の「無道」「無状」の訓にあてられ、秩序にはずれてひどい状態が原義。他人の行為を規範にはずれていると批判したり、相手に道理を説いてたしなめたりする意。間投詞的にも使う。また、自分自身の行動や心の動きが、常軌を逸しているのに自分で規制できないことを自嘲したり、男女の関係の不調に

ついて失望・絶望の気持ちを表わす。と長い解説を述べているが、ここでは一人称の認識として、「常軌を逸している」こととして理解できるだろう。それ故、この文は仏教的な宗教信仰の文脈で解釈できるのだが、同時に、掟である父桐壺帝も意識の底にあると理解してもよいだろう。掟とは、父ばかりでなく、政治・経済・法律・文化・宗教・信仰など、重層的に定められ、規定されているものなのである。もちろん、古代後期の王朝国家において、王権という天皇の権力がその中軸にあったことは言うまでもないことだろう。

ところで、叙述の時系列に従った第一回目の読みから言うと、「わが罪」や「あぢきなきこと」などという語は、解釈不可能な、不可思議な文であるが、「時間の循環」[6]という帚木巻以前の一回目の藤壺事件を知っている眼差しから言うと、極めて安易で素直にこの文は解釈されるのであるが、文中で二度も「後の世」という鍵《キー・ワード》語が用いられているのが気になるのである。源氏物語でも後半部になると、例えば、総角巻には、「『……いかで、おはすらむ所に尋ね参らむ。（女性。ここでは大君・中君は）罪深げなる身どもにて』と、後の世をさへ思ひやりたまふ」⑸―三〇二）とあり、ここはその前に記されている「……いづくにもいづくにも、（父君の）おはすらむ方に迎へたまひてよ……」⑸―三〇二）を受けており、それに対して全集本の頭注が、「たとえ地獄でもどこでもかまわない」と書いているように、「後の世」は地獄を意味するようになるのだが、この若紫巻では、「いみじ」と程度のはなはだしいの意の語が用いられていて、「後の世」は地獄のみではなく、輪廻転生を意味するのではないかと思われるからである。

元来、仏教思想から言えば、極楽浄土（無の世界）と対比される世界は、六道（天人・修羅・人・畜生・餓鬼・地獄）の、輪廻転生の世界であった。思想史的には、源信（九四二～一〇一七）の撰した『往生要集』（九八五）の画期的意義は、それを我々の住んでいる閻浮提《えんぶだい》の地下にある奈落の八大地獄に変化したことである。源信は、輪廻転生の恐れに対して、地獄の恐怖を対峙させることによって、民衆を脅迫し、浄土への憧憬を強化したところに、画期的な意義があったのである。他界観の変容が、源氏物語の執筆期間中に起こっていたのである。手習巻・夢浮橋巻両巻に登場する横川の僧都のモデルが源信らしいことは、よく知られている史的事実で、それ故、宇治十帖が浄土と対照して地獄を描くのは当然だが、若紫巻では、この思想的影響はまだ一般化するほどには到達・流布しておらず、ここでは浄土にたいして輪廻の世界が対置される他界観が、描出されていたのである。

六道を転生しながら彷徨する、罪を背負った光源氏の姿が、表象されているのである。この時期の、光源氏の罪とは、堕地獄ではなく、六道を輪廻することへの畏怖であったのである。「あぢきなきこと」に憑依されたために、往生・解脱から拒絶され、三界六道を繰り返して彷徨う運命が見えたのである。それ故、出家を考慮するのだが、藤壺に「いとよう似たてまつれる」少女を既に垣間見で発見していたため、彼女の素性を北山の僧都に尋ねてしまうことになるのである。

高僧の僧侶を前にしながら、出家という仏教思想の根源の一つを尋ねることなく、藤壺に類似した「昼の面影」である少女の素性を知ろうとするパロディに、光源氏の〈情念〉が語られていると言えるだろう。それほどまでに、彼は、藤壺や彼女に似ている少女に蠱惑されているのである。ここに、敢えて罪や苦悩を甘受しようとする光源氏の意図を、見いだすことができるだろう。「あぢきなきこと」に魅惑されながら、それを仏教思想という観念に上昇させるのではなく、つまり、観念に憑依されてインフェリオリティ・コンプレックスを抱くことなく、性的に未熟な一人の女性の肉体に意識を焦点化し、罪や受苦を厭わない、この光源氏の内的体験は、「ものから」という助詞によく表出されていると言えよう。

「当然、……するにきまっているけれど」の意の、この名詞と格助詞の複合した助詞には、常識では出家するのに、光源氏はそうしないで、非常識にも、「昼の面影心にかかりて　恋しければ」という、少女の素性を僧都に尋ねるという不穏当な行為をしているという、語り手からの、非難の気持ちが込められているのだろう。しかし、出家から少女へというこの選択は、軽率な行いのように見えるのだが、「ものから」という助詞で結ばれているこの選択は、常識から非常識に、善から悪に、正常から狂気に、無垢から受苦に、秩序から叛秩序になどといった、負の世界への光源氏の参与を表明した決意なのでもあって、この兆候があったからこそ、藤壺事件が直後に描かれることになるのである。

なお、葵巻以後、紫上を正妻としたことは、甘美な生活を送ることではなく、背後にこの選択した受苦と罪を背負っていることでもあるのであって、そうした潜在するものを読み取らずに、光源氏の華麗な王朝世界は語れないのである。物語は常に暗闇という潜在するものを抱えているが故に、文学・虚構として、読者に訴えるものを語りとして保持しているのである。源氏物語に対する批評と研究が明晰化しなければならないのは、表層の少女愛玩などという意義ではなく、この罪と受苦を背負った、光源氏の彷徨なのである。

〈四　父からの自立あるいは敗北の行方〉

藤壺との最初の密会を、テクストに表出しなかった、源氏物語の語りの方法は見事である。引用した藤壺事件の場面の、「宮もあさましかりしを思し出づるだに、世とともの御もの思ひなるを、〈さてだにやみなむ〉と、深う思したるに」という文を素直に読むかぎり、この〈もののまぎれ〉は二回目の逢瀬で、始原の出来事を描いていないと言えるだろう。一部の人々は、源氏物語が、線状的に叙述され、時系列に従った因果性で表出されていると錯誤して、この強引な密会を、最初の逢瀬場面として無理に読もうと努力しているのだが、光源氏と藤壺との最初の密通は、桐壺巻と帚木巻との間の四年間の空白時期、それも帚木巻巻頭の雨夜の品定の時期に近い頃に設定されていたと、想定してよいだろう。源氏物語は、藤壺事件の始原を表出することを、意図的に回避していたのである。

また、こうした読みとは異なった、かつて成立構想論の一部の人々が主張していたように、「かがやく日の宮」などという巻があり、今は散逸してしまった、始原を克明に描出している巻が、存在したらどうなるであろうか。藤壺を、光源氏が無理遣り強姦する、原因・意図・経過・結果などの出来事を、詳細・克明に描かずにすますわけには行かず、彼の華麗な栄光は、地に落ちることになっただろう。始原の暗部・愚闇を隠蔽した、反復という強迫観念だけを描くことが、光源氏を主人公にする物語を救済する唯一の方法だったのである。

もっとも、初回の藤壺事件が、描かれていなかったわけではない。既に「帚木巻の方法―〈時間の循環〉あるいは藤壺事件と帚木三帖―」[7]で分析したように、この出来事は、空蟬との密通事件を通じて暗示的に表出されており、初回の藤壺事件は見せ消ち化され、二回目の一夜胎みの事件だけが、〈もののまぎれ〉として強調化されているのである。場面中に「心あくがれまどひて」とあるように、言説の上では、初回は描かれていず、読者の解釈のみが許され、初回からの強迫観念だけが、光源氏を事件へと突き動かしているように見えるのである。『岩波古語辞典補訂版』は「あくがれ」について、「所または事を意味する古語アクとカレ(離)との複合語。心身が何かにひかれて、もともと居るべき所を離れてさまよう意。後には、対象にひかれる心持を強調するようになり、現在のアコガレに転じる」と解説しているが、光源氏は、魂を藤壺に抜かれたような精神の彷徨状態にあり、それは初回の逢瀬を回想・追憶しているからであり、それを反復しなければならないという強迫観念だけが、表現の表層から読み取れ、藤壺憧憬の理由や原因や密会の経緯などについては読者の解釈に委ねられ、「いかがたばかりけむ」という草子地が象徴的に示しているように、言説の上では隠蔽化されているのである。

なお、この草子地は、源氏物語の「語り手」という課題を考察する上で重要な意義を持っている。「いかが」という疑問を含んでいるかぎり、このテクストが、全てを感知している全知的視点＝物語外語り手から、叙述されていないことを意味している。つまり、この物語の語り手は、物語内語り手として設定されていると言えるだろう。その場合、この藤壺事件を見聞できたのは、物語の記述を読むかぎり、王命婦だけである。しかし、事件のお膳立てを設定したのは彼女で、「いかがたばかりけむ」と謀った本人が、疑問の言葉を用いて発話することはないだろう。とすれば、遥か後の用語を使用することになるが、「紫のゆかり」(竹河巻の用語)が、この場面の語り手たちだと言わざるをえないだろう。彼女たちは、後に何らかの切っ掛けで、王命婦(乳母子の弁である可能性も充分にある)から、この情報を得たのであって、彼女から詳細に事件を伝達してもらわなかったために、こうした草子地を挿入せざるをえなかったと述べているのである。女房たちは、こうした秘事を含んだ話題について、底辺で交流し、雑談・噂話をしている傾向があり、そうした貴族生活の文化・社会的文脈を知っていたために、源氏物語は語り手として、紫上付きの女房たちを「紫のゆかり」として設定したのである。

ところで、「帚木巻の方法―〈時間の循環〉あるいは藤壺事件と帚木三帖―」という論文でも触れたことがあるが、なぜ、光源氏は、空蟬に魅惑されたのであろうか。彼女は、年上で、しかも、小柄で、「痩せ痩せ」で、比較的ではあるが、愛敬もなく、容貌も美しいとは思われないのである。この性的魅惑の欠けた女性に、若い十七歳の光源氏が惑乱された理由は、本文を読むかぎり、方違えの夜、紀伊守邸で、

「……上(桐壺帝)にも聞こしめしおきて、『宮仕に出だし立てむと漏らし奏せし、いかになりにけむ』と、いつぞやものたまはせし、世こそ定めなきものなれ」と、いとおよすけのたまふ(1)―一七二)

という早熟ぽく述べた光源氏の会話に引用されている、「宮仕に出だし立てむと漏らし奏せし、いかになりにけむ」という桐壺帝の発話以外に考えることができない。伊予介という老人の受領の後妻となっている空蟬は、本来は故衛門督の女むすめで、桐壺帝に入内する予定があったのである。つまり、藤壺と同様に、彼は、父桐壺の代行をしているのであって、空蟬の魅力とは、父という掟を代役として貫くことなのであったのである。

父桐壺が実現できなかった可能性を、代行して現実化することだけが、光源氏を空蟬に向かわせた情念なのであって、ここにも「代り」という、彼の境界的実存が見られるのである。それも、王権を背後としている桐壺と違って、光源氏にとっては、単なる人妻との密通にしかすぎないのだが、空蟬との性的関係は、それ以上の価値のある出来事として、彼には観念されていたのである。掟は自己であり、掟を破る自由さえ保持しているのは自分だという、王権観念・王権願望に取り付かれていたのである。もちろん、伊予介という老人や、また、義母に邪な企みを抱いている紀伊守といった、下の品の、受領コースの人々の欲望を模倣していることも、忘れてはならないだろう。

一般に、帚木巻の雨夜の品定論は、女三品論として理解されているが、それはそうでかまわないのだが、他者の欲望の模倣によって、男性の情念が生成するという裏返しの視点から言えば、この三品論は、桐壺巻でも展開されている、公卿・殿上人・受領という男性貴族たちの階層論でもあるのであって、現在の歴史学では、王朝国家体制では、公卿コースと受領コースとは区別され、階層的に固定されていたと理解するのが有力である。つまり、空蟬に光源氏が魅惑されるのは、受領の妻であるという、下の品の女という地位なのだが、しかし、その根底には、父という掟を犯したいという（妃は上品）、上の品の女という地位も加わり、輻輳した感情があり、深層には秩序攪乱のさまざまな性的欲望が横たわっていたのである。

この父の代行ということは、テクストの上でも、ある程度意識されていたのではないだろうか。帚木巻・空蟬巻に続く夕顔巻では、光源氏を意図的に父から自立させる。夕顔巻の〈物の怪〉については、「誤読と隠蔽の構図―夕顔巻における光源氏あるいは文脈という射程距離と重層的意味決定―」という論文で書いたので再言しないが、(8)夕顔は、死後にようやく右近から「三位中将」の女むすめだと語られており、入内の可能性がなかったとは言い切れないのだが、光源氏の恋慕には、父の影はないと言ってよいであろう。この巻で、光源氏は、父からの自立を遂げているのである。しかし、他者の模倣による欲望という点に関しては、指摘しておかなくてはならない。

夕顔巻で、光源氏は、巻の冒頭近くで、惟光が彼を「六条わたり」の夕顔のいる邸に手引きする際に、女童が「……頭中将の随身、その小舎人童をなん、しるしに言ひはべりし」と言っていたという惟光の報告を聞き、〈もしか(頭中将)のあはれに忘れざりし人にや〉と思っているのであって、夕顔の素性の確かな情報を右近から得るのは、巻末の夕顔の死後のことなのだが、確信は持てないものの、彼女が、雨夜の品定の際、頭中将の語った、内気な常夏の女ではないかと、推量していたのである。つまり、彼は公卿コースへの近道の筆頭にあり、中の品の殿上人である、頭中将という他者の欲望を模倣していたのであって、他者なしに自己の欲望は発露しないのである。

しかし、頭中将の模倣であるとしても、光源氏は、少なくとも父桐壺から自立している。だが、その自立の行方は、克明な分析はここでは避けるが、夕顔の〈物の怪〉による死去という、悲惨な結末で終わる。自立は、挫折したのである。夕顔巻に続いて表出されている若紫巻で、父桐壺回帰が再び語られているのはその為である。父という掟は、逃れることのできないものとして、彼の前に立ち塞がっていたのである。その掟を破棄するためには、死という唯一の方法しか、彼には残されていなかったのである。

若紫巻の、

見てまたあふよまれなる夢の中にやがてまぎるるわが身ともがな

という光源氏の贈歌も、そうした文脈で読むべきなのであって、死への誘惑は、掟・秩序・制度との関係として、源氏物語の中では位置付けられているのである。源氏物語では、父の選択決定であった正妻葵上の他に、空蟬・軒端の荻・六条御息所・夕顔・藤壺・末摘花・源典侍・朧月夜・紫上・花散里・明石君・女三宮などとの性的関係がさまざまに叙述されている。その中で、父桐壺の影が瞥見できないのは、夕顔だけなのであって、朧月夜も兄朱雀の、明石君も母の親族である点で、他の女性たちも、何らかの関係を保持しているのであって、父桐壺と義母藤壺の存在は、表層もそうであるが、潜在的にも、源氏物語正篇を裏面から規定する、光源氏そのものなのであり、情念なのである。〈情念〉は、さまざまな意味を抱えながら、源氏物語を嚮導しているのである。

〈五　源氏物語における最終的意味決定と一抹の不安〉

若紫巻で表出されている藤壺事件は、

命婦の君ぞ、御直衣《なほし》などは、かき集めもて来たる。

という藤壺との性的関係を露骨に暗示する、極めて物象的な記述で終わる。「なにと」の約である「など」という助詞が、文脈で有効的に働いているのである。王命婦は、おおよそ下着類を含めて直衣一式を集めて持って来たのである。

続いて、光源氏と藤壺の〈もののまぎれ〉に対する、さまざまな苦悩・苦悶・煩悶が描写されて、

暑きほどはいとど起きも上がりたまはず。三月《みつき》になりたまへば、いとしるきほどにて、人々見たてまつりとがむるに、あさましき御宿世のほど心うし。人は思ひよらぬことなれば、「この月まで奏せさせたまはざりけること」と、驚ききこゆ。わが御心ひとつには、しるう思し分くこともありけり。御湯殿などにも親しう仕うま

つりて、何ごとの御気色をもしるく見たてまつり知れる、御乳母子の弁、命婦などぞ、〈あやし〉と思へど、かたみに言ひあはすべきにあらねば、なほのがれがたかりける御宿世をぞ、命婦は〈あさまし〉と思ふ。内裏《うち》には御物《もの》の怪《け》のまぎれにて、とみに気色なうおはしましけるやうにぞ奏しけむかし、見る人もさのみ思ひけり

(1)—三〇七)

と書き続けられ、藤壺は、神話的とも言える〈一夜孕み〉で懐妊したのである。問題は、「三月《みつき》になりたまへば……」という言説である。全集本の頭注では「妊娠三か月。源氏との密会は四月、いまは『暑きほど』の六月ごろ」と記している。この注釈や解釈に間違いはないのだが、しかし、人によって相違はあるだろうが、妊娠三カ月なのに、夏の羅や紗などの薄着を通してほのかに見える妊婦の腹部を、「いとしるきほど」と明瞭に表現できるのであろうか。ちょっと首を傾けたい気分になるのである。この定説化している頭注の解釈に、一抹の不安が残るのである。

〈もののまぎれ〉を手引きして、様子を知っている王命婦たちが、御湯殿などで裸体に近い藤壺の姿を覗見て、密会で懐妊したと判断するのは当然で、〈あやし〉とか〈あさまし〉といった内話文は、それなりに理解できるのだが、しかし、藤壺自身の「あさましき御宿世のほど心うし」とか「わが御心ひとつには、しるう思し分くこともありけり」という自由間接言説も含めて、思い込みではないかという、批判や評釈もどこかにあってもよいのではないだろうか。あまりにも密通事件が、突然の思いがけない大事件であったために、その印象が強烈であったために、藤壺を含めた女性たちは、光源氏との性的関係で受胎したのではないかと、錯誤・錯覚しているのではないかという、ささやかな疑惑が、脳裏の片隅を掠《かす》めて行くのである。

もちろん、若紫巻や紅葉賀巻での藤壺や光源氏の、苦慮・煩悶・苦悩などの姿が、随所に記述されていることは

言うまでもなく、紅葉賀巻でも、

この御事の十二月《しはす》も過ぎにしが心もとなきに、〈この月はさりとも〉と宮人も待ちきこえ、内裏《うち》にもさる御心まうけどもあり。つれなくてたちぬ。「御物の怪にや」と世人《よひと》も聞こえ騒ぐを、宮いとわびしう、〈このことにより、身のいたづらになりぬべきこと〉と、思し嘆くに、御心地もいと苦しくてなやみたまふ。中将の君は、いとど思ひあはせて、御修法《みずほふ》など、さとはなくて所どころにせさせたまふ。世の中の定めなきにつけても、〈かくはかなくてややみなむ〉と、取り集めて嘆きたまふに、二月十余日《きさらぎじふよにち》のほどに、男皇子《をとこみこ》生まれたまひぬれば、なごりなく、内裏にも宮人もよろこびきこえたまふ。〈命長くも〉と思ほすは心うけれど、弘徽殿《こうきでん》などの、「うけはしげにのたまふ」と聞きしを、〈空《むな》しく聞きなしたまはしかば人笑はれにや〉と思しつよりてなむ、ややうやうすこしづつさはやいたまひける（1―三九七〜八）

と書かれているのであって、叙述通り桐壺帝の立場から見れば、月遅れの出産であることは確かであろう。十二月が出産予定日であったのだから、二月十余日の皇子誕生は、明らかに密通で懐妊・出産したことを示唆しているのである。しかし、二・三カ月の遅れは、医学の十分に発達していなかった時代でもあり、許容範囲ではないかという、一抹の疑問が残ると言ってもよいのではないだろうか。冷泉が光源氏の子息だと断定するのには、躊躇する欠漏《けつろう》があるのである。

その微塵のような疑惑に拘る前に、もう少しこの皇子誕生場面を、分析・解釈する必要がありそうである。まず、夢占などで自分の子供だと確信し、潜在的には歓喜している光源氏をとりあげると、彼は、安産祈願の修法などを目立たぬように所々の社寺に祈願しながら、この世が無常であるという認識から、〈かくはかなくてややみなむ〉と思惟する。この内話文を、「藤壺との仲が、このままあっけなく終わってしまうのではなかろうか」と理解して、逢瀬反復の不可能性を記述したものだと解釈する説も成立するのだが、若紫巻の北山の僧都との無常を話題とする対話や、この場面が藤壺以上に皇子誕生の疑惑を主題にしていることなどを配慮に入れると、死を意識していると言ってよいのではないだろうか。輪廻転生という虚無に駆られ、出家も含意した社会的な死の誘惑が忍び込み、生の断絶の時を告げているのである。ここでも掟としての父が、観念されていると言えよう。父による秩序・制度は、后でもある義母との関係から子供が生まれるという混乱・混沌を、決して認可することはないのである。出家も視野に入れた、「死」という追放・排除・払拭しか、この罪過には行方が残されていないのである。

と同時に、彼は、死という物語の終焉を、ここでも仄めかしているのである。桐壺巻前半部分の女主人公であった桐壺更衣の死後、主人公光源氏が、この物語を引き継いだように、皇子冷泉が主人公となり、このテクストを継承するかのような物言いなのである。逆に言えば、終局を暗示することで、光源氏は、持続を期待している読者たちを脅しているのである。読者はこの言説で、物語が終わるのではないかという、恐れに前意識的に戦《おのの》くのである。この語りによる脅迫があるからこそ、このテクストの持続が可能となるのであって、この種の潜在する負という物語的機能は、このテクストのあらゆる場面に散種されているのである。

藤壺に関して言えば、まず、出産の遅延で、光源氏と同様に、〈このことにより、身のいたづらになりぬべきこと〉と嘆いている。彼女もまた、王権という掟の前で、社会的なものを含む死を自覚し、死に誘惑されているのである。だが、その内話文は、出産後、〈命長くも〉という心中思惟の詞に変化する。母親として、嬰児のために、幼児を見守るために、即位するまでは、長命であろうと決意するのである。藤壺は、母親としての育児本能に目覚めたのである。

しかも、「弘徽殿などの、『うけはしげにのたまふ』と聞き」、つまり、弘徽殿女御に象徴される。世間という貴族社会の、呪咀さえ含んだ話題や噂などの宮廷社会の動向を備《つぶ》さに知って、〈空しく聞きなしたまはましかば人笑はれにや〉という決心にまで至るのである。先の「世がたりに人や伝へん……」という藤壺の和歌と、同様な論理が作動したのである。他者の眼差しを意識することによって、彼女は、さまざまな生の衝動に駆られ、密か事として、皇子が、光源氏の子供であることを隠蔽しようと決意したのである。「世がたり」「人笑はれ」のほうが、義子との関係で懐妊したという罪過の事実よりも価値があるのである。ここでも、光源氏の終焉の意識に対して、藤壺の〈隠蔽〉という情念があり、それが源氏物語というテクストを紡ぎ出す動力となっている様相を、読みとることができるだろう。確かに、登場場面は少ないのだが、彼女は、情念に賭けた確固たる女主人公なのである。

だが、歪んだものであるが、光源氏に情念の欠片《かけら》もないと解釈してはならないだろう。実は、情念の究極に、死が横たわっているからである。所有という情念にとって、死のみが、障害として立ち塞がっているからである。死の所有体験は、自己のみに許された唯一のものなのであって、他者の死の経験は所有できず、それは死骸でしかないのである。死を集めるコレクションは想像できないわけではないが、それは累累とした死臭の漂う死屍《しし》に囲まれている殺人者の夢であって、死の所有ではないのである。所有という情念の極北には、自死が存在するのである。

源氏物語において、冷泉が光源氏の子供であるという確証・証拠はさまざまにちりばめられている。疑問の余地などまったく存在しない、物語内事実なのである。若紫巻の藤壺事件後にも、

中将の君も、おどろおどろしうさま異《こと》なる夢を見たまひて、合はする者を召して問はせたまへば、及びなう思しもかけぬ筋のことを合はせけり……（(1)—三〇八）

と夢占のことが記されているし、紅葉賀巻では、誕生した皇子が参内し、藤壺で管絃の演奏が行なわれた際、天皇が若宮を抱いて登場した場面には、

「皇子《みこ》たちあまたあれど、そこをのみなむ、かかるほどより明け暮れ見し。さらば思ひわたさるるにやあらむ、いとよくこそおぼえたれ。いと小さきほどは、みなかくのみあるわざにやあらむ」とて、〈いみじくうつくし〉と思ひきこえさせたまへり。中将の君、面《おもて》の色かはる心地して、恐ろしうも、かたじけなくも、うれしくも、あはれにも、かたがたうつろふ心地して、涙落ちぬべし（(1)―四〇一）

と書かれ、光源氏が、赤子の冷泉と似ているという帝の言葉を聞いて、顔色が変わるほど、複雑な感情に揺れ動いているのである。その驚愕して「うつろふ心地」とは、自分の子だと錯誤・篤信している父の内面と、自分の子供であると確信している、秘事として隠蔽している光源氏の内面の、巾のある振幅を意味しており、その振り子の距離が、あまりにも懸隔しているのである。こうした記事は随所に記述され、読者や光源氏には、桐壺の行為・行動は、常に皮肉《アイロニー》として反語的に響くのだが、しかし、この出来事は、微塵も疑ってはならない物語内事実なのであろうか。

この他にも、澪標巻には、

宿曜《すくえう》に「御子三人、帝、后必づ並びて生まれたまふべし。中の劣りは、太政大臣《おほきおとど》にて位を極《きは》むべし」と、勘《かむが》へ申したりしこと、さしてかなふなめり（(2)―二七五）

とあり、宿曜の勘申が載せられており、藤壺の死後も、帝である冷泉は、薄雲巻で、夜居の僧都から、

「……わが君孕まれおはいましたりし時より、故宮（藤壺）の深く思し嘆くことありて、大臣横さまの罪に当りたまひし時、いよいよ怖《お》ぢ思しめして、重ねて御祈禱《いのり》ども承りはべりしを、大臣も聞こしめしてなむ、またさらに事加へ仕うまつる事どもはべりし。その承りしさま」とて、くはしく奏するを聞こしめするに、あさましうめづらかにて、恐ろしうも、さまざまに御心乱れたり。……（(2)―四四一）

と聞き、冷泉は煩悶して、譲位を光源氏に仄めかすのであって、あらゆる言説は、冷泉が光源氏の実子であることを証言しているのである。しかし、宿曜の勘申にしても、「中の劣りは太政大臣にて位を極むべし」という予言は、物語内事実としては源氏物語内では実現していないのであって、夜居の僧都の発話も、藤壺や光源氏の行為・行動・発語に対する一解釈にすぎず、物語内事実として信用するに値するものではないのである。特に、宿曜の勘申は、宿曜道が陰陽道などと拮抗していた歴史的経緯もあり、当時の常識的認識においても、確実に信用する価値があるかどうかは、判断に困惑すると言ってよいだろう。こうして最初に引用した「三月《みつき》になりたまへば、いとしるきほどにて、人々見たてまつりとがむるに」という、語り手の再現である地の文の解釈だけが、一抹の不安を残しながら読者に突き付けられているのである。

かつて、挑発的ではあったが、「宇治八の宮の陰謀―薫出生の〈謎〉あるいは誤読への招待状―[9]」という論文で、薫は実は光源氏の子供であり、宇治八の宮は薫を苦悩させる陰謀の網を張りめぐらしていたという「誤読」を、敢えて「考証」を装いながら試みたことがある。現在の批評や研究が客観的実証を装って、テクストの意味が既に決定されているように、論を展開しているのに対して、それは解釈共同体の幻影ではないかという疑問を、敢えて「誤読」を試みることで、挑戦的に提供したのだが、その論文ほど扇情的でなくとも、実証を装った意味解釈の決定には、もう少し慎重である必要があるのではないだろうか。

その実証主義批判の乾坤一擲とは別に、「誤読と隠蔽の構図―夕顔巻における光源氏あるいは射程距離と重層的意味決定―[10]」という論文を発表し、夕顔巻の〈物の怪〉の問題を扱い、文脈という射程距離によって、物の怪の正体の意味変容が起こり、最終的意味決定ができないことを論じたことがある。物の怪の正体は、どれだけの文脈で理解するかで、重層的に意味決定されることを述べ、従来の一義的に物の怪の正体を実証規定しようとする、源氏物語の批評や研究を批判的に発展させたつもりである。

藤壺事件という密通事件は、女三宮と柏木、浮舟と匂宮事件のように〈反復〉されている。そうでなくとも、源氏物語では、紫上と夕霧、玉鬘と夕霧、女三宮と夕霧、あるいは中君と薫など、密通の可能性を仄めかしながら、それが不発に終わる言説は多数鏤められている。密通事件の反復は、源氏物語を横断する主題群の中で、方法的には、中軸となる主題の一つなのである。この〈反復の方法〉は、密通事件ばかりでなく、形代／ゆかり、物の怪、垣間見、やつし、嫉妬、結婚拒否、色好み、裳着等の通過儀礼、結婚、年中行事等々のモチーフにも、貴種流離譚・継子虐め譚・異郷訪問譚・姉妹競争譚などの話型にも、引歌、引詩、常套句、鍵語、用語などの表現にも現象するものなのであって、源氏物語を、その基礎・根底・深層から支えているものなのである。

その場合、「類似・源氏物語の認識論的断絶―贈答歌と長恨歌あるいは方法としての『形代／ゆかり』―」(11)という論文で、

……反復可能性とは、反復によって同一性がたもたれると同時に、その同一性は反復の可能性を宿している限り、同一性ではないことでもあるのであって、そのずれが延期されて持続されることを、デリダは差延と表出したのだが、源氏物語以前の物語文学は、そうした反復が差異でもあることに気付かずに、反復の十全的現前を信じたのである。

と書いたのだが、現在の批評や研究も、源氏物語以前の初期物語文学と同様に、既に意味の自己同一性がテクスト以前にあり、物語内事実があり、それをテクストを丁寧に読み、整理することで、実証できるのではないかと、思い上がっているのではないだろうか。だが、後にも分析するように、意味は関係の中に現象するのであって、差異なしには同一性は認識できないのである。

つまり、差延化とは、微塵の疑いを抱き、事実に一抹の不安を持ち、それ故、反復の可能性を源氏物語に認識する営為なのである。一抹の不安が、藤壺事件の解釈に残ると述べたのはそのためなのである。藤壺事件は、反復する。その反復の意義は、他の反復との差異によってのみ生成するのであって、テクストの中に、物語内意味現前として、既に書き込まれてはいないのである。最終的意味決定への絶望を感じながら、常に一抹の不安を保持すること、それが批判的な批評や研究の正統な姿勢ではないだろうか。

デリダは、『ユリシーズグラモフォン、ジョイスに寄せるふたこと』の「訳者解説」に紹介されているヴィラノヴァ大学の円卓会議で、

……なぜ法律上の虚構なのだろうか。なぜなら、ひとは母親が誰であるかを知っていると想定されているからだ。誰が母親であるかについては証言が可能だが、父親が誰であるかは単に再構築され、推察されたにすぎない。

と発話している。「父」が構築・推察された虚構の実存で、近代では法律上の虚構であるとするならば、古代社会では、貴族社会での共同体的な認知・承認によって、冷泉は桐壺の、薫は光源氏の子息として扱われ、また、そのように振舞っているので、源氏物語のように疑問を挟む必要はないはずである。

にもかかわらず、源氏物語は、藤壺事件を描き、女三宮事件を描き、秩序・制度による認知に、異議申し立てをなぜ言説化するのであろうか。それが文学の一般的な在り方だと言ってしまえば素直に納得してしまうのであるが、その延長線上で、虚構であるがゆえに暴力的に権力を振舞う「父」という制度・秩序・掟に刃向かう、文学の特権を確認しておくべきであろう。狂気さえ厭わずに、日常性を破却しながら、文学は夢想する意志を貫いて行くのである。そして、行き先・到達点は、源氏物語によれば、〈情念〉の極化にある「死」なのである。このテクストが

彼方に凝視しているのは、この言葉であると言ってよいだろう。と言うより、「死」の眼差しから源氏物語は、物語内現実を見て、テクストの言説を叙述していると述べることが正確かもしれない。

〈六　反復と差異あるいは隠蔽という主題〉

藤壺事件の始原は、描かれていない。若紫巻の第二章の冒頭で引用した藤壺事件の場面に至った時、それが二度目の逢瀬であり、第一回の〈もののまぎれ〉は、桐壺巻と帚木巻との間の、四年間の空白期に設定されており、それは描写されていないことに気付くのである。若紫巻という、源氏物語の四帖目に至った時に、ようやく、既に反復があることを認識し、未だ予感さえしなかった、書かれていなかった、第一回目の密会との、差異が浮上してくるのである。この「未だ／既に」という巧妙な語りの技法は、物語文学史における、源氏物語の、文学的時間叙述における、方法的制覇だと言ってよいだろう。

その場合、差異とは、何を意味するのであろうか。差異は、時間と空間に現象する。空間について先に言えば、後に述べるように、相違はそれほど設定されていないと、言ってよいだろう。第一回目の密会を、内裏での出来事と想定してもよいのだが、若紫巻の引用した記事を考えると、里邸とするのが妥当であろう。しかし、どうして光源氏は里邸に忍びこむことができたのであろうか。若紫巻と同様に、王命婦の手引きであろうか。そうであるならば、この侍女を、男女の機微を配慮した行いなのであろうが、結果的には、意図的に王権の禁忌違犯も辞さない女性として、再評価しなくてはならないだろう。侍女階層の評価も含めて、今後の課題の一つである。

ただし、「帚木三帖の方法―〈時間の循環〉あるいは藤壺事件と帚木三帖―」(12)という論文で指摘したように、第一回目の藤壺事件が、帚木巻での空蟬事件に暗示されているとすれば、「中将の君は、いづくにぞ。人げ遠き心地してもの恐ろし」という空蟬の声を聞いて、光源氏（中将）は、「中将召しつればなん。人知れぬ思ひのしるしある心地して」と言ひながら中川の紀伊守邸で彼女を襲うのであって、そうであるならば、「源氏の君（王命婦のこと）はいづくにぞ……」と藤壺が言ったのを聞いて、「源氏召しつればなん……」と言いながら光源氏は藤壺の寝所に忍び込んだはずで、内裏の出来事と理解されるのであって、花宴巻で、酔った光源氏が、飛香舎（藤壺）のあたりを徘徊し、後に弘徽殿の細殿で朧月夜に出会うことなどを考えると、内裏の飛香舎で起きた事件と言うこともできるだろう。その場合は、内裏であることは、光源氏の王権の禁忌違犯の意識が強化されることになるだろう。掟を保持する父桐壺帝（清涼殿）の傍らで、事件は起こっていたのである。内裏という空間も、禁忌違犯で汚辱されていることになるのである。

空間的には、帚木巻以前と若紫巻で反復される藤壺事件は、禁忌違犯という点でそれほど差異を認識できないのだが、時間という出来事では、差異は目立ってくる。既に述べたように、冷泉誕生という王位継承に関わる〈一夜孕み〉が、二度目の若紫巻で描かれる藤壺事件には関与しているからである。

描かれなかった帚木巻以前の藤壺との〈もののまぎれ〉と、若紫巻での藤壺事件との差異は、この冷泉懐妊にある。それだからこそ、二回目の事件を強調して若紫巻で敢えて描出したと言えるのであるが、しかし、その受胎を知った以前に、藤壺は、この光源氏による強引な逢瀬を、既に和歌によって、密会として隠蔽していたのである。それ故、彼女は、必然的に懐妊を隠さざるをえなかったわけである。つまり、〈隠すこと〉という主題が、妊娠と共に、二回目の事件では浮上しているのである。しかも、慣例に従って、これまでは密事・密会と書いていたが、この事件は私的なことではなく、公的な皇位継承に関わる国家的「機密」と言ったほうが適切で、彼女は公的な機密を掩蔽していたのである。表出されなかった初回の、その反復である若紫巻の藤壺事件は、王者懐妊と隠蔽という主題で差異化されているのである。こうして初回との関係の中で、主題という差異が明晰化されるのであって、孤立した既存の意味が既に若紫巻に存在していたのではないのである。しかも、この皇位継承者受胎とその隠蔽という主題は、後の密通事件の反復で、より鮮明化されるはずである。

光源氏の生涯において反復される密通事件としては、この他に若菜下巻で叙述される女三宮事件がある。柏木は、女三宮への思慕が募り、遂に、侍従の乳母の女《むすめ》で、伯母が自分の乳母でもある小侍従の手引きで、「四月十余日ばかり」に女三宮に近付き、

〈ただいささかまどろむ〉ともなき夢に、この手馴らしし猫のいとらうたげにうちなきて来たるを、〈この宮に奉らむ〉とて〈わが率《ゐ》て来たる〉と思しきを、〈何しに奉りつらむ〉と思ふほどに、おどろきて、〈いかに見えつるならむ〉と思ふ（4）―二二七

とあるように、夢そのものであるかのごとき逢瀬を遂げる。極めて曖昧で、朦朧とした場面なのであるが、敢えて挑戦してみると、このはかない夢は、「猫の夢」という夢占・夢解釈の次元ではなく、〈形代〉という視点から解釈できるのではないだろうか。

若菜上巻巻末の蹴鞠の場で、柏木が、桜花の散る中で、夕霧との垣間見で、女三宮を見ることができたのは、猫が御簾を引き開けたからであった。それ故、下巻の冒頭で、柏木は東宮を促し、女三宮の猫を預かることになるのだが、「ねうねう」と鳴く猫を愛撫しながら、

「恋ひわぶる人のかたみと手ならせばなれよ何とてなく音なるらむ

これも昔の契りにや」（4）―一五〇

と歌い、言っているように、猫は女三宮の「かたみ」＝形代であった。それも前世からの因縁を有している、呪物

的で宿命的な形代なのである。

その猫を、女三宮に「奉る」のであるから、正身と形代を一体化・融合しようとしているのである。そこには〈何しに奉りつらむ〉という夢の中での反省意識もあるのだが、そうした意識に逆らった、肉体・感情・情念が、〈もののまぎれ〉を生んだのである。正身と形代とは差異があり、明確に異なった人格（実存する人間と愛玩動物）を形成しているのだが、柏木は夢のような逢瀬の中で、情念に駆られて、それを観念的に即融させてしまったのである。猫との、異類婚姻譚的な〈もののまぎれ〉なのである。

この事件は、王権の禁忌違犯ではない。光源氏は準太上天皇で、直接に皇位継承に関与することはないのである。だが、それ故に、若紫巻の藤壺事件が、天皇制の機密・禁忌を違犯していることを、差異として際立たせるのである。遥か以後の出来事が、以前の物語を意味づけているのである。

また、この事件は、近親相姦の表象も持っていない。藤壺が桐壺更衣の形代で、彼女を襲うことが、異性の母親に対する性的欲望を、無意識的に秘めていたような深層の事情は、見出すことができないのである。柏木と女三宮との密通事件については、別に稿を改めて克明にその根拠を分析しなければならないだろうが、故祖父左大臣を真似しながら、同性の父頭中将を否認し、光源氏のように皇族の血統を継承したいという、さまざまな思惟と権力欲望が背後に潜在的にあるはずで、王権に対する尊敬と軽蔑の両義的に実存した、他者の欲望の模倣として、柏木の情念を捉えることができるはずである。ここでも、反復の内部で語られている、柏木密通事件には不在である、差異としての近親相姦が、はるか以前の若紫巻の藤壺密通事件を意味付けることになるのである。光源氏は、実母の喪失を三歳で経験したため、桐壺更衣と藤壺との区分ができなかったのであるが、女三宮にはそうした深層的な肉感的表象はなく、渦巻いているのは、権力への同化と批判という両義的な欲望なのである。

しかし、何よりも、藤壺事件と女三宮事件の差異は、〈知る〉という感性に現象する。既に、「源氏における言説の方法—反復と差延化あるいは〈形代〉と〈ゆかり〉—」(13)という論文で、

そうした同一化作用よりも重視すべきは差異であって、女三宮事件には、〈王権〉が欠落していると共に、逆に〈知る〉という行為が主題性を帯びてくるのである。

と書いたように、この〈もののまぎれ〉は、若菜下巻の巻末近くで、紫上が小康を得た夏の末、光源氏は女三宮を訪れ、昨日うたたねをして置き忘れた扇を探すと、

……御褥《しとね》のすこしまよひたるつまより、浅緑《あさみどり》の薄様《うすやう》なる文《ふみ》の押しまきたる端《はし》見ゆるを、何心もなく引き出でて御覧ずるに、男の手なり。紙の香《か》などいと艶《えん》に、ことさらめきたる書きざまなり。二重《ふたかさ》ねにこまごまと書きたるを見たまふに、〈紛るべき方なくその人の手なりけり〉と見たまひつ (4)—二四〇)

とあるように、不用意な女三宮が隠した、柏木の手紙を発見してしまうのであって、密事は露見されてしまうのである。

「二重ね(紙二枚)にこまごまと書き」誌してあったと叙述されているので、この書簡は、事実を曖昧化して表現することも可能な和歌ではなく、かな散文で詳細に、具体性を帯びて記述されていたのであろう。贈答歌と散文表現との差異も、藤壺事件と女三宮事件との相違なのである。なお、傍線部分は、語り手の立場ばかりでなく、登場人物光源氏の声が聞こえる自由間接言説で、場面末の光源氏の内話文も含めて、場面は光源氏の視点から叙述されていると言えるだろう。発見の重大さと、表出されていない光源氏の痛いほどの内的心理がさまざまに想像されてくる箇所なのである。

この手紙を読んだという事実は、小侍従の「あないみじ。かの君もいといたく怖《お》ぢ憚《はばか》りて、《けしきにても漏り

聞かせたまふことあらば》とかしこまりきこえたまひしものを。ほどだに経ず、かかる事の出でまうで来るよ……」(二四二)という非難を聞いて女三宮も知り、また、「小侍従も、わづらはしく思ひ嘆きて、『かかる事なむありし』と告げければ、いとあさましく……」とあるように、柏木も知ってしまうのであって、女三宮事件の当事者は、すべて事件の知尽者なのである。

〈光源氏が知っていることを知る〉が故に、柏木は、若菜下巻の巻末で、朱雀院の御賀の試楽に参上し、光源氏に「過ぐる齢にそへては、酔泣きこそとどめがたきわざなりけれ……」と言われ、「うち見やり」という邪視によって脳乱し、その病によって死去するのであって、〈知る〉という知覚は、柏木物語を終焉させる契機となっているのである。と言うことは、藤壺事件の主題が、〈知る〉こととは対照的な、〈隠すこと〉にあったことを、逆照射することになるのであって、女三宮事件によって、遥か以前の藤壺事件の主題的位相が、より明晰化されているのである。

藤壺事件と女三宮事件の差異は、藤壺と女三宮の性格・年齢などの相違、光源氏と柏木との権勢を含んだ位相、従者たちの思慮、場所等々さまざまな箇所に現象するのだが、この〈隠す〉と〈知る〉という対照的なものが、中核となっていると言ってよいだろう。ただし、別に稿を改めて続編として分析する予定であるが、光源氏自身が掟・秩序であるという権力構造を忘れてはならないだろう。第一部の須磨・明石巻を通過すると、光源氏は、〈情念〉という異質性を内部に秘めながら、掟・秩序・制度として機能するのであって、この王権を超越しようとする〈情念〉については、本稿の範囲と枚数を遥かに越えているのである。

〈七　悪の隠蔽あるいは賢木巻における塗籠〉

若菜巻の女三宮事件によって、遡行して若紫巻の藤壺事件の主題が、〈知ること〉＝露呈に対して、〈知られないこと〉＝隠蔽であることが浮上してくると、桐壺死後の賢木巻の後半部分がこれまで以上の意味を帯びてくる。この巻は、〈知ること〉＝露呈／〈知られないこと〉＝隠蔽という両義的課題を、塗籠という場を中軸に、重要な主題群の一つとして、深層的に扱っているからである。それを分析するためには、長文の章が必要なようである。

そのためには、まず、朧月夜と藤壺とを対照的に処理するのが、適切だろう。朧月夜事件は、花宴巻から始まっている。それについては、「〈読むこと〉の論理―朧月夜事件と伊勢物語あるいはテクスト分析の可能性―」(14)などの一連の論文で書いているので、別な側面から接近することにするが、朧月夜の源氏物語における位相は、右大臣や弘徽殿女御などを視野に入れながら、なによりも藤壺との対照的な関係において測定する必要があるのだが、その背後に、光源氏の父桐壺の存在も忘失してはならないだろう。掟・秩序としての桐壺、あるいは、その皇位とその周囲にさまざまな利権を張りめぐらした政権を継承した、朱雀を配慮・意識しないと、朧月夜という登場人物の実存と光源氏の関係は、物語内での実像を結ばないのである。

朧月夜は、花宴巻の叙述に従って記述すると、二月、宮中の花の宴の果てた後、弘徽殿の細殿での逢瀬で登場する。その際、扇を交換して二人は別れるのだが、光源氏は、右大臣の六の君らしいと推測するものの、惟光たちを動員して素性を探させるのだが、彼女だとは確定できない。ようやく、花宴巻の巻末場面で、三月に右大臣家の藤の宴で、酔に紛れて光源氏は扇の主を捜すと、贈答歌により、

という声、ただそれなり。いとうれしきものから。

と書いてあるように、「ただそれなり」と認定して、花宴巻の巻末の文は終わる。傍線部分は、光源氏の確信の声

が響く自由間接言説である。光源氏は、関係を持った処女が、朧月夜（右大臣の六の君）であることが、はっきりと、この巻末で確証できたのである。

ここでもまた、「ものから」という語が用いられて、しかも中断され、この逆接の助詞に続く意味は、読者の想像に委ねられている。その想像の彼方には、右大臣がおり、弘徽殿女御がおり、東宮の兄朱雀がいて、まだ健在中の父桐壺がいる。また、彼等を支持する貴族たちの共同体があるのだ。貴族社会の掟・秩序・制度が、個々の登場人物の実像を結びながら、輻輳しながら光源氏と読者の脳裏に拡がってくる装置が、花宴巻の巻末の文章にはあるのである。

特に、彼女が、東宮への入内が予定されている身の上であることが、「うれし」という負の部分を含みながら、彼の〈情念〉を舞台の上で強烈に照らしだしている。王権という掟とその違犯という、源氏物語の主題の一つが、逆接の助詞によって、反復・強調されているのである。それにしても、「うれし」という違犯性・悪が、表層の表現で、「ものから」に続く書かれていない深層の想像が、父の定める掟であることは、源氏物語の言説の特性を象徴していると言えるだろう。掟とは、まったくの他者であり、見ることができない観念であり、表現できない正義という狂暴な権力なのである。光源氏は、「うれし」く、その掟に叛いて行く。それが文学の特権なのである。

物語の叙述は、葵巻を挟んで次次巻の賢木巻に移行する。ただ、葵巻の前年つまり描かれていなかった光源氏二一歳の時期に、桐壺の譲位があり、朱雀帝が即位して、冷泉が東宮になっていたことは、確認しておかなくてはならないだろう。掟の中軸の交替が、表出されていない期間に起こっていたのである。この王権交替の意義は大きいが、それを沈黙で通過し、掟の不変を語る、源氏物語の言説の方法も、女が語り手であるという理由もあるのだが、大きい。

しかも、賢木巻の巻頭で、桐壺院は死去するのだが、「隠れさせたまひぬ」と書くだけで、院での死去の有様や、荘厳だったろう葬儀のさまざまな具体的様子は少しも触れられていない。その死去以前に、院の遺戒《いかい》が掲載されている。この遺言が、光源氏や朱雀・冷泉といった「子息」たちの運命を呪縛し、物語を紡ぎだす軸となる動力になっているので、その引用と分析を試みなければならないだろう。

遺戒は、寛平御遺誡のように、断片が集成化されたらしい残闕しか現在はないのだが（情報公開条令で宮内省が守られているため、完本が現存する可能性もある）、本来は漢文で詳細に記述されていたのであろう。しかし、賢木巻に掲載されているものは、「女のまねぶべきことにしあらねば、この片《かた》はしだにかたはらいたし」という草子地が示しているように、口頭で述べられたのだろうが、女房の語り手が詳細に叙述するのも憚られる公的な政治上の問題なので、物語展開に関与する部分しか記載されてはいない（その背後に、天皇の宣旨などのように、口述されたものを書写したという、当時の常識的設定があったかもしれない）。

まず、天皇に対する桐壺院の遺戒については、

院の御悩み、神無月《かむなづき》になりては、いと重くおはします。世の中に惜しみきこえぬ人なし。内裏《うち》にも思し嘆きて行幸《ぎやうかう》あり。弱き御心地にも、春宮《とうぐう》の御ことを、かへすがへす聞こえさせたまひて、次には、大将《だいしやう》の御こと、「はべりつる世に変らず、大小のことを隔てず、何ごとも〈御後見《うしろみ》〉と思せ。齢《よはひ》のほどよりは、世をまつりごたむにも、をさをさ憚《はばかり》あるまじうなむ見たまふる。必ず世の中たもつべき相《さう》ある人なり。さるによりて、わずらはしさに、親王《みこ》にもなさず、ただ人《うど》にて、〈朝廷《おほやけ》の御後見《うしろみ》をせさせむ〉と思ひたまへしなり。その心違《たが》へさせたまふな」と、あはれなる御遺言《ゆいごん》ども多かりけれど、女のまねぶべきことにしあらねば、この片《かた》はしだにかたはらいたし。帝も、〈いと悲し〉と思して、さらに違《たが》へきこえさすまじきよしを、かへすがへす聞こえさせたまふ。御容貌《かたち》もいときよらに、ねびまさらせたまへるを、うれしく頼《たの》もしく見たてまつらせたまふ。限《かぎ》りあ

れば急ぎ帰らせたまふにも、なかなかなること多くなん（②—八七〜八）

と、書かれている。会話文の形式で記述されているのは、大将＝光源氏に関することで、この会話文中の、内話文〈御後見《うしろみ》〉と〈朝廷《おほやけ》の御後見《うしろみ》をせさせむ〉という叙述が、後の論議の鍵語《キー・ワード》になって行くはずである。しかし、その「後見」について意見を展開する前に、東宮と光源氏に対する遺言の記述に触れておいた方がよいだろう。

東宮とは、別の日に会見するのだが、その際には、「御年のほどよりは、大人《おとな》びうつくしき御さまにて、〈恋し〉と思ひきこえさせたまひけるつもりに、何心もなく〈うれし〉と思して、見たてまつらせたまふ御気色いとあはれなり」（②—八九）と表出されているだけで、死を前にして重病を患っている桐壺院は、自子だと錯誤したまま、会うことが難しかった冷泉に、偏愛と愛惜の眼差しを注ぐのみで、「あはれ」という語が皮肉《アイロニー》として響くばかりなのだが、光源氏に対しては、「大将にも、朝廷《おほやけ》に仕《つか》うまつりたまふべき御心づかひ、この宮の御後見したまふべきことを、かへすがへすのたまはす」（同頁）と書いてあり、対象は朱雀と冷泉との相違はあるものの、ここでも「後見」を強調して、離別することになるのである。「後見」という言葉は、桐壺の遺戒の物語展開上で中軸となる鍵語なのである。

再び、賢木巻から離れて、源氏物語の冒頭場面に遥かに遡って、桐壺巻の高麗人の観相に回帰することになるのだが、

「国の親となりて、帝王の上《かみ》なき位《くらゐ》にのぼるべき相《さう》おはします人の、そなたにて見れば、乱れ憂ふることやあらむ。おほやけのかためとなりて、天《あめ》の下《した》を補弼《たす》くる方《かた》にて見れば、またその相違《さうたが》ふべし」

という、あの高麗人が観相した、光源氏の容貌や骨格などの相は、藤裏葉巻で光源氏が「太上天皇《だいじやうてんわう》に准《なずらふ》御位」に即位するという、未来の栄華を的確に予言したものとして評価できるだろう。外部から来た高麗人の観相は、謎辞

ではあるが、光源氏の未来を言い当てているのである。しかし、その謎めいた言葉を知った内部の人桐壺帝の、

帝《みかど》、かしこき御心に、倭相《やまとさう》を仰《おほ》せて思しよりにける筋《すぢ》なれば、今までこの君を親王《みこ》にもなさせたまはざりけるを、〈相人はまことにかしこかりけり〉と思して、〈無品親王《むほんしんわう》の外戚《げさく》の寄せなきにては漂《ただよ》はさじ、わが御世もいと定めなきを、ただ人《うど》にておほやけの御後見《うしろみ》をするなむ、行く先も頼もしげなめること〉と思し定めて、いよいよ道々《みちみち》の才《ざえ》を習はせたまふ。際ことにかしこくて、ただ人《うど》にはいとあたらしけれど、親王《みこ》となりたまひなば、世の疑ひ、負ひたまひぬべくものしたまへば、宿曜《すくえう》のかしこき道の人に勘《かむが》へさせたまふにも、同じさまに申せば、源氏になしたてまつるべく思しおきてたり（1―一一七）

という倭相や宿曜道などを参照した、光源氏を「賜姓源氏＝臣籍降下＝『ただ人《うど》』＝『後見《うしろみ》』」にした解釈・反応は、錯誤であったのではないだろうか。「准太上天皇」と「賜姓源氏＝臣籍降下＝『ただ人《うど》』＝『後見』＝補弼」とは、地位・位相があまりにも異なっているのである。しかも、この「賜姓源氏＝臣籍降下」という認識は、賢木巻の桐壺の遺戒が強調している「後見」と同一なのである。桐壺は、あくまでも朱雀・冷泉に関わらず、一貫して政権の補弼のみを光源氏に求めていたのである。

つまり、「かしこき御心に」という言葉は、桐壺の、自子だと錯誤している冷泉に対する反応・行動・言動と同様に、再読する眼差しから言えば、皮肉《アイロニー》・反語として響き、桐壺は、常識的反応で高麗の相人の謎辞を、理解・解釈・誤読・誤解してしまったと解釈できるのである。それだからこそ、賢木巻での遺戒でも、桐壺の発話として「後見」が、何度も強調されて述べられているのであって、桐壺は、光源氏の容貌や骨格が帯びている帝王相が、視野に入っていなかったのである。「准太上天皇」という、光源氏の未来は、桐壺帝には予測できなかった、予想外の出来事なのである。

かつて、『入門　源氏物語』(旧題『源氏物語躾糸』一九九一刊)で、この場面を引用しながら、

……桐壺帝が、光源氏の運命をすべて掌握し、あえて臣籍降下したと読すると、桐壺帝はこの時点で藤壺事件を予測していたという読解さえ可能なのであって、すくなくとも源氏物語第一部は、桐壺帝の予知として脳裏のなかにきざまれた幻影を実現したものだと解釈することさえできるのです(一二八頁)

と書いたことがある。光源氏の准太上天皇即位までを、桐壺巻で帝が予知していたと解釈するならば、それを可能とした藤壺事件さえもを、予知していたと理解しなくてはならないからで、源氏物語第一部は桐壺の掌の中で踊っていたと、解読しなければならないから、このように書いたのである。しかし、そうした桐壺が、藤壺事件を予測していたという言説は、源氏物語では、徴候さえ見出すことができない。源氏物語では、桐壺は、さまざまな藤壺事件に関する情報について、無知なのである。つまり、この『源氏物語躾糸』の解釈は、破棄・批判されなくてはならないのである。

では、光源氏は、なぜ「ただ人」という臣下でありながら、「准太上天皇」という位に即位できたのであろうか。物語内事実として、冷泉が光源氏の実子であることは、物語内現実として、機密にされている。夜居の僧など、数人の少人数者しか、この事実を認識してはいないのである。しかも、当時の政治史的状況を勘案すると、冷泉だけの独断で、秘密にされている実父を、准太上天皇に即位させることは不可能で、下級貴族も含めた貴族共同体の暗黙の了承がなければ、光源氏を院に即位させることはできなかったはずである。都市空間の貴族社会の共同体が暗黙の了承を、先帝朱雀も含めて与えた理由を、別に読解する必要がありそうである。その時、浮上するのが、賢木巻で描かれている、桐壺院の遺戒が強調していた、「後見」なのである。

冷泉の政治的判断に、先帝朱雀も含めて貴族社会全体が臣下として暗黙の承諾を与えた理由は、光源氏が、一世

の賜姓源氏で、太政大臣（権大納言・内大臣等を歴任）として冷泉政権を強力に補弼したこと、信望があり政権下の政治的繁栄を達成したこと、六条院に象徴されるような権門家として天下に君臨したことなど、さまざまな理由が加わった上でのことだが、右大臣（太政大臣）・弘徽殿大后が背後にある朱雀政権が、桐壺の遺戒であった「後見」を無視・遵守せずに、彼を須磨に流謫したことに対する、見返りの報酬だと解釈できるのではないだろうか。それほどまでに、父帝の遺戒は、拘束力を持つ威力・呪力があったのである。(15)

　朱雀は、父院の幻で眼病に悩むように、桐壺の遺戒に呪縛されていたのである。しかも、この「後見」は、引用した賢木巻の草子地が示唆しているように、語り手である「女」でさえ知っていたのであるから、広く貴族社会や京という都市空間に流布していたはずなのである。その流布を深層で知り感じていたが故に、朱雀は、桐壺院の幻影を見、眼病を患うことになったのである。特に、左大臣の致仕の表の奉呈（賢木巻(2)―一三〇）や「朝廷《おほやけ》の物のさとし」あるいは「三月十三日、雷《かみ》鳴りひらめき雨風騒がしき夜」（共に明石巻(2)―二四一）といった凶兆・災異に象徴されるように、朱雀王権は「暴政」だと、都市空間や貴族社会で、広く認識されていたのではないだろうか。

　だからこそ、直後に「太政大臣《おほきおとど》亡《う》せたまひぬ」（(2)―二四二）と書き、災異論者の「陰（臣下）が陽（天子）を犯す」という論理によって、丞相《じょうしょう》に災異責任を負わせて、死去（本来は罷免すべきだろう）させているのであって、儒教的な革命思想が、光源氏を、准太上天皇という地位に即けたのである。朱雀政権の暴政と、冷泉政権の友好的な君臣関係があったからこそ、光源氏の栄華は達成されたのである。

　ところで、光源氏の違犯する〈情念〉の暴走は、桐壺院没後に始まる。右大臣・弘徽殿大后一族に支えられている朱雀政権が、桐壺の遺戒の中核であった、光源氏の「後見」を無視・拒否したからである。

　桐壺院は、賢木巻の光源氏二十三歳の十一月一日に死去する。十一月一日は、六月・十二月朔日と並ぶ、災厄を人形《ひとがた》に負わせて祓う「贖物《あがもの》の日」である。建武年中行事等によれば、詳細は不明な点もあるのだが、贖物を持参する巫女を「あかちご（贖児）」と称し、警蹕《けいひつ》をしながら清涼殿に参殿する。天皇は朝餉《あさがれい》の際に、贖物の、四つの土器《かわらけ》の上に張ってある紙に穴を指で開け、贖物に息を吹き掛ける。これを流して汚れを祓うのである。つまり、十一月一日に死んだ桐壺院は、贖物であり、汚辱・汚濁・汚穢を担って、内裏から追放されているごとき表現されているのである。

光源氏の二十四歳の正月は、諒闇中でもあり、次のように描写されている。

年かへりぬれど、世の中今めかしきことなく静かなり。まして大将殿は、ものうくて籠りゐたまへり。除目《ぢもく》のころなど、院の御時をばさらにも言はず。年ごろ劣るけぢめなくて、御門《みかど》のわたり、所なく立ちこみたりし馬車《むまくるま》うすらぎて、宿直物《とのゐもの》の袋をさをさ見えず。親しき家司《けいし》どもばかり、ことに急ぐ事なげにてあるを見たまふにも、〈今よりかくこそは〉と思ひやられてものすさまじくなむ（2）―九三

桐壺院の死後の、二条院の閑散とした様子が、現場にいた語り手の眼差しから見事に語られている。特に、県召の除目の様子は凄惨《せいさん》で、光源氏家が政権から無視され、国守たちから見返りもされていない情況が、「すさまじ」という言葉によく表現されていると言えるだろう。「後見」どころではない、悲惨な情況が出現したのである。しかも、二月には、朧月夜は、尚侍になっている。光源氏の情念に火を付ける事態が生成していたのである。その場面をすべてを引用したいのだが、紙数にも限度があるので、必要のある個所に留めて省略するが、それでも引用文は長文になってしまいそうである。

帝は、院の御遺言《ゆいごん》たがへず、あはれに思したれど、若うおはしますうちにも、御心なよびたる方《かた》に過ぎて、強きところおはしまさぬなるべし、母后《ははきさき》・祖父大臣《おほぢおとど》とりどりにしたまふことは、え背かせたまはず、世の政《まつりごと》、

御心にかなはぬやうなり。

　わづらはしさのみまされど、尚侍《かむ》の君は、人知れぬ御心し通へば、わりなくてもおぼつかなくはあらず。五《ご》壇《だん》の御修法《みずほふ》のはじめにて、つつしみおはします隙《ひま》をうかがひて、例の夢のやうに聞こえたまふ。かの昔おぼえたる細殿《ほそどの》の局《つぼね》に、中納言の君紛《まぎ》らはして入れたてまつる……

〈ほどなく明けゆくにや〉とおぼゆるに……

静心なくて出でたまひぬ。夜深き暁月夜《あかつきづくよ》のえもいはず霧りわたれるに、いといたうやつれてふるまひなしたまへるしも、似るものなき御ありさまにて、承香殿《そきやうでん》の御兄の藤少将《とうせうしやう》、藤壺より出でて月のすこし隈《くま》ある立蔀《たてじとみ》の下《もと》に立てりけるを知らで、過ぎたまひけんこそいとほしけれ。もどききこゆるやうもありなんかし。(2)—九六〜八)

　これが朧月夜との逢瀬の主要な場面である。まず、朱雀帝に対して、彼が、遺戒を遵守したい気持ちはあるのだが、若年で、気弱で、軟弱でもあるため、弘徽殿大后や右大臣の意のままに政治的に操られていることが、「べし」という語り手の推量が記入されている草子地で述べられている。遺言で発話された「後見」が、反故にされている様子が示されているのである。父の遺戒という掟・制度・秩序を、遵守しない朱雀に対して、禁忌違犯という光源氏の情念が発動しはじめるのだ。
　五壇の修法で、帝が慎んでいる隙を狙って、中納言の君という女房を手引きとして、例の花宴巻で述べられていた弘徽殿の細殿で、光源氏は、朧月夜との〈もののまぎれ〉を遂げる。既に「源氏物語における言説《ディスクール》の方法—反復と差延化あるいは〈形式〉と〈ゆかり〉—」(16)という論文で、
　五壇法は、阿沙縛抄に「皇后御産、東宮坊等厳重事、為レ除障ニ難一、又御慎、御薬邪気等、為ニ降伏一然家被レ

修レ之」とあるように、また、紫式部日記の寛弘五年（一〇〇八）の彰子が出産する際の諸記事が克明に描いているように、憤怒異形の形相をした五大明王（五大尊）の壇を設けて行なう大規模な密教修法で、主として怨霊・物の怪調伏に修されている。賢木巻の修法が何を対象としているのか解らないが、叡山中興の祖と言われる良源（九一二〜九八五）が、康保四年（九六七）の冷泉天皇の狂気調伏を、天元四年（九八一）に円融天皇の病調伏を、この修法で行なっている事や、明石巻の朱雀帝の眼病記事から想定すると、この賢木巻の修法も朱雀帝の病気調伏であったと言えそうである。

と書いていたように、光源氏は、朱雀の病気修法（この病気は、遺戒を守らなかった心身症の可能性がある）の隙を利用して、朧月夜と密通していたのである。

その密会後、急《せ》き立てられるように弘徽殿の細殿を出た光源氏は、暁月夜の中で、朱雀の妃である承香殿女御の兄弟の藤少将に、様子を見られてしまう。〈知られる＝露見〉という事態が生じているのである。用心は心がけたのであろうが、自暴自棄的な行為でもあるのである。この藤少将が、親戚の者等の関係者に、この見聞を話題としたのであろうか、後には、

……まかでたまふに、大宮の御兄《せうと》の藤《とう》大納言の頭弁《とうのべん》といふが、世にあひはなやかなる若人にて、思ふことなきなるべし、妹《いもうと》の麗景殿《れいけいでん》の御方に行くに、大将の御前駆《さき》を忍びやかに追へば、しばし立ちとまりて、「白虹《はくこう》日を貫けり。太子畏《お》ぢたり」と、いとゆるらかにうち誦《ず》じたるを、大将〈いとまばゆし〉と聞きたまへど、咎むべき事かは（2）—一一七）

と書かれる事態にいたるのであって、藤少将と藤大納言とは無関係だとする解釈が妥当なのだが、読みとしては、「藤」の字の共通性も含めて、この二箇所の場面は関係づけるべきで、史記・漢書等の、燕《えん》の太子丹が、秦の始皇

帝を討つために、荊軻《けいか》という刺客を派遣した際、白い虹が太陽を貫くのを見て、失敗を恐れたという、典故を引用することで、光源氏の朱雀政権に対する謀反の気持ちを強調しているのである。天皇の后との性的関係を、隠すことさえ恐れない、光源氏の情念が、朧月夜との〈もののまぎれ〉を通じて、噴出しているのである。〈知られる＝露呈〉という主題が、物語的に展開されているのである。

この場面に続いて、藤壺の〈知られない＝隠蔽〉という主題を描いた場面が描かれるのだが、その前に確認しておくべきことがあるだろう。それは、朱雀と同様に、位相は異なるのだが、光源氏もまた、桐壺の遺戒を遵守していないことである。光源氏には、父桐壺と一体化したいという狂気の情念があり、その王権志向が、遺言の「後見」という定め・掟を違犯しているのである。それだからこそ、兄であり、天皇でもある朱雀の、尚侍である朧月夜との密会を遂げるのであって、遺戒にあった王権の補弼という位相に満足しているわけではないのである。外側にある貴族社会からは、桐壺の遺戒を流謫さえ厭わずに孤高に遵守しているかのように見える光源氏は、情念という内側から言えば、父への「孝」に叛く、邪な人物なのである。

彼の、その不遜な情念を、引用した朧月夜との〈もののまぎれ〉に続いて、

かやうの事につけても、もの離れつれなき人の御心を、〈かつはめでたし〉と思ひきこえたまふものから、わがこころの引く方にては、〈なほつらう心うし〉とおぼえたまふをり多かり（(2)―八九）

と描いている。「わがこころの引く方」という、光源氏個人の自己本位的な方面が、彼の情念を意味し、義母藤壺の扱いがつらくうらめしいと思っているのである。だからこそ、光源氏は、「……いかなるをりにかありけん、あさましうて近づき参りたまへり。心深くたばかりたまひけんことを、知る人なかりければ、夢のやうにぞありける」（(2)―一〇〇）とあるように、藤壺邸に闖入《ちんにゅう》する。

ここでも、草子地を使って、藤壺の寝殿に忍び込んだ経過については、語り手は何も語ってはいない。読者の想像に委ねるような形式で、物語内現実を既知な事実として、読者に説得しているのである。また、女三宮事件でも、さらに浮舟と匂宮の場合もその傾向があるのだが、〈もののまぎれ〉には、「夢」という語彙が用いられて、はかない非現実であるかのような表出で、逆に読者に強烈な印象を与える手法が用いられている。夢が、睡眠中の意識体験で、比較的鮮明な映像知覚を残存させる傾向があるからなのであろうが、物語文学が、書くことを通じて潜在的・無意識的に抑圧していた、願望・欲望・思考などといったものを、圧縮・置換して、主題的中軸として提示しやすいためでもあろう。しかし、この光源氏闖入事件は、藤壺との性的関係にまでは到らない。続く場面は、省略した部分もあるが、

御悩みにおどろきて、人々近う参りてしげうまがへば、我にもあらで、塗籠《ぬりごめ》に押し入れられておはす。御衣《ぞ》ども隠し持たる人の心地ども、いとむつかし。宮はものを〈いとわびし〉と思しけるに、御気あがりて、なほ悩ましうせさせたまふ。兵部卿宮、大夫《だいぶ》など参りて、「僧召せ」など騒ぐを、大将いとわびしう聞きおはす。からうじて、暮れゆくほどにぞおこたりたまへる（(2)—一〇〇～一）

と書かれている。光源氏の闖入に困惑した藤壺は、病気を患う。困惑による、心身症だろう。その罹病に女房たちが驚愕して、周囲が騒然とするので、藤壺は無意図的なのだろうが、それを察した王命婦などの侍女たちは、忘我状態にある光源氏を、塗籠に隠す。隠匿という主題《テーマ》の一つが始動したのである。「御衣《ぞ》ども隠し持たる人の心地ども、いとむつかし」とあるので、光源氏は下着姿となり、藤壺に迫っていたのである。側近の王命婦や弁などが、困惑して、動揺し、光源氏の衣装を、他の女房たちに見られないようにと、隠そうとする仕草が、生き生きと描写されている。

この藤壺の病患を聞いて、兵部卿宮、大夫などが駆け付け、「僧召せ」などと騒いでいるので、塗籠に隠された光源氏は、発見されるのではないかと隔靴掻痒《かっかそうよう》の感で、心細い。藤壺はようやく回復し、兵部卿宮たちも退出する。塗籠は、言うまでもなく、寝殿の母屋に設けられた部屋で、小窓などが設けられているらしいが四方が壁で、妻戸から出入りして、衣装や調度等身近な道具類を納めておく所である。不要なものを隠しておく場所に、光源氏を隠したのであるから、隠匿を幾重にも強調していると言ってよいだろう。女房や兵部卿宮たち他者の目から隠すためなのであるが、それは象徴で、貴族社会から、藤壺は、無意識的に、光源氏という罪＝悪を隠蔽したのである。不要なものである彼は、他者の眼差しから隠匿しなければならない、罪過という情念の実存なのである。

続いて、垣間見の場面となり、

> 君は、塗籠の戸の細目に開きたるを、やをら押し開けて、御屏風《みびやうぶ》のはさまに伝《つた》ひ入りたまひぬ。めづらしくうれしきにも、涙落ちて見たてまつりたまふ。「なほ、いと苦しうこそあれ。世や尽きぬらむ」とて、外《と》の方を見出だしたまへるかたはら目、言ひ知らずなまめかしう見ゆ。「御くだものをだに」とて、まゐりすゑたり。箱の蓋《ふた》などにも、なつかしきさまにてあれど、見入れたまはず。世の中をいたう思しなやめる気色《けしき》にて、のどかにながめ入りたまへる、いみじうらうたげなり。髪《かむ》ざし、頭《かしら》つき、御髪《みぐし》のかかりたるさま、限りなきにほはしさなど、ただかの対の姫君に違ふところなし。年ごろすこし思ひ忘れたまへりつるを、〈あさましきまでおぼえたまへるかな〉と見たまふままに、すこしもの思ひのはるけどころある心地したまふ（(2)―一〇一～二）

と記述されている。網かけは敬語不在の自由直接言説で、傍線は光源氏の視点が叙述されている自由間接言説である。二つの特性のある言説を使用して、光源氏の一人称的な眼差しから描写されているのである。屏風の狭間から部屋に入りながら、藤壺の横顔を熱心に見つめている、典型的な垣間見場面だと言えよう。

しかし、「思しなやめる気色」に気付きながら、それを「らうたげ」と判断する光源氏の認識は、年上でもある義母藤壺の苦悩を完璧には理解していない。再び『岩波古語辞典　補訂版』の解説を引用すれば、「らうたし」については、「ラウ（労）いたし（痛）の約。弱いもの、劣ったものをいたわってやりたいと思う気持。類義語イトホシは、無力な者を見るのがつらく、眼をそむけたいの意。ウツクシは、小さいもの、幼いものが好ましく可愛い意」と書いている。藤壺は、「弱いもの、劣ったもの」ではないのである。光源氏を塗籠に隠したのは命婦たちの、藤壺の意を汲んだ行為なのであろうが、彼女は、その隠匿を貫く、光源氏を気にしない、見られても平然としている、強い意志に支えられた女性なのである。光源氏は、情念というレンズの入った眼鏡で藤壺を見ているために、常に誤読・誤解という判断から、逃れることができないのである。

光源氏は、「違ふところなし」という自由間接言説で、藤壺と紫上との、類似・形代／ゆかりを確認する。[17]「にほひ」がそっくりなのである。その場合、「対の姫君」という表現が気にかかるのである。既に、紫上とは、葵巻で新枕を交わし、三日夜の餅を食している（2）―六二〜七）。「姫君」ではないのである。事実、紫上が「対の姫君」と表現されるのは、この葵巻の隠密にされた結婚以前の時のみで（2）―四四と五二、蛍・常夏・篝火巻にも「対の姫君」は登場するが、これは玉鬘のことを意味している。つまり、光源氏が、藤壺の彼方に見ている女性は、現在二条院で頻繁に会っている正妻紫上ではなく、幼い頃の結婚以前の紫上の幻影なのである。その幻影を、藤壺から想起しているが故に、彼女は「らうたげ」なのである。藤壺は、光源氏の眼差から言えば、いつも永遠《とこしえ》の処女で、幼児なのである。でなければならないのである。錯誤・誤解と言うより、光源氏は、錯乱しているのである。結婚以前の幼い紫上と、眼前の藤壺を、同一人物として重ねて見ているのである。

物語は、「……御衣《ぞ》をすべしおきて、ゐざり退《ひ》きたまふに、心にもあらず、御髪《みぐし》の取り添へられたりければ、いと心うく、宿世《すくせ》のほど思し知られて、〈いみじ〉と思したり」という、藤壺が危機一髪という情況に到る。髪の毛を握っている男という表象は、性的関係の一歩前だと言ってよいであろう。垣間見という女性を〈見る〉という行為が、その女を所有することを意味しているように、髪を把握するという動作は、性的関係を象徴しているのである。だが、

明けはつれば、二人《ふたり》していみじきことどもを聞こえ、宮はなかば亡《な》きやうなる御気色の心苦しければ、『世の中にあり』と聞こしめされむもいと恥づかしければ、やがて亡《う》せはべりなんも、またこの世ならぬ罪となりはべりぬべきこと」など聞こえたまふも、むくつけきまで思し入れり。

逢ふことのかたきを今日にかぎらずはいまいく世をか嘆きつつ経ん
御ほだしにもこそ」と聞こえたまへば、さすがにうち嘆きたまひて、

ながき世のうらみを人に残してもかつは心をあだと知らなむ
はかなく言ひなさせたまへるさまの、言ふよしなき心地すれば、人の思さむところもわが御ためも苦しければ、我にもあらで出でたまひぬ(2)―一〇五)

とあるように、二人の間には性的関係なしに、あたかも忘我状態で離別することになるのである。

夜が明け離れて、性的関係が禁忌化されている褻の時間となる。それだから命婦と弁の二人は、光源氏に帰宅を促す。一方、藤壺は、生きている状態ではないように苦悶している。そうした情況を見ながら、光源氏は、会話を通じて、死を仄めかす。死んでも、「罪」が残り、輪廻転生することを述べ、自己の運命を見つめながら、逆に藤壺を脅迫しているのである。光源氏自身の罪は、同時に、対話している藤壺の罪でもあることを、暗示し、どうせ罪を共有するならばと、藤壺に迫っているのである。死=性という主題群の一つが浮上しているのだが、ここでも

情死を提案していることを重視すべきであろう。

「やがて」という語が使用され、その死の誘惑の背後には、二人の関係ばかりでなく、桐壺院没後の政治的情況の拡がりが、想起されてくる仕組みになっているのである。掟・秩序・制度の前で、光源氏にとっては、死の所有という情念しか、現在では、残されていないように思われたのである。

「むくつけし」の解説として、ここでも『岩波古語辞典　補訂版』を引用しておいたほうがよいだろう。そこには「ムクはムクメキ・ムクムクシのムクと同じ、不気味な動きをいう語。鬼や物の怪などのように、形や性質・状態が異様で不気味である意」と書いてある。藤壺や語り手たちには、光源氏は、「鬼や物の怪などのように」見えていたのである。それほど、光源氏の深慮している姿は、不気味だったのである。藤壺に拒否され、死に憑依された光源氏の姿は、彼を取り巻くさまざまな情況も加わり、憔悴《しょうすい》し、悄然《しょうぜん》として、彼があらゆる面で理想的な人物であるがゆえに、かえって、不気味で魂魄を喪失した、あたかも物の怪のように映っていたのである。

だが、ここでもこの解釈に、一抹の不安を抱いておいたほうがよいだろう。光源氏には、出家や自死は無縁で、この藤壺を前にした姿は、光源氏の擬態であるかもしれないのだ。彼は何度も死や出家を口にするのだが、だが、それは幻巻に到るまで、物語内現実としては叙述されてはいないのである。しかも、女性を前にした、光源氏の姿態《ポーズ》は、装われている場合があるからである。前後の文脈から、この偽装という解釈は生成しないのだが、部屋の片隅にある微塵のように、決定不可能性は残しておいた方がよいだろう。

二人は別れの前に贈答歌を交わす。光源氏の贈歌は、「逢ふことのかたきを今日にかぎらずはいまいく世をか嘆きつつ経ん」とあり、さらにそれに続けて、「御ほだしにもこそ」と述べている。難解な和歌であるが、本居宣長が『源氏物語玉の小櫛』(18)で、かたきとは、難きに敵をそへたり、返しの下の句、これをうけたり、拾遺にいへるがごとし、さて敵とは、逢事の難き敵といふ意をもっていへる也、けふにかぎらずはとは、上にやがてうせ侍りなんとあるごとく、我命は、今日限りなるべけれども、逢事の難き敵ぞと思ふ、執着の心の、今日に限らで残らばの意なり、上に、又此世ならぬ罪となり侍りぬべきとある是也、四の句は、今より後生々世々也、諸抄に、かたき、只難きとのみ見て、敵のさたなきは、次に、御ほだしにもといひ、返歌に、あたとあるなどにかなはず、拾遺の説の中にも、いささかたがへる所まじれり（四〇六）

と述べている、この「かたき」（「難き」と「敵」の懸詞）を重視する解釈を採用したい。光源氏は、逢瀬の困難さが今日に限らないならば、輪廻転生を何度も繰返しながら愁嘆し続けると詠み、その嗟嘆《さたん》という執着心が絆《ほだし》となって、藤壺さえもが往生できないのではないかと、性的関係と情死を、藤壺に対して脅迫しているのである。ストーカー的な詠歌と会話と言えそうであるが、それほどまでに、光源氏は藤壺に執心・拘泥・妄執しているのである。

それに対して、返歌の文法に従って、藤壺は「かつは心をあだと知らなむ」と、和歌を伝奏させて、「あだ」に「仇」（敵のこと）と「徒だ」（不実で浮気なこと）を懸け、贈歌を切り返している。ここでも、「いふよしなき」に対して、「いはんかたなしと、ほめたる詞也、傍注ひがこと也」と書いている、『源氏物語玉の小櫛』の説を採用したい。見事に贈歌の「かたき」を、「あだ」で切り返しているのである。光源氏の執着心を、上手に躱《かわ》しているのである。だからこそ、「我にもあらで出でたまひぬ」とあるように、忘我状態で光源氏は退出したのである。

この後、藤壺は出家する。祝髪・剃髪・受戒・尼削ぎ・落飾などと表現される、この藤壺の行為は、光源氏という情念を避け、愛児冷泉の即位を願い、桐壺の菩提を弔い、自己に政権意欲のないことを示す、さまざまな意図が閲ぎあってのことなのだろうが、その落飾が、なによりも社会生活の死を意味し、自己を隠すことであることを確認しておかなくてはならない。ここでも、〈知られないこと＝隠蔽〉という、藤壺が担っている核となる主題が提示されているのである。光源氏という情念を隠すことができないことを悟り、今度は、彼女自身を社会から隠すことにしたのである。自死という選択をしない限り、死に限りなく近い、社会的な死という、出家を決意したのである。俗的なものから一切隔離されて、仏道という聖的なものに自己を昇華させることによって、光源氏という情念から離別できると判断したのである。光源氏から、藤壺は、出家することで、自己の肉体性・感覚を隠したのである。

藤壺の出家に対する、光源氏の出口なしの絶望・挫折・失望も、克明に分析すべきであろうが、省略しなくてはならない。ただ、大将であり、公卿コースの入り口に到達した光源氏（大将＝従三位）と、その周辺にいた一族の、没落・零落・失望・逼塞《ひっそく》については触れなくてはならないだろう。左大臣家・藤壺一族・光源氏に賭けた、受領を目指した（受領コースの）人々は、離散・没落の危機に陥ったのである。賢木巻では、その悲惨な運命情況を、次のように描写している、

司召《つかさめし》のころ、この宮（藤壺中宮）の人は賜はるべき官《つかさ》も得ず、……宮の御たまはりにても、必ずあるべき加《か》階《かい》などをだにせずなどして、嘆くたぐひいと多かり。かくても、（右大臣方は）〈いつしか〉と、（中宮の）御位を去り御封《みふ》などのとまるべきにもあらぬを、ことにつけて変ること多かり。……御心動くをりをりあれど、〈わが身をなきになしても春宮の御世《みよ》をたひらかにおはしまさば〉とのみ思しつつ、御行ひたゆみなく勤《つと》めさせたまふ。……この殿の人どもも、また同じさまにからき事のみあれば、世の中はしたなく思されて籠《こも》りおはす。左大臣も公　私《おほやけわたくし》ひきかへたる世のありさまにものうく思して、到仕《ちじ》の表《へう》たてまつりたまふを……

（(2)―一二九〜三〇）

藤壺の「わが身をなきになしても」という内話文中の言葉が、この情況を象徴していると言えるだろう。だが、この藤壺の「無」が、その周辺に及ぼした波及は、書いてはいないものの、大きかったはずである。

その波紋の中にいた一人が光源氏で、光源氏は、藤壺という、母なるもの＝女性のすべてを喪失したばかりでなく、天皇の「後見」という地位を失い、制度・掟・秩序から追放されることで、父なるもの＝男性のすべてから疎外され、〈境界〉という情念の空虚な位相だけが残されたのである。この光源氏を規定していた、本稿の冒頭が明晰化した、桐壺更衣の死を契機とした、母と父への欲望の深層に潜在する二つの支点を失い、情念という位相のみが残存している人物にとって、選択すべきは、〈死〉だけであると、言ってよいだろう。物語は、その主人公の死という、悲劇で終焉を迎えようとしているのである。ただ、その死は、当時の社会的文脈では、自殺の他に、出家や流罪・零落という選択も残されていたのである。

物語展開の要請であろうが、光源氏は、自死でも、出家でもなく、典故もあり、流謫を選ぶ。悲劇として物語を終えるわけでもなく、隠れて政権を操る可能性のある落飾という社会的死でもなく、再生と復活の一抹の可能性が残存している、流罪に全運命を賭けたのである。京という都市空間の中心の、その中軸に座ることができるかもしれないという、残されている微々たる希望を抱いて、その険阻な隘路を辿ることにしたのである。

しかし、物語展開の要請は別として、死という障壁を前にした光源氏という情念は、この出口なしの情況の中で、一方では、この憂愁を忘却するために、三位中将（頭中将）と文事に熱中すると共に、自暴自棄の行動に打って出る。朧月夜と密会し、それを右大臣に発見されるという、自棄《やけ》な出来事が描出されているのである。その情念が喚起した事態を、賢木巻は、

そのころ尚侍《かむ》の君まかでたまへり。瘧病《わらはやみ》に久しう悩みたまひて、〈まじなひなども心やすくせん〉となり

けり。修法《ずほふ》などはじめて、おこたりたまひぬれば、誰も誰もうれしう思すに、〈例のめづらしき隙《ひま》なるを〉と、聞こえかはしたまひて、わりなきさまにて、夜な夜な対面《たいめ》したまふ……（2）—一三五）

と書いている。文中に掲載されている内話文は、朧月夜のもので、彼女の方が積極的に暇な光源氏を右大臣邸に呼び込み、密会が頻繁に行なわれたのであろうが、そうした誘惑に単純に同調した光源氏の情念も、考慮する必要がある。朱雀王権と権力を掌握した右大臣一族に対する、反逆・反抗という情念が、潜在的に沸騰したのである。

瘧病は偶発的なものであろうが、朧月夜は、内話文が示唆しているように、気兼ねなく病気治療に専念するためと、例によってめったにない機会だからと、病を光源氏との逢瀬に必然化しているのだが、それを利用して毎夜密会する光源氏は、これもまた自暴自棄に陥っていると表現するより他はない。それだから、「雷鳴《かみ》りやみ、雨すこしをやみぬるほどに、大臣渡りたまひて、……」（2）—一三六）という時候に、右大臣に〈もののまぎれ〉を発見されてしまい、発覚した事件は弘徽殿大后に報告され、

〈かく一所（右大臣邸）におはして隙《ひま》もなきに、つつむところなく、さて入りものせらるらむは、ことさらに軽《かろ》め弄《ろう》ぜらるるにこそは〉と思しなすに、いとどいみじうめざましく、〈ことのついでに、さるべき事ども構へ出でむに、よき便《たよ》りなり〉と思しめぐらすべし（2）—一四一）

という大后の内話文と彼女の内面を推測した草子地で、賢木巻は巻を終えるのである。光源氏の情念の波紋は、「さるべき事ども構へ出でむ」という、陰で画策を巡らす弘徽殿大后の決意に到り、逆に彼自身に回帰してくるのだ。自主的退去の装いで、流謫が始まるのである。〈知られる＝露呈〉という主題が、流罪という、極端な反応を喚起しはじめるのである。

光源氏は、情念という、肉体と精神の境界に立つ理念を造型化した、文学のみが表出できる特権を形象化した人

物である。その情念を、これまでの分析が明晰にしたように、「悪」と言ってもよいだろう。そうした悪としての光源氏の実存を見抜いたのは、それを隠そうとした藤壺であり、流罪にすることを企てた弘徽殿女御であり、女たちであった。だからこそ、読者たちは無意識的に、光源氏に蠱惑され、その魅力の虜となるのであるが、しかし、光源氏はその後さまざまに変貌する。その須磨・明石巻の零落し、落魄した情念や、それ以後の掟・制度・秩序になりながら、なおも情念を追い求めた姿を追求しなければならないのだが、本稿では、情念が源氏物語第一部の前半部の主旋律であったことを指摘して、別に稿を改めて、さらに課題を探求する必要がありそうである。

注

（1）重層的意味決定という用語は、アルチュセールが使用しているために、彼の術語と理解されているが、この語はフロイドが『夢判断』などで用いたものを、彼がマルクス主義に適応させたものである。なお、情念という語は、「伊勢物語の方法」（『物語文学の方法Ⅰ』所収。一九六七発表）を執筆した際に、その論文に書いたように、ジェローム・アントワーヌ・ロニーの『情念とはなにか』に刺激を受けて論を展開した経緯《いきさつ》があり、その頃を回想してこの語を使用している面がある。

（2）帝の禁忌違犯については、『入門源氏物語』などを参照してほしい。

（3）桐壺巻冒頭の背景については、「光源氏という実存―桐壺・帚木巻をめぐってあるいは序章・他者と〈犯し〉―」（『文芸と批評』第八巻第六号掲載・『源氏物語の言説』所収）を参照してほしい。

（4）藤壺事件の意義については、『入門源氏物語』などの、一連の論文を参照してほしい。

（5）双書〈物語学を拓く〉2『源氏物語の〈語り〉と〈言説〉』所収。『源氏物語の言説』再録。

（6）「時間の循環」については、『入門源氏物語』などの、一連の論文を参照してほしい。

（7）『物語文学の方法II』所収。空蝉事件が第一回目の藤壺事件を暗示していることについては、本稿では分析することを回避した。引用論文を参照してほしい。
（8）『平安朝文学研究』復刊第九号所収。『源氏物語の言説』再録。この論文は、「心あてに……」の和歌と〈物の怪〉を扱ったものである。
（9）「源氏物語試論集」（『論集平安文学』四号）所収。
（10）注（8）参照。
（11）『横浜市立大学論叢』人文科学系列　第五二巻第三号所収。『源氏物語の言説』再録。
（12）注（7）参照。
（13）『物語文学の言説』所収。
（14）『物語文学の言説』所収。
（15）この問題は皇位継承に関わっているためか、源氏物語の批評や研究において、充分に議論されていない。『源氏物語躾糸』で問題を提起したつもりであるが、その後さらに批判的に展開した論文を、残念だが読んでいない。議論を期待している。なお、この論は、桐壺巻の高麗人の観相による予言に、執拗に拘っている、森一郎の一連の論文に対する批判でもある。
（16）『物語文学の言説』所収。
（17）類似・形代／ゆかりについては、注（11）を参照してほしい。
（18）『本居宣長全集』第四巻所収。

第二部　女三宮事件——狂気の言説

第一章　若菜上巻冒頭場面の父と子《むすめ》

——朱雀と女三宮あるいは皇女零落譚という強迫観念とその行方——

源氏物語第二部の冒頭に位置する若菜上巻は、

朱雀院《すざくゐん》の帝《みかど》、ありし御幸《みゆき》の後《のち》、そのころほひより、例《れい》ならず悩《なや》みわたらせたまふ。もとよりあつしくおはします中に、この度《たび》はもの心細く思《おぼ》しめされて、「年ごろ行ひの本意《ほい》深きを、后の宮のおはしましつるほどは、よろづ憚《はばか》りきこえさせたまひて、今まで思しとどこほりつるを」、「なほその方《かた》にもよほすにやあらむ、世に久しかるまじき心地なんする」などのたまはせて、さるべき御心まうけどもさせたまふ。(4)—一一[1])

という文章から始まる。朱雀の病気と言えば、第一部の明石巻での、天皇であった時期の、眼病が想起される。病因は、賢木巻での桐壺院重体の際に、見舞いの行幸で告げられた、光源氏を「後見」＝補弼にしろという父の〈遺戒〉を遵守しなかったために、亡父桐壺の幻影を見た心痛で、病患は一種の心身症だと言ってよいだろう。遺戒を遵守しなければならないという無意識的な強迫観念が、眼病として身体の上に表出したのである。今回の若菜上巻では、詳細な病状は記されていないし、その病因も不明だと言ってよいのだが、弘徽殿大后の死去を強調し、その生存中でも出家の意志が強かったと述べているので、父桐壺の遺言の不履行が、朱雀院には現在でも劣等感として残っていたと、解釈することができるだろう。このインフェリオリティ・コンプレックスは、前巻の藤裏葉巻の弟光源氏の、夕霧結婚、明石姫君入内、准太上天皇即位と、冷泉天皇の六条院行幸などという華麗な栄華を、直接に眼前にした兄朱雀院の無意識であり、それは桐壺院の遺戒を履行できなかった、朱雀の精神的な不安定さと脆弱な意志を、象徴的に表徴するものだったのである。

「朱雀院の帝、ありし御幸の後……」という若菜巻の冒頭文は、多義的で多面的な表象を読者に与える言説機構になっている。そのさまざまな解釈の中で、まず想起されるのは、若菜巻以前の第一部の巻々では、必ず光源氏に関係する事項から、巻頭が開始されていたことである。玉鬘巻のように、冒頭部分は、玉鬘を女主人公とする貴種流離譚を描いている巻であるにもかかわらず、「年月隔たりぬれど、飽かざりし夕顔を、(光源氏は) つゆ忘れたまはず……」と書き始められ、光源氏の回想という心理的な内面から書き出されているのであって、第一部では光源氏は確かに物語の中軸となる主人公であり、栄光に輝いていた英雄であったのだが、この若菜巻では、その位置から彼は追放されていたのである。結論を先取りして言えば、光源氏は、若菜上巻から幻巻までの第二部では、主人公・英雄ではなく、物語展開の中での、単なる死にいたる過程が追求される、第一部を継承し、その行く末を知りたいという、読者の欲求を満たすための、〈中心人物〉の一人に過ぎないのである。

また、朱雀の病気は、これからの物語の展開における不吉なものを予想させる。「悩み」が、これからの物語展開の中核的な主題群の一つとなることを、予告しているように読めるのである。ただし、「悩み」は、身体的に罹病する病患ばかりでなく、心理的な衰弱である心痛や難渋も意味していることを忘れてはならないだろう。さらに、朱雀の会話文で話題となっているのは、「出家」で、また「世に久しかるまじき心地」という表現を読むと、その背後では、〈死〉〈空無〉という人間の根源を凝視する主題が、潜在的に第二部の物語を支配することになるだろうと、理解できるのである。死は、朱雀の出家という言説で、源氏物語の中枢となる主題であることを、ここでも主張しているのである。

苦悩・病患・出家、そしてその背後に控えている死という主題群は、共に、第一部とは異なった不吉な〈負〉の世界・荒涼とした風景を読者に想像させる。源氏物語第一部が、光源氏の栄華＝罪という両義的世界を描いてきたのに対して、(2) その世界が潜在させ、裏側の深層で蠢《うごめ》いていたものが、「若菜」という表題自体が逆説的に示唆する〈老い〉という主題と共に、表層的に言説の表面に躍り出てきたのである。死を背後に秘めた〈仏教的なもの〉が、真に人間を救済できるかどうかという主題が、無意識的なものに操られている朱雀を通じて、正面から凝視されることになったのである。仏教という求道の主題も、第二部の物語展開において、中軸的なものとなるだろうことが、予想されてくるのである。

さらに、朱雀の病気から出家の意思表明にいたる際の、会話文が重要な言説として書かれていることが注目される。会話文については、既に、「源氏物語の〈語り〉と〈言説〉―〈垣間見〉の文学史あるいは混沌を増殖する言説分析の可能性―」という論文(3)などで分析的に書いたことだが、日常生活とは異なり、散文文学では、その宛名も話をしている登場人物の相手ばかりでなく〈読者〉が加わり、しかも、その読者は、登場人物の話者に同化・一体化して会話を味わうと同時に、その会話文を対象化・相対化して、どのような動機で、どのような心理で、どのような意図で、どのような無意識で、その発話は真実か虚偽かなどといった、さまざまな判断・解釈・推測を行なうこととなるのである。

日常では、相手の他者を組み入れて会話を発話するのは当然なのだが、対話者の立場に同化して、つまり、自己から離脱して、対話者という他者の視点から、会話を理解・解釈することは少ない。しかも、その場合でも、誤解・誤読することが多いのである。他者を組み入れていると錯覚して、自己の主張・意見・状況・イデオロギーなどを前提に、他者の発話を聞くのが、日常生活の常態なのである。しかし、物語や小説などの散文小説では、文脈という射程距離をさまざまに配慮しながら、登場人物の立場から、同化・一体化しながら、その会話文を解釈することなしに、テクストを理解することはできないのである。自己＝他者という狂気を抱えないと、文学はその姿を現象させせないのである。文学は同化しながら他者の眼差しを読み取ることができる、唯一と言ってよい言説なのである。

この朱雀の会話も、彼の立場に立った内部からの解釈が要請されている。文末に「など」という付加節があるため、会話文を二つに分割しておいたが、朱雀はこの種の会話を、近侍者や女房たちのような周囲の複数の人物に、何度も発話していたのであろう。弘徽殿大后の生存中も出家の志《こころざし》があり、母后の意向等を配慮して遠慮していたのだが、潜在する仏道への意志は堅く、死期も近いという判断もあり、この時期にいたると、出家のための用意をさまざまに準備していたのである。この会話には、無意識的なものを含めた、朱雀の悲哀が漂っているのである。彼の物語から読み取れる生涯のすべてが、この発話に凝縮しているのである。なお、この会話文の宛名は、近侍者や女房たちのような周囲の多数の人物で、彼らは源氏物語の言説では黒衣《くろこ》であり、言説の上では無視され排除されながら、この朱雀の発話の意向を解釈・理解して、彼の出家のために具体的に行動・準備していたのである。

その場合、「なほその方にもよほすにやあらむ」という自己の意志を訝《いぶか》しがっている発話が気になる。意識化できない、言語化できない出家への衝動が、自己の行動・判断の背後にあると、朱雀は自覚していたのである。読者は、この朱雀の自己言及する訝しがりの発話の背後にある、潜在し、深層化している無意識を露呈させる義務がある。日常生活では、多くの発話は忘却され、特別な印象を与えない限り、言及・記憶されることはなく、執拗に対自化されることはないのだが、〈書かれた〉テクストである物語文学では、特に反省意識を伴う批評や研究では、それまで叙述されてきたすべての出来事が記憶され、追憶されて、登場人物たちの発話や行動などの背景にあると解釈しなければならないと、読みが規範化・文法化されており、必ずそれ以前の文脈を記憶しているという前提で、言説を解読しなくてはならないのである。この記憶と忘却の差異が、文学の日常生活とは異なった特質になっているのである。すべてを記憶しているという営為も、日常生活では狂気である。忘却なしに、日常では生活することが不可能なのである。つまり、あらゆるものが記憶されているという点でも、文学は、狂気の言説であることを示唆しているのである。

この文法的規範の物語的因果性を配慮する際に、浮上するのが、既に「光源氏という〈情念〉―権力と所有あるいは源氏物語のめざしたもの―」という論文(4)でも書いたことだが、第一部で描かれていた朱雀の〈無意識〉である。その無意識を形成するのは、父桐壺や弟光源氏を始めとする、貴族社会という、多数の〈他者〉集合である、社会的な〈外部〉なのである。無意識は、バフチンなどが言っているように、恒久的なものではなく、社会的・歴史的な具体的なものなのである。

朱雀は、賢木巻で重体の桐壺院に見舞いのため行幸し、光源氏を「後見」にするようにという父からの遺戒を与えられる。桐壺は、一貫して光源氏を朱雀・冷泉王権の後見＝補弼＝臣籍降下＝賜姓源氏にしようとする意向・意志があり、それを彼ら兄弟に遺戒として遺したのである。しかし、軟弱で柔軟な朱雀は、母弘徽殿大后や外祖父右大臣などの身内を憚って、光源氏を後見にするという、死によって特殊な言葉の呪力を帯びた桐壺の遺言は履行されず、光源氏は権勢を喪失し、朧月夜事件なども加わり、須磨・明石に流謫することになる。須磨巻では、朧月夜事件に理解を示し、光源氏を流離させたことに慨嘆していた朱雀は、明石巻になると、凶兆に出会い、夢枕に桐壺院が立ち、その後眼病を患い、外祖父右大臣が死去することになる。

桐壺院の遺戒は、「女のまねぶべきことにしあらねば」（賢木巻。(2)―八七）と述べられながら、物語中に遺言の一部分が書かれ記入されているように、語り手の女房たちまでもが知っているほど、貴族社会では広く流布しているものであった。中国の〈災異論〉から言っても、遺言の不履行、凶兆・災異、天子の病患、丞相の死などは、貴族社会や京という都市空間に、朱雀王権は「暴政」であるという災異論的な認識を生んだことは言うまでもない。そうした他者である貴族社会などの動向を無意識的に感じとったが故に、弘徽殿大后の反対を押し切って、冷泉への譲位や源氏赦免の宣旨が下されるのであって、朱雀の無意識とは、貴族社会やその周辺の都市空間という、噂や評判・評価などといったものまでを含む、〈外部としての他者〉のことなのである。なお、〈外部の他者〉とは、完璧にイコールとはならないが、〈内部の他者〉つまり無意識のことなのである。社会的な他者性は、内部化されることで、無意識の核を形成することになるのである。

なお、冷泉の場合も同様で、光源氏が准太上天皇という栄華を達成できたのも、彼が一世の賜姓源氏であり、冷泉王権を強力に補弼したこと、その政権下で繁栄を保持したこと、六条院に象徴されるように権門家として君臨したことなどの諸理由もあるだろうが、桐壺院の「後見」という遺戒を冷泉が厳格に遵守し、光源氏が、それを受けて冷泉王権を「善政」として補弼したからなのであって、冷泉個人だけの独自な判断で、光源氏の准太上天皇即位を成就することは不可能で、貴族社会やその周辺の、熱烈な支持・賛同・称賛と暗黙の承諾・了解などがあったからこそ出来たことなのである。

なお、藤裏葉巻で、光源氏が准太上天皇に即位した際には、

その秋、太上天皇に准《なずら》ふ御位得たまうて、御封《みふ》加はり、年官年爵《つかさかうぶり》などみな添ひたまふ。……かくても、なほ飽かずみかどは思して、世の中を憚りて、位をえ譲りきこえぬことをなむ、朝夕の御嘆きぐさなりける（3）―

四四五〜六）

と記してあり、文中の「世の中」が、「貴族社会やその周辺」と書いた、冷泉の無意識を形成した、外部の京都という都市空間であることは言うまでもないことであろう。彼らの多数の了承・承諾がなければ、光源氏の准太上天皇即位は可能であっても、譲位は出来ないのである。光源氏が実父であるということは隠蔽しなくてはならず、いかに光源氏の補弼が「善政」であっても、天皇という地位に即けることは不可能であったのである。この貴族社会と天皇の協調・反撥の交通論的な取引を読まないと、古代後期の王朝国家＝摂関政治は理解できないし、それを背景としている源氏物語も解釈できないのである。

つまり、的確なかつ謎辞的なものではあったが、高麗の相人の予言があったにもかかわらず、桐壺が、倭相や宿曜道などを参照しながら、貴族社会を配慮して、幼い光源氏を賜姓源氏にし、朝廷の補弼とし、賢木巻の遺戒でも「後見」を何度も強調しているにもかかわらず、その「かしこき御心」の帝の判断・予想を遥かに越えて、光源氏が准太上天皇に到達出来たのは、朱雀即位後、朱雀帝が、父の遺戒を遵守せず、「暴政」を施行して、貴族社会に混乱を齎《もた》らしたからなのであって、それが光源氏の補佐した冷泉政権下の「善政」と、対照的に顕著だったからで、朱雀の訝しがった無意識とは、そうした朱雀以外の他者が、外部で喚起していた、さまざまな反応・出来事が形成していたものだったのである。外部の他者は、無意識という内部の他者なのである。明石姫君が東宮に入内し、さらに権勢を強化した光源氏が、准太上天皇となり、彼の六条院に行幸があり、盛大な紅葉の宴が催されているという現実を目の前にした時、朱雀の無意識となったのは、この栄華を生み出したのは自己であるという、他者の栄華の契機となったのは自分だという、逆説的な思い＝無意識なのであって、「ありし御幸の後、そのころほひより、例ならず悩みわたらせたまふ」（若菜上巻巻頭文）という言説は、朱雀に関する第一部の出来事を、象徴的に凝縮した表現であったのである。

このように、若菜上巻の冒頭文は、読者にさまざまな表象を与えるのであって、一義的に、単純に、朱雀が病気を患い、出家を思ったと、筋書的に解読して通り過ぎてはならないのであって、多義的・象徴的に読むことが、狂気を抱えた文学的営為の一つの根源となっているのである。それ故、他の読者や研究・批評者は、さらに別な新たな読みを試みるかもしれないのであって、文学とは、最終的な意味決定のない永続的な営みなのである。なお、最終的意味決定が文学において不在であることは、あらゆる批評や研究の読みは、誤読・誤解であることを指示しているのであって、この狂った絶望を抱えていない論は、文学に可能なかぎり接近することさえできないのである。

続いて、若菜上巻は、出家という主題を提示したために、「子は三界の首枷《くびかせ》」と諺で言われているように、物語叙述は、朱雀の子供たちに言及して行くことになる。なお、三界とは、俗界・色界・無色界のことで、三界出離という〈無〉=浄土への再生が、出家得度の本質なのである。俗家を捨てて得度受戒し、無への行程である仏道修行を歩むためには、子供が首枷であり絆《ほだし》となっていたのである。

御子たちは、春宮をおきたてまつりて、女宮たちなん四ところおはしましける。その中に、藤壺と聞こえしは先帝の源氏にぞおはしましける、まだ坊と聞こえさせし時参りたまひて、高き位にも定まりたまふべかりし人の、とり立てたる御後見もおはせず、母方もその筋となくものはかなき更衣腹にてものしたまひければ、御まじらひのほども心細げにて、大后の尚侍を参らせたてまつりたまひて、かたはらに並ぶ人なくもてなしきこえたまひなどせしほどに、気おされて、帝も御心の中にいとほしきものには思ひきこえさせたまひながら、おりさせたまひにしかば、かひなく口惜しくて、世の中を恨みたるやうにて亡せたまひにし、その御腹の女三の宮を、あまたの御中にすぐれてかなしきものに思ひかしづききこえたまふ。そのほど御年十三四ばかりおはす。

「今は、と背き棄て、山籠りしなん後の世にたちとまりて、誰を頼む蔭にて、〈ものしたまはん〉とすらむ」と、ただこの御ことをうしろめたく思し嘆く。(4)一一〜二

既に、「若菜巻の方法―〈対話〉あるいは自己意識の文学―」という論文で書いたことがあるのだが、この引用場面では「新たな物語のような体裁」で、「その中に」という言説で、女三宮が、あたかも女主人公であるかのように紹介されている。その前に、父朱雀の病気と出家への意向が述べられており、それに続いて更衣腹の母藤壺女御が、藤壺中宮や紫上の父式部卿宮の異腹の妹で、先帝の女《むすめ》として記され、朧月夜尚侍の朱雀後宮での権威に圧倒された、その不運な母の死が告げられ、後見のない彼女が、朱雀の出家の唯一の絆《ほだし》となっていることが分かるのである。女三宮は、源氏物語の女主人公の条件である、「紫のゆかり」であり、母を喪失した女源氏であり、零落の可能性のある結婚適齢期の皇女であり、源氏物語の女主人公のすべての要件を満たすに足る充全な女性として、若菜上巻に登場しているのである。これからの物語を紡ぎだすのに、極めてふさわしい女性なのである。第一部であるならば、これからの物語を主導する、中軸となる女主人公は、彼女だと断定してもよいほどなのである。

ただし、第一部の末尾で十帖を用いて描かれていた、光源氏の夕顔回想から紡ぎだされて登場した玉鬘が、物語の終末では髭黒に掠奪され、一面では光源氏の完璧だと思われた栄華の、瑕瑾《かきん》として残ったように、源氏を裏切る可能性のある女主人公であるかもしれないと、想起されることも確かである。女主人公が、単純な筋書きで光源氏と結ばれて、物語が「めでたしめでたし」で終焉するという構想は、第二部の若菜巻までに至ると想像できず、かえって、光源氏を〈裏切る〉という主題の方が、源氏物語の中では、現実性を帯びてくるのである。それ故、朱雀が会話の中で「誰を頼む蔭にて、〈ものしたまはん〉とすらむ」と訝しがっているように、この疑問が、第一部の桐壺巻に記されている高麗の相人の予言のように、これからの物語展開を嚮導《きょうどう》する予告・謎となっているのであ

る。父が退位し、出家してしまった太上天皇の女《むすめ》が、後見のない一世の皇女が、零落を回避しながら、どのような生き方を選択して行くのかという主題が、若菜巻の冒頭部分で提起されているのである。単純な結婚でもなく、かと言って、零落するのでもなく、天皇の女の行く末を見つめることが、これからの物語展開の中軸の主題の一つとなることが、この会話文を通じて告げられているのである。

引用場面の末尾に記されている「うしろめたく」について解説的に述べる必要はないだろうが、一応、『岩波古語辞典　補訂版』を引用しておけば、「うしろめたし」の解説では、「ウシロメ（後目）イタシ（痛）の約。人を後ろから見守りながら、将来は安全かと胸痛む気持。自分の認識や力の及ばない所で事態がどうなって行くか分からないという不安感を表す。成り行きに気がゆるせない、気がかりだの意から、転じて、自分の行為について他人の見る目が気にかかる意。『うしろやすし』の対」と書いている。もっぱら出家を遂げたい朱雀院は、この女三宮の行く末ばかりを、「自分の認識や力の及ばない所で事態がどうなって行くか分からないという」不安の概念に駆られながら気遣っているのである。彼女の将来が、何度も訝しがることで、若菜巻の主要な主題の一つであることが、強調的に提示されているのである。

この皇女の行方は、筋書を先取りにして、つまり、〈時間の循環〉(6)という視点に立って言えば、光源氏との結婚（「後見」「親」という形式での）、幼さ、柏木との密通、密通の発覚、不義の子薫の出産、出家（尼削ぎ＝私度僧）へと展開して行くのであって、皇女が零落しないで生きて行くためには、それなりの選択だったと言えるのではないだろうか。光源氏が、藤壺との密通という罪過によって、准太上天皇というめでたさを獲得できたように、女三宮も、姦通によって、読者の期待を裏切るようにして、皇女の新しい生活の道程である、「出家」という主題を独自に切り拓いていったのであって、これも文学のみが生成できた生涯だろうが、それなりに上流女性の自立性を獲得・叙述したと言えるのではないだろうか。無意図的であるのであろうが、女三宮は、もののまぎれによって、自己の運命を開拓し、その自立した生涯の主題を探求しているのである。

物語文学は「王家統《わかんどほり》（皇家統）の文学」だと言われている。確かに、竹取物語などの例外はあるものの、伊勢・うつぼ・住吉・落窪・源氏・狭衣物語など、皇室の血を引く登場人物が、主人公や女主人公となっているのである。特に、うつぼ物語の俊蔭女、住吉・落窪物語の姫君、源氏物語の藤壺・紫上・末摘花などを考慮すると、女の王家統＝女源氏たちは、「めでたしめでたし」という、それなりの栄華を遂げているのである。

だが、それを裏返すと、皇女零落が貴族社会の底辺に多数あり、それを打ち消すように、これら皇女栄華譚が書かれたと言えるだろう。蓬生巻で描かれている末摘花のように、零落の一歩手前で留まった例などを見ると、物語文学は、皇女（貴女）零落譚の恐怖・脅迫を打ち消すために書かれているのであって、常に皇女零落譚を潜在するものとして、「王家統《わかんどほり》（皇家統）の文学」の深層の内部に抱えていたのである。つまり、女三宮物語も、内部に抱えたその皇女零落譚を、抹消し・打ち消すために叙述されているのであって、密通か零落かという追い詰められた選択が、何度か言及するように、彼女の物語の背後にはあるのである。

物語は、朱雀が、女三宮のことに心痛して、さまざまな人々に彼女の将来を依頼する場面に移行する。その場合、朱雀を軸として、会話文によって物語は進行する。会話・対話によって物語が展開するところに、若菜上巻のこの前半場面の特性があるのである。既に、「若菜巻の方法―〈対話〉あるいは自己意識の文学―」という論文（7）で示唆的に指摘したことだが、源氏物語第二部の中軸となる方法的特色は、単純化すれば自己意識の〈対話〉で、登場する各中心人物たちが、各々の独自な自立した主題群を背負い、追求・探求して、その熾烈と言ってよい、その各主題の対話が、物語展開となっているのである。

既に叙述したことで、若菜巻の冒頭部分に限って言っても、単純化すれば、朱雀は「出家」を、女三宮は皇女零落譚を背後に抱えている「一世の皇女の行方」を、個別的な主題として探求しているのであって、この交差しない固有の主題が、読者の内部に解決のない対話として迫ってくるのである。読者には、その主題同士の対話を聞く以外に、受容の方法はないのである。各中心人物に担われた固有の主題が、対話という輻輳した楽曲を奏でているのである。ミハイル・バフチンが、ドストエフスキーについて明晰化して述べているように、ポリフォニーの文学が、第二部の特性なのである。第一部の光源氏を主人公とした物語は、対話という、各主題を担った中心人物たちが、無意識までを含めた、〈自己意識〉を熾烈に闘わさせる物語へと、方法的に変容していたのである。しかも、そのポリフォニーは、ドストエフスキーなどとは異なり、読者の内部で多声的に響いている仕掛けになっているのである。

朱雀院は、東宮から始まり、夕霧、女三宮の乳母、さらに、その乳母は兄左中弁と、またさらに、朱雀院は周囲に侍っている女房たちと、女三宮の婚姻を依頼したり、相談しながら、あるいは、一方的に自問して、苦悶している。この場面のように対話で描出せずに、朱雀院が、わが子の東宮を始めとするさまざまな人々と相談して、光源氏に女三宮を降嫁することを決意したと、直截に地の文で書けば、数行程度の叙述で、場面の意図は伝わってしまうのだが、饒舌だと言ってよいほどの数十頁を費やして、対話による描写を克明に試みているのは、既に述べたように、対話者の各自が、各々の過去と主題を担っていることを強調したいからで、各登場人物が、自己の主張・見識・思想・思惑・策略・感覚・欲望・社会性はては無意識なものさえ抱えて会話する、その各固有性とその対話を炙り出したいからに、他ならないからなのである。

その対話から解読される各対話者の固有性を、克明に分析したいのだが、紙数の関係や、本稿が注釈書類ではな

いことを考慮して、その幾つかに言及するだけに留めると、病気見舞いに訪れた東宮との会見で、朱雀は、

「この世に恨み遺ることもはべらず。女宮たちのあまた残りとどまる行く先を思ひやるなむ、さらぬ別れにも絆なりぬべかりける。さきざき人の上に見聞きしにも、女は心より外に、あはあはしく、人におとしめらるる宿世あるなん、いと口惜しく悲しき。いづれをも、思ふやうならん御世には、さまざまにつけて、御心とどめて思し尋ねよ。その中に、後見などあるは、さる方にも思ひゆづりはべり、三の宮なむ、いはけなき齢にて、ただ一人を頼もしきものとならひて、うち棄ててむ後の世に漂《ただよ》ひさすらへむこと、いといとうしろめたく悲しくはべる」と、御目おし拭ひつつ聞こえ知らせさせたまふ。(4)—一四)

と述べている。この会話文は、明らかに朱雀の東宮に対する遺戒であると理解してよいだろう。つまり、あの賢木巻の桐壺の遺戒が、対照的に想起されてくる機構になっているのである。賢木巻ほど公的で政治的ではないかもしれないのだが、何度も目に湛えた涙を拭いながら、自分の子供に言聞かせたこの遺言は、強い拘束力を発揮するものとして、表面的には朱雀に思われたことだろう。しかも、周囲には黒衣としての女房たちが近侍しており、この遺戒は、噂として貴族社会に広く流布して行くことになるはずなのである。だが、賢木巻での桐壺の遺言を想起すると、発話者自身が遺戒を遵守しなかった過去があるのであって、この出家後の異母妹女三宮の後見を依頼した遺言は、物語内現実としては、読者には、虚しく響くのである。

ところで、この会話文で注目されるのは、「さきざき人の上に見聞きしにも、女は心より外に、あはあはしく、人におとしめらるる宿世あるなん、いと口惜しく悲しき」という、女性に対する同情的な朱雀の発話である。会話論的な視座から言えば、こうした一般的な誰でもが承認できる教訓を、会話に交ぜることで、会話の信用性・説得性を増そうとしていると理解することが出来るのだが、別の視点から言えば、この場合の「女」は皇女のことで、

皇女零落譚が広く流布していたことが、分かるのである。偽装されている天皇制の一系的な継続を配慮すれば、皇女が零落するのは必然・当然なのであって、末摘花物語が垣間見させるように、この種の物語は、広範にかつさまざまな変種を伴いながら、今日の昔話や伝説などの口承伝承などをも考慮すると、京という都市空間ばかりでなく地方にまで、広く流布していたのである。

その当時は常識であったと言ってよい、皇女零落を回避するために、朱雀は東宮に女三宮の今後の後見を、熱意を込めて依頼しているのだが、自分自身でさえ守ることが出来なかった遺戒の遵守を頼んでいるのであって、その空虚さは、彼自身も理解していたと言ってよいだろう。だからこそ、朱雀は、「後見」から確実性のある「結婚」へと、女三宮の将来を発想するのであって、この朱雀の会話文の背後には、異母兄東宮に未だ幼い妹女三宮の未来を依頼する、絶望が横たわっているのである。と言うより、その絶望を知っていながら、なおも、東宮を頼りとする、朱雀という父親の悲哀が、この発話の背後にあるのであって、この父朱雀の哀願・哀れを読み取らないと、この場面を理解したと言えないであろう。

この東宮への哀願の後に、中納言夕霧と会見し、朱雀は意中を仄《ほの》めかしている。この会見も、他者を組み入れる、対話の策略に満ちている。例えば、その会見場面の前に書かれている、

……六条院よりも御とぶらひしばしばあり、みづからも参りたまふべきよし聞こしめして、院はいといたく喜びきこえさせたまふ。

中納言の君参りたまへるを、御簾の内に召し入れて、御物語こまやかなり。「故院の上の、いまはのきざみに、……」(4)—一五)

という叙述も、単純に見過ごしてはならないだろう。物語の展開から言えば、冒頭場面の朱雀を軸とする会話群の

前提として、女三宮を光源氏に降嫁することは既に決定されていたのにもかかわらず、朱雀はその結論に行き着くために、周囲の貴族社会の承諾を得るための策略を、対話を通じて、さまざまに廻らしているのである。あの朱雀政権の「暴政」という失策・失敗を回復するために、今度は、あまりにも周囲を憚って、対話の網の目を張り廻らしているのである。内部の他者が、夕霧との強引とも言える会見の、背後に読み取れるのである。

既に、第一部巻末の藤裏葉巻で、源氏物語がその巻で終焉しないことが分かった時点で、また、若菜巻冒頭で、女三宮が女主人公の装いで登場した時から、朱雀ばかりでなく読者にも、物語が、光源氏への女三宮の降嫁へと展開することは、明確に判断できたことであった。光源氏が准太上天皇に即位した時、紫上は身分的にはふさわしい正妻ではなくなっていたのである。光源氏が臣下であるかぎり、正四位下相当の式部卿宮の女である紫上が正妻であってもよいのだが、院の正妻にはふさわしい身分ではなかったのである。頭中将（藤裏葉巻では太政大臣に昇進）の女玉鬘などが想定できるのだが、彼女は既に髭黒に嫁している。つまり、光源氏三九歳、女三宮一三・四歳という年齢的な隔たりはあるのだが、周囲を配慮すると、准太上天皇の正妻になる資格があるのは、女三宮以外に想起できないのである。つまり、彼女が女主人公となる資格を充分に持った女性として、若菜巻冒頭場面に登場した時から、その運命は決定されていたのだが、それを貴族社会やその周辺さらには読者に承諾させる必要が、つまり、読者が年齢差などの障害を払拭して納得する物語的必然が、朱雀の任務として与えられていたのである。

しかも、場面を読むと、朱雀は、光源氏自身が、院を病気見舞いに訪れる以前に、この策略の工作をしておかなくてはならなかったのである。まず、夕霧中納言が来たので、簾の内に召し入れて会見するのだが、朱雀や読者は既に、夕霧が、雲居雁の乳母に少女巻で「六位宿世」と侮蔑されながら、藤裏葉巻でようやく七年越しの雲居雁との恋を、結婚へと実現できたことや、また、父親が降嫁が予定されている光源氏であることを、知り尽くしているのである。つまり、「まめ」と設定されている夕霧に、女三宮と結婚してほしいという提案・哀願をするのは、残酷だと言ってよいほど理不尽なのだが、それを滔々と朱雀は発話するのである。これからの貴族社会を代表・象徴する公卿として夕霧が選ばれ、根回しが行なわれたのであろうが、数頁を費やして、朱雀が夕霧に対して結婚を仄めかしながら彼を称賛すればするほど、会話は虚しく響く機構になっていると言えるだろう。

男性の貴族社会への策略・根回しを経た後、続いて、朱雀は、女房の女三宮の乳母と相談する。彼女も、朱雀を囲む女房たちの女性代表の一人として選ばれたのであろうが、彼女は、朱雀の意向を女房の責務として見事に汲んで、光源氏を女三宮の「後見」とするように進言する。光源氏家＝六条院の女房として出世したいという、女房根性の無意図的な欲望もあるのだろうが、朱雀の意向に添った発話をしてくれたのである。男性ばかりでなく、女性たちも賛同してくれたのであって、朱雀の意図は貴族社会という外部において承諾されたのである。女三宮の降嫁が進行を始めるのだが、このように貴族社会の対話は、饒舌さに満ち溢れた回りくどい会話文なのであって、それは、貴族社会の社交の規範であり、直截に言説化しない優雅さでもあるのだが、さらに、その背後には策略があり、隠蔽された意図が隠され、果ては、発話者の欲動の深層にある無意識的なものさえもが垣間見できるところに、若菜巻以後の対話の方法的特性があるのである。

例えば、乳母との対話の中で、朱雀は、

「まことに〈すこしも世づきてあらせむ〉と思はん女子持たらば、同じくはかの人のあたりにこそは、触ればはせまほしけれ。いくばくならぬこの世の間は、さばかり心ゆくありさまにてこそ、過ぐさまほしけれ。我、女ならば、同じはらからなりとも、必ず睦び寄りなまし。若かりし時など、さなんおぼえし。まして女のあざむかれんはいとことわりぞや」とのたまはせて、御心の中に、尚侍の君の御事も思し出でらるべし。(4)―二と、発話している。この言説で、朱雀と乳母との対話は終わるのであるが、光源氏への女三宮降嫁を自己納得するこの朱雀の会話文には、鮮やかに朱雀の無意識が刻み込まれていると言えるだろう。

二

幾重にも入籠型になっている源氏物語の語りの、外側にある最終的な語り手＝書き手である「紫のゆかり」の発話であるらしい草子地が、「べし」と推測しているように、この朱雀の発話は、自然に朧月夜の事を想起して発話されたものではないだろう。光源氏称賛の最後に、「我、女ならば、同じはらからなりとも、必ず睦び寄りなまし」と発言した、この近親相姦でも厭わないという言説には、ふと洩らしてしまった、表層が覆い隠している、彼の内なる他者である無意識を読み取る必要があるのである。

まず、朱雀に女性に変成したいという欲望があることは、容易に読み取れるだろう。また、二人は兄弟なので、「同じはらからなりとも、必ず睦び寄りなまし」という発言も、光源氏の美質を配慮にいれると、女に成りたいという欲求も、それなりに了承できるはずである。だが、その女性変成と近親相姦とが重なり相乗関係となると、これは異常である。レヴィ＝ストロースを想起するまでもなく、同腹の姉妹との近親相姦は世界的な禁忌《タブー》違犯である。異腹ではあるものの自分が性を交替して、この至高の禁忌を犯すのであるから、朱雀は、天皇であったことも含めて、禁忌違犯の欲動を述べることで、自己自身でもあった国家・制度・法・掟を転覆しているのである。

つまり、この発話の背後には、朱雀の自己抹殺したい欲望が語られているのである。源氏物語で描かれてきた、これまでの朱雀の歩みのすべてが、この奇怪な発話で瓦解しているのである。仮想された禁忌違犯を抱えた究極的なエロスの言説の裏側で、デュルケムの用語を使えば「自己本位的自殺」とも言える、タナトスが語られていたのである。性への欲動／死への欲動という二元的葛藤が、朱雀の内部に渦巻き、タナトスという攻撃的破壊欲動に無意識的に駆られている様子が、この言説の深層から理解できるのである。出家・死という朱雀の志向しているものが、表層的に性の言説として無意識的に語られていたことが判明するのである。

既に、退位して、院になっているので、朱雀が出家する必要性はないようにも思われるのだが、後の場面を読むと、剃髪し、受戒し、家庭生活・社会生活を捨てて、山寺に籠もって修行しているので、社会的〈死〉としての仏道を、朱雀は、そこでも無意識的に選択しているのである。無意識的に、彼を取り巻く貴族社会という外部の、自己の死を願っている潜在的な願望を嗅ぎとっていたからこそ、こうした奇妙な発話をしたのである。女三宮に不安は残るが、東宮などの将来を配慮すると、自己のすべてを抹殺する以外に、未来に自己を表出・疎外する方法はないと、朱雀は無意識的に欲動したのである。

貴族生活とは、このような華麗で屈曲した会話、その背後にある意図・策略、さらには無意識と、まさに自己の内部で分裂したものに、さまざまに錯綜して装飾された、淡い色彩で描かれたサイケデリック・アートのようなものなのであって、物語は、その矛盾に満ちた優雅で絢爛とした虚飾の世界を、鋭利に暴いていくのである。既に、第二部の特性は対話の文学であると書いたが、その対話は、このように虚飾に溢れた、分裂・拡散・錯乱したものだったのであったのである。

源氏物語第一部は、蜻蛉日記の跋文に「《天下の人の品高きや》と問はむためしにもせよかし〉とおぼゆるも」(全集本。記号訂正)とある意図を、意識的に継承して、内裏を軸に「品高き」世界を、虚構として自立させて表出してきた。その世界が、憧憬されている華麗・栄華・優雅・絢爛であると共に、物語文学として〈書くこと〉によって、藤壺事件のように罪過に彩られ、鬩《せめ》ぎ合う苦渋に満ちた権力・権勢の上に成立していることを、文学として言説化したのである。その世界を〈書くこと〉によってさらに持続させ、追い詰め、凝視することによって、第二部では、その栄華と罪に彩られた貴種流離譚の世界を、表層とその背後にある深層、さらには無意識と、分裂した虚飾の社会として、露呈させて描かざるをえなかったのである。他者同士の交差することのない対話の、その優雅・絢爛とした世界の背後にある、蠢《うごめ》いている分裂・拡散・散在・輻輳・錯乱している貴族たちの意識の、根源的な様相が、〈書くこと〉を通じて見えてきたのである。

紫式部日記では、一条天皇の、寛弘五年十月十六日の、土御門殿行幸場面を描いた箇所では、

御輿むかへ奉る。船楽いとおもしろし。寄するを見れば、駕輿丁《かよちゃう》の、さる身のほどながら階《はし》よりのぼりて、いとくるしげにうつぶしふせる〈なにのことごとなる、高きまじらひも、身のほどかぎりあるに、いとやすげなしかし〉と見る。（大系本。記号訂正）

という記事を、紫式部は書いている。彼女は、行幸という華麗で豪華な行事を紹介しながら、それを裏側から支える、後には「八瀬童子」などと言われて、貴族から蔑視・排除・差別されている駕輿丁に同化して、内話文とそれを特徴付ける「かし」という強意の終助詞を使用して、殿上に登りながら、不動の姿勢でうつ伏していなければならない行為に、彼らの不安な状況を推測していたのである。しかも、その駕輿丁たちの不安は、紫式部自身の土御門邸での感慨でもあるのである。なぜ、このような状況感覚になるかと言えば、それはこの場面で二度も使われている、傍線付けた「身の程」という鍵語と、それに続く「かぎりあるに」という限界認識にあるはずで、これらの言説は、読者に、身分・素質・素性・職業・経済力・政治力・宿命・状況など、彼女が抱いているさまざまな無意識的なものさえをも想像させるのである。華麗な風景や背景と、それを黒衣のように背後から支える「身の程」、それに同化・一体化して、自己の無意識を語る紫式部、この時期に若菜巻が書かれた痕跡など証明できないのであるが、この日記の自己が分裂・錯綜した在り方に、類似的《パラレル》なものが、源氏物語第二部では表出されているのである。

外部の華麗・優雅だと思われている天皇を中心とした貴族たちの風景と、その背後にある意図・策略を暴露してしまう排除された人々、そしてそれを書く作者の無意識までを含んだ眼差し、さらに、これら分裂・拡散・錯綜した意識の鬩ぎ合い、それらが若菜巻と紫式部日記の言説を形成しているのである。しかも、読者は、外側から、それらの多声的な状況を、聞き、見、読み、それらの輻輳した各〈自己意識〉を、脳裏の中で〈対話〉させることだけができるのである。

この外部から多声的な状況を読むことが、逆に把握すれば、第二部の欠陥であることも忘却してはならないだろう。会話文・内話文・自由間接言説・自由直接言説などの同化・一体化を求める言説はあるものの(8)、枠組みとしては、第二部は、物語の外部に読者を追放・排除しているのである。つまり、読者は、物語の展開をあたかも暗い座敷で観劇しているように、テクストの外部から読むことになるのであって、中心人物たちの対話による劇的な出来事を眺め、自分の内部で反芻して、その答えのない対話の、解答を求めることしか出来ないのである。しかも、解答や解決など、物語のどこを探しても、ありはしないのだ。なお、「眺め」が「長目」であることは言うまでもないことだが、第二部では、中心人物たちと読者の間に、眺めという隔離された距離があるのである。

朱雀の意向を忖度した乳母は、六条院に親しい院司と想定されている兄左中弁に、仲介を打診するほど、光源氏が女三宮の「後見」することは、進行・進展していくのだが、朱雀の婿選びの苦慮はなおも続いている。乳母と兄左中弁との会話は省略して、さまざまに思索を巡らす朱雀の思案・苦悶している場面に移行すると、その場面は、

「しかし思ひたどるによりなん、皇女たちの世づきたるありさまは、うたてあはあはしきやうにもあり、また高き際といへども、女は男に見ゆるにつけてこそ、悔しげなる事も、めざましき思ひもおのづからうちまじるわざなめれと、かつは心苦しく思ひ乱るるを、またさるべき人に立ち後れて、頼む蔭どもに別れぬる後、心を

立てて世の中に過ぐすこむことも、昔は人の心たひらかにて、世にゆるさるまじきほどの事をば、思ひ及ばぬものとならひたりけん、今の世には、すきずきしく乱りがはしき事も、類にふれて聞こゆめりかし。昨日まで高き親の家にあがめられかしづかれし人のむすめの、今日はなほなほしく下れる際のすき者どもに名を立ち、あざむかれて、亡き親の面を伏せ、影を辱づかしむるたぐひ多く聞こゆる、言ひもてゆけば、みな同じことなり。……（(4)─二六〜七）

という会話から始まる。これが、朱雀の苦悶する場面の書き出し部分なのだが、ここでも女三宮の降嫁の問題が、皇女零落譚を背後において形成されていることが示されている。「しか思ひたどるによりなん」という語り出しを読むと、朱雀は、皇女の行く末について、さまざまな思案を巡らしていたのである。

長文になるので省略し、全文の引用は避けたが、この会話文は、「『……』など、見棄てたてまつりたまはん後の世をうしろめたげに思ひきこえさせたまへれば、いよいよわづらはしく思ひあへり」という、「など」という付加節を伴った言説で終わっており、「思ひきこえさせたまへれば」という文があるので、形式的には内話文なのだが、文末の「思ひあへり」の主格は朱雀院付きの女房たちで、周囲に侍っている女房たちに、朱雀は、何度もこんな会話を喋《しゃべ》っていたのである。つまり、この文は『　』で示したように、内話文ではなくて会話文なのである。こうした例は、源氏物語など宮廷社会を背景とした物語文学ではよくあることだが、実際には会話文でありながら、言説的には、内話文として表出される場合があり、上流の貴族社会では、女房は黒衣として、人間以下のものとして、言説の上では、無視・排除される実存であったのである。会話文・内話文の区分・分類も、階級・階層という社会性・歴史性を伴っているのである。と同時に、ヴィコツキーの心理学などが明らかにしているように、内話文は、会話文と通底しており、区分は慎重な処理が必要なことが分かるのである。この言説は、発話された内話文という矛盾を抱え、女房という黒衣の他者を宛名として、発せられているのである。

ところで、この会話文に付加している文章に拘《こだわ》ると、女房たちは、「わづらはしく思ひあへり」とあったように、この院の相談に困惑して、回答に難儀・煩瑣《はんさ》していたことが分かる。朱雀が、「(女三宮を)見棄てたてまつりたまはん後の世をうしろめたげに思ひきこえさせ」たので、煩わしく思ったのだが、この文には、多義的多層的な意味が閲ぎあっていることを読み取るべきであろう。

一つは、階級的に上位にある皇女が、院の死後にどのように生きて行くかが、女房たちには判断できなかったのである。皇女が零落した譚《はなし》はよく知っているのだが、それを院に語るわけには行かず、沈黙せざるをえず、困惑しているのである。と同時に、朱雀の語る「見棄てたてまつりたまはん後の世」は、彼女たち朱雀に仕える女房たちの運命でもあるのであって、それを女三宮という皇女に関してのみ述べることに対する、階級的反発も読み取る必要があるだろう。自分の愛しい子供だけを心痛する不愉快な気持ちが、「わづらはし」という言葉には、表出されているのである。自分たち女房階級までを配慮・考慮・同情するような性格・心情が、朱雀には完璧に欠落しているのである。この血の繋がった身内のみを配慮する性格は、第一部とも通底する、彼の人格的欠陥なのである。

さらに、ここでは朱雀院付きの女房に対する批判・批評を読み取っておく必要があるだろう。女三宮の乳母は、朱雀の意を巧みに汲んで、光源氏を「後見」にするように提案していたのだが、朱雀の女房には、院の意向を巧みに操る女性が不在なのである。このように朱雀を巧妙に操作する女房の不在が、彼の退位を早め、錯誤と言われる降嫁の判断となり、女三宮事件などを喚び起こしたのである。それ故、源氏物語の枠としての語り手である紫上付きの女房である「紫のゆかり」の批判が、この文章の裏側から読み取れるのである。彼女らは、女房としての責務を充分に果たしていないと批判されているのである。

ところで、耳学問なのであろうが、朱雀は、貴女といわれる皇女や上流貴族（公卿たち）の女《むすめ》の生涯について、さまざまな貴族や近侍者・女房などから多数の情報を得ていたようである。その情報によって、皇女の「世づき」＝世間並の結婚を忌避しているのである。上流の女性たちが、世間普通の常識的な様子で生活することが、「転《うた》て」「淡淡《あわあわ》し」として拒否・否定されているのである。高貴な身分の女性に、零落を阻止するためには、結婚することは禁忌であり、同時に、その禁忌が気の毒だと同情されてもいて、さらに、それが時代状況の変遷論に移行して行くのである。

「昔」と「今」が対比されて[9]、これらの女性は、以前は貴種として高嶺の花として扱われていたのだが、今は、逆に貴種として好色者に餌食として狙われているのである。そのために、親の顔に泥を塗り、死後も親の名誉が屈辱を受けることになる例が多数あると言うのである。それ故、結婚も独身も、高貴な女性には「みな同じことなり」という結果になると言うのである。つまり、女三宮の運命として、独身でも結婚でもない、言ってみれば、皇女零落譚にならない展開があるかどうかが模索・煩悶され、その結論である出家への道程が、これからの物語展開であることが、暗示的に仄《ほの》めかされているのである。このように皇女零落譚への言及が頻繁になされることで、女三宮物語が形成・生成・展開されて行くことになるのであって、女三宮の出家を導入する契機となった、女三宮と柏木の密通事件は、偶然的に設定されたわけではないのであって、暗示的な予告が、頻繁に若菜巻の前半部には散布されていたのである。

皇女女三宮に対する求婚者は多く、衛門督柏木・蛍兵部卿宮・別当藤大納言・権中納言夕霧などの名前が挙がり、東宮は、「かの六条院にこそ、親ざまに譲りきこえさせたまはめ」と提案する。それ故、朱雀は、光源氏に内意を伝えることになるのだが、源氏はこの発案を辞退する。そのため、女三宮の裳着の後、朱雀は出家することになるのだが、出家後の院を見舞った光源氏は、女三宮の「後見」「親ざま」を承諾することになる。粗筋を紹介したが、会話文による描写が克明に表出されていることは言うまでもない。朱雀と光源氏の会話による取引は、優雅な装いであるものの、熾烈で、さまざまな言葉の配列と策略と陰謀に満ちている。既に降嫁は決定されているにもかかわらず、光源氏が承諾するまでの過程は複雑で、年齢差がある男が、仕方なく「後見」「親ざま」という形式で引き受けるという儀礼・儀式が、長文の対話で描かれているのである。

これまでの若菜上巻の前半部の分析が明晰化しているように、女三宮の描写が親族関係の紹介に留まり、内面から描出されていないという側面もあるのだが、前稿の「光源氏という〈情念〉―権力と所有あるいは源氏物語のめざしたもの―」で考察したような光源氏の深層的な心理葛藤は、朱雀とその女《むすめ》、この人間関係には不在なのである。光源氏と女三宮とは、一世の源氏であるとか、母の喪失など共通項はあるのだが、女三宮が女を主体とした後宮で養育されたという環境・社会性もあるのだろうが、男根期における父との心理的な葛藤が欠落しているのである。女でありながら、男根の不在にも気付いていないのではないかと疑問を抱くほど、彼女にはエディプス・コンプレックスの痕跡は、一片も前半部では描写されていないのである。

本稿が若菜上巻冒頭場面の言説を克明に分析したように、深層的な心理葛藤とは別の側面から、彼女と皇女零落譚との関連が浮上する仕組みになっているのである。それ故、男根不在という、女という実存を突き付けたのは、結婚した光源氏という存在で、父と子との深層心理的葛藤は、女三宮の内部では、光源氏との関係の中で生成されることになるのである。しかし、その「後見」「親ざま」との熾烈な闘争は、稿を改めて、続編として書かねばならないだろう。光源氏は、女三宮にとって、夫であると共に親なのである。

注

（1）源氏物語の引用は、広く流布しているので全て日本古典文学全集を採用している。但し、記号等は改訂している。

（2）栄華＝罪という両義的主題については、『入門源氏物語』を参照してほしい。

（3）双書〈物語学を拓く〉1『源氏物語の〈語り〉と〈言説〉』、および『源氏物語の言説』所収の同論文を参照してほしい。その論文では、地の文・会話文・内話文・草子地・自由間接言説・自由直接言説という物語文学の各言説の特性・機能などについて、源氏物語を中心に詳細に分析している。なお、論文の後半部分では、この論とは関係のない垣間見論を展開している。また、新編日本古典文学全集『落窪物語　堤中納言物語』の「解説」の後半で、言説についての簡潔な説明を試みている。

（4）第一部第二章。

（5）『物語文学の方法Ⅱ』所収。発表時は、一九七四年。

（6）〈時間の循環〉という源氏物語の特性のある方法については、『入門源氏物語』などの一連の論文を参照してほしい。

（7）注（5）参照。

（8）これらの同一化を求める言説の機能については、『源氏物語の言説』に掲載した一連の論文を参照してほしい。

（9）この対比は、古代後期（平安朝）の初期の律令体制と中期の摂関体制＝王朝国家の違い、つまり桓武（嵯峨）王権と光孝（宇多）王権との相違ではないかと考えられるが、源氏物語における「昔」と「今」の用例点検も含めて、更に考証する必要があるだろう。有職故実・習俗・慣例・儀式や当時の時代認識なども考慮に入れて考察する価値のある課題である。

［追記］　なお、本稿は、私の学生時代の一角を形成した、今井源衛・石田穣二・秋山虔の三氏の女三宮降嫁をめぐる論争を意識して論述されている。さらに、続く清水好子・後藤祥子・今井久代氏などの論も配慮したつもりである。

『源氏物語の研究』『源氏物語論集』『源氏物語の世界』などの論文集を読めば分かるように、この論争は、それ以前の諸論文があるのだが、三氏の方法的立場の基調を確立したものであった。個々の引用は避けたが、本稿は時代的には極めて遅れたものなのであるが、その論争が忘失していたものに焦点を当てることで、私の立場を、回想の中で、レモンのようにそっと置いてみたかったので、あえて書いてみたものでもある。

第二章　若菜上巻冒頭場面の光源氏の欲望

——望蜀(1)、あるいは光源氏における藤壺という幻影——

若菜上巻の前半部分で、光源氏は、女三宮の乳母の兄左中弁と会話し、朱雀院の降嫁の内意を伝達される。それ以前には、光源氏は、朱雀が、女三宮の将来について苦悩している様子を、「心苦しき御ことにもあるかな」と冷静に反応して、他人ごとのように対応し、「院の御代の残り少なしとて」(4―三三) と発話しているように、死を前にして、出家と死を凝視して苦悶する朱雀に同情する。さらに続いて、「〈ここにはまたいくばく立ちおくれたてまつるべし〉とてか、その御後見のことをば承《う》けとりきこえん」とあるごとく、自分は弟で朱雀よりも生存している可能性があるので、その存命期間中は、女三宮の「後見」を引き受けようとさえ言っているのである。この場合、「後見」は、純粋な意味で、自分の子供と思って世話をするという以外の意は含まれてはいないだろう。光源氏は、はじめは、女三宮には、兄の生んだ女の子供という眼差し以外に、よこしまな欲望を抱いていなかったのである。

だが、そうした女三宮の件に他人ごとのように対処する、光源氏の発話を聞いた左中弁は、奮然として、「みづからは思し離れたるさまなるを、弁は、おぼろけの御定めにもあらぬを、かくのたまへば、いとほしくも口惜しくも思ひて、内々《うち》に思し立ちにたるさまなどくはしく聞こゆれば」と書いてあるように、朱雀に同情して、院の意外な内輪の決意を詳細に告げることとなる。光源氏のことだから、女房たちの噂・風評などで、この件についても、ある程度は情報を知っていながら、他人ごとのように装ったと理解できないわけではないが、弁の朱雀に対する奮いたった同情の思いを聞いた後、「さすがにうち笑《ゑ》みつつ」という内面を隠蔽した苦笑・微笑の反応で、

「いとかなしくしたてまつりたまふ皇女《みこ》なめれば、あながちにかく来《き》し方行く先のたどりも深きなめりかしな。ただ内裏《うち》にこそ奉りたまはめ。やむごとなきまづの人々おはすといふことは、よしなきことなり。それにさはるべき事にもあらず。必ず、さりとて、末の人おろかなるやうもなし。故院の御時に、大后《おほきさき》の、坊《ばう》のはじめの女御にていきまきたまひしかど、むげの末に参りたまへりし入道の宮に、しばしは圧《お》されたまひにきかし。この皇女《みこ》の御母女御こそは、かの宮の御はらからにものしたまひけめ。容貌《かたち》も、『さしつぎには、いとよし』と言はれたまひし人なりしかば、いづ方につけても、この姫君おしなべての際《きは》には、よもおはせじを」など、いぶかしくは思ひきこえたまふべし。(4)—三四〜五)

と、院の決意を詳細に告げる弁を前に、右記のように述べているのである。光源氏の、弁に対する発話言説では、皇女は叔父の天皇冷泉に入内すべきだと主張・解答しているのである。笑顔で、弁の提案が冗談でもあるかのごとき受け取りで答えているのだが、この発話言説の進行する背後には、光源氏の徐々に高揚して行く、心理的内面・無意識的欲望とその変容が、描きだされていると言えるだろう。それを、この会話の背後に解読しないと、テクストを読んだことにならないのである。この源氏の発話には、表現されている会話言説と、背後にある光源氏の心理的に動揺する内的な自己意識・欲望が、鮮やかに乖離して表現されているのである。

文中の「来し方行く先」は、ここでは用例をすべて検討しないが、「現在」を特別に強調する、源氏物語独自の比喩表現である。愛しい娘ならば、院は、過去と未来を考慮しながら、現在の社会状況を深く配慮しているのだろうなと問いかけ、それならば、皇女は天皇に入内させるのが最善だと、一般論を展開しているのである。ここにも

皇女零落譚の翳があり、それ故に、極く普通ならば、没落させないためには、権力の集中している現在の天皇に奉るのが順当だと言っているのである。

弁という発話の宛名が眼前におり、妹の乳母を通じて、朱雀にまで、この会話が伝達されることは明瞭なので、このような一般論を発話の前提にしたのであろう。朱雀をはじめとする、さまざまな他者の言葉を考慮し、対面言説に組み入れながら、この会話は発話されているのである。発話は、特に第二部では、このように、誰を宛名に述べられているのかという、他者というさまざまな〈聞き手〉の問題を配慮しないと、理解できないのが特性なのである。もちろん、光源氏ばかりでなく朱雀の周囲に侍っている女房たちを通じて、世間の評判・噂・流説となるだろうことも、配慮しているのであって、ここでの他者が拡がりを持っていることは、言うまでもないことだろう。

しかも、その〈一般論〉を、さらに〈状況論〉に展開し、冷泉に前々から立派なキサキがいるからといって、女三宮を入内させない理由にはならないし、支障ともならないし、古参のキサキがいたとしても、粗略に扱われるとは限らないと言うのである。その状況論の具体的な例として、自己の体験した前例を挙げ、桐壺の東宮時代に入内した、大后（弘徽殿女御）などの古参のキサキが多数いながら、末に、若い「入道の宮」＝藤壺が入内し、圧倒的に寵愛されていた過去の出来事を、回顧的に告げるのである。状況論の具体例として、「入道の宮」＝藤壺について言及した時から、光源氏の発話の背後で、彼の心理的動揺が始まっていると言ってよいだろう。そのように読めるのである。藤壺は源氏の〈色好み〉の原点であり、彼自身の存在のすべてが託され、彼の実存が賭けられていたのである。と言うより、藤壺事件は、江戸時代初期の水戸学学者安藤為章の『紫家七論』で、「一部の大事」（源氏物語全体の中で一番重要な事）と言われているように、源氏物語の核心なのである。それ故、動揺というより、発話した本人が驚愕するほどの、衝撃と炸裂が光源氏の心理の深層で、惹起されたのであろう。

特に、「この皇女《みこ》の御母女御こそは、かの宮の御はらからにものしたまひけめ。容貌《かたち》も、『さしつぎには、いとよし』と言はれたまひし人なりしかば、いづ方につけても、この姫君おしなべての際《きは》には、よもおはせじを」という光源氏の発話の言説は、その背後に動揺と心理的高揚・衝撃を告げていると言えるだろう。女三宮が、藤壺の「ゆかり／形代」であることを発見し、気付いたのである。紫上が、藤壺の兄式部卿宮の回路で、「ゆかり／形代」であったように、妹藤壺女御を起点として、皇女女三宮は、藤壺の「ゆかり／形代」なのである。彼は、彼の色好みの原点である藤壺の「ゆかり／形代」が、藤壺の死後に実存していることに、驚愕しながら、類似した美麗な容貌を含めて、気付き・発見・識知したのである。「際」という、肯綮《こうけい》に突き当たったのである。回想の中にしか現れなかった藤壺が、まさに手の届く眼前に、そのままの姿で、しかも若い容姿で実存していたのである。つまり、至福の認知を、会話言説を発話することで、発見・獲得することができたのである。会話とは、発見の道程でもあったのである。

この光源氏の藤壺への情念は、「べし」を用いて、「いぶかしくは思ひきこえたまふべし」と推察している、草子地の語り手などの理解を遥かに越えているだろう。「べし」という推量の助動詞を使用しているので、この語り手は、この場にはいず、後に弁もしくは女三宮の乳母などから、この場の様子を聞いた、紫上付きの女房である「紫のゆかり」で、彼女たちがこの場面の語り手なのであろうが、光源氏の諸体験を外側から見聞していた経験から、ここでも光源氏の好き心が発動し、女三宮を見たい知りたいと願望したと思ったのであろうと、後の女三宮との結婚なども配慮して、そのように推測したのであろう。つまり、ここには、女房という傍観者たちの、彼女たちらしいイデオロギーが、鮮やかに刻みこまれているのである。彼女たちは、傍観者的な外部体験から、光源氏の好き者性は、老いてもなお不変だと思い込んでいるのである。つまり、この草子地も、しばしば表出されていることだが、語り手の主観的誤読なのである。

その草子地による語り手の推量は、誤読なのだが、しかし、光源氏の欲動は、源氏物語の原点である大逆と禁忌違犯を抱えた、「一部の大事」そのものだったのである。紫上の境涯と同様であるという判断ばかりでなく、后であり、実母であり、継母（庶母）であり、人妻でもある、禁忌を抱えた至高・至福の女性の、「ゆかり／形代」である、母を亡くしている、若い皇女女三宮を、この手で抱きたいという、不遜な〈悪〉の情念・欲望が、この会話言説の背後に、鮮やかに示唆・暗示されているのである。

さらにこの言説には、読者までもが参与している。と言うより、いつのまにか物語言説に参加させられているのである。言説に含まれている〈読者〉という概念は、ここでは、紫式部が想定した、源氏物語が執筆された当時の人々ばかりでなく、作家の想像を遥かに超えた、十世紀もの距離がある現在の私たちをも含意しているのだが、この読者は少なくとも、源氏物語の第一部を精読しており、「若菜」という巻名も記憶している上で、この若菜上巻の会話言説を読んでいるのである。つまり、藤壺への絶望的な憧憬と彼が犯した禁忌違犯を知尽した上で、「入道の宮」という言葉に、源氏物語第一部の主題が象徴的に凝縮・集中しており、それ故、密通という主題が女三宮の周辺で喚起されることさえもを想定し、さらに「若菜」上巻という巻名で、光源氏が四十賀を迎えることを意識し、絶対に超越できない三十九歳と十三、四という年齢差と時間が横たわっていることなど、源氏物語という物語が展開してきた、さまざまな過去と未来の出来事を、読者は解読・想像して行くのである。

つまり、物語の藤壺事件を核とした第一部が、既に三十三帖を費やして語られてしまっているという状況を含めて、光源氏は、果敢に不可逆的な時系列的な〈時間〉という、絶対に消去・抹殺することができない敵と戦っている、ドンキホーテのように、読者には読めてくるのである。「若菜」＝四十賀という巻名が象徴するように、不可能である時間との戦いも、第二部の主題群の一つであることも言うまでもないことであろう。

若菜という巻名は、新春に摘んだ菜であり、新鮮なみずみずしさに満ちているように思えるのだが、四十賀の光源氏に捧げられる羹《あつもの》・辛物などの菜は、同時に〈老い〉を象徴しており、三十三帖を費やした物語展開と、老いという時間とは、決して絶対に戦えないことを述べているのである。にもかかわらず、光源氏はその時間に刃向かい、その不可能な抵抗が、第二部の悲劇を呼び込むことになるのである。朱雀の出家と死という課題もそうだが、この第二部の主題群の一つは〈時間〉だといってよいほど、時間という主題が、物語の表層に浮上してきているのである。なお、いくつかの論で〈時間の循環〉などに言及したように、文学という狂気の言説のみが、不可逆な時間という課題に混乱を齎らし、逆転することさえできるのだが、虚構という物語内現実では、日常と同様に、時間は線状的で不可逆なものとして、時系列的に展開するように設定されていることは、言うまでもないことだろう。

ところで、この発話の第一の聞き手である弁は、光源氏に、降嫁が柔軟にかつ断固として拒否されたと受け取ったのであろう。使者の役目は果たせず、妹の女三宮の乳母に軽蔑されるのではないかという思案が、脳裏に過《よぎ》ったかもしれない。光源氏には、そんな身分的な配慮もないのであろうが、正五位上相当の左中弁が、間接的に朱雀の意向を伝えるだけでは、使者の役割を果たせないという、貴族社会における階層的な絶望感が、この発話を聞いて、弁の内部に広がったかもしれない。当事者同士の交渉なしに、階級意識の強い貴族社会では、交渉は無駄で不可能だという、階層的な虚無感でうち拉《ひし》がれたかもしれない。これらの解釈は勝手な想定なのではあるが、「ご本人から直接伝えないと降嫁の成功は無理ですよ」などといった言葉が、後の展開から解読すると、乳母を通じて朱雀に伝達されたことは確かであろう。

こうして、単純に見える光源氏の会話言説は、実は多義的多層的な相貌を帯びているのである。この多声的な声の響きを聞くことが、〈対話〉の文学である、源氏物語第二部を読むことの方法なのである。直接の聞き手である弁は、申し出が拒否された絶望感に浸る。しかし、それを聞いた乳母や朱雀の反応は異なるだろう。特に、朱雀は自分の言葉で、女三宮との結婚を申し込まなくてはならないという、貴族社会の慣習的な交渉に思いいたったのに違いない。その隘路だけが、この問題を解決する唯一の方法なのであることに、ようやく思いがいたったのである。

話し手光源氏は、一般論から状況論を述べ、具体例を展開するにつれて、藤壺に言及せざるを得なくなり、女三宮が、彼女の「ゆかり／形代」であることを発見し・気付く。言説の表層では、冷泉に入内させるのが当然だと言いながら、言説の深層では、高揚した禁忌違犯の歓喜・至福に奮えているのである。この蠱惑的な僥倖は、絶対に実現しなくてはならないのである。

だが、その内面的な高揚を理解できずに、草子地の語り手は、光源氏の好き者的な欲望を推測する。さらに、読者は、その光源氏の深層の心理的な反応を越えて、源氏物語展開のさまざまな読みを、この会話言説の背後に読み取る。発話者光源氏、聞き手の弁・乳母・朱雀、語り手「紫のゆかり」、さらに読者が、さまざまに交差し、この言説の中で対話しているのであって、ここにも異種言説《ヘテログラシア》が現象しているのである。一つの言説は、具体的なものであるが故に、多面的であるのである。

こうして、この会話言説は、表層の言説の意義はそれほど難解ではないのであるが、眼前にいる宛名とその反応、そしてその背後にいる他者たち、さらに発話する源氏の意図とその内面の心理的反応、また、語り手の誤読した理解、さらにはまた読者の多面的な解読といった、多声的なものに分裂・雑踏・悶着しているのであって、言説という具体的な一つの発話は、多重的なものの鬩ぎあいなのであって、一義的に意義を解釈して、物語を通り過ぎてはならないのである。

この会話という、具体的な発話の中に、多層的で多重的な声の響きを聞くことが、文学を読むという行為の原点なのであって、批評・研究・分析・理論という作業は、この営為の上に生成しているのである。だが、言説の中に、これほど多声的な響きを聞くことは、日常生活の中では狂気である。発話の背後に、どんな意図やアクセントがあるかなどを、聞き取ることはあるのだが、これほどまでに多声的な意味を読み取ることはできず、せいぜい発話の背後に裏があるだろうという、二声的な理解をするだけなのである。つまり、文学は、多層な異種言説であることによって、狂気であることを読者に求めている、テクストなのである。逆な面から言うと、狂気の言説として、文学を多義的に解読しないと、読者はテクストから追放されてしまうのである。

場面は、「年も暮れぬ」と、状況が押し詰まったことで、年末の慌ただしさを告げる場面に移行する。問題はさまざまに提起されているのだが、何も解決されていない年の「暮れ」を迎えることになったのである。女三宮の裳着、朱雀の出家、光源氏への降嫁、さらに四十賀を迎えることになる源氏等々といった、解決されていないさまざまな主題が、若菜上巻の冒頭場面で提起され、追い詰められている状況が、この文には、象徴的に表出されているのである。その未解決の課題が、忙《せわ》しなく、一応の解決を見るのが、同時にこの「暮れ」なのでもある。

まず、病患の朱雀を考慮して、

朱雀院には、御心地なほおこたるさまにもおはしまさねば、よろづあわただしく思し立ちて、御裳着の事思しいそぐさま、来し方行く先あり難げなるまで、いつくしくののしる。(4―三五)

とあるように、女三宮の裳着が盛大に行なわれる。朱雀は病気が快方に向わないので、出家や死を想定し、慌ただしく準備して、「来し方行く先」とあるように、現在の状況の中では、最高の威儀を整えて、裳着を唐風に華麗に開催しているのである。そこでの盛大で克明な裳着儀礼の描写分析や、「御心地いと苦しきを念じつつ、思し起こして、この御いそぎはてぬれば、三日過ぐして、つひに御髪おろしたまふ」とある、朱雀の、落飾・剃髪・出家については考察・分析を省略する。

ただ、この二つの儀礼の背後にある、朱雀の戦略的意図については、述べておいた方がよいだろう。華麗で豪華な女三宮の成女式は、彼女にすばらしい結婚をさせたいという、院の意図が明瞭に透けているのである。彼女を高く売ろうとしているのである。高い買物をするのは、もちろん、光源氏である。後では、欠陥商品を高価で買わされたと、思ったことだろう。

朱雀の剃髪もまた、今後自分には、政治的社会的な意欲などはなく、皇太子を裏で操る権力者的な意志や謀略などは完璧にないことを、光源氏をはじめとする貴族社会に表明した行為として、理解する必要がある。光源氏たちの貴族社会は、後見者のいない人物として、安心して皇太子の天皇即位を遂行してくれると、判断したのである。二つの儀式とも、後顧の憂いがないことを示唆する儀礼であるのだが、背後には、溶岩のようにどろどろと流れる、朱雀の政治的社会的な欲望と意図が、隠されていたのである。

「六条院も、『すこし御心地よろしく』と聞きたてまつらせたまひて、参りたまふ」とあるように、出家した朱雀の病が小康状態になったと聞き、礼儀的に光源氏は病気見舞いに出掛ける。その対面場面を、言葉の一つ一つに拘りながら分析したい気持ちがあるのだが、あまりにも注釈的な詳細になるので、この論文では避けることにするが、それでも、中軸的な言説を分析しても、若干、長文になるはずである。

二人は、光源氏の「故院《ゐん》に後《おく》れたてまつりしころほひより……」という発話から対話を開始する。当たり障りのない、亡くなった父桐壺の回顧的な話題から対面は始まるのだが、朱雀は、「今日か明日かとおぼえはべりつつ、さすがにほど経《へ》ぬるを……」と、自己の死をちらつかせながら、話題を、

「皇女《をむなみこ》たちを、あまたうち棄《す》てはべるなん心苦しき。中にも、また思ひゆづる人なきをば、とり分きてうしろめたく見わづらひはべる」とて、まほにはあらぬ御気色を、心苦しく見たてまつりたまふ。御心の中にも、さすがにゆかしき御ありさまなれば、思し過ぐしがたくて、(4)―四一)

とあるように、女三宮に転換する。出家後も、女三宮は、絆となって、苦慮の種となっていると言うのである。二人は沈痛な面持ちで対面している。「まほにはあらぬ」とあるから、朱雀は、年齢差などがあるため、女三宮の降嫁を正面を切った物言いで、提案はしないのだが、と言うより提起することができないのだが、その遠慮深さを、光源氏は「心苦しく見」つめているのである。

表面は、苦渋に満ちた沈思な対面場面だと言ってよいだろう。周囲にいた女房たちは、そうした苦慮している二人の対峙している姿を、絵巻的な光景として眺めていたのであろう。彼女たちの、「お気の毒に」といった溜め息が、背後で聞こえたかもしれない。

だが、「御心の中にも」とあるように、光源氏の内部では、ふつふつした情念が滾《たぎ》っているのである。藤壺の「形代／ゆかり」に、早く逢いたいという憧憬が、欲望となり、この朱雀の発話の背後にある出来事が、「も」という係助詞が象徴的に示唆しているように、焦燥として沸き上がっているのである。

朱雀の会話文には、言い淀むことで、女三宮を光源氏に高く売り付けたいという、思惑があるだろう。天皇であった自分の皇女ならば、光源氏は、確実に准太上天皇の正妻として扱ってくれるだろうし、彼女の生涯はそれによって経済的にも保障されたことになるのである。皇女零落譚を配慮しながら、多数の結婚相手を模索していた時には、女三宮の行く末を案じる痛いような父親の心情に溢れていたのだが、光源氏に降嫁させることを決意した時から、女三宮をいかに高価に光源氏に売り付けるかが問題となり、彼女は道具的な商品として疎外されていったのである。准太上天皇という、権門家でもある、弟が婿となれば、息子が即位した際には、その政権は安泰であろうし、出家した自分の行方も心配はないだろう。「後見」が、磐石に控えていることになるのである。そうしたさまざまな計略が、出家した朱雀の脳裏に行き来しているのである。朱雀は、この時期にいたると、以前とは豹変して、戦略家としては一人前なのである。

そうした朱雀の社会的政治的な配慮・思惑に対して、光源氏の内部は、藤壺への愛と言えば欺瞞的で適切な用語ではないと批判されるかもしれない、滾るような性的な欲求に支配されて無防備である。周囲の社会性や政治性を決して配慮していないわけではないだろうが、「ゆかし」という期待・願望の言葉が用いられているように、女三宮に魅惑され、婚姻を急ぎたい欲望がふつふつと沸いているのである。背後に藤壺を感じているからなのだが、三十二歳の時に逝去した彼女が、再び蘇生した歓喜と、再会した際の期待と、抱擁したいという性的欲望は、読者の想像を遥かに超越していたに違いない。

続く光源氏の返答は、

「げにただ人よりも、かかる筋は、私《わたくし》ざまの御後見なきは、口惜しげなるわざになんはべりける。春宮かくておはしませば、いとかしこき末の世のまうけの君と、天《あめ》の下《した》の頼《たの》み所に仰ぎきこえさするを、ましてこの事と聞こえおかせたまはん事は、一事《ひとこと》としておろそかに軽《かろ》め申したまふべきにはべらねば、さらに行く先のこと思し悩むべきにもはべらねど、げに事限りあれば、おほやけとなりたまひ、世の政《まつりごと》御心にかなふべしとはいひながら、女の御ために、何ばかりのけざやかなる御心寄せあるべきにもはべらざりけり。すべて女の御ためには、さまざままことの御後見とすべきものは、なほさるべき筋《すぢ》に契《ちぎ》りをかはし、え避《さ》らぬことにはぐくみきこゆる御まもりめはべるなん、うしろやすかるべきことにはべるを、なほ、強《し》ひて後《のち》の世の御疑ひ残るべくは、よろしきに思し選《えら》びて、忍びてさるべき御あづかりを定めおかせたまふべきになむはべるなる」と奏したまふ。

(4)―四一〜二)

という長文のもので、この長い発話で結論が出たわけでもない。承認に至る手続きが、上流貴族社会においては、いかに複雑で、煩雑で、優雅で、緩慢で、取引に満ちているかは分かるのだが、その遥かな迂回路は、読者が疲労してしまうほど迂遠なのである。

ここでもまた、光源氏は、常套的に一般論から煩瑣な発話を始める。皇女のような高貴な女性には、後見がないことは、遺憾で不幸だと言うのである。この場合、光源氏が発話した、「後見」は広義の一般的意味で使用されている。だからこそ、兄の東宮が話題となっているのである。しかし、入内の可能性の残されている冷泉については、以前は話題としていながら、今回は言及することが、巧みに忌避・回避されていることも、忘却してはいけないだろう。冷泉は、婚姻の可能性を所持しており、彼については、絶対に禁句にしなければならないのである。

一般論のはじめで、まず、光源氏は、「ただ人」ではない高貴な女性には、「後見」がいないと、不都合だと言っている。そこで用いられている「後見」という語は、振幅のある言葉である。日常的に背後で援助し世話をすることや、世話役の意味なのだが、単なる自分の子供の世話・庇護から、政治的な補弼、あるいは結婚という性的な意味の込められている世話まで、含意する範囲は広範である。光源氏は、その多義的な意味を含めながら、この発話をしているのである。言外に、自分が女三宮と婚姻してもよいという、意志を匂わせているのだが、それを直截には言わずに、現状論・状況論として東宮を挙げて、性的な関係などのない、兄・妹つまり東宮／女三宮という、キョウダイの話題のことであるかのごとく、自己の欲望を装って、隠蔽しているのである。

しかし、例のごとく、一般・原則論から現状・状況論に移行した上で、東宮が後見となっているので女三宮の将来は磐石だと言いながら、「げに事限りあれば」と、再び一般論に回帰して、天皇や皇太子にも「限度」があることを強調する。桐壺巻の「限りあれば……」という三度も用いられている表現や、桐壺更衣の「かぎりとて……」という和歌が想起されてくるのだが、すべてが可能であるかに思われる絶対的権力者天皇に、限度・限界を見いだしているところに、源氏物語の言説の特性があると言ってよいのだろう。

原則論として「限り」を主張した上で、「いひながら」と、動詞に付く「……けれど」の意の接続助詞を用いて、そうでない状況を、次に「女の御ために、何ばかりのけざやかなる御心寄せあるべきにもはべらざりけり」と現状論として提示する。東宮が即位し、「御心にかなふ」ようになったとしても、文化的・政治的・社会的な権力者天皇の立場から、女宮のためには、それほど「心寄せ」といった、情愛を注ぐことはできないと言うのである。ここでも、言外に、女三宮の面倒など、天皇に即いたらまったく考慮できないだろうと、断言しているのである。状況論から言えば、原則論は不可能だろうという、論理を展開しているのである。もちろん、この断言には、天皇のキサキを集めた後宮なども配慮されているのであろう。

それだから、「すべて女の御ためには、さまざままことの御後見とすべきものは、なほさるべき筋《すぢ》に契《ちぎ》りをかはし、え避《さ》らぬことにはぐくみきこゆる御まもりめはべるなん、うしろやすかるべきことにはべるを」と、再度一般論に戻り、朱雀が、杞憂・後悔しないためには、どんな女にも、立派な血筋と「契《ちぎ》りをかはし」た「後見」を置くべきだと言い、婚姻によって、逃避・遁走できないように性的に呪縛して、皇女の「まもり」とすべきだと発話しているのである。この言説は、意外にも、源氏物語第二部の物語展開を、鍵語として呪縛・括束・緊縛する表現として重要である。

この言説を迂闊にも発話したために、後に、光源氏は、女三宮の幼稚さに啞然として、情熱が冷めても、また柏木との密通を知っても、さらに不義の子薫が誕生しても、「え避《さ》らぬ」「まもり」として、女三宮を、彼が没しても、子孫たちまでもが、保護・養育・援護することになるのであって、朱雀とのこの〈約束〉が、後の彼の行動のすべてを縛る事になるのである。

しかし、この時点での光源氏は、将来の出来事を予測することは不可能で、彼の内部で煮え滾る情念の論理に従順に、それを深層に秘めながら、一般論を滔々と述べているのである。この約束・契約の言葉が、後に自縄自縛することになるなど、彼の脳裏には全く無く、藤壺の「形代／ゆかり」と早く逢いたいという、焦慮・欲望・欲心・欲動だけが、彼の発話の背後にあるのである。

文学にとって、時間とは、残酷の別名である。後のさまざまな出来事を知った時、この言説が、光源氏の生涯を呪縛している、重要な鍵語的な意義を果たしていることが分かるのであって、ここにも〈時間の循環〉が現象しているのである。日常生活では、日々の発話が、その人格を呪縛することは稀である。盗聴と監視で見張られている全体主義国家のように、毎日の細かな発話のすべてに、責任を負わなくてはならないとしたら、沈黙して生活すること以外に方法はないのである。しかし、文学は、すべてが記憶され、未来に起こる出来事までもが、そこに書かれている文章や言葉の言説に、凝縮・集中・規定・蝟集してくるのである。忘却は許されず、記憶が、文学の批評と研究の基盤となるのであって、この異常もまた文学特有の狂気の仕業なのである。

この不用意な光源氏の発言を聞いた時、出家した朱雀は胸中で「しめた」と思ったに違いない。この発話で、光源氏を後見とする決意が決定的になったのである。女三宮の生涯はこの発話を聞いて磐石なものとなり、皇太子の即位も安泰で、朱雀は安心して仏道に励むことができるのである。出家という朱雀の策略は、完璧なものになり、後顧の憂いも消失したのである。負け犬であった彼は、その生涯の最後で、迂遠な貴族的会話を光源氏と交わすことによって、ゆくりなく勝利を獲得したのである。

光源氏は、さらに「なほ、強《し》ひて後の世の御疑ひ残るべくは、よろしきに思し選《えら》びて、忍びてさるべき御あづかりを定めおかせたまふべきになむはべるなる」と対話を続ける。なおも将来への懸念が残るなら、「よろしきに思し選《えら》びて」、つまり適当に婿を選び出して、内密に女三宮の「あづかり」＝保管者を決定しておくのがよいと、提言・提案しているのである。朱雀自身の選択と決定で、自主的に婿を決めるようにと誘っているのだが、光源氏の腹の中では、自分が婿となる唯一の人物だと、朱雀を誘惑・誘導しているのである。

すでに弁から朱雀の意向を知っている光源氏は、選択の余裕などない兄に、あたかも自己の自主的な婿選びの結果、自分が選ばれたと思うように誘導しているのである。上流貴族社会の嫌忌に思える対話による取引なのだが、この煩雑な売買が、貴族である事の証なのである。

この取引は延々と続く。「さやうに思ひ寄ることにはべれど」という朱雀の返答は、光源氏の発話を儀礼的に首肯することから始まる。何度も言うように、結論はあるのだが、直截にはそれに到達せずに、長い迂回路を流離《さまよ》うのが、王朝国家＝摂関政治時代の上流貴族社会の流儀なのである。まず、朱雀は、光源氏の一般・現状論を受け入れる。しかし、「それも難《かた》きことになんありける」と、不可能であることを述べる。次に登場するのが、この時代の慣習・様式・儀式等の基盤となっている〈先例〉で、「いにしへの例《ためし》を聞きはべるにも、世をたもつさかりの皇女《み》にだに、人を選びて、さるさまの事をしたまへるたぐひ多かりけり」と、政治・社会・文化などで全盛期にあった、在位中で権力が集中している天皇さえ、苦労して皇女《こ》の「後見」を捜索・選択した、「例《ためし》」「たぐひ」が多かったと言うのである。准拠を詳細に検索するまでもなく、皇女零落譚などを考慮すると、そのような先例が多かったのであろう。

続けて、朱雀は、

「まして、かく、〈今は〉とこの世を離るる際《きは》にて、ことごとしく思ふべきにもあらねど、また、しか棄つる中にも、棄てがたきことありて、さまざまに思ひわづらひはべるほどに、病《やまひ》は重《おも》りゆく、またとり返すべきにもあらぬ月日の過ぎゆけば、心あわただしくなむ、『かたはらいたき譲《ゆづ》りなれど、このいはけなき内親王《ないしんわう》ひとり、とり分きてはぐくみ思して、さるべきよすがをも、御心に思し定めて預けたまへ』と聞こえまほしきを。権中納言などの独《ひと》りものしつるほどに、進み寄るべくこそありけれ、大臣《おほいまうちぎみ》に先《せん》ぜられて、ねたくおぼえはべる」

と聞こえたまふ。(4)―四二～三)

とあるごとく、遂に光源氏に女三宮との結婚を依頼する言葉を発するのであるが、この発話は、一面から言えば、脅迫だと理解されるだろう。彼は、「〈今は〉とこの世を離るる際」とか、「病《やまひ》は重《おも》りゆく」とか、「またとり返すべきにもあらぬ月日の過ぎゆけば」という言葉で、王者であった自己の、「老廃」・「病患」と「死去」とを仄《ほの》めかし、その弱さを曝け出すことによって、逆にそれを利用して、光源氏を恫喝しているのである。というより、自己の弱点のすべてを曝け出すことで、相手を脅迫することによってしか、女三宮との結婚を依頼できない、朱雀の脆《ぜい》弱《じやく》さが表出されていると、言うべきかもしれない。

その惰弱《だじやく》を曝した上で、朱雀は『かたはらいたき譲《ゆづ》りなれど、このいはけなき内親王《ないしんわう》ひとり、とり分きてはぐくみ思して、さるべきよすがをも、御心に思し定めて預けたまへ』と、発話の中に自己の会話文を挿入した特殊な強調文を用いて、女三宮に特別に属目して、彼女の婿を光源氏の判断・採択で決定してほしいと依頼するのである。遠回した委任で、光源氏による後見＝結婚を、暗示的に仄めかしているのだろうが、この増強した会話文中の会話で、朱雀は、親の責任を、弟の光源氏に悉《ことごと》く委譲したにすぎないのである。

つまり、この発話から明断になるように、朱雀は一度も正面から、光源氏に女三宮と結婚してくれとは言っていないのである。ただ、〈親権〉を譲っただけで、光源氏はその権利をほしいままに利用して、自分が結婚してしまったのである。光源氏は、譲与された親権を悪用・乱用したのである。少なくとも、物語の言説の上では、表面的には、そのように読み取れるように、表出されているのである。

だからこそ、朱雀が続いて、「権中納言などの独《ひと》りものしつるほどに、進み寄るべくこそありけれ、大臣《おほいまうちぎみ》に先《せん》ぜられて、ねたくおぼえはべる」と述べているように、夕霧が独身であった時は、彼が婿の第一候補であったことや、太政大臣にしてやられたと思っていると付け加えているのである。朱雀は、表面的には、光源氏を女三宮の「親」としか考えていないと装って、一世代後の夕霧たちを結婚の対象と思っているかのごとき発言をしているのである。「預けたまへ」と光源氏の判断で、一世代後の他の男性貴族に結婚を依頼するように求めているのであって、一言も光源氏と結婚してほしいとは、朱雀は懇願してはいないのである。朱雀は素晴らしく豪華な陥穽を作成したのである。

この陋劣な交渉の罠に、ついに痺れを切らした光源氏は、小動物のように掛かってしまう。藤壺と彼女の「形代／ゆかり」への欲望という弱点が、その背後に蠢いているからで、「聞こえたまふ」という文と、それに続く光源氏の発話との間には、貴族社会の迂回した緩慢とした対話の規範を、苛立ちのために、敢えて違犯してもよいという、光源氏の性的欲求・欲望が語られていると解読してもよいだろう。

「中納言の朝臣《あそむ》、まめやかなる方は、いとよく仕うまつりぬべくはべるを、何ごともまだ浅くて、たどり少なくこそはべらめ。かたじけなくとも、深き心にて後見きこえさせはべらむに、おはします御蔭《かげ》にかはりては思されじを、〈ただ行く先短くて、仕うまつりさすことやはべらむ〉と、疑はしき方のみなん、心苦しくはべる

べき」と、承《う》け引《ひ》きたまひつ。(4)—四三)

という文章で、この場面は終わる。光源氏は女三宮の「後見」となり、彼女と結婚することを承諾したのである。夕霧は実直でよく皇女に奉仕するだろうが、「浅く」、「たどり」=「辿り」=物事を極める経験が「少なく」、頼りにならない未熟・若輩なので、もったいないが、「深き心」で自分自身が「後見」となろうと、承知したのである。この場合、「深き心」とは、老獪で、一般の人々では配慮できないことまでをも理解できる、という意味なのであろう。朱雀が守護するような世話はできないかもしれないが、努力に励み、ただ自分も余命は多くはなく、中途半端に終わるのではないかということが、不安であると述べているのである。光源氏は、朱雀の罠に完全に塡まったと言ってよいだろう。

この場合「後見」は、明確に夫婦となり、性的な関係をもって世話・庇護をすることを意味している。光源氏の藤壺憧憬が実現したのであるが、しかし、未だ彼は女三宮と一度も対面してはいないのである。光源氏は、女三宮が、母と死別した、十三、四歳の朱雀の皇女であり、藤壺の「形代/ゆかり」であることなどは理解しているのだが、実人物とは接見してはいないのである。彼は、女三宮に対する幻想的な観念・憧憬・物語を創っているのだが、実体は虚空・虚無の彼方にあるのである。このことは、源氏物語の読者も同様である。彼女に対する情報は多数あるのだが、彼女を外面でも内面でも描写した言説には、一度も出会っていないのである。

たぶん、柏木事件とか女三宮事件と言われている密通という出来事は、この観念的な虚像と女三宮という物語内実像との、差異・ずれの悲劇(というより、光源氏がコキュになるのだから、喜劇と言った方がよいかもしれない)から喚起されるのであって、読者もまた、観念という〈カタリ=語り=騙り〉に、見事に操られているのである。

物語とは詐術・瞞着である。仮に、女三宮と光源氏が対面していて、読者も彼女の容貌や無に近い胸臆を知っていたならば、源氏物語の密通事件を軸とした第二部も、そこから誕生した薫を描いた第三部も、読むことはなかったのであって、若菜上巻の冒頭諸場面で女三宮の姿が、敢えて詐術的に隠蔽化されているからこそ、源氏物語は物語文学のテクストとして生成されているのである。物語を読むこととは、瞞着に身を委ねるという、狂気の沙汰なのである。

第二部の主題群の一つは、この虚像（指示するもの）と実像（指示対象）との懸隔にあると言ってよいだろう。しかも、この虚像という幻影は、第一部が藤壺と紫上とを軸に言説の上に撒き散らして形成してきたものなのである。若菜上巻の冒頭で、「その中に、藤壺と聞こえしは、先帝の源氏にぞ……」と、女三宮が、母と死別した、十三、四歳の朱雀の皇女であり、魅力のある女性であることを紹介したとしても、第一部の藤壺事件や、紫上が、藤壺の「形代／ゆかり」であり、光源氏の正妻になったことなどが表出されていなかったら、この言説は意義作用を及ぼせなかったのであって、光源氏や読者に幻影を想起させる原因となったのは、第一部という過去の物語なのである。

第二部の幻影は、第一部が散種・撒種したもので、独自には意義を持つことが不可能な言説なのである。しかも、後には、その幻影という虚像を、実像で破壊し、密通という裏切りで破滅化するのであって、物語とは、詐術と、積み木崩しによって成立しているのである。しかも、その何度も繰り返される、自己の築いてきたものを同時に崩壊させるという、積み木崩しは、子供の遊戯ではなく、成人式以後の大人の読み物で行なわれているのである。これもまた、狂気の言説と言わざるをえないだろう。文学とは、自分で構築してきたものを、自分で破壊する、永続する積み木崩しの別名なのである。このシシュフォス的な営為もまた、文学という、ばかげた狂気の言説行為なのである。

その狂気を理解した上で、にもかかわらず、光源氏の返答は、性急すぎると言わざるをえないだろう。彼は、

「すべて女の御ためには、さまざままことの御後見とすべきものは、なほさるべき筋《すぢ》に契《ちぎ》りをかはし、え避《さ》らぬことにはぐくみきこゆる御まもりめはべるなん、うしろやすかるべきことにはべるを」と、どのような事態にいたろうと、「契り」を交わしたならば、最後まで「まもり」＝守護を続けると朱雀に契約し、「かたじけなくとも、深き心にて後見きこえさせはべらむ」と、結婚の約束を確約するのである。しかも、この確約は、第二部ばかりでなく、第三部の光源氏の死後も、拘束することになるのである。

彼はコキュとなり、喜劇の舞台に立ちながら、にもかかわらず、薫が不義の子であることを知りながら、自子として養育することになるのであって、この言説を言うべきではなかったのである。藤壺という第一部の呪縛が、彼の叶えられない欲望として残滓したために、喚起した憧憬と約束なのであろうが、この性急さは、緩慢を美徳とする貴族生活では、慣習の禁忌違犯である。もう少し、対話を迂回させて、判断を保留し、決して言質《げんち》にすべきではなかったのである。

対話は、他者の言葉との間テクスト性として生成されている。だが、朱雀を前にした光源氏にとって、他者は対面している朱雀であるべきなのだが、この確約に込められた他者は、すでに死去し、逢うことさえ叶わない幻影としての藤壺なのである。彼は藤壺と、言説の背後・心裏で対話し、彼女と対面しているかのごとき、錯覚に陥っているのである。この会話言説の背後に潜在する他者の言葉を読み取らないと、この場面を解読したとは言えないだろう。藤壺という他者の言葉しか、光源氏には聞こえていなかったのである。朱雀が眼前に実存していながら、彼は、その背後にある政治的社会的なものを読み取らずに、時代を遥かに遡って、藤壺という他者と愛の会話をしてしまったのである。

しかも、ここで聞こえた藤壺の声を、光源氏は誤読している。すでに、この論文の前提になっている「光源氏という〈情念〉―権力と所有あるいは源氏物語のめざしたもの―」という論文(2)でも述べたように、彼は、物語の第一部の最初の時期から、藤壺を誤読していた。指示するものと指示対象の間に、逆転しているような差異があり、その懸隔がそこにも現象していたのである。藤壺は、「世とともの御もの思ひなる」(若紫巻)とあるように、過去の密通という罪過で苦悶を抱えて実存していたのだが、光源氏は〈などかなのめなることだにうちまじりたまはざりけむ〉と理解・解釈して、「斜《なの》め」＝平凡なことなどは一点もない、完全無欠な永遠の女性として、藤壺を憧憬しているのであって、その虚像と実像の懸隔が、若菜上巻のこの場面にも継承されているのである。

もっとも、実像と記したが、独りの人間存在に実像がはたしてあるのであろうか。自分自身を反省的に顧みても、教室・研究室・通勤電車・酒場・家庭・机の前・食卓の前などなど、統一した顔や声などないのであって、それも日々によって変容することを考慮に入れると、統合した実像など見いだすことは不可能なのである。実像とは錯覚であり、誤読なのであって、藤壺にも多様な人格が閲ぎ合っていたはずなのである。つまり実像という誤読の上に、虚像という誤読を再度も重ねることで、源氏物語というテクストは物語文学となっているのである。

女三宮事件が発動したのは、奮然とした左中弁を前にして、光源氏がほほ笑みながら、「入道の宮」という言葉を発した時からであった。すでに述べたように、この言葉には、光源氏の〈情念〉・〈欲望〉・〈無意識〉が隠在しており、その情念の込められた言葉が、第二部を誘導しているのである。藤壺を意味している、この源氏物語第二部の中軸となる言葉は、字義通りのものではない。身分の低位にある、弁を眼前にした他者を組み入れた発話言説なのである。「入道の宮」という言葉は、出家(賢木巻)以前の藤壺の生涯や、「入道」という表現で彼女に対する光源氏の欲望を消去しているし、「御屋」＝宮という語で、御殿もしくは尊称として、光源氏より上位にあるものとして、藤壺を奉っているのである。

つまり、この言葉には、たった二度ではあったが、密会という逢瀬が、隠蔽され、隠喩的に表出されているのであり、彼女の半生が消去されているのである。后であり、母であり、継母であり、人妻である女性との、禁忌違犯を厭わない光源氏の情念と憧憬を、この言葉の背後に潜在するものとして、読者は読み取らなくてはならないのである。隠蔽・消去という点で、この表現は、誤りではあるのだが、嘘ではないものとして、読者に提示され、それを読み取る能力は、読者に委託されているのである。

と同時に、「藤壺」と記したが、この言葉も字義通りの彼女を意味してはいない。光源氏が誤読した、欲望としての彼女にしかすぎないのである。しかも、実存した彼女は、夫桐壺との、内裏での、女房たちを前にした、公式儀式での、さらに密通した時の光源氏の眼前に映った、といった具合に、さまざま異なった顔を持っており、物語内で生きており、実存しているのであって、統合・統一した姿などはないのである。具体的なものは多義的なのだが、藤壺も中心的統合的なものなどなく、多義的な具体性の中で実存しているのである。つまり、実体は具体性としては存在しているのだが、それを一義的に統合するものなど存在せず、実体は拡散してしまっているのである。ただ「藤壺」という言葉のみが、比喩としてあるのにすぎないのである。つまり、言葉はあるのだが、その言葉というのは、実体のない喩なのである。と言うより、喩という言葉によってのみ、実体は形成されているのである。このように、実体は言葉によって形成されると考えることも、狂気の沙汰なのであろうか。

ところで、一般に従来の構造主義的な物語・小説理論においては、命名行為は、物語の叙述行為とは、二項的・両価的に対立しているように理解されてきた。しかし、「入道の宮」という命名行為は、物語展開に参与しているのであって、二項対立では決してないのである。命名は、物語を生成して行くのである。「御息所」（桐壺巻）あるいは「K」（『こころ』あるいはカフカの）という命名行為も、叙述行為なのでもあるのであって、物語の生成に参加しているのである。と言うより、「入道の宮」のように、源氏物語第二部の物語叙述の要《かなめ》となる言葉になる場合さえあるのである。

日常生活において、「雪」と叫ぶとき、窓の外に雪が降っていないとしたら、馬鹿にされ、「あいつは狂っているよ」とか、「変な薬を飲んでいるのではないか」などと言われるだろう。実体があり、言葉が発話されるというのが、当然の日常的常識なのである。だが、私たちは、どこで「雪」と「雨」を科学的に区別し、白く降下するものがすべて「雪」と思っているのであろうか。二人が「今日はよく晴れているね」と発話したとしても、その思いは完全に一致することはないのである。そうした日常的な認識を異化するのが文学であり、「雪」と名付けたから、「雪」になったと主張する、狂気の営為に参与することが、文学なのである。文学は、狂気の言説であり、狂気を理解しなければ、文学は現象しないのである。

それにしても、光源氏は得隴望蜀である。彼は藤壺と密通し、さらに藤壺の「形代／ゆかり」である紫上を妻として獲得している。しかも、藤壺との「一部の大事」＝藤壺事件＝「もののまぎれ」を犯すことで、彼は、准太上天皇という地位に即位することができたのである。光源氏は、すでに得隴をすべて果たしているのである。しかし、光源氏は、准太上天皇に相応しい皇女を正妻に求め、さらに、父の回路で形代／ゆかりであった紫上と同様に、母の経路の「形代／ゆかり」である女三宮と結婚することを希求する。この望蜀によって、源氏物語第二部の物語は紡ぎだされることになるのである。

得隴望蜀は、第二部の主題群の中軸なのであり、しかも、その背後には常に「藤壺」が幻影として控えているのである。第二部も、光源氏という中心人物に焦点を集中すると、主題群の核となるのは、第一部と同様に、言葉が生成した〈藤壺〉という幻影なのである。しかも、その藤壺という欲望とその背後にある光源氏の無意識は、源氏物語第一部が〈過去〉として、歴史的・社会的・文化的に構築してきたものなのであって、ここでも光源氏の無意識は、彼が意識していないさまざまな他者群だと言えるのである。

場面は朱雀を軸とした精進料理の饗応に移行する。これで光源氏と朱雀の対話は、女三宮との結婚という結論に到達することができたのであるが、この迂回した会話による取引以上に困難なのは、紫上に女三宮との結婚を、説得し承諾させることなのである。その伝達の儀式は、別の論文で分析することになるだろう。

注

（1）得隴望蜀のこと。隴（甘粛省）を平定して、さらに蜀（四川省）を攻め取りたいという欲望のこと。人の欲の限りのないことの例え。

（2）第二部第一章。

第三章　若菜巻冒頭場面の紫上の沈黙を開く

――紫上の非自己同一性あるいは〈紫のゆかり〉と女房たち――

原因や理由などは明晰に判明しているのだが、そのためになぜ辛苦・苦悶しなければならないのかという、もやもやして生殺しにあったような感情だけが、意識の深層に漂っている。そんな解せない嘆息や憂慮に、光源氏は浸っていた。光源氏が、女三宮との結婚を紫上に告知する場面は、そのような多様で瞭然としない、彼の輻湊とした不安定な感情を伝えることから始まる。

六条院は、なま心苦しう、さまざま思し乱る。⑷―四四）

光源氏は確かに「なま」で、どことなく明瞭でなくはっきりしない状態なのであろうが、読者には、この朦朧とした光源氏の意識＝言葉の背後に、第一部が築いてきた、それなりに幸せであった紫上との、養育・結婚・流離・嫉妬・栄達・華美・栄華・苦悶などの、生活という〈過去〉の具体的なものを、記憶から読み取ることが容易にできるだろう。

その多様な〈過去〉が、女三宮との結婚という新たな〈現在〉の事態と、光源氏の内面で対話・葛藤を始めているのである。だからこそ、どのように事情を伝達してよいのかに、さまざまに思慮・苦慮しているのである。時によっては、この思案＝戦術を誤れば、構築してきた過去が、瞬時に瓦解する可能性さえ秘めているのである。

だが、対話が開始された時から、その過去は過去ではなくなっているのである。過去は、回想という時間の洗礼を受け、さまざまな日常的な煩雑物を消去して、浄化されているのである。その読者の記憶によって美化・浄化された過去と、光源氏という中軸となる登場人物は、女三宮との結婚という現在とを、対話させているのである。それ故に、文字通りなんとなく「なま」なのである。

一方、紫上は、続いて、

紫の上も、かかる御定めなど、かねてもほの聞きたまひけれど、〈さしもあらじ。前斎院《さきのさいゐん》をもねむごろに聞こえたまふやうなりしかど、わざとしも思し遂げずなりにしを〉など思して、「さることやある」とも問ひきこえたまはず、何心もなくておはするに、(4)―四四)

と記されているように、周囲にいる女房たちから、風評として、女三宮との結婚の噂は確かに聞いているものの、第一部で表出されていた二人の天祐の〈過去〉があるからこそ、光源氏に「さることやある」と尋ねることさえできないのである。彼女の内話文が示唆しているように、朝顔斎院の場合でさえ、光源氏は、思いを遂げなかったのであるから、若い女三宮など問題にはならないのではないかという思いが、過《よぎ》っているのである。彼女もまた、過去と現在を、それなりに対話させているのである。

この内話文に、朝顔斎院が登場していることは重要である。光源氏の求愛を頑なに拒んだ彼女は、桐壺の弟である桃園宮の姫君で、朱雀の斎院で、光源氏の結婚相手として相応しい年齢の皇女であった。紫上から見ると、自分より身分の高い、光源氏に適応した結婚相手であり、それゆえ朝顔巻で表出されていた、彼女と源氏が結婚するのではないかという噂は、嫉妬の対象以上の危機であり、試練であったのである。つまり、紫上にとっては、朝顔巻の嫉妬体験は、杞憂というより、貴種流離譚の艱難辛苦の試練に当たる、死＝再生の試練＝儀式であったことが、この内話文から、〈時間の循環〉＝後付けとして理解できるのである。朝顔巻は、紫上にとって、光源氏の須磨・明石巻の流謫と同様な意義を果たしていたのである。

だが、理想的な交叉従妹婚として朝顔斎院との結婚を危惧したのは、自己の位相も含めて、紫上の誤読・誤解にすぎない。光源氏が紫上の背後に欲望したのは、相応しい高位の皇女との結婚ではなく、藤壺であり、藤壺の「形代／ゆかり」であったのである。それ故、二十五歳もの年齢差があり、いくら色好みだからといって、まさかそんな若年者とは婚姻しまいと安心せずに、いままでの諸経験を総動員して、この女三宮との結婚の妨害のために、さまざまな術作を尽くすべきだったのである。紫上は、自己の立場と、光源氏の欲望を誤読していたのである。藤壺という、自己の内部にあり、さらに光源氏という実像を伴った他者の深層にあるものを見る眼が、彼女には欠落していたのである。だからこそ、光源氏に、「さることやある」と尋ねることができなかったのである。

続いて、「いとほしく」とあるように、光源氏は、紫上があまりにも痛々しいと感傷したので、その愛憐の情から、

〈このことをいかに思さん。わが心はつゆも変るまじく、さることあらむにつけては、なかなかいとど深さこそまさらめ、見定めたまはざらむほど、いかに思ひ疑ひたまはん〉などやすからず思さる。今の年ごろとなりては、ましてかたみに隔てきこえたまふことなく、あはれなる御仲なれば、しばし心に隔て残したることあらむもいぶせきを、その夜はうちやすみて明かしたまひつ。(4)—四四〜五)

と書かれているように、その夜は、日常的な会話と生活を、変化なしに送ったらしい。ただし、「その夜はうちやすみて明かしたまひつ」という表現が敢えて記入されているように、その夜には、光源氏の内的苦悶を打ち消すように、激しい愛欲の世界が繰り広げられたらしい。そのように、この文から読み取れるのである。

しかし、表面は日常と変わらないように装われているものの、光源氏の、文中の〈 〉で記した内言にあるように、彼は、どのように女三宮との結婚を告白するかについて、煩悶・苦慮していたのである。その場合、「心」を、光源氏は重視しているのである。と言うより、他者紫上を内話文に組み入れながら、「心」を重視することで、彼女の社会的・肉体的な悲哀・憂愁を、「心」に転嫁しているのである。彼女に正妻等の身分的変容が喚起されるにもかかわらず、つまり、「身」に大きな改変が生じるにもかかわらず、同一の「心」＝愛情があれば、以前と少しも変化することはないのだと、自己を説得・納得させている様相が、内話文に表出されているのである。

自分の気持ちは、少しも豹変する事はないだろう。かえって、女三宮との婚姻が成就すれば、紫上との睦まじさは深まり、いっそう深い間柄になるだろうが、そのことが判明するまでは、時間が必要で、その期間は、どんなに紫上は猜疑することになるだろうかと、さまざまに思案・杞憂するのだが、これは自己の決断を糊塗して、新しい事態を直視するのを回避しているにすぎないのである。出来事が新たに加わっても、全く状況に変動・転変が起きないと考え、かえって事態は好転すると思うことは、楽天的で、滑稽ですらあると言えよう。だからこそ、その内話文に続いて、「やすからず思さる」と書かれ、憂慮が拡大している様子が示唆されているのである。

さらに、「今の年ごろとなりては」と記され、紫上との結婚生活が長期であった過去の出来事が強調的に想起させられ、「隔て」という語が、二回も短い地の文で鍵語として用いられていることに、注意しなければならない。二人の間には、過去には「隔て」がなかったことが強調されているのだが、逆に理解すれば、女三宮との結婚を告知すれば、「隔て」が生じることを意味しているのである。

「隔て」という言葉も、源氏物語ではさまざまな意味性を帯びている多義的な語で、空間的・時間的・心理的に境界が措《お》かれ、二つの間に交通が不可能になる状態を指している。ここでは心理・精神的な意味に使用されているのであろうが、空間・時間にもこの隔絶は拡大するはずである。特に王朝国家では、正妻という身分的位相等々は、建物などの日常的な生活の時空世界にも、差異・相違を生成することになるのである。「北の方」という言葉は、その事情をよく表現している言語だと言えるだろう。

場面は、翌日に、光源氏が紫上に女三宮の件を伝える、固唾を呑む緊張した状況に移行する。長文ではあるが、その引用なしで分析は進めないだろう。

またの日、雪うち降り、空のけしきもものあはれは、過ぎにし方行く先の御物語聞こえかはしたまふ。「院の頼もしげなくなりたまひにたる、御とぶらひに参りて、あはれなる事どものありつるかな。女三《をむなさん》の宮《みや》の御ことを、いと棄てがたげに思して、しかじかなむのたまはせつけしかば、心苦しくて、え聞こえ辞《いな》びずなりにしを、ことごとしくぞ人は言ひなさんかし。今はさやうのこともうひうひしく、すさまじく思ひなりにたれば、人づてに気色ばませたまひしには、とかくのがれきこえしを、対面《たいめん》のついでに、心深きさまなることどもをのたまひつづけしには、えすくすくしくも返《かへ》さひ申さでなん。深き御山住《やまず》みにうつろひたまはんほどにこそは、渡したてまつらめ。あぢきなくや思さるべき。いみじきことありとも、御ため、あるより変ることはさらにあるまじきを、心なおきたまひそよ。かの御ためこそ心苦しからめ。それもかたはならずもてなしてむ。誰《たれ》も誰ものどかにて過ぐしたまはば」など聞こえたまふ。(4)―四五〜六)

この文章が、紫上と告知した光源氏の発話との、その前後の物語言説である。降雪の寒さの中で、冬空を端近に眺めながら、二人は「ものあはれ」な感興に耽り、過ぎ去った昔や行く先について語り合う。極寒の中で、漠然として悠々閑々とした時間が流れている。しかし、第二章で述べたように、「過ぎにし方行く先」とは〈現在〉を強調する源氏物語特有の修辞で、当然、現在つまり女三宮の件に言及することになる。それを切り出すためには、当然の術策として、まず、父の院の病患が重いことを語るのが適切だと言えるだろう。光源氏もまた、先ず自己の親族の病魔という瑕瑾を曝し、それを起点に相手に得心させようという作戦に出たのである。次に兄朱雀の病気見舞いに訪れた際に、「あはれなる事ども」があったと言うのだが、「ども」という複数を意味する接尾語を用いながら、女三宮の件しか、光源氏は述べていないのである。この複数化も、紫上に対する説得作戦の一つなのである。

次の、発言は、光源氏の詐術である。前章で論じたように、朱雀は女三宮の親権を譲与しただけで、結婚してくれとは、一言も光源氏に発話していないのである。対話している紫上や、その周囲にいるだろう女房たちはともかく、読者には、そのように読めるのである。もちろん、この虚偽の背後には、藤壺への憧憬と欲望が隠蔽されているのである。

朱雀は女三宮を見捨てがたく思って、「しかじか」と述べたので、辞退することができなかったと言っているのであるが、この「しかじか」という表現は、もちろん女三宮との結婚を意味しており、光源氏の発話ではなく、語り手が、間接言説的に記したものであろう。読者は当然に意味内容を知っており、知らないのは紫上だけなのだが、それを直接に光源氏に発話させると、残酷になってしまうので、語り手はそれを避けたのである。語り手が、紫上付きの女房で、竹河巻の用語を用いれば「紫のゆかり」であることを示唆する表現なのである。これからの言説分析が明らかにするように、この若菜上巻の前半場面では、紫上付きの女房たちである、「紫のゆかり」と言われる語り手が、言説を丁寧に辿ると、意外にも表現され、しばしば顔を出しているのである。

続けて、「心苦しくて、え聞こえ辞《いな》びずなりにしを、ことごとしくぞ人は言ひなさんかし」と述べているのであるが、これは弁明であるとともに、今後に起こるだろう事態の布石＝先取りでもある。この会話は、紫上やその周囲にいる女房という他者たちを含み込んでおり、それ故、策略に溢れ、光源氏は、そのために身繕いをこの発話でしているのである。

「心苦し」について、『岩波古語辞典　補訂版』では、「相手の様子を見て、自分の心も狂いそうに痛むのが原義。類義語イトホシは、相手の状態を見かねて、目をそらしたい気持、自分の身については、困ってしまう気持ち、ラウタシは、か弱い相手をかばってやりたい気持ちをいう」と解説しているが、朱雀の心痛に共感して辞退できなかったという弁解は、それなりに理解できないわけではないが、大仰に世間の人々は評判するだろうという推定は、朱雀との会見で、光源氏自身から結婚の申し出をしたという事実が、風評として流布された時を想定して、前もって自己弁明するための作戦・布石に他ならず、計算高い光源氏の性格を示しているのである。策略家光源氏の一面を、覗かせる言説だと言えるだろう。

次に、過去の左中弁との対話場面の出来事が語られるのだが、表面的にはこの発話には物語上の嘘はないだろう。だが、この弁との会見で、既に克明に分析したごとく、女三宮の背後に、藤壺が存在していることに源氏は発見・気付いたのであって、「今はさやうのこともうひうひしく、すさまじく思ひなりにたれば」という言葉は、読者には虚偽として響くのである。藤壺への激しい欲望が、彼女が死去している「今」だからこそ、光源氏に沸騰することになっているのである。つまり、この表現は、事実であると共に、虚偽でもあり、読みは、その両義的で対照的な対極的な意味の間で揺れ動いているのである。

さらに、「対面のついでに……」も、空言になることは言うまでもない。「かたじけなくとも、深き心にて後見きこえさせはべらむ」と光源氏が女三宮との婚姻を自主的に申し入れたのは、二頁程前に書かれていた物語内事実なのである。

朱雀が西山の寺に山籠りする時に、婚姻が挙行されるらしい。その際には、紫上は、「あぢきなくや思さるべき」

とあるように、きっと私を道理を逸脱した残酷な人物だと思うに違いないと、「べし」という推量の助動詞を使用して、光源氏は自虐的に述べているのである。この「べし」使用も、策略的である。先取り的に推察することで、相手の行動を封じてしまおうという作戦なのである。

続いて、「あるより変ることはさらにあるまじき」とか、「心なおきたまひそ」と述べ、結婚しても何も変化しないと言い、例の「心」を持ち出すのである。「な……そ」という呼応の副詞と助詞を用いて、自分を放置・見捨てることをしないように懇願しているのであるが、自分の心変わりを隠蔽したまま、相手の「心」に豹変することを禁ずる放恣に、光源氏の性格が如実に表現されていると言えよう。

次の、「かの御ためこそ心苦しからめ」は、解釈に異説がある文で、「か」という遠称が、女三宮か朱雀かで、理解が異なってくるのである。文脈から言っても、紫上を説得するためにも、兄朱雀だと解釈するのが順当だと思えるのだが、女三宮と親昵になるように依頼している言葉とも解釈できるだろう。どちらにしても、紫上が「心苦し」くないように扱って欲しいと、依願しているのである。あるいは朱雀親子、ひいては紫上も含む皇族を意味しているという説も、成立するかもしれない。天皇家の一族＝源氏のために犠牲になってほしいと、要望したと理解するのである。

さらに、「『それもかたはならずもてなしてむ。誰《たれ》も誰ものどかにて過ぐしたまはば』など聞こえたまふ」と書かれているように、不体裁・不恰好ではなく遇《もてな》し、だれもが悠然・気楽に生活できれば至幸だと提案しているのである。利己主義的な提案であるが、この恣意的な発話に、光源氏の性格が表出されていると言ってよいだろう。意外に、源氏は、私利的な行為と意志で、源氏物語の中を気儘に行動しているのである。彼は、書名が示唆しているように、源氏物語の軸となる主人公で、他者の犠牲の上に物語を紡いで行くのである。少なくとも、そのように物語上では振る舞っているのである。

この我欲的な光源氏の発話に対して、

はかなき御すさびごとをだに、めざましきものに思して、心やすからぬ御心ざまなれば、〈いかが思さん〉と思すに（(4)―四六）

とあるように、ちょっとした浮気でさえ、向きになって、平穏ではいられない気性の紫上が、どんなに嫉妬・非難・憤激をするのかと思っていると、

いとつれなくて、「あはれなる御譲りにこそはあなれ。ここには、いかなる心をおきたてまつるべきにか。めざましく、かくてはなど咎《とが》めらるまじくは、心やすくてもはべなんを、かの母女御の御方ざまにても、疎《うと》からず思し数《かず》まへてむや」と卑下《ひげ》したまふを（(4)―四六）

とあるように、光源氏ばかりでなく読者の期待を裏切り、紫上は惑乱しているような返答をするのである。「いとつれなくて」という地の文が、それを端的に象徴的に示していると言えよう。少なくとも、表面的には紫上は平静・温和なのである。しかし、この平穏とその背後にある沈黙とは明記されているものの、さらにその底に秘めている滾るような激昂と諦観は、この言説には記されてはいないのである。また、この会話言説に表現されている平静さは、狂気という心身行為の、一歩手前にある惑乱を、深部に隠蔽している言語行為だと理解できるかもしれないのである。

まず「あはれ」なご依頼ですねと答えている。「譲り」は「委ね」と同根だと言われているように、朱雀が光源氏に女三宮を委譲したことを、「あはれ」＝不憫だと同情しているのである。紫上は、朱雀の死を前にした諸行為に、憐愍の情を示しているのである。

次に、光源氏の会話文で用いられた「心なおきたまひそよ」を受け、「いかなる心をおきたてまつるべきにか」と質問している。「心置き」は心積もりやそのための気配りを意味する語なのだが、この疑問表現は、女三宮に対して、さまざまな配慮を試みるという彼女の決意を述べているのであろう。この言葉で、一応、女三宮との結婚を承諾しているのだと理解できるだろう。しかし、読者によって読みは多義的でさまざまであるだろうが、この冷静な言葉の背後に、狂気さえ読解できるのである。

続いて、皮肉が述べられることになる。自分が妻の一人として六条院に居住していたならば、不愉快で、こんな風にいられたら困惑してしまうと、若い女三宮に叱責されないとしたら、「心やすく」＝安心していられるのにと、発話しているのである。これは、光源氏に対する、痛烈な当て擦りだと言ってよいだろう。このような状態で、六条院に居住するわけにはいかないと、皮肉っぽく暗示しているのである。さらに、こんな状態では、女三宮にも非難されるのではないかと、述べているのである。裏返しの表出で、光源氏に当て擦っているわけである。この皮肉が籠もった嫉妬の言葉で、紫上の性格の一端が表出されているのではないかと思い、読者はようやく安堵するのである。

続く、紫上の発話は意外に重要で、彼女の、自己と他者認識の誤読を示し、物語展開の鍵となるので、再度引用しておく必要があるだろう。それは、

「かの母女御の御方ざまにても、疎《うと》からず思し数《かず》まへてむや」

という短い発話言説なのであるが、この女三宮の母藤壺女御は、紫上の父式部卿宮の妹で、女三宮は紫上と従姉妹関係にあり、女三宮は自分を疎遠に扱わないで欲しいものだと依頼する、この懇願の背景には、自己への光源氏の情愛の背後に、自分が藤壺の「形代／ゆかり」であるという認識が欠落していることを、鮮やかに暗示していると

言えよう。彼女は、この歳に至るまで、自己の内部に宿っている光源氏という他者の位相を、諒察できていないのである。紫上の生涯における欠陥とは、この自己認識の欠漏にあると言えるだろう。彼女は源氏物語の女主人公の一人でありながら、源氏物語の「一部の大事」と言われている、源氏物語の中軸である藤壺事件を、藤壺の「形代／ゆかり」であるが故に、決して識知することができないという、欠点を保持しているのである。紫上論という人物批評は、この「自己認識の欠漏」という基盤の上に樹立しなければならないのである。

この紫上の懇願を聞いた時、光源氏は歓喜と欲望に奮えたはずである。紫上は、藤壺との罪過の禁忌違犯に気付いてはいないと理解し、さらに、女三宮が藤壺の「形代／ゆかり」であることの再認を確認できたのである。この言葉を聞いた時、光源氏の欲望は限りなく拡大していったはずである。光源氏は、紫上が平静であり、自己と藤壺・女三宮の位相を理解していないことを確信して、安堵したのである。

紫上は、この発言をすべきでなかったのである。女三宮が従姉妹であるので、六条院で親戚として昵懇に交際して、父の出家している若い女三宮の〈後見〉になってやろうといった甘い画策が、意識の背後にあったらしいが、この六条院に共に居住するという希望・誤認は、後の女三宮と柏木との密通事件の遠い原因の一つになっているのである。さまざまな要因が、若菜巻での密通事件を形成していくのである。

この「卑下」した紫上の発言に対する光源氏の回答は、長文なのであるが、これも引用した方がよいだろう。

「あまり、かう、うちとけたまふ御ゆるしも、〈いかなれば〉と、うしろめたくこそあれ。まことは、さだに思しゆるいて、我も人も心得て、なだらかにもてなし過ぐしたまはば、いよいよあはれになむ。ひが言《こと》聞こえなどせん人の言《こと》、聞き入れたまふな。すべて世の人の口といふものなん、誰《た》が言ひ出づることともなく、おのづから人の仲らひなど、うちほほゆがみ、思はずなること出で来るものなめるを、心ひとつにしづめて、ありさ

まに従ふなんよき。まだきに騒ぎて、あいなきもの恨みしたまふな」と、いとよく教へきこえたまふ。(4)—四六〜七)

光源氏は、紫上の謙遜な物言いに傲慢になり、その増長さが、会話の後に叙述されている「いとよく教へきこえたまふ」という地の文に、見事に表出されていると言えよう。光源氏は、紫上に教訓を垂れる立場にはいないのである。皮肉な語り手の立場が表出されている地の文である。

イロニー・皮肉・反語とは、聞き手は知っていながら、話し手は知らないという、認識の差異によって生成される言説技法なのであるが、源氏物語ではこのイロニーという方法が、第二部以後頻繁に使用されることになる。ここでも読者は認識していながら、登場人物は意識していないという現象が表出されており、この方法が用いられているのである。なお、このイロニーの方法は、第二・三部の、中核となる中心人物の一人である薫誕生をめぐる諸言説に、端的に表出されていることは言うまでもない。薫誕生の秘密は、読者は知尽しているのだが、薫本人も含めて登場人物たちや、竹河巻の「悪御達」が象徴しているような語り手は、理解・識知しておらず、そのために、源氏物語第二・三部は、イロニーの文学となっているのである。

光源氏の返事は、紫上の「剰《あま》り」の寛容さへの感激から始まる。過剰で寛大な宥恕《ゆうじょ》さに、どうした原因・わけ・理由があるのか臆断・判明・推量できず、不安・心痛になってしまうと言うのである。あまりの卑下ぶりに、かえって女性に対して不安や畏怖を感じてしまう、光源氏の感性が示されているのである。と同時に、この寛容が、紫上の嫉妬であり、憤怒であり、多義的な意味が込められている感性と感覚の心身表現であることが、光源氏には理解できていないのである。それ故、紫上の寛容さに深慮していた光源氏は、増長して、続く言葉を述べることになるのである。

「まことは、さだに思しゆるいて」＝本心から言うと、最小限、寛大に思ってほしいと言うのであるが、この表現の裏には、紫上の発話言説を信用せず、自分に対する怨恨はあるだろうが、その表層だけを安心して理解すると、という意味が隠されているだろう。紫上という他者を深層から理解しているのだが、その深層の他者を無視して、表層の他者だけに返答しているのである。だが、紫上という他者の実存を、光源氏は根源から了解できているのであろうか。彼女の表層的な発話の背後にある、緘黙・黙秘・沈黙の意味は、読者でも理解不能なのだが、光源氏自身は、それが完璧に了解されているように装っているのである。いや装っているのではなく、十全に、他者紫上を深層から理解できたと思い込んでいるのである。

次に書かれている文章は、既に『源氏物語の言説』という論文集の「はじめに」で、詳細に言説分析をしたことがあるのだが、再び本稿の文脈に添って、明細に論じなければならないだろう。場面は、次のように叙述されている。

心の中にも、〈かく空《そら》より出で来にたるやうなることにて、のがれたまひ難きを、憎げにも聞こえなさじ。わが心に憚《はばか》りたまひ、諌《いさ》むることに従ひたまふべき、おのがどちの心より起これる懸想《けさう》にもあらず。堰《せ》かるべき方なきものから、をこがましく思ひむすぼほるるさま、世人《よひと》に漏りきこえじ。式部卿宮の大北《おほ》の方、常にうけはしげなることどもをのたまひ出でつつ、あぢきなき大将の御事にてさへ、あやしく恨みそねみたまふなるを、かやうに聞きて、いかにいちじるく思ひあはせたまはん〉などおいらかなる人の御心といへど、いかでかはかばかりの隈《くま》はなからむ。今はさりとも、とのみわが身を思ひあがり、うらなくて過ぐしける世の、人わらへならんことを下《した》には思ひつづけたまへど、いとおいらかにのみもてなしたまへり（4―四七〜八）

言説分析の視座でこの場面を考察すると、傍線を付した「隈《くま》はなからむ」が、問題の中心の一つになるだろう。

この文で「む」という推量の助動詞を用いて、仮定的に〈 〉で括った内話文を想定しているのは、語り手で、「〈……〉と、……気をまわさないはずがあろうか、きっと思案しているだろう」と、いくら紫上が「おいらか」でも、この程度は配慮するだろうと推測しているのである。つまり、この内言の言説は、語り手の推測で、紫上は、あくまでも沈黙・完黙しているのである。言い換えれば、この内話文には、「紫のゆかり」と言われている語り手の、女房という立場の、彼女たちらしい、観測・希望・憶測・イデオロギーが、叙述されているだけなのである。なお、このいじらしいほどの紫上の沈黙は、解釈不可能なのであるが、その沈黙が意味するものに出来るだけ接近したいという希望が、本章の標的なのである。

内話文を読み、この草子地に出会った読者は、落胆するに違いない。長々と描写されていた内言言説は、実は紫上のものではなく、語り手の単なる推測にしかすぎなかったのである。それ故、時間の線条性に逆らって遡行して、この内話文を、語り手の立場から再度循環して読むことになるのだが、冒頭の「かく空より出で来にたるやうなることにて」のように、完璧には理解できない表現が多い。「空」は、天と地との間にあることは分かるのだが、この文では、そこから何が出て来るのか、源氏物語では他の用例もないので判明しないのである。

降って湧いたような、不慮の事態を表出しているのであろうが、それ故に、「のがれたまひ難きを」と語り手は認識すべきではなかったのである。語り手は、この内言から、事態を表面的にしか理解していないことが、明晰に分かるのである。既に述べたように、このような解釈は、光源氏さえ十全には意識していないかもしれない、藤壺をめぐる彼の心底に対する、全くの誤解なのであり、実は、光源氏は、自分から女三宮との結婚を申し出ていたのであり、その淵源は、藤壺憧憬を描いた桐壺巻や、二人の密通を表出した若紫巻にあったのである。つまり、「空」から出たことでもなく、逃れることができなかったことでもなく、物語の歩みが、必然的に構築・用意していた出来事なのである。

つまり、語り手もまた、源氏の心魂である藤壺については、何も知ってはいないのである。全知的視点で源氏物語は語られてはいないことを、読者はここでも確認することになり、語り手が紫上付きの女房たちである「紫のゆかり」として、実体化されていることを、再確認することになるのである。しかも、「憎げにも聞こえなさじ」という理解は、彼女たちの判断で、実は、紫上は、内面で嫉視や怨恨に狂っているかもしれないのである。紫上が沈黙し、何も語っていない故に、読者の想像は、寛容と憤怒と狂乱のさまざまな振幅の間で、限りなく拡がって行くのである。

私に遠慮したり、また私の忠告を聞くような、「おのがどちの心より起これる懸想《けそう》にもあらず」という語り手の認識も、光源氏を見誤ったものであることは、言うまでもないことだろう。確かに、女三宮は、結婚を「心」から願ったわけではない。彼女もまた、この源氏物語若菜上巻の冒頭場面の時点では、何も語っていない、黙って座っている人形にすぎないのである。だが、光源氏の「心」は、既にさまざまに言説化され、読者は読解しているのである。彼は、女三宮の背後に藤壺の面影を感じ、それ故に、積極的に結婚を申し出ているのである。光源氏の「心」という内面では、「懸想」と言うより、欲望が渦巻いているのである。

この内話文の分析を行なう際には、困難が伴っている。一般に、物語中の内話文である限り、読者と発話者以外に、登場人物たちには、この文は聞こえていない約束になっているのである。この原則は、ここでも守られており、光源氏はこの内言を聞いてはいないのである。しかし、この心中思惟の詞では、発話者は、紫上自身ではなく、実は、「紫のゆかり」と言われている語り手なのである。つまり、この文には、語り手が想定した紫上と、語り手の声が、二声的に響いているのである。その二つの声の聞き分けは、不可能だと言ってよいだろう。二つの別種の声は、共に語り手の発した声なので、同じアクセントで聞こえてくるのである。しかも、光源氏には聞こえないのだが、にもかかわらず、この内話文には、他者光源氏が組み込まれ、彼を意識して発話されているのである。そうした複雑な仕組みを理解した上で、読者はこの言説を読んで行くのである。

光源氏と女三宮との婚姻は、堰き止める術《すべ》などないのだから、「をこ」めいて苦悩している様子を世間に漏洩しないように極力隠そうという、続く文章も、語り手が思い描いた紫上の決意であると共に、語り手の希望的な立場が鮮やかに示されていて、その区分を行なうことが不可能なのである。

光源氏と女三宮との結婚は、世間に流布し、その噂を止めることは不可能で、しかも、噂となれば、紫上がきっと苦悶・屈託・苦悩していると推測され、それが評判され、都中の話題・風説となることは明瞭である。つまり、この「堰かるべき方なき……」という内話文中の言葉は、紫上にとっては、足掻いても無駄な表現なのである。風聞になることを当然だと諦観し、放置しておく以外に術はないのである。しかし、語り手「紫のゆかり」にとって、この文は、決してこの言説の中では欠漏してはならない表現なのである。

紫上付きの女房たちは、准太上天皇光源氏の栄華・栄誉を盾に、その北の方付きの女房として、都中の女房の内で、最も名誉がある侍女として、自己を誇示・優越化していたはずである。ところが、これからは、主人紫上は、北の方の位置から追放され、苦渋の極に立つことになるのである。婚姻の評判が流布するのを防ぐ術はないにしても、せめて「をこ」めいた振る舞いで、その苦悶を世間に知られないようにして欲しいのである。そうした希望が、この言葉には語られているのであって、この表現は、「紫のゆかり」のイデオロギーそのものを現わしているのである。だから、語り手によって想像された紫上と、語り手自身の声を、聞き分けることなど出来ないのである。

続く、内話文の締め括りとなる「式部卿宮の大北の方、常にうけはしげなることどもをのたまひ出でつつ、あぢきなき大将の御事にてさへ、あやしく恨みそねみたまふなるを、かやうに聞きて、いかにいちじるく思ひあはせたまはん」という内話文中の文も、彼女たち語り手のイデオロギーを、雄渾に物語っていると言えよう。この時に、紫上は、継母の式部卿宮の北の方のことなどには思いを馳せる必要はないのであるが、女房たちにとっては、それが必然だったのである。紫上の母君が、若紫巻で書かれていたように、北の方に恨み殺されたなどの理由があり、紫上付きの女房たちは、北の方付きの侍女たちと、主人が親類でありながら、落窪物語が既に描いているように、敵対関係にあったはずである。それ故、紫上の栄華に対して、北の方が呪詛し、髯黒と玉鬘の件で、嫉《ねた》んだりし、恨んだりしていることを、よく知っていたのである。つまり、光源氏と女三宮の婚姻や、紫上が北の方でなくなったことを知ったら、どんなに北の方が痛快し、日頃の鬱憤を晴らすかが分かり、北の方付きの女房たちにも、どんなに自分たちが軽蔑されるかが、膚で理解できたのである。それだからこそ、自分たちのイデオロギーの込められた特性のある物語を、ここに記入したのである。紫上は沈黙し、語り手は、自己の位相から、自分たちに相応しい物語を創造したのである。

だからこそ、紫上がいくら「おいらか」でも、この程度には、気を回したに相違ないと、語り手は勝手に想像したのである。つまり、紫上は、表面は「いとおいらかにのみもてなし」てはいるものの、深層心理である、心の「下には」、「今はさりとも、とのみわが身を思ひあがり、うらなくて過ぐしける世の、人わらへならんこと」と思っているだろうと仮想しているのである。この想定も、語り手たちの妄想なのであるが、従来の研究は、この文を言説分析の視点から扱わず、紫上という人物は「人わらへ」意識を強く保持している女性として論じている。彼女の「おいらか」な身体表現は、字義通りで、「人わらへ」など気にしていないかもしれないし、装われた表層で、語り手が思っている通りかもしれないし、憤怒で狂っているかもしれないし、諦念しているかもしれないのであって、多義的・恣意的に解釈できるのである。沈黙とは、さまざまな解読を求めながら、決定的な意味などなく、読む者に、曖昧さと、虚しさを与えるのである。それを語り手は、一義的な読解に閉じこめようとし、読者は、それに拮抗して、語り手を相対化して、多義的な解釈に開かなくてはならないのである。沈黙を沈黙として開放する以外に、読みという方法の手立てはないのである。

場面は、「年も返りぬ」とあり、光源氏は四十歳となり、玉鬘の若菜進上による四十賀が催される。若菜上巻は、落窪物語を基盤にした、光源氏の四十の賀の〈算賀比べ〉の側面を持っており[1]、これについても分析しなければならないのだが、論旨から離れるので省略しなければならない。

三月中旬に、女三宮は六条院に迎えられ、婚姻が成立する。その三日の夜の場面を、焦点を紫上に集めながら分析することとすると、論文では破格となる引用を記さなくてはならないだろう。既にこの個所を知り尽くしている人は、飛ばして読んでもよいのだが、分析の際に引用文に回帰するので、ここに記しておかなくてはならないだろう。

三日がほどは、夜離《が》れなく渡りたまふを、年ごろさもならひたまはぬ心地に、忍ぶれどなほものあはれなり。御衣《ぞ》どもなど、いよいよたきしめさせたまふものから、うちながめてものしたまふ気色、いみじくらうたげにをかし。〈などて、よろづの事ありとも、また人を並べて見るべきぞ。あだあだしく心弱くなりおきにけるわが怠りに、かかる事も出で来るぞかし。若けれど中納言をばえ思しかけずなりぬめりしを〉と、我ながらつらく思しつづけらるるに、涙ぐまれて、「今宵《こよひ》ばかりはことわりとゆるしたまひてんな。これより後のとだえあらむこそ、身ながらも心づきなかるべけれ。またさりとて、かの院に聞こしめされんことよ」と思ひ乱れたまへる御心の中《うち》苦しげなり。すこしほほ笑《ゑ》みて、「みづからの御心ながらだに、え定めたまふまじかなるを、ましてことわりも何も。いづこにとまるべきにか」と、言ふかひなげにとりなしたまへば、恥づかしうさへおぼえたまひて、頬杖《つらづゑ》をつきたまひて寄り臥《ふ》したまへれば、硯《すずり》を引き寄せて、

　目に近く移ればかはる世の中を行くすゑとほくたのみけるかな

古言《ふるごと》など書きまぜたまふを、取りて見たまひて、はかなき言《こと》なれど、〈げに〉とことわりにて、

　命こそ絶ゆとも絶えめさだめなき世のつねならぬなかのちぎりを

とみにもえ渡りたまはぬを、「いとかたはらいたきわざかな」とそそのかしきこえたまへば、なよよかにをかしきほどにえならず匂《にほ》ひて渡りたまふを、見出《みい》だしたまふもいとただにはあらずかし。

　年ごろ、〈さもやあらむ〉と思ひし事どもも、〈今は〉とのみもて離れたまひつつ、さらばかくにこそはと、うちとけゆく末に、ありありて、かく世の聞き耳もなのめならぬ事の出で来《き》ぬるよ。思ひ定むべき世のありさまにもあらざりければ、今より後《のち》もうしろめたくぞ思しなりぬる。さこそつれなく紛らはしたまへど、さぶらふ人々も、「思はずなる世なりや」「あまたものしたまふやうなれど、いづ方も、みなこなたの御けはひには方避《さ》り憚《はばか》るさまにて過ぐしたまへばこそ、事なくなだらかにもあれ、おし立ちてかばかりなるありさまに、消《け》たれてもえ過ぐしたまはじ」「またさりとて、はかなき事につけてもやすからぬ事のあらむをりをり、必ずわづらはしき事ども出で来なむかし」など、おのがじしうち語らひ嘆かしげなるを、つゆも見知らぬやうに、いとけはひをかしく物語などしたまひつつ、夜更《ふ》くるまでおはす。

　かう人のただならず言ひ思ひたるも、〈聞きにくし〉と思して、「かくこれかれあまたものしたまふめれど、御心にかなひて《いまめかしくすぐれたる際《きは》にもあらず》と、目馴れてさうざうしく思したりつるに、この宮のかく渡りたまへるこそめやすけれ。なほ童心《わらはこころ》の失せぬにやあらむ、我も睦びきこえてあらまほしきを、あ

いなく隔てあるさまに人々やとりなさむとすらん。等しきほど、劣りざまなど思ふ人にこそ、ただならず耳たつこともおのづから出で来るわざなれ、かたじけなく心苦しき御ことなめれば、《いかで心おかれたてまつらじ》となむ思ふ」などのたまへば、中務《なかつかさ》・中将の君などやうの人々目をくはせつつ、「あまりなる御思ひやりかな」など言ふべし。昔は、ただならぬさまに、使ひ馴らしたまひし人どももなれど、年ごろはこの御方にさぶらひて、みな心寄せきこえたるなめり。他御方々《こと》よりも、「いかに思すらむ。もとより思ひ離れたる人々は、なかなか心やすきを」など、おもむけつつとぶらひきこえたまふもあるを、〈かく推《お》しはかる人こそなかなか苦しけれ。世の中もいと常なきものを、などてかさのみは思ひ悩まむ〉など思す。(4)―五七～六一)

女三宮との婚姻が成立するためには、当時の慣習で、光源氏は、三日間、彼女の寝所に通わねばならないのである。その出来事を、紫上の立場・視点に添いながら叙述した文章から、引用した長文の場面は始まる。傍線を付した文は、共に自由間接言説で、語り手の声と同時に紫上の心情が述べられている。「夜離《が》れなく渡りたまふを」という文は、裏読みを要求する文章で、逆に紫上は、馴染んでいない「夜離れ」を三日間も体験していると述べているのである。だからこそ、「ものあはれ」なのであって、明瞭には表現できないが、意識の対象としてはそれなりに自覚しているような状態に、紫上は陥っているのである。杞憂で不安定な心身状態に、追い込められているのである。

次の文は読み過ごす傾向があるのだが、若菜上巻を理解する上では重要で、「御衣《ぞ》どもなど、いよいよたきしめさせたまふものから、うちながめてものしたまふ気色、いみじくらうたげにをかし」と書かれている。ここにも、「ものから」という、源氏物語では順接・逆接条件か判断に常に迷う助詞が使用されているのだが、なぜ入念に香を衣装に薫きしめて、逢瀬の準備をしながら、光源氏は放心状態で鬱屈しているのであろうか。明らかに光源氏は、女三宮に失望・落胆し虚脱しているのである。彼女は、藤壺の「形代／ゆかり」でないばかりか、上層の女性としても、身振り・応対・反応・教養・感性などに欠陥があるのである。そのように少なくとも、光源氏は感覚したのである。彼女には、一片も藤壺の面影を想起させるものが見当らないのである。兄朱雀への儀礼的対応から、表面は華麗に香などで装って通わなければならないのだが、同時に、そうであるからこそ、藤壺への期待が裏切られた落胆の気持ちも大きいのである。

それ故、今後頻繁に描かれる、光源氏の女三宮に対する虚脱・落胆は、この文章から表出されていると言えるのである。この幻滅は既に初夜で味わっていたのであろうが、物語言説として表出されているのは、この「うちながめ」からなのである。悄然としたこの光源氏の姿に対して、紫上は、「らうたげにをかし」という自由間接言説で対応している。背反する行為が、光源氏らしい両義性の込められている優雅さに見えているのである。

だがこの認識は、誤認・誤読である。暗然としている光源氏の内部にある、虚脱した胸裏を把握していず、上流貴族の典雅さとしか理解していないのである。ここでも、紫上は、光源氏という他者と、自己の実存を真に認識していないと言うべきだろう。光源氏の心底の核には藤壺がいて、自己も藤壺の「形代／ゆかり」であるからこそ、自分が光源氏の愛の焦点に据えられていることを、自覚できていないのである。この自己と他者の誤認が、紫上という登場人物の、源氏物語というテクストの上での存在、つまり欠陥であることは、いくら強調しておいても、足りないほどなのである。

続いてこの紫上の誤認を受けて、この藤壺不在後の情愛の中軸が紫上であることと、女三宮に対する落胆から、光源氏の内話文が、反省的に叙述されている。「あだあだしく心弱くなりおきにけるわが怠り」が、俄に新妻を迎えるといった事態を生んだのだと、内省しているのである。光源氏は、ここで実意の無い浮気な好色心と、朱雀の懇願を拒否できなかった自分の惰弱さを反省しているのだが、しかし、朱雀の懇請によって婚姻を受諾したものでないことを知っている読者は、ここでも光源氏が、藤壺への憧憬を無意識的に隠蔽しようとしていることに気付く。まさに「あだあだし」があったからこそ、彼は、慈母との禁忌違犯も厭わずに、「一部の大事」といわれる罪過を、一身で背負うことができたのである。読者の知と登場人物の無知との、イロニーな言説が、ここでも表出されているると理解できるかもしれないが、それより、藤壺を無意識へと隠蔽しようとする光源氏の営為に注目すべきであろう。

確かに、源氏物語第二部は、第一部的なものを否定している。この論文の中核となる輻湊した〈対話〉というテーマも、それを論証しようと試みているのであるが、にもかかわらず、光源氏というこの源氏物語の主人公は、中心人物の一人に変貌しているにもかかわらず、生涯第一部の自己のテーマであった、藤壺への憧憬という課題を担い続ける。その変容にも拘らず、自己のテーマを追求する姿が、この無意識への抑圧という隠蔽に表出されているのである。読者の知と登場人物の無知という構図で把握するだけでは、光源氏という登場人物の深層の詐術の罠に掛かってしまうのである。

未熟ではあるが、雲居雁がいたため、夕霧を朱雀は婿候補の配慮外にしたらしいが、女三宮と彼とを結婚させればよかったのになどと、光源氏は今となって心中で後悔しているのだが、その無念さに伴って「涙ぐまれて」くる。この時代では、悔悟は身体表現として表出されてくるのであって、紫上は、その動揺を、潤色されたものとして享受したかもしれないが、確かに実見しているのである。それ故、少し後の文で、「すこしほほ笑みて」と記されているように、紫上は光源氏の「涙」という身体表現に反応・対応するのであって、この微笑みは、多義的に解釈できるだろう。不様だといった軽蔑から、朱雀の懇願で結婚せざるをえなかったことへの同情まで、その意味するものには振幅があり、多義的で、しかも、多様に解釈しながら、いかにも女性らしい対応だと首肯する動作なのであって、この場面の〈涙〉と〈微笑み〉は、人物論にまで拡張して行く可能性を秘めているのである。

「涙ぐまれ」ながら、光源氏は、「今宵《こよひ》ばかりはことわりとゆるしたまひてんな。これより後のとだえあらむこそ、身ながらも心づきなかるべけれ。またさりとて、かの院に聞こしめされんことよ」と紫上に発話する。「な」「よ」という相手を意識した助詞が用いられているので、「思ひ乱れ」とあるが、この言説は紫上に向けて発話された会話文であろう。三日夜の餅の今夜だけは、拠所ないこととして聴許してほしいと紫上に縋《すが》り、今後、このような事態があるとすれば、自分自身にも愛想がつきることになると言い、でも朱雀に女三宮に夜離れが続いていると耳に入ったならば、それも気苦労になるなどと冗談まで言うのである。涙まで出して、あれこれと思案している様子で語りかける光源氏の姿は、滑稽でもあり、可哀相でもあり、捏造・策略に長けているようにも読め、ここにも多義的なものが軋めいている。こうした光源氏の態度・言語を交えた身体表現に、紫上は「すこしほほ笑みて」という対応をするのであって、二人はお互いに他者を意識しながら、自己の本心を隠蔽して対話しているのであり、それを読む読者の解読は、輻湊した多義的な意味世界を漂うことになるのである。

その「ほほ笑み」の前には、「心の中苦しげなり」と書かれているのだが、「げ」という接尾語を用いて外部から観察し、「なり」という推定の助動詞を用いているのは、誰であろうか。語り手で、この文は草子地なのである。と同時に、紫上の視点も加わっているから、この文も正確に言えば自由間接言説なのである。実際に、光源氏が「苦し」いかどうかは判明しないのであるが、事実は装って、潤色されているかもしれないのだが、語り手と紫上は、光源氏の苦悩している姿をそのままに享受したのである。それだからこそ、紫上は「ほほ笑み」という反応で答えたのであって、彼女の「みづからの御心ながらだに、え定めたまふまじかなるを、ましてことわりも何も。いづこにとまるべきにか」という発話も、この光源氏の態度に対応しているのである。

光源氏自身でさえ、ここに留まるか女三宮の所に通うのか迷っているのに、紫上に判断はつかないと言っているのである。どこに泊まるべきでしょうかと相手に疑問を投げ掛ける問いは、ある種の軽い皮肉だと言っていいだろう。光源氏は、今夜は三日夜なのですから、女三宮の部屋にお出かけなさいという、返答を期待したのであろうが、紫上は「言ふかひなげにとりなし」たのである。それ故、光源氏は「恥づかしうさへ」思えてとあるごとく、決まり悪くなり、「頰杖《つらづゑ》をつき」物に「寄り臥し」ていたのである。一般に、四天王寺扇面古写経等も含めて用例を考えると、「つら＝ほほ杖」は、物思いに耽ったり、思案したりする動作表現なのだが、ここでは拗《す》ねている様子を示しているのだろう。辟易を、「頰杖」という身体表現で表すのは珍しいと言えよう。

紫上は、それだから「硯を引き寄せて」、敢えて女性の方から贈歌を詠んでいる。「類似・源氏物語の認識論的断絶─贈答歌と長恨歌あるいは方法としての〈形代／ゆかり〉─」(2)という論文等で述べたように、原則として贈答歌では、男や身分の低い者が、最初に贈歌を詠み、それに対して、女や高位者が、返歌を詠み返すのが、和歌言説の一般的な原則で、その規則が遵守されていない場合は、その理由を考えてみる必要がある。この場合は、古歌も含めて、紫上が光源氏の態度に対する、不満・非難・遺恨を訴えかけたかったからで、「げに、ことわりにて」と書かれてあるように、光源氏も、その行為が穏当なことだとして、その恨みを承認したのである。行く末も頼りにしていたのにという、怨恨のこもった紫上の和歌に対して、それ故、永遠の愛を誓う切り返しの返歌を、光源氏は詠んで返しているのである。

このような状況なので、光源氏はすぐに女三宮の方に通うことができないのだが、その醜態を見て、その放恣な姿に呆れながら、「いとかたはらいたきわざかな」と紫上は声をかけ、出かけることを唆《そそのか》すのである。ここでも、

「なよよかにをかしきほどにえならず匂《にほ》ひて」と記されていて、前に書かれていた「御衣《ぞ》どもなど、いよいよたきしめさせ」と共に、衣装に優雅な香が薫きこまれていることが、強調されている。匂いによって光源氏と女三宮との新婚生活の、蕩けるような肉体関係・性的行為が暗示されているのであろうが、送り出す紫上に対しては、残酷な言説だと言えよう。だからこそ、語り手は、「見出《みい》だしたまふもいとただにはあらずかし」と、「かし」という助詞を用いて推量した、草子地を添えているのである。ここでも語り手の推察は記されているのであるが、紫上は沈黙して、その沈黙に対する、読者に多様な解釈が委ねられているのである。紫上は、内心では、平静であったり、諦観していたかもしれないのである。

　引用した「三日がほどは……」の冒頭文に、「年ごろさもならひたまはぬ心地に」とあった、その文と照応して、「年ごろ、〈さもやあらむ〉と思ひし事どもも、〈今は〉とのみもて離れたまひつつ、さらばかくにこそはと、うちとけゆく末に」と新たな場面が始まることになる。睦まじく生活していた世界が瓦解したことを強めるために、「年ごろ」が、鍵語として繰り返しの技法を用いて使用されているのである。「年ごろ」と「今」とが対比され、それなりに幸福であった日々が、女三宮との婚姻という現在と、対話することで、紫上の半生という過去[3]が回顧的に喚び起こされているのである。なお、〈さもやあらむ〉というのは、朝顔斎院との関係等を意味しているのであろうが、ここにも自己の真の実存を把握することができていない、紫上の姿が示唆されているだろう。とにかく、光源氏の浮気心も四十歳という年齢を思うと、終わったと安心していたこの時期に、このような事態が起こったことで、彼女は杞憂し、不安になっているのである。

　ところで、続く「ありありて、かく世の聞き耳もなのめならぬ事の出で来《き》ぬるよ。思ひ定むべき世のありさまにもあらざりければ、今より後《のち》もうしろめたくぞ思しなりぬる」という文章は奇妙な言説である。「よ」という詠嘆の助詞があるから、会話文や内話文のように思えるのだが、「と」「など」といったそれを示唆する付加節がないのである。次の文は、「ぬる」という完了の助動詞が使用されているが、紫上について言及しているのに、「思し」の後に敬語が用いられていないのである。とすれば、この文は、自由直接言説で、「年ごろ」から紫上の内話文的な言説が始まり、「よ」でその内言は読点となり、「思しなりぬる」と自由直接言説で閉じられていることが分かり、この末文から、「年ごろ」という言葉から、紫上の、心中思惟的な表現が叙述されていたことが、判明するのである。この個所で、紫上は内言を吐露していたのである。

長い年月の間には、他の女性に心が魅せられている様子があるかなと感じたこともあるけれど、あの方が四十歳になった「今」は、さっぱりと辞めていた面持ちでいたので、〈それならばこのまま無事だわ〉と、安心してきたその時期に、あろうことか、この世間に聞耳を立てられてしまう具合の悪いことが起こるものだわ。楽観していられる二人の仲ではなかったと分かってみれば、将来も頼りないことになるようだと思っていたと、紫上の意識の流れが、この「年ごろ」から「思しなりぬる」までの文章を、内話文や自由直接言説と認識することで、克明に辿れることになるのであって、紫上は、ここに到って自己を語り出していたのである。

しかし、この心理的内面の内話による意識の流れは、逆に語っているようで、何も述べてはいないと理解してもよいだろう。既に、紫上の「うしろめたし」という不安感は、これまでの筋書や描写を読めば理解できることで、目新しいことはこの二つの文には何も叙述されてはいないのであって、これらの文章は、〈饒舌な沈黙〉に他ならないのである。せいぜいのところ、光源氏への信頼が薄れ、未来への不安・心配が紫上の内部に胚胎し、その芽が徐々に大樹へと成長する可能性があるのではないかという、読者の、物語的先取りの読みが始まるにすぎないのである。

かえって、その沈黙が、表情などの身体にも、言葉にも表出されていないので、女房たちのさまざまな噂話も、「つゆも見知らぬやうに、いとけはひをかしく物語などしたまひつつ、夜更《ふ》くるまでおはす」と書いてあるように、気付いていない様子で、紫上の、あたかも光源氏と女三宮との三日夜さえ気にしていない態度で、機嫌よく女房と雑談をして、夜更けまで起きている行為が表出されているのである。

ここでも、裏読みをしておいた方がよいだろう。「つゆも見知らぬやうに」とある行動は、明らかに気配り・偽装で、しかも、この行為は、女房たちという他者を組み入れたものなのである。その他者は、京という都会中に拡大する可能性もあるのだが、紫上は些細な表情の動きさえ、女房たちに察せられてはいけない、沈黙という要請が他者から求められていたのである。しかも、この他者という概念には、この夜は、三日の夜で、婚姻の成立を告げる性的関係が想起されるのであって、光源氏と女三宮という他者も参与していたのである。つまり、孤独で屹立しなければならない自己を除けば、数えきれない無数の他者たちに、紫上は囲繞され、それ故に、沈黙の代補として、知らぬ振りをして、空目・空耳をして、婚姻の成立など関係ないわと、雑談で燥《はしや》いでいたのである。時によっては、騒擾は、沈黙の別名でもあるのである。

その沈黙の前には、「さぶらふ人々」のさまざまな声が記されている。紫上が沈黙し続けているのとは対照的に、周囲に侍り彼女に仕えている女房たちは、光源氏と女三宮の婚姻の成立という事態を前にして、それなりの気遣いをしながら、贅言《ぜいげん》で燥いでいるのである。「意外なことが起こることね」「光源氏さまには沢山の方々がいらっしゃるけど、どなたも紫上さまのご威勢には一歩譲って、遠慮なさって過ごしていたからこそ、平穏に生活できたのに、女三宮さまのこんな無体な有様には、紫上さまも、きっとやられたままではお過ごしにならないでしょうよ」「でも、そうかといって、空しいことで、それが原因となって、安心してはいられないことが起こったら、きっと厄介なことが持ちあがってくるわよ」といった、女房たちの無責任で徐々に高揚して行く勝手な雑談での発言は、紫上とはまったく無関係なのだが、にもかかわらず、他者の声として、密かに彼女の行動や実存を規制してくるのである。

新婚の三日夜という、先妻・古妻にとって屈辱的な瑕瑾を与えられたばかりでなく、周囲で自己の女房に取り沙汰されることによって、またその閑談が京という都市にまで拡大するだろうという想定によって、紫上は火宅の人となっているのである。それだからこそ、彼女は夜更けまで雑談をして、起きていなくてはならないのである。不貞腐れて寝てはいけないのである。毅然として、光源氏の新婚にも風聞にも無関心であることを、態度・身体・行動で示さねばならないのである。そして、その行為は、ここでも、多数の解釈を喚びながら、決して満足できる解読に到達できない、沈黙の別名なのである。

しかし、噂話が流言蜚語として尾鰭を付けて流布するのを、ある程度防いでおく必要もあるだろう。沈黙という、さまざまな解釈を喚起する行為とは異なった、別の行動が遂に必要になって来たのである。それには言葉による気配りが適切で、この夜伽ぎで、周囲に女房たちが多数侍っているその時空を、利用するのが最適なのである。これも源氏物語の特性のある技法の一つなのだが、「夜更くるまでおはす」とまず結果を書き、その後に「おはす」の具体的な様子を克明に描写する方法が、ここでも採用されていて、女房の雑談で「必ずわづらはしき事ども出で来なまし」といった、不吉な予言まで及んだ様子を、傍らで仄かに聞いた紫上は、「聞きにくし」と判断したのであろう、配慮が行き届いた会話を始めるのである。

「このように光源氏さまには多くの女性の方々がいらっしゃるようですけれど、あの方の気に入るようなモダンで身分に相応しい人はいないと、すっかり見慣れて物足りなく思っていらっしゃったところへ、あの宮様がこうしていらっしゃったことは、端から見ても安心できることですよ。私はまだ稚気《ちき》が抜けていないためでしょうが、あの方と親交を結びたいのですが、筋違いなことに、それを彼女を隔てていると、世間の人々は受け取るでしょうか。身分が等しいとか、劣っているとか思っている人がいるからこそ、尋常でない聞き流すことのできないことも、自然に起こってくるものでしょうが、あちらさまは畏れおおい皇女さまで、出家なさった院から譲られたという胸のつまるようなご事情もあるようですから、どうか宮さまに、悪意を意識させ申し上げなされないようにしたいと思いますよ」と現代語訳風に記せば、紫上の会話文を理解できるのだが、この発話はまず口さがない女房に向けられたものであろう。それ故、文中の「人々」とは、直接には周囲にいる女房たちで、陰口で「必ずわづらはしき事ども出で来なむかし」といった発言まで及んだので、それを防御し、京都中に噂が流布して行く可能性を、断ち切っているのである。

と同時に、この発話は、女三宮とその周囲の乳母などの女房たちを意識して発せられていると言えよう。会話末の「いかで心おかれたてまつらじとなむ思ふ」という、女三宮に対する丁寧な敬語使用は、紫上が、女三宮を正妻として承認・公認したことを意味しているのだが、自分を方々の一人であると卑下したこの発話によって、六条院は女三宮に譲渡されたのである。六条院の中心に位置する正妻は女三宮であることが、紫上の口によって正式に確認されたのである。と言うことは、必然的に紫上付きの女房は、その地位が、女三宮付きの女房たちよりも劣る者として、陥落したことを示しているのである。誇り高かった彼女たちは、軽蔑していた、六条院の他の方々付きの女房と、同じ地位の地平に落ちたのである。

それ故、続いて「中務・中将の君などやうの人々目くはせつつ、『あまりなる御思ひやりかな』など言ふべし」と書かれているのである。「中務・中将の君」は、続く文で、「昔は、ただならぬさまに、使ひ馴らしたまひし人どもなれど、年ごろはこの御方にさぶらひて、みな心寄せきこえたるなめり」とあるように、かつては光源氏と情交関係のあった、側勤めの女房である召人《めしうど》で、この幾年かは、紫上の側に仕えて、みな紫上の加担者として心から味方になっていたらしい。「なめり」とあるので、実際は召人の内面は複雑な思いがあるかもしれないが、表面的には「心寄せ」に見えると、表出しているのであろう。なお、前の文末には「言ふべし」とあり、推量の助動詞が使用され、語り手は、召人たち上流女房はそんな風に当然言い思っているだろうと、推測しているのである。召人のような高位の女房たちさえ紫上に加担するのであるから、語り手である「紫のゆかり」の女房たちは、自己卑下し、六条院の正妻の地位を譲る紫上に、満腔の同情をしていることを、暗示しているのである。もちろん、その背後には、自分たちの地位も劣化するという、利己的なイデオロギーが見え隠れしていることも言うまでもない。

場面は、紫上の周囲にいる女房から、高位にある光源氏の妻妾である「御方々」に、話題は移行・拡大する。明石の君や花散里などにも、波紋は及んで行くのである。彼女たちは、紫上に同情し、見舞いに訪れるのである。「どんな思いでいらっしゃるでしょう。もとから私のように光源氏さまの寵愛を諦めている人々は、こんな時にもかえって気楽でいられるのに」などと、「おもむけつつとぶらひ」するのであるが、日本古典文学全集の頭注が、『おもむく』は、下二段活用、他動詞。誘導する、の意で、ここは紫の上の反応を探りがてら、気をひくようなことを言う」と書いているように、彼女等もまた複雑な思いを抱えており、同情しながら、紫上の内面に探りを入れ、軽蔑されていた自己の欝憤をこの出来事で晴らし、さらに自己の上に立つ女三宮という若い女性に対する不満を表出しているのであって、その輻湊した心理は、解剖することができないほどなのである。「御方々」もまた、過去のさまざまな物語を抱え、光源氏と女三宮との婚姻という現在に向かい合っており、さらにこれまでは正妻であった紫上と対話しているのであって、その錯綜した思いは、一義的に解釈することを拒んでいるのである。

だからこそ、紫上は、「〈かく推しはかる人こそなかなか苦しけれ。世の中もいと常なきものを、などてかさのみは思ひ悩まむ〉など思す」と記されているように、ようやく「御方々」の心労が理解できたという内話文を述べているのである。〈あんな風に私の気持ちを推察してくれる人の方が、今までは分からなかったが、却って苦しい思いをしていたのだわ。世の中というものは無常なのだから、どうしてあの人たちのように、あんなように悩んでいられようか〉と意訳できるこの内言は、却って、紫上の方が、「御方々」より気丈であることを、無常な世間に逆らって行く決意として、述べているのだが、ここに至って彼女は、沈黙から、「思す」という表現で、自己の内面を語り出したのである。

　ところで、この内話文は、紫上を論ずる際には、従来は気付かれていなかったようだが、中軸となるほど、重要な意味を持っている。一つは「かく推しはかる人こそなかなか苦しけれ」と、自己の振り撒いてきた、〈罪〉〈恨み〉を、「御方々」と同じ地位に立つことで、理解したことである。花散里は、麗景殿の女御の妹の三宮であるから、大臣クラスの女《むすめ》で、実際は身分的には高いのにかかわらず、紫上は正妻であったのである。また、「源氏物語・端役論の視角―語り手と端役あるいは源典侍と宣旨の娘をめぐって―」という論文（4）で書いたように、紫上は、明石の君からは、残酷にも赤子を取り上げ、明石姫君を養女にしている。この例から分かるように、紫上自身は無意識的なのだろうが、意外に、彼女は、他者を傷つけて、物語展開の中で〈罪〉〈恨み〉を多量に振り撒いてきたのである。その自己の姿に気付き、「苦しけれ」と述べているのであって、他者の痛みを彼女はようやく理解できたのである。

　もう一つは、「などてかさのみは思ひ悩まむ」という言葉から解釈できるもので、彼女は光源氏に依拠しているがゆえに、このように苦悶するのであって、その依存という実存から離陸する決意をこの言葉で述べているのである。つまり、紫上の「自立宣言」が、この内話文には表出されているのであって、「紫上の変貌」という題名で論文が仮に書かれるとしたら、この内言を軸としなければならないのである。ということは、紫上にとって、光源氏と女三宮との婚姻という事実は、最大の試練で、紫上の立場から言えば、若菜上巻のこの冒頭場面は、貴種流離譚のクライマックスなのである。この死＝再生の試練を経ることによって、彼女は変貌し、自立するのであって、それを指示するのが、この内話文なのである。藤壺を自己の内部に発見することは絶対にないだろうが、王朝時代に生きる上流貴族の女性の在り方を、彼女らしく見つめることが、この場面でようやくできたのである。

第三章では、言説の分析を軸に、現代語訳を上回る解釈を、紫上に焦点を当てながら論じてきたが、その標的の一つは、紫上は最後の引用を除けば、沈黙しているということであった。多くの批評や研究は、言説分析をせずに、沈黙の代わりに、彼女の言葉・内話・行為を読取り、紫上論を展開し、「人わらへ」などの言葉を軸に、彼女の性格規定を試みて来た。しかし、これまでの克明な分析から明晰化できるように、語っている装いでいながら、沈黙が、この時期の紫上の実存なのである。その沈黙を開くことが本章の目標なのだが、さまざまに沈黙を開放した上で、なおも沈黙が残るところに、この場面の特性はあると言ってよいだろう。批評と研究は、沈黙を解釈で開かなくてはならないのだが、その解読の先に再び沈黙を置かなくてはならないのである。その上で、沈黙の意味を問わなくてはならないのである。

沈黙が破られるのは、「〈かく推しはかる人こそなかなか苦しけれ。世の中もいと常なきものを、などてかさのみは思ひ悩まむ〉など思す」という内話文によってである。この時に、紫上は心の内を素直に語るのであるが、それは彼女の自立宣言なのである。つまり、沈黙とは、彼女が自立に到着するために不可欠であった、過程そのものであったのである。沈黙は沈思であったのであるが、その思考過程は、さまざまに解釈できるものの、理解不能なのである。

既に何度か論述してきたように、源氏物語第二部においては、読者は、演劇の観客と同様に、舞台上の俳優を観ているように、物語の中心人物たちの〈対話〉を理解・解読することしかできない。その舞台にいる中心人物たちは、過去と明瞭に状況を判断できていない現在、他者と十分に了解することができない自己などとの、試行錯誤的な対話を試みるのではあるが、読者はその対話を読むことしかできないのである。その観客としての読者の知にとって、紫上と女三宮の同一性と差異は、重要な意義を持っている。

既に論じてきたように、二人は、光源氏の恋慕の対象になった時に、「藤壺の形代／ゆかり」・幼さ・母の死などの共通性を有していた。だが、そうした同一性と同時に、対照的な表出と言ってよいほど、二人は差異によって隔てられている。見る（結婚以前に垣間見などでよく理解している）／見ない（婚姻以前に一度も会ってはいない）・結婚は私的行為（少数の供人しか知らない）／婚姻は公的な儀礼・愛情によるもの／政治的な配慮・垣間見などで、〈藤壺の形代／ゆかり〉／婚姻してみると非藤壺的・父式部卿宮からの離脱で結婚／父朱雀の権威で婚姻・細やかな結婚式／華麗な結婚式などと、さまざまに二人は対比的なのである。

その差異の上で、光源氏ばかりでなく、読者も、紫上の優位性と女三宮の劣位性を認識・確認することになるのだが、もう一度指摘した同一と差異の図式を見てほしいのだが、意外に藤壺の翳が、ここでも大きいと言わざるをえないだろう。紫上も女三宮も、意識の片隅にも、藤壺の姿は存在しないのだが、にもかかわらず、第一部ばかりでなく第二部でも、読者の知の視点から捉えると、藤壺は物語の主導的な役割を果たしていたのである。源氏物語正篇では、語られることは少ないが、禁忌違犯という罪過を担った藤壺が、光源氏と並ぶ中軸的な役割を持っていたのである。正篇の女主人公の名は、箱を開けてみれば、やはり、男主人公光源氏と密通した、后であり母・継

母・人妻であった、共に罪を背負った藤壺なのである。(5)

そのことを確認した上で、「などてかさのみは思ひ悩まむ」という紫上の自立宣言を読む時、彼女は無自覚的・無意識的なのではあるが、この宣言は、紫上の、正篇を主導する藤壺の翳との別れであり、彼女が紫上として、真に自立したことを示す言葉であることに気付くのである。紫上は、光源氏と女三宮との婚姻という事実によって、ようやく彼女自身となり、変貌を遂げたのである。光源氏ばかりでなく、紫上は、隠された自己であった藤壺からも離陸したのである。だが、その自立という飛翔は、淋しさを伴っている。その孤影悄然とした魂の行方を、ここで炙りだす必要があるだろう。

この場面は、次のような言説で終わる。

〈あまり久しき宵居《よひゐ》も例ならず、人やとがめん〉と心の鬼《おに》に思して入りたまひぬれば、御衾《ふすま》まゐりぬれど、げにかたはらさびしき夜な夜《よ》な経《よ》《へ》にけるも、なほただならぬ心地すれど、かの須磨の御別れのをりなどを思し出づれば、〈《今は》とかけ離れたまひても、ただ同じ世の中《うち》に聞きたてまつらましかばと、わが身までのことはうちおき、あたらしく悲しかりしありさまぞかし。さてその紛《まぎ》れに、我も人も命たへずなりなましかば、言ふかひあらまし世かは〉と思しなほす。風うち吹きたる夜のけはひ冷《ひや》やかにて、ふとも寝入られたまはぬを、〈近くさぶらふ人々あやしとや聞かむ〉と、うちも身じろきたまはぬも、なほいと苦しげなり。夜深《よぶか》き鶏《とり》の声の聞こえたるも、ものあはれなり。(4)―六一)

紫上は、周囲という他者を考慮して、あまり夜更かししているのも、例とは異なっていると女房たちが気にするのではないかと、無理に帳台に入る。夜具の衾を掛けて寝ようとするのだが、幾晩も独り寝を過ごしている淋しさから、静謐ではいられず、過去がさまざまに去来するからである。その過ぎ去った思い出の中心となるのは、同じ独り寝であった、光源氏が須磨に流謫した際のことで、彼女は心中思惟の詞を述懐するのだが、この内言では傍線を付したように、「ましかば」という否定的な推量を表現する言葉が、二度も用いられていることに、注意する必要があるだろう。

最初の仮定は、離別しても、同じこの世に生存していると聞くならば、自分のことはともかく、光源氏様が「あたらしく悲しかりしありさまぞかし」という回想をしている。光源氏の身を愛おしんでいた自分を、甘美に追憶しているのである。「あたらし」は「惜し」と表記されるように、もったいないの意で、光源氏の境遇を、残念で悲惨だと紫上は、当時思っていたのである。次の仮定は、その紛乱で二人の命運が尽きてしまえばという想定で、そうであったならば、その後の生活はなくなり、詮ない生涯になってしまうというものだが、中断され、彼女の意義付けの意識は叙述されていない。

「かは」という言葉を、疑問と理解するか、反語と解釈するかの相違なのだが、その振幅は大きく、しかも、確定できない。須磨・明石巻以後の生活は、曲折はあるものの、二人を栄華に導く道程であったのだが、その道程《みちのり》を肯定しているのか否定しているのか、判定できないのである。ただ、反芻的に反省していることは確かで、些かの疑問も抱かなかった甘美な半生が、意識の対象として、問題化されているのである。さらに、紫上のあの自立宣言を配慮に入れるならば、否定にせよ肯定にせよ、これからの生涯は、半生の延長線上にないことは確かで、光源氏に全身で依存していた彼女は、自己を凝視しながら、その歩みを孤独に運んで行くことになるのである。

その場合、孤独で歩み、大地を踏みしめる、これから表象される自己とは、一体何者なのだろうか。これまでの分析が明晰化したように、それは過去であり、周囲にいる女房たちという他者であり、光源氏と女三宮の結婚という出来事なのである。つまり、理不尽な他者が、意識的・無意識的な自己を形成するのであって、自己には、核となるものなど一つもないのである。軽蔑し劣位にあると思っている他者こそが、自己なのである。自己とは他者によって生成されるものであり、実は、他者を見、意識しながら、これからの紫上の運命は、開拓されて行くのである。

ところで、この個所には言及していないのだが、既に、三田村雅子の「風の圏域―異界の風・異界の響き―」(6)という論文が指摘しているように、源氏物語などの物語文学では、「風」の意義は大きい。「風うち吹きたる夜のけはひ冷《ひや》やかにて」とあるから、如月の深夜の冷風が寝所まで吹き込み、独寝のために肌寒いのだが、「冷《ひや》やか」なのは衾の下にある身体ばかりでなく、心理でもあり、寝入ることができないのである。しかも、身動《みじろ》ぐと、その様子が脇に侍っている女房たちに悟られてしまうため、身体を動かすこともできないで、一晩中不眠のままで、鶏が鳴いても起きていたのである。自立・独立とは、孤独・孤高の異名で、「ものあはれなり」という、悲嘆の込められた自由間接言説を生み出すのである。

注

(1) 新編日本古典文学全集『落窪物語　堤中納言物語』の落窪物語の「解説」を参照。なお、「新編」には、旧版とは異なった「解説」が付してある。新たな問題を提起しているので、落窪物語論としても参照してほしい。

(2) 『源氏物語の言説』所収。

(3) 既に何度か言及しているように、本稿では、過去と現在との〈対話〉が、課題の一つとなっているが、この問題に関しては、清水好子が「源氏物語の主題と方法―若菜上・下巻について」(『古代文学論叢』第一輯所収)で、「光源氏の過去は逆に照し出され、その一生の意味が問い直されている」と述べている、若菜巻における〈繰返される過去〉という指摘を踏まえて論じられている。

（4）フェリス・カルチャーシリーズ1『源氏物語の魅力を探る』所収。
（5）本書第一部第二章を参照してほしい。
（6）『源氏物語　感覚の論理』所収。

第四章　暴挙の行方・〈もののまぎれ〉論（一）

——女三宮と柏木あるいは〈他者〉の視点で女三宮事件を読む——

源氏物語の研究史において決して忘失してはならない論文の一つに、山口剛の「もの〻まぎれに就て」という著名な論文がある。大正十四年（一九二五）に雑誌『国語と国文学』に発表された後でも、著作集など単行本に三度も掲載され流布しているのだが、学生たちは現在では必読の論文として読んではいないようである。題名からも理解されるように、もののまぎれ＝密通事件を扱ったもので、源氏物語第二部の女三宮事件を主軸にしている論文であるが、研究史的に言えば、大正十四年の「源氏物語号」という特集号に載ったこの論文は、直截には論じていないが、〈もののまぎれ〉といえば、当時は若紫巻に描出されている「一部の大事」＝藤壺事件を意味し、その天皇に対する禁忌違犯の主題を暗示しながら、敢えて藪睨み的に第二部の女三宮事件を考察した、〈近代〉という絶対主義的な天皇制下の戦前の研究の中で、反骨精神・批判精神に満ち溢れた論考として評価できる貴重なものなのである。反骨とは、敗退することが認識されながら、制度に抵抗する行為なのである。

その論文は、

源氏の君の栄華は四十の賀に窮つて、その後の日は、傷心のみ続く、若うして播いた数々をみづから刈るべき時期の到来したのである。

という文から書き始め、

美は罪を軽うす。しからば、おのれの美を自覚する事多き源氏が、自らの罪を緩う見るも理であろうか、即ち源氏のもの〻まぎれをゆるすべきものを加へ得た。

と終わっていて、光源氏の視点から、女三宮事件や薫誕生、あるいは源氏物語の主題を、〈美〉と表出する心情を賞賛していて、韜晦や大正デモクラシー的な時代的制約がないわけではない。しかし、そうした大正期という歴史性を拭った上で、

柏木はたゞ源氏の因果の恐るべきを示すためにのみ生まれ来つたといはうか。作者は彼のもの〻まぎれと此のもの〻まぎれとを対比すべく、柏木を促し来つたか。それならば作者の構想は過てりといはねばならぬ。何となれば夕霧こそその役目を果すにふさはしき人ではないか。

といった、当時の源氏物語第二部勧善懲悪説批判や、源氏物語構想論に対する批判・批評でもある、現代的な〈可能態論〉等を先駆的に展開しており、斬新な発言が諸所に鏤められ、現在もなお読者を蠱惑する刺激的な言説に満ちている論文なのである。

その山口剛論文に導びかれて、その驥尾で本章も書かれることになるのだが、その論文では時代的制約もあり全く配慮外であった、〈他者〉論・他者分析という現在的な批評や研究の視座から、まず問いかけなければならないことは、なぜ柏木は女三宮に魅惑されたのかという疑問である。柏木は唐猫による垣間見以前に、女三宮の顔や姿などを一度も見てはいないし、上巻の記述では、彼女に関する詳細な情報を得たという場面や言説も記されてはいないのである。彼女に魅力を覚える理由などは、線状的に、時系列に従って読む限り、一度も表現の上では、記されてはいないのである。現在的な判断だと批判されるかもしれないのだが、柏木が女三宮に魅了される理由は、若

菜上巻の言説の表層には、朱雀に寵愛されている三女の皇女であるという理由以外に、記されてはいないのである。しかも、柏木は、当時の習俗であった求婚の贈歌さえ一度も送ることさえしていないのである。彼が女三宮に憧憬する理由は、物語の言説の上には、線条的・時系列的には表出されていないのである。つまり、読者は、さまざまな彼を取り巻いている、〈他者〉に関する表層の情報を勘案・結構して、柏木の深部における欲望の原由を、現象学的に具体的に詳細に固有として、解釈・分析して行かなくてはならないのである。

とするならば、女三宮との一対一の関係ではなく、第三項目を加えて柏木の情念を明晰化しなければならないだろう。だが第三項目という〈他者〉は、柏木にとって一義的ではなく、多数で多層的で多義的なのである。その全てを本稿で分析することはできないだろうが、できるかぎり柏木の情念を形成している、〈他者〉を数え挙げて行くように努力するのが、批評や研究を志す者の責務なのであろう。

その場合想定できるのは、柏木の祖父左大臣夫妻・太政大臣（頭中将）夫妻・兄弟・従者・女房たち、さらには光源氏・友人夕霧・朱雀・周囲の貴族たち・宮廷の女房層・京域の人々の評判などなのだが、この他にも典拠・准拠・引用・話型など、〈他者〉が限りなく拡張して行く読みの世界があるだろう。文学には最終的意味決定などなく、狂気に連続している拡散的な道程だけが、目の前に広大に拡がっている風景として見えるだけなのである。それ故、他者という主＝客の問題に拘りながら、中心となる諸主題に論議を集中させなくてはならないのだが、それでも考察の範囲は拡張し、多義・多層に渡るはずである。その場合、他者とは、自己と関係のあるその間に隔りという〈距離〉を置いた、自己と差異のある、さまざまな具体的存在を意味している。その他者を、柏木という自己の内部に、発見して行く作業が、これからの論文の主要な標的の一つなのである。

まず分析の対象となるのは、祖父左大臣に対する柏木の憧憬であろう。父頭中将や光源氏の妻故葵の上の父である左大臣は、北の方として大宮（桐壺と同腹の四の君）を迎えている。後には、藤原氏の氏長者であったと思われる祖父に、柏木は隔世的に憧れていたようである。天皇が愛育した皇女を妻とすることが、妄想的ではあるが、柏木の潜在的な憧憬であったのである。父と比べて祖父は、権力ばかりでなく、権威・信望を貴族社会の中で獲得していたように映ったのである。祖父左大臣に対する信望は、正室に桐壺帝の妹宮である皇女大宮を入れたことによって生じたと幻想したのである。柏木を左大臣が愛育したという場面や記事は、源氏物語には詳しく描出されてはいないのだが、頭中将と正妻四の君の長男であり、祖父左大臣の期待が集中的に注がれたことは疑う必要はないだろう。乙女巻で左少将で、胡蝶巻で中将で、若菜上巻の冒頭では右衛門督となり、若菜下巻で中納言に昇進し、柏木巻の死の直前に権大納言になっているから、その威光は祖父の死後も及んでいると理解するのが常識だろう。祖父の権威・権力は、父に継承され、柏木に及び、彼が没しなかったならば、今上の信頼されている近侍でもあり、仮想的ではあるが、祖父以上の権力・権威を、もしかすると獲得できたかもしれないのである。なお、左大臣家は、藤原氏の氏の上・氏長者の家柄だと考えるべきであろう。臣下として最高の家柄に、貴顕柏木は、長男として誕生していたのである。

柏木は他者の期待を誤読する傾向がある。例えば、胡蝶巻では源氏に人柄を高く評価されていると思い、彼は一途に異母妹玉鬘に熱中している。その邪な恋愛遊戯を光源氏は楽しみ、その愉楽が胡蝶・常夏・篝火巻の主題の一つなのである。夕霧・薫など源氏物語第二・三部の中心人物となる登場人物に一般的に見られる特色なのだが、彼もまたアイロニーな表現で描出される傾向が濃厚である。光源氏や読者には、玉鬘が異母妹であることは、〈既知〉なのだが、登場人物柏木には〈無知〉だと描かれる傾向があるのである。それ故、そのアイロニー的な乖離・ずれによって、一種の快楽・嘲笑・愉楽・皮肉な眼が読者に生成され、それが第一部前半部のような筋書き的理解とは違った、別の面白さを読者に与えてくれるのである。アイロニーとは、読者に与えられた読みの愉楽なのである。
柏木が第二部の若菜上巻で登場してくるのは、冒頭の場面で、朱雀が女三宮の婿選びで苦慮・反芻している場面からである。

〈……昔も、かうやうなる選びには、何ごとも人に異なるおぼえあるに、事よりてこそありけれ。ただひとへにまたなく用ゐん方ばかりを、かしこきことに思ひ定めんは、いと飽かず口惜しかるべきわざになん。右衛門督の下にわぶなるよし、尚侍のものせられし、その人ばかりなん、位などいますこしものめかしきほどになりなば、《などかは》とも思ひよりぬべきを、まだ年いと若くて、むげに軽びたるほどなり。高き心ざし深くて、やもめにて過ぐしつつ、いたくしづまり思ひあがれる気色人には抜けて、才などもこともなく、つひには世のかためとなるべき人なれば、行く末も頼もしけれど、《なほまたこのために》と思ひはてむには限りぞあるや〉と、よろづに思しわづらひたり。(4)―二九～三〇)

とあるように、彼は朱雀の心中思惟の詞の中に登場し、婿候補の一人として数え上げられながら、同時に見せ消ち的に消去されたのである。その理由を、朱雀は、気位もあり、将来性もあるのだが、「まだ年いと若く」「軽びたる」身分だと判断しているのである。文中に「異なるおぼえ」とあるように、結果的には世間で声望のある人、つまり准太上天皇である弟光源氏に降嫁は落ち着くことが、朱雀にも予想されているのだが、その結論に至る道程として、候補者を自己納得的に一人一人を候補者名簿から抹殺しておかなくてはならず、そのために尚侍朧月夜の推挙にもかかわらず、年齢的な若さと身分的な若輩性を挙げているのである。この言説が朱雀の内話文である限り、自己説得的であり、朱雀の主観的な価値評価であることは免れないのだが、逆に言えば、恣意的で主観的に、柏木は若年だが将来性に溢れていると勝手に判断して、柏木に降嫁させることも可能なのであって、それを配慮すると、朱雀の判断には、別な理由があったはずなのである。

というのは、引用した心中思惟の詞は、

〈いますこしものをも思ひ知りたまふほどまで見過ぐさんとこそは、年ごろ念じつるを、深き本意も遂げずなりぬべき心地のするに思ひもよほされてなん。かの六条の大殿は、げに、さりとももののの心えて、うしろやすき方はこよなかりなんを……〉(4)—二八)

という文から始まるからである。朱雀は、女三宮が分別のできる年齢ではなく、彼女を嚮導してくれるような男性を婿としたいと思っているのである。それには光源氏が相応しく、柏木の若年性や身分的低劣さは、女三宮の幼稚さを補ってくれないと主観的に判断したのである。稚拙であるために柏木には女三宮を庇護する資格がないと、内話文によって、朱雀は外部の観察から主観的に判断したのである。柏木自体が有する諸属性から評価されたものではないのである。かえって、女三宮の稚拙さという、他者の属性によって、彼は婿候補者から外されたのである。この女三宮彼の運命は、始発において、皮肉なことに女三宮によって決定されていたのである。この女三宮が原因で、女三宮の婿候補から外され、それが柏木の潜在的な欲望を形成し、遂には密通事件に至るという、この逆説の面白さを読み取らないと、源氏物語第二部の叙述の意味は分からないのである。源氏物語第二部の読み方は、第一部の読みと、方法・視点・技法などにおいて、差異化させる必要があるのである。

このように、柏木は、従来のように表層のみを理解する、外部の眼差しから捉えようとしても、その真の姿を現象させせない。祖父左大臣の分析で示唆したように、〈他者〉が形成する柏木の無意識的なものを、柏木を取り巻く複数の他者を、さまざまに配慮に入れながら、内部から克明に分析する以外に方法はないのである。その場合、無意識とは、意識することができない〈他者〉のことなのであって、しかも、その無意識を形成する他者は、言うまでもなく多義的で複数なのである。なお、他者という術語を使用せずに社会という用語を用いるべきだとする批判が、この論に向けて述べられるかもしれない。しかし、社会という抽象的な一般概念ではなく、他者という用語を使用するのは、具体的な個々の固有な出会いを、この論文では重要視したいと思っているからである。他者とは、隔たりを伴った具体的な実存のことなのである。物語文学とは、具体性を伴った言説そのものであり、その個々の精緻なテクストの言葉を分析できなければ、批評や研究は成立しないのである。文学における他者分析・言説分析の可能性は、この〈具体性〉・〈固有性〉にこそあると言えるだろう。

ここで父頭中将についても言及しなければならないだろう。その父・息子関係については、若菜巻以前では物語上での表出は僅かである。ただ、父の意向を汲もうとする意欲は表現の上で読み取れるだろう。父内大臣の外腹の娘である近江の君を尋ね出したのは彼であるし、夕霧と雲居雁の結婚式を差配したのも彼である。父の意を汲む、父に忠実な息子という表象が表面では与えられているのであるが、近江の君の滑稽譚が示唆しているように、その忠誠心には疑問符を付ける必要がありそうである。孝という忠実さが過剰であるが故に、滑稽さが生成されるのであるが、過剰とは、時には、批判・抵抗・拮抗の別名でもあるのである。

後に克明に分析することになるだろうが、柏木巻の冒頭部分には柏木の内話文の形式で、長文の〈述懐〉が掲載されている。その場面の後半に次のような記事がある。

この聖も、丈高やかに、まぶしつべたましくて、荒らかにおどろおどろしく陀羅尼読むを、「いであな憎や。罪の深き身にやあらむ、陀羅尼の声高きはいとけ恐ろしくて、いよいよ死ぬべくこそおぼゆれ」とて、やをらすべり出でて、この侍従と語らひたまふ。(4)—二八三〜四)

あまり気づかれていない記事ではあるが、この聖というのは、父大臣が柏木の心労を治療するために呼び集めた葛城山の行者たちで、彼らの物の怪調伏の声で「死ぬべくこそおぼゆれ」と発話していることは、父が無理解で修験者の陀羅尼を読む声が騒々しく、かえって悩みを増すので、それを避けて、女三宮との取持ち役である小侍従に会いに出かけたことを意味しているのである。このことは、大臣が息子に対してその内面を理解していないことを示唆し、さらに却って息子の邪魔になるようなお節介をしていると、柏木が感じていることを指示している。この無理解な節介が、小侍従という女三宮を背景とする人物に頼るという行為を生むことになるのであって、ここには、父親に対する反撥・反抗つまり柏木のエディプス・コンプレックスが語られているのである。父親に対する反抗が、柏木の深層に深く潜在していたのである。柏木の無意識を形成している他者は、この例でも理解できるように、物語の表層的な言説を分析的に考察することで、かろうじて解釈できるものに属しているのである。

祖父左大臣との対比で言えば、「左大臣―大宮」と「頭中将―四の君（右大臣の娘）」との相違にしか過ぎないのだが、母が王家統ではないという一点が、祖父や光源氏と頭中将との差異を生じているのだと、柏木は内面では感じ、その思いが、こうした行為を通じて表出されているのである。彼のエディプス・コンプレックスは、直截には物語の叙述として表出されていないのだが、柏木の物語に深く潜在するものとして読み取らなくてはならないだろう。

その背景には、光源氏の頭中将に対する絶対的な優位性があり、それが父に対する反撥を生み出しているのだが、源氏に対する対抗心は、玉鬘に対して近江の君を尋ねだすという第一部常夏巻から既に語られていた。それが第二部若菜上巻に至ると、女三宮降嫁が実行され、唐猫による垣間見の後では、

「……」など戯れたまふ御さまの、にほひやかにきよらなるを見たてまつるにも、〈かかる人に並びて、いかばかりのことにか心を移す人はものしたまはん。何ごとにつけてか、《あはれ》と見ゆるしたまふばかりはなびかしきこゆべき〉と思ひめぐらすに、いとどこよなく御あたりはるかなるべき身のほども思ひ知らるれば、

胸のみふたがりてまかでたまひぬ。(4)―一三六～七)

と記されているような心境になるのであって、光源氏の高貴さや准太上天皇という地位などについては既に叙述されているので言及しないが、魅惑されてしまった女三宮という他者を媒介として、〈……《あはれ》と見ゆるしたまふばかりはなびかしきこゆべき〉と思索した時、柏木に生じた「胸のみふたが」ってしまう、「身のほど」という陰鬱な認識には注目すべきであろう。「身の程」という貴族社会では重要な意味を果す語彙は、源氏物語の批評や研究では、明石君を飾る基幹的な言葉のように理解されて、論考も多いのだが、柏木も〈身の程〉で苦悶する人物の一人なのである。この言葉は、身分を意味しているように一般的には理解されているが、身の上や生れあるいは氏素性などまでをも想像させるもので、ここでは光源氏と対照化して、比較しながら自己を認識しているので、皇族＝源氏＝王家統ではないという、生まれ＝出自＝門地＝血の問題に及んでいて、自己の努力では仮にも絶対に変更することのできないものを悟ったと、読めるのではないだろうか。血筋に目覚め、王家統ではない出自を、対自的に意識化したのである。そして、この〈身の程〉こそが、柏木物語の主題の中軸となるのである。

貴族社会は、この〈生れ〉という個人の努力では変革不可能な絶望を、底辺に常に抱えている、歴史的状況の上に成立している社会なのであって、柏木は無意識的ではあろうが、この貴族社会が抱えている根源的な矛盾にまで、到達したのである。源氏物語第二部では、テクストは自覚的な表層の表出はしてはいないのだが、このように古代後期＝平安朝の摂関政治＝王朝国家という、歴史的社会的状況の根源的な矛盾にまで、測鉛を降ろしていたのである。文学は、日常的な世界から遥かに離陸した狂気であるが故に、逆にこのように時代・状況の根源を明晰化できる方法なのである。だからこそ、「まかでたまひぬ」とあるように、退出し、柏木は敗退の絶望に浸らざるをえなかったのである。

准太上天皇という一世の源氏である光と、藤原氏の長者になれたとしても、空虚ではあるが天皇という権力の幻影的な中枢には、絶対に立つことができないだろうという、自己との差異は大きく、その深淵は跨ぐことができないという事実に、絶望的に気づいた時に、唯一それを打開できる可能性は、光源氏の妻を奪うことなのである。皇族という血の上での貴種の仲間に入る手段は、密通によって貴種の中に自分の種を密かに播くことなのである。密通によって、源氏・皇族に播種するという、源氏物語第二部の中核となる主題が、ここに誕生したのである。

既に、女三宮垣間見以前に、柏木は、女三宮を諦めきることができず、降嫁後も、

衛門督の君も、院に常に参り、親しくさぶらひ馴れたまひし人なれば、この宮を父帝のかしづきあがめたてまつりたまひし御心おきてなどくはしく見たてまつりおきて、さまざまの御定めありしころほひより聞こえ寄り、院にもめざましとは思しのたまはせずと聞きしを、かく異ざまになりたまへるは、いと口惜しく胸いたき心地すれば、なほえ思ひ離れず。そのをりより語らひつきにける女房のたよりに、御ありさまなども聞き伝ふるを慰めに思ふぞはかなかりける。「対の上の御けはひには、なほ圧されたまひてなん」と、世人もまねび伝ふるを聞きては、「かたじけなくとも、さるものは思はせたてまつらざらまし。げにたぐひなき御身にこそあたらざらめ」と、常にこの小侍従といふ御乳主をも、言ひはげまして、〈世の中定めなきを、大殿の君もとより本意ありて思しおきてたる方におもむきたまはば〉と、たゆみなく思ひ歩きけり。(4)—一二七～八)

とあるごとく、光源氏が出家の本懐を遂げたならば、自分が女三宮と結婚しようと隙を窺っていたのではあるが、しかし、そうした心境は、密通という禁忌違犯には想像が及んではいなかったのである。だが、生れという自己の努力では絶対に到達できない深淵にぶち当たった時、それを越えて踏み出すためには、〈もののまぎれ〉という手段しかなかったのである。つまり、柏木・女三宮密通事件とは、貴族社会の根源に測鉛を降下させた、貴族社会の

根拠の矛盾に疑問を投げかけているものなのである。将門たちのように貴族社会を反乱によって転覆することなどは、彼は想像さえしなかっただろうが、柏木は、血によって支えられた不条理な貴族社会に、抵抗し、挫折し、斃死していった、悲哀を背負った悲劇的な登場人物なのである。そして、この挫折し、敗北していった反抗者の悲哀を漂わせた影を、柏木の後姿に見ることが、源氏物語第二部を読むことなのである。

第二部が、この眼差しを根底に抱えていることは忘却してはならないだろう。源氏物語第二部の中核となる主題とは、この貴族社会が抱えている根源的な矛盾に眼差しを向けたことなのである。既に先駆的に源氏物語の第一部の中核となる主題が、〈王権〉＝天皇制＝「一部の大事」＝藤壺事件であることは、諸論文・諸著などの著述で明晰化し、さらに多くの研究者たちの論文・著作がこれを深化・展開しているが、第二部はその主題を継承しながら、貴族社会の根源的矛盾までに眼差しを降ろし、階層・階級的などの集団・群集・集合ではなく、個的で個人的な反抗ではあるものの、また、柏木自身は、自己も藤原氏という貴族・貴種であることに気づいていない側面はあるものの、女三宮事件を通じて、貴族社会が根源的に矛盾を抱えていることを明確に描いていたのであって、第二部の核となる主題は、この貴族社会が抱えている矛盾に、またその不条理な暗黒の深部にまで、測鉛を降下し、それに対する反抗と挫折を、柏木を通じて描出したことなのである。

つまり、第二部は第一部の主題を鮮明に継承し、さらに徹底して、貴族社会の根底に疑問符を付けるまでに、物語の方法を、〈書くこと〉を通じて展開していったのである。源氏物語第二部の前半部分は、若年期の反抗と挫折を、女三宮事件という貴種への播種という密通を描くことで、貴族社会の根拠まで批判的に凝視していたのである。准太上天皇である光源氏の妻皇女女三宮と密通し、薫という人物の播種をするという行為は、貴族社会に対する根源的な反抗・抵抗であり、それ故に、柏木は、挫折・敗北し、死という刻印のある絶望に浸ることになるのである。

実態は、詳細については、資料的な限界もあり、歴史分析の上では判明していない側面はあるものの、貴族社会とは、貴種という〈血統〉の幻想を保有することで、かろうじて成立している社会なのであって、柏木は、その幻影に向かって疑問を投げかけていたのである。

つまり、源氏物語は、第一部から第二部に移行することで、その主題性を法から制度に、社会的な禁忌から国家の根拠へと、その眼差しを移動させ、個的な王権への禁忌違犯から、制度という共同体によって体制化されているものに、疑問を投げかけ始めたのである。もちろん、この視座の移転は、単なる主題性に留まらず、文学の方法にも及んで行くことになるはずである。

ところで、六条院での蹴鞠と垣間見場面以前に、女三宮の乳母子である小侍従がこの場面に登場していることは注目すべきである。小侍従を、柏木は最初のうちは、光源氏が出家もしくは死去した際に、女三宮との婚姻の依頼に利用しようとして、柏木の乳母である伯母との血縁関係を巧みに利用し、（召人であったためか）頼りにして、連絡をとり、逢瀬を求めて責めたてたのだが、その彼女が、後には、紫上が発病し六条院が閑散とした際には、柏木を手引きし、それが密通事件に進展するのであって、道化者小侍従の持つ役割の変化が、柏木の内面の変質と照応しているからである。登場人物小侍従は、単なる道化・トリックスターとしての手引き者ばかりでなく、柏木の心理の変遷を象徴しているのである。第二部に至ると女房階層の役割が重要な意味を帯びることは、既に何度も言及してきたが、ここでもその現象が起きているのである。と同時に、小侍従という外部としての他者は、柏木の内部でもあることを、「依頼者→手引き」の役割変化に読み取っておくべきであろう。また、彼女の母乳母は、物語や当時の歴史的な資料から、女三宮に仕える女房たちの頭の一人として、女三宮に近侍する、中心的な役割を果していた人物として見てよいであろう。この女性がいたからこそ、小侍従の活躍が描かれることになったのである。

なお、その場面には、「世人」の「対の上の御けはひには、なほ圧されたまひてなん」という紫上と女三宮との威勢比べの世間の噂が、記されていることにも注目しておくべきだろう。その「世人」の風評にもかかわらず、柏木は、権威ある皇族の女性と結婚したいという情念から、〈かたじけなくとも、さるものは思はせたてまつらざらまし。げにたぐひなき御身にこそあたらざらめ〉と、世間の世評という常識的な認識に逆らって、女三宮への恋慕の情を高め、小侍従を責めるのであって、この常識に対する、過去の自己の情念・感性に忠実な、批判精神・抵抗精神も、柏木理解には喪失してはならない眼差しなのである。後にも触れるが、彼は、意外にも、自分の実体験した感覚的な信念を守り、その感性を、世間の常識に逆らっても、世間との隔てを置くことで、断固として自己の情念を保守しようとする人物でもあるのである。この性格は、柏木の人物論などを展開する際には、忘れてはならないものである。

六条院の花散里の居所である丑寅の町＝東北の町における近侍の若者たちの蹴鞠や、それが光源氏の住む辰巳の町の寝殿の東面の遣水のある広場に移行して、猫によって御簾が引き開けられ、夕霧と柏木が女三宮を垣間見する場面は、既に多数の論文があり、蹴鞠の場の樹木があの世と連結していることや、桜の役割や、「乱れ」という言葉の多用などについては、言及するのは避けよう。ただ、夕霧の冷静さを失わない心内語との対比の上で、

宰相の君は、よろづの罪をもをさをさたどられず、おぼえぬ物の隙より、ほのかにも、それと見たてまつりつるにも、〈わが昔よりの心ざしのしるしあるべきにや〉と契りうれしき心地して、飽かずのみおぼゆ。(4)―一三六)

と柏木の心中思惟の詞が描出されている個所だけを、若干異なった視点から分析しておくことにしたい。蹴鞠の際の垣間見の場面で、描き出されているのは、

ましてさばかり心をしめたる衛門督は、胸ふとふたがりて、〈誰ばかりにかはあらん、ここらの中にしるき袿姿よりも人に紛るべくもあらざりつる御けはひ〉など、心にかかりておぼゆ。さらぬ顔にもてなしたれど、〈まさに目とどめじや〉と大将はいとほしく思さる。わりなき心地の慰めに、猫を招き寄せてかき抱きたれば、いとかうばしくてらうたげにうちなくもなつかしく思ひよそへらるるぞ、すきずきしや。(4)—一三四)

という描写で、主として夕霧大将の目から表出され、柏木は女三宮の「けはひ」を確認したのにすぎないのであって、その「けはひ」は、実は、その前の場面では、

几帳の際すこし入りたるほどに、袿姿にて立ちたまへる人あり。階より西の二の間の東のそばなれば、紛れどころもなくあらはに見入れらる。紅梅にやあらむ、濃き薄きすぎすぎにあまた重なりたるけぢめ華やかに、草子のつまのやうに見えて、桜の織物の細長なるべし。御髪の裾までけざやかに見ゆるは、糸をよりかけたるやうになびきて、裾のふさやかにそがれたる、いとうつくしげにて、七八寸ばかりぞあまりたまへる。御衣の裾がちに、いと細くささやかにて、姿つき、髪のかかりたまへるそばめ、いひ知らずあてにらうたげなり。夕影なれば、さやかならず奥暗き心地するも、いと飽かず口惜し。鞠に身をなぐる若君達の、花の散るを惜しみもあへぬけしきどもを見るとて、人々、あらはをふともえ見つけぬなるべし。猫のいたくなけば、見返りたまへる面もちもてなしなど〈いとおいらかにて、若くうつくしの人や〉とふと見えたり。(4)—一三二〜三)

と克明に書いてあったのである。場面が誰の視線から把握されているのか明確には述べられていないのだが、場面末の〈いとおいらかにて、若くうつくしの人や〉という内話文は、柏木のものらしいので、場面中の疑問文も含めて傍線を付した、この〈垣間見〉場面の、自由間接言説を柏木の視点から叙述されている言説と解釈しておくと、「けはひ」「ほのかに」と書いてあったその内実が、意外に細かな観察であったことが分る。垣間見場面の特性であ

る詳細まで見過ごさないように注視している柏木の姿が想像される場面である。このような細部にいたるまでの観察をしていながら、その総括の場面では「ほのかに」と述べなくてはならない所に、柏木の時間経過に伴う感情の変化が窺えるのだが、この心情の変質が、柏木の女三宮に対する情念を形成していることは言うまでもないことだろう。更に、克明に、見、観察し、逢いたいという邪な欲望が、無意識的に生成している様子が読み取れるのである。

しかも、その欲望のために盲目であるがゆえに、「よろづの罪をもをさをさたどられず」とあるように、女三宮や彼女付の女房たちの配慮なさや慎重を欠いた行動などが眼中にないのであって、「〈わが昔よりの心ざしのしるしあるべきにや〉と契りうれしき心地して、飽かずのみおぼゆ」と記されているごとく、「わが昔よりの心ざしのしるし」と主観的に呪的に解釈してしまうのであって、文中には「昔」とあるが、過去から思慕してきたその思いは、未来においては実現するのではないかという希望へと高まっていたのである。希望というより、この内話文で叙述されている柏木の願望は、物語の進展から言えば、〈予言〉の機能を果していると述べた方がよいだろう。この心中思惟の詞が実現化して行く呪的過程が、これからの物語展開なのである。遺言などと共に、桐壺巻の高麗の相人の予言のように、〈予告〉は物語展開において重要な意義を果しており、この内話文もその予言の一つとして、その役割を評価すべきであろう。

柏木は猫を女三宮の形代として招き寄せて抱く。中西紀子が『源氏物語の姫君―遊ぶ少女期―』の「女三宮―行動しない姫君」で述べているように、典拠や準拠などがあり、裳着の場面でもそうだが、「唐猫」のように、女三宮は「唐」で飾られている。しかも、この形代は、紫上のように光源氏の思念的な観念ではなく、しかも、野獣や家畜ではない、愛玩動物として実体を伴っていることにも注目すべきであろう。だからこそ「招き寄せてかき抱き」しめることができ、「いとかうばしくて」という嗅覚的反応も喚起することができたのである。感覚とは、対象としての実体を伴わなくてはならないのである。

抱きしめ、撫ぜ、愛撫し、その香りに歓喜する、至高のエロスを与えるためには、「唐猫」という愛玩動物の小道具が是非必要だったのである。まがい物＝偽者だからこそ、柏木のエロス的な欲望を高揚させたのである。だからこそ、この陶酔のエロスに耽溺している柏木を、語り手は、草子地で「すきずきしや」と嘲笑し、揶揄しているのである。代補的な恋慕にひたむきで、周囲の状況を直視できない柏木を、語り手は、愚弄しているのであるが、同時に、この言説は、語り手たちが、予想できない物語展開がこれから惹起されることを告げる文だとも言えるだろう。柏木の内面は、「すきずきしや」という把握で表現できない、潜在的な泥濘となった欲望が疼いているのである。その欲望は、「すきずきし」という語り手の認定を遥かに越えて、〈もののまぎれ〉へと方向を志向しているのである。ここでもまた、語り手は、登場人物の内面を例のように誤読しているのである。

ところで、〈他者〉という点を配慮に入れた際に忘れてはならないのは、夕霧であろう。既に第二章の「若菜上巻冒頭場面の光源氏の欲望─望蜀、あるいは光源氏における藤壺という幻影─」という論文でも言及しておいたように、朱雀は、女三宮の降嫁を、まず夕霧に仄めかし、打診している。朱雀の内話文中で柏木が婿候補となり、打ち消されたのはその後のことなのである。これからも理解されるように、柏木は、夕霧という他者の欲望を常に意識し、模倣しているのである。六条院での垣間見でも同様で、傍らに夕霧がいて、彼も女三宮の姿を覗き見したからこそ、彼に対抗して、垣間見↓性的関係という女三宮への情念を昂ぶらせたのである。柏木の欲望は、常に他者の欲望の模倣によって形成されているのである。夕霧という同胞・友人は、実は、同時に潜在的な対抗者でもあったのである。なお、夕霧が婿の第一候補者であったことや、朱雀の内話文で柏木が見せ消し的に候補者名簿から外された事などは、黒子的に脇に侍っていた女房から間接的に聞いたはずで、第二部では、常に中心人物の傍らにいた、女房たちを、読みでは配慮しなければならないのである。

蹴鞠の日から六年後に、〈物の怪〉が憑依したらしく、紫上は発病する。その場面の冒頭部分には、

対には、例のおはしまさぬ夜は、宵居したまひて、人々に物語など読ませて聞きたまふ。〈かく、世のたとひに言ひ集めたる昔語どもにも、あだなる男、色好み、二心ある人にかかづらひたる女、かやうなる事を言ひ集めたるにも、つひによる方ありてこそあめれ、あやしく浮きても過ぐしつるありさまかな。げに、のたまひつるやうに、人よりことなる宿世もありける身ながら、人の忍びがたく飽かぬことにするもの思ひ離れぬ身にてややみなむとすらん。あぢきなくもあるかな〉など、思ひつづけて、夜更けて大殿籠りぬる暁方より御胸を悩みたまふ。(4)—二〇三

という文章が記されている。「胸を悩みたまふ」という文で紫上の発病を告げているのだが、問題化したいのは、場面中に掲載されている彼女の内話文である。この紫上の述懐についても諸論文があるのだが、それとは異なった視座から言うと、女房たちが音読していた物語を聞いて、彼女が思惟した内話文では、二人が過ごした半生があるにもかかわらず、源氏と藤壺との〈形代/ゆかり〉という関係に、紫上は「物語」を聞いていながら、未だ全く気づいていないのである。違和感のように「もの思ひ」はあるのだが、その原因にまで追求することができず、「宿世」という当時の貴族社会の常識的な宗教的観念に逃避してしまっているのである。

紫上が、自分が形代であり、光源氏が自分の背後に常に藤壺の翳を見ているということに気づいていないことは当然なのだが、これまでの論文が述べてきたように、この自己同一性の欠落している実存は女三宮も同様なのである。つまり、無自覚的幼稚さという対照はあるものの、女三宮と紫上の実存には差異がないのである。しかし、

「やみなむ」という二人の物語の結末は、「もの思ひ」と密通・不義の子の誕生という、対照的な終末になるのであって、この述懐が、従来の研究のように源氏物語が到達した結論とは言えないのではないだろうか。後に分析するように、女三宮は、意外にも、紫上とは異なり、当時の「宿世」という時代風潮であったらしい信仰的な観念に逃避することなく、自己の生涯を自力で開墾・凝視して行く、〈主体的〉な人物なのである。

女三宮の分析に着手するのは後のこととして、再び柏木に回帰すると、紫上が発病し、三月には彼女が自宅だと想定している二条院に転居する。その騒動で六条院が閑散となっている隙間を突いて、〈もののまぎれ〉という第二部を象徴する事件が惹起・喚起されることになる。女三宮事件は、紫上と無関係ではなく、「病」と「密通」という対照として描かれ、それは四十歳を迎えてしまった光源氏の、衰退しつつある姿を現象・象徴させることでもあると言ってよいだろう。光源氏は、「若菜」という四十歳の賀算を迎えることになっていたのである。第一部の物語展開を読んでも、彼は馬齢を重ねてはいないのだが、衰微の気配・兆候は拒みようもなく、密かに忍び寄っているのである。

若菜下巻のその密通場面は、

まことや、衛門督は中納言になりにきかし。今の御世には、いと親しく思されて、いと時の人なり。身のおぼえまさるにつけても、思ふことのかなはぬ愁はしさを思ひわびて、この宮の御姉の二の宮をなむ得たてまつりてける。下﨟の更衣腹におはしましければ、心やすき方まじりて思ひきこえたまへり。人柄も、なべての人に思ひなずらふれば、けはひこよなくおはすれど、もとよりしみにし方こそなほ深かりけれ、慰めがたき姨捨にて、人目にとがめらるまじきばかりに、もてなしきこえたまへり。(4)—二〇八)

と始まる。それほど重要な個所ではないと思われるのだが、柏木の性格を示唆しているので若干分析しておくことにしよう。「まことや」という冒頭語を読むと、この言葉が話題を転換させていることが分かると同時に、語り手とは遠く離れている出来事を後に聞いて語っている様相が分かる。一般に「紫のゆかり」と名付けられている、紫上付きの女房たちであった語り手は、女三宮事件を見聞する立場ではなく、後に女三宮付の女房の一人から間接的に知ったことを、「まことや」という冒頭の言葉は示唆しているのである。それは文末の「かし」という、推量の意が込められているらしい、念を押す終助詞が用いられていることからも分かるだろう。

柏木は、六年も経つと、中納言（以前からの衛門督は兼任している。検非違使の別当でもあったのだろう）という公卿の中枢に位置していたのである。しかも、天皇の信任を集めていたのである。帝の近臣・近習として、権勢を誇っていたのであろう。この柏木の政治的な立場も、女三宮事件の背景として忘れてはならないのである。出世すれば、彼は公卿社会の権力の中核である大臣・摂関へと昇進するだろう位置にあり、天皇の信任もあり、その最短コースにあったのである。衛門督という殿上人（但し、参議ではあった）で、朱雀に〈位などいますこしものめかしきほどになりなば〉と思惟されるようなことが起こらなかったならば、事件は夢想の範囲に留まったのだろうが、公卿になった現在では、その権威を更に装飾するために、皇女女三宮との関係を何らかの表象で、実現化しなければならないのである。「今の御世」「時の人」という表現が、それをよく表していると言えよう。

「思ふことのかなはぬ愁はしさ」は、女三宮思慕を、常に内部では抱えていることを意味しているのだが、六年間も執念深く柏木の情熱を支えた背景が気になる。既に、皇女に対する憧憬については、左大臣・頭中将・光源氏・夕霧という他者を通過することで形成されていることの一端については考察したが、これからの分析でも深化するはずである。身分は高くなったのだが、既に六年間も女三宮は光源氏の正妻であり、彼女を思慕するその禁忌を犯したいという意識が、「愁はしさ」として残留し、柏木を感覚の上で脅迫していたのである。「うれはし」は他者を必要とする語で、つらく悲しい思いを人に訴えたいのだが、それが不可能であることを意味している。だが、彼には対等にその思いを愁訴する、他者がいないのである。友人夕霧はいるのだが、彼は光源氏の子息で、禁忌違犯に通じることなどを語る相手ではないのである。

柏木は常に「形代／ゆかり」を求める人物として設定されている。唐猫と同様に、形代として女三宮の姉の二の宮（落葉の宮）と結婚しているのである。その場合「下﨟の更衣腹におはしましければ」という記事が問題である。彼は、身分・地位つまり「身の程」に拘泥しているのである。公卿の末端に据えられた今、その先端の中枢に上昇するためには、高貴な皇女と交際する必要があると夢想したのであろう。しかも、「人目にとがめらるまじきばかりに、もてなしきこえたまへり」という文を読むと、他者の眼を強く意識しているのである。とするならば、他者の眼を考慮して、公的に女三宮と婚姻関係にあることが必要なのだが、光源氏は現に生存しているのである。この皇女との公的な婚姻という〈願望〉と、それが不可能であることの〈絶望〉という矛盾が、柏木を〈もののまぎれ〉という女三宮事件に駆り立てることになるのである。柏木にとって、〈もののまぎれ〉とは、矛盾した両義性を担った行為・行動であり、その背反した感覚を解決できる唯一の方法なのである。

場面は、移動する。まず、

なほ、かの下の心忘られず。小侍従といふかたらひ人は、宮の御侍従の乳母のむすめなりけり。その乳母の姉ぞ、かの督の君の御乳母なりければ、早くよりけ近く聞きたてまつりて、まだ宮幼くおはしまし時より、いときよらになむおはします。帝のかしづきたてまつりたまふさまなど、聞きおきたてまつりて、かかる思ひもつきそめたるなりけり。(4)―二〇九）

と、小侍従の素性の紹介をして、柏木との関係を述べ、柏木が小侍従から女三宮についての情報を幼い頃の様子から聞き及んでいたことを、始めて語る。柏木は、女三宮に対する情報を得ていなかったのではなく、小侍従を通じて、「きよら」な様子などを聞いていたのである。女三宮に憧憬する理由は、上巻には書かれていなかったのだが、確かにあったのである。

だが、この情報は小侍従を通過したもので、光源氏などが直接に女三宮と接触して得た感覚と全く違ったものであるらしい。小侍従は、自分が女三宮の乳母子であるという地位から、また、柏木が高位にある男性であるため、欠陥などは一つも伝えずに、高貴な女性であるという賛美だけを語っていたのである。その乳母子という発話者の社交辞令に柏木は気づくことなく、観念的に女三宮を理想の女に仕立てていたのである。乳母子の貴族社会における位置・地位・立場による、発話のずれ・おもねり・おべっかなどによる、情報の錯綜・誤伝なども、第二部の主題の一つであることは言うまでもない。なお、小侍従も、唐猫・女二の宮と同様に、女三宮と同年代であるという条件も加わり、女三宮の「形代／ゆかり」なのである。源氏物語特に柏木など第二部の登場人物に対しては、この「形代／ゆかり」という眼差しを、常に読者は忘れてはいけないだろう。第二部以後は、浮舟が象徴的なように、「形代／ゆかり」が、叙述の上に散在化されているのである。

柏木は、女三宮を忘れることができず、小侍従を責め、説得し、彼女の手引きで女三宮に近付く。その脅迫に近い説得の様子を詳細に分析すべきであろうが、場面が長文であるため、省略しなければならないだろう。しかし、いくつかの引用を避けて通るわけには行かず、簡単に論を展開し、柏木という実存の一端を明晰化しておくことにする。場面は、

かくて、院も離れおはしますほど、人目少なくしめやかならむを推しはかりて、小侍従を迎へとりつつ、いみじう語らふ。(4)―二〇九)

という文章ではじまる。六条院が閑散としている折を狙って、小侍従を柏木の自邸に呼び寄せたのである。その際の二人の駆引きや交渉・説得などは、意外に熾烈なのだが、ここでは、引用した文章に続いて、柏木の会話文として、

「昔より、かく命もたふまじく思ふことを、かかる親しきよすがありて、御ありさまを聞き伝へ、たへぬ心のほどをも聞こしめさせて頼もしきに、さらにそのしるしのなければ、いみじくなんつらき。院の上だに、かくあまたにかけかけしくて、人に圧されたまふやうにて、「独り大殿籠る夜な夜な多く、つれづれにて過ぐしたまふなりけれ」など人の奏しけるついでにも、すこし悔い思したる御気色にて、「同じくは、ただ人の心やすき後身を定めむには、まめやかに仕うまつるべき人をこそ定むべかりけれ」とのたまはせて、「女二の宮のなかなかうしろやすく、行く末ながきさまにてものしたまふなること」とのたまはせけるを伝へ聞きしに、いとほしくも口惜しくも、いかが思ひ乱るる。げに、同じ御筋とは尋ねきこえしかど、それはそれとこそ思ゆるわざなりけれ」(4)―二〇九～一〇)

とか、さらには、

……うちほほ笑みて、「さこそはありけれ。宮にかたじけなく聞こえさせ及びけるさまは、院にも内裏にも聞こしめしけり。「などてかは、さてもさぶらはざらまし」となむ事のついでにはのたまはせける。いでや、ただ、いますこしの御いたはりあらましかば」など言へば、(4)―二一〇)

と発言している個所を採り上げることにしよう。実際の事実体験を伝えているかどうかは判明しないものの、発話には、朱雀や今上の権威を使って小侍従を納得させようとしている傾向が見られるのである。自分は「まめやか」であるとか、女二の宮の世話を夫として誠実に勤めており、その例から分かるように、自分の方が、光源氏に比べ

て、女三宮の婿に相応しかったことを匂わせたり、婿になれなかったのは小侍従の努力が足りなかったのだと、逆に彼女に責任を預けたり、目覚しい説得を試みているのであって、そのせいか、彼女は、場面末に、

……しばしこそ、いとあるまじきことに言ひ返しけれ、もの深からぬ若人は、人のかく身にかへていみじく思ひのたまふを、えいなびはてて、「もしさりぬべき隙あらばたばかりはべらむ。院のおはしまさぬ夜は、御帳のめぐりに人多くさぶらうて、御座のほとりに、さるべき人必ずさぶらひたまへば、いかなるをりをかは、隙を見つけはべるべからむ」と、わびつつ参りぬ。(4)—二一三)

とあるように、「たばかり」を約束してしまうのである。弄花抄に「小侍従が心ちとゆるびたる性、女宮のためあしき事也」とあるように、無人な隙を見つけて案内するという「あしき事」を、柏木が「身にかへて」熱心に説得するので、迷惑ではあるものの確約してしまい、

「いかにいかに」と日々に責められ困じて、さるべきをりうかがひつけて、消息しおこせたり。よろこびながら、いみじくやつれ忍びておはしぬ。(4)—二一三)

とあるように、柏木を手引きしてしまうのである。若紫巻で描かれている藤壺事件で叙述されている「いかがたばかりけむ」という草子地の表現が想起され、小侍従を王命婦と比較したい気が起こる場面である。光源氏がどのように王命婦を説得したかが、〈時間の循環〉により、逆に柏木と小侍従との関係から想定されてくるのである。若紫巻では描かれてはいないが、光源氏も、王命婦に、命を賭けて熱心に説得していたのである。

「四月十余日ばかりのことなり」から始まる、柏木と女三宮との性的関係を描いた〈もののまぎれ〉の場面を克明に分析するべきなのであろうが、それは別の機会に譲ることとして、論に必要な部分だけを読んでゆくと、この柏木が、愛を訴え、哀願し、性的な関係にまで至る過程で、柏木の心的内部を窺うことのできる言葉のみを分析す

ると、次のような会話表現が長文ではあるが抽出されてくるだろう。

「数ならねど、いとかうしも思しめさるべき身とは、思ひたまへられずなむ。昔よりおほけなき心のはべりしを、ひたぶるに籠めてやみはべなましかば、心の中に朽して過ぎぬべかりけるを、なかなか漏らし聞こえさせて、院にも聞こしめされにしを、こよなくもて離れてものたまはせざりけるに、頼みをかけそめはべりて、身の数ならぬ一際に、〈人より深き心ざしをむなしくなしはべりぬること〉と動かしはべりにし心なむ、よろづ〈今はかひなきこと〉と思ひたまへ返せど、いかばかりしみはべりにけるにか、年月にそへて、口惜しくも、つらくも、むくつけくも、あはれにも、いろいろに深く思ひたまへまさるにせきかねて、かくおほけなきさまを御覧ぜられぬるも、かつはいと思ひやりなく恥づかしければ、罪重き心もさらにはべるまじ」と言ひもてゆくに……　(4)―二二五〜六)

この会話文で、柏木が女三宮に納得しようとしていることはさまざまなのだが、注目すべきは、まず、身分的に自分が劣位にあることを強調していることであろう。「数ならねど」「いとかうしも思しめさるべき身」「身の数ならぬ一際」といった言葉が、その表現なのだが、この言葉が示唆しているように、自己を卑下しながら、身分・地位の低さを強調しているのだが、人妻になっている皇女の眼前でこうした言葉を発話することは、無意識的には、柏木が生れ・出自にいかに捕われているかを意味していると言えよう。彼は、高位の皇女の相手になる資格がないことを無意識的に感じていながら、にもかかわらず恋慕を訴えかけるという、両義的な世界に引き裂かれているのである。生れ・出自・家柄・門地などに拘っている柏木の、意識していない世界が露呈している会話なのである。そしてそれは既に論じたように、第二部の主題の中核となる部分に深く関っているのである。越えることのできない生れという貴族社会の根底を、柏木は語っているのである。

次に注目すべきは、「昔よりおほけなき心のはべりしを」「人より深き心ざしを」とあるように、以前から深い恋慕の情を有していたことを強調していることである。以前に述べたように柏木は、小侍従から、女三宮について、彼女の幼少期から、会見したことはないのだが、また情報は一方的ではあるものの、多量の情報を得ていた。だから、この言葉に嘘はないのだが、このように熱情を込めて語るのは、それなりの理由があるはずである。つまり、一時の逢瀬でないことを強調していると読めるのであるが、同時に、この情念は、時流や常識に逆らった、彼自体の特性に基づいて述べられていると、読めるのである。彼は、長期に渉って一途に女三宮への思慕を保持してきたのであって、それが彼の実存の核となって固まっているのである。彼は、偏狭と言ってよい固有性に凝固した観念に憑依されて、その半生を過ごしてきたのである。そうした無意識的な固有性が露呈しているのが、この言葉で述べられているのである。身分・地位などは忘失し、一途に抱いた固有的な観念を保持し続けている人物の、その執念の深さの中に、過去の体験・観念・実感などを大切にして、自己の生活を切り開こうとする柏木の性格が窺えるのである。

更に、「朽して過ぎぬべかりけるを」「むなしくなしはべりぬること」という表現も、問題だと言ってよいだろう。自分に憑依した観念を、滅亡させてはならないという強迫観念に、柏木は苦悩しているのである。女三宮の立場から言えば、こうした片思いが消滅することは歓迎すべきことなのであるが、彼自身にとっては消失は我慢できない、耐え難いことなのである。つまり、相手の立場、他者の眼差しから自己を見ることが、表層的な側面では、柏木にはできないのである。柏木の無意識とは他者のことだと分析したが、逆に言えば、他者を意識することが柏木には全くできないのである。「罪重き心も更にはべるまじ」と言いながら、女三宮事件が起きるのも、彼が相手の立場に理解が皆無であることを示すのであって、既に、何度も言及してきたように、源氏物語第二部の主題の一側面は、この〈他者〉という問題であることを、ここでも語っているのである。

場面は、〈もののまぎれ〉に移行する。詳細に分析することなど不可能なのだが、この論文の中心課題の一つでもあるので、省略して済ますわけには行かないだろう。〈もののまぎれ〉は、長文の場面ではあるが、次のように叙述されている。

　よその思ひやりはいつくしく、もの馴れて見えたてまつらむも恥づかしく推しはかられたまふに、〈ただかばかり思ひつめたる片はし聞こえ知らせて、なかなかかけかけしき事はなくてやみなん〉と思ひしかど、いとさばかり気高う恥づかしげにはあらで、なつかしくらうたげに、やはやはとのみ見えたまふ御けはひの、あてにいみじく思ゆることぞ、人に似させたまはざりける。さかしく思ひしづむる心もうせて、〈いづちもいづちも率て隠したてまつりて、わが身も世に経るさまならず、跡絶えてやみなばや〉とまで思ひ乱れぬ。〈ただいささかまどろむ〉ともなき夢に、この手馴らしし猫のいとらうたげにうちなきて来たるを、〈この宮に奉らむ〉とて〈わが率《ゐ》て来たる〉と思しきを、〈何しに奉りつらむ〉と思ふほどに、おどろきて、〈いかに見えつるならむ〉と思ふ。

　宮は、いとあさましく、現ともおぼえたまはぬに、胸ふたがりて思しおぼほるるを、「なほ、〈かく、のがれぬ御宿世の浅からざりける〉と思ほしなせ。みづからの心ながらも、うつし心にはあらずなむおぼえはべる」。かのおぼえなかりし、御簾のつまを猫の綱ひきたりし夕のことも、聞こえ出でたり。〈げに、さはたありけむよ〉と口惜しく、契り心うき御身なりけり。院にも、〈今はいかでかは見えたてまつらむ〉と悲しく心細くていと幼げに泣きたまふを、いとかたじけなく、〈あはれ〉と見たてまつりて、人の御涙をさへのごふ袖は、いとど露けさのみまさる。(4)―二一六〜八)

研究論文の引用としては若干長文ではあるが、引用部分が〈もののまぎれ〉と言われている個所の中核である。密通の核となる性的関係の描写は、二人の姿を漆黒の世界に晦ましてしまいたいと思う柏木が、「思ひ乱れぬ」という文と、有名な猫の夢を見る間に描写されているはずだが、いつもと同様に、源氏物語では、性的な描写は省略され、読者の想像に委ねられているのである。

論旨から若干外れることになるだろうが、引用場面と藤壺事件との関連性についても論述・考証しておくことも重要だろう。引用文中に「〈いづちもいづちも率て隠したてまつりて、わが身も世に経るさまならず、跡絶えてやみなばや〉とまで思ひ乱れぬ。」という言説が記されているが、傍線を付した個所には引歌がある。有名な古今和歌集春下の小町の「花の色は移りにけりないたづらにわが身世に経るながめせしまに」という和歌を、否定的・打消し的に踏まえている文なのである。この引歌に対して日本古典文学全集第四巻の頭注では、「女である小町と同様に、自分も希望のない人生を侘びている。こうした人生を清算して、あらぬ世界で女三の宮への愛に生き甦りたい、とする刹那的な感情の高ぶり」(4)—二一七）と書いている。つまり、「あらぬ世界」という時間の無い異界の暗黒の闇の世界に、二人で逃避してしまいたいという願望が、引歌を使用しながら語られているのである。死への強い欲求・衝動が内部で生じたことが、内話文として表現されていたのである。

こうした情念は、第一部の若菜巻で描かれている藤壺事件で叙述されていた、著名な「見てもまたあふよまれなる夢の中にやがてまぎるるわが身ともがな」という和歌と、無関係ではない。既に、第一部第二章の「光源氏という〈情念〉—権力と所有あるいは源氏物語のめざしたもの—」という論文で論じ、そこで、

と同時に、この夢のような恍惚の瞬間は、「死」でもある。夢に紛れてしまうことは、日常的現実の死滅を意味している。かぐや姫の昇天が、死を示唆しているように、光源氏は、世界所有の性的陶酔の中に、自己の

死を凝視していたのである。和歌中の「やがて」が即座にの意であることは言うまでもないことだが、「夢の中にやがてまぎるるわが身ともがな」という句を読むと、光源氏は、藤壺に最終的には心中・情死を提案していたと解釈できるだろう。贈答歌による死を賭けた情死への誘惑の提唱があり、彼が、「とむせかへりたまふさまも、さすがにいみじければ」とあるように、死に憑依されているような悲惨な状況なので、藤壺はついに同情して、

　　世がたりに人や伝へんたぐひなくうき身を醒めぬ夢になしても

という返歌を詠んだのである。仮に心中したとしても、そのためにかえって「世がたり」になってしまうでしょうと、返歌の規範的文法に従って、切り返したのである。「世がたり」は、世間の語り種の意であるが、藤壺は、二人の心中を回避することで、「世がたり」になることを〈隠蔽〉したのである。と書いたように、光源氏の死への衝動が、藤壺事件＝もののまぎれを喚起したことは、既に、遥か以前の若紫巻でも叙述されていたのである。

　つまり、この女三宮事件＝もののまぎれでも、柏木に死への衝動が起きたゆえに密通が惹起されたのであって、自棄的な行為の背後に、死の向こう側には無しか存在しないと言う、絶望があったのである。引歌を打消し的に想起することで、死への暗鬱な絶望が生まれ、その衝動的に生れた感情が、女三宮を犯すという欲望に高揚し、一種の強姦にまで及ぶこととなったのである。「跡絶えてやみなばや」といった柏木の思惟を叙述している言説に、その死に対する衝動が見事に表現されていると言えよう。無謀な罪過の行為は、死という絶望を媒介にすることによって生じていたのである。

　藤壺事件でも女三宮事件でもそうだが、〈もののまぎれ〉は、死という人が体験しようとしても絶対に経験する

ことができない、存在の深淵というべき世界と密接に関連があったのである。と同時に、この源氏物語で何度か言及される中心主題には、その背後で死＝性という視点が述べられているのであって、このエロティシズムがあるからこそ、源氏物語は、文学的達成・成熟を遂げているのである。しかし、その性的な恍惚とした陶酔は、言説の上では描かれていない。だが、それが空白化されることによって、読者の想像は羽ばたくのであって、「思ひ乱れぬ」と「ただいささかまどろむともなき夢に……」という言説の間にその空白が横たわっているのである。つまり、言説の沈黙というエロティシズムが表出されているのである。源氏物語において、性愛は直截に言説化されるものではなく、空白化されるものであり、それ故に生動し、エロティシズムという文学的理念となることができているのである。しかも、そのエロティシズムは、〈死〉＝〈性〉という論理を、その背後に宿しているものなのである。

「ただいささかまどろむともなき夢に……」の段落については、既に引用した「光源氏という〈情念〉」という論文でも、独自な視点から分析している。朦朧とした表現場面であるので再言したい希望もあるのだが、避けた方が無難であろう。ただ、この場面の「まどろむともなき夢」が、先に引用した若紫巻に掲載されている藤壺の歌中に記されている「醒めぬ夢」と照応していることや、「猫」が形代であることや、猫の夢が異類婚姻譚的なイメージを伴って、別種のエロティシズムを生成していることを強調・指摘して、次の段落の分析に移動することにしよう。「夢」もまた、〈もののまぎれ〉であることを示す指標の一つなのである。

なお、この〈もののまぎれ〉が、「夢」という語と関係していることは、後期物語まで及んでいる。例えば、平安朝晩期の『とりかへばや』といったテクストでも、宰相中将と四の君の密通場面では、「夢」あるいは「現」の語が使用されているのである。これは、伊勢物語六十九段の所謂「狩の使」章段を出発点として形成された表象らしく、女の、

君や来しわれやゆきけむおもほえず夢かうつつか寝てかさめてか

とか、男の、

かきくらす心のやみにまどひにき夢うつつとは今宵さだめよ

という和歌を原風景としているからららしいのである。また、その伊勢物語中の「かきくらす心のやみにまどひにき」という和歌の文から、暗黒の闇の中での方向さえ分からない、死のイメージが誕生したのであろう。つまり、この六十九段を一歩踏み出すことによって、源氏物語は、〈死〉＝〈性〉というエロティシズムを、表出することが出来たのである。だが、その一歩の間には、落下するかもしれない深淵が、開口していたはずである。

恍惚とした陶酔の後には、反省と慰撫と後悔が訪れる。宮の茫然とした様子を表現している、「宮は、いとあさましく……」という段落に移るのである。柏木は常套的な慰撫を行い、「のがれぬ御宿世」だと、女三宮を説得する。自分でさえ正気の沙汰ではなく、狂気のようなものに憑依されていた状態であったと、説得するのである。更に、あの遥か以前の猫によって御簾が開き彼女を垣間見したことまで語り、この契りが運命的なものであったことを納得させようとしているのである。年月が経ても憧憬し続けた情熱を語ることで、密通したことを宿命化し、必然化しようとしたのである。女三宮は、〈げに、さはたありけむよ〉という成熟した彼女の内話文が示すように、強姦された理由・出発点にようやく合点し、結婚直後の、若い頃の軽はずみな〈垣間見〉されていたという行動を、今に至って反省しているのである。後に言及することになるが、この女三宮の密通の原点が〈垣間見〉であったという認識は、彼女の主体を考察する上では重要な意味を持つことになるだろう。

徐々に落ち着いてきた女三宮は、夫光源氏を想起し、涕涙に咽ぶのだが、その際にも若紫巻で描かれていた藤壺事件との対照を試みるべきであろう。藤壺は冷静に「世がたりに……」という和歌を詠じているように、鎮静してもののまぎれに対処しているのだが、それに対して、若菜下巻では、落涙を描写することで、なおも幼稚さが残っている女三宮を強調しているのである。涙が露に比喩されることは、古代後期では和歌的常套の常識であるが、段落末も「いとど露けさのみまさる」と終わり、自分の涙ばかりでなく、女の涕涙も拭う柏木の行為も強調されている。涙は、この段落の象徴なのである。この行動も、若紫巻の光源氏と対照化するべきだろう。もののまぎれが、涙＝露で飾られることで、女三宮事件の死に至る悲劇性が暗示されているのである。光源氏と藤壺との密通のように、隠蔽によって長編物語を紡いで行く強力な磁力を、女三宮事件は発揮することができないことを、この涙は象徴的に語っていると言うべきであろうか。

場面は続き、更に二人それぞれが密通の罪過に慄く様子や、光源氏によって柏木の文が発見され、密通が露見する場面へと移行するが、考察は回避する。ただ、手紙が発見される個所を中心に、第一部第二章の「光源氏という〈情念〉」という論文で既に言及していることは、記しておく。参照してほしい。巻を若菜下巻から柏木巻に移行させることになるのだが、柏木分析を試みるためには、この巻の冒頭に記されている柏木の〈述懐〉を無視することはできないだろう。長文であるが、引用から分析を開始したい。

衛門督の君、かくのみ悩みわたりたまふことなほおこたらで、年も返りぬ。大臣北の方、思し嘆くさまを見たてまつるに、〈強ひてかけ離れなん命かひなく、《罪重かるべきこと》を思ふ心は心として、また、あながちに、この世に離れがたく惜しみとどめまほしき身かは。いはけなかりしほどより、思ふ心ことにて、《何ごとをも人にいま一際まさらむ》と公私の事にふれて、なのめならず思ひのぼりしかど、《その心かなひがたかりけり》と、一つ二つのふしごとに、身を思ひおとしてしこなた、なべての世の中すさまじう思ひなりて、後の世の行ひに本意深くすすみにしを、親たちの御恨みを思ひて、野山にもあくがれむ道の重き絆なるべくおぼえしかば、とざまかうざまに紛らはしつつ過ぐしつるを、ついに、なほ世に立ちまふべくもおぼえぬもの思ひの一方ならず身に添ひにたるは、我より外に誰かはつらき、心づからもてそこなひつるにこそあめれ〉と思ふに、恨むべき人もなし。〈神仏をもかこたん方なきは、これみなさるべきにこそはあらめ。誰も千歳の松ならぬ世は、つひにとまるべきにもあらぬを、かく人にもすこしうち偲ばれぬべきほどにて、なげのあはれをもかけたまふ人あらむをこそは、一つ思ひに燃えぬるしるしにはせめ。せめてながらへば、おのづから、あるまじき名をも立ち、我も人も安からぬ乱れ出で来るやうもあらむよりは、《なめし》と心おいたまふらんあたりにも、さりとも思しゆるいてんかし。よろづのこと、いまはのとぢめには、みな消えぬべきわざなり。また異ざまの過ちしなければ、年ごろもののをりふしごとには、まつはしならひたまひにし方のあはれも出で来なん〉など、つれづれに思ひつづくるも、うち返しいとあぢきなし。(4)―二七九～八〇)

これが柏木巻冒頭に記されている、主として内話文による彼の長文の〈述懐〉で、心中思惟の詞の文末に記されている「など」という付加節が示しているように、彼はさまざまに煩悶しながら、こうした思いに至ったのである。先ず、大臣夫妻が柏木の病患に苦悩している様子を見て、両親に先立って死ぬ不孝を「罪重かる」と思っている。仏教では、親より先に死去することは、不孝であるので重罪と信仰されており、必ず地獄に輪廻すると考えられていたので、子供たちを守護する地蔵菩薩や子供を供養する賽の河原信仰などの宗教的通念を生んだことは言うまでもないことだろう。源氏物語では、桐壺更衣が母北の方に先立って死去しているように、桐壺巻以来この問題に言及されており、浄土信仰との関係もあり、これからの研究課題の一つである。だが、そうした現世への未練を残しておくべき、自分の身だろうかと、柏木は更に煩悶する。親への不孝はともかく、密通の極罪に悩んでいるのである。その地点から彼は今までの半生を内面的に反芻する。

「いはけなかりしほどより……」とあるように幼少の時代にまで遡り、自己を対象化し反省化するのである。自分は今まで〈何ごとをも人にいま一際まさらむ〉という望みを一途に抱いてきたと反省化し意識化するのである。文中の「際」が問題だが、ここでは身分・位・地位などの意味と理解できるだろう。続く「公私」という言葉があるのでそのように解釈されるのだが、彼は常に貴族社会の範囲内のみの生活を意識し、その中に埋没・惑溺して、出世することのみを標的にしていたのである。貴族社会の「貴」という特権性を対象化・反省化・意識化することなく、藤原氏の長者の家系であるという出自も加わり、貴族生活に耽溺していたのである。そこでは、古語辞書などに掲載されている官位相当表が象徴しているように、「表」という共同幻想の社会で、「一際」優位に登ることが目標であり、「なのめならず」とあるように、異常なほどその目標に執着していたのである。柏木にとって、いかに、〈他者〉の眼が、大きな意味を持っていたかが分かる言説である。

この憑依していた観念に疑問を抱いたのは、表面的には柏木の個人的な心情であるかのごときに、源氏物語では表出されているのではあるが、現代に生きている読者は、その個人的な固有性を突き抜けて、貴族社会という歴史への批判として、この個所を読む必要があるだろう。源氏物語第二部は、歴史の根拠にまで批評の眼差しを、〈書くこと〉によって測鉛を降下させていたのである。柏木は、王朝国家＝摂関政治という貴族社会を象徴する登場人物として、典型化されているのである。多分、柏木に、第二部の典型を読み、彼の欲望・反抗・抵抗と挫折・敗北を通じて、源氏物語が貴族社会への批判を叙述していると理解することが、源氏物語を真に解読する、現在に実存する読者の、営為でなければならないのである。

密通とそれによる光源氏の瞋恚による皮肉と怨念、女三宮事件の波紋は拡がり、死への予兆と誘惑が柏木に生じてきたのである。最初は女三宮の婿候補から外されるなど、些細なことが何度も重なり、その挫折感から社会的な死である出家を願望していたのだが、両親の嗟嘆が絆となり、それも適わずに過ごしてきたのだ。だが、それも「ついに、なほ世に立ちまふべくもおぼえぬもの思ひの一方ならず身に添」ったので、その貴族社会からの疎外感・異界への憧憬・死への衝動から、つまり死に至る病を自覚したので、生存したいという気力が喪失したと思惟しているのである。

彼が思い至った極北を想定しておこう。光もまた臣籍降下し、皇位継承の可能性はなくなっていたのだ。だが、これは読者のみが理解していることだが、光源氏は、〈もののまぎれ〉＝藤壺との密通を犯すことによって、子息である冷泉は天皇に即位し、光源氏は准太政天皇になっているのである。だが、臣下の者である柏木には、同じような密通を犯しても、天皇に即位する道は、絶対的に閉ざされているのである。

出発点は、臣籍降下と臣下で同様なのだが、また、密通事件によって禁忌違犯をしているのだが、柏木には、越えることのできない深淵があったのである。皇族であることと、そうでないことの、差別という深淵があったのである。柏木が光源氏に瞋恚され、睥睨され、発作を感じ、羅病し煩い、病床に臥した時、悟ったのは、自分には「際」という限界があり、貴族社会の空虚な空白である天皇にはなれないという、絶望的な身分・家柄・出自への思いなのであって、この天皇には絶対に臣下の者は即位できないという思念が、彼を死へと誘惑するのである。それ故、彼に可能な唯一の道は、皇族にはなれないのだが、皇女に種を植え付け、自分もまた皇族の祖先になることができるのではないかという、儚い幻影だけなのである。柏木は、この夢幻を辛うじて実現化できたのである。始祖伝承を、蜃気楼のように夢幻の中で実現することだけが、柏木の可能性として残された、唯一の歩むことのできる道程だったのである。

なお、他者とは、自己との差異があり、距離という隔たりがある存在だと書いたが、睥睨とはその距離を無視して接近する行為であり、柏木は、光源氏が近接し、彼が巨大な顔で接近したような感覚を、光源氏の眼差しから感じ取ったのである。他者が大文字となり、自己の目の前に巨大化して存在している恐怖が、柏木の錯覚の上に生じたのである。

「神仏をもかこたん方なきは、これみなさるべきにこそはあらめ」という認識は、古代後期のこの時期のものか、柏木自身の悟得かどうか判明しないのだが、神仏に責任を押し付けるわけにはいかず、この生涯は「さるべき」運命だという意識や判断は、他の資料からは明晰に確認できないので、源氏物語、特に柏木に固有な認識の特性だと解釈するならば、彼は、運命論者・宿世論者だと言ってよいだろう。全ては、自分の誕生以前に決定されており、その前世の因縁に従う他はないと、仏教思想などの影響を受けて思っているのである。この悲観的な宿命論者は、既に述べておいた、出自・家柄・出身に拘る認識と無関係ではないだろう。現世での彼が歩く道は、すでに前世によって定まっており、自己の主体的な自立した意志では絶対に変更はできないという、悲惨なペシミストが柏木なのである。この悲観的絶望は、本来は貴族社会に向けられたものだが、柏木自身は気づくことなく、時代風潮の影響から、自己の宿世だと思っているのである。このように、「貴族」という血の論理と、「宿世」という思想は、類似した、表裏の関係にあるのである。貴族と賤民との差異は、前世の行状によって決定されており、その宿命に従順に従わなくてはならないという意識が、「宿世」という言葉の背後に叙述されているのである。

だからこそ、続けて、誰もが古今六帖の引歌のように長寿を全うすることはないのだから、「うち偲ばれ」「なげのあはれ」を懸けてくれる、両親や女三宮などが生存しているうちに、それを「一つ思ひに燃えぬるしるし」にしようと決意するのである。彼は、彼の人生を「一つ思ひに燃えぬる」ものだと錯覚しているのである。勿論、「一つ思ひ」とは女三宮への憧憬と彼女に対する欲望とその実現を、象徴的に意味しているのだろう。密通こそが、彼の人生の唯一の理念・欲望・表象であったと悟ったのである。〈もののまぎれ〉は、柏木の実存の別名になったのである。

なお、「しるし」には、播いた種である薫をも含んでいるのであろう。彼は、絶望しながら、「しるし」という生なるもの対して、希望を、自己の死を賭けながら、託したのである。前世は既に決定され、それは現世を運命付けているのだから、子とその子孫たちの未来に、可能性を託し、幻影的ではあるが、始祖伝承の出発点になろうと決意しているのである。「しるし」だけが、彼の主体的な幻想的な可能性なのである。だが、源氏物語の言説の範囲内では、彼は始祖としての神話化は記述されていないのである。

この上も生存して行くならば、密通後の今では、あらぬ噂も立ち、女三宮共々、面倒なことも起こるであろうが、それよりは、このまま全てを胸に秘めて、自分のみが死に赴いて行くならば、瞋恚の憎悪で怨念の塊となっている光源氏の君も、死を贈与として受け取ってくれて、許してくれるだろう。臨終の際には、全てが消去されてしまうものなのだ。そのように柏木は、思惟を展開して行く。死の向こう側には、浄土があり、常世があり、異郷があると夢想するのが、古代人の傾向なのだが、罪を抱えた柏木は、現代人と似て、死の彼方には無しか見ず、その唯一残っている宝物である死を、生贄として光源氏に差し出そうとしているのである。この死という唯一の彼が保有している秘宝を寄贈することで、自分と女三宮の救済を求める犠牲精神が、彼が死を迎え入れる決意の根拠になっているのである。彼は、自己の死を交換として、無の彼方にある、自己は見ることさえ出来ない未来の生を、密かに獲得しようと幻想したのである。

〈また異ざまの過ちしなければ、年ごろもののをりふしごとには、まつはしならひたまひにし方のあはれも出で来なん〉という、柏木自身にとって都合のよい判断が生れるのは、こうした決意があったからなのである。密通だけが柏木の過誤だと、光源氏が理解していたのかどうかは判断できない。子息の夕霧に、皇女を母親とする、地位的に優位だと言える他者（頭中将）の子息が、対抗者として登場したことを、光源氏が恨んでいた可能性や言説もあり、柏木に対する光源氏の怨念は、多義的・多層的だっただろう。それを柏木は、密通以外の「過ちしなければ」と、断定的に思惟しているのである。

勝手に「あはれ」という同情が、死を代償とするならば、光源氏に生ずると判断したのである。「あ・はれ」という感動を表現する語を原義とするらしいこの感動詞は、促音・発音を表記しない古代後期の仮名文字では、「あっぱれ」と発音された可能性まであり、一般には、平安朝の文学では、悲しみやしみじみとした情感を表現すると理解されているが、その意味性の振幅は大きい。死を差し出すことによって贖罪となり、相手の同情を喚起することができるという観念の背後には、当時の仏教信仰などを配慮すると、地獄に堕落することさえ厭わない決意が込められているのであろうが、草子地で語り手が、「うち返しいとあぢきなし」と叙しているように、「あはれ」という同情を喚起するだろうという錯覚があるとしても、何度繰り返し言ったとしても愚かな判断である。語り手のような常識的で秩序を保守する人々から見れば、柏木の行為と思惟は、「あぢきなし」としか表現できないものなのである。彼は、「あぢきなし」と表現されるような、自覚はしてもいないものの、貴族社会という秩序を混乱させる、反制度的な反逆者であり反抗者なのである。

〈述懐〉の後に、柏木は小侍従を介して女三宮と贈答歌を交わすことになる。源氏物語の柏木巻の中では、離れた個所に叙述されているその贈答歌を、敢えて並べて記してみると、柏木はまず、

「いまはとて燃えむけぶりもむすぼほれ絶えぬ思ひのなほや残らむ

あはれとだにのたまはせよ。心のどめて、人やりならぬ闇にまどはむ道の光にもしはべらん」と聞こえたまふ。

（(4)―二八一）

という贈歌を送る。それに対する女三宮の返歌は、

紙燭召して御返り見たまへば、御手もなほいとはかなげに、をかしきほどに書いたまひて、「心苦しう聞きながら、いかでかは。ただ推しはかり。「残らん」とあるは、

立ちそひて消えやしなましうきことを思ひみだるる煙くらべに

後るべうやは」とばかりあるを、〈あはれにかたじけなし〉と思ふ。（(4)―二八六）

と記されており、さらに未練がましく、柏木は、この返歌を〈かたじけなし〉と思ったからであろうか、この和歌を、女三宮からの贈歌と解釈して、さらに、

「行く方なき空のけぶりとなりぬとも思ふあたりを立ちははなれじ

夕はわきてながめさせたまへ。咎めきこえさせたまはん人目をも、今は心やすく思しなりて、かひなきあはれをだにも絶えずかけさせたまへ」など書き乱りて、心地の苦しさまさりければ……〈言少なにても〉と思ふがあはれなるに、えも出でやらず。（(4)―二八六〜七）

という手紙を書くのである。この「けぶり」を歌語とする一連の贈答歌は、若紫巻に描出されている、「夢」を歌語とする光源氏と藤壺との贈答歌と比較してみる価値があるだろう。

若紫巻で、密通の後に、光源氏は「夢の中にやがてまぎるるわが身ともがな」と贈歌を詠み、死という恍惚とした夢に紛れるように藤壺を誘い、情死を提案したのに対して、藤壺は、「うき身を醒めぬ夢になしても」と返歌して、その相対死を拒絶している。この死の誘惑への拒否があったからこそ、物語はその後の五十帖に及ぶ展開を紡ぎだすことができたのだが、女三宮は、柏木の「思ひのなほや残らむ」という贈歌に対して、「立ちそひて消えや

まなまし」と、より積極的に死を肯定して、自分も煙と一緒に立ち添い、柏木の死に共感して死去してしまおうと詠んでいるのであって、このような詠歌では、その後の物語展開を阻害してしまうのである。女三宮が、第二部以後の物語の中核的な女主人公になれず、物語を先導することができなかったのは、このように他者に同調し、同情してしまう、弱さがあったからなのである。熱情が虚空に高く消えてしまう、「煙くらべ」という歌語が、そうした事情を象徴・暗示しているのであろう。なお、物語展開から言えば、この「煙くらべ」という、共に相対死したいという女三宮の希望は、機能的には出家・落飾と同じ物語叙述なのであって、物語展開を閉じてしまう機構なのである。

なお、この「煙くらべに」という言葉は、その後に、柏木巻で、

尼君は、おほけなき心もうたてのみ思されて、〈世にながかれ〉としも思さざりしを、かくなむと聞きたまふはさすがにいとあはれなりかし。若君の御ことを、〈さぞ〉と思ひたりしも、〈げにかかるべき契りにてや思ひの外に心憂き事もありけむ〉と思しよるに、さまざまもの心細うてうち泣かれたまひぬ。(4)―三〇九

と書かれている記事と無関係ではないであろう。この記事に対しては、尼となった女三宮を「おほけなき心」と把握し、「かし」という助詞を用いて念を押して推量している語り手に興味を持っているのだが、この語り手は、女三宮が柏木を「〈世にながかれ〉としも思さざりし」と思っていると理解しているのである。つまり、女三宮の「煙くらべに」という返歌を、単なる和歌的な儀礼・社交辞令・修辞として理解して、少しも情死する意思などなかったのだと理解しているのである。この語り手は、「紫のゆかり」と言われている紫上付きの女房だと考えられるのだが、彼女たちは、女三宮は、出家者としては相応しくなく、柏木の死を厭わしく思い、その死を悼む気など無かったのだが、実際に死去の事実を知って、「あはれ」と感じたのでしょうよと述べているのである。紫上方の

女房だからこのような物言いをするのだと言ってしまえば、その理解も間違いではないのだが、あまりにも揶揄的な表現である。柏木の〈善悪の彼岸〉を超えた、死による生贄的な犠牲行為を理解せずに、女三宮の降嫁・密通・出産・出家を非難する立場を露わにしている、主観的な叙述だと、批判することができるだろう。源氏物語第二部の叙述には、こうした「紫のゆかり」の眼差しが、底流しているのである。

実際には、小侍従を介した、秘せられた贈答歌であるがゆえに、「煙くらべに」という和歌は、女三宮の心情を直截に叙述したものであろう。「後るべうばや」という和歌の後に書かれている文も、嘘は無いに違いない。少なくとも、柏木は、女三宮の書簡を真実の吐露と受け取り、死に赴いて行ったはずなのである。それを揶揄的な文で理解する語り手は、相対化して批判しなければならないだろう。しかし、同時に、薫が柏木の子供であると、読者が認識している源氏物語読解の常識の基盤となっているのは、それに続く「若君の御ことを、〈さぞ〉と思ひたりしも、〈げにかかるべき契りにてや思ひの外に心憂き事もありけむ〉と思しよる」という個所なのだと認識しておくべきであろう。以前、源氏物語の批評や研究が、文学が遊戯であるという根源を忘却していることに、警鐘を鳴らそうとして、「宇治八の宮の陰謀―薫出生の〈謎〉あるいは誤読への招待状―」という論文を書き、薫が光源氏の子息でもある可能性を論じたことがあるのだが、薫が柏木の子であると読者が認識しているのは、柏木が、男性でありながら、受胎を〈さぞ〉とこの個所で思っているからであり、それを女三宮が「かかるべき契り」と認識したからなのである。女三宮に対して「おほけなき心」と非難し、「かし」という助詞を使用する語り手が述べる、地の文を信用してもよいかが、問われているのである。もっとも、紫上に味方し、光源氏を評価している語り手なので、この薫を柏木の子で無いようにも理解できる、可能態を述べている発話も、信用できないことは言うまでもない。意味不決定は、源氏物語の言説の特性でもあるのである。多層的に意味の可能性を探り、その意味不決定の遊戯を愉楽することが、源氏物語を読むことなのである。

ところで、引用した柏木と女三宮の贈答歌が、「けぶり（煙）」を歌語としていることは重要である。煙は、人家の食事のために焚く竈のものや、富士山の噴火などを意味することもあるのだが、和歌の場合、主として想起してしまうのは「火葬の煙」で、死を中心として苦悩・妄執・悔恨・惨苦・火宅などの言葉が、その周辺に想像されてくるのである。膨大な燃料を必要とする火葬は、この時代では財力のある貴族社会のもので、柏木たちの贈答歌も火葬の煙を背景として詠まれているのだろうが、「燃え」「ひ（火）」「空」「消え」といった「けぶり」をめぐる類語を和歌に見るごとに、柏木物語の終焉を感じてしまうのである。煙に象徴される女三宮事件という〈もののまぎれ〉は、藤壺事件のように物語の長編的展開を紡いで行く原点となることができずに、物語を閉じてしまうのだが、そうした閉鎖性を象徴する言葉を、さまざまに物語の言説として、源氏物語は散在・散種しているのである。物語学的に言えば、残されているのは、薫という〈子息〉の行方だけで、柏木は、追憶される以外に、自己の神話化を計り、始祖として伝承・追憶される手段しか、死後に語る物語を持っていないのである。

夕霧に後事を託して離別する際の柏木の告白など分析しなければならないことは多いのだが、「心地せん方なくなりにければ、『出でさせたまひね』と、手かきたまふ。加持まゐる僧ども近う参り、上大臣などおはし集まりて、人々もたち騒げば、泣く泣く出でたまひぬ」(4)―三〇八）と記されている文章に従って、退出することにしよう。この時代は、五体不具穢といった死穢の習俗があり、親友の死でも見取ることができず、立ち離れなくてはならないのである。手で死を合図しているのは、そのためで、加持をする僧が近くで読経し、往生を祈願していることは、柏木が危篤状態であることを示唆しているのである。

ただ、最後に、この柏木論が〈他者〉を中心的話題としている限り、大文字の他者について述べておかなくてはならないだろう。大文字の他者というのは、光源氏のことで、この第二部前半の物語の核が密通事件である限り、コキュ化されている光源氏という他者について、言及することを避けるわけには行かないのである。柏木は、無意識裡に多数の他者を常に抱えている。特に女三宮との密通で、彼は女三宮の夫である光源氏という他者を、無意識の中心に抱えたのである。そうでなければ、朱雀の賀算の試楽に参上して、

主の院、「過ぐる齢にそへては、酔泣きこそとどめがたきわざなりけれ。衛門督心とどめてほほ笑まるる、いと心恥づかしや。さりとも、いましばしならん。さかさまに行かぬ年月よ。老は、えのがれぬわざなり」とてうち見やりたまふに、人よりけにまめだち屈じて、まことに心地もいと悩ましければ、いみじき事も目もとまらぬ心地する人をしも、さし分きて空酔をしつつかくのたまふ。戯れのやうなれど、いとど胸つぶれて、盃のめぐり来るも頭いたくおぼゆれば、けしきばかりにて紛らはすを御覧じとがめて、持たせながらたびたび強ひたまへば、はしたなくてもてわづらふさま、なべての人に似ずをかし。(4)―二七〇〜七一)

といった事件は起こらなかっただろう。密通が露見したとしても、ふてぶてしく知らん振りを決め込み、塞ぎ込んだりせず、一献の盃の回ってくるのを大様に待つことも、他者を無意識裡に抱え込んだりしていなければ、出来たはずなのである。磊落で豪放な態度でいられない神経質で繊細な精神が、柏木を悩乱し、病へと誘い、死という結末まで運んでいったのであって、他者を無意識的に抱えていなかったならば、この悲哀劇は幕を閉じていたはずなのである。

微笑を浮かべながら、炯炯とした眼で睨みつけられた時、柏木に動揺が起きたのは、光源氏という大文字の他者を無意識の深層に住ませていたからであって、光源氏に、睥睨する霊力が備わっていたからではないのである。「見やる」という柏木が注視されたという感覚も、彼の無意識的な判断であって、「人よりけにまめだち屈じて、ま

ことに心地もいと悩ましければ、いみじき事も目もとまらぬ心地する人」という柏木に対する修辞的言説は、その無意識を表層的に見事に表出していると言えよう。女三宮と密通したという「心の鬼」があり、その無意識的な罪悪感が、彼を死病に憑依させることになるのである。つまり、意識しない他者、つまり無意識が彼を病患に運んだのであって、その大文字の他者が光源氏なのである。なお、本稿で、自己と他者との間には差異があり、〈距離〉があると述べたが、「うち見やり」とはその距離が限りなく接近したと感じることなのであって、急に傍らに他人の顔が突き出されたような恐怖を、「心の鬼」を抱えている柏木は、無意識的に感じ取ったのである。

一般に、自己があり、それから対象的に他者が存在するように思われているが、自己が誕生する以前に、当然のことではあるが、他者が形成してきた社会・文化・言葉などといったものは具体性を伴って存在している。つまり、人の〈誕生〉とは、多数の他者の中に放り出されることなのであって、その他者によって自己が形成されてくるのであり、自己以前に他者は存在しているのである。柏木の自己も、誕生以前に、光源氏を中核に社会・文化・言語は形成されており、その他者の中に、無として放り出され、徐々に自己を確立してきたのであって、源氏物語という物語宇宙から言うと、柏木以前から光源氏は大文字だったのである。その大文字を、柏木は、密通によって、コキュとして更に拡大化したのであって、彼の無意識にとって、いかなる意味を光源氏が有していたかは、語る必要もないだろう。それ故、試楽の後の宴での、光源氏の動作は、酔いも加わり、柏木の無意識にとって全てが意味を帯びるのであって、光源氏に霊威が備わっていて、柏木が死病に憑依されたのではなく、彼が意識の深層に沈めていた妖怪となった他者が作動したからなのである。柏木の死とは、光源氏の大きさを物語るものでもあったのである。

第五章　暴挙の行方・〈もののまぎれ〉論（二）

――女三宮と柏木あるいは〈他者〉の視点で女三宮事件を読む――

第二部の中心人物の一人である女三宮は、登場はするのだが、若菜上巻では沈黙している。下巻でも前半部では、彼女の肉声は、源氏物語の言説の表層からは聞こえてこない。女三宮に対して読者が認識できることは、外部からの眼差しで捉えることだけなのであって、それを象徴するのが、光源氏四十歳の三月、六条院の蹴鞠の折、逃げた唐猫のため御簾が引き開けられ、夕闇の迫る寝殿の御簾のはずれから、夕霧や柏木に彼女の立ち姿を〈垣間見〉されてしまう場面であろう。男たちに見られているのだが、〈見られている〉という意識は、女三宮には皆無なのである。第三部論の際に分析することになるのだろうが、落窪物語以後の物語文学には、「〈垣間見〉→〈強姦〉（性的関係）」という物語文法があるのだが、そうした文法が即座に成立しないほど、女三宮には〈見られている〉という意識が、この幼稚な時期には欠落しているのである。

そうした〈見られ〉ていながら、〈見られる〉という意識の欠落しているあり方を、端的に象徴しているのが、光源氏が、「宮の御方（女三宮）」「女御の君（明石の女御）」「紫の上」「明石（の君）」という四人の女性を、それぞれに花に喩える場面であろう。妻であるから当然なのだが、彼女は、光源氏とその背後にいる読者に見られ読まれることによって、源氏物語中の、貴族社会という世界、六条院という空間に、〈見られ〉ていながら、自分自身の自覚なしに、かろうじて実存しているのである。

若菜上下巻は、〈比べ／尽くし〉の方法が、巻の技法的特性の一つとなっている。〈比べ／尽くし〉によって、この巻は、上・下巻が統合されているのである。冷泉が譲位した翌年、光源氏四十七歳の年、三月十余日に、朱雀の賀を予定して、六条院に夕霧を招いて、女三宮（琴）・紫上（和琴）・明石の女御（箏）・明石の君（琵琶）による女楽が華麗に催されている。その女楽自体が〈比べ／尽くし〉なのだが、朱雀の婿候補比べもそうなのだが、若菜上巻自体も、光源氏の賀算比べを、玉鬘・紫上・勅命による夕霧といった具合に描いているのであって、〈尽くす〉ことによって全体・全部を象徴させながら、かつ、〈比べ〉によって、個々の個別的特性・差異・固有性を比較・比照させて、全体と個を同時に明晰化しようとする傾向が、この若菜巻では濃厚なのである。〈全体〉と〈個〉を鮮やかに統合・対比させながら、その全ての世界＝六条院（とその背後に控えている宮廷社会）を、男主人公光源氏が具体性を帯びて個別に所有していることを、読者に強烈に印象付けようとしているのである。

その女楽の後、妻や娘を〈尽くし／比べ〉によって花に比喩する場面では、女三宮は最初に描かれ、

月、心もとなきころなれば、燈籠こなたかなたにかけて、灯よきほどにともさせたまへり。宮の御方をのぞきたまへれば、人よりけに小さくうつくしげにて、ただ御衣のみある心地す。にほひやかなる方は後れて、ただいとあてやかにをかしく、二月の中の十日ばかりの青柳の、わづかにしだりはじめたらむ心地して、鶯の羽風にも乱れぬべくあえかに見えたまふ。桜の細長に、御髪は左右よりこぼれかかりて、柳の糸のさましたり。

（4）―一八三）

と記されている。花とは言えないのだが、彼女は「（青）柳」の若葉に喩えられているのである。この個所には、典拠があり、『新版日本古典文学全集』の「付録」の、今井源衛の書いた「漢籍・史書・仏典引用一覧」では、

〈二月の中の十日ばかりの青柳の、わづかにしだりはじめたらむ心地して、鶯の羽風にも乱れぬべくあえかに見えたまふ〉

『河海抄』は、『白氏文集』巻六十四、「楊柳枝詞」八首のうちの第三首を引く。

依依《いい》嫋嫋《でうでう》タリ復《また》青青
清風ニ勾引《こういん》セラルルモ恨情無シ
白雪繁クシテ空シク地ヲ撲《う》チ（『河海抄』ハ「撲」ヲ「払」）
緑糸ノ条《えだ》弱クシテ鶯ニ勝《た》ヘズ（『河海抄』ハ「条」を「枝」トス）

『万葉集』『古今集』『後撰集』『拾遺集』『古今六帖』を通じて、鶯を詠んだ歌は数多いが、そのなか、柳と組み合されているのは、各一首ずつ計五首に過ぎず、また、鶯の羽風にも堪えない青柳のなよなよした風情を詠んだものは見当らない。物語本文の柳は女三の宮の比喩であり、また白詩も、この八首の詞は内容からみて、長安の酒亭の妓に寄せたもののようで、両者、女性の比喩において共通する。白詩の影響は認められるであろう。(4)—五七二)

と白氏文集を典拠・引用だと書き、分析している。この河海抄の説を継承した今井源衛の適切な指摘を承認して、論を展開して行くと、「柳」は女三宮であることは誰でも認定・承認するだろうが、「鶯」は誰を意味しているのであろうか。従来から主張してきた〈時間の循環〉という視点に立ち、物語の線条的な読みを覆せば、つまり、後に描出される女三宮事件という〈もののまぎれ〉を考慮すれば、柏木以外に考えられないはずである。もちろん、線条的な読みで言えば、鶯は光源氏で、紫上と同様に自分の影響下で華奢な彼女を華麗に養育したいという、光源氏の傲慢な眼差しの願望を解読できるかもしれない。しかし、光源氏は六条院の主人・中心であり、鶯のように来訪者というイメージで捉えることは、読者にはできないだろう。「乱れ」という言葉からも、鶯は柏木以外に考えられないのである。

この事実は、この場面から、光源氏に予知能力があったからだとか、ここでそのように光源氏が認識したから女三宮事件が起きたのだという、光源氏に、超能力的で予感的な霊力の存在を感じ取ってしまうような読解もあるだろうが、ここでは、このような記述がなされていることを勘案すると、この四人の〈尽くし／比べ〉は、光源氏の内面的な観察による感想的吐露であるものの、それが周囲にいた女房にまで伝わり、語り手たち「紫のゆかり」も知っていたと考えるべきであろう。とするならば、「鶯の羽風に乱れる青柳」という規定は、女三宮までが聞き知り、彼女の無意識に残留したと理解すべきではないであろうか。だからこそ、女三宮事件が、光源氏のこの観察の後に、それが実現されたように惹起しているのである。女三宮には、無意識的な「鶯の羽風に乱れる青柳」という深層認識があり、それ故に、柏木に強烈に抵抗することができず、事件が展開していったのである。ここでも、光源氏という他者の認識が、女三宮の「乱れ」の無意識を形成していたのである。女三宮事件と言う密通＝もののまぎれは、光源氏の認識に胚胎していたのである。

春に訪れる鶯は、女性を訪れる男性に喩えられることが和歌では多いのだが、ウグイス・ホトトギス・カラス・カケス・キギス（雉）などのように、「ス」の名の接尾する鳥は、「鳴声＋す（子ノコトカ。アルイハ、為ノコトカ。主トシテ鳥・虫ニ用イラレテイル）」と考えられ、ウグイスは古代後期では、「ウーグ・ヒ」と啼いていると主観的に思われ、古今集などの用例を勘案すると、「憂く・干」とその声が擬声的に認識されて、聞かれていたのではないだろうか。とするならば、水に飢渇して苦しいと啼いていると理解されていたと解して、柏木の女三宮憧憬・恋慕と連続させることができるだろう。春告げ鳥とも言われるのも、氷が解けて、水に飢えて啼いていた鶯が、歓喜して鳴声をあげていると、理解されていたからではないだろうか。私のような平安朝の散文文学の研究者などは、蜻蛉日記中巻の天禄元年六月の記事にある、

　　鶯も期《ご》もなきものや思ふらむみなつきはてぬ音《ね》をぞなくなる

という和歌などを思い出してしまうのだが、「憂く干」という水を飲んだ歓喜や渇水状態で水を渇望する意が込められているという、擬声的な解釈は、この歌でも、「六月のてりはたたくにも」という竹取物語の言説などを勘案すると通用するはずである。鶯の鳴声には、水を恋い慕う、物思いを喚起するような憂愁な感情が漂っていると、王朝人は聞いていたのである。そして、それは「乱れ」の予感でもあったのである。なお、鶯は、唐猫も同様であるが、犬・カラス・狐・ホトトギスなどと共に、あの世とこの世とを往還する動物として、一種のトリックスター的な意義を、前近代の民俗では信仰・認識されていたらしい。そうした異郷との関係性も、「不如帰」と共に、これからの鶯に対する研究課題であろう。

　女三宮は、光源氏の目から見ると、「小さくうつくしげ」ではあるものの、「御衣のみ」が座っているような気持がするのである。衣服だけの実存、それも「あてやかにをかしく」が美的な評価だとすると、高貴な子供といった認識に思えてきて、幼稚さの残る皇女の身体を、衣装として存在しているとしか、観察していないと言えるのではないだろうか。貴族社会である限り、高貴な出自であることが、評価の基準であることは分かるのだが、その高貴さを保障するものは、気品・容姿・教養・雰囲気などその人物の内部に備わっているものではなく、光源氏の目に映ったものは、外部から見える身に着けている衣装だけなのである。高貴であるから、絹を着て、それ故、その衣装はさまざまな色彩に染められ、壮麗に織られ、さまざまな装飾品に飾られている、華麗で豪華で高価なものなのであろうが、その衣装＝モノだけが、光源氏の眼差しを受けた、女三宮の実存なのである。

後の分析も明らかにすることになるのだが、実際はそうではないのだが、魂の無い抜け殻、その外部を飾っているさまざまな衣装と装飾品しか、光源氏には感じ取ることができなかったのである。それ故、女三宮を青柳に比喩したことは、光源氏の誤読でもある。「青柳」という歌語は、確かに「青柳の細き眉ね」とか「青柳の糸」などの表現から覗えるように、「乱れ」と関連しているのだが、風や羽風などの外部から吹く風に乱れるばかりでなく、内部から乱れることによって、自主的に主体であろうとする、万一の反乱の可能性もあることを、決して忘れてはならないのである。柳にもそれなりの意識があるのである。〈見られている〉ことを意識しない実存が女三宮なのであるが、微かに〈見られている〉という気配を、背中で無意識裡に感じていたのかもしれないのである。

この六条院の女楽の後に、ようやく朱雀の賀宴は、若菜下巻巻末の十二月に開催されている。ただし、物語上では具体的には表出されていない。紫上が発病したので中止になったり、密通のために女三宮が床に臥せったりして、延期されたのであろう。ただ、六条院で開催された朱雀の賀宴の試楽に、やむなく参上した柏木が、光源氏の皮肉な眼差しで、帰邸後病臥に臥すようになったことは記しておこう。それ以前に、光源氏四十七歳の四月十余日の禊の前夜、六条院が人少なな折に、小侍従の手引きで、柏木は忍び入り、女三宮と逢い、契ることになる。その折の場面の一部は既に引用・分析しておいたので、再言はできるだけ避けたいのだが、その場面では、

かのおぼえなかりし、御簾のつまを猫の綱ひきたりし夕のことも、聞こえ出でたり。(4)—二一七)

と書かれているように、柏木から〈垣間見〉の件を、女三宮が始めて聞き知ったことを強調しておきたい。「〈げに、さはたありけむよ〉と口惜しく、契り心うき御身なりけり」という女三宮の反応も記憶しておいてほしい。垣間見という、この女性を見ることが禁忌であった時代では、恋愛の出発点と考えられていた出来事に、彼女自身も出会っていたのだと認識したのである。それによって「契り」という前世からの柏木との因縁を、明確に自覚したのので

ある。彼女の内面が、些細ではあるが覗ける言説が記され始めて来たのである。〈見られ〉ている自己から、〈見られ〉ていることを知った自己へと、脱皮したのである。「〈垣間見〉→〈強姦〉（性的関係）」という物語文法が、若菜巻で発動し始めたのである。

だからこそ、その密通初夜の曙の後朝の場面では、

ただ明けに明けゆくに、いと心あわたたしくて、「あはれなる夢語も聞こえさすべきを、かく憎ませたまへばこそ。さりとも、いま、思しあはする事もはべりなむ」とて、のどかならず立ち出づる明けぐれ、秋の空よりも心づくしなり。

起きてゆく空も知られぬあけぐれにいづくの露のかかる袖なり

と、ひき出でて愁へきこゆれば、〈出でなむ〉とするにすこし慰めたまひて、

あけぐれの空にうき身は消えななん夢なりけりと見てもやむべく

とはかなげにのたまふ声の、若くをかしげなるを、聞きさすやうにて出でぬる魂は、まことに身を離れてとまりぬる心地す。(4)―二一九～二二〇)

と二人は贈答歌を交わすのである。文中の「夢語」は前に記してあった猫の夢のことであろうが、ここでも若紫巻の藤壺事件の際に詠まれた贈答歌中の「夢」「世がたり」という言葉を想起すべきで、〈もののまぎれ〉には、共通する言葉が用いられる間テクスト的な物語伝統があるのである。「夢」「現」は、物語文学における〈もののまぎれ〉を象徴する語彙なのである。

さらに、柏木の贈歌の後に記してある「慰めたまひて」という表現にも注目すべきだろう。女三宮は、徐々に柏木に和んできたのである。気持ちが和らいできたのである。この「あけぐれ」を歌語とする贈答歌について、分析

を試みる必要は無いだろうが、女三宮の返歌に、「見てもやむべく」とあるように、これ以上の逢瀬は止めてしまいたいという願望が語られているのと同時に、二人が、「見」＝性的関係があったという現実を消去していないことに、後の展開を読み取ることが出来るだろう。

つまり、密通という出来事を読者が知らなければ、この贈答歌は、結婚初夜の後朝の和歌として、理解することも出来る類の切り返しが込められた和歌なのである。若菜巻の密通という出来事や文脈を配慮せずに、この贈答歌を物語文学史の中に置いてみると、「垣間見→性的関係（強姦）→後朝の贈答歌」という、落窪物語のような物語展開の文法を正確に踏まえている、恋愛譚の典型であるかのごときに、二人の関係は読み取れてしまうのである。女三宮は、間テクスト性の視点から言うと、類型的な恋愛物語の女主人公なのである。と言うより、従来は気づいていなかったのだが、そのように読まなくてはならないのである。二人の恋愛が始発したのである。それ故、女三宮が自分が垣間見の対象となったことを知ったということは、物語展開の上で重要な意味を持っているのである。真の女三宮物語は、ここから始発するのである。

紫上が小康状態になったために、光源氏は女三宮を見舞う。女三宮は、悪阻らしく、食事も摂らず、気分が悪く、青ざめて、やつれているのである。その場面には、

宮は、御心の鬼に、見えたてまつらむも恥づかしうつつましく思すに、(4)—二三六)

といった表現が記されていて、「心の鬼」といった言葉が使用されている。紫式部集で有名なこの言葉は、人目を避ける密通や忍恋などに用いられることが多く、悟られるのではないかという恐れに慄く場合に使用されており、この場合も、そうした状況を意味しているのであろう。良心の呵責を〈隠蔽〉しなくてはならないという心持が、女三宮の内部に誕生・胚胎しているのである。

その後、「昨日うたたねしたまへりし御座のあたりを立ちとまりて見たまふに、御褥すこしまよひたるつまより、浅緑の薄様なる文の押しまきたる端見ゆるを、何心もなく引き出でて御覧ずるに、男の手なり。」と書かれているように、光源氏に柏木の文は発見されて、波紋が拡がる。既に、本書第一部第二章の「光源氏という〈情念〉―権力と所有あるいは源氏物語のめざしたもの―」（注（1）参照）という論文で、「しかし、何よりも、藤壺事件と女三宮事件の差異は、〈知る〉という感性に現象する」と書き、他の幾つかの論文でも分析しているように、光源氏ばかりでなく、仲介役の小侍従も、女三宮も、柏木も、手紙が露見したことを〈知る〉のであって、藤壺事件が〈隠す〉を主題化しているのに対して、女三宮事件は、それとは対照的に〈知る〉ことが主題的に中核となって展開しているのである。

だが、その〈知る〉という主題性については他でも論じているので[4]、別の視座からこの場面に接近すると、小侍従に、手紙が光源氏によって持ち去られたことを詰問された女三宮が、「いさとよ。見しほどに入りたまひしかば、ふともえ置きあへでさしはさみしを、忘れにけり」(4)―二四二）と答えていることは、さりげない表現ではあるが、重要である。この彼女の発話の背後には、柏木から送られてきた文を、「見た／見ない」「隠した／隠さない」という二項対立的な選択が述べられているからである。女三宮は、主体的に手紙を〈読み〉、密通を光源氏に知られてはならないものとして、〈隠蔽〉していたのである。それ故、「いさとよ」という感動詞や「忘れにけり」という彼女の発言も、露見することを恐れずに、敢えて故意にこうした行為を行ったと、理解してもよいのではないかなどと思ったりするのだが、それはともかく、女三宮の行為・行動には、主体的な選択で、夫に隠れて、自主的に密通＝恋愛にのめり込んで行く、禁忌違犯を厭わない姿が、覗見されるのである。彼女は、主体的に禁忌違犯を厭わない、物語文学の女主人公として生きることを、発話の背後で潜在的に語り始めているのである。「柳」という植物＝モノが、意識を持ち始めたのである。

病臥にある柏木と贈答歌を小侍従を介して交わしていることについては、既に分析している。この他には、女三宮の返歌は記述されてはいないのだが、遥かに隔たっている橋姫巻には柏木からの贈歌が掲載されている。密通の後、光源氏に隠れて、贈答歌が、女三宮と柏木の間には、小侍従を仲介者として、密かに何度か交換されていたのである。その弁の君から薫が渡された、橋姫巻巻末に掲載されている柏木の遺言と言われている贈歌には、

目の前にこの世をそむく君よりもよそにわかるる魂ぞかなしき

という女三宮宛のものと共に、端の方に、

「二葉のほども、うしろめたう思うたまふる方はなけれど、

命あらばそれとも見まし人しれぬ岩根にとめし松の生ひするゑ……」(5)―一五六〜七)

と中途で書きさしてある和歌も添えられていたのであって、柏木→女三宮→小侍従→弁の君→薫というルートを配慮すると、二人の間に誕生した子供のことも、書簡を通じて話題にしていたのである。と同時に、柏木は、「岩根」に確りと子孫を残し、それが未来に張り巡らされることを信じながら、意志的に近い死を遂げているのであって、そうした事情を女三宮は理解・認知しながら、柏木の死以後の生涯を送ってきたのである。それ故、橋姫巻末に記されている、

〈かかる事、世にまたあらむや〉と、心ひとつにいとどもの思はしさそひて、〈内裏へ参らむ〉と思しつるも出で立たれず。宮の御前に参りたまへれば、いと何心もなく、若やかなるさましたまひて、経読みたまふを、恥ぢらひてもて隠したまへり。〈何かは、《知りにけり》とも知られたてまつらむ〉など、心に籠めてよろづに思ひゐたまへり。(5)―一五七)

という文も、従来の評価のように、若く華やかに何心もなく経を可憐に読んでいる女三宮という評価を与えるべきではなく、書簡を読んで、自己の血の流れと自己の根拠を知り、母の出家と実父の死の原因を思い、それ故に、母親の強かに自己の生を凝視している、その姿に感動しているという薫という構図で、この場面は把握すべきで、恥じらいながら経巻を隠す動作に象徴される、その母の内面への共鳴が、橋姫巻以後の薫の行動を規制していると読むべきなのではないであろうか。自己の生を保証してくれた、母親の犠牲的な配慮の背後にある、殉死さえ厭わない強い意志（俗）と、しかし、子供のためにその死を回避して出家（聖）した、その重層的な姿が、若い尼僧が経巻を隠すという、仏教に対する両義的な行為の中に、薫は今後の〈生〉（俗聖）の意義を読み取っていたのである。

薫は、母の尼僧女三宮を憐憫の眼差しで捉えているのではなく、同じように仏教に対する感性を保有している人物として、共感し、却って理想化しているのである。密通者である実父の死去以前に、あたかも殉死するかのごとく、主体的に出家した母への敬虔な眼差しが、〈何かは、《知りにけり》とも知られたてまつらむ〉という思いが、その後の薫の行動の背後にある決意を生成していたのである。橋姫巻以後の薫の行為の背後には、この決意が常に潜在しているのであって、そうした視点から宇治十帖は受容しなければならないのである。なお、宇治十帖に潜在する、薫のこの母親に対するコンプレックスについては、別に稿を改めて論じる必要があるだろう。なお、「俗聖」という薫の担っている中核的な主題は、尼僧でありながら、経巻を隠すという、女三宮の両義的な背反する行為と無関係ではないのである。

女三宮は、男子を出産し、産養の儀が盛大に行われる。世間の目から見れば、皇女と准太上天皇の間に誕生した男子なので、産養が盛儀として執り行われるのは当然だと思われたのだろう。だが、源氏物語の文章は、残酷で、おほかたのけしきも、世になきまでかしづききこえたまへど、大殿の、御心の中に〈心苦し〉と思すことあり

て、いたうもてはやしきこえたまはず、御遊びなどはなかりけり。(4)―二九〇)
と書いている。語り手は既に女三宮事件を記述しており、光源氏は、事件について知覚していると書きながら、冷泉主催の七夜の産養では、祝宴の管絃の遊びを中心とした饗宴が無かったと、無機的に記しているのである。つまり、「思すことありて」というさり気ない表現には、光と宮の滾るような怨念の情念が、火花を散らしているのである。

この催さなかった饗宴に、女三宮は、光源氏の暗恨の怨念を感じ取ったからであろうか、

宮は、さばかりひはずなる御さまにて、いとむくつけう、ならはぬ事の恐ろしう思されけるに、御湯なども聞こし召さず、身の心憂きことをかかるにつけても思し入れば、〈さはれ、このついでにも死なばや〉と思す。〈大殿は、いとよう人目を飾り思せど、まだむつかしげにおはする〉などを、とりわきても見たてまつりたまはずなどあれば、老いしらへる人などは、「いでや、おろそかにもおはしますかな。めづらしうさし出でたまへる御有様の、かばかりゆゆしきまでにおはしますを」と、うつくしみきこゆれば、片耳に聞きたまひて、〈さのみこそは思し隔つることもまさらめ〉と恨めしう、わが身つらくて、尼にもなりなばやの御心つきぬ。
(4)―二九〇～一)

とあるように、柏木と同時期の死を思い、さらに出家の意志を懐くようになるのである。その場合、女三宮の内話文に記されている「隔つること」という表現は、重要である。この認識があったからこそ、彼女は赤ん坊の薫と光源氏の間にある心情的な隔離状況に心痛し、誕生した赤子を見守るために、〈死なばや〉という決意を撤回し、〈尼にもなりたばや〉という判断に至っているのである。つまり、この〈隔て〉によって、女三宮の出家という、「死／生」の境界状態における生涯が決定されたのであって、出家は極めて主体的で戦略的な選択だったのである。

「死」を願望しながらそれを断念して、「出家」という選択をしたのは、薫の成長を監護したいという決断があったからなのである。出家は、女三宮の〈主体性〉を鮮やかに象徴するものであったのである。そして、その象徴は、薫を庇護したいという母親の欲望・本能・意識によるものだったのである。密通という罪過だったならば、死を選択したのであろうが、出産という因果に捕われて、その子の養育のために、出家という〈生＝死〉の狭間にある境界生活を送ることになったのである。

前に引用した橋姫巻巻末の場面で、薫が見た、読経していた尼削ぎ姿の若い母親が、経を隠すという、矛盾する動作の背後に読み取ったのは、密通に身を焦がし死さえ決断した女性が、「二葉」のために出家したという、輻輳した母性意識・母性本能なのであって、そのコンプレックスが、薫に「心に籠めてよろづに思ひたまへり」という感性・感銘を誕生させ、その感情的衝動が、橋姫巻以後の宇治十帖を深層で導いて行くのである。女三宮はエロスとタナトスを抱えて出家者として実存する、尊い母親なのである。柏木の和歌を中核とする反故同然な遺書を読み、そこに書かれていた死者父柏木の文面の痛みを、翻って生者母女三宮への眼差しに替えた時、薫が感じたのは、そうした複雑さに満ちていたのである。なお、女三宮は、出家者でありながら、経典を隠すように、その行為の背後には輻輳した意味性が疼いており、出家後は、両義的で多義的な実存者として、源氏物語という物語宇宙を具体的に生きていたことを、読者は忘れてはならないだろう。

女三宮は、光源氏に出家の意志を、

……御ぐしもたげたまひて、「なほ、え生きたるまじき心地なむしはべるを、かかる人は罪も重かなり。尼になりて、もしそれにや生きとまると試み、また亡くなるとも、罪を失ふことにもやとなん思ひはべる」と、常の御けはひよりはいと大人びて聞こえたまふを、「いとうたて、ゆゆしき御ことなり。などてかさまでは思す。

かかる事は、さのみこそ恐ろしかむなれど、さてながらへぬわざならばこそあらめ」と聞こえたまふ。
(4)―二九一〜二)

とあるように告げ、光源氏はそれに対して慰めている。女三宮は、出産で死去すると罪が重いという当時の信仰から、出家の功徳を積みたいと言うのだが、光源氏は死去するということが確実ならともかく、そうでないのだからと諫めて、出家を止めようとしている。共に、密通事件を会話言説では隠蔽しながら、出家を巡って取引をしているのである。ここには出産という通過儀礼が、死と表裏であった当時の医学状況や信仰形態を告げていると共に、その出産による死去という罪を回避するために、また、誕生した薫を庇護・養育するために、さらには、薫を育てるためには柏木との密通を断念することを宣言するために、出家を提案する女三宮の切ない願いを、頑なに世間体から拒否する光源氏の、共に密通については沈黙・隠蔽しながら、会話によって取引をしている、一面では嫌らしいとも言ってよい貴族生活の姿が、語られていると読み取れるだろう。もちろん、物語内の人物たちは、密通について沈黙しているという心情が示唆しているように、それなりに真摯・真剣なのだが、物語外の読者の眼から見ると、既に藤井貞和が指摘しているように、源氏物語では「密通→出家」という特有の源氏物語上の倫理もあり、この当然の決意を、貴族社会特有の社交的取引として対話しているように読めてくるのである。ここにも、「密通→出家」という物語文法を巡る、〈無知／既知〉というイロニーの論理が働いているのである。

ただ文中にある「大人びて聞こえたまふ」という光源氏の認識は重要で、一人前の女性であると、女三宮の発話は、光源氏の耳にも聞こえたのである。密通→出産という体験は、女三宮にとっては成女式の意味を持っていたのである。この「大人び」は、以後の物語展開では一貫していると読むことが出来るだろう。ただ、幻巻で、「入道の宮の御方」を訪れた光源氏に対して、「谷には春も」という古今集の深養父の和歌を引歌として、女三宮が答える場面（(4)―五一八）で、〈言しもこそあれ、心憂くも〉と光源氏が心中思惟する個所が気になるが、これは、光源氏の引歌解釈の誤読で、亡き紫上との対照意識が、こうした内話文を生み出しているのであろう。女三宮は、二十二・三歳になって、ようやく大人となったと言ってよいだろう。出家という決意は、通過儀礼を終えた、彼女の、大人としての主体性なのである。

この出家を巡る二人の取引の場面に続いて、

御心の中には、〈まことに、さも思しよりてのたまはば、さやうにて見たてまつらむはあはれなりなんかし。かつ見つつも、事にふれて心おかれたまはんが心苦しう、我ながらもえ思ひなほすまじう、うき事のうちまじりぬべきを、おのづからおろかに人の見とがむることもあらんが、いといとほしう、院などの聞こし召さんことも、わがおこたりにのみこそはならめ。御悩みにことつけて、さもやなしたてまつりてまし〉など思しよれど、また、いとあたらしう、あはれに、かばかり遠き御髪の生い先を、しかやつさんことも心苦しければ、「なほ、強く思しなれ。けしうはおはせじ。限りと見ゆる人も、たひらかなる例近ければ、さすがに頼みある世になん」など聞こえたまひて、御湯まゐりたまふ。いといたう青み痩せて、あさましうはかなげにてうち臥したまへる御さま、おほどきうつくしげなれば、〈いみじき過ちありとも、心弱くゆるしつべき御ありさまかな〉と見たてまつりたまふ。(4)―二九二～三)

と記されているように、光源氏の内話文と会話文が掲載されている。長文を引用したのは、この辺りで、第三部の特性を生成して行くことになる、第二部の示唆的な方法が典型的に叙述されているのではないかと思ったからである。暗示的になってしまうだろうが、それについて言及・分析しておく必要があるだろう。

第三部の方法的特性の一つは、既に、「源氏物語第三部の方法―中心の喪失あるいは不在の物語―」(5)という論文で分析したように、登場人物の性格が、表層的叙述・会話・内話・無意識・身体行動などに分裂し、その多様で多層的な性格がかろうじて一人の人物として統合されているという、分裂的な実存を表出していることである。それについては、「夢浮橋巻の言説分析—終焉の儀式あるいは未完成の対話と〈語り〉の方法—」(6)などといった論文でも言及している。本稿の対象となっている第二部では、第三部のように、多層的で多様には人格は分裂してはいないのだが、引用場面の光源氏の内話と会話が齟齬し、矛盾しているように、表現されているものと、表現している意味されているものが、イロニー的な関係に陥っているのである。

光源氏は、山形の鍵括弧を付した心中思惟の詞では、女三宮の願望である出家を遂げさせるのがよいのだと考えている。にもかかわらず、鍵括弧を付けた会話文では、気を強く持って、出家などは考えずに、病気から回復するようにと、気遣うような父親めいた発話をしている。この矛盾する態度のどちらに、光源氏の意思や志向があるのであろうか。そのどちらも真実なのである。薬湯を飲ませ、〈いみじき過ちありとも、心弱くゆるしつべき御ありさまかな〉と思う光源氏の態度を読むと、読者は、内話文と会話文のどちらに光源氏の姿が存在するのか、選択に迷い、その背反するどちらも承認することになるのである。発話されないものと、発話されたものとの齟齬・矛盾は解決されず、その齟齬・矛盾をありのままに、読者は承諾せざるをえないのである。

既に、こうした背反は、本論文の第二章(7)でも、迂遠な朱雀との貴族的な光源氏の対話に現象していたのだが、これほどまでに鮮やかではなかった。この柏木巻に至ると、筋書き的に「光源氏は女三宮の出家を承認した」とも「光源氏は女三宮の出家を拒否した」とも書けないのであって、物語を読むという行為は、筋書きを理解することではなく、この矛盾する態度を、共に承諾・了承する多義的な意味の錯綜の愉楽を味わうことなのである。筋書きの放棄、物語の不在が始まっているのであって、矛盾・齟齬している言説を、それが起きているという地平で、享受するより他に方法はないのである。対立し、矛盾していることが、発起していることを確認することだけが、解釈者に許されているのである。示唆的ではあるが、源氏物語は、この巻あたりに来ると、反物語の世界に踏み出しているのである。

先に引用した、女三宮と光源氏が、「出家」について会話文で取引している場面も同様で、出家が話題となっている表面と、「密通」という出来事をひたすら隠蔽している裏面とは、共に事実なのであって、この両義的な意味を読み取ることが、読者の求められている態度なのである。

ちなみに、『全集』の六巻に掲載されている「年立」には、「○女三の宮出家を望む。源氏、これを良策と考えつつも苦慮する［四］」（傍線は筆者）と記しているのだが、これでは筋書きも分からず、文章的にも「良策」と「苦慮」との関係が不明なため理解が困難で、この年立てが示唆するように、柏木巻に至ると、年立のような筋書き的叙述は無効で、描写の理解には、ありのままに〈発起〉を了承する、多義的了解以外に方法はないのである。

この両義性、多義性的な分裂は、突然に朱雀が夜の闇に紛れて下山し、女三宮が「生きべうも覚えはべらぬを、かくおはしまいたるついでに、尼になさせたまひてよ」と出家している父らに述べる、出家の意思を巡る、朱雀・光源氏・女三宮の三者の反応にも現象する。それぞれの中心人物たちの会話・内話・意識・無意識・行為などは齟齬して表現され、その食い違いのどれもが間違いではないのである。長文の引用となってしまうので分析は試みないが、こうして第二部に至ると、筋書きは後退し、描写の多義性が前景化されることになるのである。逆に言えば、この柏木巻にいたると、第一部的な筋書き的理解は無効で、ありのままに描写を享受する以外に、読みという行為は成立しなくなっているのである。第三部的な受容の方法の萌芽が始動しはじめているのである。

例えば、こんな朱雀と光源氏の対話場面が記されている。

……「日ごろも『かくなん』のたまへど、邪気《ざけ》なんどの人の心たぶろかして、かかる方にてすすむるやうもはべなるをとて、聞きも入れはべらぬなり」と聞こえたまふ。「物の怪の教にても、それに負けぬとて、あしかるべきことならばこそ憚らめ、弱りたる人の、限りとてものしたまはんことを聞き過ぐさむは、後の悔心苦しうや」とのたまふ。(4)―二九五～六)

光源氏は、女三宮が柏木と密通したことも知っており、また、若菜下巻の紫上危篤の際には、成仏できない六条御息所の死霊が出現し、その物の怪と対話した体験を持っている。もちろん、既に「誤読と隠蔽の構図―夕顔巻における光源氏あるいは文脈という射程距離と重層的意味決定―(8)」という論文などで述べているように、この紫上と女三宮に憑依したと称する物の怪は、光源氏の「心の鬼」であり、実は彼は自己の無意識に存在しているコンプレックスと対話していたのに過ぎないのだが、それは読者の読みであって、彼自身がそれに気づいていたわけではない。もっとも、当時の御霊信仰や物怪現象などを背景として、この場面が書かれていることは理解しているつもりである。

しかし、女三宮が密通を前提に出家の意向を述べているにもかかわらず、それが物の怪に憑依されているからだと弁明している光源氏の会話には、二重の思惑が隠されている。読み取れる発話の詐術の一つは、責任を〈物の怪〉に転嫁していることであり、もう一つは、女三宮の出家も仕方がないと内心では思いながら、自分では勧めていないと偽っていることである。発話と意識が乖離・矛盾しているのである。しかも、「転嫁」も「内心」も、彼の発話も、全て光源氏にとっては真実なのであって、この矛盾・分裂する人格が、光源氏の実存なのである。

一方、朱雀は、既に指摘したように、若菜上巻において光源氏の「すべて女の御ためには、さまざまことの御後見とすべきものは、なほさるべき筋に契りをかはし、え避らぬことにはぐくみきこゆる御まもりめはべるなん、うしろやすかるべきことにはべるを」(4―四一〜二)という発言を取り、更に、その上で光源氏に女三宮の「後見」をするという約束をさせている。(9)女三宮降嫁への磐石な備えを構えていたのである。それ故、女三宮の出家の希望を知り、光源氏の確約が裏切られ、その絶望を前提に、出家者の立場もあり、物の怪に憑依されて出家したとしても、後悔しないためには、死を目前にして出家しようという意志を尊重しようと述べているのである。ここでも発話と内心の絶望は乖離しており、そのどちらも真実なのである。女三宮の密通を隠蔽しながら出家の希望を述べる態度も含めて、発話と内心は、中心人物の三者において、共に乖離・矛盾・齟齬しており、そのどれもが真実なのであって、惹起しているものを諒承・受容する以外に、読者のとる姿勢はないのである。三者がお互いに差異化しているばかりでなく、自己それ自体が分裂しており、そうした中心人物たちと、その人物の表層と深層が、さまざまに乱れ錯綜している状態を、あるがままに享受することが、第二部を読むことなのである。

第二部の読みは、第一部のそれとは、隔たり、変化し、その異なりを意識化しないと、テクストは真の姿を現象させない。従来の研究は、そうした方法的変質を理解せずに、源氏物語として一貫しているように幻想してきた。例えば、藤壺事件と女三宮事件は確かに〈もののまぎれ〉という主題において同一なのだが、その方法的具体性においては、差異が生成していることを理解せずに、因果応報的にこの問題を処理してきたのである。だが、〈知る〉という点でも、中心人物が互いに乖離し、そこに熾烈な対話が生じていることも、また、その登場人物自身が解体の一歩手前で留まっている、分裂した人格であることなども、方法的に見抜けずに、第一部的に筋書きとして解読してしまい、女三宮事件は、藤壺事件と比較して、単なる小型な密通事件だと解読を堕落させてしまったのである。源氏物語が反覆を恐れずに、〈もののまぎれ〉を描出しているのは、それなりの理由があるのであって、読みとは読者の側に存在するとすれば、読者自身の変質が、第二部では求められていると言えるだろう。三部構成論とは、読みの方法の差異であり、単純に源氏物語を輪切りにするぶつ切りの料理技法ではないのであって、読むことは、微妙な料理のアンサンブルを、具体的に味わう方法なのである。

それゆえ、話題となっている女三宮の出家も、女の出家一般として、幾つかの研究が示唆しているように、源氏物語の中に一般論として位置づけるのではなく、女性自体の主体的な選択として、朱雀は、柏木巻の女三宮の場合は、安易に承諾しながら、なぜ夕霧巻の落葉宮の際には、厳しく諌めているかが、具体的に問われなくてはならないのである。その場合、朱雀は、薄々女三宮の密通を感じていたなどという推測も可能なのだが、他者分析を試みているこの論文の趣旨から言えば、柏木巻の出家に関しては、完全剃髪に成り立ての朱雀は、仏教・仏教界という他者を無意識的に抱えていたと言うべきであろう。ところが、いざ彼女を出家させてみると、宮廷社会の女たちや京域の人々は、「いくら出家しているからといって、若いわが子まで出家させるなんて、女三宮さまはお気の毒ね。」とか、「なんて残酷な父親なのでしょう」として噂され、その風聞は朱雀の耳にも聞こえてきたはずなのである。つまり、落葉宮に出家を認可しなかったのは、他者を配慮したからである。既に第一章でも考察したことだが、(11)他者という無意識が、朱雀にとっていかに大きかったかが、この出家を巡る変貌にも表出されているのであって、眼病から落葉宮の出家まで、朱雀の自己は他者なのである。

女三宮の得度後、

後夜の御加持に、御物の怪出で来て、「かうぞあるよ。いとかしこう取り返しつと、一人をば思したりしが、いと妬かりしかば、このわたりにさりげなくてなん日ごろさぶらひつる。今は帰りなん」とてうち笑ふ。〈いとあさましう、さは、この物の怪のここにも離れざりけるにやあらん〉と思すに、いとほしう悔しう思さる。宮、すこし生き出でたまふやうなれど、なほ頼みがたげにのみ見えたまふ。さぶらふ人々も、いと言ふかひなうおぼゆれど、〈かうてもたひらかにだにおはしまさば〉と念じつつ、御修法、また延べて、たゆみなく行はせなど、よろづにせさせたまふ。(4)―三〇〇)

と書かれているように、物の怪が光源氏の眼前に出現する。既に、「誤読と隠蔽の構図―夕顔巻における光源氏あるいは文脈という射程距離と重層的意味決定―」[10]という論文で、克明に紫式部集を軸に分析したように、物の怪は男の「心の鬼」＝無意識であって、紫上と女三宮に憑依した六条御息所の死霊らしき物の怪も、紫上を死去したと思わせるような病気に罹らせ、女三宮を出家させたという、光源氏のコンプレックスであり、事実、この物の怪も光源氏の前だけに出現し、彼とだけ対話しているらしいのである。光源氏は、自己の内部で、自分の無意識と対話しているのである。つまり、この物の怪は、若菜・柏木巻で光源氏が振り撒いてきた、さまざまな他者に対する罪過の象徴なのであって、それに気づかず、無意識に抑圧し、物の怪に罪を転嫁しているのは、光源氏自身なのである。その意味で言えば、これらの巻で、さまざまな他者が描かれているものの、そしてその他者がそれぞれ対話によって交響楽を奏でてはいるものの、それらは光源氏と彼の深層心理を形成しているのであって、結果的には、光源氏は第一章で述べたように中心人物の一人ではなく、これらの物語の言説の中心を巌石のように占めている、主人公なのであり、この物語の題名は、あくまでも源氏物語だったのである。

注

（1）本書第一部第二章。
（2）『横浜市立大学論叢』（平成十五年三月刊　人文科学系列　第五十四巻第一・二・三合併号）所収。本書第一部第三章

(3) 雑誌「源氏物語試論集」(『論集平安文学』四号) 所収。
(4) 「源氏における言説の方法―反復と差延化あるいは〈形代〉と〈ゆかり〉―」(『物語文学の言説』所収) 等を参照してほしい。
(5) 『物語文学の方法II』所収。一九八二年八月に『文学』に発表したもの。
(6) 『源氏物語の言説』所収。一九九六年三月に『横浜市立大学論叢』に発表したもの。
(7) 本書第二部第二章注(2)の論文。
(8) 『源氏物語の言説』所収。(『平安朝文学』復刊九号二〇〇〇年十二月に発表したもの。)
(9) 注(7)の論文参照。
(10) 注(8)の論文参照。
(11) 注(1)参照。

第六章　暴挙の行方・〈もののまぎれ〉論（三）

——女三宮と柏木あるいは他者の視点で女三宮事件を読む——

〈五　第二部の語り手たち〉

若菜巻の、朱雀（一章）・光源氏（二章）・紫上（三章）・柏木・女三宮（共に四章）という源氏物語第二部のさまざまな中心人物に、個別に焦点を当てながら、彼らの自己・人格・実存が、複数の他者によって形成・紡織されており、その中心人物たちの熾烈な対話によって、第二部の物語が紡ぎだされてきたことを、主として〈言説分析〉・〈他者分析〉・〈深層分析〉等々の方法を動員しながら考察してきたが、結論的に言えば、源氏物語第二部では、光源氏を表面に立てて、第一部を継承しつつ出来事＝物語が表出されているものの、主題は、各々の過去を背負った光源氏をはじめとする各中心人物たちに別々に担われ、第一部のように、中核・眼目となる主題などはなく、読者は、そのそれぞれの各中心人物に担われた主題間の、対話＝ポリフォニー（多声音学・対位法）を外部から読み・聞くより他に、手立てがないということであった。しかも、その中心的な主旋律のない対話の深層に、藤壺の翳が、安易には見えも聞こえもしない隠蔽されているものではあるものの、深層で蠢く闇部として、底部に微かに響く低音の音律として存在していたのである。

つまり、源氏物語は、第二部の言説の深層・底部においても、さまざまな方法・手立てを動員しながら、第一部の〈一部の大事〉つまり藤壺事件という禁忌違犯の物語を継承していることを読み取ることが出来るのであって、源氏物語は〈書くこと〉を通じて、底辺・暗礁・深層には〈一部の大事〉を抱えながら、その〈もののまぎれ〉＝密通を表層で反復したように装いながら、それをずらし、差異化し、脱構築化、解体化することによって、新たに紡ぎ出した柏木と女三宮の密通事件という〈もののまぎれ〉を言説化することで、古代後期（中世初期）最初期の律令国家体制以後の、血統に支えられた貴族社会＝王朝国家＝摂関政治という、制度・秩序・体制の根拠・礎石・基盤にまで、疑問を投げかけるまでに成長していたのである。

藤原氏の氏長者・氏上の家柄の後継者になると思われている柏木に、退位した天皇朱雀の娘であり、准太上天皇光源氏の嫡妻である皇女女三宮と密通させ、薫という子供を誕生させたのは、出自・血統によって、特権を獲得していた〈貴族〉〈貴種〉という古代後期の国家体制の支配層であった上流世界の血統幻想を、〈もののまぎれ〉つまり密通によって攪乱し、その貴族社会の性的紊乱によって、王権の禁忌違犯を描出した第一部の〈一部の大事〉の主題を、第二部では、柏木と女三宮との関係である〈もののまぎれ〉を通じて、〈王権〉から更に〈貴族社会〉のあり方にまで深化・展開させていったのである。第一部の王権＝天皇という主題は、王朝国家体制という当時の国家幻想・観念形態にまで及んできたわけである。

この貴族社会が疎外していた、貴族国家という共同幻想に対する問いかけは、〈書くこと〉を通じて抱かれ言説化されたものであろう。第一部の主人公であった光源氏が、禁忌違犯＝藤壺事件によって、准太上天皇に即位した時に、その天皇制にとっての負の栄華の物語を、更に持続させるためには、主として採用できる方法は、〈天皇〉制に対する禁忌違犯という主題を更に拡大・延長・深化させ、しかも、主人公を光源氏とは別人にすることであった。つまり、主人公が、光源氏であったという痕跡を消去せずに、第一部を継承するために、視点を天皇から国家の中枢であった〈藤原氏〉の氏長者（とその子孫）に移し、国家幻想を露呈させるために、柏木・女三宮という、光源氏の〈次世代〉を、物語の中心人物の一人として据える必要があったのである。

しかし、天皇から国家体制へという主題の探求と共に、方法的変革も必要であった。従来の物語学の用語を使用すれば、物語内容ばかりでなく、物語形式の変革が、〈書くこと〉を通じて要請されてきたのである。〈対話〉という方法は、若菜巻のそうした物語形式における方法的制覇を端的に象徴するもので、若菜上巻が、朱雀を軸に、会話・内話等を動員して、〈対話〉を、冒頭の場面で長文を用いて克明に描出していたのは、そのためなのである。対話によって、第二部が紡ぎだされてくることを、冒頭部分で象徴的に、言説の上に宣言・刻印したのである。それが若菜上巻の饒舌な冒頭場面であったのである。

この〈対話〉という方法は、必然的にかつ同時に、読者に会話・内話文の個別な発話主体＝登場人物＝中心人物に、一体化・同化を求めることになる。主要な登場人物の内部・内面に、個別に一体化・同化すること無しに、対話言説は生成することができないのである。登場人物の立場や視点から、会話・内話文などを、彼らの過去体験も含めて、発話させることになったのである。彼らの内的な視点から、対話物語を展開しなくてはならなくなったのである。それ故、循環論的な物言いになるのだが、必然的に登場人物は、〈中心人物〉たちとなり、中心となる主題は拡散し、主題的中心を喪失した、主題同士の対話による物語が展開されることとなったのである。

しかも、この対話という中心の喪失は、読者を、あたかも演劇を鑑賞している観客のような外部・外側の位置に置くことになる。中心となる主題を持ち、英雄的な主人公光源氏を軸に展開してきた、第一部の物語では、物語の内部に立ち入り、少なくとも主人公光源氏の一喜一憂を内的に出来事に沿って克明に辿り、それを脇筋も含めて読み取ることが、主要な読解の方法であったのだが、第二部では、中心人物の各々に主題が個別に担われているため、その対話による主題の対位法を、外部から時系列に従って眺めることしか出来なくなったのである。回答のない永続的で終りなき対話を、外部から聞き眺めなくてはならないために、若菜巻は、中心人物たちの緩慢とした饒舌的なお喋りとなり、一面では、第一部的な主題的読みが出来ないために、一部の読者にとっては、つまらないテクストとなり、批評や研究も、主として若菜上巻の朱雀の女三宮降嫁問題に焦点化されてしまったのである。たとえ、降嫁の帰結である女三宮の密通事件に言及されることがあっても、主題的に読み取ろうとして、批判も含めた藤壺事件の因果応報論の周辺で批評や研究は展開してしまって、摂関政治体制の貴族社会の根源である血の論理にまで、この事件が波及していることを、見逃してしまっていたのである。筋書的な読みでは、第二部が目指したものが見えないことは、これまでの諸分析が明らかにしていることだろう。第二部は、読者に、別の方法による源氏物語解読を要請していたのである。第二部に入ると、読者自体の意識的変容がおのずから求められてきたのである。

　柏木と女三宮の密通という偶発的に見える出来事は、決して小型化された藤壺事件の、単なる反復・応報として理解してはならない。源氏物語では、反復は、同時に差異を伴うものなのであって、藤壺事件を更に深化させ、脱構築化させたものだと、解読しなければならないのである。その深化・解体の眼差しが、従来の女三宮事件に対する批評や研究では、〈何が描かれているか〉という物語内容を重視する、筋書的・主題論的な読みをしていたために、忘却されてきたのである。この第二部の四章にわたる論文で強調してきたのは、女三宮事件が、藤壺事件の反復であると共に、王権という主題を、第二部では、王朝国家＝摂関政治体制という、国家幻想の問題まで深化させ、脱構築化したことなのである。古代後期の王朝国家体制の貴族社会は、出自・門地という血の幻想の論理によって、かろうじて支えられていた体制・制度であった。近代（近世）とは違って、個（自己・自我）の努力などは考慮外に置かれていたのである。この貴族社会が内部に抱えていた血脈の共同幻想に、〈もののまぎれ〉によって、疑問を投げかけたのが、女三宮事件なのである。

皇族と藤氏という別種の王朝国家を支える貴族の血脈が、柏木と女三宮との密通によって攪乱され、薫という皇族でも藤原氏でもない、「猫」氏族とでも言うべき両頭的な怪物の氏（当時は、まだ「家」という概念は確立していなかったらしい）が創始されることになったのである。架空の「柏木氏」あるいは「猫氏」とでも言える氏族の、始祖伝承を描いたのが第二部だと理解すれば、現在的な眼から言えば、それなりに諒承されるのだが、この上流貴族社会における出来事は、王朝国家という秩序にとっては、単なる異常・異変・偶発としては片付けられない、禁忌違犯であり、国家に対する大罪・叛逆だと言ってよいだろう。

第一部の〈一部の大事〉は、古代後期に幻影的に確立してきた、万世一系を犯す大逆罪に当たるのだろうが、光源氏は、桐壺という天皇の皇子でもあり、藤壺も先帝の皇女であり、皇族・王氏という血の論理を紊乱させるものではなかった。だが、この女三宮事件の攪乱は、確かに〈もののまぎれ〉の反復であり、現在の文学テクストでは、密通は極自然の成り行き・出来事として、非日常性を帯びた小説・映画・テレビなどでは常時描出されているのだが、しかし、当時の歴史や社会のコンテクストを配慮すれば、この〈もののまぎれ〉は、現在の私たちの常識・理解を遥かに超えて、血の論理を根底に据えた、王朝人といわれている支配層の国家幻想に対する、擾乱・騒擾・壊乱・反逆・革命であったと言えるだろう。第二部は、対話という語りの方法を使用しながら、物語出来事の中に、その反逆的主題を密かに且つ鮮やかに忍び込ませていたのである。

つまり、第二部は、第一部を、以上の分析が明晰化しているように、〈なにを語っているか〉という点ばかりでなく、〈どのように語っているか〉という点でも、遥かに超越し深化した世界に到達していたのである。その場合、〈どのように〉という語りの問題に注目すると、朱雀・光源氏・柏木・女三宮などの中心人物ばかりでなく、若菜上下巻や柏木巻の第二部の前半部では、「語り手」が、叙述方法としての〈対話〉に参与していることが、重要な意味を持っていることに気付く。

既に克明に分析したように、この第二部前半部分の語り手は、〈紫のゆかり〉と名付けられる紫の上付きの女房たちで、彼女たちは、京域中に張り巡らされているらしい女房たちのネットワーク（網状の情報源）を巧みに利用して、六条院を中心に、宮廷社会や朱雀院などまでの空間の拡がりの中で、情報を集積して、第二部の物語を紡織している。さらに空間ばかりでなく、時間的にも、小侍従（か弁の君）から、後に女三宮や柏木に関する密通事件を軸とした情報を得たらしく、紫の上の没後に、帚木三帖の前後を飾る草子地などを考慮すると、「源氏物語」を、紫のゆかりと名付けられている何人かの女房が集い、語り合い、執筆し、訂正し、批評していたのであろう。だが、そうした情報の収集や物語生成と共に注目すべきは、第三章などで克明に分析・論述したように、語り手は自分たちの主体的なイデオロギーまで、源氏物語というテクストの上に、個性的に言説化していたのである。

つまり、語り手が自己のイデオロギーを述べているという、複数の女房でありながら、あたかも一人の実存する人物として振舞うという、奇妙な一人前の人間としての人格を物語の中で獲得していたのであって、語り手実体化論を越えて、彼女たちは登場人物の一人として、テクスト言説の中に存在し始めていたのである。語り手＝登場人物という図式は、桐壺巻の語り手が源典侍であったらしい想定が可能なように、既に源氏物語では冒頭の桐壺巻で示唆されてはいたのだが、主人公が光源氏であるという第一部の限界もあり、物語主題の形成には語り手は直接に参与してはいなかった。少なくとも、そのように装われて表現されていた。主人公光源氏と同等の機能を、語り手は果してはいなかったのである。もっとも、語り手が実体化されているが故に、自己のイデオロギーを表出できたことは忘失してはならないだろう。しかし、第二部に至ると、その語り手は、中心人物の対話という物語の方法に参加して、自己を語っているのであって、そのイデオロギーを、観客としての読者は、聞き分けなければならないことになったのである。

彼女たち語り手は、第二部の冒頭若菜上巻の冒頭部分で、その地位を下落させている。第一部では、六条院の女主人である紫の上付きの女房として、京域で誇り高い者として、自慢・自負していた彼女たちは、六条院の北の方であった地位を、紫の上が、女三宮に奪われたと同時に、六条院に居住する方々付きの女房と同等に扱われることになったのである。内裏女房たちのように、官位などは与えられていなかったのであろうが、都中で内裏女房以上だと誇示・自慢していた地位が、一変し、方々付きの女房として、式部卿宮の北の方に仕える女房と同等か、それ以下の扱いを、京域で受けることになったのである。彼女たちは、若菜上巻で召人以下の身分の女房として記述されているので、下（中）﨟の女房で、「番」のように里を持って、交替で六条院に通うような者ではなく、竹河巻冒頭の草子地などから想定すると、紫の上に近侍して、六条院・二条院に常勤・常住していたのであろう。だから、紫の上の死後も、（六条院か）二条院に留まって、古女房の仲間同士で、問わず語りをし、源氏物語の主筋が生成されることになったのである。

竹河巻の冒頭文には、「これは、源氏の御族にも離れたまへりし後大殿わたりにありける悪御達の、落ちとまり残れるが問はず語りしおきたるは、紫のゆかりにも似ざめれど、……」(5)―五三）とあり、〈紫のゆかり〉と〈悪御達〉とが対照的に叙述されているので、そこから想定すると、「紫のゆかり」と記されている彼女たちも、紫の上の死後も、二条院（か六条院）に行く先がないので「落ちとまり残れる」老女房たちだったと理解してよいのであろう。彼女たちが、女主人紫の上没後に集まって、つれづれを慰めるために、過ぎ去った昔を回想しながら、「問わず語り」していたものを、編纂されたものが、源氏物語の主筋の体裁だと判断できるのである。老女たちの語りであるから、彼女たちの偏屈したイデオロギーが表出されているのだと言えば、それまでなのだが、回想の中で、物語は昇華されていると共に、第一部の紫の上が北の方であった華美な栄華が賞賛され、第二部のそれに反した出来事が批判的に反芻されているのでもあって、第一部と第二部の差異は、そうした語り手たちの身分的位相のイデオロギーや無意識などによっても、物語叙述の上に反映されている側面もあるのである。

彼女たちには、物語の最後まで、紫の上が理想的な女主人であることが、望まれていたのであろう。紫の上に焦点を集めた本論文の第三章の他者分析が、そうした彼女たちのイデオロギーを含めた希望や意図あるいは無意識などを露呈・明晰化しているはずである。だが、そうした主人として仕えている紫の上と語り手の対話と共に、彼女たちが第二部の主要な中心人物たちとも対話していることも、第二部の解読の上では忘却してはならないだろう。

女三宮の降嫁を意識・実現したのは、皇女零落譚を配慮した朱雀であるし、最後まで藤壺が意識の翳となっていることなどは、彼女らには理解できなかったのであろうが、女三宮との結婚を申し出たのは光源氏で、自己の地位を下落させたのは、それら高貴な貴顕の男たちであるという遺恨は、朱雀・光源氏を叙述する言説に底流として表出されているのである。さらに、柏木と女三宮との密通事件を、あくまでも外部から眺めながら、痴態として、彼女たちは描いているのであって、その惨めたらしいという眼差しは、分析した言説の端々に発見・解読できたはずである。

つまり、読者は、〈紫のゆかり〉という語り手とも、第二部を読みながら対話しなくてはならないのであって、彼女たちの人格を形成している他者も、常に読み取らなくてはならないのである。もっとも、彼女たちの他者と言うのは、主として京域での自分たちの仲間たち女房の評判・噂・風評なのであって、そうした眼で、語り手ばかりでなく、朱雀・紫の上などの中心人物たちも見るべきで、第二部の読みでは、中軸的な主題となっている国家幻想と並行して、叙述されていない黒子としての他者＝女房たちが、意外に大きなテーマとして浮上してきているのである。語り手や京域の人々は、読者の対話すべき相手として、言説としては表面で表出されていることは少ないが、現に物語の中に実存して生活していたのである。

ところで、第二部を読むことは、底流している第三部の方法を、言説の背後に隠されて前意識的にあるものとして、徹底して意識化・言語化して探ることでもある。何が描かれているかという、中軸的な主題となっている貴族社会の批判や、どのように描いているかという対話という言説方法と共に、解読すべきは、源氏物語第二部が、可能性として何を底流させているかということなのである。貴族社会批判という反逆の彼方に、それ以後として、第二部は、主題的に何を追及して行くことになるのであろうか。女三宮と柏木のもののまぎれによって幼児が誕生していることは、筋書としても叙述されていた。その不義の男子が薫であることは言うまでもないのだが、この「柏木氏」「猫氏」とも言うべき氏族の最初の人物が、これからの物語の中心人物の一人として活躍するだろうことは、読者の予想の範囲内だと言ってよいだろう。

しかも、彼には、王族と藤原氏という二つの血脈が担わされ流れているのであって、その血の両価性に苦悶・分裂する姿も、読者の予想範囲内に含まれるのである。しかも、後に叙述される第三部の前半の橋姫巻巻末ではあるものの、既に分析したように、薫は、柏木の遺書を読んだ後に、出家している母の女三宮の所を訪問すると、「経読みたまふを、恥ぢらひてもて隠したまへり」（⑤―一五七）という、出家している女三宮の姿を見ることになるのであって、この有名な場面で、聖と俗に切り裂かれている母の外側から覗ける内面は、以後の彼の内部・内側に転化されるのであって、〈聖・俗〉に分裂して生きなければならない実存が、薫の担う主題の大きな課題の一つとなることは、暗示的ではあるものの、第二部でも深部で示されていたのである。両義・背反的に分裂している人格が、

第三部の中核となることは、浮舟といった女性が登場することなど、第二部を読んでいる読者の予想外ではあるものの、前意識的には、第三部の推測できる結構を、第二部では底流させていたのである。

しかも、この背反する人格の両義的な分裂は、第四章で論じた、朱雀・女三宮・光源氏のかろうじて保たれている人格・内面の分裂と、無関係ではないだろう。二十一世紀の現在でも、具体的な固有の人格は、私自身に対して言及しても、教室・学会・飲み屋・電車・店屋・家庭などと、他者に見せる顔はさまざまで、その人格分裂は、かろうじて自分であるという奇妙な錯覚している身体・幻想で保持されているのであって、これに幼児と老人という私の体験した時間経過まで加えれば、固有性を持った具体性とは、さまざまに分裂し・分割し、破壊・爆発する寸前を意味しているのであって、源氏物語は、第二部でそうした具体的固有性を持った、ようやく薄い皮膜一枚で保たれている人物像にまで到着していたのである。理想的な典型としての英雄光源氏から、個別性を有する個的な人格まで、源氏物語は〈書くこと〉を通じて探求することで、第二部では、その入り口と言うべき言説に到達していたわけである。

既に何度か言及してきたように、こうして第二部では〈話素〉を主体とした筋書的な解読は無効になっているのであって、どのように叙述されているかという、〈描写〉の方法を味わうことが、テクストを読む態度になっているのであり、源氏物語は、第二部に至ると描写に自覚的な、〈反物語〉の世界に一歩踏み出していたのである。その場合、反物語とは、読者による類型化を拒否するテクストとして理解すべきで、時によっては、この反物語性は、習作・実験小説と判断される可能性があるのでもあるが、そうした試行錯誤という実験を超えて、源氏物語第二部は、世界の文学でも稀有な言説の結構に踏み込んでいたのである。パロディ・常套句などの模倣・引用の技法などを別とすれば、描写は、読者の類型化を拒否するところで成立する方法なのである。

その際、注目すべきは、〈対話〉という言説の方法なのであって、この方法は、ミハイル・バフチンが『ドストエフスキーの創作の諸問題』（『ドストエフスキーの詩学』）などで明らかにしているように、ドストエフスキーが十九世紀にポリフォニーの方法として確立した叙述だと言われているのだが、その遥か以前の東洋で、十一世紀の初期に、源氏物語は第二部において、方法として採用していたのである。しかも、源氏物語は、この方法を第二部では自覚的に表出していたらしく、既に指摘したように、若菜上巻の冒頭場面では、朱雀を狂言回しとしながら、会話・内話文をさまざまに動員して、〈対話〉という技法を採用することを、高らかに宣言していたのである。

だが、第二部がドストエフスキーと同様に、〈対話〉の方法を採用していたこと以上に重要なのは、第二部が、第三部の方法である薄い一枚の皮膜で人格の〈分裂〉をかろうじて保っている、具体的固有性を描く方法を、言説の深奥に底流させていることなのである。アンチ・ロマンにその方法の萌芽が見られないわけではないのだが、この〈分裂〉は、源氏物語が、他の散文小説・物語が実現できずに挫折した、その敗退を遥かに超えて十一世紀の初期に到達した、唯一と言ってよいテクストの方法なのである。それについては、第三部の浮舟を軸に〈もののまぎれ〉を分析する際に、できるだけ詳細に分析・考察することになるだろうが、この未踏のプロット構成は、狭い私の読書体験ではあるものの、他の世界の文学が到達しえなかった極北だと、言えるのではないだろうか。こうして、源氏物語は、〈書くこと〉によって、虚構の上ではあるものの、日常を生きている個々の人々の姿を具体的に描出することに、一歩近づくことができたのである。

日常生活では、「可」を取ることでさえ不可能だと思える学生に、「努力して勉強すれば進級できるよ」などという声を、矛盾していることさえ気付かずに、かける時はしばしばあるのだが、その矛盾した、日常的な両義的で多義的に分裂した具体性を、非日常的な文学において表出したテクストは少ない。正直か嘘つきか、愛しているか愛していないかなど、そのどちらかに、一義的に一人の人物に典型化するのが、文学の技法だという帰依が、これまでの文学理論の立場だったのである。源氏物語の第二部は、逆に、その日常的で固有な具体性に接近することで、人間であることの根拠を凝視しようと底流では試みているのである。分裂する人格をかろうじて統一している、薄い一枚の皮膜とは何なのかを、問いかけることによって、人間を存在させている「生」の意味を解答しようと試みているのである。だが、その答を見いだせそうもない問いかけは、浮舟の擬似入水という死の彼方を表出することによって、かろうじて解答といったものが与えられるのであって、その解答はこの第二部では見出せないはずである。

ところで、私の、大学の教室・大学の研究室・大学での教授会・通勤電車・飲み屋・通勤路・店屋・家庭などにおける、さまざまな「顔」という皮膚は、何によって生成しているのであろうか。〈場〉という、多数の他者たちのいるコンテクストによって与えられているのである。ここでもまた、〈他者〉という課題に行き着くのである。と言うより、自己とは、さまざまな意識化することさえできない他者という「場」のことなのであって、その「さまざま」という自覚さえできない多数の他者のあり方が、〈分裂〉を自己に前意識的（注意を集中すれば、意識化・言語化できるかもしれない抑圧されているもの）として与えているのである。だが、このさまざまに分裂している顔は、日常生活において露わに表出されることは稀である。時空が変化していることを詳細に観察している、神仏のような絶対者・超越者の眼は、日常生活にはなく、それ故、自分でさえ、普段はこの矛盾や多義的な分裂に気付くことなど全くないのである。

〈おまえの現在の能力では『可』さえ取ることができないよ〉と思いながら、「努力すれば進級できるよ」と学生に声をかけるという、背反した矛盾した行動・会話をすることは、励ましの場合以外は、日常生活では決して起きないだろう。だが、〈密通したのだから、出家するのは当然だ〉と思いながら、「出産で死ぬとは限らないのだから、出家を思い留まりなさい」と発話する光源氏の、源氏物語中での背反・矛盾した行動は、物語文学である限り表出できるのである。日常では矛盾なのだが、物語という書かれた非日常的な物語宇宙では当然なのである。当然であるがゆえに、〈分裂〉は、描写でき、それ故に、文学とは、日常的な眼差しからみれば、狂気の言説なのである。そして、その狂気を支えるのが、文学特有な、内話文であり、地の文・自由直接言説・自由間接言説などの言説なのである。

物語・小説などで、人格の〈分裂〉が表出されているのも、それらの言説があるためで、日常で、私がさまざまな顔をもっていることなど気付かずに生活しているのは当たり前で、かえってそれを自覚して行動すると、生活はちぐはぐになり、ぎくしゃくとなり、滑らかに進行しないはずなのである。しかし、日常でも発話されている会話文はともかく、物語や小説などの文学では、内話文や自由直接言説・自由間接言説という特有の言説があり、しかも、地の文を用いて、登場人物の無意識的な内面さえ表出することが可能なのである。

日常生活では、内話文は決して聞くことが出来ない。時々、電車や駅で発話している人を見かけることもあるのだが、周囲の人々は、そんな内話らしき発言をしている人を、避けているようである。「狂気」なのではないかと、人々は思っているのである。だが、物語・小説などの書かれている文学では、内話文は記入可能なのであって、会話文と内話文が矛盾しても構わないのである。文学・芸術では、内話文が記述・発話されていても、周囲にいる登場人物・役者には聞こえていないという、暗黙の読解の約束・規約・契約になっているからである。登場人物と一体化・同化して表出される自由直接言説や、登場人物の声と語り手の声が、重層して読者に聞こえる自由間接言説の場合も同様で、こうした言説は、日常生活に表出されることがないだろう。

つまり、内話文・自由直接言説・自由間接言説などの文学特有な言説は、〈分裂〉という人間の根源的なあり方を表出するのに、最も適したものなのであって、日常生活では、見えも聞こえもしない他者の内的体験を、言語として露呈できる文学独自の方法なのである。日常生活が隠蔽している分裂しながら実存している、固有な具体的な人間を描くその方法が、文学特有の諸言説に備わっていることを、源氏物語は、〈書くこと〉を通じて第二部の対話の底流に発見し、第三部の叙述方法として採択したのである。

もちろん、内話文・自由直接言説・自由間接言説などの言説は、第一部でも使用されていた。しかし、光源氏という英雄的な主人公を描いている間は、その言説に使用されていても、逆にその言説を意識的に利用することなど気付くことがなかったのだろう。しかし、対話という技法を第二部で採用した時から、これらの言説が、個々の別人の固有な内面を表出する方法として、最も適切なものであることに気付いたのである。こうして源氏物語は、個別的な固有性を持った中心人物たちの、内面的な〈分裂〉を表現できるようになったのである。

源氏物語若菜下巻は、再び朱雀に回帰して終わる。その押し詰まった師走を描写する文は、

御賀は、二十五日になりにけり。かかる時のやむごとなき上達部の重くわづらひたまふに、親はらから、あまたの人々、さる高き御仲らひの嘆きしをれたまへるころほひにて、ものすさまじきやうなれど、次々にとどこほりつることだにあるを、さてやむまじき事なれば、いかでかは思しとどまらむ。女宮の御心の中をぞ、いとほしく思ひきこえさせたまふ。例の五十寺の御誦経、また、かのおはします御寺にも、摩訶毘盧遮那の。

(4)―二七五)

と書いている。描かれている〈話素〉としての出来事は、十二月二十五日に朱雀の五十賀が開催されたということのみである。だが、その話素に張り付いている〈描写〉は多義的で、さまざまである。

五十賀の、華麗で豪華で荘厳であったろうと思われる行事の周辺には、さまざまな思いと出来事が渦巻いている。光源氏は、主催の主役である女三宮の密通を知っているし、その不義の前提となる、女三宮の「後見」となると提案・結婚したのは、自分自身の意思であることを自覚している。もちろん、その翳には無意識的に隠蔽されている藤壺がいる。

冷泉政権の若手の公卿で、冷泉の近侍者である、女三宮と密通した柏木は、師走の十余日に開催された賀宴の試楽にやむなく六条院に参上し、光源氏に「うち見やり」を受け、悩乱し、親元で病気療養をしている。大臣夫妻を筆頭に、一族の期待を担っている柏木の病臥は、藤原氏ばかりでなく、「世」の嘆きだと言ってよいだろう。懐妊している女三宮は、密通を光源氏に知られ、訓戒を受けている。賀の対象である朱雀は、山寺に籠もりながら、女三宮の懐妊＝病気や、光源氏との夫婦関係が良くないことなどを、女三宮付きの女房や京域での噂で聞き知っていて、心痛し、心底では、光源氏を恨んでいるはずである。

にもかかわらず、五十歳を祝う賀算なので、延期するわけには行かず、師走になっても、今年度中に巻数《くわんじゅ》を、願主女三宮は、朱雀に送らねばならないのである。年齢を考え五十の寺で誦経して、その巻数を捧げ、仁和寺をモデルにしたらしい山寺でも、盛大に大日如来を讃える経典が読まれたらしいが、その喧騒とした華麗な読経の背後には、さまざまな他者の思惑が低音として響いているのである。

若菜上巻は、朱雀の「悩み」から開始されており、その病気は他者の形成した彼の無意識が遠因であった。賀算も、他者たちの祝賀に溢れているはずなのだが、背後ではその祝賀の饗宴は、逆に、さまざまな他者の怨嗟が渦巻いているのである。見えない他者たちが、巻頭と巻末には表出されていて、それがこの巻を彩るテーマの中核の一つであることを暗示しているのではないだろうか。

第三部　浮舟事件——閉塞された死

第一章　閉塞された死という終焉とその彼方（一）

——浮舟物語を読むあるいは〈もののまぎれ〉論における彼方を越えた絶望——

〈一　はじめに—東屋巻冒頭における婚姻破約譚の意味—〉

　源氏物語第三部宇治十帖の後半に描かれている、〈もののまぎれ（密会）〉を描いている浮舟物語は、他の古代後期の物語文学と同様に、宿木巻の薫の〈垣間見〉から始発する。源氏物語などの古代後期の物語文学では、前景化されていない場合も多いのだが、文学の必然性として非日常性を常に帯びているため、主要な旋律となっている、恋愛・婚姻・密通などの登場人物たちの男女関係は、主として、〈垣間見〉から始まるのが普通である。あまり、注目されていないようだが、源氏物語の〈一部の大事（源氏物語全篇で一番大切なこと）〉と安藤為章の『紫家七論』で言われている、〈もののまぎれ〉を描いた藤壺事件＝藤壺の物語にしても、桐壺巻後半部分の、

　「……なめしと思さで、らうたくしたまへ。頬つきまみなどは、いとよう似たりしゆゑ、かよひて見えたまふも、似げなからずなむ[1]」など聞こえつけたまへれば、幼心地にも、はかなき花紅葉につけても心ざしを見えたてまつる。（1—一二〇）

という場面から開始されているのである。

「中国」の古代王朝から、「日本」の上流貴族社会に移入された習俗らしいのだが、古代後期においては、上流貴

族の女性には、親族以外の男性には「顔」を見られてはいけないという、〈禁忌《タブー》〉が存在した。物語文学に描かれるような、公的で正式ではない恋愛関係は、それゆえ、顔という他者の外皮を〈見る〉という、禁忌違犯つまり垣間見から、物語の展開は始発するのである。生産に従事する農民たちなどは、顔を見られずに労働することなど不可能なので、上流貴族は、蕩尽する消費を象徴させるために、敢えて顔を見るという行為を、労働しない女性に禁忌化したのであろうが、文学と言う〈叛く力〉は、それを逆手にとって、垣間見を物語の始点に置いたのである。

桐壺帝は、若妻の藤壺に対して、あなたは幼い光源氏の母故桐壺更衣に大変よく似ているのですから、光によそよそしくしないようにと、懇願・依頼する。それゆえ、父帝の公認の認可もあり、光源氏は、桜・紅葉などの季節の草木に託して、草花に内容的に合致した和歌を贈るなどして（折り枝）、思慕・憧憬の念を強めるのだが、そうした表層的な関係叙述の背後では、まだ成年式前の男童であるので、光源氏が、いくら庶母藤壺が顔を隠そうと努力しても、典侍から「いとよう似たまへり」と言われ、亡き母の面影を宿していると思っている、彼女の容貌を見てしまったという、禁忌違犯の事実体験が、表現の深奥では語られているのだろう。つまり、垣間見とは言えないかもしれないのだが、藤壺事件もまた、女性の顔を〈見る〉という、〈垣間見〉と同種の禁忌違犯から、その〈一部の大事〉と言われている、源氏物語第一部の中核となる物語を語り始めているのである。

更に、若紫巻から開始される紫上の物語の発端については、言うまでもないことだろう。何度か、その尼君と幼い紫上を、光源氏が乳母子惟光と共に、小柴垣から垣間見する場面を言説分析したことがある。一人称の垣間見という技法は、この時期に至ると、特性ある言説を生成しているのである。特に、自由間接言説・自由直接言説・内話文・草子地などを分析・区分する際には、一人称の垣間見は、登場人物の視線から同化して場面を表出しているので、言説分析を行う際には重要な意義を果していているのである。

また、源氏物語における〈もののまぎれ〉の一つである女三宮物語が、垣間見から始発していることに関しては、既に述べた。[2] 女三宮が垣間見されたことを知った時から、柏木との真の恋愛・密通の、禁断の恋物語が展開されて行くのである。安藤為章の言う「一部の大事」と関連している、〈もののまぎれ〉に直接には関わらない、空蟬などの男女関係については、他の論文でも垣間見の視点についてすでに分析しているので、[3] これ以上言及するのを避けるが、物語文学では、このように性の異なった他者を、隙間から密かに〈見る〉という身体行為が、重要な意義を果たしているのである。垣間見は、物語という迷宮・冥府を訪問して行く際の、回路の主要な入り口の一つなのである。

ところで、垣間見という課題を考察する時[3]に忘却しやすいことだが、「〈見る〉男／〈見られる〉女」という物語文学の垣間見場面の構図の背後には、平安朝には、逆に、「〈見る〉女／〈見られる〉男」という、あまり注目されていない、隠れた日常的な構図が、その裏側にあることである。垣間見は、（小）柴垣や御簾・几帳などの〈隔て〉から、主として男性が覗き見をする行為なのだが、覗き見される女性には、日常的に御簾の裏側や几帳のほころびなどから、男性を詳細に覗き見する、〈観察の自由〉があったのである。つまり、女性たちにとっては、例外はあるものの、〈見ること〉は、禁忌ではなかったのである。というより、後に述べるように、女性は、〈見ること〉を、積極的に自己の実存としていたのである。

『源氏物語絵巻』の竹河巻の「竹河（一）」の画面に描かれているように、正月元旦に、玉鬘の邸（故鬚黒邸）を訪れた、若い四位侍従の薫が、階に足をかけている華麗で優美な容姿を、垣間見しているのは、女房たち（語り手の「悪御達」か）の女性たちで、御簾越しに、ほころびなどから、一斉に眼が注がれている様子が分かるのだが、このように女性は〈見る権利〉を保持していたのである。つまり、女性たちにとっては、〈見られてはいけない禁忌〉

は、同時に〈見る権利〉と表裏の関係にあるのであって、この事は、後に述べるように、平安朝の貴族社会・文化・文学・思想における、主体・身体・言語などの問題を考えるためには、〈見る〉ことは、重要な意義を果たしていたと言えるのではないだろうか。

葵巻で、車争いの前提となった葵祭の葵上や六条御息所の祭見物も、光源氏を中心とする男たちの行列を、女たちが〈見る〉ことから生じたのであって、華麗な彩りの「出車《いだしぐるま》」も、単なる見物用の乗用車として解釈するのではなく、発想を逆転させ、乗車している女たちが見ているという記号そのものとして理解すべき側面もあるであって、出衣《いだしぎぬ》をした牛車に出会った時には、行列している男たちは、見られているという自覚で威儀を正し、気取った態度で行列しなければならなかったのである。特に「出衣」（打出・押出を含む）の場合は、寝殿の簾や几帳の下や、牛車の後方の簾の下から、敢えて見られるように出された、美しい女房装束の袖口や裳の褄などの端の装飾から、男たちは、女性の美貌・趣味・教養などの美的感覚・知識・感性等をさまざまに想像する必要があると共に、同時に自分が簾越しに見られているという、自覚を強制されているのであって、気取った態度で威儀を正し、その華麗な衣装に対峙しなければならなかったのである。〈見られていない〉という、御簾や几帳などの〈隔て〉がありながら、〈見ること〉は、女性たちにとっては、彼女たちの実存そのものであったのである（なお、例外的ではあるが、枕草子によれば、男性も出衣をしている時がある）。

つまり、平安朝においては、女性の顔を見ることが禁忌化されていた男性と、隔ては置いてあるものの、自由に見ることができる権利を持っていた女性たちの間には、差異があるのであって、この男女における落差が、貴族社会の女性や「女流」文学などに、今日から言えば当たり前のことだとも解釈できるのだが、独自な特性を与えていたのである。

既に、メルロ＝ポンティが述べていることだが、他者を見ることによって身体を通じて主体は実存し、本来、言葉は他者の言葉であるがゆえに、その言葉によって主体を他者に表出できるのである。つまり、他者を〈見る〉という身体行為によって、主体・言葉は受肉されるのであって、〈身体〉をもち、〈見る〉ことが自由であった存在だからこそ、女性は、主体・客体・言葉（言説）・自然・季節などの概念を生成できたのである。古代後期において、〈見る〉ことがタブー化されていた男性は、顔という他者を認識し得ないために、身体・主体・客体・言葉・自然などを、真の姿で現象・疎外・表出できない。女性だけが、その権利・特権を有していたのである。劣者は、逆転させると、優者となることも時には可能なのである。

平安朝女流文学が優れた文学的達成を遂げた根拠に対しては、その理由はさまざまに挙げられるのであろうが、歴史社会学派が主張した「受領の女」とか、「類似・源氏物語の認識論的断絶―贈答歌と長恨歌あるいは方法としての〈形代／ゆかり〉―」という論文で指摘したように、贈答歌で切り返しの技法を要求された女性たちの返歌の方法などと共に、その理由の一つとして、〈見る〉身体も配慮すべきで、隔てが置かれているものの、〈見る自由〉があるがゆえに、女性は、主体であり、言葉に受肉でき、主体自体が自らの身体を他者を通して事物《もの》であると眺め＝認識することができたために、自然を概念として把握できたのである。つまり、古代後期の平安朝女流文学の、衣装描写や身体表現・自然描写・季節に対する敏感さなどの、諸特性の幾つかは、女たちの〈見る自由〉に支えられていたのである。

なお、「紫のゆかり」「悪御達」のように、源氏物語の語り手の多くが、女房として実体的に表出されているのも、この女性が〈見る権利〉を保有していたからで、〈見る〉という禁忌意識なしの身体行為は、物語の形式まで規定していたのである。また、これからの東屋巻の分析では、浮舟の母の中将の君の、「垣間見」について叙述して行くことになるのだが、それは正確な用語使用とは言えないのであって、匂宮夫妻の場合には、「ゆかしくて物のはさまより見れば」とあり、薫の場合は、「待たれたるほどに、歩み入りたまふさまを見れば」などと書かれているのであって、男性のような禁忌意識は、中将の君のような女性にはなかったのである。

宿木巻巻末場面の、初瀬詣の帰途の浮舟を、偶然、薫が奇妙な格好で〈垣間見〉する様子については、既に、「自由直接言説と意識の流れ—宿木巻の言説の方法あるいは読者の言説区分—」という論文で詳細に分析したので、(4)この垣間見場面の薫の〈意識の流れ〉が、浮舟物語の始点であることだけを強調して、この物語も垣間見から始まっていることを確認しておこう。だがこの確認は、既に若紫巻の女三宮物語でも行っており、(5)とするならば、単純な反復を可能な限り回避するという、源氏物語特有の物語技法を配慮するならば、この浮舟の物語が、落窪物語で類型・典型化された「垣間見→強姦・恋愛・結婚→栄華・出家・復讐」という物語展開を逸脱するテクストで、この垣間見叙述は、その反復を拒否する反物語文学の予告だと理解できるだろう。実は、後に詳述するように、浮舟物語の始発を象徴するのは、宿木巻巻末のその反物語性を示唆する垣間見場面ばかりではなく、東屋巻巻頭の左近少将との関係にも存在するのである。だが、この浮舟物語が、物語文学を逸脱した、〈反物語〉として始発していることは、記憶しておく必要・価値があるだろう。

東屋巻は、浮舟の母中将の君が、求婚者の中から浮舟の結婚相手として左近少将を選択することから始まる。物語の始発を示唆する垣間見をしながら、世間体を憚って躊躇していた薫に対して、身分の相応しい左近少将を、浮舟の相手として母は選んだのである。ここでもまた、第二部の若菜巻と同様に、後にも言及するように、「身の程」「際」が物語主題の一つとなっていたのである。東屋巻の冒頭場面に、中将の君の心中思惟の詞として、〈……人もあてなり、これよりまさりてことごとしき際の人、はた、かかるあたりを、さいへど、尋ね寄らじ〉(一四)と書いてあるように、一旦は、母君は、左近少将が「あて」で「際」のある、身分・家柄として、浮舟の結婚相手に相応しい人物として判断していたのである。浮舟という、受領コースの到達点にいる常陸介の娘（実は義理の娘）の結婚相手としては、出世すれば権力の集中している公卿の可能性もある、若い少将に賭けたのである。親の推挙・公認した、当時の公式的な結婚のあり方が選択されたのである。

だが、この婚姻は、成就されない。常陸介の実の娘を少将は所望して、義理の娘である浮舟との婚姻は破談となるのである。その際、左近少将は、「はじめより、さらに、『守の御むすめにあらず』といふをなむ聞かざりつる。同じことなれど、人聞きもけ劣りたる心地して、出で入りせむにもよからずなんあるべき。ようも案内せで、浮かびたることを伝へける」（二七）と言って腹立ち、仲立ちのおべっかもあり、介の実の娘との結婚が進行するのである。この「け劣りたる心地」「浮かびたること」という少将の発話から、当時の正式・公認の婚姻の展開を読み取ることができるだろう。

一つは、公的な正式な婚姻では、殿上人らしい正五位下相当の左近少将には、経済力・政治力などの事情もあり、受領常陸介の娘が妻に相応しかったということである。しかも、年齢差よりも、その受領の実の娘かどうかが、第二に重視されたことである。世間体からも「け劣りたる心地」がするという表現が、それをよく示唆していると言えよう。また、女房たち仲立ち・仲人の役目が、日常的な婚姻関係では、重要であったことも忘れてはならないだろう。女房たちの階層が、京域に拡げたネットワークは、強力で、意外に広かったのである。

浮舟は、零落している皇族（八の宮）の、しかも、召人腹で、常陸介の実の娘ではない。この身分・家柄などで、婚姻が纏まらなかったことは、特権階級である貴族社会の公的な制度・秩序から浮舟は外れ、独自な生き方をしなくてはならないことを意味している。ということは、東屋巻冒頭で長文を費やして描写される左近少将との結婚話とその破談は、固定した秩序の保守に汲汲としている貴族制度の批判・非難であり、浮舟という登場人物が、貴族社会という体制の中で、制度外をどのように生きてゆくかが、これからの物語展開の主題の一つだということを、意味していると解釈できるだろう。東屋巻の冒頭から、浮舟という登場人物設定がされ、彼女が左近少将から破談されるのは、これからの物語が、貴族社会の問題を扱うのではなく、貴族社会の制度外・秩序外の問題群が凝視されることを、宣言しているのである。

なお、東屋巻冒頭のこの場面は、変型された継子虐め譚の話型でもある。常陸介という継父は、婚姻において、継子よりも実子を優遇し、継子は虐められる。これは、継母が継父となっているものの、典型的な継子虐め譚を想起させる。だが、浮舟物語では、他の継子虐め譚のように、物語の末尾で実子が零落し、継子が栄華を達成するわけではない。浮舟物語では、玉鬘物語と同様に、住吉物語などに似た、長谷寺信仰をめぐる継子虐め譚の引用が多いのだが、物語全体をその話型で括ることはできないのである。なお、既に指摘されている竹取引用も同様だが、宇治十帖における話型については、その変形・歪型なども含めて、再検討する必要があるだろう。少なくとも、第一部と同様な扱いを、話型論に対して試みてはならないだろう。源氏物語の終わりに置かれている浮舟物語は、物語文学を逸脱した、反物語文学の特性を帯びていて、類型という枠に閉じ込めて分析することが出来ないのである。なお、ここでも、話型も含めて類型は、読者による認識であることは、忘れてはならないだろう。

破談を告げる常陸介の発話中には、

「我を思ひ隔てて、あこの御懸想人を奪はむとしてたまひけるが、おほけなく心幼きこと。めでたからむ御むすめをば、要ぜさせたまふ君達あらじ。賤しく異やうならむなにがしらが女子をぞ、いやしうも尋ねのたまふめれ。かしこく思ひくはだてられけれど、〈もはら本意なし〉とて、外ざまへ思ひなりたまひぬべかむなれば、〈同じくは〉と思ひてなん、『さらば御心』とゆるし申しつる」など(6)―二七～八)、という会話言説が記されている。文中の「めでたからむ御むすめ（＝浮舟）をば、要ぜさせたまふ君達あらじ」という表現は痛烈である。「えう」に「用」「要」などのどんな漢字を当てるかは問題であるが、浮舟も、伊勢物語の業平と同様に、「東下り」＝さすらひの運命を背負った、貴族社会の「要なき者」＝無用者だったのである。伊勢物語引用だとは言わないが、この浮舟を女業平と位置づける、源氏物語の言説は重要である。長谷川政春などが考察している「さすらひの女君」という浮舟の宿命は、東屋巻冒頭で予告されていたのである。受領の実女でないという「程」「際」という出自が、彼女の運命を決定付けたのである。と言うことは、出自・家柄のみが意味を持つ貴族社会において、源氏物語の最後半で叙述されている浮舟物語は、貴族社会批判として、物語が展開されることを意味していると、解釈できるだろう。貴族社会において、「程」「際」から排除された女性の境涯が追及されることが、これからの主題群の一つの中心であることが、明晰化されたわけである。

破談を聞いた、浮舟の母の中将の君と乳母との会話には、

「……故宮の御ありさまは、いと情々しくめでたくをかしくおはせしかど、人数にも思さざりしかば、いかばかりかは心憂くつらかりし。この、いと言ふかひなく、情なく、さまあしき人なれど、ひたおもむきに二心なきを見れば、心やすくて年ごろをも過ぐしつるなり。……」(6)―三〇)

「……上達部親王たちにて、みやびかに心恥づかしき人の御あたりといふとも、わが数ならではかひあらじ、〈よろづのことわが身からなりけり〉と思へば、よろづに悲しうこそ見たてまつれど、いかにして、人わらへならずしたてまつらむ」と語らふ。(6)―三〇～一)

という言説が記されている。問題は、傍線を付した「人数にも思さざりしかば」とか「数ならでは」という中将の

君の自己認識である。貴族社会では、自分は数えあげられる価値がない者だという認識なのだが、ここでは召人は、貴族社会では、翳の存在で、貴族社会の表層からは排除されていることを、意味しているのであろう。彼女が、いくら自分の娘を、「人わらへ」にならないように努力して養育しても、日陰者＝「召人の娘」という印象は、浮舟から拭うことができなかったのである。ここに、宿木巻以後の浮舟物語の主題群の核となるものが提示されていると言えるだろう。貴族社会から排除され疎外され人目を忍ぶ女性の行き方が、これからの探求の大きな課題の一つであることが、宣言されているのである。

庶民・常民などとは言わないが、貴族社会を犠牲的に裏で支えた、しかも、源氏物語という題名に背かない光源氏像を継承している、当時は劣位に置かれていた女性の登場人物が選択されたのである。『岩波古語辞典　補訂版』では、「②平安時代、貴族の私宅に仕え、主人と情交の関係を持つ女房。妻、妾に準ずるもの」と、「めしうど」の項で書いているが、光源氏の「准太上天皇」と同様に、ここでも「准」という実存が選択されていたのである。源氏物語では、一貫して、登場人物の自己同一性ではなく、そのずらし、差異化が主題であることが、ここでも現象しているのである。既に、『源氏物語の言説』という著書の末尾に掲載した「類似・源氏物語の認識論的断絶―贈答歌と長恨歌あるいは方法としての『形代／ゆかり』―」という論文でも書いたことだが、源氏物語の方法の核となっている、「准」＝「なずらふ」＝「形代／ゆかり」などの鍵語は、現前の形而上学を脱構築化するものなのであって、源氏物語では、主人公である光源氏（准太上天皇＝「国の親」と「輔弼くる方」）や紫上（本人でもありながら「形代／ゆかり」でもある）という出発点から、既にアイデンティティが崩壊していたのである。浮舟もまた、召人の娘として、自己同一性を喪失した登場人物の一人として、設定されているのである。

光源氏も含めて、源氏物語の登場人物には、初めから主体性などなく、そう思われるものも他者から徐々に形成されたものなのであって、しかもそれは、常にずれを伴ったものなのである。源氏物語の登場人物論は、そうした差異の認識を前提にして樹立されるべきで、その方法的認識の欠落している、自己同一性を前提とした人物論は、源氏研究では無効なのである。多くの源氏物語の人物論は、登場人物には一貫して自己同一性が存在するという幻想・幻影の上に成立している。従来のような人物論を遂行するためには、源氏物語の登場人物は、アイデンティティがあるという特別な証明をしなければならないのである。入門期にある学生たちのレポートなどはともかく、論文の評価基準には、このずれ・差異が、どのように意識・表出・言説化されているかが、今後は問題化されるようになるだろう。

なお、三田村雅子は、「召人のまなざしから」などの、召人についての先駆的な一連の論文(6)を書いている。その論では、主として、「代理視点」として召人を扱っているのだが、宇治十帖に至ると、視点の問題のみならず、後に叙述することになるだろうが、召人は、貴族社会での階級的・階層的地位の問題でもあり、登場人物の差異のある実存の問題でもあり、源氏物語が内在的に保有している批判意識の問題でもあることに、注意しなくてはならないだろう。「召人」の位相に立ち、その方向性を深化させつつ、宇治十帖を分析して行くことが、今後の課題なのである。なお、召人については、後の章でも言及することになるだろう。

浮舟は、貴族社会の裏側でなければ実存できない女性である。左近少将との婚姻が破談となる、東屋巻の冒頭譚が、敢えて挿入されているのはそのためである。彼女には、母親と同様な宿命が与えられていたのである。ということは、物語論から見ると、逆に、そうした宿命に逆らい、悲劇的に戦うことが、彼女の今後の物語を形成して行くことになるはずである。だが、その前に、浮舟もまた、母親と同様な召人の運命を辿ることを、「逆らい」以前に、前提的に確認しておく必要が、物語の言説の上で書かれなくてはならないだろう。

浮舟の母中将の君は、左近少将に破約されたこともあり、自己と同じような日陰の運命を娘に与えたくないため、異母姉妹の中の君に浮舟の庇護を依頼する。その際、かつての同僚であった女房の大輔の下にも書簡を送ったので、中の君と大輔の二人は、浮舟を話題に対話をする。その際の、大輔の会話文には、「……かかる劣りの者の、人の御中にまじりたまふも、世の常のことなり。……」という言葉が見える。当時としては、貴族社会では常識的な発話なのだろうが、貴族社会が持続して存在して行くためには、「劣りの者」という人目を憚る者を常に排出せねばならず、その貴族社会という世間に、一般的に生じる〈疎外者〉が、浮舟なのである。貴族社会の裏面・暗黒面に棲息するそうした人々の中から、浮舟は選ばれ、これからの物語を中心的に紡いで行くことになるのである。貴族という選別された社会が、常にその社会に所属させたくない者として、貴族共同体を維持して行くために、排出・排泄して行く女性が、主題として視点を集めることになったのである。

源氏物語第一部は、貴族社会の中核となっている天皇＝王権を根源から凝視することによって、「一部の大事」として物語的に対象化した。それによって、光源氏は、准太上天皇に即位できたのである。光は、常に陰を伴っている。その天皇を核とする貴族社会の陰が、「一部の大事」＝藤壺事件だったのである。その禁忌違犯を描写して、続く第二部は、柏木の「身の程」「際」を扱うことによって、貴種によって支えられている貴族社会に疑問符を打った。(7) 貴種としての、出自のみが意味を持つ貴族社会に叛き、皇女女三宮との密通によって種を播く柏木を描くことで、出自を重視する貴族社会が、裏面ではあるものの、王氏・皇族・藤原氏・他氏という、「氏」という血の論理に支えられた強固な特権区分社会が、攪乱され蹂躙されたのである。それを継承した第三部は、召人という貴族社会が排泄する裏面・暗黒面を凝視することになり、〈書くこと〉によって、源氏物語の主題を、さらに、貴族社会という共同幻想からの排出者へと、追い詰めていったのである。そうした、宇治十帖後半の主題群の中核を明晰化したのが、東屋巻冒頭の左近少将の婚約違約譚なのである。これについては、また、他者論として更に触れることになるだろう。なお、共同幻想は、疎外者を常に共同体から排除することで成立していることは、言うまでも無いことだろう。

確かに、源氏物語は、平安という京以外の地方でも、都市の下層で蠢いている庶民でもなく、貴族たちを中心にした、平安京という都市の中心＝宮廷を描写対象として表出している。だが、その貴族たちの、王朝絵巻などとも言われている、華麗で優美な世界である描写対象は、常に脱構築化される。第一部では、貴族社会の中核となっている、天皇や皇族が、描写対象となるのだが、光源氏という賜姓源氏が准太上天皇となるという、「一部の大事」を表現することで、対象は内部から解体されている。その脱構築化を正当化するために、流謫の地として、京域外の須磨や畿外の明石という場所が選ばれたのは、その為なのである。不可能であることを知りながら、地方という鞭で、都という中心を打っているのである。第二部は、視点を、王朝国家＝摂関体制に移し、権勢のある藤原氏に焦点を当てるのだが、その藤原氏の氏長者の地位に昇る可能性のある柏木が、准太上天皇の正妻である皇女女三宮と密通し、薫が誕生することで、貴族社会を支えてきた、出自という貴種の血の論理を、攪乱・惑乱・擾乱する。藤原氏は、平安京だからこそ、意味を帯び、権勢を誇ることが出来たのである。その中心地として設定された六条院は、その内部から蹂躙され脱構築化されたのである。更に、第三部に至ると、貴族社会・貴種を存続させるためには、制度・体制が排出せねばならない、汚物に焦点を当てることになる。少数の、しかも選別された者たちによって支えられている貴族社会は、天皇が一人以上存在してはならないように、排除しなければならない疎外者を常に必要とする。光源氏という賜姓源氏もそうなのだが、源氏物語の眼差しは、そうした疎外者に向けられる。浮舟という人物が選ばれたのは、その疎外者の典型としてなのであって、そこには彼女が女性であるという差別的な要素なども加わっていたのだろう。だからこそ、京域ではなく、境界・疎外地・別宅地としての宇治が、背景となったのである。宇治十帖の描写対象は、そのように貴族社会の、搾り滓が漂わせている残り香なのである。

〈二　他者たちによる浮舟の自己形成〉

中将の君は、浮舟を伴って中の君の邸に行く。その邸で匂宮夫妻の姿を見て、「〈わがむすめも、かやうにてさし並べたらむにはかたはならじかし。勢を頼みて、父ぬしの、〈后にもなしてん〉と思ひたる人々、同じわが子ながら、けはひこよなきを思ふも、なほ今より後も心は高くつかふべかりけり〉と、夜一夜あらまし語思ひつづけら る」(6)―三八)という文章中の、心中思惟の詞＝内話文が示しているように、中将の君は、「同じわが子……」と一般論を想起しつつ、浮舟について、匂宮夫妻を垣間見ながら、高貴な世界を憧憬しつつ、一方では、自分の娘も「かたはならじ」と思い、将来の上流・上昇志向の夢に浸っている。この中将の君の背反する夢想が、これからの物語を形成することになるだろう。なお、この内話文に「后」という語が用いられていることは重要で、中将の君は、浮舟が后になることがあるかもしれないと言う、空しい夢想まで抱いていたのである。そしてその夢想は、中の君に対する拮抗心にまで、凝縮されて行くはずである。

中将の君は、母親として、浮舟を、桐壺の親王八の宮の娘として、〈皇族〉として、高貴な家柄の出自として誇り高く思い、未来の夢に浸る。一方、匂宮の妻である中の宮の姿を見て、異母姉と比較して、浮舟が〈召人の娘〉であることが気になる。両極的・両義的に引き裂かれた感情で、娘の将来を思って、一晩中彼女は煩悶・苦悶しているのである。この分裂し、引き裂かれた人格が、これからの浮舟物語の主題群の一つであることは、言うまでもない。浮舟は、貴族と、貴族から排除・排斥された者として、その境界上で両義的に引き裂かれながら、苦悶して生きなければならないという、宿命を担っているのである。自己と自己から離隔された両価的な実存が、凝視されることになるのである。

続いて、薫を賞賛し、彼と浮舟との性的関係を、これからの物語の前提とさせるために、中将の君の薫垣間見が詳細に描かれる。中の宮邸を来訪した、宮廷帰りの薫を、中将の君が「いで見たてまつらん。……」（四四）と言いながら、垣間見するのだが、その薫感嘆は、若干、長文だが、

……歩み入りたまふさまを見れば、〈げに、あなめでた、〈をかしげ〉とも見えずながらぞ、なまめかしうあてにきよげなるや。すずろに、見え苦しう恥づかしくて、額髪などもひきつくろはれて、心恥づかしげに用意多く際もなきさまぞしたまへる。内裏より参りたまへるなるべし、御前どものけはひあまたして、「昨夜、后の宮の悩みたまふよし承りて参りたりしかば、宮たちのさぶらひたまはざりしかば、いとほしく見たてまつりて、宮の御代りに今までさぶらひはべりつる。今朝もいと懈怠して参らせたまへるを、あいなう御過ちに推しはかりきこえさせてなむ」と聞こえたまへば、「げにおろかならず、思ひやり深き御用意になん」とばかり答へきこえたまふ。宮は内裏にとまりたまひぬるを見おきて、ただならずおはしたるなめり〉(6―四五)

と書いてある。文中の「や」「べし」「めり」といった傍線を付した文の末尾に記されている助動詞を読むと、「と」「など」といった付加節は記していないのだが、この場面の冒頭部分に記した「見れば」に続く「〈」以降は、中将の君の心中思惟の詞あるいは意識の流れだと判断してよいであろう。一人称の垣間見場面には、この種の助動詞が頻繁に用いられるという特色があるのである。だから、付加節が不在なのだが、「〉」を付加節なしに敢えて末尾に付しておいたのである。しかし、言説分析の方法から、正確に言うと、「〈　〉」内の長文は、自由間接言説で、「と思ふ」という付加節が、終わりの「……なめり」の下に省略されているのである。つまり、語り手の言葉と、登場

人物中将の君の意識が、重層的に長文を使用しながら表出されている、自由間接言説なのである。

「〈をかしげ〉とも見えず」という感想を述べているので、薫は、その姿が、好意を抱くような風情・愛敬さではなかったらしい。「なまめかし」「あて」「きよげ」という高貴さを強調する美的判断が、彼に当てられている。全集本の頭注が、「際もなきさまぞしたまへる」という文に対しては、『岷江入楚』の三光院実枝説として、「実々しく心ふかく、くらゐのある也。位、匂宮にましたるなり」とあると引用しているように、容姿よりも高貴さや性格・位階・高級な衣装などが、中将の君の薫認識の価値基準となっていたのである。皇族であることよりも、臣下の「際」に、中将の君の美的関心があったようである。この中将の君の薫評価は、これからの物語展開の上で、重要な意味を持つことになるはずである。

東屋巻の前半部分では、例外はあるものの、浮舟は、沈黙する女君である。その代わりに、母親の中将の君には、頻繁に垣間見が描出され、〈見る人〉・〈語る人〉という物語上の地位が与えられている。つまり、妙な言い方ではあるが、母親には、浮舟の〈形代／ゆかり〉という役割が付与されていて、この他者中将の君の認識は、同時に、浮舟自身のものでもあるのである。婚約破棄という主題を、破約される当事者浮舟を通じて内部から描出すると、悲劇的残酷さと内的な悲惨・嘆息さを強調してしまう傾向があるために、それを回避・柔軟化する必要上、浮舟の母の視点から描いたわけである。それ故、この場面で把握された薫像は、中将の君の感想ではあるが、浮舟自身のものでもある。そのように読まなくてはならないだろう。少なくとも、後に、浮舟は、この垣間見の感想を母から聞き、その意見が自己の反応・所感となったのである。つまり、母親という他者は、自己なのであり、他者によって自己形成がされているのであって、それを示すために、敢えて、東屋巻では、浮舟を沈黙させ、中将の君からの眼差しが描写されたのである。

なお、婚姻の破約については、中将の君と乳母の会話が東屋巻には記されているが、常識的に言えば、この件の詳細について、母親が直接に浮舟に伝えたとは読めないだろう。破談の詳しい経過について浮舟が知ったのは、女房たちの噂・風評だったはずである。そして、その噂という〈他者の言葉〉が、浮舟の無意識的な深層心理を形成し、彼女のこれからの行動・行為を規定していると読むべきであろう。無意識とは、既に第二部論でも述べたように[7]、意識できない他者たちなのであって、まだ公卿コースの入り口の位階でしかない、少将（正五位）との結婚に破談したという、彼女のコンプレックスは、これからの物語展開を背後で、無意識的に規制しているものなのである。東屋巻の冒頭で、婚姻破約譚が挿入されたのは、噂としての他者の言葉が、浮舟の無意識を形成している様相を語りたかったからなのであろう。東屋巻の、源氏物語宇治十帖での位相は、さまざまな他者とその言葉を描くことで、浮舟の自己形成を表出することにあったのである。

その場合、他者として無視できないのは、中の宮という異母姉妹の存在である。この匂宮の妻であり、天皇候補者の一人である男性（匂宮）の男子を出産した姉の存在は、同じ八の宮の姉妹であるという境遇でありながら、自己の位相を強烈に意識させるものである。後の匂宮との関係などを配慮しても、この事実が浮舟の無意識に占める比重は大きいと言えるだろう。この中の君に対する対抗心と、自分が死去した大君の〈形代／ゆかり〉であるという、自己喪失の実存が、これからの物語展開には一貫して潜在しているのである。同じ父親を持つ姉妹であるという親密さと、逆に、彼女たちが自己に拮抗し（中の君）、自己を見えなくさせる存在（大君）であるという両義的な意味を、浮舟にとって、故大君と中の君は果していたのである。この親愛と拮抗の両義性を読まないと、浮舟の物語は、真の姿を現象させないはずである。浮舟は、両義性という、境界の上で、外部においても内部においても、宙吊り状態になって、必死でもがいているのである。その足掻きが、浮舟物語なのであり、浮舟物語を生成している動力なのである。

母の中将の君は、中の君と対話した際、中の君は、「ねびにたるさまなれど、よしなからぬさましてきよげなり。いたく肥え過ぎにたるなむ常陸殿とは見えける」(四三)と、親しく異母妹の母親を観察し、立派に受領の北の方らしくなったと認識した上で、

「故宮の、つらう情なく思し放ちたりしに、〈いとど人げなく人にも侮られたまふ〉と見たまふれど、かう聞こえさせ御覧ぜらるるにつけてなん、いにしへのうさも慰みはべる」など、……(6)—四三)

と述べている。八の宮が、浮舟を、冷淡に扱い、「思し放ちたりし」様子については、既に引用したように、「人数にも思さざりしかば」という中将の君の内話文からも想定できることであった。さらに、前巻の宿木巻で、薫が弁の尼から浮舟の素性を聞き知る場面では、

「……女子をなん産みてはべりけるを、〈さもやあらん〉と思す事のありけるからに、あいなくわづらはしくものしきやうに思しなりて、またとも御覧じ入るることもなかりけり。あいなくその事に思し懲りて、やがておほかた聖にならせたまひにけるを、はしたなく思ひてえさぶらはずなりにけるが、陸奥国の守の妻になりけるを……(5)—四四八)

と記していた。浮舟は、父八の宮から、子供であると認められながら、捨てられていたのである。旧民法の「私生子」と言う言葉は、現民法では「嫡出でない子」と言われているそうだが、浮舟は、「認知されていない私生児」とでも表現すべきなのであろうか。放置された子供として、浮舟は、公的に認知されている姉妹に対して、両義的な情動を抱いていたのである。法制度の確立していない古代後期ではあるが、社会的には、浮舟は八の宮の子供と扱われずに、母が常陸介の妻であったこともあり、実子でない「受領の女」として扱われ、何か事があると、「召

である。

中の君は、亡き大君を思い憂愁に耽る薫に、「いと忍びてこのわたりになん」と語り、「かの人形」＝浮舟を唆す。その際、薫は、

見し人のかたしろならば身にそへて恋しき瀬々のなでものにせむ

という歌を詠む。歌中の「形代」＝「撫物」という言葉は、薫にとって浮舟の意味を象徴的に表現している。浮舟は、大君の代替・代補するものでしかないのである。しかも、既に薫には、宿木巻で、今上帝の女二の宮が降嫁しているのであって、彼女もまた母親と同じ、「召人」という運命を辿ることになってしまうのである。この薫にとって、浮舟は、あくまでも、大君の〈形代／ゆかり〉に過ぎず、また、召人的な女性に過ぎないという位相が、これからの物語展開の基盤だと言ってよいだろう。従来の多くの研究者は、この東屋巻に記されている出発点を、浮舟物語の中核だと錯誤して、主として、浮舟の〈形代／ゆかり〉論の周辺で、批評や研究を展開してきた。しかし、これからの論は、〈形代／ゆかり〉と共に、〈召人の女〉あるいは召人的存在が出発点であることを確認した上で、その出発点を、出来事という偶発性によって、どのように、浮舟が、叛き、覆し、確認し、解体して行ったかが、課題とならなければならないだろう。

中の君ばかりでなく、周囲にいた女房たちも、中将の君の耳に入るように、薫を賞賛する。その薫に対する評判の外言は、以下のように記されている。

「経などを読みて、功徳のすぐれたることあめるにも、香のかうばしきをやむごとなきことに、仏のたまひおきけるもことわりなりや。薬王品などにとりわきてのたまへる牛頭栴檀とかや、おどろおどろしきものの名な

れど、まづかの殿の近くふるまひたまへば、〈仏はまことしたまひけり〉とこそおぼゆれ。幼くおはしけるより、行ひもいみじくしたまひければよ」など言ふもあり。また、「前の世こそゆかしき御ありさまなれ」など、口々めづることどもを、すずろに笑みて聞きゐたり。(6)―四九)

女房たちの薫賛美は、仏教に関することと、薫の体臭である、これも仏教的な香に集中している。浮舟の無意識的な薫像を形成するのは、間接的に母親から聞いた、これらの女房たちの評価であろう。地位があることと、仏教的な境遇で、当時の女性を魅惑させたとは想定できない。抹香くささが、平安朝という時代でも、女性の関心の的となる男性の魅力の中心だったとは、思われないのである。とするならば、後にも言及するように、浮舟が、薫の召人的存在になったのは、母親の判断・推挙によるのだろう。物語を読む限り、そのように判断できるのである。

東屋巻の段階では、浮舟の自己という意識の表出はなく、その自己不在に替わって、他者である母親が、その運命の選択を行っていたのである。しかも、その母の決定は、周囲にいた他者女房たちの評価が左右していたのである。つまり、浮舟という自己は、中の君邸の女房という他者とその言葉によって、その生涯が決定付けられたのである。そして、その女房の中には、大輔のように中の君に従って、宇治からやって来ている、死去した大君にも親しかった者たちもいたはずである。つまり、浮舟の無意識も込められている薫に対する認識は、大君・中の君の女房たち→中将の君→浮舟という、他者たちの経路を経てなされたのである。

とするならば、女房たちの背後にある、故八の宮の体臭である、俗聖という抹香臭さは、浮舟の薫像から拭うことが出来なかったはずである。第三部の主要な主題となっている「俗聖」は、『物語文学の方法 II』で論述したように、薫側から読むと〈正〉なのだが、浮舟側からは〈負〉なのであって、源氏物語では、第三部に至ると、視点によって主題性に対する評価・意味は対照的だと言ってよいほど逆転するのである。

母中将の君は、中の君に浮舟を託して、邸を辞去する。その際に、中の君は、薫の件を仄めかし、それに対して、中将の君は、

「つらき目見せず、人に侮られじの心にてこそ、鳥の音聞こえざらん住まひまで思ひたまへおきつれ。げに、人の御ありさまけはひを見たてまつり思ひたまふるは、下仕のほどなどにても、かかる人の御あたりに馴れきこえんは、かひありぬべし。まいて若き人は、心つけたてまつりぬべくはべるめれど、数ならぬ身に、もの思ひの種をやいとど蒔かせて見はべらん、〈高きも短きも、女といふものはかかる筋にてこそ、この世、後の世まで苦しき身になりはべるなり〉と思ひたまへはべればなむ、いとほしく思ひたまへはべる。それもただ御心になん。ともかくも、思し棄てずものせさせたまへ」と聞こゆれば……（⑹―五〇）

と述べている。この返答で、浮舟の宇治での隠し妻という運命が決定されるのであるが、この引用文には、言及しなければならないことが多い。まず、傍線を付したように、中将の君は、ここでも「数ならぬ身」と自分たちを表現していることである。自分たちは、貴族社会を底辺で支える「下仕」のような身分ではないのだが、だからと言って、上流貴族並みの貴種の位置ではないと、認識しているのである。この中途半端な・境界領域にいる・気泡のような・不安定な・浮遊している・拠り所なく・漂っている実存が、浮舟なのである。水上に浮かび漂っている舟という名前は、「憂」という掛詞も含めて、見事に彼女のそうした存在を言い当てていると、理解できるだろう。「下仕」という貴族社会を底辺で支えている人々は、れっきとした仕事・職業なのだが、貴族社会から「数ならぬ身」と疎まれている人物たちは、かえって、その中間性ゆえに、軽蔑・蔑視される運命にあるのである。

次に、問題化したいのは、中将の君が述べている、〈高きも短きも、女といふものはかかる筋にてこそ、この世、後の世まで苦しき身になりはべるなり〉という、「若き人」と浮舟のことを述べながら、女性に対する一般論を展

開していることである。「後の世」とあるので、この女性論は、仏教思想の影響だと理解されているが、現世ばかりでなく、往生＝死後も、女は、貴賤に拘らず、「苦しき身」だと言っているので、逆に、仏教でさえ、女性の来世を救う思想・信仰ではないと、解釈すべきではないだろうか。つまり、終焉＝死の彼方にある絶望という世界でも、女性には救済の手立てはないことを示唆しているのではないだろうか。女人往生・一蓮托生などという経典・偽経などによる、慰撫や欺瞞はあるものの、男女関係を深層から凝視してきた源氏物語は、〈書くこと〉を通じて、宇治十帖の後半に至ると、こうした宗教的救済のない絶望の極北まで到達していたのである。つまり、宗教・女人往生などといった、欺瞞・幻惑を突き抜けた地平まで、源氏物語は到達していたのではないだろうか。この判断は、これからの源氏物語の解読・評価の、分岐点だと言えよう。

次に、問題化したいのは、「鳥の音聞こえざらん住まひ」という表現である。これは引歌表現で、既に指摘されているように、古今和歌集巻第十一恋歌の五三五番歌にある、

とぶ鳥の声もきこえぬ奥山のふかき心を人は知らなむ

を利用したものである。恋歌の部にあるので、出世遁世まで思っている深い恋心を訴えている和歌なのであろうが、源氏物語の言う鳥の鳴声さえ聞こえない「住まひ」とは、どんな深山の場所なのであろうか。どんな山奥でも鳴声が聞こえたような登山体験がある、あまりそんな鳴声さえ聞こえないような高山に登った覚えのない私などは（富士山には登山を何回かしている）、鳴声不在という表現を見ると、林立しているビルディング群が、何かのきっかけで、廃墟になった、そんな荒廃した状態を想像してしまうのだが、この「住まひ」もまた、無とは表現しないが、彼方にある荒涼とした不在の世界を意味しているのではないだろうか。そして、その鳴声不在の世界は、心・意識・思想などという現在にある、〈不在〉でもあるように思えるのである。このような荒廃状況まで、思っている浮舟親

子が、実際に廃墟で孤独に立ちすくむことになるのが、夢浮橋巻なのであろう。私には想像するのさえ不可能なのだが、確かに、源氏物語には、極北の廃墟は、言説の内部に現前するのである。それゆえ、中将の君のこの会話文の背後には、絶望さえ想起していたこの親子が、死という終焉の彼方に、何を凝視するかが、これからの物語展開の主要な主題の一つであることを、明記しているのだと理解する必要があるだろう。

なお、こうした中将の君の認識は、筋書を先取りすることになるのだが、浮舟が三条の小家に隠れた時、母と交わした贈答歌の、

ひたぶるにうれしからまし世の中にあらぬところと思はましかば（6―七七）

という和歌と無関係ではなく、「あらぬところ」と幻想したのである。浮舟は、一瞬ではあるが、三条の居住者のいない隠れ家を、虚無の世界つまり「あらぬところ」と幻想したのである。だがその自己を完璧に隠蔽したと幻想した小宇宙も、日陰者である自己を完膚に虚無化するものではなく、その延長である宇治という地も同様で、浮舟巻巻末が暗示しているように、入水を幻視するまでに追い込まれてしまうのである。だが、物語は、その終焉という死さえ偶発的な出来事として扱い、彼女の死を越えた物語の彼方を凝視するのであって、「ひたぶるに」という和歌言説を配慮すると、手習巻の、三度目に妹尼の婿であった中将が訪れた際の、

……若やぐ気色どもは、いとうしろめたうおぼゆ。〈限りなくうき身なりけり〉と見はててし命さへ、あさましう長くて、〈いかなるさまにさすらふべきならむ、ひたぶるに亡きものと人見聞き棄てられてもやみなばや〉と思ひ臥したまへるに（6―三〇五）

という浮舟の内話文へと、問題は移行するだろう。ここでは「さすらふ」という彼女の運命が見据えられていると共に、彼女の希望である、あらゆる関係を絶ち、いわば、人間のいない、虚空の中で意識のみが漂っている不可解

な宇宙世界が、語られていると言ってよいだろう。そしてその関係には、神仏のような、見えないものさえ含まれているのである。この限りのなく救済を一切拒否している虚無の世界こそが、源氏物語というテクストが到達した絶望なのである。今日的な比喩で言えば、宇宙空間の中で、発射されたことさえもが忘却されてしまった、漂う宇宙船の破片が浮舟なのである。だが、時代的制約もあり、さらに仏教・出家という関係性や、家族という人間関係の中に、彼女は投げ出されることになるはずである。他者なしに、自己は存在できないのである。

〈三　小さな沈黙する姿と絶望の彼方〉

浮舟物語は、これまでの分析を覆すようだが、始まりを三つ持っている。三つの頭を持つ大蛇が、浮舟物語なのである。三つの水源をもつ、流れの合流点にある高い丘に登って見ると、曲がりくねって悲しげに河口に流れ込んでいる淀んだ大河が、浮舟物語なのである。既に述べてきたように、この大河の一つの水源は、浮舟が登場を始めた宿木巻の、薫の〈垣間見〉で、二つ目は、東屋巻冒頭の浮舟の〈婚姻破約譚〉である。それらについては、既に分析をしている。三つ目の始発は、匂宮の〈垣間見〉である。ここでも、垣間見が、物語の始まりを告げているのである。

〈見る〉という行為が、所有を意味していることについては、別の論で考察しているので再言しないが、古代後期においては、上流貴族の女性は顔を見られてはならないという禁忌を持っているために、逆に見られることによって、所有＝性的関係を結ぶことになってしまうのである。それゆえ、奇妙なことだが、平安朝の物語文学では、特に落窪物語以後の物語文学では、「垣間見→強姦」（〈見る〉→〈性的関係〉）といった〈物語文法〉・〈物語規範〉が成立していたのである。既に述べたように、その文法が描出・展開されていないところに、宿木巻の、薫による垣間見の意味があるわけである。物語文法が、差延化されていたのである。だが、東屋巻の匂宮の場合は、この物語文法は、どのような評価で、位置付けなければならないのだろうか。

匂宮は、帰宅する。その際、「何ぞの車ぞ。……」と言って、中将の君の牛車を見とがめる。「常陸殿」が中の君を訪問したことだけは、認識しているのである。翌日の夕方、「若君も寝たまへりければ」、匂宮は邸内を自由に徘徊して、浮舟を発見して、

……西の方に例ならぬ童の見えけるを、〈今参りたるか〉など思してさしのぞきたまふ。中のほどなる障子の細目に開きたるより見たまへば、障子のあなたに、一尺ばかりひき離けて屏風立てたり。そのつまに、几張、簾に添へて立てたり。帷子一重をうち懸けて、紫苑色のはなやかなるに、女郎花の織物と見ゆる重なりて、袖口さし出でたり。屏風の一枚畳まれたるより、心にもあらで見ゆるなめり。〈今参りの口惜しからぬなめり〉と思して、この廂に通う障子を、いとみそかに押し開けたまひて、やをら歩み寄りたまふも、人知らず。こなたの廊の中の壺前栽のいとをかしう色々に咲き乱れたるに、遣水のわたりの石高きほどいとをかしければ、端近く添ひ臥してながむるなりけり。開きたる障子を、いますこし押し開けて、屏風のつまよりのぞきたまふに、宮とは思ひもかけず、〈例、こなたに来馴れたる人にやあらん〉と思ひて起き上りたる様体、いとをかしう見ゆるに、例の御心は過ぐしたまはで、衣の裾をとらへたまひて、こなたの障子はひきたてたまひて、屏風のはさまにゐたまひぬ。〈あやし〉と思ひて、扇をさし隠して、見かへりたるさまいとをかし。扇を持たせながらとらへたまひて、「誰ぞ。名のりこそゆかしけれ」とのたまふに、むくつけくなりぬ。さるもののつらに、顔を外ざまにもて隠して、いといたう忍びたまへれば、〈この、ただならずほのめかしたまふらん大将にや〉〈かうばしきけはひ〉なども思ひわたさるるに、いと恥づかしくせん方なし。(6)―五三〜五)

とあるように、物語の文法に従って、垣間見から強姦に及ぶらしい。場面中の傍線は、語り手と登場人物の視点が重層化している、自由間接言説の末尾の文であるが、前半は、匂宮の自由間接言説で、後半の「むくつけくなりぬ」以降は、浮舟のものである。前半の匂宮の自由間接言説は、垣間見場面では必ず使用される技法だと言ってよいほど頻繁に用いられているもので、浮舟を観察している匂宮の視点に、語り手が同化して叙述されている。それゆえ、「たり」という完了（存続）と言われている助動詞と共に、推量の意が込められている「なめり」という連語が用いられているのであって、匂宮の、色好者らしい、女を嘗めるような肉欲的な視線が読み取れるだろう。場面後半の浮舟の自由間接言説は、襲いかかった男性に対する、彼女の感情的内面の反応を表出したもので、「と思ひぬ」といった類の文が省略されており、そうした付加節があれば浮舟の内話文となるものである。

この浮舟の自由間接言説は、彼女の内部では、同時に沸きあがった感情であろう。しかし、言語の線条性によって、「むくつけし」と「詮方なし」は、同じ時の反応なのだが、前後に分けられて書かれているのである。この場面を読むと、既に、第二部から使用されていた技法なのだが(9)、イロニーによって叙述されている。

イロニー（irony）は、或る登場人物は〈無知〉なのだが、他の登場人物や読者にとっては〈既知〉であるという場面に、現象することが多い。なお、係り結びなどで、疑問（無知）と反語（既知）を教育上区分する上でも、この知識は有効である。イロニーは、文法概念から言説・文学内容などまで、その領域は広く、ドイツ浪漫派・新批評に限定せずに、さらに問題化しなくてはならないだろう。イロニーに関して言えば、第三部で典型的なのは、薫で、出生の秘密に関して、匂宮三帖では、彼は父が柏木であるということについては無知なのだが、読者は第二部を読破しており、少数の登場人物と共に、既知なのである。このイロニー（皮肉）な構図が、薫の、悲劇性や、同情性・悲哀性、あるいは滑稽性など、さまざまな共感を喚起して、無名草子などに述べられているように、匂宮に比べて、不義の子でありながら、薫ひいきの読者が多いという、解読上のねじれ現象を生じさせているのである。

読者は、垣間見している人物が、匂宮であることは、場面から解っている。もちろん当事者である匂宮については言うまでもない。しかし、浮舟は、「〈この、ただならずほのめかしたまふらん大将にや〉〈かうばしきけはひなども思ひわたさるるに」という文章の内話文が示しているように、自分に襲いかかっているのは、薫だと思っているのである。母中将の君の、薫の思い人になるだろうという示唆もあり、強烈な香から、そのように認知しているのである。もちろん、匂宮は、女が浮舟であり、妻の異母妹だとは知っていず、「今参り」の女房だと思っているのである。つまり、読者↓全知（既知）、匂宮↓新参の女房・浮舟↓薫（二人とも無知）という、判断・認識・誤認が錯綜しているのであって、複雑なイロニー現象が表出されているのである。しかし、そうした錯誤はあるものの、ここでも物語文法は守られているかのごとく、「垣間見↓強姦」という場面展開で、薫の召人的存在になるだろうと思われる浮舟の運命は、偶発的な出来事によって、新たな進展を遂げることになるのである。

浮舟の乳母は、異様な気配を感じて「これはいかなることにかはべらん。あやしきわざにもはべるかな」と声を上げるのだが、「憚りたまふべきことにもあらず」という地の文が述べているように、奇妙な慣習ではあるが、当時の邸の主人には、そんな権利があったらしく、今参りの女房を犯しても、憚る必要がなかったのである。奇怪な性的慣習である。さらに、「なれなれしく臥したまふ」とも記してあるので、古代後期の貴族社会において、特権階級の貴種から外れた、貴族社会を支える「下仕」・「今参り」・女房・召使といった底辺の女性が、置かれていた階級・階層状態が、いかに悲惨・残酷であったかが理解される場面でもある。

匂宮は「誰ぞ。名のりこそゆかしけれ」と声をかける。万葉集巻第一の一番歌に、「われにこそは　告らめ　家をも名をも」(10)とあるように、〈見る〉と同様に、名を〈知る〉ことも、所有＝性的関係（婚姻）を意味している。まさに、皮肉なことに、「詮方なし」と言う状況に、浮舟は陥っているのである。なお、何度か書いたことだが、日本の古代においては、〈見る〉〈知る〉と同様に、〈聞く〉〈食べる〉も所有を意味していることは言うまでもない。〈知る〉ことは、神の名を知っているのは、神を操ることのできる祭祀者のみであるという、古代の祭祀・信仰を基盤に生成して、所有という意味性を帯びるようになったのであろう。古代においては、神の名を知っている祭る者は、祭られる者＝神に代替されることになるのである。

この浮舟の危機的な状況は、「夕つ方」(五三)から「暮れはてぬれど」(五五)という時間経過があるものの、匂宮が、「誰と聞かざらむほどはゆるさじ」(五五)と執念深く名前を知ることに固執していたために、急変する。名を〈知る〉＝所有という論理に拘泥したために、却って〈知る〉ことができずに、「垣間見→強姦」と言う物語文法の常套的な進展に、及ぶことができなかったのである。宇治十帖は、後半に至ると物語の文法を遵守できずに、それを裏切って、反物語にと踏み込んでいたのである。物語文学は、源氏物語第三部に至ると、物語学の地平で、解体化・脱構築化されているのである。

「大殿油は燈籠にて」とあるように、宵になったので、夜の準備が始まり、かつて中将の君の同僚であった中の君の侍女大輔の君の娘である右近が、「あな暗や、まだ大殿油もまゐらざりけり。御格子を、苦しきに、急ぎまゐりて、闇にまどふよ」と言いながら近寄って来たのである。浮舟の乳母も騒ぎ、右近も「げにいと見苦しきことにもはべるかな。右近はいかにか聞こえさせん。いま参りて、御前にこそは忍びて聞こえさせめ」と言い、主人の中の君に訴えたので、一同が困惑していると、匂宮の母中宮の、「御胸悩」の知らせが内裏よりあり、匂宮は、「人の思すらんこともはしたなくなりて、いみじう恨み契りおきて出でたまひぬ」とあるように、浮舟から離れることになるのである。物語の文法となっていた、「垣間見→強姦」という展開は不発に終わったのである。

右近が、浮舟巻で活躍する「右近」と同一人であるかどうかの論争や、この事件に対する乳母・中の君・中将の君の諸反応については、言及することを避ける。その後、浮舟は、中の君と対面し、明け方まで亡き父宮の思い出を語り、共に臥す。その際には、「〈いとゆかしう、見たてまつらずなりにけるをいと口惜しう悲し〉と思ひたり」（六七）という文も書かれている。中の君と親しく対話して、同臥すると、八の宮の子供であるという、姉妹であるという一族意識が高揚するのだが、逆に言うと、二人が対照化されれば、拮抗意識も強くなることを暗示しているのであろう。

中将の君は、事情を知り、浮舟を引き取り、方違え用に準備していた三条の小家に移す。その後、中将の君が常陸介邸に帰った際に、かつての婚約者左近少将を垣間見して、「〈故宮の御こと聞きたるなめり〉と思ふに、いとど〈いかで人とひとしく〉とのみ思ひあつかはる。」（七四）と書かれている、文中の短い内話文は重要である。「人」は、異母姉である中の君を意味しており、娘を同じ地位に昇らせたいという、中将の君の一途に思い詰めた拮抗意識が、これからの物語を導いて行くはずである。母親という他者の意識が、同時に浮舟の自己意識でもあることについては、すでに述べている。つまり、「〈口惜し悲し〉」という親愛の感情と共に、「〈人とひとしく〉」という拮抗心の、背反する意識に、浮舟は切り裂かれているのであって、この感情を融和させることは不可能だと言ってよいだろう。仮に、融合させるとしたら、浮舟が、中の君と同一の地位に立つ以外には考えられず、「召人の子」という浮舟の身分を配慮すると、皇位候補者の正式な子を身籠ることなど、読者の想像を遥かに外れているのである。三条の小家の隠れ家で浮舟は、自己の運命を見つめる。だが、結論を発見することはできない。それほど重要な意味を、物語展開の上では果してはいないように思われるのだが、その時の浮舟の感情的反応を、引用しておくことにしよう。

旅の宿はつれづれにて、庭の草もいぶせき心地するに、賤しき東国声したる者どもばかりのみ出で入り、慰めに見るべき前栽の花もなし。うちあばれて、はればれしからで明かし暮らすに、宮の上の御ありさま思ひ出づるに、若い心地に恋しかりけり。あやにくだちたまへり人の御けはひも、さすがに思ひ出でられて、〈何ごとにかありけむ、いと多くあはれげにのたまひしかな〉なごりをかしかりし御移り香も、まだ残りたる心地して、恐ろしかりしも思ひ出でらる（6─七六）

傍線は、例のごとく自由間接言説である。前半は、小家の荒廃した、貴族たちの住む邸宅と比べて下品な様子を、東国方言使用で描出して、その風物の閑寂さを強調した上で、かつて体験した華麗な中の宮邸の有様を、浮舟の内部で想起させる仕組みになっているのであろうが、「旅」も「東国」も浮舟の属性であるし、「慰めに見るべき前栽の花もなし」という不在性の自由間接言説表現も、これからの浮舟の心象風景を象徴しているように思われる。実は、小家と「宿」は、浮舟自身なのである。姉の中の君に対する「恋し」い思いは、「あやにくだちたまへりし人」へと向かう。「何ごと」だか判明せず、まだ移り香が残っている気がして、もやもやとした蒙昧な感情になっているのだが、それが「恐ろしかりしも思ひ出でらる（と見ゆ）」という自由間接言説になっているのである。この「思い出」は、「恋し」と「恐ろし」の両義的な意味を宿しているのだろう。この両義的な思いが、後の浮舟の匂宮像を形成することになるだろう。恐怖があるからこそ、浮舟は匂宮に魅惑されるのである。

物語は展開する。薫は、新造の御堂を視察するために宇治を訪ね、弁の尼に浮舟との仲介を頼んで、帰京する。弁の尼は、入京し、浮舟が隠れている小家を訪ねる。その小家に薫が来訪し、浮舟と一夜を語る。その、「宵うち過ぐるほどに……」という冒頭表現から開始される場面も言説分析したいのだが、省略する。ただし、その場面の核として掲載されている、

さしとむるむぐらやしげき東屋のあまりほどふる雨そそきかな

の和歌を中心として、『源氏物語絵巻』は、歌絵的に絵画化しており、その「東屋（二）」については、『物語文学の言説』の中の「物語研究の現在―物語の言説あるいは源氏物語と源氏物語絵巻―」という題の論文で、絵画と物語の関係について、ポスト構造主義の視点から書いている。参照してほしい。

その絵の左側に、一段高い畳の上に、吹抜屋台の斜め上の視点から、伏して小柄に描かれている女性がいる。浮舟である。沈黙して、何を考えているのか不明な、消え入るように、小さな姿に描いたのは、絵師の院政期的な源氏物語解釈だろうが、この時期の浮舟の沈黙を、象徴的に把握したものだと言える。彼女は、沈黙している小さな姿なのである。だが、小さな沈黙している姿なのだが、確かに画面に描かれているように、宇治十帖という物語宇宙の中に、浮舟は実存しているのである。

注

（1）引用は日本古典文学全集。ただし、記号などを独自に訂正している。

（2）本書第二部第四・五章参照。

（3）垣間見については、既に「〈語り〉と〈言説〉―〈垣間見〉の文学史あるいは混沌を増殖する言説分析の可能性―」（『源氏物語の言説』第一部第一章所収。双書〈物語学を拓く〉1にも所収。）において、異なった視点からではあるが詳細に分析している。本論では、解説なしに用語・術語などを使用するので、言説区分や言説分析に関しては、その論文を参照してほしい。

（4）『源氏物語の言説』第十一章所収。

（5）注（2）参照。特に、（二）において、女三宮の視座から垣間見場面の意味転換について考察している。

（6）『源氏物語　感覚の論理』所収。

（7）注（2）参照。

（8）注（3）参照。

（9）注（2）参照。

（10）日本古典文学大系『万葉集一』より引用。

第二章　閉塞された死という終焉とその彼方（二）

――浮舟物語を読むあるいは〈もののまぎれ〉論における彼方を越えた絶望――

〈四　浮舟の位相〉

東屋巻の記事によれば、

かの人形の願ひものたまはで、ただ、「おぼえなきもののはさまより見しより、すずろに恋しきこと。さるべきにやあらむ、あやしきまでぞ思ひきこゆる」とぞ語らひたまふべき。人のさまいとらうたげにおほどきたれば、〈見劣りもせず、いとあはれ〉と思しけり。(6)―八五)

と書かれているごとく、薫は、以前からの願望・認識であった、浮舟が大君の〈形代／ゆかり〉＝人形《ひとがた》であることを告げずに、二人の関係が、「垣間見→性的関係」という恋物語の文法に忠実に従っていることを話し、彼女と、一夜を語らったらしい。傍線を付したように、二人の性的関係は「べし」という助動詞によって、語り手によって叙述されている。推量・予想なのか、当然・義務なのか、現在の教育文法などでは分類の判断に迷う助動詞使用である。少なくとも、語り手は寝所に侍りながら、傍らで見聞＝実体験したのではないらしい。後に、その夜の様子を聞き、物語っているのである。

薫は、浮舟との初夜においては、願望が充足されたためであろうか、あなたは大君の「人形」＝代補＝原エクリチュールであり、身代りであることを告げるような、〈をこ〉がましい、野暮で無様な行動を取らなかったのであろう。却って、二人の関係が恋物語であることを強調したのである。そのように語り手は、後の物語展開から推定して判断しているのである。だが、この浮舟が「人形」であるという薫の認識の、初夜での沈黙・黙示・無告知の波紋が、大きく拡がって行くのが、これからの物語展開なのである。告知しないという〈不在〉が、浮舟物語を導いて行くことになるのである。

可憐で大様なので、大君と比べて見劣りもせず、〈あはれ〉だと薫は思ったので語りかけなかったのであろうが、彼女の実存が、亡き大君の〈形代／ゆかり〉であることを、初夜に告白しておくべきではなかったのではないだろうか。そうすれば、物語は、仮に、浮舟の内部・内面を無視するとするならば、大君を〈形代／ゆかり〉として獲得しえた薫の歓喜で、終焉の幕を降していたはずである。薫は体裁を整えたつもりであろうが、そのために〈形代／ゆかり〉という浮舟の位相は、薫の内部では、これ以後も鬱屈として消去されることがなく、また、その為に浮舟も、薫の愛情と自己認識の主体の確認ができず、そのささやかと言ってよい、食い違い・懸け違い・擦れ違い・ずれが波紋となって、以後の物語展開に、大きな起伏を立てて拡がって行くことになるのであるのである。ニーチェの言のように、自己同一性という存在の神話的規定は、他者の行動・発話・言語によって形成されるのであって、この無告白が、〈形代／ゆかり〉という浮舟の実存を、不在として規定してしまったのである。

なお、そうでもあるにかかわらず、「かの人形の願ひものたまはで」という言説は、読者にエロティシズムを喚起していることも忘却してはならないだろう。薫は、浮舟という生身の肉体を性愛の対象としていながら、大君という死体＝人形を愛撫・抱擁しているのであって、この性＝生と死の融合が、読者に多様なカオス的想像を与え、物語を恍惚とした陶酔に導いているのである。性とは、死でもあるのである。薫は、大君の骸骨を抱擁しているのである。そうした奇怪な構図が、この浮舟との初夜の場面の深層に隠蔽されているのである。

薫は、浮舟を伴って、浮舟の隠れ家であった三条の小家を退去して、一行は宇治に向かう。その場面は、次のような言葉から開始されている。

〈近きほどにや〉と思へば、宇治へおはするなりけり。牛などひきかふべき心まうけしたまへりけり。河原過ぎ、法性寺のわたりおはしますに、夜は明けはてぬ。若き人はいとほのかに見たてまつりて、めできこえて、すずろに恋ひたてまつるに、世の中のつつましさもおぼえず。君ぞ、いとあさましきにものもおぼえで、うつぶし臥したるを、……（6）―八七）

こうした言説を読むと、薫は、過去に、大君が結婚を拒否して、あたかも自分で餓死を選択したように、死に赴いていった理由が、全く認識・理解できていないのである。故八の宮は、姫君たちに遺誡として椎本巻で、「……おぼろけのよすがならで、人の言にうちなびき、この山里をあくがれたまふな。ただ、かう人に違ひたる契りことなる身と思しなして、ここに世を尽くしてんと思ひとりたまへ。……」（5）―一七六）という言葉を与えている。この死を前にした八の宮の訓戒に呪縛され、更に当時の貴族社会の皇女非婚姻という常識的配慮も加わって、それを忠実に保守しようとした大君が、仮に、宇治という土地で、その常識に逆らっても、薫と結婚したとしたら、彼女はどんな身分・地位を獲得できたのであろうか。

薫の脳裏には「北の方」＝嫡妻・正妻という判断があったのかもしれないが、この時代の貴族社会という狭い「世間」では、平安京という都域以外の土地に、替え牛などを用意しなければならない遠隔の場所に、上流貴族の嫡妻・本妻・正妻が居住するというあり方は、想像を絶していたはずである。「宇治」にいる「北の方」とは、当時は有りえない絶対的な矛盾であり、少なくともそれを世間の認識からすると、「妾」「隠し妻」「籠り妻」等という判断しかなく、八の宮という親王の女《むすめ》（仮に、召人の子であったとしても）が許容する婚姻範囲を越えていたのである。従来の研究では、見逃していた傾向があるのだが、大君の〈結婚拒否〉という、餓死さえ厭わない固い決意の背後には、そうした判断が渦巻いていたはずである。宇治という土地が、八の宮の思惑と共に、喜撰法師の和歌が示唆しているように、大君の生涯を霊的に呪縛していたのである。

そうした大君に対する失敗を反省・認識することなく、薫は、誤解・誤読・誤認識・錯誤を、浮舟に対しても反復・繰り返してしまう。しかも、この時点では、大君の場合とは異なり、彼は北の方として、既に薫二十六歳の二月下旬に、前巻の宿木巻の巻末で、今上の皇女女二の宮を嫡妻として迎えているのである。つまり、浮舟には、宇治という土地で生活する限り、北の方・正妻という可能性は完璧に閉じられていたのである。どのような言葉を使用してよいのか分からないのだが、愛人・情人・妾・囲い者・権妻・愛妾・寵妾・寵姫・隠し妻・籠り妻・権北の方などの言葉がさまざまに思い浮かぶのだが、そのどれもが相応しくないように思われるので、浮舟は「召人的存在」であるという、曖昧で、茫漠としている、これまでの研究では流布してはいない未使用だと思われる術語を当てることにするが、引用文中に「若き人」とあるように、宇治には右近・侍従の君などの女房たちや、さらに女童なども浮舟に仕えており、女房的なあり方でないことは、確かである。だが、嫡妻・北の方・正妻とか方々と表現するのには、躊躇してしまう地位と言えるだろう。薫は、宇治に、浮舟を、そんな境界的で曖昧な中途半端な味噌っ滓的な身分として据えることになるのである。

なお、大和物語百四十三段には、召人について、

むかし、在中将のみむすこ在次の君という妻なる人なむありける。女は山蔭の中納言のみひめにて、五条の御となむいひける。かの在次君のいもうとの、伊勢の守の妻にていますかりけるがもとにいきて、守の召人にて

ありけるを、この妻の兄の在次君はしのびてすむになむありける。〈われとのみ〉と思ふに、この男のはらからなむ、またあひたるけしきなりける。さりければ、女のもとに、

忘れなむと思ふ心の悲しきは憂きも憂からぬものにぞありける

となむよみたりける。今はみな古ごとになりたることなり。（全集　三七七）

と記している。後に在原滋春（在次君　業平の次男）の妻となり、五条の御（藤原山蔭の娘）と言われるこの女は、多情で情熱的な女性であったらしく、伊勢の守の召人であった時期には、密かに滋春ばかりではなく、棟梁・師尚などの業平の男子たちとも関係があったらしい。召人には、複数の男性との密通というイメージが、陰の部分では伴なっていたのである。この段の引用とは言わないが、このような物語が歌ガタリなどの形態で、女房たちの間には広く流布しており、また、そうした実体験も加わったこともあり、浮舟物語が形成されたのではないだろうか。少なくとも、読者が常識的に納得する要素を、浮舟物語は持っていたのである。なお、五条の御は、大和物語の六十段にも登場している、上﨟・上流の女房である。

また、同じ物語の百三十四段には、

先帝の御時に、ある御曹司に、きたなげなき童ありけり。帝御覧じて、みそかに　召してけり。これを人にも知らせたまはで、時々召しけり。さて、のたまはせける。

あかでのみ経ればなるべしあはぬ夜もあふ夜も人をあはれとぞ思ふ

とのたまはせけるを、童の心地にも、かぎりなくあはれにおぼえければ、しのびあへで友だちに、「さなむのたまひし」と語りければ、この主なる御息所聞きて、追ひいでたまひけるもか、いみじう。（三六六）

とあり、この宮中から追放された女童は、色好みでロリータ趣味でもあったらしい醍醐天皇の、「召人」（もちろん、

キサキとは認識されていない）とは記されていない。召人は、「五条の御」のように、御前の略らしい「御」の付くような上﨟の女房で、その邸の主人のお手つきの女房に名付けられる資格なのであって、貴婦人として位置していたのである。その場合、「女房」であることが重要で、「曹司」（大部屋の詰め所のことカ）住みの女童は、主人と性的な関係があったとしても、召人として認識されてはいなかったらしいのである。上流貴族の女性でありながら、「妻」とは認定されていない、だからといって侍女・女童・下仕えなどのような下級の女性ではない、中途半端な貴族社会から疎外され、蔑視された境界的存在が、「召人」なのである。それゆえ、召人には、「密通」というイメージが当時は付着することになっていたのである。

こうした宇治における境界的な「召人的存在」に対する浮舟の不安は、東屋巻巻末場面で、何度も表出されている。例えば、典型的とは言えないだろうが、隠れ家から宇治への道中場面では、次のように、象徴的に長文を費やして書かれている。

君も、見る人は憎からねど、空のけしきにつけても、来し方の恋しさまさりて、山深く入るままにも、霧たちわたる心地したまふ。うちながめて寄りゐたまへる袖の、重なりながら長やかに出でたりけるが、川霧に濡れて、御衣の紅なるに、御直衣の花のおどろおどろしう移りたるを、おとしがけの高き所に見つけて、ひき入れたまふ。

かたみぞと見るにつけては朝霧のところせきまでぬるる袖かな

と、心にもあらず独りごちたまふを聞きて、いとどしぼるばかり尼君の袖も泣き濡らすを、若き人、〈あやしう見苦しき世かな、心ゆく道にいとむつかしきこと添ひたる心地す。忍びかたげなる鼻すすりを聞きたきひて、我も忍びやかにうちかみて、〈いかが思ふらん〉といとほしければ、「あまたの年ごろ、この道を行きかふたび

　重なるを思ふに、そこはかとなくものあはれなるかな。すこし起き上りて、この山の色も見たまへ。いと埋れたりや」と、強ひてかき起したまへば、をかしきほどにさし隠して、つつましげに見出だしたるまみなどは、いとよく思い出でらるれど、おいらかに、あまりおほどき過ぎたるぞ、心もとなかめる。〈いといたう児めいたるものから、用意の浅からずものしたまひしはや〉と、なほ、行く方なき悲しさは、むなしき空にも満ちぬべかめり。(6)—八八～九)

この長文を使用して描かれている場面で、指示されている出来事＝〈話素〉は、浮舟を伴って薫一行が牛車で宇治への険しい山道を越えて行ったことでしかない。当時は、宇治への道は、橋姫巻でも「山のかけ路」と記しているように、（木幡）山などもあり険阻だったらしい。しかし、出来事は唯一なのだが、牛車に乗っている、薫・浮舟・弁の尼、さらに「若き人」と書かれている、右近と共に浮舟に近侍する、年若く身分的にも劣る近侍の女房である、侍従の君と想定される女房の、各々の思いは別々だと言ってよいだろう。分裂している一行の思いが、個々に〈描写〉として表出されて、浮舟の召人的位相をさまざまに照らしているのである。

　薫は、「空の景色」を見るにつけて、大君生存中の宇治への往還を想起して、過ぎ去った昔が恋しく、浮舟に寄り添いながら大君への想いに駆られている。その過去憧憬・想起・追憶は、あくまでも、浮舟を、大君の〈形代／ゆかり〉としてしか認識していないことを示唆し、薫の心情を炙り出している。彼は、花色の直衣の袖が浮舟の紅の衣装に重なり、「川霧に濡れて」、紅色に物変って見えていることを、牛車が急勾配を登った高所で発見するのだが、これは露草で染めたらしい花色（薄い藍色か）を通して、霧の水滴で濡れて重なって見える浮舟の御衣の紅の色が鮮やかになり、〈紅の涙〉（血涙の訓読）のように見えることに驚き、牛車の中に、急いで袖を引き入れたことを意味しているのだろう。紅の涙は、言うまでもなく、長恨歌などにも用例のある、動物の流す涙が黄色であるのに対して、人間の涙であり、普通の涙が尽きた時に流すという、涙の大げさな中国から来た比喩的表現なのだが、薫は、袖の霧で濡れている色が、自分の流した紅の涙（血涙）であるかのように思えたのである。それほど浮舟の背後に想起される大君への回想が、強烈であったことを表出しているのである。それ故、引用文中に記されている和歌を感慨に咽びながら詠ずるのである。

その場合、浮舟と亡き大君との対照が課題となるだろう。「憎からねど」「いとほしければ」等という叙述を読むと、薫は浮舟を好意的に賛美しているのだが、「つつましげに見出だしたるまみなどは、いとよく思い出でらるれど」という表現からは、あくまでも大君に拘泥している薫の心情が覗えるし、「おいらかに、あまりおほどき過ぎたるぞ、心もとなかめる」「いといたう児めいたるものから、用意の浅からずものしたまひしはや」「なほ、行く方なき悲しさは、むなしき空にも満ちぬべかめり」という言説に至ると、大君に比較して、浮舟を劣位にある者として、揺れている牛車の車中で詳細に観察していると言えるだろう。原エクリチュールの、代補である形代は、常識から見ると、正身に対して常に劣位にある存在なのである。

なお、傍線を付した最後の引用文には、古今和歌集巻第十一の恋歌一に掲載されている、読人しらず歌の引歌があり、

わが恋はむなしき空に満ちぬらし思やれども行かたもなし（488）

を修辞的に利用している。失った恋が、「むなしき空」＝虚空に満ちている様子を凝視している薫の心情が気になるのだが、文末には「べかめり」とあるので、語り手が薫の心情を勝手に推量しているのであって、浮舟を獲得出来た折でもあり、薫の満腔に悲嘆と虚無が充満しているわけではないのであろう。

なぜ、薫は、大君に拘り、亡くなった後も、彼女を優れた女性として賛美しているのであろうか。「まみなどは

……」という表現を読むと、浮舟の外面的な容貌からではないだろう。第二引用文中の「用意」という言葉から判断して、挙措態度も含まれているのであろうが、どうも、大君の内面的な側面に、惑溺しているようである。とするならば、既に『物語文学の方法II』に掲載した「源氏物語第三部の方法」という論文で述べたことなのだが、薫の内面を象徴している〈俗聖〉という、宇治十帖の中心的主題の一つが浮上してくるだろう。薫は、大君の背後に宇治の八の宮を読み、彼女に、今になっても〈聖なるもの〉を見ているのである。彼女の気配り・配慮・挙動・発話などの全てに、聖なるものが宿っていたように、薫には思えたのである。この「用意」が、後に浮舟を宇治に放置しておくことになるのである。なお、橋姫巻で抱いた〈俗／聖〉という両義的な主題が、この東屋巻では更に輻輳化していることに注意すべきであろう。「大君／浮舟」という対照は、過去／現在、正身／形代、聖／俗、優位／劣位などといった、多義的な複雑な意味性を帯びることになったのであって、薫の内部は千千に乱れているのである。だからこそ、大君で一度失敗したのにも拘らず、浮舟を宇治に伴うという、繰り返し・反復をしてしまうのである。

眼前に花子がいる時に、花子のことを想像することはないであろう。花子が不在であるからこそ、花子を想起するのである。想像力とは、知覚とは異なり、〈不在〉であることによって発動する観念的行為なのである。大君も同様で、死んだ今となっては、宇治には彼女が不在であるために、彼女の面影が、強力に薫には想起されるのである。さらに、浮舟の背後に大君を想像するのも同様で、浮舟は〈形代／ゆかり〉として大君を想起する契機・媒介になっているのだが、浮舟には不在なものがあると主観的に思っているからこそ、大君が想像の中で甦るのである。そしてその不在なものとは、生から俗的なものを総て拭い去った後にようやく残る、ヌミノーゼ＝〈聖なるもの〉なのである。

弁の尼は、薫の紅涙に濡れているという和歌を聞いて、袖を泣き濡らす。親戚（宇治姉妹の母の従姉妹）でもあり、永年仕えてきた大君が俄かに脳裏に甦ってきて、老いも加わり、自己の過去を含んだ旧情を懐かしがっているのだが、傍らに同車している「若き人」は、「〈あやしう見苦しき世かな、心ゆく道にいとむつかしきこと添ひたる心地す。」と書かれているように、不吉な成り行きだと思い、気に入って非日常的な旅の感情に浮き立っている道行きなのにと、老女に批判的な眼差しを向けて観察しているのである。「かな」という詠嘆らしい助動詞が用いられているので、心内語らしいが、付加節がなく、地の文に流れ込んでいる。移り詞になっているのである。

浮舟が座っている牛車に同乗しているので、この「若き人」は、浮舟に近侍する若女房の侍従の君だと想定できるのだが、この人物は、後に、浮舟が入水したと思い込み、贔屓していた匂宮の斡旋で、明石中宮に出仕して、「下﨟」（⑥―二五一）の女房になり、「……など、人には、そのわたりのこと（宇治での浮舟に関する諸出来事）かけて知り顔にも言はぬことなれば、心ひとつに飽かず胸いたく思ふ。」（⑥―二五五）とあるように、常に浮舟に関する出来事＝浮舟物語を秘蔵・隠蔽できずに、「胸いたく」ならないように、他人に語ることで自己浄化したいと思っており、一端堰が切れれば、自己体験した浮舟物語を語りだす可能性が十分に備わっている、脇役的な登場人物として設定されている。つまり、浮舟物語の中心的な、と言うより特に浮舟巻の、〈語り手〉なのであって、こうした移り詞がこの場面で記入されていたとしても、不思議ではないのである。と言うより、逆に、このような移り詞の言説から、浮舟物語（浮舟巻）の、浮舟・匂宮側の視点からの語り手は、侍従の君だと想定できるのである。

この場面では、例のごとく浮舟は沈黙している。薫は洟をかんだのを隠すように「あまたの……いと埋れたりや」と話しかけるのだが、彼女は顔を隠して、閑寂とした風景を牛車の窓から眺めている。だが、傍らにいる侍従の君が、その沈黙を代弁している。移り詞を表出する語り手であると共に、侍従の君は、浮舟の〈形代〉の一人でもあるのである。薫の歌と、それに対する弁の尼の反応に、見苦しさと禍々しい予兆を感じているのは、浮舟でもあるのである。「おいらかに、あまりおほどき過ぎたるぞ」という態度の背後には、沈黙があり、それは浮舟の内部では、宇治での「召人的存在」という危惧も加わり、不吉な不安へと拡がっているのである。

浮舟の物語では、右近と侍従の君は、浮舟の劣性のある分身として解釈しなくてはならない。しかも、右近が意外に沈着でかつ過激であるのに対して、侍従の君は、同じように「若き人」と表象されているものの、その若さゆえにエネルギーに富み、その行為は過剰である。二人は、共に、浮舟の内部に宿る若さの二面性を代弁しているのである。この対比は、浮舟巻の解読では忘れてはならないことなのである。

と同時に、浮舟もまた、自己は複数の他者によって生成されているのであって、彼女の沈黙を、それ自体として扱ってはならないのである。少なくとも、この場面の後に、浮舟は侍従の君たちからこの場面への感想を聞いたはずで、浮舟の自己形成には、仕えている女房たちも大いに参与していると、理解しなければならないのである。

宇治に牛車に同乗しながら旅をしているという出来事は同一なのだが、以上の分析が明晰にしているように、出来事に対する反応は多義的である。さまざまな思いが錯綜して、一つの出来事を形成しているのである。しかも、薫の内面を考察したように、また、浮舟の沈黙を解釈した際に述べたように、登場人物の内部でも、分裂は生じているのである。宇治十帖の解釈とは、この分裂を読み、それをありのままの具体性として享受することなのである。

〈話素〉は、薫一行が、宇治に出かけたという出来事にすぎない。しかし、〈描写〉は、多義的で、登場人物たちの思いは別々で、読者は、その惹起している個々の思いを、ありのままに享受して行く以外に手立てはない。宇治十帖を読むとは、筋書的に理解するのではなく、この描写の分裂を具体的固有性として受容することなのである。現実とは、この食い違いに満ちた、錯綜した矛盾に他ならず、それをありのままに受容して生きて行くしか、方法はなく、浮舟に焦点を集中しているこの論文では、彼女の生き方を、この錯綜とした状況の中で、彼女と共に種々に模索して行くことだけが許されているのである。

薫一行は宇治に到着する。既に、薫には北の方として女二の宮が据わっている。しかも、様子から判断すると、以前父八の宮と異母姉妹が暮らしていた宇治山荘が、これからの浮舟の生活の場らしい。とするならば、自然と彼女の地位は、召人的存在となることが理解できる。宇治の地が、父の根拠地で、その地に抱かれることはそれなりに懐郷の想いを満足させることになるのだが、それ故に、その地での召人的存在は、親王の子供としては認可できないことでもある。宇治という土地は、浮舟を両義的な感情に引き裂く。そうした不安を源氏物語は、次のように表出する。

おはし着きて、〈あはれ亡き魂や宿りて見たまふらむ、誰によりてかくすずろにまどひ歩くものにもあらなくに〉と思ひつづけたまひて、下りてはすこし心しらひて立ち去りたまへり。女は、〈母君の思ひたまはむこと〉など、いと嘆かしけれど、艶なるさまに、心深くあはれに語らひたまふに、思ひ慰めて下りぬ。尼君はことさらに下りで廊にぞ寄するを、〈わざと思ふべき住まひにもあらぬを、用意こそあまりなれ〉と見たまふ。御庄より、例の、人々騒がしきまで参り集まる。女の御台は、尼君の方よりまゐる。道はしげかりつれど、このありさまはいとはればれし。川のけしきも山の色も、もてはやしたるつくりざまを見出だして、日ごろのいぶせさ慰みぬる心地すれど、〈いかにもてないたまはんとするにか〉と、浮きてあやしうおぼゆ。(6)—八九〜九〇)

「亡き魂」とは、この地で亡くなった父八の宮と姉大君の霊魂を意味しているのであろう。そうした守護霊が宿っている地にもかかわらず、引用文末で、浮舟が「浮きてあやしうおぼゆ」と記され、憂愁と不安に駆られているのは、なぜであろうか。〈いかにもてないたまはん〉という内話文が述べているように、浮舟の身分・地位が不安定だからであろう。弁の尼方から食膳が提供されるなど、到着直後にもかかわらず、厚遇されてはいるものの、また、宇治の見映えのする景物が眼に入るものの、地位・身分・待遇・処遇・寵遇が、初夜後の浮舟には気になってしょうがないのである。

この場面の直後には、「殿は京に御文書きたまふ。」とあり、続けて書簡が掲載され、さらに「母宮にも姫宮にも聞こえたまふ。」と述べられている。薫は、都市平安京が気になっているのである。そこには、「京都＝中心＝俗＝優位／宇治＝周辺＝聖＝劣位」という、薫の常識的な認識が無意識裡に隠されているのだが、後に薫が到着直後に都に書簡を送ったという事実を、女房たちなどから知った浮舟は、どんな感想を抱くことになるだろうか。右近や侍従の君などの女房に傅かれているのだから、女房・侍女・官女待遇でないことは確かなのだが、嫡妻・本妻・正妻でないことも確かで、「妾」の分類に入るのだろうが、宇治に営まれている別業＝別荘（財産譲与形態が不明なので、土地は浮舟の所有という可能性もある）にいる、大切に傅かれた妾のことを何と名付けたらよいのであろうか。

浮舟は、京域という貴族社会から疎外・排除された存在として、この論では、一応曖昧な「召人的存在」という術語を使用することにしたのだが、女房・侍女や下仕えなどといったれっきとした職業でないがゆえに、貴族社会からはかえって差別される存在となったと、言ってよいのではないだろうか。源氏物語は、始まりは、皇位継承権を喪失した皇子光源氏の行方を見守っていたのだが、終わりに至ると、貴族社会から疎外され除け者視されている人物浮舟の、差別された女性の生涯を凝視することに賭けたのである。この光源氏から浮舟までの源氏物語における主人公・中心人物の身分的性的落差を測定することも、当たり前のことではあるが、源氏物語の物語展開を読む上で、忘失してはならないことであろう。源氏物語は、巻末に至ると、中途半端であり、境界的であり、周辺的であるがゆえに、差別されている、疎外者浮舟に眼差しを向けているのである。しかも、宇治十帖に至ると、桐壺巻が描写対象とした宮廷世界の華麗さは微塵もなく、宇治という憂愁と寂莫の漂う土地が、風景・風土として選ばれているのである。

不思議なことだが、糞・垢・汗・小便など、直前まで自己であったものが他者になると、とたんに汚穢として意識されるようになる。既に他者であったものに対しては、そうした意識を抱くことはないのだが、生れた直前の、それまでは自己であった生の他者が、穢れと判断されるのである。多分内ゲバなどもその類で、それまでは仲間だと思っていたものが、急に敵対すると、憎悪の念が強烈に起こることになるのである。浮舟の場合も同様で、上流貴族の一員だと考えられていた者が、僅かにはみ出した途端、上流社会では差別の意識が高揚するのである。却って、中流・下級の貴族や従者・女房・下仕えたちなど他者に向けられる蔑視の眼差しより、自己からはみ出した他者に軽蔑の念が起こるのである。源氏物語が終末に至って表現対象に選んだのは、そうした上流貴族社会の疎外者なのである。浮舟の位相は、一面では、そのように汚穢され侮蔑されるものなのである。

〈五　薫と匂宮、対照的な登場人物の分節化〉

宇治十帖の主題の中心の一つであり、第一部・第二部を継承した、〈もののまぎれ〉を表出した浮舟巻は、

宮、なほかのほのかなりし夕を思し忘るる世なし。ことごとしきほどにはあるまじげなりしを、〈人柄のまめやかにをかしうもありしかな〉と、いとあだなる御心は、〈口惜しくてやみにしこと〉とねたう思さるるままに、女君をも……（(6)―九七）

という文章から始まる。浮舟物語を一方で主導する、匂宮の性情として「あだなる御心」が、措定され・定位され

た上で、続けて、彼の正妻中の君の内話文として、

〈やむごとなきさまにはもてなしたまはざなれど、浅はかならぬ方に心とどめて人の隠しおきたまへる人を、もの言ひさがなく聞こえ出でたらんにも、さて聞きすぐしたまふべき御心ざまにもあらざめり。さぶらふ人の中にも、はかなうものをも、のたまひ触れんと思したちぬるかぎりは、あるまじき里まで尋ねさせたまふ御さまよからぬ御本性なるに、さばかり月日を経て思ししむるあたりは、まして必ず見苦しきこと取り出でたまひてむ。……〉(6)—九七〜八)

と記し、匂宮が中の宮から見て無様なご気性なので、「必ず見苦しきこと取り出でたまひてむ」と書いている。中の君という、夫匂宮と異母妹浮舟に対するさまざまな思いに切り裂かれ、心痛している、中心人物の心理描写を通じて、先取り的に今後の物語展開を直感的に予告した上で、その不吉な期待の地平に続いて、薫について、語り手は、「かの人」という表現を用いながら、つまり、遠称の代名詞を用いた上で、

かの人は、たとしへなくのどかに思しおきてて、〈待ち遠なりと思ふらむ〉と心苦しうのみ思ひやりたまひながら、ところせき身のほどを、さるべきついでなくて、かやすく通ひたまふべき道ならねば、神のいさむるよりもわりなし。されど、〈いまいとよくもてなさんとす。《山里の慰め》と思ひおきてし心あるを、すこし日数も経ぬべき事どもつくり出でて、のどやかに行きても見む。さて、しばしは人の知るまじき住み所して、やうやうさるかたにかの心をものどめおき、わがためにも、人のもどきあるまじく、なのめにてこそよからめ。『にはかに、何人ぞ、いつより』など聞きとがめられんももの騒がしく、はじめの心に違ふべし。また、宮の御方の聞き思さむことも、もとの所を際々しうゐて離れ、昔を忘れ顔ならん、いと本意なし〉など思ししづむるも、例ののどけさ過ぎたる心からなるべし。渡すべき所思しまうけて、忍びてぞ造らせたまひける。(6)—九

八〜九）

と、薫の長文の内話文を交えて場面を書いている。「かの」とあることから、語り手は薫に近侍していない人物であることが明記されているのである。この巻の語り手は、既に分析したように、後に匂宮の斡旋で明石中宮の下級女房となった、侍従の君として設定されている。遠称の代名詞は、語り手が彼女であることを示唆しているのである。

　ところで、傍線を付した場面末の地の文によれば、薫は、京域に浮舟を住まわせる邸宅を、秘密裏にこっそりと造営させていたらしい。そうした噂が公ではないだろうが、京都などでは、女房たちのネットワークで密かに流布していたのである。この隠れ邸宅が、宇治ではなく、都域である点で、浮舟は「召人的存在」ではなくなり、しかし、女二宮という正妻がいるので、薫は「妾妻」として扱おうとしていたのであろうが、それにしても「妾」という位置では彼女に不安は残るだろう。そうした予定があったためであろうか、心中思惟の詞に書かれているように、薫は、伊勢物語七十一段に掲載されている「恋しくは来ても見よかしちはやぶる神のいさむる道ならなくに」という和歌を打消し的に用いて、浮舟に逢えない辛い思いを述懐してはいるものの、都での公務や俗事に紛れて、浮舟を据え置いた宇治を訪れようとはしていない。また、「はじめの心に違ふべし」とか「昔を忘れ顔ならん」という表出を読むと、薫はあくまでも大君を追憶しており、浮舟は大君の形代にすぎないことが、内話文を通して再確認できるだろう。この人形であり、かつ「召人的存在」であるという浮舟の位相は、宇治という霊力を保持する土地に縛られている限り、薫自身は、転移・転居させようと準備・予定していたらしいが、変化することはないのである。

　宇治という土地は、この物語では霊力を持ち、多義的な意味を発している、平安朝では、地霊の溢れていた地なのである。ここでその再確認のため、古今和歌集巻第十八雑歌下に掲載されている、有名な喜撰法師の「わが庵は宮この辰巳しかぞ住む世をうぢ山と人はいふなり」(983)の和歌を敢えて引用しておこう。現在では文化的な高級住宅なども建つ郊外の通勤圏内の住宅地なのであるが、平安朝には、京域とは異なった、「う(憂)ぢ」という地霊が宿っていた、上流貴族の別業の営まれている、鹿のいるような山里なのである。その霊力のある空間で繰り拡げられる反物語が、浮舟物語なのである。ちなみに、宇治川を隔てた京とは反対側の地域に、貴族たちの別業が多く営まれていたらしく、そこは平等院や白川院などの遺跡を考慮すると、川の彼方の浄土として認識されていたらしい(川ばかりでなく、その別荘には、池までが設置され、水で隔てられた異界の浄土であることが、強調されていたのである)。なお、故八の宮の宇治山荘は、川を隔てた京側にあり、俗と聖の境界＝宇治川が、宇治十帖という俗聖物語の舞台として設定されていたことは言うまでもないだろう。

匂宮は、正月の朔日に宇治から届けられた鬚籠などの便りから浮舟の行方を知り、さらに、大内記から薫の隠し女のことを聞き、彼の案内で宇治に赴く。大内記は「『まだ人は起きてはべるべし。ただこれよりおはしまさむ』としるべして、入れたてまつる」とあるように、宇治山荘の寝殿にこっそりと匂宮を案内する。その後、

やをら上りて、格子の隙あるを見つけて寄りたまふに、伊予簾はさらさらと鳴るもつつまし。新しうきよげに造りたれど、さすがに荒々しくて隙ありけるを、誰かは来て見むともうちとけて、穴も塞がず、几帳の帷子うち懸けて押しやりたり。灯明かうともして物縫ふ人三四人ゐたり。童のをかしげなる、糸をぞよる。これが顔、まづかの灯影に見たまひしそれなり。うちつけ目か、となほ疑はしきに、右近と名のりし若き人もあり。君は腕を枕にて、灯をながめたるまみ、髪のこぼれかかりたる額つきいとあてやかになまめきて、対の御方にいとようおぼえたり。(6)―一一一～二)

とあるように、匂宮の〈垣間見〉が記される。東屋巻では不発に終わった、「垣間見→強姦（性的関係）」という物語文法が、浮舟巻で再び発動し始めたのである。傍線を付した個所は、自由間接言説で、語り手の表現であると共に、匂宮の視線が表出されている。垣間見ではしばしば用いられる技法だが、寝殿の内部で縫物や糸縒の作業をしている女童たちの集団を観察する拡大した匂宮の視野が、浮舟一人に焦点を結んでゆく過程が辿られている。この寝殿に、「対の君にいとようおぼえたり」と記されているので、妻中の君の異母妹浮舟が居住していることを、彼の眼差しで確認したのである。「まみ」とあるので、顔を嘗めるように、細部の目元に至るまで認識・確認したのである。次に、薫を装って、匂宮は浮舟の寝所に忍び込み、彼女と契る。

〈ねぶたし〉と思ひければいととう寝入りぬるけしきを見たまひて、またせむやうもなければ、忍びやかにこの格子を叩きたまふ。右近聞きつけて、「誰そ」と言ふ。声づくりたまへば、あてなる咳と聞き知りて、〈殿のおはしたるにや〉と思ひて起きて出でたり。「まづ、これ開けよ」とのたまへば、「あやしう。おぼえなきほどにもはべるかな。夜はいたう更けはべりぬらんものを」と言ふ。「ものへ渡りたまふべかなり、……（中略）女君は、〈あらぬ人なりけり〉と思ふに、あさましういみじけれど、声をだにせさせたまはず、いとつつましかりし所にてだに、わりなかりし御心なれば、ひたぶるにあさまし。はじめより〈あらぬ人〉と知りたらば、いかが言ふかひもあるべきを、夢の心地するに、やうやう、そのをりのつらかりし、年月ごろ思ひわたるさまのたまふに、〈この宮〉と知りぬ。いよいよ恥づかしく、かの上の御ことなど思ふに、またたけきことなければ、限りなう泣く。宮も、なかなかにて、たはやすく逢ひ見ざらむことなどを思すに、泣きたまふ。

（6）—一一五〜七）

まず、〈もののまぎれ〉の場面には、伊勢物語六十九段の、「狩の使」章段の引用であることを示す、暗闇の情景の中で、「夢」の語が必ず用いられていることを確認しておこう。この場面でも、傍線を付したように、「夢の心地」という表現が使用されているのである。「（中略）」以前の、「言ふ」の二例の表現は、語り手の声と共に、匂宮の判断が述べられている自由間接言説である。「女君は」という語以降の「あさまし」は、浮舟の自由間接言説である。また、「知りぬ」「泣く」は、浮舟の自由直接言説である。つまり、引用場面中で敬語が使用されていない言説は、すべて中心人物（匂宮と浮舟）への同化的な視点・態度から叙述されているのである。二人の中心人物に一体化・同化して、これらの言説を読まなくてはならないのである。

「知りぬ」は、この場面では、これまで語られてきた物語の、匂宮に対する情報がすべて凝縮していると、読まなくてはならないだろう。今上の第三皇子で、母が明石中宮で、六条院に誕生した匂宮は、嫡妻として夕霧の六の君と結婚し、さらに宇治の中の君を二条院に正妻として迎え、若君が誕生している。彼には、浮舟巻の冒頭に、「あだなる御心」と記されていたように、常に誠意のない浮気心が貼り付いている。それ故、「知りぬ」は、東屋巻で襲いかかってきた「あの匂宮」だと浮舟に判明したばかりでなく、貴顕であり、異母姉の中の君の夫であり、自分の置かれている位相が、匂宮にとっては召人（最初は、彼女を自分の邸に勤めている女房だと思っていた）以外ではないといった、輻輳した判断として理解すべきで、性的接触によって〈あらぬ人なりけり〉という内話文が書かれていることを配慮すると、薫への裏切りも加わり、一義的な理解は不可能なのである。その罪業まで感じる輻輳とした多様な感情を浮舟に読み込まないと、源氏物語の言説から追放されてしまうだろう。また、この感性には罪過という禁忌違犯と狂気があるからこそ、エロティシズムの高揚を読み取ることができるのである。

匂宮は、翌日も宇治に逗留することを決意し、一日中、浮舟の侍女右近は、苦慮して走りまわることになる。その春の日に、匂宮は、浮舟との恋に酔い痴れて、翌朝、都城に、浮舟に名残を惜しみつつ、帰京することとなる。

帰京後の、二条院の様子や、薫の宇治来訪などは省略して、さらに、匂宮の再訪した、よく絵画化されている著名な「橘の小島」の場面をあえて採りあげるのを避けて、時方の叔父の因幡守の貴族としては粗末な別業らしき隠れ家で、二日に亘る二人の耽溺した時間の、贈答歌前後の場面を分析すれば、

雪の降り積もれるに、かのわが住む方を見やりたまへれば、霞のたえだえに梢ばかり見ゆ。山は鏡をかけたるやうにきらきらと夕日に輝きたるに、昨夜分け来し道のわりなさなど、あはれ多うそへて語りたまふ。

峰の雪みぎはのこほり踏みわけて君にぞまどふ道はまどはず

「木幡の里に馬はあれど」など、あやしき硯召し出でて、手習ひたまふ。

降りみだれみぎはにこほる雪よりも中空にてぞわれは消ぬべき

と書き消ちたり。この「中空」をとがめたまふ。〈げに、憎くも書きてけるかな〉と、恥づかしくてひき破りつ。さらでだに見るかひある御ありさまを、いよいよ〈あはれにいみじ〉と、〈人の心にしめられん〉と、つくしたまふ言の葉気色言はむ方なし。(6)―一四五〜六)

と書かれている。「見やりたまへれば」と敬語を用いて記されているので、主格は匂宮で、積雪の中での戌亥にある平安京の自宅の方角は、単なる風景・情景と言うより、都を隔てている霧の絶え間から見える梢(木末)として、象徴的に表象されて認識されている。京都は木の枝に過ぎず、平安京という都市での匂宮のさまざまな政治生活・俗事などは忘却され、傍らにいる浮舟だけが、世界のすべてであるかのように、匂宮には思われているのである。彼には、浮舟と共にいると、京の世界は霞に隔たれた、単なる梢でしかないのである。夕方の太陽に宇治から見える北方の山々が鏡のようにきらきらと輝き、その美しい光景を見ていると、昨夜雪を踏み分けて来た、険阻な道中とその労苦を思い出し、その難儀な有様や、それにも拘らず浮舟への恋慕に駆られて、彼女をひたすら求めて通っ

てきたことなどを、思い入れを込めて語りかけることになる。そこで、浮舟に迷うことがあっても、道中では迷霧することがなく、あなたに逢いに、一途にこの宇治にやって来たのだという和歌を贈歌する。歌中に「みぎはのこほり」とあるので、古代の宇治への古道には、宇治川の岸辺の氷を踏み分けて通うような、険阻な個所もあったらしい。なお、「夕日に輝きたるに」とあるので、匂宮には、夕日が彼らの情愛を祝福しているように、観念的には思われたのである。宇治での粗雑な別業であるために、いつもは使っていないような粗末な筆と硯などで贈歌の後にすさび書きにして記した、「木幡の里に馬はあれど」という表現は、拾遺和歌集巻第十九雑恋に掲載されている坂上郎女の、

山科の木幡の里に馬はあれど徒歩よりぞ来る君を思へば

という和歌を引歌としている。馬ではなく徒歩で足音のしないように密かに忍んで来たと詠じているので、「忍恋」を主題にしているのだろう。匂宮の現在の思いを素直に表出している引歌であると言えよう。

問題は、浮舟の詠んだ返歌中にある「中空」という歌語である。「なかぞら」という言葉は、天と地の中間にある空の意で、中途・途中を意味しているらしいが、足が地に付かないといった意もあり、前文の「徒歩よりくる」と照応しているようにも思える。「この『中空』をとがめたまふ」と浮舟の和歌を批判・非難する匂宮の態度を読むと、彼は浮舟の返歌の歌意を十分に理解してはいないのでないだろうか。彼は、浮舟が、自分か薫かと、中途半端な状態で選択に苦悶していると和歌を解釈し、その一方では浮舟の薫を思慕する態度を批判しているのだが、浮舟が、〈げに、憎くも書きてけるかな〉と思い、和歌を書いた紙を、「恥づかしくてひき破りつ」といった行為を読むと、歌の本意は「われは消ぬべき」にあり、「中空」にいる、どっちつかずにいる自分を止揚したいと思っている、彼女の歌の歌意を匂宮は誤解しているのである。この和歌は、一面では、浮舟巻の巻末を先取りしている側面

があり、「消ぬべき」という表現には、入水とは想像できないものの、自死という死臭が漂っているのである。

匂宮は、正篇での光源氏もそうなのだが、源氏物語の多くの男性の登場人物に極端に表現されているように、他者を〈誤解〉するところに特性がある。この浮舟が詠んだ「降りみだれ……」の和歌の場合も同様で、彼は、薫を意識しているため、「中空」という言葉に捉われて、浮舟に、自分が薫と並んで両天秤に懸けられているような、誤解・判断をしているのである。続く表現では、確かに「尽くしたまふ言の葉気色言はむ方なし。」と称賛されているのだが、例のごとく、これは匂宮に肩入れしている語り手の、話者によって相対化されている語り手の意見であって、客体的な真実だとは言えないだろう。

匂宮は、浮舟になぜ魅惑されているのであろうか。既に、中の君を北の方に迎えているので、薫のように〈形代／ゆかり〉の論理からではないだろう。「中空」に拘泥しているので、薫への対抗意識、と言うより、ジェラール・ジュネットが『欲望の現象学』で述べているように、薫という他者の欲望を模倣しているのであろうが、それ以上の意味を引用文から読み取る必要がありそうである。

匂宮が、浮舟に魅了される理由は多義的で多様である。その全てを数え挙げることは不可能だろうが、引用文から読み取れる根拠の幾つかを若干考えてみると、既に述べたように、まず、薫という他者の欲望の模倣が核の一つだと言えるだろう。匂宮巻から、薫の芳香を漂わせる体臭を真似て香を焚き染めたように、若年からこの対抗心は存在していた。そうした他者の欲望の模倣と並んで、「見るかひある御さま」と書いてあるところを読むと、一面では中の君の妹を獲得した歓喜があるのだろう。その場合、姉妹相姦（伊勢物語的な姉妹婚も配慮に入れた）という性的な異常さではなく、八の宮の異母ではあるが「姉・妹」を得たことに意味があるのだろう。つまり、親王の姉妹（古代の論理では、兄弟・姉妹は全体を意味している）を得ることで、彼は一層〈王権〉に接近することができたと無意識的に幻想したのである。夕霧の六の君を嫡妻として迎えていることは、王権の背後を支える政治・経済的な〈後見〉を磐石としていることを意味しているのだが、姉妹二人を獲得したことは、皇位継承権のある親王に象徴される、王権そのものへの可能性を所有できたことを意味すると暗に思ったのである。

と同時に、「いよいよ〈あはれにいみじ〉とか、〈人（浮舟）の心にしめられん〉と、尽くしたまふ」という表現を読むと、他者の模倣以上に、他者よりも完璧に対象を所有して、優越しようとする欲望を解読すべきで、浮舟を誘惑することで、自己の魅力の、絶対的で卓越した力を認知させようとする、超越・卓越への欲望を語っているとも理解すべきであろう。浮舟からの思慕を絶対的にしようとする努力は、裏返して言えば、匂宮自身を絶対化して、他者が存在しない絶対的超越者として君臨すること、つまり無意識的な〈王権〉への希求でもあるのである。薫が、大君の〈形代／ゆかり〉を浮舟に求めたのに対して、匂宮は、王者であり超越者であることの欲望を、無意識的に隠蔽して、浮舟に近づいていたのである。

それと共に、この欲望は、既に光源氏においてもしばしば見られたことだが、女性の拒否・拒絶・禁忌という態度が関連しているのであろう。帚木巻で、空蟬と関係した後に、彼女に拒絶された光源氏は、空蟬巻で再び空蟬に挑むが、失敗する。容姿などではそれほど魅惑的だと描かれていない人妻に、光が執着するのは、再度・再々度の逢瀬を拒否するからである。その拒絶された折に、今度は、軒端の荻と関係するのだが、その後は彼女を無視していながら、夕顔巻の巻末で、彼女が結婚したことを知ると、軒端の荻に贈歌を送っている。つまり、女性によって、拒否・拒絶などという禁忌の態度が示されると、光源氏の情念は高揚するのである。この情念の論理は、正篇の光源氏ばかりでなく、この浮舟巻の匂宮にも貫かれている。東屋巻での失敗があったからこそ、匂宮は、浮舟に魅了されているのである。自邸の女性は全て自己の所有物（召人）だと認識・錯覚している彼は、東屋巻の敗北を認めたくない彼の情念に従い、再挑戦という態度を生成したのである。この他にも、匂宮が浮舟に魅惑される理由はさまざまにあるだろうが、この論文で浮舟物語を分析する上では、これで充分であろう。

源氏物語では第三部に至ると、〈もののまぎれ〉という出来事は多層的に分裂する。確かに、浮舟は匂宮と密通しているのだが、コキュー化されている薫も含めて、〈もののまぎれ〉を囲む三人の当事者の思いは別々で、しかも、当事者自身の人格が更に分裂しているのである。〈もののまぎれ〉という出来事は同一なのだが、〈何が描かれているか〉は変化性があるものの、反復の範囲を超えることがないのに対して、〈どのように表出されているか〉という点では、その差異は大きいのである。

薫は、大君の〈形代／ゆかり〉を求める。しかも、大君は死去していて、光源氏にとって藤壺が占める位相とは異なり、彼女は完璧に不在なのである。絶対に到達することが不可能な大君の姿を求めて、薫が浮舟の背後に想像するのは死であり死体なのである。彼は、京域において、大将として、政治・経済などの俗事で多忙なはずである。また、彼は、世間体では光源氏の後継者であり、同時に〈もののまぎれ〉によって誕生した、柏木の不義の子であることを密かに知っている。それが根底となり、宇治にいた他者八の宮を模倣して、彼は意識の内部では〈俗聖〉を志向している。その為か、その彼に欠けている、〈聖なるもの〉を保持していると幻想した、大君に憧憬したのだが、彼女は死去し、それ故に、浮舟を人形として求める。だが、彼は、嫡妻に今上の女二の宮を迎えていて、浮舟を宇治に据え召人的存在にしてしまう。このように、薫は、さまざまな顔を持ち、かろうじて、薫という呼称の固有名の一枚の薄い皮膚によって、分裂を解体することなく、個として源氏物語の中に実存しているのである。

既に、匂宮の内部分裂については分析を試みているので、三角関係の扇の要となっている浮舟に対して、その分裂している彼女の心身を腑分けしてみると、匂宮が薫を装って彼女を襲い、彼女が〈あらぬ人なりけり〉と気付いた時から、彼女の人格は更に引き裂かれている。だが、浮舟の内部にあるのは、意図せずに二人の男に翻弄されているという、二者択一の選択に苦悶していることではないだろう。既に述べたように、薫という側面では、浮舟は宇治に置去りにされている召人的存在である。匂宮という側面で言えば、異母姉の夫君と密通していることになる。六の君という嫡妻があり、正妻的な地位に在る姉中の君には、皇位継承権のある皇子が誕生している。しかも、浮舟は、今や、匂宮に仕える女房でさえないのだから、単なる密通の相手に過ぎず、皇子匂宮の愛人以外の存在ではない。召人的存在も愛人という位置も、親王八の宮の皇女のいるべき位相ではないのである。だからこそ「消ぬべき」という歌語を用いるのであって、生命に焦点の全てを集めてはいないだろうが、自己の存在を抹消することだけが希求されているのである。貴族社会から浮舟は疎外・排除・差別され、自己のいる場所・地位がないので、その存在の抹消を希望していたのである。

浮舟物語を読んでいると、母中将の君に愛育されたことや、異母姉中の君と一晩を語り合ったことなどの他に、性的な成長以前に、彼女の、楽しかった青春の思い出といったものは叙述されていない。薫と匂宮という、将来の王権とその輔弼を代表する国家権力の中枢を占めるのであろうと思われる、二人の男を愛人にしたという、権力所有の歓喜と捉えることも可能なのだろうが、そうした所有の喜びを表出した言説を発見することは出来ないだろう。愛欲特に、匂宮に対する性的欲望という、恣意的な主題で把握することも出来るのだが、この読みも読者の無意識を露呈するだけだろう。饒舌とは対照的な沈黙という語彙が浮舟を飾っており、和歌や僅かな発話以外に、彼女は、他者にその胸中を語っていないのである。「消ぬべき」という歌語が象徴するように、彼女の実存はこの語に集中するのである。エロス（匂宮）とアガペー（薫）という両義的な把握に可能性を見出そうと試みた事もあるのだが、死＝終焉というタナトスだけが、浮舟物語の言説を辿ると、彼女の前意識には常に隠されているように読み取れるのである。

出来事としての〈もののまぎれ〉は、第一・二部を継承して、反復・繰り返しとして述べられている。だが、藤壺事件のように継続した物語を紡ぎだしてもいないし、女三宮事件のように、〈垣間見→性的関係〉という恋愛物語の幻影を求めて、女三宮のように生きる主体を樹立するわけでもなく、浮舟事件は確かに起こっているのだが、当事者の思いはばらばらに解体し、しかも、その当事者同士の各人格が分裂しているのである。会話・内話・意識・無意識・身体など人格は撒き散らされ、一貫せず、分離・分裂し、互いに人格の内部で競い・矛盾・齟齬しているのである。

これ以上、匂宮・薫・浮舟の三角形の構図を考察する必要はないであろうが、浮舟の内部をもう一度確認しておくと、

宮の描きたまへりし絵を、時々見て泣かれけり。〈ながらへてあるまじきことぞ〉ととざまかうざまに思ひなせど、ほかに絶えこもりてやみなむはいとあはれにおぼゆべし。

「かきくらし晴れせぬ峰の雨雲に浮きて世をふる身をもなさばや

まじりなば」と聞こえたるを、宮はよよと泣かれたまふ。〈さりとも、恋しと思ふらむかし〉と思しやるにも、もの思ひてゐたらむさまのみ面影に見えたまふ。

まめ人はのどかに見たまひつつ、〈あはれ、いかにながむらむ〉と思ひやりて、いと恋し。

つれづれと身を知る雨のをやまねば袖さへいとどみかさまさりて

とあるを、うちも置かず見たまふ。(6)―一五二～三)

という著名な場面を引用するべきであろう。場面中の「かきくらし……」という浮舟の詠んだ和歌に記されている、

「晴れせぬ峰の雨雲」という、雨雲によってその彼方に暗示されている、湿った暗闇・暗黒の世界は、〈もののまぎれ〉の場面に常に表出されている光景で、〈もののまぎれ〉の原点である伊勢物語六十九段の引用であることは、言うまでもないことだろう。また、『日本古典文学全集』の頭注では、「まじりなば」の注で、

「行く舟のあとなき波にまじりなば誰かは水の泡とだに見む」（新勅撰・恋四　読人しらず）、「白雲のはれぬ雲ゐにまじりなばいづれかそれと君はたづねむ」（花鳥余情所引、出典未詳）などが引かれるが、『玉の小櫛』は「郭公峰の雲にやまじりにしありとは聞けど見るよしもなき」（古今・物名　平篤行）をあげ、「まじりにしとあるを、まじりなばととりなしたる意、いとおもしろし」と説く。

と書いている。本居宣長の指摘が該当するように思われるが、判断に躊躇する個所で、参照してほしい。

場面では、前の引用場面の後に、匂宮が、「見どころ」あるようにと、「いとをかしげなる男女もろともに添ひ臥したる絵」を、時々、浮舟が開いて見ていたと書いている。「おぼゆべし」と文末に記してあるので、語り手の視点からの浮舟は「あはれ」と思っただろうという推量で、叙述から理解されるように、実際に、浮舟自身が、このまま匂宮との関係を断ち切ってしまったら、「いとあはれ」だと思ったわけではないのである。匂宮に味方する語り手からの助動詞使用なのである。

浮舟が見た絵が、どんな絵柄であるか具体的に述べられていないので、想定になってしまうのだが、仮に春画的なもの（オソク図）や、男女の逢瀬を描写した叙情的な絵画であっても、泣いているところを読むと、浮舟が欲情したり、描かれている人物に一体化して感傷的に鑑賞したと解釈するより、匂宮との添臥した罪過の出会いを想起して、その思い出に、宇治に自分を据えた薫という男性のことを重ね、密通という二方面に分離・分裂してしまう、己の苦しみとその帰結に、涙していると解釈すべきなのであろう。絵を見て泣いている浮舟を、語り手は、例のご

とく、匂宮に味方する立場から、主観的に誤読・誤解しているのであって、この場合、語り手は、浮舟の女房侍従の君の可能性が濃厚である。

和歌を読んだ匂宮に対しては、語り手は「たまふ」という敬語で対処している。実際に見聞したかどうかは不明なのだが、そのように認識する根拠が語り手にはあったのだろう。侍従の君が、後に明石中宮付の女房になったことを考えると、こうした言説は、語り手を侍従の君と措定すると当然な表現であるように思える。「よよと泣」くとか、「面影に見」えると書いてあるところを読むと、当時の上流男性貴族の感性や身体表現が本当なのかもしれないが、意外に、匂宮には、神経質的な弱く脆い性格があったと読み取った方がよいかもしれない。

なお、〈さりとも、恋しと思ふらむかし〉という匂宮の心中思惟の詞を読むと、浮舟は、消えてしまう「雨雲」に変身してしまいたいという、あるいは、密通したゆえに「尼」になってしまいたいという、死＝出家への願望を和歌に詠んではいるものの、そんなことを述べているからと言って、それは和歌の常套的な返歌的修辞で、本心では自分を恋しく思っているのだろうと、楽天的で自己本位的に自信・自負をもっている様子が窺える。匂には、浮舟に恋慕させる地位・人柄・容姿・魅力などが絶対的超越的に備わっているという、上流貴族の階級・階層的自信があったのである。それ故、浮舟の「もの思ひてゐたらむさま」、つまり、自分を恋い慕って物思いに耽って座っている、面影がありありと見えたのである。

対照的に、この場面では、「まめ人」薫についても言及されている。第三部では、語り手は、常に薫と匂宮を対照的・二項対立的に扱うことで、物語を紡いで、読者の物語的興味・関心を強化しようとしている。出来事を、そうした視点から文節化・図式化しようとしているのである。陣（公卿会議）などで二人がどんな政治・経済的関係にあったのかは、言説化されていないので言及することは不可能なのだが、行動を共にしたり、中の君を紹介したのは薫であり、そうした宇治十帖の諸点を配慮しながら、浮舟巻以前の記事を読む限り、薫と匂宮が二項対立的に、対立関係・対照関係にあったわけではない。複雑で多様で多層的な錯綜した人間関係を、対照的に図式化・構図化して表出するのは語り手なのであって、特に、浮舟巻は、その傾向が強いのである。語り手を、侍従の君として設定したのはそのためなのであろう。

物語は、一面では錯綜とした具体的固有性を、時系列に従った歴史的な叙述の内部に回収してしまう。源氏物語の話者は、既に考察したように、第二部に至ると、具体的な固有性に対する眼を生成させていた。その眼は、別な表現をすれば、反物語で、物語を解体・崩壊させるものであって、出来事を話（ストーリー）や筋書（プロット）化できない地点まで踏み込んでいたのである。その源氏物語の物語壊滅をかろうじて救済できる道は、語り手を設定し、その語り手の彼／彼女のイデオロギーや物語観念を印象深く表象することであった。その語り手に、話者が求めたのが、物語を単純に構成させる、二項対立という技法であったのである。侍従の君という女房の語り手が、浮舟巻に招かれたのはそのためで、右近とは違って、匂宮に肩入れしながら、彼女は、匂宮と薫という二項対立の構図に、物語を回収したのである。浮舟に近侍する女房だが、右近と侍従の君は、書き分けられており、語り手になる資格は、侍従の君に与えられていたのである。話者の眼は、更なる具体的で偶発的な出来事を凝視していたために、物語行為を、語り手に委ねてしまい、そのために二項対立という安易な筋書が採用されることとなったのである。

その対称性を際出そうとしているのであろうか、傍線を付したように、匂宮と同様に、「あはれ」という語が薫に対しても使用されている。ただし、薫の場合は、浮舟が可哀想にと嘆息しているのであるが、それに続いて「ながめ」という語が用いられていることにも注意すべきだろう。折口信夫の名を挙げるまでもなく、薫は返事を読みながら、浮舟が、自分を待ち焦がれて、欲求不満状態で、物思いに耽りながら、風景を眺め（長目）ていると想像しているのであって、そうした想像が、彼に「いと恋し」という、浮舟に対する恋慕の感情を生じさせることになるのである。

なお、引用文中に「恋し」にも傍線を付しておいたように、この場面では「恋し」も鍵語となっており、さらに、引用が長くなるので、全文を掲げることは避けたが、「ながめ」も、二人の対照性を際出させる言葉として使用されている。というのは、引用場面の前の場面には、匂宮の、

ながめやるそなたの雲も見えぬまで空さへくるるころのわびしさ

という、浮舟宛に詠んだ和歌が掲載されており、さらに、その後には、離れた個所なのだが、

水まさるをちの里人いかならむ晴れぬながめにかきくらすころ

という、薫の浮舟宛の歌が対照的に記されているからである。後者の和歌に対して『日本古典文学全集』の頭注で、匂宮の歌と同じく、「長雨（眺め）」を素材としながらも、匂宮は自分のせつない心中を訴えるのに対して、薫は相手のことを思いやる。「里人」は、村里の人、の意に、妻の意をこめた。

と書いているように、ここでも二人は対照的な和歌を詠んでいたのである。「薫↑浮舟／匂宮↓浮舟」という正反対な図式が描かれるように、同じ言葉が対照的に用いられているのである。匂宮は、自己の感情を愁訴しているのに対して、薫は浮舟がそうした感情になっているのだろうと想像しているわけである。「ながめ」（二箇所）「恋し」という同一の言葉を用いながら、対照性・二項対立性を際立てようとしているのである。浮舟巻では、薫と匂宮は対立する対照性として、文節化されて叙述されているのである。

なお、薫の詠んだ「水まさる……」という和歌で用いられている、「をちの里人」という歌語も気になる。宇治を都から見て、「をち」（遠方・彼方）と、薫は言っているのである。現代人の感覚だと非難されるかもしれないが、

宇治は、郊外電車で往復するためか、京から遥かに遠い土地ではない。ところが、この歌を読むと、異境であるかのように思われるからである。現代から言うと、浮舟が外国にいるかのような感じがするのである。「ながめ」という宇治にいる浮舟の、欲求不満状態を強調しているためなのであろうが、それにしても、同じ宇治にいた大君に対する認識と、あまりにも隔離しているように叙述されていると言えよう。浮舟の置かれている位相は、地理的な認識とは異なり、「をちの里人」なのである。

その後の経過を、時系列的に従って詳細に分析したい言説が幾つもあるのだが、これ以上反復するのは避けなければならないだろう。薫は随人たちの探索によって、若菜巻の光源氏と同様に、浮舟の〈もののまぎれ〉を〈知り〉、匂宮の裏切りに怒り、浮舟を手紙と和歌で詰問する。それに対して、浮舟は、「所違へのやうに……」と、宛先が間違いであるかのような返事を返すのだが、実際には彼女の不安と絶望は拡がる。さらに、彼女に仕えている右近が、東国の秘話を語り、追い詰められ、浮舟は死という終焉を決意するに至る。長文になるが、その死の決意と匂宮からの文殻を処分する場面を、引用して、若干分析しておこう。なお、右近が話した東国での姉の実例は、アンドレ・ジッドの主張した紋中紋の技法を遥か以前に先取りしたもので、別にこの技法は、物語論の視点からも、源氏物語の他の用例も交ぜて考察しなければならない、大きな課題の一つであると言えよう。また、本論は、浮舟に焦点を与えているので他の場面は詳細に分析しないが、薫と匂宮の互いに分裂している諸内面を分析することも、宇治十帖論としては忘失してはならないものであろう。

第三章　閉塞された死という終焉とその彼方（三）

——浮舟物語を読むあるいは〈もののまぎれ〉論における彼方を越えた絶望——

〈六　殺戮されたエクリチュール〉

君は、げに、〈ただ今、いとあつしくなりぬべき身なめり〉と思すに、宮よりは「いかにいかに」と、苔の乱るるわりなさをのたまふ、いとわづらはしくてなん。〈とてもかくても、一方一方につけて、いとうたてある事は出で来なん。わが身ひとつの亡くなりなんのみこそめやすからめ。昔は、懸想する人のありさまのいづれとなきに思ひわづらひてだにこそ、身を投ぐるためしもありけれ。ながらへば必ずうき事見えぬべき身の、亡くならんは何か惜しかるべき。親もしばしこそ嘆きまどひたまはめ、あまたの子どももあつかひに、おのづから忘れ草摘みてん。ありながらもてそこなひ、人わらへなるさまにてさすらへむは、まさるもの思ひなるべし〉など思ひなる。児めきおほどかに、たをたをと見ゆれど、気高う世のありさまをも知る方少なくて生ほしたてたる人にしあれば、すこしおずかるべきことを思ひ寄るなりけむかし。

むつかしき反故など破りて、おどろおどろしく一たびにもしたためず、燈台の火に焼き、水に投げ入れさせなどやうやう失ふ。心知らぬ御達は、〈ものへ渡りたまふべければ、つれづれなる月日を経て、はかなくし集めたまへる手習などを破りたまふなめり〉と思ふ。侍従などぞ、見つくる時に、「などかくはせさせたまふ。

あはれなる御仲に、心とどめて書きかはしたまへる文は、人にこそ見せさせたまはざらめ、ものの底に置かせたまひて御覧ずるなん、ほどほどにつけては、いとあはれにはべる。さばかりめでたき御紙づかひ、かたじけなき御言の葉を尽くさせたまへるを、かくのみ破らせたまふ、情なきこと」と言ふ。「何か。むつかしく。長かるまじき身にこそあめれ。落ちとどまりて、人の御ためもいとほしからむ、『さかしらにこれを取りおきけるよ』など漏り聞きたまはんこそ恥づかしけれ」などのたまふ。心細きことを思ひもてゆくには、またえ思ひたつまじきわざなりけり。『親をおきて亡くなる人は、いと罪深かなるものを』など、さすがに、ほの聞きたることをも思ふ。(6)―一七六〜八)

長文の浮舟巻の引用場面を分析する途中で、幾つかの説明を加えておいた方が、この場面は解りやすいだろう。「あつし」は、「篤し」とも書き、「危篤」などの語が示唆するように、衰弱がひどいことで、浮舟は、この浮舟巻の巻末に近い場面では、今にも消尽・破滅・消去してしまう生涯だと自分では思っているのである。この終末論的認識は、浮舟巻巻末場面の浮舟の実存に底流していると言えるだろう。

「苔の乱るる」は、『古今六帖』巻六に掲載されている、

逢ふことをいつかその日と松の木の苔の乱れて恋ふるこのころ

とか、『新勅撰和歌集』巻十二恋二の読人しらず歌の、

君に逢はむその日をいつと松ノ木の苔の乱れてものをこそ思へ

などの和歌を引歌としていると指摘されている。常套的だが、「松」に「待つ」を懸けて、匂宮は浮舟の回答を期待・待機しているのである。一方、「いとわづらはしくなん。」とあるので、浮舟は、回答できず、困惑しているのである。

「昔は、懸想する人の……」の文章は、万葉集巻九の真間の手児名・葦原の菟原処女（大和物語百四十七段と同じ）や、万葉集巻十六の桜子などの、何人かの男たちに恋慕され、その板挟み状態から入水・経死した、過去にあった諸話型（この話型を、大和物語を配慮して生田川譚と名付けたい）を意識した叙述であろう。だが、その引用テクストを個的に特定する必要はないだろう。「身を投ぐるためし」とあるので、その昔の諸類型の中で入水伝説を意識した表現であると共に、入水の可能性を読者に暗示している言説だと解釈できるだろう。入水は、狭衣物語の飛鳥井姫などに典型的に象徴されているように、物語文学が初期段階から追及してきた、主要な旋律・主題の一つであることは言うまでもない。なお、既に何度か指摘したように、宇治十帖に至ると話型は崩壊しているのであって、この「昔」の生田川譚の話型も、物語展開に従って、反物語的に入水は浮舟の蘇生によって裏切られることになるはずである。読者の期待の地平を裏切ることも、第三部の反物語の特性の一つなのである。

「反故」（反古とも）は、古形は「ホク」と清音だったらしいが、文字・絵などを書いた、不用となった使用済みの紙のことであることは言うまでもないことだろうが（この時代では、活字や複製などでなく、肉筆であったことは記すまでもない）、論の展開から言うと、そのエクリチュールされたものを、浮舟が「燈台の火に焼き、水に投げ入れさせなどやうやう失ふ」とあるように、躊躇しながら抹殺・消尽して行く行為には注目しておくべきだろう。

性的交渉のあった他者としての匂宮との関係を消去・抹消しようとしているのであろうが、それを〈書かれたもの〉という反故によって行っているのである。エクリチュールは、ここでは抹殺・消滅という死と重なっているのである。もちろん、死後に薫に匂宮との関係が決して知られてはならないという、思慮も働いているのであろうが、破った上で、さらに、女房たちに、焼却させ、流水に投入させているような、過剰・過激な行動を読むと、このエクリチュールの扼殺は、この場面では極度に強調され、読者の注意を喚起しているのであって、無視して分析を進めることが出来ない個所なのである。

言葉は、ソシュール以後、〈意味するもの〉と〈意味されるもの〉とによって生成されていると言われている。しかも、語られるものであれ、書かれたものであれ、相手の意図した〈意味されるもの〉は、その場でのみパロールとして現前するのである。時枝誠記の言語過程説などでも、パロールという点では、同様だろう。反故とは、その言語が発せられたオリジナル・コンテクストの不在のことなのである。つまり、反故とは、それを発した主体（意図的な〈意味するもの〉とその背後にある無意識）と、それが発せられた（オルジナル・）コンテクストの、二重の空虚・不在を指しているのだが、その二重の空虚ささえ、浮舟は抹消しようとしているのである。この徹底した虚無主義を、浮舟の行為の背後に読み取らねばならないのである。恋人と離別した際に、手紙やメールなどを消去・破棄することはよくあることかもしれないのだが、それを物語文学として強調して場面化している時には、注目し分析する価値があるはずである。

だが、反故を破棄することが、空虚さの抹消であることさえ、常識的な通俗的意識では気付いてはいない。「心知らぬ御達は」、薫が、京に浮舟を迎えるために、転居させるという噂を聞いて、彼女は、引越しの準備・整理のために、〈はかなくし集めたまへる手習などを破りたまふなめり〉と思っているのである。

また、浮舟に近侍して、詳しく〈もののまぎれ〉の事情を知っている「侍従など」は、匂宮から贈られた反故を破棄した様子を見て、「……あはれなる御仲に、心とどめて書きかはしたまへる文は、人にこそ見せさせたまはざらめ、ものの底に置かせたまひて御覧ずるなん、ほどほどにつけては、いとあはれにはべる。……」と、秘蔵するように、常識的な認識から、反故を思い出・追懐のために保存・保持・秘蔵することを薦めている。過去の回想・想起・追憶の道具として、反故を保持するように、薦めているのである。

両者共に、言語に対する通俗的な常識の反応であるのだが、浮舟は、その常識に依拠する振りをしながら、「……『さかしらにこれを取りおきけるよ』など漏り聞きたまはんこそ恥づかしけれ」と述べている。万一、他人に見られることがあると、自己の反故を遺しておいた無分別さを暴露してしまうから、破棄するのだと、侍女たちに語っているのだが、ここでは「長かるまじき身」という、自死についての死の予告が示されていると同時に、その死と関連しながら、一種の過激な言語論が展開されていると理解すべきであろう。この浮舟巻の場面では、反故の破棄は、死と重層化しているのである。

匂宮は、言説化されていない部分が多いが、さまざまな顔を持っている、源氏物語第三部の中心人物の一人である。内裏での公的な態度などは、源氏物語においては叙述されていないのは当然だと言えるのだが、嫡妻六の君・正妻中の君ばかりでなく、慣習的に軽蔑・蔑視していたらしい、仕えている女房たちや従者など、その多様な他者たちに見せる姿や顔を数えあげることなど不可能なのだが、愛人浮舟に見せる顔は、その中で浮舟巻を読む限り、もっとも私的で「素直な」「純真さ」に溢れていたに違いない。それゆえ、常識的な視点から捉えると、彼の浮舟に送った書簡や和歌・絵などには、つまり、オリジナル・コンテクストにおいては、ほぼ、匂宮の「真の姿」（どれが真だと言えない面があるのだが）が、肉筆として現前しているように見えたと言えるであろう。しかし、反故においては、〈書かれたもの〉であるがゆえに、その痕跡は残されているものの、「真の姿」は喪失されているのである。話されたものであろうと、書かれたものであろうと、言語は、社会性を伴った反復可能性によって支えられていると、一般的には考えられている。「これは私の金だ」という発話や書き物は、音声や調子あるいは字形・筆跡や筆力・道具などで、つまり、オリジナル・コンテクストではさまざまな違いがあるのだが、パロールやエクリチュールとして意味を持つためには、反復される同一の日本語表現として、社会的に認知・再認されなくてはならないのである。そうでなければ、裁判などにおいても、その発話や書類は証拠とはならないのである。そして、そこには、常に発話主体としての「私」という自己があると一般には考えられているのである。

つまり、言語は常に自己／他者という二項対立において、自己が優位にあるのである。「これは彼の金だ」とか「彼女は歩いていた」という発話や記述は、「(私は)『これは彼の金だ』(と思う。)」あるいは、(と書いておく)」とか、「(私は)『彼女が歩いていた』(と言う。)あるいは、(と書く)」という、日常では意識することはないと言ってよいのだが、常に発話主体（自己）である「私」を隠し宿していると、機能的に言うことが出来るのである。浮舟（反故においてはあて先で他者）は、そうした言語において、反故化＝再現化された匂宮（自己・私）を焼却・抹殺するのである。あたかも浮舟という自己の無分別さを露呈させてしまうのを回避するような、装われた発話ではあるが、実は、彼女は、匂宮という発話主体である、反故という言語の主体＝〈自己〉＝匂宮＝私を、この発話で破棄・抹殺しようとしているのである。言語における自己の優位性を脱構築化して、言語における他者＝浮舟を優位化しようとしているのである。いや、優位化と言うより、死を前にしているがゆえに、言語における私という自己の優位性に、異議申し立てを試みているのである。

エクリチュールにおいてではあるが、浮舟は、匂宮という私を、自己の死を覚悟しているがゆえに、殺戮しているのである。「自己＞他者」という言語の一般的常識的論理を、脱構築化して、他者を優位化しようとする、現実的にはありえない、「自己＜他者」という言語上の抵抗＝異議申し立てを試みているのである。

殺人とは、他者が自己（あるいは他者）を抹殺することである。と言うより、他者によって自己の「世界」が消え去ることである。当たり前のことだが、殺された人物には、以後の「世界」はないのである。つまり、エクリチュールの上でのことだが、浮舟は殺人を犯して、匂宮の所有している世界＝風景そのものを、幻想的ではあるが、抹殺・殺戮しようとしているのである。つまり、浮舟は、自己の築いてきた「世界」を消滅するために、自死しようとしているのではないのである。同じ事を主張しているように思われるかもしれないが、浮舟は、匂宮を殺害するために、自己を抹消することを意識したのである。浮舟巻では、自殺は殺人と同義語なのである。

源氏物語は、浮舟を通じて、書くことと殺人を結び付けていたのである。モーリス・ブランショは、書くことと死ぬことを結び付けているが、他者（実は自己＝匂宮）の書いたものを抹消することで、浮舟は、誰も凝視したことのない地平、つまり、自己を殺すことが、他人を殺害することであるという、倒錯した世界に踏み出そうとしていたのである。だが、他者の終焉の、つまり、以後の「世界」のない虚空の中で、彼女という自己（実は他者）は、何を見つめようとしているのであろうか。だが、それは、浮舟巻以後の、死を超克した後のエクリチュール論を待たなくてはならないだろう。

語り手は、「心細きことを思ひもてゆくには、またえ思ひたつまじきわざなりけり。」と書き、この浮舟の世界内存在の滅亡の彼方を凝視する眼差しを理解していない。「心細きこと」とは、死を決意した荒涼とした虚無の内面を表出しているのであろうが、その死の彼方を見つめている彼女を、語り手は、決意に躊躇している姿のように解釈しているのである。さらに、「『親をおきて亡くなる人は、いと罪深かなるものを』など、さすがに、ほの聞きたることをも思ふ。」と記し、仏教的で当時の習俗なものに、浮舟の姿を回収してしまうのである。

既に何度か書いたように(1)、源氏物語は、桐壺巻の冒頭から、親の生存より先に子供が死去するという罪業の主題を、桐壺更衣の死を通じて表現している。それればかりでなく、現在の習俗ともなっている、野辺送りに親が参加することは、両親以前に死去したという、子供の親不孝を確認し、罪を背負った子を地獄に意図的に送ることになるという信仰を犯して、母北の方は、野辺送りと火葬に出かけているのである。つまり、母北の方と桐壺更衣の親子は、罪業を厭わず、地獄への道を選択して死去しているのである。源氏物語の始発において堕地獄を志向した源氏物語が、巻末に近い浮舟の巻で、その道を回避することはないだろう。従来の読者の多くを含めて、語り手たちは、そうした登場人物たちの堕落・堕地獄を厭わない精神を理解できずに(2)、往生思想・女人往生論を振り回し、宗教的・仏教的なものに、浮舟の生き方を回収しようとしているのである。だが、そうした誤読という主観を抱えている語り手を相対化して、源氏物語は死という終焉を見つめている。そして、その死を、浮舟巻では、言語論の脱構築として展開したのである。さらに、浮舟巻以後では、その死という終焉さえも閉塞して、死後の彼方を、宗教や仏教等に回収することなく、凝視することになるはずである。

「おずかるべき」の「おずし」は、強烈で、恐ろしいという意で、上流貴族の女性の行為が、女房たちの都会人の「常識」からはずれて見える場合に、使用される傾向がある言葉である。浮舟は、その体制としての貴族社会において、非常識な過激で強烈で悪質な恐怖を覚えることを、「思ひ寄」っているのである。浮舟は、貴族的社会の常識から逸脱して、狂気に歩んでいるのである。

既に、『源氏物語の言説』の巻末に掲載した「類似・源氏物語の認識論的断絶―贈答歌と長恨歌あるいは方法としての『形代／ゆかり』―」という論文で分析したように、源氏物語では、古代後期の贈答歌のあり方を長恨歌に適応させ、〈形代／ゆかり〉という原エクリチュールの方法を、冒頭の桐壺巻で確立していた。もちろん、源氏物語はエクリチュールされたテクストではあるものの、その段階では、認識においては原エクリチュールに留まっていたのである。その〈形代／ゆかり〉の方法が、源氏物語を一貫していることは言うまでもない。

「原エクリチュール」というのは、ジャック・デリダの用語で、言語の条件としてパロール内部で働いている反復可能性としての要素を意味しているのだが、差延・痕跡・代補などと共に、現前する同一性としての形而上学が想定する、「根源」以前の運動のことである。浮舟が反故を消去するという行為によって、その原エクリチュールから離陸して、源氏物語ではエクリチュール自体が問題化されてきたのである。

敢えて説明するまでもないことなのだが、パロールでは「自分が話しているのを同時に聞いている」という肉体的錯覚による循環・円環によって、現前というロゴス音声中心主義が成立することになる。私たちは、通常この現前の神話に捕らわれて生活している。しかし、エクリチュールにおいては、書かれた瞬間に、文字は私から剝離して、痕跡・差延・代補として、私という主体の不在として漂流することになる。私（表現主体）の意識は消去され、どのような解釈・解読も、そのエクリチュールを基盤としている限り許されるのである。しかも、実はこのエクリチュールのあり方は、パロールにおいても現象・潜在しているのであって、それをデリタは原エクリチュールと呼んでいるのである。源氏物語は、出発点から、この原エクリチュールに注目して、〈形代／ゆかり〉として、正身の痕跡・差延・代補を表出・追及してきた。だが、源氏物語は、その原エクリチュールを超えて、その眼差しを、エクリチュールそのものを凝視することに向ける。それが、集中的に典型化されるのが、「手習」巻であることは、記すまでもないことであろう。

〈七　閉塞された死という終焉〉

浮舟巻は、次のような場面で終わる。

乳母、「あやしく心ばしりのするかな。『夢も騒がし』とのたまはせたりつ。宿直人、よくさぶらへ」と言はするを、〈苦し〉と聞き臥したまへり。「物きこしめさぬ、いとあやし。御湯漬」などよろづに言ふを、さかしがるめれど、いと醜く老いなりて、〈我なくは、いづくにかあらむ〉と思ひやりたまふもいとあはれなり。〈世の中にえありはつまじきさまを、ほのめかして言はむ〉など思すに、まづおどろかされて先立つ涙をつつみたまひて、ものも言はれず。右近、〈ほど近く臥す〉とて、「かくものを思ほせば、もの思ふ人の魂はあくがるなるものなれば、夢も騒がしきならむかし。いづ方と思しさだまりて、いかにもいかにもおはしまさなむ」とうち嘆く。萎えたる衣を顔に押し当てて、臥したまへりとなむ。(6)―一八八）

あまり筋書的には問題のない個所なので、克明には分析されていない場面ではあるが、浮舟巻の巻末でもあるので、他の個所などを参照しながら言説を軸に考察すると、一読すると浮舟は沈黙しているように読めるのだが、多弁とは言えないものの、それなりに自己を表出しているようである。と言うのは、傍線を付した「いとあはれなり」は、自由間接言説で、「と（浮舟は）思ひたまふ」といった表現が省略されており、「言はれず」という敬語不在の言説は、自由直接言説で、傍線以前に書いてある行為に対する感想・意見を、浮舟に同化・一体化して解読しなければならず、彼女はそれなりの反応を、この場面で記していたのである。

「夢も騒がし」は、この場面の前に掲載されていた、浮舟の母の手紙に記してあった文章を引用したものである。母の夢には、浮舟が「騒がしく」不穏に見えたので、誦経をあちこちの寺で行わせたという。さらに、左近少将の妻となった異父妹も、「物の怪」で患っており、心配・深慮しているという内容を、受けたものである（この「物の怪」に異母妹が患っていることは、左近少将の浮舟との結婚破約譚や常陸介の継子虐め譚の、不十分で不安定ではあるものの、それなりの結果が暗示されていると言えるだろう。また、無意識的なのだが、浮舟の生霊が物の怪として出現しているという、解釈をするように暗に求められているのかもしれない）。それだから、乳母は宿直人たちに用心して宇治山荘を警護するように警告しているのである。死の決意を固めている浮舟は、何も知らずに、母の手紙を読み、自分のことを心配している乳母が不憫で、〈苦し〉と寝ながら聞いているのである。なお、「少将の方」が登場しているのは、東屋巻の冒頭に記されていた少将による浮舟結婚破談譚の結末をそれなりに告げていると言えよう。「物の怪たちて悩みはべれば」とあるので、母親の中将の君は、浮舟を冷淡に扱った左近少将や常陸介への報いだと内奥では思っているのである。つまり、東屋巻の少将破約譚の結果を浮舟巻で叙述しているのは、語り手は違うものの、東屋巻と浮舟巻がペア・一対であり、一組もしくは対偶として理解するように、読者に求めているのである。

さらに、乳母は湯漬を食することを求める。浮舟は、その二項対立の中で、当然ではあるが、劣位にある非健康を選択しているので語られていると言えよう。ここには「健康（湯漬）／非健康（死・拒食など）」という二項対立がある。それに対して、乳母は「さかしがる」とあるように、一見すると、賢明で判断力に優れているように思われるのだが、浮舟の死去後の彼女の主人のいない窮状を想像すると、浮舟には憐憫の情が浮かぶのである。ここでも、従来の源氏物語が、乳母子の運命に焦点を当てていたのに対して、「主人の子供／従者の乳母」の二項対立の中で、常に奉仕という劣位にある乳母のあり方が凝視されており、乳母として養った子を失った女性のその後が、偲ばれてくる仕組みになっているのである。だから「あはれ」という自由間接言説が用いられ、語り手の視点と共に、中心人物浮舟の感性が語られているのである。王朝国家は、主人の運命によって、従者たちの生涯・生活等が決定される社会構造になっており、主人の死や零落は、主人自身の自己の範囲に留まらない、後見・親族や従者・女房などに拡がりを与えるのである。

劣位にある乳母に対する共感から、それゆえ自死を仄めかそうとするのだが、その死を強く意識すると、「おどろかされて」と書かれているように、一瞬、浮舟はたじろいでいる。自己の内面にある深淵の深さに驚いているのである。既に、死を決意しているのだが、その死を直視する時、見えてくる虚無という終焉の彼方の深淵に驚愕しているのである。

一般的な仏教的常識から言えば、母を残し、さらに仕えている乳母や侍女たちを路頭に迷わすことになるから、三途・三塗に墜ちる自己を発見しているのであろう。その地獄・餓鬼・畜生の三悪道で苦悶しなければならない自己が見えたのである。火途・刀途・血途で、弱肉強食の食い合いの世界を凝視した時、「ものも言はれず」という状態になったのである。当時の常識的な読者の大部分は、そんな読解をしたはずである。だが、死の彼方には、浄土・極楽あるいは黄泉という異郷や、三途のような異郷しかないのであろうか。源氏物語は、誰も体験したことのない世界に、エクリチュールを通じて乗り出すことになる。だが、その知的で文学的な冒険は、浮舟の、入水という擬死体験を描かなければ可能ではないだろう。

右近は、有名な和泉式部の後拾遺和歌集掲載歌の「物思へば沢の蛍もわが身よりあくがれ出づる魂かとぞ見る」と同様な当時の信仰を基に、どちらか一方に身を委ねる決心をして、成り行きに任せることを提案している。匂宮に味方する侍従の君とは違い、同じ近侍する女房ではあるものの、右近は、薫か匂宮かのどちらか一方を選択し、成り行きに任せてしまえと、姉の話と同様だが、自暴自棄的な一歩踏み込んだ状況を、浮舟の背後に読み取っているのである。

こうした右近の、ため息交じりの、一歩踏み込んだ意見を聞きながら、それにもかかわらず、浮舟は、衣装に顔を押し当てたまま、沈黙している。「我なくは」という死の覚悟があるからなのであるが、「となむ」という巻末の文末の連語を読むと、語り手は近くに侍っていず、後に様子を右近などから聞いたらしい。その後の様子は、後の手習巻の浮舟の回想として次のように語られている。

正身の心地はさはやかに、いささかものおぼえて見まはしたれば、一人見し人の顔はなくて、みな老法師ゆがみおとろへたる者どものみ多かれば、知らぬ国に来にける心地していと悲し。ありし世のこと思ひ出づれど、住みけむ所、誰といひし人とだにたしかにはかばかしうもおぼえず。ただ、〈我は限りとて身を投げし人ぞかし、いづくに来にたるにか〉とせめて思ひ出づれば、〈《いといみじ》、とものを思ひ嘆きて、皆人の寝たりしに、妻戸を放ちて出でたりしに、風ははげしう、川波も荒う聞こえしを、独りもの恐ろしかりしかば、来し方行く末もおぼえで、簀子の端に足をさし下しながら、行くべき方もまどはれて、帰り入らむも中空にて、『心強く〈この世に亡せなん〉と思ひたちしを、をこがましうて人に見つけられむよりは鬼も何も食ひうしなひてよ』と言ひつつつくづくとゐたりしを、いときよげなる男の寄り来て、『いざたまへ、おのがもとへ』と言ひて、抱く心地のせしを、『宮』と聞こえし人のしたまふとおぼえしほどより心地まどひにけるなめり。《知らぬ所に据ゑおきて、この男は消え失せぬ》と見しを、ついに、《かく、本意の事もせずなりぬる》と思ひつつ、《いみじう泣く》と思ひしほどに、その後のことは、絶えていかにもいかにもおぼえず。人の言ふを聞けば、多くの日ごろも経にけり。いかにうきさまを、知らぬ人にあつかはれ見えつらむ〉と恥づかしう、〈つひにかくて生きかへりぬるか〉と思ふも口惜しければ、いみじうおぼえて、なかなか、沈みたまへりつる日ごろは、うつし心もなきさまにて、ものいささかまゐるをりもありつるを、つゆばかりの湯をだにまゐらず。(6)—二八三〜五)

浮舟の回想は、切れ切れだが、これをどのように分析しても、一義的で、一貫した、唯一の意味に収束させることは出来ないだろう。浮舟が、供人の女房たちが寝静まった後に、妻戸から出て、川波の荒々しい音の聞こえる簀子の端に腰掛け、足をぶらぶら下しながら、さまざまに思案・苦悶していたことは判明するのだが、意識の断絶もあり、「絶えていかにもいかにもおぼえず」と彼女自身が追想しているように、入水から救出までの過程は不明なのである。

問題は、「きよげなる男」の解釈だろう。〈『宮』と聞こえし人のしたまふ〉と、浮舟自身が回想しているので、浮舟の眼に映ったその男の映像は匂宮であるのだろうが、「鬼も何も食ひうしなひてよ」と彼女が発話した後に出現しているので、発話するとその霊物が出現するという、当時の信仰を配慮したり、「噂をすれば影」という諺などを考慮すると、匂宮の姿を借りた「鬼」の類である可能性もある。浮舟の発話を読むと、少なくとも、伊勢物語六段の芥川章段の「鬼一口譚」が、直接的な引用ではないにしろ、配慮されてくるはずである。鬼に一口で食われてしまいたいという願望があったのである。

しかも、匂宮は、浮舟巻の巻末場面で浮舟が反故を焼くことで、エクリチュールの上では殺害されているのである。それ故、殺された亡者の匂宮とも考えることができるのである。さらに、紫式部集の四十四番歌等を配慮すると、浮舟の「心の鬼」（良心の呵責＝無意識）であると解釈できるだろう。しかし、その「心の鬼」は、浮舟物語自体の解読に関係しており、単純に一義的に理解することは出来ないはずである。しかも、この「きよげ」な男は無責任で、浮舟を抱き抱えて、「知らぬ所に据ゑおきて」とあるように、どこかに置きざりにして去ってしまったのである。この行為も、死体遺棄から死からの救出までの振幅の間で、揺れ動き、意味を確定することができないのである。また、救出に補陀落から訪れた長谷観音の化身の可能性まであるのである。

ただ、〈我は限りとて身をなげし人ぞかし〉と追憶しているように、浮舟は、死という終焉に出会った人物なのである。多義的な無意識的なものを抱えて入水し、その死という終焉を超えた人物なのである。そして、死の彼方で、「知らぬ人」の中に突如に投げ入れられていたのである。

なお、「『知らぬ人にあつかはれ見えつらむ』と恥づかしう」という文を読むと、当時の上流貴族の女性が、いかに顔を見られるのが、重要な禁忌であったかが理解できるだろう。自殺・入水という行為を他人に知られることよりも、他者に顔を見られることの方が恥辱だったのである。『源氏物語の言説』の「第八章　御法巻の言説分析――死の儀礼あるいは〈語ること〉の地平――」で述べたように、夕霧が紫の上の死骸の顔を見ることが、視姦＝死姦であることを逆照射していると言えるだろう。ともかく、浮舟は、紫上と同様に、一度目の死を超越しているのである。

ところで、既に『物語文学の方法　II』の「第十五章　若紫巻の方法」や『源氏物語の言説』の「誤読と隠蔽の構図」などで分析したことがあるのだが、手習巻には別の浮舟の入水と救出の話が語られている。横川の僧都の母尼は初瀬詣の帰途発病し、横川にいた僧都は宇治院に赴き、そこで「怪しき物」＝浮舟を発見する。その「怪しき物」であった女を、亡くした娘の替りに妹尼は預かり介抱し、意識不明のまま、母尼が回復したため、僧都たち一行は小野に連れて帰る。なおも女が意識不明であるため、妹尼たちが憂慮するので、横川の僧都は、小野に下山し加持祈禱することになり、そこで「物の怪」が、出現することになるのである。

「この修法のほどに験見えずは」と、いみじき事どもを誓ひたまひて、夜一夜加持したまへる暁に人に駆り移して、〈何やうのものかく人をまどはしたるぞ〉と、ありさまばかり言はせまほしうて、弟子の阿闍梨とりどりに加持したまふ。月ごろ、いささかも現れざりつる物の怪調ぜられて、「おのれは、ここまで参うできて、かく調ぜられたてまつるべき身にもあらず。昔は、行ひせし法師の、いささかなる世に恨みをとどめて漂ひ歩きしほどに、よき女のあまた住みたまひし所に住みつきて、かたへは失ひてしに、この人は、心と世を恨みたまひて、「我いかで死なん」といふことを、夜昼のたまひしに頼りをえて、いと暗き夜、独りものしたまひしをとりてしなり。されど、観音とざまかうざまにはぐくみたまひければ、この僧都に負けたてまつりぬ。今はまかりなん」とののしる。「かく言ふは何ぞ」と問へば、憑きたる人ものはかなきけにや、はかばかしうも言

はず。（(6)―二八二〜三）

というのがその物の怪出現の場面だが、紫式部集四十四番歌などを動員して、この場面を克明に分析するのは、分析の反復となるので避けることとする。ただ、この物の怪が、かつては行人（修行者）の法師で、「いささかなる世に恨み」とあるので、過去に女犯などを犯したために、成仏できていなかったことが判る。これは、これまでの浮舟の物語からは想定できない霊物の出現で、横川の僧都たちの「心の鬼」（無意識）を反映していると言えよう。僧都の生涯にそうした出来事があったわけではないだろうが、無意識裡に僧都には僧侶であるがゆえに女犯の欲望が密かに深層にあり、それが物の怪の姿に反映しているのである。集によれば、物の怪は、その姿を見ている人物の「心の鬼」が、投影・表象されているのである。

と同時に、この場面の解読には、物語の論理も配慮する必要があるだろう。特に、享受者・読者の物語認識が、引用場面を生成しているのである。すでに、作家紫式部は、集の四十四・五番歌にあるように、「心の闇」（現実に対する批判精神）を抱いていたので、物の怪は見ている者の「心の鬼」であると認識していた。だが、それを物語として筋書きに沿って言説化するためには、当時の読者の〈常識的認識〉を配慮することなしには、疎外化・表出化できない。それゆえに、成仏できずに漂流して、女犯を犯すような女好きの性格からか、物の怪が、「よき女のあまた住みたまひし所」つまり宇治山荘に棲息したと設定し、「かたへ」＝大君は取り殺して、浮舟は、「我いかで死なん」と常に述べていたので憑依したのだという物語を創作したのである。大君が物の怪に取り殺されたという出来事は、総角巻などには記されていなかったのにもかかわらず、物語的説得性を増すために、敢えて矛盾さえ厭わなかったのである。しかも、宇治十帖ではしばしば濃厚に登場している長谷観音の信仰までこの場面では利用しているのである。このようにして、死という出来事さえ、宇治十帖の後半では、多面的に把握され、多義的で多視点化されているのである。このようにして、なおも死の願望を抱いているにも拘らず、浮舟は蘇生し、死は閉塞され、その死という終焉の彼方が凝視されることになるのである。

〈八　トラウマあるいは反復する求愛とその拒否〉

甦った浮舟に、さらなる艱難辛苦が襲うことになる。妹尼の所に死去した娘の婿であった中将が訪れ、浮舟を垣間見して、魅惑され、動揺し、求愛するのである。あの「垣間見↓性的関係（強姦）」という物語の規範文法が、再び作動・再反復し始めたのである。貴種流離譚における艱難辛苦という機能が果しているような場面が開始され、性的で暴力的な危機が、浮舟に襲いかかってきたのである。だが、その暴力性が内奥に秘められている求婚の経過は、詳細に分析しなければならないだろうが、筋書は、手習巻のテクスト自体の叙述に譲ることとして、分析は省略することにする。ここでも話型は不発に終わり、反物語の世界が展開されるのである。

妹尼は、初瀬に母治癒のお礼参りに出かけ、浮舟たちは少人数で、小野に居残ることになる。そこに中将が来訪する。

（妹尼などが）おはせぬよしを言へど、昼の使の、一ところなど問ひ聞きたるなるべし、いと言多く恨みて、「御声も聞きはべらじ。ただ、け近くて聞こえんことを、聞きにくしとも思しことわれ」と、よろづに言ひわびて、「いと心憂く。所につけて、もののあはれもまされ。あまりかかるは」などあはめつつ、

「山里の秋の夜ふかきあはれをももの思ふ人は思ひこそ知れ

おのづから御心も通ひぬべきを」などあれば、「尼君おはせで、紛らはしきこゆべき人もはべらず、いと世づかぬやうならむ」と責むれば、

うきものと思ひも知らですぐす身をもの思ふ人と人は知りけり

わざと言ふともなきを聞きて伝へきこゆれば、〈いとあはれ〉と思ひて、「なほ、ただ、『いささか出でたまへ』と聞こえ動かせ」と、この人々をわりなきまで恨みたまふ。（少将の尼）「あやしきまで、つれなくぞ見えたまふや」とて、入りて見れば、例は、かりそめにもさしのぞきたまはぬ老人の御方に入りたまひにけり。あさましう思ひて「かくなん」と聞こゆれば…（中略）…

姫君は、〈いとむつかし〉とのみ聞く老人のあたりにうつぶし臥して、寝も寝られず。宵まどひは、えもいはずおどろおどろしきいびきしつつ、前にも、うちすがひたる尼ども二人臥して、〈劣らじ〉といびきあはせたり。いと恐ろしう、〈今宵この人々にや食はれなん〉と思ふも、惜しからぬ身なれど、例の心弱さは、一つ橋危がりて帰り来たりけん者のやうに、わびしくおぼゆ。こもき、供に率ておはしつれど、色めきて、…（中略）…

中将、言ひわづらひて帰りにければ、（少将の尼）「いと情なく、埋れておはしますかな。あたら御容貌を」など譏りて、みな一所に寝ぬ。

〈夜半ばかりにやなりぬらん〉と思ふほどに、尼君咳おぼほれて起きにたり。灯影に、頭つきはいと白きに、黒きものをかづきて、この君の臥したまへるをあやしがりて、鼬とかいふなるものがさるわざする、額に手を当てて、「あやし。これは誰ぞ」と、執念げなる声にて見おこせたる、さらに、〈ただ今食ひてむとする〉とおぼゆる。〈鬼のとりもて来けんほどは、ものおぼえざりければ、なかなか心やすし、いかさまにせん〉とおぼゆるむつかしさにも、〈いみじきさまにて、生き返り、人になりて、また、ありしいろいろのうきことを思ひ乱れ、むつかしとも恐ろしとも、ものを思ふよ。死なましかば、これよりも恐ろしげなるものの中にこそはあらましか〉と思ひやらる。

昔よりのことを、まどろまれぬままに、常よりも思ひつづくるに、いと心憂く、〈親と聞こえけん人の御容貌も見たてまつらず、遥かなる東国をかへるがへる年月をゆきて、たまさかにたづね寄りて、《うれし頼もし》と思ひきこえしはらからの御あたりも思はずにて絶えすぎ、さる方に思ひさだめたまへりし人につけて、やうやう身のうさをも慰めつべききはめに、あさましうもてそこなひたる身を思ひもてゆけば、宮を、すこしも《あはれ》と思ひきこえけん心ぞいとけしからぬ。《ただ、この人の御ゆかりにさすらへぬるぞ》と思へば、小島の色を例に契りたまひしを、などて《をかし》と思ひきこえけん〉と、こよなく飽きにたる心地す。はじめより、薄きながらものどやかにものしたまひし人は、このをりかのをりなど、思ひ出づるぞこよなかりける。「かくてこそありけれ」と聞きつけられたてまつらむ恥づかしさは、人よりまさりぬべし。さすがに、〈この世には、ありし御さまを、よそながらだに、いつかは見んずる〉とうち思ふ。〈なほわろの心や、かくだに思はじ〉など心ひとつをかへさふ。(6)―三一五～二〇)

研究論文としては長い引用文となったが、後に分析する諸課題とも重なってくるので、長文であることを厭わずに、中略した個所もあるのだが、引用しておくことにする。傍線は、最初のものは、妹尼の女弟子である少将の尼の自由間接言説なのだが、それ以降のものは、敬語が省略されている、浮舟の自由直接言説である。内話文を含めて、彼らの立場になって同化しながら、場面を解読する必要があるだろう。

中将は、使者から、妹尼が初瀬詣のために留守・不在と知り、敢えて小野を来訪するが、浮舟は普段は決して近づかない母尼の老人たちのいる部屋に逃げ込み、中将が空しく帰る個所が、最初に記した場面である。そこに掲載されている中将と浮舟の贈答歌は、贈歌（中将）の「あはれ」と返歌（浮舟）の「うき」の違いなのではあるが、浮舟の「うき」＝憂鬱は、点線を付したように、〈いとむつかし〉＝ひどく不気味で＝鬼だと思っている老人たちのいる部屋に逃げ込むほど深いのである。

「あはれ」は対象に対する感動の言葉から出発している、幅の広い意味を持つ言葉であるが、「うし」は、不満が常に内向している心理状態を意味しており、状況に内面で疲弊している浮舟の苦悩の心情を、直裁に象徴している表象だと言えるだろう。二つの和歌の言葉は意義的には近接しているように思われるのだが、その乖離・差異は大きいのである。

中将は、妹尼の亡くなった娘の婿であった人物で、横川の僧都の弟子である禅師の君の兄として設定されている。鰥夫で、まだ結婚適齢の年齢であるらしく、しかも中将（従四位下相当）であるので、公卿コースの過程にある壮年の人物だと考えてよいのだろう。もしかすると、横川の僧都を援助・支援している一族の有力者の一人かもしれない。

小鷹狩のついでに小野に立ち寄り、垣間見後、浮舟に文を送るが、二回とも返事がなく、今回は、妹尼の不在を好機だと思い、一人でいる浮舟に暴力的に襲いかかろうと企図していたのだろう。妹尼が、二人の結婚を願っていたように、常識的には、浮舟に相応しくない年齢や身分等ではないのだが、「鬼」のように思っている尼たちの間に逃げ込んだのは、以前に左近少将・薫・匂宮という、無意識的に反復してしまった浮舟のトラウマがあったからなのであろう。

自己が主体的に意図・認知しないまま、暴力的に結婚（とその破約）・召人的存在・密通という極限・危機状況に追い込まれたトラウマがあったからこそ、鬼一口譚さえ厭わずに、母尼の部屋に逃れたのである。もちろん、ここでも、伊勢物語六段が背後にあることは言うまでもない。自己という主体や認識が不在のうちに、思いがけなく暴力的に極限状況に巻き込まれてしまった苦い体験の反復が、浮舟には三度も襲っており、それが、フロイドが『快楽原則の彼方』『モーゼと一神教』で分析したトラウマ（身体の外傷ではなく心の傷の意）として、彼女の外傷的神経症となり、無意識を形成していたのである。トラウマは、戦争などの偶発的で暴力的な衝撃なのではあるが、その暴力性に無意識的に抵抗するなにかがあり、そのために反復的に立ち戻ってしまう理解不可能性を内包しており、その摑みきれないものが、三度も浮舟の体験の上に反復して出現していたのである。

にも拘わらず、手習巻の中将の場合に、なぜ拒否という行為が浮舟に生じたのだろうか。死という意識不可能な終焉を超越したという、浮舟の極限・限界を超えた体験があったからなのでもあろうが、その入水からの生還体験と共に、意外に重要だと思われるのは、浮舟巻に挿入されていた、あの右近と侍従の二人から聞いた、東国での悲話ではないだろうか。この紋中紋の手法による、右近の姉の常陸におけるい生田川譚的悲劇を、侍女たちが語ったのは、匂宮か薫かのどちらかの選択を浮舟に迫ったからなのであろうが、浮舟がその話から聴き取ったものは、他者（右近の姉）のトラウマに自己のトラウマを結び付けることだったのである。(3)

他者の傷（の物語）に耳を傾けることによって、その驚きと救済の可能性への道程を、無意識的に見出していたのである。自己だけのトラウマであったものが、物語を聴きそれを所有することによって、他者との出会いの道として繫がれたのである。他者の傷を嘗めることで、自己の傷が癒されてきたのである。他者からの呼びかけを聴き、その他者の声は謎に満ちたものではあったのだが、無意識的に自己の内部で応答していたのである。その無意識的な返答が、この巻で作動し、中将拒否という、浮舟に、鬼の棲息する部屋に入るという態度を生んだのである。物語を聴いたり読んだりすることは、このような無意識的な自覚や治癒となりうるのである。物語文学の果している機能の一面を明らかにすると共に、現在の物語療法を遥かに先取りしている叙述でもある。

なお、この場面でも、「老人の御方に入りたまひにけり」と結果を書きながら、「姫君は……」とその結果以前の出来事の内容を具体的に克明に描写する、源氏物語特有の表現方法が使用されていることも忘れてはならないだろう。この方法は、桐壺巻から一貫して使用されている、特性のある源氏物語の技法なのである。話素よりも、描写を重視している技法なのである。

また、この場面には、比喩が多いことにも注意すべきであろう。「食はれなん」「一つ橋危がりて帰り来たりけん者のやうに」「鼬とかいふなるものがさるわざする」「ただ今食ひてむとする」「鬼のとりもて来けん」などといった常套句・引用・諺などがそれであるが、比喩で表現する以外に、浮舟の体験を語れない状況を意味して、強調しているのであろう。比喩でしか表出・分節化できない極限状況に、浮舟は追い込まれているのである。レトリックによって変形させることで、かろうじて極限状態の出来事は、読者が理解可能な物語となっているのである。

中程に、「中将、言ひわづらひて帰りにければ……」とあるように、中将は帰宅する。後の浮舟出家が象徴するように、中将の場合は、「垣間見→性的関係（強姦）」という物語文法が発動しないのである。浮舟は、トラウマを拒否して、鬼一口譚を厭わない、無意識なものまで内包している主体的意志を貫き、浮舟巻以前に描かれていた、反復していたトラウマから逃避・回避できたのである。物語を聴くことは、心理療法の一つとして利用されているように、治癒の力を発揮することができるのである。

ところで、この長文の引用を試みた理由の中核は、「昔よりのことを……」から続く場面に、長文の浮舟の心中思惟の詞が掲載されていたからである。彼女は、〈親と聞こえけん人の御容貌も見たてまつらず……〉と、亡き父親八の宮からはじめて、過去の自己体験を追憶・回想として内話文として物語っている。なぜ、彼女は宿木巻・東屋巻から開始されている、自己に関する物語を再話しているのであろうか。読者にこれまでの物語を回想・再確認させるためでもあろうし、また、〈あさましうもてそこなひたる身を思ひもてゆけば、宮を、すこしも《あはれ》と思ひきこえけん心ぞいとけしからぬ。《ただ、この人の御ゆかりにさすらへぬるぞ》と思へば、小島の色を例に契りたまひしを、などて《をかし》と思ひきこえけん〉という、自己反省と死を超越した境地を強調して記したかったからなのでもあろうが、そうした多義的な解釈の上で忘れてはならないのが、この内話文が、特性ある物語論でもあることである。

浮舟巻は、既に分析しておいたように、語り手は侍従の君として設定されているのだが、その彼女の、下級女房のイデオロギー・無意識的なものなども内包している、浮舟に関する出来事の解釈（浮舟巻）の彼方には、偶発的で輻輳した固有な具体性が、出来事として浮舟の前に現象していたはずである。その錯綜する表現不可能と言ってよい浮舟の経験が、この心中思惟の詞では、浮舟巻とは異なった、別の〈物語〉となっているのである。複雑な煩雑物を混入させていた〈語りえないもの〉が、〈語りえるもの〉に変容していたのである。つまり、錯雑とした過去体験が、もう一つの受容可能なものとなったのである。この理解可能なものに変化したことは、浮舟の心理的安定をある程度意味しているのであろうが、同時に、この内的発話は物語論でもあると解釈する必要があるだろう。

過去の歴史的経験が物語化されるためには、受容可能という、無意識さえ含んだ主体的営為による変容なしには不可能なのである。つまり、ここには過去経験という〈歴史〉と、それを主体的に受容した〈物語〉との根源的な関係が、さりげなく論じられているのである。

と同時に、「偶発的で錯綜した浮舟の経験（物語以前）↓侍従の君による浮舟巻の語り（浮舟巻）↓手習巻の浮舟の内話文による語り（手習巻）」という、入れ子型になっている源氏物語の方法を読み取ることも出来るだろう。源氏物語は、このように複雑な入れ子型にまで、物語の方法を追い込んでいたのである。源氏物語はここに至ると、

andという時系列によって語られるものでも、whyという主題を求めるものでもなく、入れ子型になって物語の分裂・矛盾・齟齬を語りだしていたのである。浮舟巻も手習巻も、共に、偶発的で錯綜した現象を、侍従の君と浮舟という二つの主体によって、別な、言葉によって因果性のある物語として組織化し、理解可能な意味を与えられつつ出来事化したもので、出来事は別の語り手によって歪曲化され、矛盾・齟齬しているのである。出来事は一つなのだが、それを語る物語は、語り手によって複数化されるのである。

それと共に、多くの読者は、この内話文を、浮舟物語の総括として享受してきたと言ってよいだろう。〈もののまぎれ〉＝密通を、「などて〈をかし〉と思ひきこえけん」「はじめより、薄きながらものどやかにものしたまひし人、このをりかのをりなど、思ひ出づるぞこよなかりける」などと意味づける浮舟の総括に、多くの読者は惑わされて、更級日記・無名草子以後の享受史の主流は、所謂「薫礼賛」の歴史を刻んできたのである。だが、この誰にでもない、浮舟が自分自身を慰撫しようとした内話文の語りは、偶発的であった自己の体験を〈現在〉において理解可能なものとして、因果論的に受容したものなのであって、浮舟巻とも乖離しているように、〈過去体験〉ではなく、彼女の〈現在〉そのものなのである。つまり、体験の歪像的変形なのであって、物語現在の立場から、読解可能なものとして、「薫憧憬」という意味を生成したものに過ぎないのである。享受において薫を理想的な男性像に仕立てているのは、この浮舟の内話文の物語なのであり、私たち読者は、浮舟という源氏物語の中心人物の主体的な内的発話の物語によって、惑乱されて、享受史を築いてきたのではないだろうか。

〈九　出家という二度目の死あるいは言葉が言葉を超えた果て〉

山上にいた横川の僧都は、女一の宮の祈禱に招かれ、参内のために急に小野に立ち寄ることとなり、その折に、懇願して、遂に浮舟は出家する。その場面は以下のように描出されている。

〈あやしく。かかる容貌ありさまを、などて身をいとはしく思ひはじめたまひけん。物の怪もさこそ言ふなりしか〉と思ひあはするに、〈さるやうこそあらめ。今までも生きたるべき人かは。あしきものの見つけそめたるに、いと恐ろしく危きことなり〉と思して、「とまれかくまれ、思したちてのたまふを、三宝のいとかしこくほめたまふことなり、法師にて聞こえ返すべきことならず。御忌むことは、いとやすく授けたてまつるべきを、急なることにてまかでたれば、今宵かの宮に参るべくはべり。明日よりや御修法はじまるべくはべらん。七日はててまかでむに仕まつらむ」とのたまへば、〈かの尼君おはしなば、必ず言ひさまたげてん〉といと口惜しくて、「乱り心地のあしかりしほどに、乱るやうにていと苦しうはべれば、重くならば、忌むことかひなくやはべらん。〈なほ今日はうれしきをり〉とこそ思うたまへつれ」とて、いみじう泣きたまへれば、聖心にいといとほしく思ひて、「夜や更けはべりぬらん。山より下りはべること、昔はこととも思うたまへられざりしを、年のおふるままには、たへがたくはべりければ、〈うち休みて内裏には参らん〉と思ひはべるを、しか思し急ぐことなれば、今日仕うまつりてん」とのたまふに、いとうれしくなりぬ。鋏とりて、櫛の箱の蓋さし出でたれば、「いづら、大徳たち、ここに」と呼ぶ。はじめ見つけたてまつりし、二人ながら供にありければ、呼び入れて、「御髪おろしたてまつれ」と言ふ。〈げにいみじかりし人の御ありさまなれば、うつし人にては、世におはせんもうたてこそあらめ〉と、この阿闍梨もことわりに思ふに、几帳の帷子の綻びより、御髪をかき出だしたまへるが、いとあたらしくをかしげなるになむ、しばし鋏をもてやすらひける。(6)—三三四〜六)

分析するまでもない場面ではあるが、読むと理解されるように、この出家をめぐる対話には、僧都と浮舟との、出家についての駆引きと思惟が過激な火花を散らしている。その対話の一端を明晰にしておくことも無駄ではないだろう。なお、傍線は浮舟の敬語不在の自由直接言説である。また、引用文の末尾場面で、横川の僧都たちに対して、「呼ぶ」「言ふ」「やすらひける」などとあり、この部分には敬語が使用されていないが、これは源氏物語にはあまり見られない言説の使用方法ではあるが、浮舟を出家させたことについて、語り手が、僧都らを激しく非難・激怒している態度を表明しているのであろう。それは一般的な読者の感情でもある。敬語不在は、このように、語り手（紫のゆかりおよび読者）が、登場人物に対する主観的態度を明晰に言説化する場合にも表れるのである（このような敬語不在の言説を、「草子地的言説」という用語で名付けることが出来るだろう）。

まず、〈　〉で表記した浮舟や横川の僧都の内話文と、「　」で記した会話文との齟齬を読み取ってほしい。二人は、相手が聴き取るだろう会話と、相手には決して聞かれていない文学特有の（読者のみが理解できる）心中思惟の詞を使い分けしながら、出家をめぐって熾烈な対話を試みていることが分かるだろう。そして遂に、浮舟は「いみじう泣きたまへば」という行為によって、落髪を可能にしたのである。この泣いている声も、その前に掲載されている会話文などを読むと、浮舟の偽装・擬態とも解読できるものなのである。僧都は、偽りであろうと、出家者であるがゆえに、女の悲泣の声を、隔てを置いて聞くことで、「今日仕うまつりてなん」という返事をせざるをえなかったのである。

鋏が強調されていることを見ると、浮舟は、当時の習慣であった尼削ぎ姿になったのであって、完全剃髪になったのではないだろう。「几帳の帷子の綻びより御髪をかき出だしたまへるが、いとあたらしくをかしげなるになむ、しばし鋏をもてやすらひける」という表現を読むと、源氏物語では遥かに隔たった巻ではあるが、若紫巻での垣間見場面で、光源氏が北山の尼君に対して抱いた「髪のうつくしげにそがれたる末も〈なかなか長きよりもこよなう今めかしきものかな〉とあはれに見たまふ」という感想の言説を想起してしまうのであって、現在の女性よりも尼削ぎの髪や長い髪に、「美」を見出す当時の男性たちの感性や、それを強調している源氏物語特有の美意識が想定できるのである。なお、両言説に共に用いられている「げ」は、外部から観察している、光源氏や阿闍梨たちの判断の主観を表出している接尾語である。

なお、〈世におはせんもうたてこそあらめ〉という僧都の最終的な判断を読むと、「うたて」を浮舟に見たからこそ、彼女を出家させたのである。「うたて」は、事態が悪い方向に進行するのを諦めながら眺めている複雑な気持ちを意味しているのだが、その場合、対象を悪く進行させるのは、その対象を取囲んでいる外部・状況なのであって、僧都は、物の怪出現などから、浮舟の周囲に外部的な極限状況があると認識して、出家させたのである。

家庭・社会生活を捨てて仏門に帰して無の遍歴遊行の生活に入ることは、中国では儒教の立場から、「孝」などの儒教的社会規範を乱すことだと、非難・弾圧された歴史的事件があったように、受戒は、この時代では、単なる剃髪を意味するに過ぎない側面もあったのだが、公的で社会的な関係を一切断ち切る、〈死〉を意味している。この時代では出家とは死の別名なのである。つまり、浮舟は、入水に次いで、二度目の死を体験したのである。「浮舟は二度死ぬ」といった、映画題的な決まり文句の表現が適切かもしれない。この二重の死の彼方に、浮舟は何を見出すことが出来たのであろうか。また、源氏物語は、なぜ、浮舟に、二度も死を与えたのであろうか。なお、「浮舟は二度死ぬ」という問題は、再度分析することになるだろう。

翌日、浮舟は、手習に独詠歌を書く。その場面には、

思ふことを人に言ひつづけん言の葉は、もとよりだにはかばかしからぬ身を、まいてなつかしうことわるべき人さへなければ、ただ硯に向ひて、思ひあまるをりは、手習をのみたけきことにて書きつけたまふ。

「亡きものに身をも人をも思ひつつ棄ててし世をぞさらに棄てつる」

今は、かくて、限りつるぞかし」と書きても、なほ、みづから〈いとあはれ〉と見たまふ。

　限りぞと思ひなりにし世の中をかへすがへすもそむきぬるかな

同じ筋のことを、とかく書きすさびゐたまへるに、……(6)—三二八〜九)

という言説が掲載されている。手習に書いた和歌には点線を付した「さらに棄てつる」「かへすがへすもそむきぬるかな」とあるように、浮舟が再度＝二度も死を経験したことが強調されている。入水と出家は、同一の機能を、物語の上で果していることが、明晰に判明する和歌言説である。彼女は二度も死を体験したのである。その事を強調するために、この二首の和歌が敢えて挿入されたのではないだろうか。

既に指摘されているように、巻名ともなっている「手習」は、無造作に和歌などをエクリチュールする行為を意味しているのだが、その人知れずに行ってしまう行為の背後には、憂愁で遣る瀬無い感情が込められているのだろう。その茫然とした感情には、「まいてなつかしうことわるべき人さへなければ」という表現が象徴しているように、他者の不在と関係があると言えよう。言葉によるコミュニケーション、つまり発話が下手であったことに加えて、この状況では、親しく対話する相手も不在であるために、独詠歌というエクリチュールを試みるのであって、他者が不在だと無意識的に気付いたのである。と言うことは、他者によって自己が生成されることを考えると、出家の果てには、自己さえもが不在なのである。自己のない、非人称的な世界に浮舟は踏み出したのであって、「思ひあまるをりは、手習をのみたけきことにて書きつけたまふ」という文章は、それを意味しているのであろう。「思ひあまる」という言葉は、思案に余ることを意味しているのだが、非人称となった無としての浮舟に、たまさかに訪れる人称的な意味するもの、不在として処理できない輻輳した心の中が、この場合の解釈としては相応しいだろう。また、「たけし」も精一杯の意味だろうが、『岩波古語辞典　補訂版』の解説が、タカシ（高）・タキ（長）・タケ（闌）と同根。背が高い意から転じて相手に対して見くだす態度である意。平安時代の女流仮名文学系では、世間体がたいしたものだ、立派であるの意。転じて、他人の手前、最高に振舞っても、これがせいぜいである、などの意。漢文訓読体では、タケシは「猛」「健」など多くの漢字の訓として、勢いがはげしい、勇武であるなどの意。類義語ツヨシ（強）は、芯がしっかりしていて動じない、強情であるなどの意。タケシが外見を中心にした意味と違う。

と書いているように、幅の広い意味の語ではあるが、ようやくの果てに自己表現した浮舟の態度を表現しているのであろう。源氏物語絵巻の「東屋（二）」では消えるように小さく描かれていた浮舟は、この場面では縮小して透明となり、たまさかに手習として姿を現すような表象となってしまったのである。

言うまでもなく、言語は、事物の不在化＝死なのだが、それは同時に、不在化された事物を不在として出現させることでもあり、それは裏返すと、言語自らが存在しているという意味を、限りなく事物として不在化する志向を宿していると言える。しかし、その志向の果てにおいても、言語はなおもそこにある。そうした極限に置かれたエクリチュールとしての文学言語＝和歌言説の姿が、ここにはあるのである。限界において、言語は伝達手段ではなく、ただそこに存在するに過ぎない様態となっているのである。私たちが、手習巻の和歌を、単なる独詠歌あるいはその延長として扱ってはならない理由はここにある。「手習をのみたけきことにて書きつけたまふ」という言説は、そうした言語の不在の一歩手前にある極限状況を照射しているのである。

和歌言説のみで、あのマラルメさえ極限の一歩手前で散文詩として踏み留まった、「ただある」というエクリチュールの力を、不在の表出として実現させることは不可能だと言ってよいだろう。つまり、和歌言説のみではなく、詞書的な散文を修辞として使用することで、詩と散文の相互関係を利用して、かろうじて限界状況を示唆したのが、この「手習のみ……」という表現を伴った二首の和歌なのである。
こうした虚空の中でたまさかに点滅する手習の光景は、浮舟が新年を迎えて往時を懐旧する次のような場面でも叙述されている。

年も返りぬ。春のしるしも見えず。凍りわたれる水の音せぬさへ心細くて、「君にぞまどふ」とのたまひし人は〈心憂し〉と思ひはてにたれど、なほそのをりなどのことは忘れず、
かきくらす野山の雪をながめてもふりにしことぞ今日も悲しき
など、例の、慰めの手習を、行ひの隙にはしたまふ。我世になくて年隔たりぬるを〈思ひ出づる人もあらむかし〉など、思ひ出づる時も多かり。(6)—三四二～三)

春の兆しも、水の音も一切が不在であることが強調された上で、匂宮のことが厭わしいのだが、それにも拘らず忘却できずに、「かきくらす」という和歌を詠歌しているのである。出家は死と同じ意味なのだが、完璧な無とは言えないように、その生のぎりぎりで、ただあるという兆候として和歌言説が詠まれているのである。その微かに存在する生の兆しが、暗鬱と降りしきる「雪」であり、「ふり」＝「降り」＝「旧り」なのである。追憶という不在の時空にのみかろうじて自己が存在していると、浮舟は、時々感傷しているのである。ここでも、詞書的散文と和歌言説が呼応して、極限状況におけるぎりぎりの存在が表出されていることを読み取ることが出来るだろう。独詠歌自体としては、あまり特色ある歌とは思えないのだが、前後の物語文によって、虚空の世界が浮舟の内面に読み取れてくるのである。

「浮舟は二度死ぬ」と書いたが、これは正確な表現ではない。源氏物語は、浮舟のもう一つの死も表出しているのである。と言うのは、蜻蛉巻の冒頭で、「身を投げたまへるか」と思った「かの心知れるどち」＝右近と侍従の君

は、泣き惑う母中将の君に事情を打明け、薫の配下の反対を押し切って、亡骸のない葬儀を営んでいるからである。その蜻蛉巻に叙述されている、葬式や四十九日の供養等や、悲嘆にくれている薫・匂宮、あるいは母親・中の君たちの登場人物の内面描写は、分析する価値があるのだが、省略することにする。しかし、蜻蛉巻という一巻を費やして、浮舟の死骸不在の死の儀礼を叙述する源氏物語の方法には、特性のある源氏物語の〈死〉の思想が語られているので、考察を加えなくてはならないだろう。

一般に死は体験不可能性として論じられ、ヘーゲルやハイデガーなどの思想家等はその上に彼らの思想を樹立してきた。確かに死を知ることも体験することも語ることも不可能である。死は意識の崩壊であり、主体はそこで終焉する。それゆえ、死を内在的に深層で表現することなどは不可能なのである。だが、源氏物語は、そこに死の逆説を読み取っている。死は自己に固有なものではなく、死ぬのは他者＝「ひと」であり、外部にあり、表層的なものであり、「死」を確定するのは他者で、それは死骸と死の周りで営まれる儀式・儀礼によってなされるのであり、他者が死を確定するのであって、常に死は「公共」のもので、公的で社会のものなのでもある。

この「公共」の死を表出したのが、蜻蛉巻なのである。外部から表層的に浮舟の死を確定した他者の様子とその儀礼を克明に描き、〈死〉の逆説を読者に確認させているのである。死体がなくとも、戦時・戦後にしばしばあったように、葬儀は施行されるのである。却って、その場合の方が、悲惨さが深まる時もあるのである。と同時に、それゆえに、内部からも深層的に浮舟の死を表出する必要がある。だが、既に述べたように内部から死を表出することなどは不可能で、それゆえ、ぎりぎりに死に接近した出家が選ばれたのである。つまり、源氏物語は、「浮舟は二度死ぬ」という主題を、「入水（蘇生）→外部からの死（死骸無き）の儀礼＝蜻蛉巻」と、「入水（蘇生）→内部からの死（出家）＝手習巻」という対偶する巻で、分割して表現したのである。それ故、入水を暗示した浮舟巻は、死の儀礼を描いた蜻蛉巻と出家を表出した手習巻に、時系列的に分裂することになったのである。その分割表出を採用したために、死んだものが蘇生するという、推理小説的な表現が生れたわけである。

だが、この死の逆説は、同時にエクリチュールの問題でもある。死の意識化の不可能性と、エクリチュールにおける事物の不在は、同じ事を別の表現で叙述しているのに過ぎないのである。内部の死は、意識不可能で出家としてしか叙述することが出来ないように、言語の不在性は、手習という行為が象徴するように、極限でもエクリチュールになおも留まるのであって、死とエクリチュールは、同一の論理に貫かれ、別の名前を与えられているだけなのである。文学というエクリチュールの時空の極限は、自己の死の時空でもあるのである。源氏物語が、入水を浮舟巻巻末で暗示して叙述した時、源氏物語に見えてきたのは、この死＝エクリチュールの極限にある、深く裂けている暗黒の深淵で、その深淵を一歩踏み越すと、誰も体験したことの無い時空＝原野が拡がってくるはずなのである。だが、その深淵を越えて浮舟が孤高に歩む原野には、さまざまな色彩の野の花々が咲き誇っているのだろうか。

寺院や博物館などで、浄土の姿を画像化した浄土変や浄土曼荼羅などを鑑賞しながら、常に不可思議に思うのだが、なぜ阿弥陀如来や薬師如来を中心にした清浄国土などと言われている浄土は、なおも九品のように、階級・階層の世界なのであろうか。荘厳に設えられている華麗な世界を凝視していると、この世界を荘厳に飾っている労働者や職人や清掃人などが、柱の陰から突然現れる幻影が見えてきて、来世浄土・浄仏国土・常寂光土などの三浄土も、所詮現世と差異が無いのではないかと思い至り、愕然とすることがあるのである。つまり、仏教は庶民的なユートピアを否定しているのではないかという思いが去来し、俺は往生しなくてもよいぞとか、グリーン券など買って、極楽行きの列車に乗らなくてもよいぞという決意が浮かんでくるのである。なお、地獄もまた階級・階層社会であることは、付け足すまでもないことだろう。源氏物語が至った境地はそんな単純なものなのではないだろうが、その認識の延長線にあるはずである。女人往生論などが無効であるのは、差別され極限状況に立った浮舟が、思い至る、そうした虚無の世界を理解できていないからである。

前章で長い引用をしたのは、

姫君は、〈いとむつかし〉とのみ聞く老人のあたりにうつぶし臥して、寝も寝られず。宵まどひは、えもいはずおどろおどろしきいびきしつつ、前にも、うちすがひたる尼ども二人臥して、〈劣らじ〉といびきあはせたり。いと恐ろしう、〈今宵この人々にや食はれなん〉と思ふも、惜しからぬ身なれど、例の心弱さは、一つ橋危がりて帰り来たりけん者のやうに、わびしくおぼゆ。こもき、供に率ておはしつれど、色めきて、…（中略）…

中将、言ひわづらひて帰りにければ、（少将の尼）「いと情なく、埋れておはしますかな。あたら御容貌を」など謗りて、みな一所に寝ぬ。

〈夜半ばかりにやなりぬらん〉と思ふほどに、尼君咳おぼほれて起きにたり。火影に、頭つきはいと白きに、黒きものをかづきて、この君の臥したまへるをあやしがりて、鼬とかいふなるものがさるわざする、額に手を当てて、「あやし。これは誰ぞ」と、執念げなる声にて見おこせたる、さらに、〈ただ今食ひてむとする〉とおぼゆる。〈鬼のとりもて来けんほどは、ものおぼえざりければ、なかなか心やすし、いかさまにせん〉とおぼゆるむつかしさにも、〈いみじきさまにて、生き返り、人になりて、また、ありしいろいろのうきことを思ひ乱れ、むつかしとも恐ろしとも、ものを思ふよ。死なましかば、これよりも恐ろしげなるものの中にこそはあらましか〉と思ひやらる。(6)—三一七〜八)

と書かれている場面があったからで、浮舟が見た往生後の世界とは、このような〈これよりも恐ろしげなるものの中にこそはあらましか〉の世界だと言ってよいだろう。トラウマを避けて小野の草庵で逃げ込んだ、母尼のいる尼たち老人の部屋は、醜怪と老獪に満ちている、鼾がおどろおどろしく響く鬼の棲息している世界なのである。だが、翻って考えると、出家した浮舟を想起すると、五十年後はこの老比丘尼たちは、彼女の姿でもあるのである。確かに、妹尼が小野に帰宅して、浮舟の出家を知り悲嘆しつつ法衣を整える場面には、

ある人々も、かかる色を縫ひ着せたてまつるにつけても、「いとおぼえず、うれしき山里の光と、明け暮れ見たてまつりつるものを、口惜しきわざかな」と、あたらしがりつつ、僧都を恨み譏りけり（6―三三一～二）

とあり、彼女の出家以前の美を、宮廷の「光」であった光源氏とは差異があるのではあるが、「光」として強調し、それによって逆に出家後の姿も称賛しているのだが、それにしても年齢は遡行することはできず、未来には確実に、浮舟も、「鬼」と表象されてしまうのである。その鬼の仲間に、なぜ浮舟は無意識に逃げ込んだのであろうか。

〈一〇　鬼の共同体あるいは他者が他者として留まること〉

他者分析の視点から言っても、源氏物語は三部構成になっていると把握できるだろう。第一部において、他者は主人公光源氏を形成するものでしかない。他者は主人公光源氏の自己を生成させる要素でしかなく、自己（光源氏）中心的に世界は展開・回転しているのである。第二部に至ると、第三部の大部分も同様だが、自己と他者は弁証法的に統一される関係に入る。既に分析してきたように、自己は他者によって形成され、各中心人物たちの人格は無意識までもが他者によって形成されているのである。その場合、第二部では、中心人物たちは、それなりに過去を背負いつつ自己として、他者によって統合されているように表出されているのであるが、徐々にその人格は分裂し、第三部に至ると、かろうじて固有名・顔という皮膜によって同一人物だと判明するように、千千に乱れ、人格の内

部で、会話・内話・意識・無意識・身体動作などが分裂・齟齬して、乖離・矛盾することになるのである。

しかし、第三部でも手習巻以後は、他者は他者のままに留まり、主体―客体の関係が生成されることはない。多分、これが源氏物語の終焉が到達した、至高点だと言ってよいだろう。その到達点を越えてしまえば、テクストは、地獄や極楽の類の異郷を表出した、超現実的で非現実なものへと踏み出してしまうはずで、浮舟が、「鬼」と表出されている老比丘尼たちの部屋に逃げ込み、その後に出家したことは、彼女が比丘尼たちの共同体に参加したことを、つまり、かろうじてこの世に留まっていることを示唆しているのであろう。それが、源氏物語にとって、現実主義的なテクストのまま、他者をありのままに認定する、唯一と言ってよい表象であったのではないだろうか。他者を鬼として認め、その上で匿名で無為の共同体に加わったのである。彼女は、鬼の共同体の一員になったのである。否定的共同体・負の共同体・逆ユートピア・反理想郷・反浄土などと、どの言葉で鬼の共同体を名付けても構わないが、いわば共同体を持たない人々の、共同体に加わったのである。往生などといった超越を回避して、しかも、平安朝という時代と社会を、否定し、批判し、異議申し立てし、抵抗する、文学に許された唯一の営為が、この言説だったのである。いや、物語という文学だったからこそ、この鬼の共同体に中心人物が参与するという、言説が可能となったのである。

だが、エクリチュール自体がそうだとも言えるのだが、源氏物語というテクストは、権力的で、残虐で残酷である。浮舟の見出し参加した、他者をありのままに認める鬼の共同体は、つかの間に瓦解するのである。

既に、『源氏物語の言説』の第十二章として掲載した「夢浮橋巻の言説分析」で述べたことなので、長文であるが再録することにすると、その論文で、

源氏物語の終尾を飾っているのは、草子地である。

〈いつしか〉と待ちおはするに、かくたどたどしくて帰り来たれば、〈すざましく、なかなかなり〉と思すことさまざまにて、〈人の隠しするゐたるにやあらむ〉と、わが御心の、思ひ寄らぬ隈なく落しおきたまへりしならひぞ、本にはべめる。

とある。この言説については、すでに「源氏物語と語り手たち―物語文学と被差別あるいは源氏物語における〈語り〉の文学史的位相―」で分析したことがあるので、同様な物言いなってしまうのだが、この薫の内話文＝心理を忖度する語り手は、小君や浮舟の傍らにはいない。彼らの視点ではないのである。この論文では「紫のゆかり」という語を用いて分析している、薫側の女房の視点から述べられた言説であることは間違いない。小君の一人称的情報が彼女らに伝達されることは自明なことだが、浮舟の一人称視点が紫のゆかりたちにどうして伝わったのであろうか。物語が終わった、小君の薫邸への帰参後の遥か彼方に、浮舟と彼女たちの親密な接触があったことが暗示されているのである。この想定はさらに拡大し、薫と浮舟の出会いを想起させる。浮舟の一人称的視点を書き入れる紫のゆかりという実存は、共に生活しているような世界を示唆しており、浮舟は薫に引き取られていたのである。

その場合、注意すべきは、〈人の隠しするゐたるにやあらむ〉とある薫の奇妙な疑惑を抱えた情念である。さらに草子地中の「落としおきたまへりしならひ」という表現も、気になるところである。かつて浮舟を顧みることなく捨てておいた習慣から、こんな奇妙な内話文を思惟するようになるのだと言うのだが、この薫の情念と、今後は捨てることはないだろうということを暗示するこの文は、尼僧浮舟を薫邸に引き取って世話をしたということを暗示するばかりでなく、薫が尼僧の彼女を犯す、禁忌違犯の性的関係を示唆しているのではないだろうか。物語は終焉しているようでありながら、その後の物語が暗示されていたのである。終わりは始まりなのである。

と述べたように、物語は、制度・秩序に呪縛されている現実に回帰しているのである。瞬く間に、鬼の共同体は点滅したとたんに、消え去ってしまうのである。だが、その逆ユートピアと現実回帰の間に、源氏物語は極北の場面を挿入している。

これも、『源氏物語の言説』に掲載した「夢浮橋巻の言説分析」や「付／表現・意味・解釈―夢浮橋巻の一情景描写をめぐって―」で書いたことだが、「小野には……」(6)―三六八～九）という源氏物語が到達した描写の極限と言える夢浮橋巻の名場面には、「遥かに見やらるる谷の軒端より前駆心ことに追ひて……」と書き、続けて、妹尼を中心とした比丘尼の幾つかの発話を記した上で、

時々かかる山路分けおはせし時、いとしるかりし随身の声も、うちつけにまじりて聞こゆ。月日の過ぎゆくままに、昔のことのかく思ひ忘れぬも、〈今は何にすべきことぞ〉と心憂ければ、阿弥陀仏に思ひ紛らはして、いとどものも言はでゐたり。(6)―三六九）

という浮舟の沈黙という不在を書いている。傍線は、浮舟の自由直接言説である。十万億仏土を過ぎた極楽浄土で、今も説法しているという、無限の光明をもつ阿弥陀仏でさえ、気持ちを紛らす道具でしかない、浮舟の沈黙と絶望の深さを、どのように表現してよいのか分からないのだが、無を映像化した仏の光景・映像は眼に映っているものの、その彼方に、いつも、虚空と虚無の時空が重なって、浮舟には見えているのであろう。未知なるものを既知なるものに取り込むのではなく、ありのままに受容しようとする、浮舟と不可能と不在との関係が、この言説には暗示されているのである。

源氏物語は、終焉になると、閉塞された死・エクリチュール・他者・社会批判・文学などの彼方に、不在の虚無

を言説化する。しかし、その不在は言葉として表出可能なのは瞬時であって、たちまちに挫折してしまう。だが、敗北は確かに末尾で刻印されているのだが、鬼の共同体という、言葉の極北に踏み込んだことも確かで、その不在の虚無を一瞬でも言説の上で覗き見させたという点だけでも、源氏物語は奇跡的で稀有な存在なのである。

注

（1）『源氏物語の言説』第一部第二章「光源氏という実存」などを参照してほしい。

（2）色好みなどの諸行為を配慮すれば、主人公光源氏も、往生を願望している背後に、堕地獄を読み取らなくては、源氏物語の読みとはならないことも記しておく。

（3）紋中紋の技法や生田川譚については、「源氏物語と二声性―作家・作者・語り手・登場人物あるいは言説区分と浮舟巻の紋中紋の技法―」（本書付載論文）参照。

附載論文　源氏物語と二声性

——作家・作者・語り手・登場人物論あるいは言説区分と浮舟巻の紋中紋の技法——

〈一　物語の主体概念批判そしてその曖昧さの基礎〉

文芸学・文学理論などと言われている領域や、個別な所謂テクスト分析において、主体概念の混乱は目に余っている。バルトによって〈作者の死〉が宣告されて以後、「著者」・「作者」・「作家」などという術語を、批判的な自覚なしに安易に使用する批評や研究は、保守性を帯びた後ろ向きの〈旧派〉に属しているか、理論的状況に鈍感な入門者だと、現在の文学の知的状況から容易に判断・認定できるのだが、そのために却って「語り手」という用語が多用・乱用され、時には、「作者」「作家」という言葉を、「語り手」という言葉に、無自覚的に言い換えているのではないかと思える論著が目立ち、一般に流布することになっているのである。そして、それは、過渡期として仕方がない面もあるのだが、「作品」と「テクスト」との、術語・用語の混乱に発展して、さまざまな批評・研究・理論などの術語の錯乱現象に展開し、読者を悩ます論著として出現しているのである。

術語や用語などの言葉は、自己の（読書）体験やイデオロギーなどを含めて、個人的な文脈（コンテクスト）の上で生成されるものなのであって、一義的に強制的に、時代の知的状況から外部から規定されるものではないことは当然なのだが、しかし、その曖昧さ空漠性を了承した上で、論争・議論・対話などには、ある程度の共通感覚・理解も必要なのであって、本稿の前提として、表現主体・言説主体の問題を根底から問いかけ、諸説の背後にある一般性だと思われる常識を配慮しながら、再確認・再検討する分析作業を行うことも、決して無駄ではないはずである。

まず、錆びついた術語ではあるが、「作者」「作家」（「著者」は、「作者」という語と同義で使用されている傾向があるので、本稿での分析は省略する）を考察対象とするならば、一般的な傾向として「作家→作品」／「作者←作品」という対照的なベクトルが想定できるだろう。手元にあった漢和辞典（『角川　新字源』）によれば、「作者」の項には「①詩文や芸術品を専門に作る人」とあり、「作家」の項にも「②詩文や芸術品などを作る人」（ちなみに、「著者」という項目は、この辞書では設けられていない）と、ほぼ同義語のように扱っているのだが、用語に敏感な論文などを読むと、作家は、生きて実存した人物で、作者は、作品を読み、それから還元・想定した表現主体を意味している。つまり、猥褻な作品を読み、そこから遡り主体を還元して「作者」は卑猥な人物だと想定していたところ、実際にその生身の著者に直接会ってみると、その「作家」は謹厳実直な人物だったということが、起こる場合もあるのであって、作品を核にして作者と作家は、ベクトルの方向性が逆になっているのである。「作家→作品」／「作者←作品」という対照的な図式が成立するわけである。

つまり、生涯に渡るにせよ、一時期に限定するにせよ、現実に実在した作家はその実存をテクスト・作品として扱え、作家論は充分に成立する可能性があるのだが（例えば、サルトルの『家の馬鹿息子』や『マラルメ論』などのように）、作者は、作品から主体と思われるものの源を読者や研究者が勝手に主観的に想定しているために、享受史や受容史の対象として扱う場合などはともかく、作者論は、学として生成することが困難なのである。個人的な主観性は、受容史などで集合として対象化できるのだが、個人的な主観を、個的に批評や研究の対象として扱っても、その作者論に対するテクスト分析は、読者の承認や説得とはならない傾向が強いのである。

しかし、作者論（作者は、読者の作品に映した鏡像でもあるので、学界的にはそれを書いた人物＝研究者に興味がないわけではないのだが）の不毛性を認識した上で、作家という概念も、作品と直接的には結合しないことも確認しなければならない。矢印で示したように、作家の意図したものが、作品に見事に実現化することは決してないのである。作家という実存は、歴史・社会・個的体験（読書体験なども含めた＝間テクスト性と関連している）・イデオロギー・無意識・発想（折口信夫の用語。民俗的な意図しえないもの）などの、常にさまざまな〈意図できないもの〉・〈意識化できないもの〉を抱えており、作家は、等記号で作品と直接的に結合しないのである。しかも、作品（work）は、必然的にその用語から理解されるように、作り手（表現主体、つまり、著者や作家など）を必要としているのである。作り手（集団などの場合もある）がいない作品（制作物）など、文学では想定できないのである（木・岩・石などのような自然による造形は文学にはないだろう。ただし、文書などを文学として新しく評価する場合もないわけではない）。

とするならば、この点から制作者である「作家」や、その制作品である「作品」という概念を安易に使用できず、批評や研究で、この術語はまず放棄・破棄する必要が生じてくると言ってよいだろう。テクスト・言説などという概念が生成してくる根拠は、そこにあるのである。つまり、テクスト・言説などという文学概念・用語は、主体である作家という概念を、否定し追放しているのである。

以上の根拠から言って、「語り手」は、多くの批評家や研究者が錯誤・誤認しているように、作品・テクスト・言説の「主体」ではないのである。語り手は、時枝言語学の零記号や国語構文論における陳述機能などと同様に、機能なのである。テクストや言説が、完結していることを示す働きに過ぎず、この語り手という機能は、全知的視点のように限りなく零に近い場合や、後に分析するごとく、源氏物語のように実体化されている場合があるのではあるが、それは各テクストや言説のまとまりを作り上げる、働きの上に成り立っているのである。ちなみに、この語り手という概念は、零という、深淵を超えた、方法概念・理論的極限となれば、従来の研究で考察してきた、「話者」という機能的存在になることは言うまでもないことだろう。

それゆえ、源氏物語全巻の語り手と、桐壺巻の一場面の語り手は、それぞれ共に批評や研究の対象になるのであって、その場合、時によっては、同一の作品でも、源氏物語のような長編では、扱った幅・個所・射程距離によって、異なった語り手が結論となる時もあるのである。つまり、語り手は、テクストや言説などにまとまりを与える機能なのであって、主体概念ではないのである。語り手が、テクストの内部で統一的に一貫していると読者が読んでいるからこそ、テクスト・言説は、霧散化・解体化せず、批評や研究などの読みの対象となることができるのである。

「あの人物が花子だ」という言説は、友人に妻を紹介するために指差す夫や、犯人を捜している警察官など、さまざまな人物によって、固有性を伴い具体的に語られているのだろうが、「〔私は〕『あの人物が花子だ』〔と言う〕」という、常に言説の背後に隠されている〔 〕で括った無名の「私は」「と言う」という統括の機能が、語り手の基盤なのである。その機能という基盤の上に、各テクストや言説は成り立っているのである。この機能がないと、テクストや言説は解体し、霧散化してしまい、意味の無いものになってしまうのである。

だが、言葉は、同一の意味性を伴わない、常に固有的具体性なのである。「あの人物が花子だ」という発話は、夫や警察官あるいは恋人を学友に示す大学生など、誰がどのような場で発言しているかで、「あの」「人物」「花子」という詞や、「が」「だ」の辞の意味は、具体性として差異が生じてくるのである。そして、常に言葉はパロールであり、現実の過程であり、固有的具体性なのである。言葉は、常に日常の生活の場で生きており、その現実の場では、意味は各々の場で異なっており、多様で多層的なのである。生きている言説には、同一の意味などないのである。とするならば、逆に実存という具体性を伴った「作家」という概念が復活してくることになる。生活の場では、同じ意味性を持った言葉はないのであって、機能だけで、各作品・言説を個別に分析する批評や研究などは、文芸学・文学理論などの一般理論の場合はともかく、その意味で成立しないのである。

男／女という、性の単純だと思われている、極一般的な具体的差異でさえ、テクストの意味や価値評価は異なってくる。たとえば、現在の知的な学問状況では、竹取物語の著者が女性であるとする説は一応承認されていないようだが、仮にそうした説が考証・成立・確立したとすると、竹取物語の評価は、現在とは全く異なってくるのであって、それは物語文学史の書き換えの要請だけに留まらない、文学史・「日本」文学の再検討に至る波及を呼ぶことになるはずである。つまり、固有的具体性をテクストや言説に求めようとすると、「作家」という実存の概念が、復権してくることになるのである。

だが、その作家の復権は、バルトの〈作者の死〉以後では、意味が異なってくる。作家は、作品の主体でも、テクストの主体でもないのである。実存としてテクストに具体的固有性を与えるものであって、固有名という個的な「顔」に付けられている名前に過ぎないのである。源氏物語が竹取物語（竹取物語の作家は明らかでないが）などと異なっているように、差異を個別に具体化するために、作家は機能しているのである。しかも、すでに述べたように、作家は、社会・歴史・イデオロギー・無意識・発想・体験（間テクスト性の基盤となる、読書体験なども含めた）などという、意図できない他者を無限に抱えているのであって、その他者という意図・意識できないものは、全てを数え上げることが不可能なのである。

つまり、作家という概念は、曖昧で多義的なものなのであって、多義的・多層的・重層的なものであるがゆえに、常に批評や研究は、最終的な意味決定不可能性として、永続化されているのである。言わば、分析とは、作家が意図・意識できないものを、永続的に、深層分析などによって、まるで川原の小石を拾い上げていく、営為・作業のようなものなのである。テクストや言説には、一義的に意味を決定しているものなどなく、常に曖昧で不決定的なものが残存するのであって、その残存性・残滓が新たな批評や研究に駆り立てているのである。そしてその意味不決定性は、作家という曖昧でかつ固有な具体性を伴った、実存によって生み出され、支えられているのである。

語り手という機能的な概念は、作家の復権によって、このように輻輳さを帯びることになる。語り手は、機能として、文学理論などで一般化・普遍化して理論化できるものの、同時に、作家の存在を与えられることによって、個々のテクスト・言説において差異を際立たせる役割を果たしているのである。作家という曖昧な概念によって、テクストや言説は、個別的で具体的なものとして、細部に至るまで克明に扱うことが可能となっているのである。

テクストは、一回性なのであって、個別で現実的なものである。私たち読者・受容者は、物（書物。口承文芸のように物象化されていない場合もあるが）である「作品」を読み・聞き、非物的な「テクスト」（エクリチュールされた批評や研究は書物・論文のように物となるが）を生成させる。しかも、そのテクストは、時間が経過して、再び同一の作品を読んだ時には、その際に読み取ったテクストとは異なってくるはずである。他人が生成したテクストについては言うまでもなく、一回性が非物質的な文学テクストのあり方なのである。そうした一回的な固有的具体性を与えてくれるのは、「作家」という無意図的なものを抱えて実存している顔があり、彼／彼女が書いた物としての、曖昧さを常に宿している作品があるからなのである。

こうしてテクスト分析に、作家と作品という概念が再び復活することになる。しかし、その復活は、以前とは異なった容貌を帯び、主体—客体という把握を拒否して、テクストの一回性と意味不決定という、批評や研究に新たな課題を与えてくるのである。機能主義を重視しながら、個別的具体性を分析するためには、この作家という曖昧さを基底として選択しなければならないのである。反復（機能）と差異（固有）が、同時に同一平面に成立している方法が確立してくるのである。反復は、差異なのである。すでに、「誤読と隠蔽の構図―夕顔巻における光源氏あるいは文脈という射程距離と重層的意味決定―」[1]などの一連の紫式部集論で分析したように、源氏物語研究では、外部資料である紫式部集という作家紫式部の家集や、紫式部日記が問題化されるのはそのためで、テクストにとって顔を持った作家に関する諸資料・情報・評判などは、一見外部資料のように思われるが、テクストの内部に属しているものとして、承諾・拒否は別として、扱わなくてはならないのである。

「作家の復権」は衝撃的な出来事ではないと、作家論を以前から試みてきた人々は、自己を誇り、テクスト分析を嘲笑するかもしれない。だが、これまでの考証が示唆しているように、性格の悪い連中に、この復権は連帯を申し入れているわけではない。作品の主体としての作家を拒否し、主体として把握しないように呼びかけているのである。テクストの意味は、歴史的・社会的状況に置かれた読者が、新しいコンテクストで読む度に変化するものだと一回性を主張しているのであって、固定された主体としての作家が、作品の意味決定を束縛・拘束しているのではないのである。その意味の一回性と、テクストの具体的細部を規定するものとして、作家を位置づけようとしているのに過ぎないのである。

たとえば、紫式部日記には、よく知られているように、以下のような記事が書かれている。だが、紫式部日記の研究については精通していないので、軽々に言えない面があるのだが、この記事が、源氏物語の叙述の、細部の描写を規定していると解釈されてはいないようである。

いかに、いまは言忌し侍らじ。人、といふともかくいふとも、たゞ阿弥陀仏にたゆみなく、経をならひ侍らむ。世のいとはしきことは、すべて露ばかり心もとまらずなりにて侍れば、聖にならむに懈怠すべうも侍らず。たゞひたみちそむきても、雲に乗らぬほどのたゆたうべきやうなん侍べかなる。それに、やすらひ侍なり。としもはた、よきほどになりもてまかる。いたうこれより老いほれて、はた目暗うて経よまず、心もいとゞたゆさまさり侍らん物を、心ふかき人まねのやうにはべれど、いまはたゞ、かゝるかたのことをぞ思ひたまふる。それ、罪ふかき人は、またかならずしもかなひ侍らじ。さきの世知らるゝことのみ多う侍れば、よろづにつけてぞ悲しくはべる。（新入系本三一五～六）

引用文中の「目暗うて」が白楽天の詩文の引用であることなど、それだけで論文が執筆できるような、考証をしなければならないことはこの引用文には多いのだが、「いかに、いまは言忌し侍らじ」と、禁忌を厭わずに不吉な言行にさえ踏み込もうと語る言葉から始まるこの文は、「侍る」が多用されているように、本来は誰かに宛てた書簡文・消息文・手紙なのであろうが、「日記文学」に掲載されていることを配慮すると、最終的な宛名は読者と考えてよいだろう。少なくとも、個別的な手紙から、読者を意識した、「日本」の古典文学に特有な日記文学というジャンルに変貌しているのである。この場面に続く紫日記の段落でも、「御文にえ書きつゞけ侍らぬことを、よきもあしきも、世にあること、身の上のうれへにても、のこらず聞こえさせをかまほしう侍ぞかし」とあり、一般的な書簡では書けないことを、敢えて手紙に書こうとする決意が述べられており、読者さえも不幸に落とすことを厭わずに、真摯に残滓なしに自己表出しようとする意欲が、これらの文には感じられるのである。

自己と他者の崩壊を伴うかもしれない、隠された自己信条の吐露を叙述しようとしたこの紫式部日記の言説で、表層的に記されていることは、「阿弥陀仏」「経」「聖」「（来迎の）雲」などの言葉が示唆しているように、熱心に仏教修行に励む紫式部の姿なのだが、それが段落の冒頭文の自己暴露でないことは言うまでもないことだろう。だが、それと同時に、彼女は自己を「罪ふかき人」と認識・表出して、いくら修行を重ねたとしても、それが「かなひ侍らじ」と諦念しているのである。女人だから「罪ふかき人」と、一般論を述べているのだと読むこともできるのだろうが、「さきの世知らるゝことのみ多う侍れば、よろづにつけてぞ悲しくはべる」という文の、「よろづに」という副詞を考えると、現世のさまざまな出来事の背後に個的に「罪」を凝視していると言えるだろう。その場合「罪」とは、源氏物語の用例を具体的に検討することでも、仏教に対する罪障を考慮することでも、明らかにすることにはならず、法律・仏教・神道・儒教・信仰・習俗・道徳など、生活の全般に亘る「日本」の古代的罪障を想定すべきであろう。紫式部は、前世・現世にも、罪のにおいを聞き、生活の全てに亘って具体的に悲哀を感じているのである。

この「罪ふかき人」という認識は、「かゝるかたのことをぞ思ひたまふる」という一般人と同様に、仏教修行に専念し、極楽に往生することに精進していることを叙述した文に続けて、「それ、罪ふかき人は、またかならずしもかなひ侍らじ、さきの世知らるゝことのみ多かう侍れば、よろづにつけてぞ悲しくはべる」という言説の中で叙述されている。「しも」という不確実性を表出する助詞を、卑下しつつ述べているのだが、この謙遜の言辞を読むと、逆に確実に自己の往生不可能と堕地獄することを、作家紫式部は確信して述べていると解釈できるだろう。

前世の報いが、現世のさまざまに継起する出来事の背後から想定でき、万事に渡って「悲しくはべる」という、続いて感慨が述べられている文も、それを証明しているように思える。既に、前世によって、「罪ふかき人」という宿命・宿命が彼女に与えられていたと、強調しているのである。そして、それは、源氏物語を書いたという（逆に、宿世から書かされたと解釈することも可能であろう）営みに連続していると言えるだろう。と言うより、源氏物語を著したからこそ、紫式部は、「罪ふかき人」になったのである。源氏物語というエクリチュールは、罪そのものなのである。

鎌倉期の、紫式部が地獄に堕ちたという説を想像させる言説でもある。「はた目暗うて」という文句から、彼女が厄年であるか、または、それを越えた当時としては老齢の年齢であるらしいので、狂言綺語としての罪障に満ち溢れている源氏物語を執筆したことが、「罪」として表出されていると読めるのである。源氏物語は、「罪」そのものの作品なのである。

この仏教修行を叙述しながら、一方では、それとは反する「罪」を表出する対照性を強調する言説は重要である。彼女は、修行と罪を暗に二項的に対照化することを通じて、非宗教的・無宗教的ではなく、反宗教的・叛仏教的・反信仰的・反習俗的であることを宣言しているからである。源氏物語は、桐壺巻から、「反」「叛」であることを、この日記の記事によって宣言しているのである。

既に一連の桐壺巻冒頭文の分析で述べたように、桐壺帝は、帝王学の規範を破って一人のあまり身分の高くないキサキ（四位の更衣）を寵愛している。帝の帝王学の規範に対する禁忌違犯を、冒頭文から表出しているのである。さらに脇役的な人物だと思われている登場人物で言えば、桐壺更衣は母北の方以前に死去しており、不孝を犯しているがゆえに、当時の信仰から地獄に堕ちたことは確実であり、またその母北の方は、自分の子供の、現在でも禁忌として禁止されている野辺送りに参加し、当時の習俗に果敢に逆らっている。その「反」「犯」から始まった物語は、浮舟の、蘇生はするものの、自死という選択を描いて、終末を迎えている。母を遺して自殺を選ぶ行為が、重たい「罪」であることは記すまでもないことであろう。奇妙な言い方として批判されるかもしれないが、自死を暗示した浮舟巻以後は、死の果てにある地獄を描写したものなのだ。手習・夢浮橋巻は、地獄草子なのである。源氏物語は、〈どのように語っているか〉という物語形式としての修辞に溢れた小説の類である狂言綺語を描いているばかりでなく、〈なにを語っているか〉という物語内容においても、「罪」をさまざまに言説化しているのである。それを読み取ることが、源氏物語の批評と研究の営みだと言ってよいだろう。

源氏物語における、「反」「叛」「犯」などの、法律・宗教・仏教・信仰・習俗などに対する違犯を数えあげることは、それを標的としていないこの論では、これ以上言及することは中止しよう。ただ、資料の乏しい作家紫式部についての情報において、外部資料であると思われているこの紫式部日記の記事が、源氏物語の言説の内部的細部までを規定し、照応していることは、指摘しておくべきであろう。源氏物語は、曖昧さを背後につねに抱えている物語作家紫式部という、「罪ふかき人」によって書かれた作品なのである。こうして具体的なテクスト・言説は、曖昧さを基底とする作家によって、差異と特性を生成するのであって、単なる機能では読めない側面もあるのである。固有名は、作品と照応し、読者に、固有名を通して、噂・評判・価値・批評・研究などを、さまざまな知識・常識として獲得させることによって、作品の意味を多様にかつそれなりに、一回的なテクストとして産み出して行くことになるのである。

〈二　源氏物語の語り手と登場人物〉

主体概念の再検討を通じて、作家という曖昧で不安定な実存を基底に、その曖昧さとは逆に、固有で具体的なテクスト・言説の、更なる明晰な生成と精緻な分析が可能となることを考察してきたが、本稿では、それに加えて源氏物語特有の「語り手」について、既に他の論文で分析・考察した領域も含まれているのだが、さらに再検討することも無駄ではないだろう。固有的具体性としての源氏物語において、語り手は実体化されている。ただし、作品全篇を光源氏たちの出来事を語り手が、もののけ（語り手が、もののけのように、登場人物を外的に表現したり、内的に表出できるという解釈をしている、所謂〈心的遠近法〉は、全知的視点の一変種に過ぎず、玉上琢弥的語り手論のモダニズム的解釈に他ならない）のように、あるいはある特定の女房のように、一人の人物として一貫しているわけではなく、各巻・場面・段落において、主人公や中心人物や脇役たちの傍らで、彼らの周辺で継起した出来事を、体験・見聞した第一次の語り手としての人物が個的（あるいは）集団的）に異なり、さらに、次元の異なる別の語り手が複数いるところに、源氏物語の文学的特性があるのである（このような解釈は、一般に、源氏物語の語り手実体論と言われている）。

既に幾つかの論文で述べたことだが、源氏物語桐壺巻の語り手は、桐壺宮廷の内裏の事情・情報に詳しくかつ見聞できる、しかも更衣に敬語を使用しないでよい、典侍の身分だと考えられる。この定員四人の典侍の中で、老齢であることを配慮すると、後に脇役として登場・活躍する、主として紅葉賀巻で表出されている好色な老女源内侍（通称、源典侍とも表記）が、桐壺巻の語り手だと思われるのだが、だが典侍としての彼女は、桐壺更衣の母北の方邸の内部の様子を、天皇の代補として詳細に見聞・描写できる立場ではない。典侍は四位で、帝の代理として、亡くなった大納言以下の殿上人の娘がなる更衣（四位以下）の、しかも、その母親の、更衣没後の見舞いに派遣されるような、身分的存在ではないのである。

ただし、「『参りてはいとど心苦しう、心肝も尽くるやうになん』と、典侍奏したまひしを……」（(1)—一〇三）とあるので、親しい関係もあり、世代的に近いこともあり、私的には、典侍は、母北の方邸を弔問ため一度は訪れていたのであろう。しかし、『長恨歌』の道士・方士を（プレテクストとして）意識した、帝の正式な代補（形代）として訪問するのには、身分が高位でありすぎるのである。

それゆえ、桐壺巻の「野分だちて……」という文章表現で始まる、母北の方邸を場としている著名な場面では、派遣された靫負命婦が語り手なのであって、「靫負命婦といふを遣はす。」に続く文には、「命婦かしこまで着きて、門引き入るるより、けはひあはれなり。」とあるように、傍線を付けたように「あはれなり」という彼女に自由間接言説が用いられており、この言説は、語り手と共に登場人物靫負命婦の視点から叙述されているのである。ということは、この場面の見聞者的な一次的語り手は、天皇付きの中級女房である靫負命婦であることも示唆しているのであって、彼女がこの場面で帝に同情するのは当然なのである。

それだから、この「野分だちて」の場面の末尾で、

……思しめしやりつつ、燈火を挑げ尽くして、起きおはします。右近の司の宿直奏の声聞こゆるは、丑になりぬるなるべし。人目を思して、夜の殿に入らせたまひても、まどろませたまふことかたし。朝に起きさせたまふとても、〈明くるも知らで〉と思し出づるにも、なほ朝政は怠らせたまひぬべかめり。ものなどもきこしめさず。朝餉の気色ばかりふれさせたまひて、大床子の御膳などは、いとはるかに思しめしたれば、陪膳にさぶらふかぎりは、心苦しき御気色を見たてまつり嘆く。すべて、近うさぶらふかぎりは、男女、〈いとわりなきわざかな〉と言ひあはせつつ嘆く。さるべき契りこそはおはしけめ、〈そこらの人のそしり、恨みをも憚らせたまはず、この御ことにふれたることをば、道理をも失はせたまひ、今はた、かく世の中の事をも思ほし棄てたるやうになりゆくは、いとたいだいしきわざなり〉と、他の朝廷の例まで引き出で、ささめき嘆きけり。

(1)―一一二～三。以下、全集本を引用)

と書かれているのも必然で、傍線を付したように、文末は全て自由間接言説で、この場面は、見方を変えれば、妙な表現だが、語り手＝登場人物（命婦）の「心中思惟の詞」（内話文・心内語・内言などとも言われている。後述）だとも解釈できるであろう。特に「べし」「べかめり」などの予想・推量の助動詞（やその連語）を読むと、命婦の視線・立場からこの場面は記述されていると言えるだろう。

彼女は、滝口の侍たちを知っており、朝餉を給仕する女房や大床子に奉仕する蔵人の仲間で、天皇の身の回りの世話をする「近うさぶらふ」人物達の一人なのである。それだからこそ、引用場面の〈そこらの人の……わざなり〉ような感想・内言を述べているのである。つまり、桐壺巻の第一次の語り手は、概ね身分の高い上臈の典侍なのだが、彼女の語りの間に、中級女房である命婦の語りが挿入されているのである。だから、「近くさぶらふかぎり」の「男女」の、「他の朝廷の例まで引き出」すような心中思惟の詞を、場面の中に語ることができたのである。

なお、源氏物語の「語り手」は、既に他の幾つかの論文で指摘したことだが、作家紫式部ではないことは言うまでもないことだろう。源氏物語の冒頭場面には、

はじめより〈我は〉と思ひあがりたまへる御方々、めざましきものにおとしめそねみたまふ。同じほど、それより下臈の更衣たちは、ましてやすからず。(1—九三)

というよく知られている記事が見られるのだが、傍線を付けたように(中宮や)女御を指す「御方々」には敬語が使用されているのに対して、更衣には使われていないのである。四位以下の人々には敬語を使用しなくてよいという立場は、作家紫式部の地位では考えられない。彼女は、父為時の極官が越後守正五位下で、夫宣孝は、右衛門権佐兼山城守正五位上で疫病によって死んでいて、四位以下に敬語を使用しなくてもよいような立場では決してないのである。「受領の娘」であるゆえに、宮廷社会を描出する必要から、作家紫式部とは異なる宮中女房の語り手(典侍・命婦)が、敢えて設定されたのであろう。

だが、典侍や命婦たちが、純粋な意味で語り手とは言えない。二巻目の帚木巻の冒頭に記されている草子地については、既に「帚木三帖の方法—〈時間の循環〉あるいは藤壺事件と帚木三帖—」[2]などの諸論文で分析したことがあるのだが、

「光る源氏」名のみことごとしう、言ひ消たれたまふ咎多かなるに、いとど、かかるすき事どもを末の世にも聞きつたへて、〈かろびたる名をや流さむ〉と、忍びたまひける隠ろへごとさへ、①語り伝へけむ人の②もの言ひさがなさよ。さるはいたく世を憚り、まめだちたまひけるほど、なよびかにをかしきことはなくて、③交野の少将には、笑はれたまひけむかし。(1―一二九)

と書かれており、さらにその草子地と照応する夕顔巻巻末の草子地には、

かやうのくだくだしきことは、あながちに隠ろへ忍びたまひしもいとほしくて、④みなもらし止めたるを、「など帝の皇子ならんからに、見ん人さへかたほならず物ほめがちなる」と、⑤作り事めきてとりなす人ものしたまひければなん⑥。⑦あまりもの言ひさがなき罪避り所なく。(1―二六九)

と述べられており、源氏物語の語り手に関係する詳細な情報が述べられている。この帚木巻巻頭と夕顔巻巻末の草子地に、丸印の小文字で挿入した数字番号から判明するように、帚木三帖の語り手の女房は複数で、それによると、以下の箇条書きでは、解釈によって丸印を付けた数字番号が重なり、分析者によっては理解の相違が生ずることにもなるだろうが、

（A）光源氏が隠密化していた色好み行為を、書き漏らして第一次稿を書いた人物。④
（B）語り伝えた人物。①・④（第一次稿の筆者に語った人物か）
（C）第一次稿を真実を伝えていないと非難した人物。②・⑤
（D）第二次稿を書いた人物。②・⑥（文では省略されているが、「たまひければなん」の下には、「かく書きはべりぬ」といった類の文が省かれている）
（E）出来上がった第二次稿を露骨だと批判している人物。(②)・③・⑦

のごとくに私的には纏めることができるのだが、それによると光源氏が隠密にしておいたので、（イ）隠し事を書かなかった第一稿があり、（ロ）それを虚偽だと批判されたので、（ハ）第二稿に書き換え、（ニ）その第二稿を露骨だと批判する人物がいる、という設定がされていることに気付くだろう。もちろん、（イ）から（ニ）までの項目の背景には、源氏物語の第一次の語り手は、光源氏とその子孫達に関する出来事を、実際に見聞している人物（典侍・命婦もその一人）がいると設定されていることは、言うまでもないことだろう。源氏物語においては、主人公や中心人物たちの体験を実際に見聞できた体験人物しか、第一次の語り手になる資格がないのである。それゆえ、語り手は、現在の研究状況においては、確定的とは言えない面もあるが（現在のところ、源氏物語全体に亘って検討されていない）、物語の中に典侍のように、しばしば脇役・端役として登場する傾向があるのである。

ただし、注意すべきことは、（ニ）の第二稿を批判している人物の言葉を、二つの巻の巻頭・巻末の草子地に書き込んでいることで、更にその人物の批評を作品の中に書き込んでいる人物が、源氏物語の真の（最終的な高次の）「語り手」であることを示していることである。つまり、第二稿が、現在私たちの読んでいる源氏物語ではないのである。第二稿を批判・批評・非難する眼差しも、源氏物語には書き込まれているのである。

遥かに隔たった巻ではあるが、竹河巻の冒頭に記されている草子地には、

これは、源氏の御族にも離れたまへりし後大殿わたりにありける「悪御達」の、落ちとまり残れるが問はず語りしおきたるは、「紫のゆかり」にも似ざめれど、かの女どもの言ひけるは、「源氏の御末々にひが事どものまじりて聞こゆるは」「我よりも年の数つもりほけたりける人のひが言にや」などあやしがりける、いづれかはまことならむ。(5)―五三)

と書かれているのだが、そこで使われている〈紫のゆかり〉という用語を、これ以前に私の論文では何度も使用し

たことがあるので、ここでもその語を術語とすることにするが、実は、ここでも「いづれかはまことならむ」という高次の草子地が記されており、「悪御達」と「紫のゆかり」さえをも相対化する立場から源氏物語が記述されているのであって、そうした高次の立場を〈紫のゆかり〉と名付けて使用していると判断して、この論文を理解・評価・批判してほしいと思っている。

なお、竹河巻の高次の草子地には「か・は」という係助詞の複合語が用いられているが、これは、客観的に「悪御達」と「紫のゆかり」を相対化して、超越的に判定しているのではなく、「か」は疑問というより反語であって、これまでの物語展開を読者に想起させつつ、「紫のゆかり」の語りの正当性を主張しているのであって、高次の語り手であるものの、この語り手は、同時に「紫のゆかり」の一員・仲間であることを、暗に示しているのである。

その高次の立場の語り手を、以上の理由から正確な使い方と言えない面はあるものの〈紫のゆかり〉と呼ぶことにするが、その語り手が言説化したものが、私達が現在読んでいる源氏物語なのであって、しかも、現在、私達が読む源氏物語までには、定家本・河内本あるいは別本などの諸本の生成過程や、校訂作業などもあり、テクスト生成にはさまざまな歪みが伴っていることを、常に意識の背後で自覚しなければならないのである。

また、この高次の語り手である〈紫のゆかり〉が、作家紫式部でないことも記憶しておくべきであろう。竹河巻も含めて源氏物語全篇を作品化した作家が、「悪御達」「紫のゆかり」を相対化して、「いづれかはまことならむ」などと発話して、高次の草子地を書き入れるはずはないのである。〈悪御達〉の語った竹河巻も、作家紫式部の作品に含まれているのである。高次の語り手さえ超越して、固有的具体性としての、源氏物語を顔として現象させているのが、作家という実存なのである。ただし、詳細に分析すれば明晰化できることなのだが、一見すると、高次の語り手が、従来の諸研究が惑わされていたように、あたかも作家紫式部であるかのように装われていることも事実である。真の読者は、その詐術に惑わされてはならないだろう。

ところで、〈紫のゆかり〉という高次の語り手も含めて、実体化されている複数の源氏物語の語り手は、源氏物語の光源氏やその子孫達とその周辺の登場人物と、どのような関係を保っているのであろうか。その前に確認しておかねばならない重要な問題がある。というのは、語り手が、各巻・場面・段落に一貫して存在していると認識するのは誰かという、問題があるからである。確かに、作家紫式部は、自己とは異なった語り手を、実体化しつつ源氏物語という作品を書いたのであろう。

だが、読者（聞き手・理解者などの概念も含む）が、高次の語り手や見聞的体験を語った一次の語り手など存在せず、桐壺巻と夢浮橋巻とは関連など一切なく、源氏物語は解体化していると、非物語的にテクスト化したとしたら、源氏物語はどうなるだろうか。単なる無駄な言葉の修辞的集合・羅列と化してしまうのである。読者が語り手は機能的に一貫していると認識した時に、源氏物語は文学テクストとして現象できるのである。読者が好意的に語り手に一体化・同化していると錯覚した時のみ、テクストは姿を現すのである。この読者の積極的な好意性（文学的愛）によってのみ、テクストは文学となるのである。極めて稀なことだが、自然科学系の義務だと考えて源氏物語購読の授業に参加した学生は、「文学なんか認めない」「虚構はつまらない」「人間の一生なんて、宇宙の中ではゴミにもなりませんよ」などと嘲るように言うことがたまにあるのだが、その時には、源氏物語というテクストは解体・崩壊しているのである。つまり、文学は、読者の同化的好意性によって、辛うじて支えられているのである。

高次の〈紫のゆかり〉が一貫して源氏物語に存在しているという認識現象は、読者の知性・感性によって辛うじて保たれているのである。線条的にせよ、循環しているにせよ、時間が物語の中を流れていると読者に了承された時に、源氏物語は、テクストとして私達の前に真の姿を現すことができるのである。物語は時間の文学であり、一貫する時間があると了承された時、テクスト化の可能性が生成されてくるのである。

本稿は、読者・享受・受容論ではないので、読者分析に踏み込むことは回避するが、以前から文学理論の関心の核的標的となっていた、この「読者」(聞き手・受容・享受など)という課題は、主体概念という面からも重要で、テクストを生成する個的な読者という存在の、自己のイデオロギー・無意識・発想・(読書)体験など意図しえない他者という、多層的で多様な主体とそれを取囲むコンテクストを配慮せずに、文学理論としては分析できないものなのであって、「内包されている読者」「空白」「期待の地平」などの機能と共に、さらなる展開が期待できる分野・領域なのである。というより、今後の文芸学・文学理論の、中核となる問題は「読者」(聞き手・享受者・受容者・解釈者・理解者など)だと言ってよいだろう。

読者という存在は、いくら科学的・客観的に機能化しようとしても、その機能をはみ出し崩壊させる残滓があり、作家と共に分析を永続化させる契機となる、魅力に溢れた批評と研究の分析対象なのである。特に、第二次戦争後の現在というコンテクストの中では、源氏物語の批評と研究では、ジャーナリズムが、作品と対決せずに、源氏物語第一部(特に桐壺巻など)の背景となっている宮廷社会という場を想定しながら想像した、「華麗で豪華な王朝絵巻」という所謂「解釈共同体」があり、それが、作品を真摯に読む読者までを引きずり込んでいるのであって、その面では、王権論・天皇制・貴族社会・(召人に対する)差別などという問題を含みながら、読者論は緊急性を有している課題なのかもしれない。

源氏物語において、テクストを纏まりあるものとして認識させる働きをしている〈紫のゆかり〉という語り手は、主としてテクスト形成をなしている登場人物と、どのような関係にあるのであろうか。物語や小説などの語りの文学では、完全な全知的視点などありえない幻影なのだが、そうした了承は別として、語り手は、操り人形のように登場人物を支配しているのであろうか。テクストにとって、登場人物は、語り手によって支配・所有されている、人格など零だと言ってよいような、何にでも変身・変貌させることができる、塑像にすぎないのであろうか。既に述べたように、基礎概念としては、語り手は機能に過ぎないのだが、にも拘らず、読者が読みとしてテクストに対置する時、源氏物語のように、語り手が実体性を帯びてくるのはなぜなのであろうか。

登場人物は、語り手から自立している側面を保持しているのである。光源氏という主人公も、桐壺巻で、「前の世にも、御契りや深かりけん、世になくきよらなる玉の男皇子さへ生まれたまひぬ」と書かれた時から、皇子という設定・運命から逃れることが出来ないのである。いくら否定しようとしても、光源氏は、天皇の血を受け継いでいる貴種なのである。語り手には、この設定を変更させる力がないのである。登場人物は、過去を背負っており、語り手は、その設定を変更することができないのである。つまり、登場人物は過去という運命を担って物語世界の中で自立しているのであって、語り手に完全に操られているわけではないのである。登場人物は、語り手にとって、「設定」と「過去」という背反する意味性を帯びた、二声的な存在なのである。

もちろん、ここでも読者が登場する。桐壺巻の光源氏と御法巻の光源氏が同一人物だと一貫させるのは読者なのである。仮に、同一人物だと承認しない読み手がいるとすれば、非現実主義的な超現実主義的なテクストだと解釈しない限り、源氏物語は過去を喪失して、解体・崩壊するのである。そんな奇妙な現象を起すのは、文学をまったく無理解な人物だとは思わないでほしい。主人公や中心人物はともかく、右近・中将の君などの、語り手ともなる可能性のある女房たちのような呼び名はもちろん、実名さえない脇役的な人物に関しては、源氏物語研究では、同一人物であるかそうでないかの、論争が現在も行われているほどなのである。しかも、読者には忘却という記憶があり、物語展開のすべてを完璧に想起することなど不可能で、その忘却がテクストにあるからこそ、忘却を埋めようとして、誤読を批判する批評や研究が、永続して営まれることになるのである。

ところで、源氏物語において、なぜ語り手は、実体化され人格を有しているように表出されているのであろうか。桐壺巻の主たる語り手が典侍であり、帚木巻・夕顔巻の草子地で複数の語り手が表現されているように、源氏物語では、語り手は、物語世界の中で、見聞・体験・執筆・批評・非難などを行う実存者として生きている。竹河巻の「悪御達」も「紫のゆかり」も、物語宇宙の中に生存しているのである。

確かに、空虚な中心である天皇を核とした桐壺巻で描かれる宮廷社会と同時に、内裏の光源氏の宿直所で女の品定めを傍らで聞いたり、中川の紀伊守の別邸さらには五条の切懸の家など、帚木三帖の身分のそれ程高くない人々の様子を、共に語ることのできる全知的視点を設定することは、丁寧語まで成立させた敬語意識の強い貴族社会では不可能だったのであろう。それゆえ、最初は、階級・階層意識の強烈な歴史的社会的状況の必然の中から、人格のある語り手が選択され、語り手が実体化されたのであろう。だが、語り手を物語世界に実存させることは、作品にそれなりの負担を科すことになるのだ。

世界文学的に言っても、私の狭い視野から見ても、スターンの『トリストラム＝シャンディの生活と意見』やプルーストの『失われた時を求めて』などなど、小説史において語り手が実体化されている作品は少なくない。と言うよりも、スターンなどを配慮すると、小説は実体化されている語り手という課題を、主たる主題として成立期から探求・追求してきたと言えるだろう。十一世紀初頭という古典性は色濃いものの、その点では源氏物語でも変わりはないのであろう。

その場合、語り手に実体化という人格が与えられると、語り手は、イデオロギー・無意識・発想・体験・ステロ＝タイプ化など、意図しない他者を抱え込むことになるのだ。語り手も、登場人物たちと次元は異なっているものの、物語世界を生きることになるのである。竹河巻の玉鬘に仕えた「悪御達」と、紫上たちに味方する「紫のゆかり」は、仕えた主人に対する好意的態度も含めて、己の諸体験などから、正篇を継承した匂宮・紅梅巻という出来事と、まったく視点の違っている竹河巻という、対照的な同時間的物語を語ることになるのである。

源氏物語では、主たる語り手は、女房たちとして設定されているのだが、物語が言説化した上流貴族社会において、彼女たちは黒子（黒衣）であった。存在しながら不在である、見せ消ちの文字のようなあり方が、女房を源氏物語の主たる語り手としたのである。女房たちは、上流貴族の意識の内では、存在しながらも考慮・配慮しないですますことができ、勝手に無視して行動・行為・発話できる存在で、しかも自己の世話を細部に亘って丁寧に手配してくれる実存なのである。そうした存在であるがゆえに、逆に主人公や中心人物の様子を詳細に観察でき、物語ることも、書くことも、批判することもできる、〈語り手〉として相応しい人物として設定・採用されたのである。ちなみに、黒子としての女房は、「受領の女（むすめ）」である作家紫式部の立場と、異なっていることは言うまでもない。

もちろん、女房たちが、源氏物語の語り手のすべてではない。須磨・明石巻で光源氏に従って流謫のごとく流離したのは、朧月夜事件（藤壺事件が潜在していることは言うまでもないことだが）などを配慮したのであろうが、男性の従者のみで、女性が第一次的な語り手になることができないのである。光源氏の流謫生活について語ったのは、惟光・良清ら家司・従者たちの一人で、以前は参議になった光源氏に、未来の生活の可能性のすべてを託して従者になっていたのだが、その期待が裏切られて、そのまま鄙にうらびれて埋没してしまうのではないかと危機的に思い、その落胆・絶望の心情が、これらの巻の語りの底流になっているのである。

また、遥かに隔たった終末の巻なのではあるが、手習・夢浮橋巻の浮舟に関する記事の語り手は誰であろうか。手習などという他者が知覚できない行為を考慮に入れると、浮舟自身以外に、第一次的な語り手は考えられないのである。つまり、源氏物語では、脇役ばかりでなく、中心人物も語り手となる時期・期間があり、そうした可能性も配慮して、源氏物語は、分析・考察しなければならないのである。

何度も語るようだが、実体化された語り手は人格を与えられ、それゆえに、イデオロギー・無意識・発想・体験などの無意図的な歪んだ眼差しで、物語中の出来事を把握することになる。言説化された出来事に客観的なものなどないのだが、人格という歪曲を配慮せずに物語は読めないのである。源氏物語にその歪みを認めないと、テクストは真に近い姿を現すことができないだろう。たとえば、桐壺巻が、弘徽殿女御付きの女房によって語られていたり、帝に味方する好意的な典侍ではなく、客観性を装った全知的視点で叙述されていたとしたら、源氏物語は現在私たちが読む作品とは異なったものになったことは確かであろう。また、若菜上下巻も、「紫のゆかり」ではなく、たとえば、女三宮方の乳母子侍従の君（小侍従）などの視点から語られていたら、この巻はどのような物語展開をしていたのであろうか。仮に、密通などの出来事は同様であっても、眼差しによって言説はまったく異質な相貌を帯びることになるはずなのである。このように、源氏物語において、語り・語り手の問題は、有効なテクスト化を実現するためには、避けて通ることのできない核となる課題の一つなのである。

〈三　言説分析と二声性〉

源氏物語において、登場人物は、「設定」という語り手の支配下にあるものの、同時に設定された「過去」体験という、語り手の新たな設定を束縛する、自立性を確保していることを前章では述べたが、この問題は別の視座から更に探求することになるだろうが、その前にまず、言説区分の紹介を兼ねながら、その語り手と登場人物の二声性が、源氏物語の言説においてどのように配分されているかを、具体的に分析を試みる次章と共に、確認することから始めよう。源氏物語では、言説（話法という用語で論じられる場合もある）は、すでに一連の論文で考察したように、(3)中世の古注での研究などの術語を参照して、以下のように機能的に区分・分類することが出来る。

〔A〕地の文
〔B〕会話文（外言とも）
〔C〕内話文（心内語、心中思惟の詞、内言などとも）
〔D〕草子地
〔E〕自由間接言説（体験話法、自由間接体などとも）
〔F〕自由直接言説

なお、この言説区分は、源氏物語ばかりでなく、他の物語言説・小説言説などの散文文芸などにも応用・適応でき、普遍的・一般的なものでもある。つまり、文学言説の機能的側面なのである。既に、論文集『源氏物語の言説』・『落窪物語　堤中納言物語』（新編）の「解説」などの一連の諸論文で解説しているのだが、その言説区分を、再度簡略に分かりやすく纏めて説明・分析すると、次のように叙述できるだろう。

〔A〕地の文とは、なんとなく直感的には理解できるのだが、定義が困難な言説で、傍らにあった古語辞典（『岩波古語辞典　補訂版』）などを開いても、当然記入されていると想像された「ぢのぶん（地の文）」の項目は見当たらず、ただ、「ぢ（地）」の項には、「⑤布や紙の紋様のない所。生地（きじ）。」とあり、この意義と関係がありそうである。つまり、言説において、内話文・会話文などのように目だって特色・特性のない文の総称なのであって、登場する人物の行動・行為・動作・建物の様子・風景・場所・小道具・雰囲気等など、表現対象とした他の言説（〔B〕から〔F〕まで）以外の、すべての叙述を指している曖昧な概念なのである。その場合、既に述べたように、語り手の地の文での設定は、既成事実として、物語中の過去的事実・認識となり、語り手が変更不可能なものとして、物語を規定・束縛する力として働くことは言うまでもない。地の文は、常に語り手の所有物ではなく、登場人物の意識（主として記憶）・行動などや、場面の時空設定などの過去に拘束されており、設定と過去とが弁証法的に拮抗している、二声的でポリフォニックな言説なのである。なお、『広辞苑』では、「じ（地）」の項目の㋭として、「文章、会話の部分に対して、作者の説明した部分。草子地。『―の文』」という、解説不足でかつ意味不明な説明が記されている。

〔B〕会話文は、登場人物から物語中で発話された言説であるが、これも地の文と同様に二声的である。登場人物には過去があり、それを語り手は変更できず、その過去の上に語り手は新しい物語状況を、発話として二声的に付与して行くのである。設定と過去は弁証法的に拮抗し、それが物語展開の動力となっているのである。

この会話文は、物語中の発話であるので、他の登場人物たちも聞くことになり、それに対する反応が描かれ、物語は限りのない対話の連続となる。その終りのない対話の無限性を断ち切るために、語り手は新しい物語状況を設定し、それが同時に過去となるのである。このようにして、物語が紡がれてくるのである。対話という永続性は、設定という語り手の変更によって、断続されるのである。

ただし、既に指摘したように、源氏物語ではその会話の隠れた聞き手であり、同時に実体化された語り手でもある女房たちは、黒子であり、登場人物の秘密にしている発話・独話・囁きさえも、傍らで聴き取っていることを、物語の読みでは配慮しておくべきであろう。だからこそ、源氏物語の語り手は、会話を物語に書き込むことができたのである。黒子として無視されている者たちこそ、実は真の権威を語り手として確立しているのである。

また、会話文には、近代文学などでは、登場人物の個性によって特色ある発話（階級・階層語、職業語、性別、隠語、方言・なまり等など）が、個別にアクセントとして記されているのだが、源氏物語では、近江君や明石巻の都から派遣された使者たちのような、特別な人々を除けば、現在の研究状況では、「さへづり」などの修飾的な文章表現がない限り、会話文に個性やアクセントを読み取るまでには至っていない。アクセントまでが読み取れるように、源氏物語の研究が進展することを期待している。また、この会話文と、次の内話文は、二声性の面では同様である。

〔C〕内話文は、一面では発話されない会話文と言ってよいのだが、日常的現実でも同様だが、「心中思惟の詞」「心の詞」などという中世の古注の用語等が示唆してように、傍らにいる登場人物には聞こえていない。にもかかわらず、物語・小説などの散文言説では、作品の中に書き入れているのである。電車や駅などで内話文らしき言葉を発話・囁いている人物に出会うことがあるのだが、人々が避けて遠ざかっているように、狂気と理解されている言葉を、敢えて文学は引き受け、作品化しているのである。文学とは、内話文を書き込んでいるように、狂気の言説であり、逆に言えば、内話文が書き入れられているがゆえに、その作品は、単なる書類・文書などではなく、文学というジャンルに属していることを示しているのである。つまり、文学研究では、無視してはならない言説が内話文なのである。

　内話文は他の登場人物は聞くことが出来ず、読者のみが理解できる言説なので、登場人物に聞こえない内話文さえ支配しているという点で、一般的には語り手を神仏のような超越者に高める側面を有しているのだが（と言うより、内話文は、竹取物語などを配慮すると、語り手が神仏のような超越的な姿勢を示す全知的視点から発生した言説であるらしい。その点では、全知的視点の方法的意義は重要である。分析する価値のある課題の一つである。なお、姓名を明記して、全知的視点の枠組みであることを示唆する竹取物語から、物語文学が成立した意味は重要である）、源氏物語の場合は、黒子である女房たち従者が、主人公や中心人物たちの心情・感想・批評などを傍らで独り言などを聞いたりしながら想定して、それを憶測・忖度して、内話文として言説化していると解釈できるだろう。つまり、会話文と違って、語り手の登場人物に対する主体的な解釈・判断・誤読という歪みが内話文にはあるのであって、語り手のイデオロギー・無意識などによる歪曲を、物語の解読には配慮しなくてはならないのである。

また、既に何度も主張して来たことなので詳細に分析しないが、内話文は、日常では他人には聞こえないという理由で、文学特有の独自性を示す言説であるにもかかわらず、自然主義や写実主義のような日常性を重視した装いの近代の文学では、無視・抑圧されてきた。その文学観の影響で、源氏物語の注釈書などでも近代（心中思惟の詞は、中世の源氏物語注釈書の発見である）では意識されていなかったのだが、近頃では、源氏物語の一部の注釈書では、古注の再評価と関連しながら、会話文と同様に内話文にも記号区分が施されるような傾向に向かっているが、まだ会話文との区別が明瞭ではない。私自身は、論文で、古典文学などの引用では、会話文に「　」の記号を付け、内話文には〈　〉を付けて区別しているのだが、注釈や引用文という解釈行為に、この態度が普及することを希望している。また、傍らにいる登場人物には聞こえないのが文学の約束事になっているのだが、読者は、内話文を読むことができ、作品解読のために利用しなければならないのであって、内話文は読者論の課題の一つなのでもある。

なお、口承文芸では、たまに、「〈……〉とお婆さんは思っていたのだよ」などと、昔話などに挿入されることも、考慮しておくべきであろう。

また、源氏物語桐壺巻の最初の内話文は、

はじめより〈我は〉と思ひあがりたまへる御方々、……

という言説なのだが、この〈我は〉という内話文は、「私は（当然天皇に寵愛（sex）されるべき高い位の后だ）」と解釈されるように、省略が多く、収縮して表出される傾向がある。また、桐壺巻の巻末に記されている光源氏の、

〈かかる所に、思ふやうならむ人を据ゑて住まばや〉とのみ、嘆かしう思しわたる。

の内話文には、傍線を付した「ばや」という希望・願望の終助詞が使用されているように、内話文には、特性のある特有の助詞・助動詞などが頻繁に使われる傾向が濃厚である。辞と内話文との関係は、今後の研究の大きな研究課題の一つである。

また、二つの引用文からも分かるように、会話文・内話文は、共に、「と・とて・と言ふ・と思ふ・など」等の表現を文末に伴っており、それによって他の言説と区分することができる。こうした表現を、付加節と言う。付加節の有無によって会話文と内話文は判定できるので、二つの言説の判断は容易だと言えるのだが、会話文と内話文は、「……と言ひ、思ふ」「とて」などという混合した付加節を伴う場合もあり、二つの言説間の区分が困難な場合もある（なお、岩波大系本などは、「(と)」という付加節を補って内話文化する場合があり、読解には注意が必要である）。また、源氏物語では、第三部などに至ると、長文の内話文が描かれることになり、西欧では二十世紀前後に流行する、「意識の流れ」「内的独白」の技法が使用されていることにも配慮すべきであろう。源氏物語は、十一世紀初頭の作品であるが、既に意識の流れの手法を言説として書き入れているのである。[4]

ところで、会話文や内話文は、対話的な行為においては、常に、それ以前の発話や行為に対して応答するという、二声性を宿している。他者が会話や内話には実存しているのである。自己のみで、会話や内話は存在しないのである。この会話文・内話文における他者性と二声性を、物語文学の解読では決して忘失してはならないだろう。また、日常では他者の内話は聞こえないのにも関らず、文学ではなぜそれが可能なのかという、内話文に対する疑問の解答は、最後の章で試みるはずである。

〔D〕草子地という用語は、中世の源氏物語古注によって産出された言葉ではあるが、その意義を明晰化するのは困難である。中世の古注の用語なので、古語辞典にあってもよい項目なのだが、私の机の傍らにある辞典類では見当たらない。それゆえ書棚に置かれている大部の『日本国語大辞典　第二版』の「そうしじ（草子地）」の項を引用しておくが、そこでは、

①物語・草紙などの中で、説明のために作者の意見などが、なまのままで述べられている部分。＊岷江入楚（1598）一「ことにもあらずおぼしけちて　草子地なり」②物語・草紙などの中の地の文章。叙述の部分。

と解説している。②は、地の文と同一だと説明しているらしいのだが、用例が記載されていないので意義の判明しない不可解な解説である。①も、厳密には、「作者」を「語り手」と訂正する必要があるし、「なまのまま」という説明にも問題があるだろう。先に引用した帚木三帖の草子地もそうだが、直接的に語り手の意見が叙述されていない場合もあるのである。しかし、手がかりは僅かではあるが与えられたようである。語り手が、自己言及しているようなふりをする言説が、草子地なのである。なお、「地の文」の解説で引用した「地」の項も、草子地の分析には役立つだろう。地の文・会話文・内話文などの登場人物を対象として扱い、登場人物たちに関係する表出の物語言説とは別の、語り手の地平の言説を、草子（物語）の「地」と認識して、この術語が中世で成立したのであろう。

また、村上春樹の小説などに強い影響を及ぼしているメタフィクション（meta・fiction）という文学技法や、メタ物語（meta・narrative）などという二十世紀の末期に使われていた文学概念などの、META（超越・一段と高い階型）という言葉が使われている文学用語が、以前から気になっていた。これらの言葉が、欧米の理論を軸に今後の文学の批評と研究では、草子地に替わって使用されるのでないかと、遠方から見守っていたのだが、メタフィクションという用語は「魔術小説」を意味するようになり、メタ物語は一般に普及・流布していないようである。

しかし、草子地は、物語自体を話題にする語り手の物語として、META性を働かせているのであって、超越と

いう登場人物たちの物語世界より一段と高い視点を、草子地に認めることが出来るのではないだろうか。第二章で分析したように、帚木三帖や竹河巻冒頭の草子地から想定して、第一稿の欠陥のある草稿を書いた人物と、それを真実でないと非難する人物、そこで第二稿を書いた人物、さらにはその改訂稿をあまりも露骨だと批評する人物、加えて、それを高みから観察している人物が、集合しているらしい「場」が、源氏物語では設定されているのである。その自己言及的な場自体が、物語中の登場人物たちの出来事を、高みから語り手たちが物語っているという、設定・結構となっているのであって、META性は、草子地の言説を単純に分析したとしても明確であるだろう。

その意味で、「メタ物語言説」「超物語言説」などという術語を、草子地という言葉に替わって普及すべきではないだろうか。と言うのは、「地」というイメージを、学生たちに説明するのに、「地図」などの他分野の用語を用いて解説しているのだが、意外に困難だからである。その意味で、「メタ物語言説」という術語は便利そうである。今後の批評や研究の動向を見守っていたい。

もちろん、登場人物に対してメタの立場にある語り手が、自己言及的に述べる草子地自体には、二声性は本来認められないはずであるが、源氏物語のように語り手に実体性を与えている作品では、イデオロギー・無意識・発想など、語り手に対する、高次の語り手や作家からの二声性も解読する必要があるだろう。語り手の実体性は、語り手の二声性を作品に齎すことになるのである。特に、源氏物語の「紫のゆかり」という語り手は、紫上に仕えた女房たちなのであって、その主観性を配慮しないで源氏物語というテクストは生成されないのである。

なお、日常会話でも「……なんて言うのは、僕は馬鹿だなあ」とか、口承文芸で「この昔話の爺と婆は、隣の爺婆によく似ているのだよ」などのように、草子地的な言葉が挿入されることが希にはあるのだが、根源的には、草子地が、エクリチュールされた文学作品の特性であることは言うまでもないことだろう。

また、源氏物語桐壺巻の冒頭文は、言うまでもなく、

いづれの御時にか（ありけむ）、……

という草子地で開始されているのだが、「か」という係り結びを用いて、語り手が疑問を投げ与えているのは読者であって、語り手は宇多上皇以後の出来事だと設定していることは、巻の進展から理解できるのである。つまり、「宇多院以後の時代に、大納言と北の方の間に、娘が生まれ……」などという冒頭文を、初期物語のように語りだすことが、語り手には出来たのだが、読者に疑問を与え、推理小説的な興味を喚起し、物語を持続するために、源氏物語の冒頭文は書かれているのであって、草子地では、従来の研究では無視されてきた傾向があるのだが、読者の位相が大きく重いと言えよう。読者は、これからの草子地論の、大きな課題の一つなのである。

〔E〕自由間接言説は、次の自由直接言説と共に、西欧の文学理論・言説論特にミハイル・バフチンなどの影響を強く受けて、私自身が導入した日本文学研究や源氏物語研究の文学・言語概念なのだが、これによって機能的な「日本」文学の言説区分・文章論は、完璧になったと思っている。あらゆる作品の言説が、一応分類・区分できるようになったのである。自由間接言説は、単純に理解しやすく図式化すれば、

語り手（三人称に対する発話）
←
聞き手（読者）〔二つの声〕
→
登場人物（一人称として発話）

と描かれる言説で、登場人物と語り手の二つの人称の声が読者（聞き手）に響いてくるものを意味している。既に

桐壺巻の靫負命婦の視点から叙述されている、第二章の引用文から理解されるように、語り手の叙述のように装われている面があり、指摘以前は地の文として扱われてきたのだが、解読すれば理解されるように、登場人物の視点・発話が色濃く言説化されているのであって、語り手と共に登場人物の判断・意見・推測などが、二声的に響いている言説なのである。

この自由間接言説は、後で触れるように垣間見の場面などの解読から発見できたのだが、垣間見が象徴しているように、〈見る〉という登場人物の身体による認識行為・言説と密接な関係がある。語り手が、あたかも登場人物の眼となって場面を叙述することによって、この言説が産出され、それゆえに、二声性を帯びることになったのである。対象を見ている登場人物は、既に述べたようにさまざまな過去を保有しており、その人物の無意図的なものまでを含んだ眼差しで、視覚的な身体行為を言説化せざるをえなくなって、自由間接言説は誕生したのである。

その場合、理論的に配慮しなければならないことは、読者の存在である。語り手は、あたかも登場人物であるかのように錯覚して、登場人物に同化・一体化して場面対象を表出している。つまり、二声性を明確に自覚して、自由間接言説を表出しているわけではないのである。語り手の立場から把握すると、登場人物に同化・一体化して表出していると思っている錯覚が、自由間接言説なのである。ところが、読者から捉えると、この叙述から、語り手（三人称）と共に登場人物（一人称）の二つの声が聞こえるのであって、二声性は、読者という機能・分析概念なしに判明しないのである。本稿は、表現主体論であって読者論ではないので、読者という概念に徹底して踏み込むことはしないが、自由間接言説も、読者論の大きな課題の一つなのである。

既に何度か言及した個所ではあるが、自由間接言説発見の私の原点の一つであるので、源氏物語若紫巻の北山の垣間見場面を再び分析対象とすると、そこには次のように書かれていた。

人なくて、つれづれなれば、夕暮のいたう霞みたるにまぎれて、かの小柴垣のほどに立ち出でたまふ。人々は帰したまひて、惟光朝臣とのぞきたまへば、ただこの西面にしも、持仏すゑたてまつりて行ふ、尼なりけり。簾すこし上げて、花奉るめり。中の柱に寄りゐて、脇息の上に経を置きて、いとなやましげに読みゐたる尼君、ただ人と見えず。四十余ばかりにて、いと白うあてに、痩せたれど、頬つきふくらかに、まみのほど、髪のうつくしげにそがれたる末も、〈なかなか長きよりもこよなう今めかしきものかな〉とあはれに見たまふ。(1)―二七九〜八〇)。

文末のみに限ったが、傍線部分が自由間接言説である（但し、後に述べるように、「見えず」は例外で、自由直接言説である）。なお、煩雑になるので回避したが、正確に述べれば、二行目から三行目の文では、「ただこの西面にしも……」から、「……尼なりけり」（より正確に言えば、「……そがれたる末も」までである）までが、自由間接言説である。煩雑になるので全文章に傍線を付さなかったことを、諒承してほしい。なお、「なりけり」「けり」などについては、一義性を執拗に追求する従来の国語学や文法理論で、さまざまに扱われ論じられ用例検討などが行われていることは言うまでもないが、参考にはしたが、以下の分析が明晰化しているように、努力は評価するものの、無視する以外に方法はなさそうである。国語学や文法理論からの、以下の分析に対する批判を期待している。なお、「けり」については、後章でも言及する予定である。

場面最初に記されている「出でたまふ」や「帰したまひて」「のぞきたまへば」には、敬語が使用されており、明らかに、語り手の視点から光源氏に敬語を用いて、地の文として叙述されているのだが、「尼なりけり」と、衣装や尼削ぎの髪から判断して「気付き・発見」しているのは、誰であろうか。読者に尼だったのだと知らせる語り手の意見（それならば敬語が使用されるべきなのだが）と共に、光源氏自身の感激して伝えようとする「気付き・発見」

の意識が響いているのである。また、「……尼なりけり」という文章に続けて「と見たまふ」などという文を付け加えると、「〈……尼なりけり〉と見たまふ」という〈 〉中の内話文となるのだが、付加節と敬語が用いられていないために、特殊な二義的な言説となっているのである。つまり、読者の読みにおいては、語り手と登場人物の二つの声が聞こえる結構になっている、自由間接言説なのである。

そうした認識は、「花奉るめり」の「めり」という推量の助動詞に明瞭に表現されていると言えよう。語り手ならば明確に断定できるはずなのだが、登場人物である光源氏だから、遠回しに推察しているのである。聴覚に基底をおく推定・伝聞の助動詞「なり」に対して、「見＋あり」「見え＋あり」の変化したものだと言われている、この「めり」という助動詞は、視覚性の強い語であるが、この場合も、光源氏の眼に映ったことを推量している側面・認識が表現されているのであって、彼の声を聴き取らずに地の文として扱ってはいけないのである。

文末が、内話文と「見たまふ」という敬語に流れてしまっているので、傍線を付けなかったのだが、「四十余ばかりにて、……そがれたる末も」という文章も、自由間接言説である。幼い紫の上は、若紫巻では「十ばかり」と二度も表出されているので、その位の年齢だと思われるのだが、孫娘がその歳だとすると、祖母の尼君が「四十余ばかり」であるはずはない。語り手は、それ以上の年齢であることを知っているのである。幼い紫上が、孫娘だと判明するのは、引用場面の後のことなので、光源氏は、尼削ぎで若作りであったためだろうか、尼君が幼い紫上の母親だと判断・想定・誤認して、このように推測をしたのである（兵部卿宮の忍び妻であった、紫上の母である故姫君は、「十余年」前に亡くなっている）。語り手より登場人物の推量が強く表出されている自由間接言説なのである。このように、読者に聞こえる二声性は、自由間接言説の特性なのである。

平安朝という中世初期の社会において、一人称（あるいは、二人称）物語（小説）は存在せず（一人称ならば、日記文学のような事実譚になってしまう)、主人公や中心人物たちは三人称で書かれ、しかも、語り手は、既に分析したように、源氏物語ばかりでなく他の物語文学でも、黒子のような女房を核とする、五位以下の位階の低い人物(政府からの給付のない人)たちであることが普通であった。つまり、平安朝という王朝国家の階級・階層意識の強烈な歴史的社会においては、登場人物たちに、丁寧語を含めて敬語を使用せずに物語文学の言説を叙述できるような、語り手の立場・状況ではなかったのである。かろうじて、自己(一人称)のみに敬語を使用せずに言説化できる時代の中で、敬語を使用せずに表出できる言説が、自由間接言説や後に述べる自由直接言説であった。つまり、語り手があたかも登場人物であるかのごとき、(一人称的)装いと錯覚で叙述されているのが、二つの言説なのである。つまり、敬語不在が逆に二つの言説を識別できる指標なのである。

それゆえ、自由間接言説や後に分析対象とする自由直接言説の判別は、一面では容易である。地の文ならば敬語が使用されるべき個所に、敬語が使われていない場合には、二つの言説であると捉えなければならないのである。若紫巻の引用場面で、傍線を付した文には、敬語が使用されていないのはそのためである。その場合、二声性が指標となることは既に指摘したが、同時に、自由間接言説では、「と・とて、など」の付加節と、敬語をその文に続けて付け加えると、その文は、「〈……尼なりけり〉と思ひたまふ」「〈……花奉るめり〉と思ひたまふ(「と見たまふ」などでもよい)」のごとく、内話文となることを留意しておくべきである。理論上では、内話文となるはずの言説が、付加節と敬語が不在のため、自由間接言説となったのである。

〔F〕 自由直接言説も、自由間接言説と対照化するために私が独自に名付けた言説だが、これも敬語不在が指標となる。ただし、引用文中の「……見えず」が、自由直接言説なのだが、この言説は、視・聴・嗅・味・触の五感などを表わす、広い意味での感覚表現において、敬語が付けられていない際に現象する表現である。この言説は、

語り手＝登場人物＝読者

という単純な図式で理解されるように、語り手が登場人物に感覚的に一体化・同化して産出されるもので、語り手があたかも登場人物（一人称）になったかのごとき、錯角・錯誤した感情から生成されたものである。語り手が、登場人物に憑依しているために、一人称的な感覚に陥り、敬語が省略されているのである。

この言説は、敬語の在不在を前提にしているため、敬語使用が義務付けられている古典文学にしか現象しない。天皇など特殊な差別された人間にしか敬語を使用しない近代文学では、それゆえ通常自由直接言説は存在しないのである。自由間接言説になってしまうのである。先に引用した場面の連続した言説に、

さるは、〈限りなう心を尽くしきこゆる人に、いとよう似たてまつれるが、まもらるるなりけり〉と思ふにも涙ぞ落つる。

という文章が掲載されているのだが、傍線を付した文も自由直接言説で、語り手は自分が涙を落としているかのごとき感覚の錯覚に陥っているのである。

と言うことは、読者も、そうした感覚を味わう錯覚に呼び込まれているのであって、そうした感覚にならないと、テクストを生成することができないのである。ここでも、読者論の課題が浮上するのであるが、それはともかく、この言説は、既に図式で示したように、語り手・登場人物・読者が、あたかも言説を媒介に感覚的に一体化・同化したかのごとき、錯覚を抱かない限り産出されないのである。古典文学では、一人称以外には、上位にある人物には敬語を使用しなければならないという規範を、巧みに利用したのが、自由直接言説なのである。語り手・登場人物・読者が、自由直接言説では、すべて一人称化しているのである。

再び、自由間接言説の説明の際に引用した若紫巻の「人なくて……」という、垣間見の場面に回帰しておこう。

既に、桐壺巻では、継母藤壺への思慕を、帚木三帖では、空蟬・軒端荻・夕顔などに対する、「忍びたまひける隠ろへごと」であるらしい女性遍歴を描き、光源氏が禁忌違犯さえ厭わない〈色好み〉であることが叙述されてきた。しかも、これは落窪物語から確立されていた物語文法なのらしいのだが、源氏物語でも「垣間見→性的関係（強姦）」という文法を帚木巻・空蟬巻で表象してきた。とするならば、自由間接言説・自由直接言説を動員しながら、光源氏に同化・一体化し、彼の眼差しで表出したこの垣間見場面は、読者に性的関係の期待の地平を生成したはずである。だが、その垣間見場面に登場したのは、「尼君」なのである。さらに長文となるので引用は避けたが、続く場面で光源氏が発見したのは、「女子」「子」と表現されている幼い紫の上なのであって、当時は尼と共に性的対象とは決してならない人物なのである。

つまり、この垣間見場面は、性的関係を予想させる垣間見場面のparody（パロディ）なのであって、嘲笑や微笑みでもって享受しなければならないことを、この言説は示しているのである。光源氏は、語り手によって色好み行為は不可能だよと嘲笑されているのである。「光源氏の最愛の女性」と言われている紫の上が、色好みをパロディ化した場面に初めて登場するという、源氏物語の方法は重要である。源氏物語は、一筋縄では把握できない世界を樹立しているのである。なお、この性的関係は遅延化されて叙述されていることは、言うまでもない。

以上の指摘が明らかにしているように、語り手より登場人物が上位にあり（源氏物語をはじめとして物語文学ではそのように設定されている）ながら、敬語が使用されていない場合は、自由間接言説か自由直接言説である。その際、付加節と敬語を付けてみると、その文章が内話文となるのは、自由間接言説なのある。一方、五感などの広義の感覚を表現する動詞に、敬語が使用されていない場合は、自由直接言説で、意外に二つの言説は区別しやすいのである。

これまでの〔A〕から〔F〕までの解説を、語り手と登場人物の立場・視点から纏めると、つまり単純化・概略化するとすれば、異論もあるだろうが、ほぼ以下のような図式が描かれることになるだろう。

語り手 ←
〔D〕草子地
〔A〕地の文
〔E〕自由間接言説
〔B〕内話文
〔F〕自由直接言説
〔C〕会話文
登場人物 →

あらゆる散文言説に、語り手と登場人物の二声性は現象しているのだが、図式から想定できるように、比重が語り手にかかるか、登場人物にあるかで、言説間の差異が生成されるわけである。誰が、誰および何についての言説を語っているかによって、言説の質が、変容しているのである。この機能的な分析の上で、源氏物語の言説の固有性を、後に浮舟巻の紋中紋の技法を考察することになるのであるが、長文の引用になるが、紋中紋の技法が使用されている浮舟巻の場面で、その前に叙述されている表現も含めて、具体的に明晰化することにしよう。ただし、すべての言説が、この場面で鮮やかに典型的に使用されているわけではない。また、〔E〕自由間接言説や〔F〕自由直接言説は、書かれた作品にのみ現象するわけではないが、口承文芸では、聞き書きやテープなどで意識的に反省化しないと、聞き流してしまうことも付け加えておくべきだろう。

〈四　浮舟と侍女たちあるいは対話とイロニー〉

浮舟巻の巻末に近い場面で、右近が、浮舟に東国（常陸）（本によっては「常陸も」とあり、「常陸」というのは女房名で、東国とは関係がないという説もある）での姉の悲話を語る個所がある。紋中紋の技法は、源氏物語では桐壺巻のように意外に冒頭からさまざまな個所にも用いられているのだが、最も典型的で鮮明に理解できると思われるので、この場面を引用することにしたのだが、その課題を分析する以前に、具体的な言説分析の有効性を、源氏物語の言説の一つを辿りながら詳細に試みるために、その紋中紋技法場面以前の個所も、論文としては長文の引用となるのだが、引用しておくと、

まほならねどほのめかしたまへる気色を、かしこにはいとど思ひそふ。〈つひに、わが身はけしからずあやしくなりぬべきなめり〉と、いとど思ふところに、右近来て、「殿の御文は、などて返したてまつらせたまひつるぞ。ゆゆしく、忌みはべるなるものを」「ひが事のあるやうに見えつれば、所違へかとて」とのたまふ。〈あやし〉と見ければ、道にて開けて見けるなりけり。よからずの右近がさまやな。「見つ」とは言はで、「あないとほし。苦しき御ことどもにこそはべれ。殿はもののけしき御覧じたるべし」と言ふに、おもてさと赤みて、ものものたまはず、〈文見つらむ〉と思はねば、異ざまにて、〈かの御気色見る人の語りたるこそは〉と思ふに、「誰かさ言ふぞ」などもえ問ひたまはず。〈この人々の見思ふらむことも、いみじく恥づかし。わが心もてありそめしことならねども、心憂き宿世かな〉と思ひ入りて寝たるに、侍従と二人して、「右近が姉の、常陸にて人二人見はべりしを、ほどほどにつけては、ただかくぞかし。これもかれも劣らぬ心ざしにて、思ひま

どひてはべりしほどに、女は、今の方にいますこし心寄せまさりてぞはべりける。それにねたみて、ついに今のをば殺してしぞかし。さて我も住みはべらずなりにき。国にもいみじきあたら兵一人失ひつ。また、この過ちたるもよき郎等なれど、かかる過ちしたるものを、『いかでか使はん』とて、国の内をも追ひ払はれ、『すべて女のたいだいしきぞ』とて、館の内をも置いたまへらざりしかば、東国の人になりて、ままも、今に、恋ひ泣きはべるは、罪深くこそ見たまふれ。ゆゆしきついでのやうにはべれど、上も下も、かかる筋のことは、思し乱るるはいとあしきわざなり。御命までにはあらずとも、人の御ほどほどにつけてはべることなり。死ぬるにまさる恥なることも、よき人の御身にはなかなかはべるなり。一方に思し定めてよ。宮も御心ざしまさりて、まめやかにだに聞こえさせたまはば、そなたざまになびかせたまひて、ものないたく嘆かせたまひそ。痩せおとろへさせたまふもいと益なし。さばかり上の思ひいたづききこえさせたまふものを、ままがこの御いそぎに心を入れて、まどひゐてはべるにつけても、『それよりこなたに』と聞こえさせたまふ御ことこそ、いと苦しくいとほしけれ」と言ふに、いま一人「うたて恐ろしきまでな聞こえさせたまひそ。何ごとも御宿世にこそあらめ。ただ、御心の中に、すこし思しなびかむ方を、さるべきに思しならせたまへ。いでや、いとかたじけなく、いみじき御気色なりしかば、人のかく思しいそぐめりし方にも御心も寄らず。しばしは隠ろへても、〈御思ひのまさらせたまはむに寄らせたまひね〉とぞ思ひはべる」と、宮をいみじくめできこゆる心なれば、ひたみちに言ふ。（6）—一六九〜七二）

と、この場面は記されている。文中に引いた二重傍線は〔F〕自由直接言説で、太い傍線は〔D〕草子地で、例のごとく、「　」は〔B〕会話文、〈　〉は〔C〕内話文である。また、引用文には、残念だが、一重の傍線を施すはずの〔E〕自由間接言説は記入されていない。なお、全文に、傍線を付すと煩雑となるので施してはいない。だが、傍線や記述記号以外は、概ね殆んどが、〔A〕の地の文である。

既に別の論文で克明に分析したので、(5)本稿では考証は避けるが、浮舟巻の第一次の語り手は、ほぼ浮舟付きの身分の低い女房の一人である侍従の君である。彼女は、後に、蜻蛉巻で、匂宮のはからいで、明石の中宮に下臈の女房（浮舟に近侍していた女房は、かろうじて、匂宮の好意で、このような身分に忍び込むことができる程度の、低い評価しか受けていなかったのである）として出仕している。だが、引用文の冒頭部分に、「かしこには」と書かれているように、ここでも〈紫のゆかり〉という術語を使用することにするが、高次の語り手は、都＝京にいて、鄙の宇治を「かしこ」と言い、語り手から遥かに遠方の出来事を、第一次の語り手（侍従の君）の見聞した体験として語っている体裁で、浮舟巻は記述されているのである。後に分析対象とする草子地も、〈紫のゆかり〉という高次の語り手と、第一次の見聞・体験者である侍従との葛藤・対話として、解読して行かなくてはならないだろう。

引用文には「のたまふ。」「のたまはず。」などとあるように、浮舟には地の文では敬語が使用されているのだが、二重傍線を付した一行目の「思ひそふ」という文には、敬語が使われていない。浮舟が主格でありながら、この広義の感覚・感想を表現した複合動詞には、敬語が不在なのである。自由直接言説で、語り手は、あたかも自分が浮舟になったかのごとき錯覚に陥っているのである。読者も、その錯覚を同化的に享受する必要があるだろう。さまざまな思慮に浮舟（一人称）は耽っているのであって、その沈思を一義的に解明することは不可能である。輻輳した困惑している複雑な浮舟の感情・心情を、同化して味わってほしい。

薫の疑心に、匂宮との密通という当然に心当たりのある浮舟は、それに何と答えてよいか困惑して、そのさまざまな思念が身に纏わりついているのである。その輻輳した心痛の際に、右近がやって来て、薫からの書簡をなぜ返したのかと近侍している女房に相応しく尋ねる。手紙を返答なしにそのまま返却するのは、当時でも非礼で、禁忌違犯だと思われていたらしい。「所違へ」つまり宛先が違うと思ったので返却したのだと、浮舟は発話・弁解するのだが、実は、それ以前に消息を運んだ連絡係の右近は、開封して、消息文の内容を読んで知っていたのである。

語り手は、物語言説の時間を操作する。〈どのように語るか〉は、一面では語り手の掌の中にあるのであるのである。実際にはそうではなく、偶然性なども加わることもあるのだろうが、一応、語り手は、物語内の出来事をすべて知悉しているという前提の上で、読者のテクスト解読が成立しているからである。物語や小説が過去形式であるように、虚構の時間である〈出来事〉を語り手は知り尽くしていながら、それを〈どのように語るか〉という叙述の時間は、語り手に委ねられているのである。

有名な源氏物語桐壺巻の冒頭文である「いづれの御時にか……」という草子地も、後に「明け暮れ御覧ずる長恨歌の御絵、亭子院の描かせたまひて、伊勢貫之に詠ませたまへる」などと書かれているので、語り手は、時代設定が宇多上皇時代以降の時期だと知っていながら、読者の推理小説的な興味を惹くために、敢えて疑問を投げかけ、物語への興味を高揚させているのであって、言説は語り手の裁量領域なのである。叙述の時間は、読者を物語に引き込み魅了させるために、語り手に委ねられているのである。なお、源氏物語では、虚構と叙述の時間が、乖離し二重化されていることは、他の論文や著書などで何度も分析している。特に、〈時間の循環〉として、『入門　源氏物語』で説得的に扱ったつもりである。なお、語るという物語行為に対して、叙述・虚構の時間、あるいは言説と物語内出来事などと分析するのは、方法概念なのであって、実際に物語に刻み込まれ区分されているわけではない。

語り手は、この場面以前の出来事であることは既に知熟していながら、「〈あやし〉と見ければ、道にて開けて見けるなりけり。よからずの右近がさまやかな。『見つ』とは言はで、『あないとほし……』」という二重傍線の草子地を、敢えてこの個所で叙述・挿入しているのである。右近は、書簡を返却するという禁忌を浮舟が犯しているので、不可思議なことだと思い、宇治と都との消息の使いの往還の道中の途中で、手紙を開封していたのである。その消息文を開封する右近の行為を、語り手は、「よからず」と徹底して非難しているのだが、「やな」という感動を表出する、主観を表出している辞の助詞を見ると、一概に右近の行動を悪行として批判してはいないようである。高次の語り手である〈紫のゆかり〉の女房は、右近の行いを、ある面では近侍の女房としては当然だと同情しながら、共感を込めて「やな」を使用しているのではないだろうか。このような開封という行為も、一般には悪徳として非難されることであるのは当たり前なのだが、近侍の女房の隠れた勤めであったことが、暗に理解される草子地である。黒子としての女房の役割を暗示する草子地なのである。だからこそ、近侍の女房は、語り手になりうる資格があるのである。

浮舟は、右近に「誰がそんなことをあなたに告げ口したの」と尋ねることも出来ず、かつ加えて、女房たち他者が、自分のことをどのように思って京域まで拡大するに違いない噂をしているのかと考えると、羞恥で上気し、顔が赤くなっているのである。「殿はもののけしき御覧じたるべし」という右近の発言から、匂宮との密通が露見したのではないかという疑惑に憑依され、その苛む苦悶は、彼女の内的状況を極限に陥落させるのである。

文中に「〈この人々の見思ふらむことも、いみじく恥づかし。わが心もてありそめしことならねども、心憂き宿世かな〉と思ひ入りて寝たるに」とあるように、薫との関係も匂宮との密通も、自己・自分の主体的な自由意志的な選択ではないのだが、この極限状況を招いたのは「心憂き宿世」なのだと思案しているのである。既に他の論文で幾度も指摘したことがあるのだが、摂関体制＝王朝国家という階層・階級の固定した血脈貴族を基盤にした国家体制・制度においては、自己の努力によって、運命を開拓して行くことは不可能だと言ってよいだろう。当時は、一般庶民が努力によって大臣に成ったという出世話は、架空の物語にもなり得ないのであって、出生・血の論理は、王朝血統貴族社会の根底を形成していたのである。それゆえ前世の報いが現世の生活を規定するという、宿世思想が常識的な知的状況となり、現代では想定できないことではあるが、強固な運命主義が「宿世」として跋扈することになるのである。浮舟もまた、自己の苦悶を社会通念である宿世に委ね摩り替え、ひとまず休み寝ようと心的に欺瞞化するのだが、脇に控えていた右近と侍従という二人の女房が、心外にも、次に章を改めて分析対象とする紋中紋の話を語りかけることになるのである。

だが、その前に、その二人の近侍する侍女の紋中紋の語り以前の、「まほならねど……」から「……寝たるに」までの言説を、もう少し分析する必要があるだろう。それほど長くは無い場面で、幾つかの記号を付けて置いたように、〔E〕の自由間接言説は描かれていないものの、〔A〕から〔F〕までの言説がさまざまに閲ぎ合って対話している。語り手は、草子地を通して登場しているし、登場人物も浮舟と右近の二人（後の場面も配慮すると侍従も侍っていたらしい）ではあるが描かれているし、二人の会話や内話も書き入れられており、話題には薫も匂宮も対象となっている。言説の華麗な対話のカーニバル的饗宴と言ってよいだろう。しかも、右近は書簡を開封して中身を読んだことを、隠して対話に参加しており、浮舟も苦悶する内面を吐露・発話せずに隠蔽しており、行為と内面が隔離して、人格が分離している。かつ、侍女の隠れた奉仕の様子が、巧みに描写されているのである。

さらに、「〈つひに、わが身はけしからずあやしくなりぬべきなめり〉と、いとど思ふ」とある浮舟の内話文を読むと、これからの物語展開の〈予言〉ともなっている文が鏤められており、読者の「期待の地平」が高揚する場面でもある。また、「いとど思ひそふ」という自由直接言説を読むと、浮舟の苦悶が読者の一人称的な心痛ともなり、その多様な煩悶の解決策に、読者自身も悩むことになるのである。読者の想定できる話型から言えば、万葉集の時代から、物語には、二人の男性の愛に苦悶する女性の話は多いのだが、解決は、どちらかの男が死去するか、男が二人とも死ぬか、女の自死で終焉しており、悲劇的な終末・結末しか想定できないのである。「めでたしめでたし」という幸せな結末が、決して想定できない話型に、物語は踏み込んでいたのである。

しかも、右近から薫が「もののけしき御覧じたるべし」と告げられ、浮舟は窮地に追い込まれているのである。獣ならば、窮鼠猫を嚙むという喩えのあるように、弱いものでも、窮地にあって強者に反撃することも稀にはあるだろうが、浮舟は「寝」入っててしまう他に、方法が無いのである。唯一、取りえた浮舟の行為は、「所違へかと」と書いて書簡を返却したことなのだが、その行為は、当時の習俗からは禁忌違犯なのである。「宿世」であると自己慰撫を試みるものの、この違犯行為は、自分をさらに窮境に追い詰めていることには変わりはないのである。

そうした浮舟の窮状を、手紙を開封した右近は、知見していながらそれを隠し、主人を窮地に追い込み、後に考察することになる紋中紋の話を語ることになるのである。右近は乳母子という位相もあり、厭らしいほど残酷で策略に長け、しかも、主人思いの忠実な女房なのである。だからこそ、草子地で「やな」で書かれるのであって、後に分析する侍従の君に対する評価とは異なっているのである。浮舟巻では、二人は対照的なペアとして描かれているのだが、侍従は第一次の見聞体験者として設定・描写されているものの、かえって〈紫のゆかり〉たち高次の語り手からは、交誼感を持たれていないようである。

既に幾つかの論で述べたことがあるのだが、源氏物語は、虚構の文学作品であると同時に、how to 物の側面を有しているのであって、理想的とは言えないのだが、下級女房のあり方が、右近の行為を通じて、実務として描かれているのであろう。つまり、女房の隠れた主人への奉仕のあり方が、右近を通して詳細に読み取れるのであって、黒子として語り手に、女房が選択された理由が、そうした右近の違犯行為からも覗かれるのである。

と同時に、how to 物であることも加わり、右近のような下級女房が、当時の物語文学を支えた下層の読者でもあることを、示唆していると言えるだろう。物語音読論のように、真の物語文学の享受者は、数人の姫君だったと限定することは、決してできないのである。物語文学は、浮舟に使える右近のような下級の女房も、読者として呼び込んでいたのである。また、how to物という側面を重視すると、物語文学は、女房たちに「楽しく読ませながら、教育する」「楽しく学ばせる」という教養教育の役割を持っていたと言えるだろう。その面からの考察も、他の物語文学の分析も含めて、これからの大きな研究課題の一つである。十万都市といわれている当時の平安京で、識字の女房階層などは少数者であったのであろうが、現在から想定する以上に、物語文学は広範な読者層を獲得していたのではないだろうか。

ところで、語り手は、なぜ「〈あやし〉と見ければ、道にて開けて見けるなりけり。よからずの右近がさまやな」という草子地を、あえてこの個所で挿入したのであろうか。この草子地の後に記されている場面をイロニー化するためなのである。すでに他の論文で何度も述べたように、他の登場人物や語り手・読者が「既知」にもかかわらず、当事者（登場人物）が「無知」であるところに、イロニー（irony。皮肉・嘲笑などと訳されているが含みのある語である。アイロニーとも）は成立する。事実を知っていながら、それを知らない登場人物の諸行為を、読者がイロニーの眼差しで眺めるところに、文学的興味・愉楽が産出されているのである。

引用文中に「『見つ』とは言はで、『あないとほし。苦しき御ことどもにこそはべれ。殿はもののけしき御覧じたるべし』と言ふに、おもてさと赤みて、ものものたまはず、〈文見つらむ〉と思はねば、異ざまにて、〈かの御気色見る人の語りたるこそは〉と思ふに、『誰かさ言ふぞ』などもえ問ひたまはず。〈この人々の見思ふらむことも、いみじく恥づかし。わが心もてありそめしことならねども、心憂き宿世かな〉と思ひ入りて寝たるに、」と書き、傍線を付したように、右近が書簡を開封したことを何度も強調しているのもそのためで、読者に、右近の違犯行為を前提に、この言説を解読するように強請しているのである。右近の発話の背後にある悪知恵や、浮舟の苦悩の深さの皮肉さに、読者の読みが多様さを帯びるように、語り手は仕掛けているのである。後に分析する紋中紋の手法も、このイロニーの視点で読まなくてはならないのであって、輻輳した意味性が閲ぎ合い対話することで、この場面が形成されているのである。

しかも、この一面では好意的に行った右近の開封という行為や、反省を促そうとした紋中紋の語りを含んだ発話も、浮舟を入水へと歩ませて行くのであって、意識の上では好意的だと思って行った無意図的なものが、死という有意味的なものに転じて行くイロニーさえ、ここには叙述されているのである。右近たちは、浮舟を慰撫しようとして、行為と発話をするのだが、かえって浮舟にとっては、それが苦悶を累増させることになるのである。つまり、あえて時間の線条性を破壊して、この個所に草子地を挿入したのは、イロニーという方法を効果的に利用するための言説なのであって、この草子地の果す役割は、この場面では意外に重要で効率的なのである。

なお、〈この人々の見思ふらむことも、いみじく恥づかし。……〉という内話文を読むと、匂宮との密通が、侍従と右近以外の女房たちに判明・流布したのではないかと、浮舟が苦悶している様子が解読される。これによると、侍従や右近のように近侍する女房と、そうではない女房たち（女童も含む）との区別があったらしいことが理解されると共に、そのように単なる勤めとして奉仕する女房たちにまで情報が知られてしまうと、京域まで密通関係が流布して、予想外の事態が起こることになると解釈されていたらしい。女房たちが形成していたネットワークは、意外に広大なのである。と共に、近侍する女房たちは、手紙の開封行動など認可できない行為があるものの、主人の秘密を厳守する信頼感もあったらしい。源氏物語では、第三部に至ると、下級の女房たちが描出されるのであるが、古記録などでは理解できない彼らの生態が生き生きと描かれており、それを知るのも源氏物語読解の楽しみの一つである。

ところで、このイロニーを言説化した場面には、浮舟の密通や、書簡をそのまま返却するという掟・法・慣習の禁忌違犯と同時に、右近の他者の書簡を開封するという禁忌違犯が描かれていることにも注目すべきだろう。ここにドゥルーズの『マゾッホとサド』などという作品を持ち出すべきではないだろうが、イロニー(アイロニー)は、法を超越する高い次元を目指すところに生成されるのである。浮舟も右近も禁忌を違犯した、そのアナーキー(無政府状態)な瞬間に、イロニーという方法は顔を出し、あの浮舟の「心憂き宿世」のメタ美学的な自己欺瞞ともいうべき世界を出現させているのである。表層では、法の遵守が施行されているように見えながら、深層では、法が徹底して転倒され、それを超越的な眼差しで眺めている語り手が存在しているところに、イロニーの方法は成立するのである。

それと共に、「〈あやし〉と見ければ、道にて開けて見けるなりけり。よからずの右近がさまやな」という草子地を、既に述べたことだが、単純に語り手の言説として把握してはならないだろう。既に分析したように、草子地は、読者を意識・志向して発話されているのである。読者は、このメタ物語の言説によって、物語世界を超越的で高い次元から眺め、その位置から、イロニーの眼差しで、場面を解読することになるのである。イロニーは、読者論の立場からも、再評価されなくてはならないのである。

なお、この草子地で、自己の不快な感情を表出する「よからず」という語が使用されているのは、重要である。語り手という主体が、自己が物語世界(右近の行為)を設定していながら、同時にそれを設定した自己を、意識化・反省化しているからである。しかも、下位にあるものの仲間・同僚でもある女房(右近)を、「よからず」と批評しているのである。この批評意識・反省を徹底化して無限に繰り返すならば、自己を非難しているかのごとき状態に到り、主体も客体も重なり、あたかも鏡像となってしまうはずである。「よからず」「よし」という理想の女房の姿が、語り手の内部に、無限の反省と意識を過ぎらせているのである。「よからず」という批評の言葉は、理念と現実との矛盾と、その戯れを、女房でもある〈紫のゆかり〉という語り手自身に、突きつけているのである。語り手にとって、語り手自身が語りとして設定した、虚構の物語世界が、自己の鏡であるかのような瞬間が訪れてきたのである。イロニーは、登場人物たちに向けられているばかりでなく、語り手や読者たちにも向けられているのである。生真面目で、糞真面目な、女房としての理想を連ねる倫理的生活を、語り手や読者たちは、右近と違って、貫いているかどうかが問われているわけである。だからこそ、文末に「やな」という完投の助詞が添えられているのである。左右は逆だというものの、語り手や読者は、草子地を書き読むことで、自己の鏡像を眺めているのである。この鏡像表現が、次の物語を鏡に映す紋中紋の技法と通底していることは言うまでもない。というより、意図しないで書いてしまった草子地が、自己の鏡像だと気付いた時に、語り手が、あわてて登場人物＝中心人物浮舟に鏡を差し出したのが、これから分析対象となる紋中紋の技法なのである。

〈五　浮舟巻の紋中紋の技法—鏡の中の世界と大きな物語の喪失—〉

紋中紋の技法という指摘は、アンドレ・ジッド（集英社『世界文学事典』の表記に従った）の一八九三年の『日記』において記されて、文芸や美術などの特性のある概念・用語となった手法である。若干長文となるが、そのジッドの「日記」の該当個所を引用しておくのが、出発点・原点なので、論の展開のためには適切だろう。

芸術作品において、その作品の主題そのものが、このように作中人物の段階へと移しかえてふたたび見いだされたりするのが、私はとても好きだ。その作品をこれほど明らかにし、また全体のもつすべての均衡をこれほど確かなものにするものもないからだ。たとえば、メムリンクやクェンティン・マサイスの絵の中で、小さな暗い凸画鏡がそれなりに、画かれた情景の演じられている部屋の内部を映しだす。たとえば、ベラスケスの《ラス・ベニーナス》という絵も（いささか異なったかたちでだが）そうだ。最後に、文学では『ハムレット』における芝居の場面や、ほかの数多くの作品の中にそうしたものがある。『ヴィルヘルム・マイスター』の中の、操り人形の場面や、城での宴会の場面など、『アッシャー家の崩壊』では、ロデリックに聞かだせる朗読など、これらの例はいずれも、完全に適切なものとは言えない。はるかに適切であるようなもの、私が『手記』や『ナルシス』や『恋の試み』などにおいてしようと望んだことをいっそううまく伝えてくれるようなもの、それは、紋章の手法で、最初の紋章の〈中央に〉(enabyme) 次の二番目の紋章を置くあの手法との比較なのだ。(6)

源氏物語は、すでに冒頭部分から、〈語り手〉の語る物語を、同時に〈登場人物〉の口を通して、二声的な、鏡に映っている出来事・挿話として語る、紋中紋の技法を採用していた。『物語文学の方法 II』に掲載した源氏物語に関する幾つかの論文や、『入門　源氏物語』という文庫本などで指摘したように、登場人物の口を借りたものとは言えない側面があるが、桐壺巻冒頭で叙述されている、桐壺帝と桐壺更衣の死を賭けた、長恨歌を下敷き＝引用した悲劇的な物語で表出されている「愛＝死」という両義的な主題は、第一部（三十三帖。藤裏葉巻まで）の「罪過＝栄華」というテーマと明晰に照応しており、ジッドの言うように「完全に適切なもの」とは言えない側面があるかもしれないが、この照応現象も、紋中紋の技法だと指摘できるだろう。そのような鏡のように完璧だとは言えない曖昧さを含んだ眼差しで、源氏物語を読む時、源氏物語は紋中紋の技法に溢れているテクストだとさえ言えるのであるが、第四章に長文に渡って引用した浮舟巻の右近が浮舟に語った姉の挿話は、明確に紋中紋の技法だと読者が認定・読解できるものだと言えるだろう。そこには、前章の引用文から抽出されるように、

①姉は常陸で二人の男と逢っていた。彼女は、優劣はあったものの、そのどちらにも夢中になっていた。
②先の男は激しく嫉妬して、後の男を殺害した。
③その後、先の男も姉のところに通わなくなったが、国にとって惜しい武士を失ったため、先の男も有能な郎党ではあったが、殺人という罪科の為に国から追放された。
④姉も、仕えていた守の邸内から追い払われ、東国の人となり、現在でも、浮舟の乳母は恋い慕って泣いている。

という四つの話素に、この紋中紋の挿話を纏めることができるだろうが、これまでの浮舟物語を読解してきた読者は、姉に浮舟を、先の男に薫を、後の男に匂宮を准えることになるだろう。つまり、②薫は匂宮を嫉妬に狂って殺害するのではないかとか、③そのために薫は失脚するのではないかとか、④浮舟は上流貴族社会から追放されるのではないかなどという先読みが、読者（や聞き手であるや浮舟に）に生成されることになるのである。紋中紋は、物語・挿話としてそれ自体に閉塞することなく、外部への眼差し＝読みを産出させることになるのである。さらに、読者によっては、乳母（まま）を、浮舟の母中将の君や乳母たちに准える場合もあるかもしれない。このように、この挿話は、浮舟物語を、超越論的に、物語の中に置かれた鏡のように反映しているように思えるのである。

なお、「まま」は、乳母のことであるが、右近姉妹の母は、浮舟の乳母でもあるので、右近はあえて「乳母」に言及して、浮舟に強調して言い聞かせているのである。浮舟に、母代わりでもある彼女を悲しめさせるなと教訓しているのであって、だからこそ、「罪深くこそ見たまふれ」と言葉を続けて言うのである。ただし、この「罪」の意味を確定することは出来ない。親を悲しませる姉の罪なのか、乳母が姉娘に執着する罪なのか、この文の文脈からは主格を判定できないのである（つまり、浮舟が罪を犯してはならないと諭しているのか、乳母を悲しませて、執着の罪を彼女に与えてはならないと言い聞かせているのか。判定できないのである）。

その教訓は、「ゆゆしきついでのやうにはべれど、上も下も、かかる筋のことは、思し乱るるはいとあしきわざなり。御命までにはあらずとも、人の御ほどほどにつけてはべることなり。死ぬるにまさる恥なることも、よき人の御身にはなかなかはべるなり。一方に思し定めてよ」という文まで続く。浮舟に、どちらか一方の男をという選択を迫っているのである。特に、傍線を付けた発話は重要である。社会的に体面を重視する上流貴族の間では、このような関係は死よりも勝る「恥」となると、右近は述べているからである。「はぢ」という言葉の意義性を、王朝国家社会の中で明確化することは不可能だと言ってよいのだが、この恥という激烈な劣等意識は、血脈貴族の支配する社会体制の中では、現在では想定できないほど、深い価値性を有していたらしい。貴族としての自己の存在を完璧に否定する価値だと、「恥」は認識されていたらしいのである。そしてその自己同一性の喪失は、死よりも強い、否定性を意味していたのである。

ところで、源氏物語全篇を読破してしまった読者にとって、この右近の姉の挿話は、完璧な鏡とは言えない。この紋中紋から読み取った、先に記した②から④までの予想は、後の物語展開からは大きくずれているからである。何一つ実現していないと言ってよいだろう。だが、紋中紋の技法は、ジッドが記述しているように「完全に適切なもの」として、完璧な鏡として、物語の中で機能しなければならないのだろうか。読者の期待の地平を産出しながら、それを裏切り、転覆させ、期待に対する差異を生成して行くところに、物語緊張は生まれ、読者の物語を読む愉楽と快楽を作り出すことが出来るのではないだろうか。二重化が生産的であるためには、物語緊張が必要なのであり、ずれ＝差延化なしには、紋中紋はありえないのではなかろうか。語り手の語る物語と、登場人物の語る物語は、二声性を帯びているのだが、同時に差異を伴なっていなければならないのである。紋中紋とは、単なる鏡像的なミニチュアでも模型・雛形でもなく、語り手の語る物語と、登場人物の語る紋中紋は、限りなく差異とずれを伴いながら円還し、その循環の戯れを読者は愉楽として味わうことになるはずなのである。

続いて、

宮も御心ざしまさりて、まめやかにだに聞こえさせたまはば、そなたざまになびかせたまひて、ものないたく嘆かせたまひそ。痩せおとろへさせたまふもいと益なし。さばかり上の思ひいたづききこえさせたまふものを、ままがこの御いそぎに心を入れて、まどひゐてはべるにつけても、『それよりこなたに』と聞こえさせたまふ御ことこそ、いと苦しくいとほしけれ」と言ふに、いま一人「うたて恐ろしきまでな聞こえさせたまひそ。何ごとも御宿世にこそあらめ。ただ、御心の中に、すこし思しなびかむ方を、さるべきに思しならせたまへ。いでや、いとかたじけなく、いみじき御気色なりしかば、人のかく思しいそぐめりし方にも御心も寄らず。しばしは隠ろへても、〈御思ひのまさらせたまはむに寄らせたまひね〉とぞ思ひはべる」と、宮をいみじくめできこゆる心なれば、ひたみちに言ふ。(6)―一六七一九～七二)

と書かれている。右近は、「宮も……」という先の文を読むと、浮舟の気持が匂宮に傾いていると判断しているらしいのである。苦悩で痩せ細っている浮舟に、同情し共に心痛し、さらに母中将の君や右近の母乳母の狼狽振りを強調し、匂宮が、浮舟が薫の京宅に移るよりも先に、自分の所に来なさいと言っている言葉に、従うように促しているのである。その場合、右近の発話中に、匂宮の言葉を「それよりこなたに」と直接言説として引用していることは重要である。匂宮自身に発話させ、自己の解釈や主観ではないことを強調しているからである。

それに対して、侍従は、「宮をいみじくめできこゆる心なれば、ひたみちに言ふ」という先の文の末尾の草子地が示唆しているように、一方的に宮に味方する「思ひはべる」という主観的な見解を述べているのであって、それが、〈紫のゆかり〉という高次の語り手の、右近と侍従に対する評価が異なってくる理由となっているのである。共に、匂宮に好意的なのだが、直接・間接言説（話法）という言説の違いが、人物評価と連なっていることを示しているわけである。言説分析は、解読を左右する役割を担っているのである。

後に匂宮のはからいで明石中宮に下﨟の女房として出仕する、浮舟巻の第一次の語り手である侍従の君とは異なり、浮舟の乳母子の右近は、匂宮が薫を装っているのに気付かず、宮を浮舟の寝所に案内したという無意図的な罪過を背負っているものの、蜻蛉巻では、浮舟の遺骸のない四十九日の法要の供養を行い、その後も侍女たちが宇治から退散した後でも、宇治に母乳母と共に残って追悼・供養いるように、浮舟に忠誠を尽くしており、その点が、〈紫のゆかり〉に好感度を抱かせたのであろう。

その右近の語る紋中紋をもう一度読み返してほしい。「右近が姉の……」から始まるこの挿話は、文末が「かし」「ける」「かし」「き」「つ」「たまふれ」「なり」などという辞で終わっている。東国常陸の事柄で、浮舟という主人に伝達しているので、念を押して確かめさせたり、敬語が用いられるのは当然だが、過去に確実にあったことを回想している「き」が使用されていることに注意してほしい。つまり、右近は、この紋中紋の挿話を過去にあった姉の体験した事実譚として語っていたのである。

匂宮の闖入に気づかず案内したという自己の罪過があるためか、匂宮に肩入れしてはいるものの、教訓として叙述したこの紋中紋は、物語展開の上では虚構の作り話だと理解することも可能なのだが、右近の姿勢は、あくまでも、この挿話を事実譚として語っているのである。既に他の論文で何度か述べたように、物語は、通常「秩序→混乱→秩序回復」という展開の物語文法に支えられているのだが、その混乱を無意図的に引き起こしてしまった右近は、この紋中紋の物語を語ることで、「一方に思し定めてよ」という秩序回復を願って語っていたのである。つまり、この物語は、他者のものであると共に、「女は一人の男のみに奉仕すべきだ」という保守的な自己の願望でもあり、自己が起してしまった混乱を回復しようとする、秩序回復の努力だったのである。つまり、この紋中紋の物語は、裏返すと、右近の、自己が過去に犯した罪の、制度的で無意識的な後悔・懺悔・昇華でもあったのである。それゆえ、この挿話はあくまでも事実の出来事でなければならなかったのである。

この五章の文章の中で、紋中紋の技法は、「語り手の語る物語と、登場人物の語る物語は、二声性を帯びている」と書いたが、「登場人物の語る物語」には、語り手の設定と同時に、登場人物自身の過去が規定・束縛しているのであって、この紋中紋の語りは、一方には、右近の過去の過失を解消・昇華したいという願望・希望が込められていたのである。つまり、紋中紋とは、他者（浮舟）に対する教訓であると共に、自己（右近）の願望・隠れた欲望でもあるのであって、そこにも他者＝自己という鏡が現象しているのである。常に曖昧さを宿している作家という表現主体は、語り手（源氏物語のように複数である場合もある）や登場人物（複数）あるいは脇役（複数）などに無限に分散化されているのだが、同時に、自己が設定した物語的過去という他者に縛られ、動くことが出来ない焦り・規定に捕捉されているのであって、その不自由さを重く担いながら、物語を展開して行くことになるのである。作家は、完璧に自由に作品を操って、支配しているわけではないのである。紋中紋の技法では、それを語っている登場人物の過去に設定されていた、登場人物の意図していない無意識からも捕捉・解釈しなければならないのである。

第四章で引用した紋中紋の場面に続いて、全集本で四ページほど後に、浮舟が死を決意したためであろうが、匂宮からの文殻・反故を焼却・処分する場面が描かれているのだが、その場面は、次のような叙述から始まっている。

君は、〈げに、ただ今、いとあしくなりぬべき身なめり〉と思すに、宮よりは、「いかにいかに」と、苔の乱るるわりなさをのたまふ、いとわづらはしくてなん。〈とてもかくても、一方一方につけて、いとうたてある事は出で来なん。わが身ひとつの亡くなりなんのみこそめやすからめ。昔は、懸想する人のありさまのいづれとなきに思ひわづらひてにだにこそ、身を投ぐるためしもありけれ。ながらへば必ずうき事は見えぬべき身の亡くならんは何か惜しかるべき、親もしばしこそ嘆きまどひたまはめ、あまたの子どもあつかひに、おのづから忘れ草摘みてん。ありながらもてそこなひ、人わらへなるさまにてさすらへむは、まさるもの思ひなるべし〉など思ひなる。児めきおほどかに、たをたをと見ゆれど、気高う世のありさまをも知る方少なくて生ほしたてたる人にしあれば、すこしおずかるべきことを思ひ寄るなりけむかし。(6)―一七七)

この段落で書かれている、「昔は、懸想する人の……」の典拠・準拠などを特定する必要はないだろう。『万葉集』巻九の真間の手児名・菟原処女、巻十六の桜児、あるいは『大和物語』百四十七段の生田川伝説など、二人の男に思われて、男が死んだり、女が入水・縊死したりする話型は、古代・中世の物語の中からは、いくつも数え上げることができるのである。だが、それと同時に、類型論・話型論と共に、この浮舟の内話文中にある、二人の男に板挟みにあって苦悶する女の物語も、紋中紋の技法として扱うべきであろう。その場合に注目すべきは、先の紋中紋の物語の②に相当する話素が、「身を投ぐるためしもありけり」と浮舟に想定されていることである。入水という物語展開が、読者に突きつけられているのである。この自死という主題はさらに追求・探求され、そこでは却って、「人わらへ」や「さすらへ」の方が死よりも恥辱だと述べられているのである。この浮舟の心的判断は、物語展開を考えると、無視できないものである。

「人わらへ」には、幾つもの論が書かれているし、「さすらひ（へ）」についても、長谷川政春以後浮舟の中核となる特性であることは、常識的に認識されており[7]、付け加えることはないのだが、血統を基盤にする貴族社会において、貴族社会からの排除を意味する嘲笑（人わらへ）や、無頼となり彷徨・零落すること（さすらひ）も、自己の貴族的（この時代の物語文学では人間としての）基礎を喪失・排除することを意味していることは言うまでもないことだろう。それだからこそ、「ありしながらもそこなひ」とあるように、生き恥を晒さないようにしなければならないと浮舟は思っているのである。

だが、実際の物語展開から言えば、浮舟は、死に「そこなふ」のだ。つまり、源氏物語の終わりに位置する手習・夢浮橋両巻で描かれるのは、浮舟の死に損なった、「人わらへ」と「さすらひ」の日々なのである。多分、多くの浮舟に関する論文は、この貴族社会から排斥され、零落した浮舟の生き様に対する、眼差しを回避している。彼女には、生の果てに、語り手によって、貴族社会から排除・排斥され、差別され、蔑視された、悲惨で過酷な運命が与えられているのである。この彼女の行き着いた果てを、超越的な頓悟とするか、悲惨な醜態とするか、物語終焉の儀式の必然とするか、あるいは、存在論的な可能性とするかなどは、読者の源氏物語に対する、多様で多層的な評価によることであるかもしれないのだが、にもかかわらず、〈死に損ない〉という物語の到達点・終尾を否定することはできないはずなのである。

浮舟の行き着いた極北の意味については、本書で著者の価値評価は詳細に論述したので言及することは避けるが、このように、浮舟の内話文で、紋中紋の技法を用いながら、彼女の自死を示唆しながら、物語展開では、それさえ裏切り、蘇生という物語展開で脱構築化し、ずらす方法が使用されていることは重要だと言ってよいだろう。と言うより、読者の期待の地平を裏切るために、敢えてこの個所で紋中紋の技法が使用され、浮舟の入水の決意が暗示されたのである。彼女は、意志として入水を選択しながら、運命（語り手の設定）では「そこなふ」＝蘇生へと語り手は彼女を運び、手習・夢浮橋巻の世界を、彼女に凝視せざるをえなくしたのである。

ふたたび、浮舟巻の紋中紋の手法に回帰するが、なぜ源氏物語の作家紫式部は、この巻で、右近の口を借りて、あるいは、浮舟の内話文として、紋中紋の物語を書き入れたのであろうか。紋中紋の技法を二度も使用せずに、浮舟物語を展開することなど、語り手には不可能ではなかったはずである。しかも、その技法を裏切り、歪曲して、浮舟を〈死に損ない〉の、「人わらへ」と「さすらひ」という、貴族社会では死以上の徹底した悲惨へと運んでいったのであろうか。鍵は、二人の男の板挟みになった女の物語という「話型」にありそうである。右近の会話文にも、浮舟の内話文でも、共通する同一の話素は、この点だからである。この話型が、既に述べたように『万葉集』以後、古代・中世の物語の典型の一つになったのは、何故なのであろうか。古代・中世社会の貴族社会を支える、根源的な制度・体制の禁忌を、徹底的に違犯しているからではないだろうか。

この話型は、一人の女が、二人の男の板挟みになっているという点で、家父長制を内包しながら〈一夫多妻制〉を原則としている、古代・中世の貴族社会の制度的禁忌を違犯している。ということは、この話型は、そうした一夫多妻制を犯しては、男もしくは女の死を招くことになると語ることで、一夫多妻制を保守すべきことを、口承や書承の物語を読者を楽しませながら、暗に無意識の上で教育していると言えるだろう。無意識的にそうした一夫多妻制度を受け入れるように、読者（特に物語の享受層であった女性たちを）に楽しさと共に教育しているのである。この物語は、一夫多妻制度を貴族社会として原則化するためには、欠落させてはならない話型だったのである。ジャン＝フランソワ・リオタールは『ポスト・モダンの条件　知・社会・言語ゲーム』で、ポスト・モダン時代の指標は「大きな物語」(le grand recit) の喪失だと指摘しているのだが、時代は遥かに異なるものの、まさにこの紋中紋とそれに対するずれと裏切りは、摂関体制が生成した大きな物語の終焉と、源氏物語が反物語に踏み込んでいることを示唆しているのである。

『万葉集』以後、この話型が何度も繰り返されて語られてきたのは、この一人の女が二人以上の男に恋慕されるという物語の彼方には、めでたしめでたしという一妻多夫の、古代・中世貴族社会では決して容認できない婚姻関係が暗示されていたからである。そして、そのような血統貴族体制の容認しえない関係は、死に至ることを示し、読者（特に、結婚前の女性）に無意識的に教訓的に教育するためであったのである。だからこそ、この話型は、制度の保守という点で、古代・中世社会の中で大きな物語になりえ、広く流布したのである。だが、源氏物語は、この物語を脱構築化して、浮舟は〈死に損なう〉のである。源氏物語は、大きな物語を崩壊させる、反物語の世界に踏み込んでいたのである。

源氏物語は、他の諸論文・著書で指摘したことだが、出発点から大きな物語を脱構築化してきた。源氏物語第一部は、平安朝物語の中核であった貴種流離譚（流され王・本格昔話・英雄譚・教養小説・地獄下りの文学なども言われている）を基盤に形成されているのだが、その、

①貴い（特殊な）生れの者が、

②艱難辛苦として、〈死＝再生〉の試練を経て、

③めでたしめでたし（死ぬ）

という話素の③の栄華を、絶対的で至高のものとしたため、王朝国家の時代・社会においては想像さえ不可能に近かった栄達である、臣下の者が（准太上）天皇になるという大逆的な主題（栄華）を表出することになり、その前提として藤壺事件という罪過を叙述することになった。貴種流離譚という大きな物語が、脱構築化されたのである。貴種流離譚は、栄華＝罪過という新たな主題を構築することで、話型を内部から解体化していったのである。貴種流離譚は、②の話素が端的に象徴しているように、あるいは「教養小説」という言葉が示唆しているように、徹底した男性社会の個人的内面（外的社会性という側面もあるが）の〈成長〉という、隠れたイデオロギーに支えられた話

型であった。それに対して、罪という主題を突き付けることで、源氏物語は、女性からの脱構築を試みたのである。だからこそ桐壺更衣を原点とする、女性を軸とする〈形代＝ゆかり〉の物語が紡ぎだされたのである。光源氏の貴種流離譚という主潮を脱構築化して、桐壺更衣・藤壺・空蟬・夕顔・紫の上・女三宮等などの〈紫のゆかり〉系譜が、物語の背後で紡ぎだされることになったのである。源氏物語では、光源氏は、女性たちによって脱構築化されているのである。

この女が二人の男に板挟みになる話型を、一応論の展開上、大和物語百四十七段を意識して「生田川譚」と名付けることにするが、既に論述したように、この生田川譚が浮舟巻で二度も紋中紋として引用されているのは、浮舟を蘇生（死＝再生）させることによって、この話型をずらし・裏切り・解体化することであった。しかも、それは、反秩序的に一夫多妻制度に疑問を投げかけ、異議申し立てを試みることでもあったのである。作家紫式部は、対抗して一夫一妻や一妻多夫制を主張しているわけではない。生田川譚を脱構築することで、一夫多妻という王朝国家の背後にある制度に抗して、異なった旋律を奏でることによって、疑問という解体の可能性を示唆していたのにすぎないのである。

この脱構築には、物語文学の系譜自体を脱構築化した、第一部の貴種流離譚に抗した以上の、絶望・沈鬱と言ってよい悲しさが宿っている。平安朝という血脈貴族に支えられた王朝国家において、一夫多妻制度など、否認することすら許されていない歴史社会の時代なのである。その絶望の上で、一夫多妻に疑問符を打つことだけが、かろうじてできる唯一の抵抗であり、それは物語作品という虚構の言葉を通じてしか、表象できないことだったのである。しかも、中心人物浮舟の、死という贖うことのできない代価を支払って、かつ、ようやくのことで、手習巻で、跡づけるように、横川僧都の「物の怪」調伏や「きよげなる男」の登場という、超現実的と言ってよい仕掛けを使って、かろうじて、彼女を蘇生させることで獲得できた世界だったのである。浮舟が、手習・夢浮橋巻という、蘇生の後に見た世界の価値は大きい。そして、その絶望と暗鬱を抱えながら、浮舟が見た世界が一瞬でも輝くとすれば、それは紋中紋の技法を浮舟巻で使用して、奇跡的な死を超越した蘇生を強調化すると共に、それを必然化したからなのである。

曖昧さに溢れている作家紫式部の源氏物語の末尾に込めた意図を、明晰化するなど不可能なのだが、作品化されている「ありながらもてそこなひ、人わらへなるさまにてさすらへむは、まさるもの思ひなるべし」という言説を、作品の上から消去・抹殺することはできないだろう。それだからこそ、読者は、この語り手による過去を背負った、浮舟の内話文の生田川譚を利用した紋中紋の技法を、脱構築化した言説から、己のさまざまなコンテクストを抱えながら読む、一回限りの源氏物語というテクストを生成しなければならないはずである。そしてその源氏物語の末尾に近い言説の解読を、逆に遡行させて、読者は、物語全篇を価値付けることにならなくてはならないだろう。源氏物語の評価は、ここから始発するのである。と言うより、そこから出発はなければならないのである。源氏物語の冒頭文の一つは、この文章だと理解してもよいだろう。

〈六　身体──作家・作者・語り手・登場人物──〉

第一章において、「作家という実存は、歴史・社会・個的体験（読書体験なども含めた＝間テクスト性と関連している）・イデオロギー・無意識・発想（折口信夫の用語。民俗的な意図しえないもの）などの、常にさまざまな〈意図できないもの〉を抱えており、作家は、等記号で作品と直接的に結合しないのである」と述べたが、そのような無意図的なものを除いて、作家は、本当に自己同一性を確立・認識して、言語作品を産出しているのであろうか。作品を書いた作家は、無意図的なものはともかく、その表現主体を、完璧に自己として表出することができるのであろうか。この疑問には、否定的な解答しか与えることができないだろう。つまり、「作家＋無意図的なもの＝作品」という数式では、文学作品を描くことが不可能なのである。

作家主体は、比喩的な物言いであると非難される向きもあるが、自己の背中や顔さえをも見ることは不可能なのである。他者の背中を見て、ようやく自己に背中があり、その姿・形がどのようなものかが想像できるのであって、鏡を眺めて、左右が逆ではあるものの、自分の顔の輪郭や容貌を知ることができるのである（もちろん、現代ではビデオなどの情報器具があるが、これも他者であることは言うまでもない）。他者の身体によって、かろうじて自己の身体を認識できるのであって、逆ではないのである。他者によって、自己認識がかろうじて可能なのである。

とするならば、他者から与えられていると想像・想定した、幻影である自己を、作家は作品として表出しているのである。この幻想としての自分を、「作者」として名付けることができるだろう。自分は、他者によって、このように思われているのだと幻影的に仮想した自己が、「作者」なのである。それは読者が、作品を読み、作品から還元して主観的に想定した作者とは決して同一ではないだろうが、作家が作品に表出した自己だと幻想している点で、読者が主観的に想定した作者像と、同一線上にあるのである。ここに第一章で廃棄した「作者」という文芸概念の、復活の余地がある。作者とは、作家という曖昧な実存が、自己だと幻想・想定した自分の姿なのである。表現・言説主体は、作家と作者に分裂・二重化・二声化されているのである。

作品は、作者とは、本来的には、無関係だと言ってもよいのだが、作者とは、作品から作家や読者が幻想する虚の主体なのである。「私はこのような意図でこの作品を書いた」と作家が述べたり書いたりする時、その「私」は、実存している作家ではなく、作者という幻影の主体なのである。だからこそ、その作者の意図は、読者が生成するテクストの主題群と、必ずと言ってよいほど、差異・ずれが生じることになるのである。だが、他者は、身体的に「外面」という外貌としてしか、作家には現象しない。他者の心や考え＝内面は、決して見たり知ったり感じたりすることができないのである。推定・推量・想像する以外に、方法はないのである。ところが、作者は、自己の無意識的なものさえ抱えた理想的な諸体験の集合であり、「内面」的なものなのである。

この他者の外面と自分の内面を繋ぐものが、身体なのである。作者は自己の内面を生きて、作品として自分を疎外・表現をするのだが、その自分の内面を形成している他者は、外面としてしか把握できないのである。つまり、主体―他者は、対称的なものではなく、弁証法的にどちらかが優劣の地位にあり、その不均衡さが内面・外面を生成するのである。その不均衡さを産出するのが身体で、身体があるからこそ、他者を認識でき、身体があるからこそ、自己と他者は統一性・同一性があると、認定・幻想・想定して、自分の内面を形成するのであって、身体は境界的であり、主体と他者との架け橋なのである。主体の内面が他者によって受肉できるのは、身体があるからなのである。身体は自足的なものではなく、常に他者に開かれているものなのである。

自己は、他者の外面から、身体の共通性・同一性を介して、自分という虚としての内面を確立しているのだ。と同時に、その自分という幻影の作者像を、主人公・登場人物・脇役・場面・情景などの他者＝作品に、分散化・投与・外化（表現）・分節化するのである。しかし、その疎外（表現）化された作者という自分は、つまり、登場人物などは、作者と、愛しいと厭うという対称的な振幅の間にあり、その関係性は複雑である。作者と登場人物が同一で、一体化していると、偽装的に想定すれば、私小説になるであろうし、前近代＝古典の文学では、言説主体を一人称で表出すれば日記文学（事実譚）になるし、犯罪小説のように、主人公を嫌悪の眼差しで悪人として距離を置いて描く場合もあるはずである。

だが、背中のある、顔を有する、他人と区別される実存としての作家と、他者から想定した作者（近代では自我となる）は、相違し乖離しているのだ。幻影としての作者を、完璧に作品に表現していると思ったとしても、作家から作者をマイナスした残滓が常に残り、その残滓は永久に解明の作業から一掃することが出来ないのである。作家とは、内面を持って生きている〈人間〉と同様に、永久に解明できない、曖昧な存在なのである。

それゆえ、作品には、その曖昧さがあるので、媒体としての言語自体にもその曖昧さ＝多義性はあるのだが、作品の言説には、表層表現では理解・解釈できないものが常にあり、文学の批評と研究では、深層分析が必然となるのである。作品から、作者の意識以外の、作家の意図しえないものや、背中や顔を読み取ろうとする努力が、深層分析なのである。言説の表層が覆い隠しているものを露呈させることが、文学の批評と研究の主たる標的・作業となるのは、そのためなのである。作品の言説を、さまざまに関係付け、言説が覆い隠しているものを露呈する必要があるのである。表層的に語彙を調査したり、その意義を羅列・調査しても、作品理解には役立たないのはそのためなのである。

と同時に、主体が、作家・作者・登場人物・主題・背景・情景などに分散化・分裂しているので、散文文学には中心はないと言えるだろう。源氏物語が、平安朝の有職故実研究の対象になったり、色彩や衣装の研究が許されるのも、そのためなのであって、主題・視点・方法・言説・他者・作者・語り手など種々の研究が可能なのもそのためなのである。作品には、過剰決定が許されており、アルチュセールの術語を使うが、あらゆる審級の自由が溢れるようにあるのである。作品とは、中心なき諸審級のシステムなのである。

中心を喪失し、分裂・散化しているからこそ、物語文学の多様で多層的な研究・審級の可能性が開かれているのであって、例えば、源氏物語の主題という課題を取り上げるとするならば、一義的に中心となる主題なるものなどないのであって、もし、そうした主張をして、他の説を弾圧・抑圧しようとする意見があったならば、その意見に対しては、異議申し立てを試み、批判・否定して行かなくてはならないのである。

ところで、身体を媒介に、外部からしか捉えることが出来ない他者を、作家は、作者という幻想的な内部に変成・形成すると述べたが、この内部化・内面化があるからこそ、物語文学や小説は内話文のように、登場人物の内面描写が出来るのである。本論文の第三章の言説区分の紹介で、語り手と登場人物の二声性を図式化したのはそのためで、登場人物からのベクトルは、その内面化の度合いを指しているのである。作家は、作者像として、他者の身体を媒介に、諸体験を基盤に内面化し、その内面を言説として疎外・外化したのが作品なのである。それゆえ、顔・容貌として外部しか捉えることが出来ない他者の、内話文や自由直接言説のような、内面表現が可能となったのである。

つまり、日常では「他者はこのように思ったり考えているだろう」という、推察・推量としてしか捉え、表現することのできない他人の思惟行為が、文学では、他者（登場人物）は〈このように思ったり考えていた〉という断定・確認の言説として作品化されることになるのである。この日常生活では、外部から他者の内面を推察・推量しか出来ないことが、作品では断定・確認の言説表現となるところに、文学のあり方が示されていると言えるだろう。文学は日常生活を超越し、他者の外貌という厚い殻を破って、他者の肉体の内部に踏み込む狂人的行為なのである。なぜ、土足で、他者の内部・内面に踏み込むことが、文学では可能なのであろうか。なぜ、内話文のように、他者の内面を、文学は、推量という、外部からの眼差しで捉えることを、放棄することが可能になったのであろうか。そこにはエクリチュール（書かれた言葉）の機能があるのではないだろうか。

ここで、古語の「けり」、あるいは「る」としばしば対比される現在語の「た」という、助動詞・辞について、さらにはテンス・アスペクトなどの文法概念について、言及する余地などまったくないのであるが、「源氏物語の言説区分―物語文学の言説生成あるいは橋姫・椎本巻の言説分析―」(8)などの幾つかの論文で考察した課題の一端を紹介すると、「来あり」が簡略化して発生したらしい「けり」は、初例であるらしい古事記の四例の音漢字の用例は、「一人称（我・吾）……けり」とあり、〈発見〉や〈気付き〉を原義にしていたらしい。それゆえ、一人称を基盤にする和歌などのジャンルでは、一般に〈詠嘆〉といわれている意味を帯びることになるのであって、一人称である限り、他者について言及する際には、「一人称は三人称が〈……〉と思ふけらし（けるらし）」などと日常では、推量表現を伴って使用されたはずなのである。ところが、万葉集では、この「けり」が三人称にまで推量表現を伴わないで用いられることになるのであって、そこでは第三者の語り手の誕生が必要になるし、その語り手が〈気付き〉〈発見〉したという意味で、〈語り〉の「けり」が成立してくることになるのである。

しかも、語り手が必要となると、語っている出来事は、語り手がその出来事をすべて知っているという点で、「過去」に起こっていなければならないのである。つまり、「けり」が〈過去〉性を帯びることになるのである。そうした「けり」の諸意義性と並行して、三人称には、他者の内面には推量表現を使用しなければならないはずなのに、例えば、源氏物語桐壺巻に、

近うさぶらふかぎりは、男女〈いとわりなきわざかな〉と言ひあはせつつ嘆く。〈……たいだいしきわざなり〉と、他の朝廷の例まで引き出で、嘆きけり。(1)―一一三)

とあるように、他者（「男女」）の内話文に対して、エクリチュールされている言説では、推察・推量の表現が用いられていないのである。

なぜこのような現象が起こるのかを分かりやすく説明するために、現代の口語文を例にとると、現代語の助動詞

「た」は、「てある」を出発点として、「たり」が成立し、その連体形「たる」が中世（室町期の武士階級を基盤に）に変化したものであると説明されているらしいが、これも「一人称……た」では、確認・確述であったものが、三人称に用いられるようになって、〈語り〉の意となり、（直前）完了・過去性を帯びるようになったものであろう。

その「た」という辞は、「花子は寒かっただろう」「太郎はうれしかったようだ」のように、三人称では日常的には推量表現を使用すべきなのだが、小説などの書かれた文学言説では、内面を表出しながら、「花子は寒かった」「太郎は〈うれしいなぁ〉と思った」のごとく、使用しないのが原則なのである（昔話のような口承文学では、両方が用いられているようである）。つまり、物語・小説などの書かれた文学言説では、三人称は一人称でもあるのであって、一人称では内面を吐露できるという法則が通用することになるのである。嫌悪している悪人であっても、作品言説では、一人称的に同化・一体化して内面を表出するために、推量表現が使用されなかったのである。つまり、内話文は二声的なのであり、第三章の図式が、ここでも参照されるわけである。語り手の立場から言えば、内話文は、登場人物を三人称として捉えているのだが、登場人物の立場からは、一人称的な内面の発話となるのであって、ここにも二声性が現象しているのである。自由直接言説などでも、言うまでもなく、そのような二声化現象が起こっているのである。

ところで、作家は常に他者に囲繞されている。その他者を、意識・言語化する際、その他者という対象を、すべてにわたって意識・言語化することが出来ない。「花」という言語を発する時、現在私が花に対して抱いているさまざまな文節概念を、完璧に表出しているわけではないのである。この章の冒頭で「作家という実存は、歴史・社会・個的体験（読書体験なども含めた＝間テクスト性と関連している）・イデオロギー・無意識・発想（折口信夫の用語。民俗的な意図しえないもの）などの、常にさまざまな〈意図できないもの〉を抱えて」いるという、第一章の文を引用して論を述べたが、〈意図できないもの〉とは、その意識・言語化できないものを意味しているのである。他の論文で何度か述べたように、「無意識とは、意識できない他者である」ように、作家は常に〈意図できないもの〉を抱えて作者像を想定しているのであって、意識・言語は、意識・言語化という営為の背後で、常に〈意図できないもの〉を発生・産出しつづけているのである。

具体的な固有の場では、偶然性があり、出会いあるいは出会いそこないがあり、行き違いがあり、言語化・意識化できないものを、具体的に固有的に個別に生成しているのである。言語は、作家が言説の背後で、深層に隠蔽・抑圧している意図できないものを、常に固有性を伴って生成しているわけである。言語は、無意図的なもの、意識できないものまで生成しているのである。つまり、言語は、表層に表出されると同時に、深層につねに非言語的なものを生成しているわけである。文学を読むことは、言語に対して一つ一つ問いかけることによって、また、関係付けをさまざまに試みることによって、そのあり方を、非言語化されていない意図されていない深層まで、徐々に明晰化して行く方法でなければならないのである。

本稿は、源氏物語を具体的に分析しようと試みたものであるが、同時に、表現主体という文学の一般理論を二声性として考察しようとしたものでもある。この問題についての議論が活発に行われる事を期待していると共に、本稿で何度も言及したように、読者という課題に、この論を批判的な基盤として発展させてくれることを願っている。

注

（1）『源氏物語の言説』所収。

（2）『国語と国文学』一九八四年一一月号。『物語文学の方法Ⅱ』に再録。

（3）注（1）の論文集を参照。

（4）「自由直接言説と意識の流れ—宿木巻の言説の方法あるいは読者の言説区分—」（注（1）所収の論文集に収録。第十一章）

（5）本書第三部参照。

（6）ジッドの『日記』を書棚から発見できなかったので、リュシアン・デーレンバック著『鏡の物語紋中紋手法とヌーヴォーロマン』（野村英夫・松澤和宏）から引用した。諒承してほしい。なお、本論文は、その書も参照している。

（7）近頃では、『鉢かづき』から更級日記までを扱い、浮舟まで論及している小林とし子『さすらい姫考日本古典からたどる女の漂泊』という論著もある。

（8）『源氏物語研究集成』第三巻「源氏物語の表現と文体上」所収。『源氏物語の言説』第十章に再録。

［追記］　本稿の題名を、「源氏物語の多声性」とか「源氏物語の二声性（多声性）」などにすることも考えたのだが、簡素・象徴・典型・代表性を配慮して、「源氏物語と二声性」という表題に落ち着いた。二声性という言葉に、多声性という意味も響いていると理解してほしい。

あとがき

絶望、本書はこの言葉から始まった。この感慨は、勤めている大学が公立大学法人に改変されたこと等という、外的な要素もさまざまに関わっていたのだが、内的には、現在の源氏物語の批評と研究に、勝手だと言われるだろうが、苛立っていたからである。私の最初の源氏物語論は、「澪標巻における栄華と罪の意識―八十嶋祭と住吉物語の影響を通じて―」（一九六五・五『平安朝文学研究』に掲載。後に、『物語文学の方法　II』に再掲）という論文であった。当時の置かれていた諸状況から、直裁には書けなかったのだが、この論文は、実は、王権＝天皇制を批判的に対象化した、源氏物語第一部の中核となっている主題を、〈栄華と罪〉として把握しようと試みてみたものであった。多分、源氏物語研究では、最初の王権論ではないかと恣意的に思っているつもりなのだが、意図は誤読されたようで、そのような一種の「奴隷の言葉」を使用しなければならない研究状況等もあり、そのために、積極的に物語研究会の創立に加わったのである。その後多くの論文で、この第一部の王権問題を追求してきたつもりで、他の多くの研究者によって、さらに第一部の王権論は深化・展開・開花し、文学的には定着化・安定化したと考えてよいだろう。

その論文の発表後、書物としてまとめた『物語文学の方法　II』『物語文学の言説』に掲載した諸論文や『源氏物語躾糸』（後に『入門　源氏物語』としてちくま文庫化）さらには『源氏物語の言説』等で、私も、王権論にそれなりに寄与したつもりなのだが、そのためもあり、僅かな論文で言及しただけで、第二・三部については徴候としては示唆したつもりなのだが、根源的に言及するのは避けて、多忙なこともあり、若い新鋭の批評や研究に、可能性を期待・委託することにしていた。だが、源氏物語研究の知的状況が成熟していない側面等があったためであろうか、その後に発表されたものには満足できない諸論が多く、その不満は絶望へと移行していった。個人として第二・三部論を根底から根源的に叙述しなければならないという感慨が高揚し、さらに、安藤為章が『紫家七論』で展開した「一部の大事」諷喩論ばかりではなく、他にも新たな「現在」の〈もののまぎれ〉論の分析・考察も、克明に展開しなければならないと思い、この数年間は本書に掲載した諸論文に没頭することになったのである。この書で第二・三部論が充分に展開できたとは思わないが、一つの方向性は示唆できたのではないかと思っている。この模索の書を基盤・契機に、従来とは異なった第二・三部の討論・批判・論究等が活発に起り、可能性が更に開かれることを期待したい。

本書を執筆中に、ようやく気づいたことなのだが、従来は私も無自覚にこれまでの慣習通りに、平安朝を古代後期として扱ってきたのだが、九世紀中期以後の時代は、中世として理解すべきではないだろうか。歴史学等の動向もそうした方向に動いているようだ。平安朝が中世初期であることを証明するためには、別に論文を丁寧に書かねばならないのだろうが、世界史的に見ても、「日本」が格別に特殊ではないはずである。ここでは、「古代＝神人、中世＝神と人の分離、近世（近代）＝人」という単純な図式のみを書いておくだけに留めるが、竹取物語から始まる物語文学は、中世文学の黎明を告げているのではないだろうか。物語文学では、月の世界・高天原・浄土極楽などの異郷と、この現実世界とは往還が可能な地続きとして連続してはいずに、かぐや姫が象徴しているように、この世から排除・追放されている。そこに中世的思考と文学の始発があると考えるのである。*

その現世から排除された異郷を、源氏物語の終末に登場する中世的人物としての中心人物浮舟が、閉塞された死の彼方、つまり、入水しながら蘇生した後に、どのように彼方を措定したかという問題を極めることが、源氏物語の文学的位相を決定するのではないかと思いつつ、執筆したのが本書である。分析してみると、私の認識である

「文学は〈叛く力〉だ」という信念の思い通りに、浮舟は、女人往生などの救済を一切拒否して、異郷を現世の中に見いだし、他者をありのままに承認しながら、挫折するのを知りながら、〈鬼の共同体〉として実現化しようとしていた。この現世にある異郷としての負の共同体を、一瞬ではあるが読者に垣間見させたテクストは、世界の文学の到達点の一つだと言ってよいだろう。源氏物語は、〈書くこと〉を通じて、文学の極北にまで至っていたのである。

この到達点は、私の二十代に夢想した共同体とは逆転しているのだが、冒頭に記した私の絶望と見事に照応しているのかもしれない。マイナスの共同体というありえない存在に、源氏物語というテクストの、終末で到達した、深い絶望と虚無が刻み付けられていると言えるだろう。

師の岡一男先生に昭和三十八年（一九六三）一月に提出した修士論文は、『初期物語の研究―源氏以前物語の内在史的研究―』という、今も机の脇に置いてある七一七枚（四百字詰原稿用紙）二冊の大部なものである。その論文集は、三部に分割されており、「第一部　物語と〈書くこと〉」「第二部　物語と〈絵〉」「第三部　初期物語とその内在的系譜」と題されており、第一部は「第一章　物語以前＝〈日常〉と〈聖なるもの〉＝」、「第二章　物語空間＝〈書くこと〉と脱自的存在＝」と題され、二章に分けて書いたものであった。源氏物語には直接に言及してはならないと指導されていたので、源氏物語には微かに論及したものの、初期物語文学論が中心で、中核は当時では参考とする書物も皆無に近かったエクリチュール論にあった。本書の末尾では、その出発点であった〈書くこと〉に拘ってみた。修士論文で書いた分析は、『物語文学の方法　Ⅰ・Ⅱ』に掲載した諸論文に、読みやすいように敷衍化して掲載したつもりなのだが、そのために失ったものがあり、さらにその課題を、原点に回帰しつつ根源化しようと試みたのである。そのために、源氏物語研究では、こなれない、従来の諸研究を参照・基盤にしていない、難解な方法を駆使した傾向がないわけではないが、これが本書を書く出発点にあった、絶望という感慨を昇華できる、私の採用できた唯一の立場であったと、諒承してもらいたいと思っている。

本書に掲載した論文は、主として横浜市立大学学術研究会の刊行している雑誌『横浜市立大学論叢』に掲載したものである。長文の論文を何度も掲載してくれたことに、学術研究会に感謝したい。掲載した雑誌は次のようである。

第一部　藤壺事件―情念という中心

○「光源氏における無意識の始点―桐壺巻における〈父・母〉像の形成あるいは藤壺事件の出発点―」(『横浜市立大学論叢』人文科学系列　第55巻　第2・3合併号)

○「光源氏という〈情念〉―権力と所有あるいは源氏物語のめざしたもの―」(『横浜市立大学論叢』人文科学系列　第53巻　第1・2合併号)

第二部　女三宮事件―狂気の言説

○「若菜上巻冒頭場面の父と子―朱雀と女三宮あるいは皇女零落譚という強迫観念とその行方―」(『物語研究』第三号)

○「若菜上巻冒頭場面の光源氏の欲望―望蜀、あるいは光源氏における藤壺という幻影―」(『横浜市立大学論叢』人文科学系列　第54巻　第1・2・3合併号)

○「若菜巻冒頭場面の紫上の沈黙を開く―紫上の非自己同一性あるいは〈紫のゆかり〉と女房たち―」(『横浜市立大学論叢』人文科学系列　第55巻　第1・2合併号)

○「暴挙の行方・〈もののまぎれ〉論(一)―女三宮と柏木あるいは〈他者〉の視点で女三宮事件を読む―」(『横浜市立大学論叢』人文科学系列　第56巻　第2号)

○「暴挙の行方・〈もののまぎれ〉論（二）―女三宮と柏木あるいは〈他者〉の視点で女三宮事件を読む―」（『横浜市立大学論叢』人文科学系列　第56巻　第3号）

第三部　浮舟事件―閉塞された死

○「閉塞された死という終焉とその彼方（一）―浮舟物語を読むあるいは〈もののまぎれ〉論における彼方を越えた絶望―」（『横浜市立大学論叢』人文科学系列　第56巻　第1号）

○「閉塞された死という終焉とその彼方（二）―浮舟物語を読むあるいは〈もののまぎれ〉論における彼方を越えた絶望―」（『横浜市立大学論叢』人文科学系列　第56巻　第2号）

以上の雑誌に掲載した論文以外は、全て書き下しであるが、附載論文の「源氏物語と二声性」は、筆者の『論叢』での退職記念号に掲載の予定である。この論文は、現在私の関心が向かっている方向を示すために、〈もののまぎれ〉とは直截に関係してはいないが、敢えて掲載したものである。テクスト論・テクスト分析の参考としてほしいと共に、本書の他の論考に文学理論的な根拠・基礎を与えているものだと理解して、本論から読み始めてもらってもよいだろうと思っている。なお、今後、この論文と対になる読者論を執筆したいと考えている。また、『源氏物語の言説』に附載した「第二部　源氏物語の認識論的分析」として掲載した「第一章　類似・源氏物語の認識論的断絶―贈答歌と長恨歌あるいは方法としての「形代／ゆかり」―」が本書の出発点となり、基盤となったように、この附載論文「源氏物語の二声性―作家・作者・語り手・登場人物論あるいは言説区分と浮舟巻の紋中紋の技法―」も、次に編纂する論文集の基礎にして、これからの論文を執筆して行く予定である。

なお、掲載雑誌の発行年月日は敢えて記入しなかった。というのは、諸般の事情があり、例えば、「暴挙の行方・〈もののまぎれ〉論（一）」の刊行年月日は、二〇〇五年三月三十一日になっているのだが、配布されたのは二〇〇六年二月で、その間の隔てがあまりにも大きすぎると思ったからである。

なお、本書の題名に使った「方法」は、関係性・関連性を意識したもので、創作の諸方法、言説の方法・視点などの意で用いた。最初は『源氏物語の詩学』という題名も考慮していたのだが、その際の詩学も、複数形を意識して名付けたものである。また、副題の「極北」は、極点・究極・極限を意味しているが、北極の永久凍土の大地の極寒の果てを、源氏物語の到達点であると、勝手に想定して使用したものである。

本書の論の背景には、長谷川政春・藤井貞和などと共に創立した、物語研究会での会員諸氏との対話・討論・交流・雑談などが背後にある。会員諸君に感謝する。日本文学協会・平安朝文学研究会・折口信夫研究会などを軸とした、先輩・友人たちとのさまざまな交流・交誼にも礼を述べたい。さらに、教育的でありたいと努力したつもりではあるが、難解に走る退屈な授業を受けてくれた、横浜市立大学をはじめとする諸大学の大学院生・大学生諸君に感謝する。また、暴走と苛立ちを優しく見守ってくれた三田村雅子にも、感謝と礼をしたい。批判や非難・無視などを蒙るだろうが、にもかかわらず、多くの人々の支援・協力により、本書はかろうじて成立している。さらに、快く本書を上梓してくれた、翰林書房社主今井肇氏にも感謝したい。

＊　竹取物語では、かぐや姫は月の世界に帰還している。その点ではこの世と異郷は連続しているように思われるのだが、彼女の帰還後は、富士山で手紙と不死の薬を燃やしているように、煙によって二つの世界は隔てられているのであって、噴煙では伝達・連絡さえ可能であるかどうかは判明できないのである。また、狭衣物語の天稚御子や寝覚物語の琵琶を伝授した天人等、後期物語では、異郷との連続性が復活するのだが、この問題については、中世のその種のテクストも含めて別に論じなければならないだろう。

【ち】

【こ】

索　引

【著者略歴】

三谷邦明（みたに・くにあき）

1941年　東京都生まれ
1963年　早稲田大学第一文学部卒業
1970年　早稲田大学大学院日本文学専攻博士課程満期退学
1970年　早稲田大学高等学院教諭
1981年　横浜市立大学文理学部文科人文課程助教授
2006年　横浜市立大学国際総合科学部・大学院停年退職
　　　　同大学名誉教授
〈現職〉　横浜市立大学学部・大学院、フェリス女子学院大
　　　　学大学院、関東学院大学大学院非常勤講師
〈主要著書〉
1989年　『物語文学の方法Ｉ・II』（有精堂）
1991年　『源氏物語躾糸』（有精堂）［後に1997年『入門源
　　　　氏物語』（ちくま学芸文庫）として改訂再刊］
1992年　『物語文学の言説』（有精堂）
1998年　『源氏物語絵巻の謎を読み解く』（共著　角川選書）
2000年　『落窪物語　堤中納言物語』（共著　小学館　新編
　　　　日本古典文学全集）
2002年　『源氏物語の言説』（翰林書房）

〈本書のキー・ワード10〉

不在、王権批判、貴族社会批判、差別批判、エクリチュール、死、狂気、深層分析、他者分析、言説分析

源氏物語の方法
〈もののまぎれ〉の極北

発行日	2007年４月25日　初版第一刷
著　者	三谷邦明
発行人	今井　肇
発行所	翰林書房
	〒101-0051 東京都千代田区神田神保町 1-14
	電　話　(03) 3294-0588
	ＦＡＸ　(03) 3294-0278
	http://www.kanrin.ne.jp
	Eメール● Kanrin@mb.infoweb.ne.jp
印刷・製本	シ ナ ノ

落丁・乱丁本はお取替えいたします

ISBN 978-4-87737-244-6